Nicholas Luard
Afrikanisches Erbe

Nicholas Luard

Afrikanisches Erbe

Roman

Aus dem Englischen von Barbara Schaden

Ehrenwirth

Die Deutsche Bibliothek – CIP-Einheitsaufnahme

Luard, Nicholas:
Afrikanisches Erbe : Roman / Nicholas Luard. Aus dem Engl. von Barbara Schaden. – München : Ehrenwirth, 1997
Einheitssacht.: Siverback <dt.>
ISBN 3-431-03516-7

Für Jacqueline

Die Originalausgabe erschien 1996 unter dem Titel *Silverback*
bei Hodder & Stoughton, London.

ISBN 3-431-03516-7

Umschlag: Atelier Kontraste, München
Satz: ew print & medien service, 97072 Würzburg
Druck: Wiener Verlag, Himberg
Printed in Austria

1

»Wir schließen in dreißig Minuten, Miss«, sagte der Angestellte an der Kasse. »Zehn Minuten vorher fordern wir die Besucher auf, das Museum zu verlassen. Sie haben also nicht viel Zeit.«

Sie zögerte.

Der Mann hatte graue Haare und ein müdes, freundliches Gesicht. Er wollte ihr unnötige Ausgaben ersparen. Sie drehte sich um und sah durch die Glastüren auf die Cromwell Road hinaus. Draußen fiel der Regen in perlgrauen Federn, die der eisige Dezemberwind beinahe horizontal vor sich hertrieb, glitzernd im Licht der Straßenlaternen. Soeben fuhr das letzte der wartenden Taxis davon, und sie hörte die weinerlichen Klagen eines gereizten Kindes, das sich in den Eingang des Museums drängte.

Sie schauderte und wandte sich ab. Sie schüttelte den Kopf, so daß ihr langes Haar zu einem goldblonden Fächer wurde und Wassertropfen auf den gekachelten Boden versprühte. Sie zog ihren grünen Regenmantel enger um sich und suchte nach ihrer Geldbörse.

»Ich gehe trotzdem hinein«, sagte sie, reichte ihm das Geld, nahm ihre Eintrittskarte entgegen und ging durch die Schranke.

»Falls Sie noch nie hiergewesen sind, sollten Sie sich die Dinosaurierausstellung ansehen«, rief der Kassenwart ihr nach. »Das ist was Besonderes, wirklich, jeder ist begeistert.«

Sie hob ihre Hand zum Dank und lächelte ihm flüchtig zu. Dann ging sie weiter.

Die Dinosaurierausstellung befand sich im Erdgeschoß links. Sie kannte sie gut. Sie war bei der Eröffnungsfeier gewesen, einem Empfang mit Champagner und »Kanapees« (merkwürdiger Ausdruck, hatte sie gedacht, als sie die Einladung von den PR-Bera-

tern der Sponsoren erhielt). Aber auch damals hatte sie das naturgeschichtliche Museum – das British Museum of Natural History, wie es offiziell hieß – schon fast ihr Leben lang gekannt.
Sie ging an den Dinosauriern vorbei zur Vogelabteilung.
Die langen überwölbten Galerien mit der weltweit größten Sammlung ausgestopfter Vögel waren menschenleer. Einen Tag vor Weihnachten hatten es die sonst so zahlreichen Besucher wohl vorgezogen, letzte Einkäufe zu erledigen. In der Stille hallten ihre Schritte, und über die Glasscheiben der Vitrinen huschte ihr eigenes Spiegelbild.
Sie blieb stehen und starrte sich an; im Hintergrund prangte ein Arrangement von Kalahari-Lerchen, aber sie sah nur sich selbst. Ihr Gesicht war bleich und ihr Augen-Make-up verwischt. Wütend über die Tränen, die das Fiasko verursacht hatten – hoffentlich hatte der Kassenwart, dem die trüben Farbrinnsale gewiß aufgefallen waren, die Verwüstung auf den Regen geschoben –, kramte sie nach einem Taschentuch, befeuchtete es mit der Zungenspitze und säuberte sich.
Dann musterte sie sich erneut. Ihr Gesicht war nicht eigentlich blaß, sondern weiß; weiß und angespannt und häßlich. Stolz, selbstbewußt und stark wollte sie sein. Nichts davon traf zu. Sie fühlte sich unsäglich elend und einsam. Die so vertrauten Galerien – die ihr nicht eigentlich wie die Ausstellungsräume eines Museums erschienen, sondern eher wie die Seitenschiffe einer gewaltigen mittelalterlichen Kathedrale – hatten mit einemmal ihre tröstende und heilende Macht verloren.
Von Kindheit an war ihr das Gebäude ein Zufluchtsort gewesen. Jetzt war es so öde und trostlos wie der wind- und regengepeitschte winterliche Spätnachmittag auf der Straße.
Sie konnte sich nicht länger beherrschen und fing wieder an zu weinen. Der Bastard!
Eine triviale, unangemessene Bezeichnung, aber es war die einzige, die ihr einfiel. Er war natürlich nicht einmal das, weder im wörtlichen Sinn noch in seinem Verhalten. Er war einfach ein Mann, ein großer, fröhlicher Bär von einem Mann, ein hart arbeitender und trinkfreudiger Journalist, der davon träumte, Bücher zu schreiben. Sieben Jahre lang hatten sie in der kleinen Wohnung in Chelsea zusammengelebt.

Und an diesem Morgen hatte er ihr seinen Auszug angekündigt. Er sagte es beim morgendlichen Kaffee, den er bei Luigi in der Fulham Road zu kaufen pflegte und stets selbst zubereitete. Wie unter Schock saß sie da – in der weißen Dschellaba, die er ihr aus Casablanca mitgebracht hatte – und hörte, wie er ihr erklärte, er brauche Zeit und Raum für sich.

Sein Ton war ausweichend, sein Blick vermied den ihren, und sie wußte, daß noch mehr dahintersteckte.

Sie bedrängte ihn, und schließlich kam die Wahrheit ans Licht, stockend, schäbig. Sie hatte ihn mit einer ihrer besten Freundinnen bekanntgemacht, einer Redakteurin bei einem Modemagazin. Die Frau besaß ein Haus in der Provence, in einem idyllischen Dorf. Sie hatte ihm einen Job bei dem Magazin angeboten und ihr Haus als Basis für seine Schriftstellerei.

»Und das Recht auf ihr Auto und ihre Bar und ihr Bett, stimmt's?« fuhr sie ihn an.

Er antwortete nicht. Er brauchte nicht zu antworten. Es war die Wahrheit. Sie ergriff die Kaffeekanne und schleuderte sie nach ihm. Die Kanne zerschellte an der Wand, nicht an seinem Kopf. Dann lief sie aus der Küche und kurz danach aus dem Haus.

Als sie zurückkam, war er verschwunden.

Er hatte keine Spur hinterlassen, nicht einmal ein vergessenes Hemd im Wäschekorb. Er hatte das Leben, das er mit ihr geteilt hatte, vollständig ausgelöscht, in seine abgenutzten Lederkoffer gepackt – Wilfred Thesiger und Robert Byron waren die großen Vorbilder für seinen Lebensstil als reisender Journalist – und war einfach verschwunden.

Nicht einmal acht Stunden waren seither vergangen. Acht Stunden danach haßte sie ihn unvermindert, liebte ihn unvermindert und empfand immer noch das Bedürfnis, ihn umzubringen. Was sie vor allem wollte, war Frieden. Statt dessen stand sie hier, in ihrer einstigen Zuflucht, und weinte hemmungslos.

»Scheißkerl!« schrie sie.

»Verzeihung?«

Die Stimme klang bestürzt. Sie wischte ihre Tränen ab und schämte sich, in diesem Zustand überrascht zu werden. Ein großer, bärtiger junger Mann im weißen Laborkittel stand zehn Meter von ihr entfernt mitten im Gang, starr vor Verlegenheit, die mindestens so

groß war wie die ihre, und versperrte ihr den Weg. Sie mußte sich entweder an ihm vorbeidrängen oder etwas sagen.
»Mein Kater«, sagte sie. »Er wurde heute von einem Auto überfahren. Ich bin so wütend auf den Fahrer, daß ich mich nicht beherrschen konnte. Entschuldigung.«
Sie strich ihr Haar zurück und zwang sich zu einem Lächeln.
Sie hatte keine Ahnung, wie oder warum sie auf die Idee gekommen war, ein totes Haustier vorzuschützen. Sie hatte nie eine Katze besessen, sie mochte Katzen nicht einmal, aber die Erklärung schien den jungen Mann zu befriedigen.
»Ach.« Er entspannte sich und lächelte mitfühlend. »Das kann ich gut verstehen. Meine Freundin hat auch zwei Katzen. Sie wäre völlig am Ende, wenn ihr eine überfahren würde. Hatten Sie Ihren Kater lang?«
Sie zögerte. »An die sieben Jahre. Er ist mir sehr ans Herz gewachsen«, fügte sie leidenschaftlich hinzu.
»Ja, das ist immer so. War der Ihre ein Rassekater oder ein gewöhnlicher Tiger? Meine Freundin hat zwei Siamesen. Als Zoologe interessiert mich das natürlich.«
»Nur ein ganz normaler Kater, schwarz-weiß gefleckt. Das heißt, braun-weiß. Das heißt...«
Sie brach ab. Sie sah wieder zum Ausgang. Der junge Mann stand ihr immer noch im Weg. Sie meinte zu ersticken. Gedankenlos hatte sie sich in ein Hirngespinst verstrickt, und jetzt drohte das Netz der Konsequenzen ihr die Luft abzuschnüren.
Der Mann wandte sich ab. Er griff in die Tasche, zog einen Schlüssel hervor und sperrte eine Vitrine auf.
»Nun, ob Rassekatze oder Straßenkatze, Vögel jagen sie alle. Obwohl ich mich fragen würde, was sie aus den Vögeln von Colonel Ruthven gemacht hätten, dem alten Schurken...«
Seine Bewegung gab ihr zumindest den Fluchtweg frei. Aber sie zögerte und blieb, wo sie war.
» ›Riven‹ «, sagte sie.
»Wie bitte?«
»Der Name wird Ruthven geschrieben, aber ›Riven‹ ausgesprochen.«
Mit gerunzelter Stirn sah er sie an. »Das hab ich noch nie gehört.«
»Es ist ein schottischer Name. An der Uni hatte ich eine Vorlesung über schottische Geschichte im siebzehnten Jahrhundert. Die Ruth-

vens tauchen ziemlich häufig als Randfiguren auf, als Grenzräuber und Viehdiebe. Von dem Dozenten weiß ich, wie man den Namen ausspricht.«

Der junge Mann zog ein Notizbuch hervor.

»Danke. Das gibt immerhin eine interessante Fußnote in den Museumsakten.«

Während er schrieb, fragte sie: »Warum sagen Sie, er sei ein Schurke gewesen?«

»Colonel Ruthven?« Er legte den Kopf schräg. »Der große Forscher, der große Jäger, der große Soldat und der größte Ornithologe des zwanzigsten Jahrhunderts – der Mann, der dem Museum mehr ausgestopfte Vögel vermacht hat als die gesamte Familie Rothschild. Ein Pfeiler der Wissenschaft und der achtbaren Gesellschaft. Bloß, das stimmt alles nicht. Er war von A bis Z ein Betrüger.«

Die Worte fielen mit haarsträubender Gewißheit und Endgültigkeit.

Der junge Mann lächelte, und in seinem Gesicht lag ein merkwürdig aggressiver, fast triumphierender Ausdruck. Sie stand wie erstarrt da. Sie fror.

»Warum sagen Sie das?« Sie brachte die Worte kaum hervor und merkte, wie unsicher ihre Stimme klang.

Er griff in die offene Vitrine und hob einen der ausgestopften Vögel heraus.

»Dieser hier wird Ruthven-Khama-Lerche genannt. So steht es in allen Büchern, seit Ruthven den Vogel vor siebzig Jahren in der Kalahari gefunden hat. Aber das ist Quatsch. Schauen Sie her...«

Vorsichtig hob er den Flügel des präparierten Vogels an und zeigte ihr die Unterseite. Am Flügelansatz, direkt am Körper, erkannte sie eine saubere Naht aus winzigen Stichen mit dunkelbrauner Seide.

»Der Körper stammt von einer Lerche, der Flügel von einem Webervogel. Das haben wir durch eine DNA-Untersuchung der Federn nachgewiesen. Flügel und Körper gehören zu zwei verschiedenen Vögeln. Sie wurden von einem bemerkenswert geschickten Taxidermisten zusammengenäht. Genauso wie Hunderte andere aus der Ruthven-Sammlung. Schnäbel, Krallen, Beine – alles vertauscht.«

»Aber warum?« stammelte sie.

»Das weiß Gott allein. Ein böser Scherz? Oder vielleicht war er keineswegs ein ehrenwerter Mann, sondern ein Wahnsinniger? Oder, und das ist meine Meinung, er war einfach ein Gauner und Hochstapler, der auf billige Weise Ruhm einheimsen wollte.«

Der junge Mann sprach mit leichtem schottischem Akzent.

Sie rang immer noch nach Worten. »Aber warum hat man das erst jetzt herausgefunden?« stieß sie schließlich hervor.

»Einfach«, antwortete er. »Die Arbeit ist hervorragend. Ruthven hatte einen makellosen Ruf, er galt als integre Persönlichkeit. Die Gegenden, in denen er sammelte, waren praktisch unbekannt. Es gab keinen Grund, an ihm zu zweifeln, und niemand fühlte sich berufen, ihn zu widerlegen. Erst vor kurzem, seit überall auf der Welt ganze Spezies aussterben, fingen wir an, die Sammlung zu untersuchen, um systematisch Verluste festzustellen. Wir wenden nichtinvasive biotechnologische Methoden an – die natürlich auch noch ziemlich neu sind –, und die Fälschung kam durch puren Zufall ans Licht.« Er zögerte kurz. »Wir werden demnächst unseren Bericht veröffentlichen«, fügte er hinzu. »Angesichts des internationalen Ruhms der Kollektion wird er vermutlich ein weltweites Echo finden. Vielleicht liefert uns irgend jemand eine Erklärung. Für uns ist es peinlich, aber für Ruthven bedeutet es das Ende, das kann ich Ihnen sagen.«

Eine ganze Weile blieb sie stumm. Ihre Kehle war zugeschnürt, und sie rang nach Atem. Der junge Mann musterte sie besorgt.

»Es tut mir leid«, sagte er, »ich hoffe, ich habe Sie nicht aufgeregt. Sie interessieren sich anscheinend für Vögel. Und dann die Sache mit Ihrer Katze...«

Er brach ab. Sie brachte ein Lächeln zustande.

»Nein, natürlich nicht«, antwortete sie. »Das ist eine spannende Geschichte. Ich würde gern mehr darüber hören. Leider muß ich jetzt gehen. Vielleicht ein andermal.«

Irgendwie gelang es ihr, das Lächeln aufrechtzuerhalten. Sie ging an ihm vorbei und bog um die Ecke des Flurs. Einen Augenblick später brach sie erneut in Tränen aus und fing an zu laufen.

Sie lief immer noch, als sie die Eingangshalle erreichte. Im Laufschritt durchquerte sie das Foyer und stürmte auf die Straße hinaus.

2

»Wer ist da?«
»Ich bin's, Mama.«
Der Türöffner summte, und der Schnapper gab nach. Sie trat ein und ging die Treppe hinauf.
Sie besaß ihren eigenen Schlüssel, aber zog es vor, ihn nicht zu benutzen, wenn sie unangekündigt kam. Ihre Mutter erwartete sie an der Tür ihrer Wohnung im zweiten Stock.
»Victoria, Schatz, was für eine Überraschung! Ich hatte dich nicht vor morgen erwartet.«
Sie umarmten einander und gingen hinein.
»Ich habe heute früher Schluß gemacht«, sagte sie, während sie ihren tropfnassen Regenmantel auszog. »Ich war noch bei Harrods, um ein paar allerletzte Einkäufe zu erledigen. Taxis waren keine da, und deswegen kam ich auf die Idee, zu dir zu kommen. In einer halben Stunde, wenn die schlimmste Stoßzeit vorbei ist, werde ich sicher eines finden.«
Es war eine plausible Erklärung. Von dem Kaufhaus in Knightsbridge waren es zu Fuß nur zehn Minuten bis zur Wohnung ihrer Mutter in Egerton Gardens.
»Hol dir was zu trinken, Schatz. Dann komm rein und wärm dich auf. Ich muß nur rasch Rosalind anrufen.«
Ihre Mutter verschwand im Wohnzimmer.
Victoria blieb unschlüssig stehen. Dann ging sie ins Bad.
Es war freilich nicht einfach ein Bad, sondern ein Gemach im wahrsten Sinn. Ihre Mutter war in Indien aufgewachsen, in den letzten Jahrzehnten der Kolonialherrschaft – sie war bereits vierzig gewesen, als ihre Tochter, das einzige Kind, zur Welt kam. In

Indien war das Badezimmer der Memsahib ein unvergleichlich wichtigerer Raum als in Großbritannien, nicht allein ein Ort, an dem man die Hitze und den Staub des Subkontinents loswerden konnte, sondern eine Kombination aus Wohnzimmer und Boudoir, weitläufig und üppig ausgestattet.
Diese Tradition hatte ihre Mutter in ihrer Londoner Wohnung beibehalten. In ihrem Badezimmer standen zwei gepolsterte Armsessel, eine Glasvitrine mit Büchern neben einem Toilettentisch und eine mehrstufige Blumenbank mit Topfpflanzen, und an den Wänden hingen etliche Bilder und vor allem Fotografien. In Ahorn oder Silber gerahmt, nahmen sie eine ganze Wand ein und bildeten ein dichtes Mosaik vom Leben einer Familie, das mehr als ein Jahrhundert umfaßte.
Sie trat darauf zu und betrachtete sie aufmerksam.
Sie kannte die Fotografien zeit ihres Lebens. Ihre Eltern vor St. Margaret's Westminster, am Tag ihrer Hochzeit. Schnappschüsse, die auf Jagdpartien und Reisen entstanden waren, vor den vielen Häusern, in denen sie gelebt hatten. Förmliche und wohlarrangierte Porträts ihrer Großeltern und Urgroßeltern, in Uniformen, in Ballroben, auf den Freitreppen von Landsitzen, eine Armee von Dienstboten hinter sich.
Ein ganzer Abschnitt war ausschließlich ihr gewidmet – ein Säugling im Taufkleid, ihr erster Geburtstag, während der Ferien in Schottland, als Schulmädchen im Lacrosse-Team, auf dem Ball, den ihre Mutter für sie gegeben hatte, als sie achtzehn wurde, auf der Feier anläßlich ihres Universitätsabschlusses. Ihr Blick streifte die Aufnahmen nur flüchtig. Sie suchte nach einem bestimmten Foto, das hier hängen mußte, das sie aber seit Jahren nicht mehr betrachtet hatte.
Endlich fand sie es, in der rechten oberen Ecke der Sammlung.
Das Bild zeigte einen alten Mann mit falkenähnlichem Gesicht, weißem Schnauzbart und aufrechtem, steifem Rücken, auf einer Veranda sitzend, auf den Knien ein drei- oder vierjähriges Kind, ein Mädchen. Offenbar hatte es geregnet, denn über das Foto verliefen schräge Schlieren, aber der alte Mann lächelte freundlich, und das Kind sah hingerissen zu ihm auf.
Sie starrte das Bild so eindringlich an wie das kleine Mädchen den alten Mann.

»Wo bist du denn, Schatz?«
Aus dem Wohnzimmer drang die Stimme ihrer Mutter zu ihr. Victoria riß sich los und ging hinüber.
»Meine Güte, Rosalind findet niemals ein Ende«, fuhr ihre Mutter fort. »Ich mußte sogar dich vorschützen, um ihren Redefluß einzudämmen. Und du hast dir noch nicht mal was zu trinken geholt. Was hast du denn getan?«
Victoria schenkte sich einen Gin-Tonic ein und setzte sich. »Ich war im Bad, um mich ein bißchen in Ordnung zu bringen«, sagte sie. »Dann hab ich mir die Fotos angesehen und bin hängengeblieben.«
»Jede Familie sollte ein Archiv haben, und Archive brauchen Archivare, die Zeugnisse zusammentragen. In unserem Fall bin ich das.«
Ihre Mutter lächelte. Sie trug einen Tweedrock aus Kaschmir und eine zinnoberrot und anthrazitfarben karierte, violett eingefaßte Jacke, eine weiße Rüschenbluse aus Seide und um den Hals eine doppelreihige Perlenkette. Ihr silbergraues Haar war makellos frisiert, und sie sah elegant, selbstbewußt und heiter aus. Aber, dachte ihre Tochter, hat man sie denn je anders gesehen?
»Aus irgendeinem bestimmten Grund?« fragte ihre Mutter.
»Grund?«
»Sicher, Schatz, du kennst sie doch alle.«
Victoria nippte an ihrem Glas und streckte die Beine dem Kaminfeuer entgegen.
»Ich wollte eigentlich nur das von mir und Großvater sehen. Wie alt war er, als das Foto entstand?«
»Das von Bowley? Nun, das war etwa zehn Jahre vor seinem Tod, also muß er neunundsiebzig gewesen sein. Es ist so schade, daß er es nicht bis zum Neunzigsten geschafft hat.«
Bowley war das Haus ihres Großvaters in Hampshire. Sie erinnerte sich an den Geruch von frischem Brot, den die Küche verströmte, und meinte, sich auch an die Veranda erinnern zu können, aber alles andere war ein Nebelschleier.
»Danach waren wir gar nicht mehr oft in Bowley, nicht?« fragte sie.
»Doch, zuerst ziemlich oft, weißt du nicht mehr? – zu Weihnachten und in den Ferien und so weiter. Aber er wurde schrecklich lahm und war deshalb äußerst frustriert, und wir besuchten

ihn nicht mehr so oft wie früher.« Ihre Mutter zögerte kurz. »Woher dieses plötzliche Interesse, Schatz?«
Victoria ließ sich Zeit mit einer Antwort. Sie sah den großen runden Tisch neben dem Stuhl ihrer Mutter an, über den eine bodenlange Seidendecke gebreitet war. In der Mitte des Tisches stand eine Vase mit kupferfarbenen Chrysanthemen. Sonst war jeder Quadratzentimeter der Fläche mit weiteren gerahmten Fotografien bedeckt. Die Bilder im Bad zeigten ein Panorama der gesamten Familie, der Tisch hingegen war ausschließlich ihrem Großvater gewidmet. Schon früher hatte sie mehr als einmal gedacht, die Sammlung sei in Wahrheit ein Schrein, nicht einfach Erinnerungen an sein Leben. Ihre Mutter, dachte sie, mußte ihren Schwiegervater weit mehr geschätzt haben als ihre eigenen Eltern. Sie sah ihre Mutter an. Als sie zu sprechen begann, war ihr Tonfall geflissentlich gleichmütig.
»Ich war neulich im Museum für Naturgeschichte. Einer der Kuratoren war dabei, die Exponate neu zu arrangieren, und ich kam mit ihm ins Gespräch. Mir war nicht klargewesen, wie wichtig die Ruthven-Kollektion eigentlich ist.«
»Selbstverständlich ist sie wichtig. Die afrikanische Abteilung ist überhaupt die bedeutendste Sammlung, die in diesem Jahrhundert zusammengetragen wurde. Ich bin keine Wissenschaftlerin, aber die Kollektion ist tatsächlich die Grundlage für praktisch alle modernen Forschungsarbeiten in der Ornithologie...« Ihre Mutter unterbrach sich und lachte. »Schatz, worauf willst du hinaus? Du hast dich doch noch nie für Vögel interessiert.«
Victoria stand auf und ging zur Bar hinüber, um noch einmal ihr Glas zu füllen. Sie schenkte einen Finger hoch Gin ein, goß Tonic nach und fügte umständlich ein paar Eiswürfel hinzu, dies alles, um Zeit zu gewinnen.
Sie hatte keine Ahnung, worauf sie hinauswollte. Im Grunde war ihr nicht einmal klar, was sie tat, sie wußte nur, daß sie aus unerfindlichen Gründen verwirrt und tief erschrocken war – und sie wollte herausfinden, weshalb. Wie sie so stand und das Eis im Glas klingeln ließ, fiel ihr auf einmal ein Ausweg ein – nicht eine Antwort, aber eine Vorgehensweise, eine Möglichkeit, sich vielleicht Gewißheit zu verschaffen.
»Ich hatte eine Idee, Mama«, sagte sie, als sie zum Tisch zu-

rückkehrte. »Nach dem Gespräch mit dem Mann im Museum dachte ich, es könnte interessant sein, über Großvater zu schreiben.«

»Du willst etwas schreiben? Du lieber Himmel!« Ihre Mutter sah sie verwundert an. »Wozu denn, um alles in der Welt?«

»Ich wollte immer schreiben, das weißt du.«

Das stimmte. Schon in ihrer Schulzeit war Victoria entschlossen gewesen, Schriftstellerin zu werden. Eine Zeitlang hatte ihre Mutter in ihr die junge Bestsellerautorin gesehen und war entzückt. Später, nach der Universität und dem plötzlichen Richtungswechsel in ihrem Leben – Victoria war zu einer Londoner Handelsbank gegangen und Eurobond-Dealerin geworden, vor allem deshalb, weil ihr damaliger Freund, mit dem sie zur Zeit ihres Abschlusses zusammen war, eine Karriere im Finanzwesen anstrebte –, verebbte ihr Ehrgeiz, und ihre Mutter hörte auf, sie zu ermuntern.

»Aber es gibt doch schon eine vollständige Biographie von ihm«, wandte ihre Mutter ein. »Was könntest du denn Neues beisteuern?«

»Ich gehöre immerhin zur Familie. Es muß doch Unterlagen geben, zu denen der Autor keinen Zugang hatte.«

Ihre Mutter betrachtete sie zweifelnd. »Ich denke, er hatte überall Einblick. Wie auch immer, ich bin nicht sicher, ob es eine besonders gute Idee ist, in Familienunterlagen herumzustöbern. Wenn jemand, der emotional beteiligt ist, sie liest, ohne den Zusammenhang zu kennen, könnte er zu allen möglichen falschen Schlußfolgerungen kommen.«

Victoria sah ihre Mutter scharf an. »Großvater hatte doch nichts zu verbergen, oder?«

»Selbstverständlich nicht, Schatz. Was für eine absurde Idee! Er war ein absolut großartiger Mann.«

Victoria nickte. »Das hast du immer gesagt, ja. Und in diesem Fall habe ich doch keinen Grund, nicht über ihn zu schreiben, oder? Schließlich habe ich ihn auch geliebt.«

»Ja, meine Liebe.«

»Gut. Dann kann ich zumindest darüber nachdenken.«

Victoria trank ihr Glas aus, verabschiedete sich und fuhr mit dem Taxi zu ihrer Wohnung.

Die Straßen waren immer noch voller hektischer Geschenkesucher, und auf jedem, selbst dem kleinsten Platz stand ein Weihnachtsbaum. Durch den offenen Fensterspalt drangen Bruchstücke von Weihnachtsliedern herein, und der Fahrer verbreitete sich ausführlich über den Feiertagsverkehr.

Das alles nahm Victoria kaum zur Kenntnis. Sie dachte nur an ihren Großvater, Colonel Jack Ruthven, den einzigen Mann, den sie wirklich geliebt hatte – ihr männliches Rollenmodell, dachte sie und verzog das Gesicht über den Ausdruck, aber er war zutreffend, und sicherlich der Held in ihrer Familie, die Kultfigur, dem sie alle ihr Ansehen und ihr Vermögen verdankten und der jetzt als Schwindler entlarvt werden sollte.

3

»Aber mein Schatz, das ist ja furchtbar! Warum hast du mir das denn nicht früher gesagt?«

»Es kam so überraschend«, antwortete Victoria. »Ich hab's ja selbst erst erfahren. Und wenn ich es dir eher gesagt hätte, dann hättest du versucht, alles zu ändern. Ich wollte einfach nicht deine Pläne über den Haufen werfen, Mama.«

Ihre Mutter stand einen Augenblick schweigend vor ihr und sah sie besorgt an.

Es war Weihnachten, und Victoria war zu Mittag in die Wohnung ihrer Mutter gekommen. Sie hatten eine Flasche Champagner getrunken und einander ihre Geschenke überreicht – Victoria hatte eine wunderschöne emaillierte Brosche aus dem achtzehnten Jahrhundert bekommen und hatte ihrerseits ihrer Mutter ein Fäßchen bretonische Austern geschenkt sowie Abonnements für ein halbes Dutzend der Hochglanzmagazine, die sie so sehr liebte.

Danach verspeisten sie gemeinsam das Weihnachtsmahl: anstelle des traditionellen Truthahns gab es zwei mit Trauben gefüllte Rebhühner – »Nicht minder festlich«, hatte ihre Mutter gesagt, eine exzellente Köchin, »aber delikater und viel weniger fett.« Jetzt schickte sie sich an, auszugehen.

Der Ablauf des Weihnachtstages hatte sich in den vergangenen sieben Jahren, seit Victoria und Charlie zusammengezogen waren, nie geändert. Er aß bei seinen Eltern zu Mittag, sie besuchte ihre Mutter, und abends trafen sie einander zu einem gemeinsamen Weihnachtsessen. Erst als ihre Mutter in Hut und Mantel vor ihr stand, hatte Victoria ihr mitgeteilt, daß dieses Jahr alles anders war.

Die Wahrheit – daß Charlie sie am Vortag Hals über Kopf verlassen hatte – verschwieg sie. Dafür war sein plötzliches Verschwinden immer noch zu schmerzhaft und verstörend. Statt dessen sagte sie, er sei am selben Morgen völlig unerwartet zu einem Auftrag ins Ausland gerufen worden, was für einen Journalisten gar nicht so ungewöhnlich war: derlei war schon öfter vorgekommen.
»Was wird dann aus eurem Skiurlaub?« fuhr ihre Mutter fort.
Victoria hatte sich drei Wochen Urlaub gespart, von denen sie die ersten beiden mit Charlie in Verbier skilaufen wollte. Nun war seinem jähen Abschied auch ihr Urlaub zum Opfer gefallen: sie hatte gewiß nicht die Absicht, zwei Wochen allein in einem Skiort zu verbringen.
»Damit ist es leider auch vorbei«, antwortete Victoria.
»Ach, du Ärmste, du Ärmste. Was wirst du denn jetzt tun?« Ihre Mutter warf einen nervösen Blick auf die Uhr. »Hör zu, ich muß um vier bei Lucy sein. Dann findet bei Meg ein kleiner Umtrunk statt, und danach bin ich bei den Cazenoves zum Abendessen eingeladen. Es kommt gar nicht in Frage, daß du in deine kalte Wohnung zurückgehst und Weihnachten ganz allein verbringst...« Sie hielt inne, dann fügte sie entschlossen hinzu: »Ich werde jetzt anrufen und sagen, daß du mitkommst. Lucy und Meg sind sowieso kein Problem. Elspeth Cazenove ist ein bißchen pedantisch, was ihre Sitzordnung angeht, aber da kann man nichts machen, sie wird sie eben umwerfen müssen.«
»Mama, bitte«, unterbrach Victoria. »Ich habe eine grauenhafte Woche hinter mir und bin völlig am Ende. Ich möchte am liebsten nirgendwohin. Wenn ich mich einfach hier vors Feuer setzen und lesen oder fernsehen kann, bin ich wunschlos glücklich. Ich könnte auch über Nacht bleiben.«
Sie diskutierten noch eine Weile, und am Ende behielt Victoria die Oberhand. Unter allerlei abfälligen Bemerkungen über Journalisten und Zeitungen griff ihre Mutter nach ihrer Handtasche.
»Ich sehe zu, daß ich von Elspeth früh fortkomme«, sagte sie. »Wenn du Hunger hast, iß ein paar Austern. Aber paß auf und wickle dir ein Tuch um die Hand, bevor du sie öffnest.«
Victoria lächelte. »Ja, Mutter.«
Dann ging sie, gleich darauf schlug die Wohnungstür zu, und Victoria wartete noch fünf Minuten für den Fall, daß ihre Mutter, wie so

oft, etwas vergessen hatte und noch einmal zurückkam. Die fünf Minuten gingen vorbei, und Victoria stand auf. Es war kurz vor vier. Bis zur Rückkehr ihrer Mutter blieben ihr wohl an die sechs Stunden, nahm sie an.

Sie ging ins Wohnzimmer und trat ans Bücherregal.

Es war viel größer als das Regal im Bad, aus Mahagoni gezimmert und mit Glastüren versehen: Es hatte ihrem Urgroßvater gehört und in der Bibliothek des Hauses in Hampshire gestanden, in dem sie mit ihrer Mutter – und gelegentlich ihrem Vater – gelebt hatte. Eine ihrer frühesten Kindheitserinnerungen war die Faszination ihres eigenen Spiegelbildes, hundertfach vervielfältigt in den Glasscheiben.

Damals war es nur eines von vielen Regalen gewesen, die, wie ihr schien, Tausende von Büchern enthielten. Es war ihr, die noch mit drei Buchstaben langen Wörtern kämpfte, schier unvorstellbar, daß jemand so klug sein könnte, im Verlauf eines Lebens auch nur eine Handvoll Bücher zu lesen. Ein Geheimnis aus der Welt der Erwachsenen.

Später, nach dem Tod ihres Vaters, wurden nahezu alle Bücher und sämtliche Regale verkauft, abgesehen von diesem einen, das ihre Mutter nach London begleitete, weil es, wie sie sagte, dem Urgroßvater gehört habe und ein so wunderschönes Möbelstück sei. Damals wie heute beherbergte es das Kernstück der urgroßväterlichen Bibliothek.

Das meiste waren Bücher über Reisen, Schießen, Angeln, Großwildjagd, geographische Erforschungen und Ornithologie. Im Lauf der Jahre hatte sie ein paarmal aufs Geratewohl die Glastüren geöffnet und einen oder zwei Bände herausgenommen, die ihr nicht sehr interessant schienen. Sie liebte Romane und Gedichte. Diese Bücher hingegen waren erhabene, streng wissenschaftliche Werke voller lateinischer Namen, mit ramponierten Einbänden und vergilbten Seiten, die nach Moder und Staub rochen.

Die Illustrationen jedoch hatte sie sich gern angesehen. In den Büchern über Fischerei und Jagd gab es Stahlstiche, messerscharf, exakt und lebendig. In den Reisebüchern fand sie wunderbare Schwarzweißfotografien von Wüsten, Sümpfen und Gebirgen. Das Beste von allem enthielten die vogelkundlichen Werke: farbige Tafeln von exotischen Vögeln mit schillerndem Gefieder, diamanten, gelb, violett, rubinrot, smaragdgrün, aquamarin- und saphirblau – Farben, deren Pigmente von Edelsteinen zu stammen schienen. Aber darum ging es Victoria jetzt nicht. Sie suchte nach etwas anderem und fand es endlich, halb verborgen, auf dem obersten Regal. Es war die Biographie ihres Großvaters, von der ihre Mutter gesprochen hatte.

Victoria nahm sie herunter, setzte sich in den Sessel und sah sich die Kurzbiographie des Autors auf der Rückseite des Umschlags an.

Ein Journalist namens Roger Jackson hatte das Buch verfaßt. Jackson, las sie, war damals, vor fünfzehn Jahren, achtundvierzig gewesen. Offenbar hatte er sich sein Leben lang für Afrika interessiert und war auf der Suche nach wilden Tieren im allgemeinen und nach Vögeln im besonderen quer durch den schwarzen Kontinent gereist. Er hatte noch andere Bücher geschrieben, über die Herrscherfamilie von Saudi-Arabien, einen schwerreichen Geschäftsmann, den Zusammenbruch einer spanischen Bank, und hatte einen Leitfaden für Laien über »Die besten internationalen Fluglinien« zusammengestellt. Das Foto zeigte ihn als einen Mann mit schwächlichen Gesichtszügen, schütterem Bart und wäßrigen Augen.

Victoria dachte einen Augenblick nach. Nichts von dem, was der Verlag über den Autor verriet, von seinem Konterfei bis zur Liste seiner Bücher, erschien ihr überzeugend. Sie schlug das Vorwort auf und begann zu lesen.

Colonel Jack Ruthven war in der Tat eines jener seltenen Individuen, die schon zu ihren Lebzeiten eine Legende sind und mehr noch nach ihrem Tod. Soldat, Gelehrter, Weltreisender, Forscher, Staatsdiener und Mann von vorzüglicher Bildung, wird sein Name nur wenigen unbekannt sein – selbst wenn sie einen Moment nachdenken müssen, ehe sie den Grund dafür zu nennen wissen.

Nahezu immer werden sie sich dann an seinen herausragenden Beitrag zur Ornithologie und Naturkunde erinnern. Ohne Übertreibung dürfen wir sagen, daß Ruthven der Gründervater, die Hauptquelle aller modernen Forschungsarbeiten über das Leben der Vögel ist. Wenn Vögel, wie wir heute wissen, die überlebenden Nachkommen der Dinosaurier sind, dann bedeutet die Ornithologie die Er-

forschung der Ursprünge auch des menschlichen Lebens, wenn nicht sogar des Lebens an sich. Auf der umfangreichen Sammlung von Exemplaren und Präparaten, die er dem British Museum of Natural History vermachte, gründet unser derzeitiges Wissen...

Victoria sparte sich den Rest des Abschnitts und blätterte um.

Ein höchst ergiebiges Thema für eine Biographie, könnte man annehmen, und das ist Ruthven in der Tat. Gleichwohl steht der Biograph, der sich anschickt, seine Karriere nachzuzeichnen und sich mit dem Mann selbst zu befassen, vor erheblichen Problemen: zunächst dem Umstand, daß er einen großen Teil seines Lebens damit zubrachte, die entlegensten Winkel der Erde zu bereisen, den nepalesischen Himalaya und das Hochland von Tibet, die Kalahariwüste und viele andere ferne Gegenden und leere Flecken auf der Landkarte.
Er lebte, scheint es, von den Früchten der Erde und erbeuteten Tieren und schlief in Nomadenzelten oder unter den Sternen. Keine Spur und kein Zeugnis seiner rastlosen Wanderungen sind uns erhalten. Es liegt in der Natur des Nomadenlebens, daß Spuren verwischen und Menschen verschwinden, sobald sie ihre Angelegenheiten in der Gegend erledigt haben. Ruthven war ein Nomade, und ihm erging es nicht anders.
Außerdem, und dieses zweite Problem ist eine direkte Folge des ersten, hinterließ Ruthven keine Tagebücher, was für einen Forscher nahezu einzigartig ist. Tatsächlich sind praktisch keinerlei private Unterlagen und Korrespondenzen vorhanden, lediglich einige knappe und förmliche Briefe, die Einführungen zu seinen naturkundlichen Büchern und einige Artikel, die er – seiner eigenen Aussage nach widerstrebend – für Fachzeitschriften schrieb. Daraus erfahren wir zwar seine jeweiligen Aufenthaltsorte, doch nichts darüber, was dort geschah, über seine Eindrücke, seine Erfahrungen und die Abenteuer, die er ohne Zweifel erlebte.
Drittens stoßen wir auf dieselbe Leere hinsichtlich des Abschnitts seiner Karriere, der eigentlich am besten dokumentiert sein sollte, seinen langen, wenn auch unterbrochenen Militärdienst. Mit einem, wie es dem Biographen erscheinen könnte, was aber natürlich nicht der Fall ist, absichtlichen Eigensinn entschied sich Ruthven –

oder vielmehr: wurde von den zuständigen Behörden dazu auserkoren –, dem militärischen Nachrichtendienst beizutreten. Leider liegt es in der Natur solcher Tätigkeiten, daß darüber kaum Unterlagen aufbewahrt werden, und das wenige Verfügbare ist den Archiven schwerer zu entreißen als ein Steinbrocken einem Felsen.
Aus den genannten sowie zweifellos weiteren, durch die Persönlichkeit Ruthvens bedingten Gründen wird uns der Mann wohl immer ein Rätsel bleiben. Und doch glaube ich, daß in den folgenden Seiten das vollständigste Bild, das wir von ihm je sehen werden, zutage tritt. Niemals in Frage zu stellen ist seine lebenslange Hingabe an die Natur und seine vollkommene Unbescholtenheit als Forscher in über sechzigjähriger Tätigkeit...

Das Vorwort endete mit einer seitenlangen Danksagung an eine Schar von Personen, von denen Victoria noch nie gehört hatte.
Sie legte das Buch beiseite und saß ein paar Minuten lang grübelnd da.
Dieser Autor taugte nichts. Das Thema überstieg seinen Horizont, und er versuchte zu lavieren, um sein offenkundiges Scheitern zu verbergen: über die Person, deren Leben er zu schildern versuchte, hatte er so gut wie nichts herausgefunden. Das war unverkennbar, und diese Tatsache vermochte keine seiner wortreichen Rechtfertigungen zu verschleiern. Das Buch war alles andere als »ehrlicher Journalismus«, wie Charlie ihn so häufig gepredigt hatte. Das hieß freilich nicht, daß Jackson log. Es bedeutete lediglich, daß er ein oberflächliches, unbekümmertes Flickwerk zusammengeschustert hatte, ohne irgendeinen originellen Gedanken beizusteuern und ohne eigene Nachforschungen anzustellen.
Jackson oder sein Verleger waren der Ansicht gewesen, mit dem Leben Colonel Jack Ruthvens ließe sich ein vielleicht bescheidener, aber sicherer und durchaus angenehmer Gewinn machen. Jackson hatte seine Biographie im Eiltempo zu Papier gebracht, und damit war das Thema abgeschlossen.
Oder es wäre abgeschlossen gewesen, hätte sie nicht den jungen Kurator im naturgeschichtlichen Museum getroffen. Wenn er recht hatte, waren Großvaters »lebenslange Hingabe« an die Natur und seine »vollkommene Unbescholtenheit« reine Heuchelei. Sofern sich nicht eine andere Erklärung finden ließ, war er keineswegs

der herausragendste Naturforscher seiner Generation, sondern ein Hochstapler.

Der allzubald entlarvt sein würde. Victoria schloß die Augen und spürte, wie sich ihr die Haare sträubten. Dann nahm sie das Buch wieder zur Hand und las weiter.

4

»Du bist ja noch da, mein Schatz, wie schön! Ich habe es kaum zu hoffen gewagt.«
Es war elf Uhr, und ihre Mutter war soeben zurückgekehrt. Sie beugte sich herab und küßte Victoria auf die Stirn.
»Ich kann nur sagen, daß du bei Elspeth absolut nichts versäumt hast. Sie hatte Billys Golffreunde aus Sotogrande eingeladen, die so fad sind wie Spülwasser, samt ihren nicht minder trübseligen Gattinnen, und allesamt waren sie stockbetrunken.«
Geschäftig eilte sie hin und her, zog ihren Mantel aus und schenkte sich einen Gutenachttrunk ein.
»Brandy oder Cointreau, Schatz?«
Victoria schüttelte den Kopf. »Danke, gar nichts, Mama.«
Ihre Mutter setzte sich zu ihr. Sie streifte die Schuhe ab und streckte ihre langen und im Alter von siebzig immer noch außerordentlich eleganten Beine aus.
»Wie schön ist es, zu Hause zu sein!« Sie lächelte. »Und wie war dein Abend, Liebes, nicht zu einsam?«
»Überhaupt nicht«, antwortete Victoria. »Ich habe das Buch dieses Herrn Jackson über Großvater gelesen. Für mich war es recht interessant, aber im Grunde ist es nur wertloses Zeug.«
»Ich denke, er hat sein Bestes getan«, sagte ihre Mutter unbestimmt. »Wir haben ihm geholfen, so gut wir konnten. Zumindest hat er die meisten Fakten richtig dargestellt.«
Die »Fakten«, wußte Victoria, nachdem sie am Ende des Buches angelangt war, bestanden aus einer Aufzählung blendender Erfolge und Leistungen. Die Schilderung all dieser Trefflichkeit begann mit der Kindheit und setzte sich fort bis in sein hohes Alter.

»Ich hab mir auch die Fotos angesehen«, sagte Victoria. »Das hatte ich früher nie richtig getan. Erzähl mir doch was darüber, Mama, über das hier zum Beispiel...«
Victoria stand auf und ging zum Tisch. Sie nahm ein Foto im Silberrahmen und brachte es ihrer Mutter. Es zeigte eine Gruppe junger Männer in gestreiften Jacketts mit Rudern in der Hand neben einem langen, schmalen Boot, das nicht viel mehr als eine Nußschale war, im Hintergrund ein Fluß.
Ihre Mutter lachte.
»Hier in der Mitte, das ist dein Großvater.« Sie zeigte auf einen jungen Mann, der alle anderen überragte. »Das war im College in Cambridge. Er war Steuermann im Achter, und das war seine Mannschaft. Aber Rudern war nur eines seiner sportlichen Hobbys – er konnte absolut alles, was er wollte.«
»Und das?« Victoria zeigte ihr ein anderes Foto, auf dem er, unverkennbar dank seiner eindrucksvollen Statur und seinem scharfkantigen Gesicht, in Militäruniform mit einigen Soldaten vor schwer beschädigten Häusern stand.
Ihre Mutter setzte ihre Brille auf.
»Das muß in Frankreich aufgenommen worden sein, im Ersten Weltkrieg«, sagte sie. »Es kann freilich überall auf diesem schrecklichen Schlachtfeld sein. Wie du weißt, wurde ihm zweimal das Militärverdienstkreuz verliehen.«
»Was ist damit?« Victoria brachte ihr ein drittes Foto.
In einen schmalen Rahmen aus polierter Esche gefaßt, zeigte das Bild vier Menschen, davon zwei Männer. Der eine war, wiederum unverkennbar, ihr Großvater. Der zweite Mann war viel kleiner und stämmiger und hatte einen schwarzen Schnauzbart und merkwürdig eindringliche Augen.
Die dritte Person war eine Frau. Sie war hochgewachsen, etwa einen halben Kopf größer als der Schnauzbärtige. Ihr Haar, dessen Farbe auf dem Schwarzweißfoto nicht zu erkennen war, fiel in einer üppigen Kaskade auf ihre Schultern herab, und sie blickte mit geheimnisvollem Lächeln in die Kamera. Sie hatte feine Gesichtszüge, die wie gemeißelt wirkten, und Victoria fand sie ausnehmend schön. Irgendwie schien sie die ganze Gruppe zu beherrschen.
Die vierte Person war ebenfalls eine Frau, klein und zierlich, eine

schemenhafte Gestalt neben Ruthvens Ellenbogen, aber ihr Gesicht – das aufgrund des Lichteinfalls schwer zu erkennen war – schien kühn und resolut.

»Ah«, sagte ihre Mutter. »Das ist natürlich wieder dein Großvater. Neben ihm sein Freund und Geschäftspartner Eric Yeats. Neben Yeats steht seine Frau Sophia. Und das – ein bißchen verschwommen ist sie, nicht wahr? –, das ist deine Großmutter. Großmutter Lomax.«

»Und das ist wieder Großmutter?« Victoria brachte ein viertes Foto herbei.

»Ja, Liebes.« Ihre Mutter ließ sich Zeit, die Frau, eindeutig dieselbe wie auf dem vorhergehenden Foto, ausgiebig zu betrachten. »Eine wunderbare Person. Sie hat Großvater so glücklich gemacht. Es war eine Tragödie, daß sie so jung sterben mußte.«

Victoria runzelte die Stirn. »Warum hat man sie Großmutter Lomax genannt? Wieso nicht Ruthven? Das war doch ihr Name.«

»Wahrscheinlich war das damals so üblich. Ich habe nie darüber nachgedacht.« Der Tonfall ihrer Mutter war so unbestimmt wie zuvor. »Lomax war ihr Mädchenname. Selbst als ich sie kennenlernte, wurde sie immer noch so genannt.«

Victoria setzte sich. »Wie hast du meinen Vater kennengelernt, Mama?«

Sie hatte ihren Vater kaum gekannt, er war gestorben, als sie sieben Jahre alt war, und seit seinem Tod sprach niemand mehr von ihm. Es war, als hätte ihr Vater nie existiert – für sie genausowenig wie für den Rest der Familie.

»Ach, Liebes, was für eine Frage. Ich weiß nicht, was in dich gefahren ist...«

Victoria kannte ihre Mutter gut. Sie lächelte immer noch, ein liebevolles, nachsichtiges Lächeln, doch ihr Blick war ausweichend, und ihr widerstrebender Ton wurde von Mal zu Mal deutlicher.

»Das hab ich dir doch schon erzählt. In Indien habe ich ihn kennengelernt, in London wiedergetroffen. Ich weiß das alles nicht mehr so genau. Wir waren damals anders als du und deine Generation. Wir waren viel unterwegs, und immer in großen Gesellschaften. Jedenfalls ist es passiert. Glücklicherweise warst du das Ergebnis...« Sie beugte sich vor und strich Victoria über die Wange. »Mein Schatz, es ist lang her, aber manches ist immer noch

schmerzhaft. Lassen wir das. Es ist Weihnachten. Wir wollen glücklich sein.«
»Ja, Mama...«
Victoria verstummte. Sie wollte ihre Mutter nicht kränken. Das Problem war, daß Victoria selbst gekränkt und verwirrt war, und das aus mehrerlei Gründen, von denen ihre Mutter nichts ahnte. Charlie, natürlich – er kam an allererster Stelle. Aber genauso tief wie die Wunde, die Charlies Verschwinden gerissen hatte, empfand sie den Schmerz über die Anklagen, die der junge Kurator im Museum gegen ihren Großvater erhoben hatte.
Natürlich konnte sie ohne ihn leben, diesen verfluchten Verräter, sagte sich Victoria und kniff beim Gedanken an Charlie die Lippen zusammen. Aber sie war nicht sicher, ob sie mit der Wahrheit über ihren Großvater leben konnte – sofern es die Wahrheit war. Er war ihr Leitstern. Mit treulosen Mistkerlen, die sich über Nacht aus dem Staub machten, konnte sie umgehen, in jeder beliebigen Zahl.
Ein Leitstern war etwas anderes. Er war einmalig.
»Ob ich über Großvater schreibe oder nicht«, sagte sie, »ich würde trotzdem gern mehr über ihn wissen. An wen könnte ich mich denn wenden?«
Ihre Mutter dachte nach.
»Wenn du wirklich so versessen darauf bist«, sagte sie, »würde ich dir vorschlagen, mit seinen jüngeren Schwestern zu reden, deinen Großtanten. Aber, Liebes, ich bin immer noch nicht sicher, ob das vernünftig ist.«
Victoria lächelte. »Ich bin volljährig und ein freier Mensch.«
»In welchem Fall du vernünftig genug bist, heute nacht hierzubleiben.«
»Ja, Mama. Und zum Beweis werde ich jetzt einen Cointreau trinken.«
Sie lachten beide und reichten einander die Hand.

5

Victoria rüttelte an der Tür, aber sie war verschlossen und verriegelt. Deshalb versuchte sie es mit der Glocke und zog an dem schweren Klingelzug aus rostigem Eisen, bis sie drinnen ein blechernes Rasseln vernahm. Dann stand sie fröstelnd in der Dämmerung und wartete.

Sie war nach Aberdeen geflogen, hatte sich am Flughafen einen Leihwagen genommen und war nach Westen gefahren. Als Kind war sie mehrere Male hier gewesen, aber sie hatte vergessen, wie entlegen und einsam das Haus war. Zuerst kamen die Berge, die kahlen, ausladenden Flanken des Nordwalls der Cairngorms. Als sie näher rückten, kalt und feindlich im trüben Januarlicht, verengte sich die Straße zu einer einzigen schmalen, gewundenen Fahrbahn.

Sie überquerte eine endlose Reihe windschiefer Brücken über reißende Flüsse mit torfig braunem, schäumendem Wasser, das rotgolden schimmerte, wenn hier und da ein Sonnenstrahl schräg über das dürre Heidekraut fiel. Sie gewann an Höhe, und bald umhüllten sie dichte Wolken, es begann zu regnen. Sie schaltete die Scheinwerfer ein, aber in dem undurchdringlichen Nebel konnte sie kaum die Straße vor sich erkennen.

Endlich gelangte sie an den Anfang der Klamm. Sie fuhr auf den Parkplatz des kleinen Hotels direkt an der Straßenkreuzung, das nur während der Angelsaison geöffnet war. Sie blieb ein paar Minuten stehen, um die Landkarte zu studieren. Undeutlich erinnerte sie sich, daß sie einmal vor Jahren nach einer langen und anstrengenden Wanderung über die Hügel in diesem Hotel gegessen hatte. Die Straße führte weiter nach Grantown-on-Spey, während

man auf dem Pfad, der sie kreuzte, rechter Hand nach Glenmoray gelangte.
Sie bog nach rechts ab und war nach wenigen Minuten mitten in der Schlucht. Hinter Regenschleiern und treibenden Nebelfetzen ragten die steilen Felswände zu beiden Seiten wie das dunkle Bollwerk einer gewaltigen Burg auf. Sie biß die Zähne zusammen und fuhr weiter. Sie überquerte abermals eine Brücke – hier mußte es eine Lachstreppe gegeben haben, fiel ihr auf einmal ein, einen Fischpaß, über den sich die Tiere in schwungvollen Sätzen wie silberblitzende Sicheln emporschnellten –, und endlich erkannte sie vor sich das Haus, geduckt auf einer niedrigen Hügelkuppe.
»'n Abend, Fräulein.«
Die Riegel waren zurückgeschoben, die Tür geöffnet worden. Im Lichtschein stand vor ihr eine alte Frau, die einen dicken Schal um die Schultern geschlungen hatte.
Blinzelnd und verwirrt stand Victoria da. Sie hatte ihre Großtanten so lange nicht gesehen, daß sie für einen Moment nicht sicher war, ob sie nicht eine von ihnen vor sich hatte. Dann wurde ihr klar, daß ihre Tanten wohl nicht mit schottischem Akzent gesprochen und sie nicht als »Fräulein« bezeichnet hätten.
Sie fand ihre Fassung wieder und lächelte. »Ich bin Victoria«, sagte sie. »Ich glaube, meine Großtanten erwarten mich.«
»Nur herein, Fräulein.«
Die alte Frau führte sie in die Diele, wartete, bis Victoria ihren Mantel ausgezogen und den Regen aus ihrem Haar geschüttelt hatte, dann ging sie ihr über die hallenden Steinfliesen voraus ins Wohnzimmer.
»Ihre Besucherin ist da, Miss Octavie«, sagte sie.
Großtante Octavie stand vor einem flackernden Kaminfeuer. Als sie auf Victoria zukam, um sie zu begrüßen, leicht hinkend und gestützt auf einen Hirtenstab mit Elfenbeingriff, erkannte Victoria sie auf der Stelle und konnte sich nicht erklären, wie sie ihre Großtante mit der Haushälterin hatte verwechseln können.
Octavie war klein und grauhaarig, mit einem runden, lächelnden Gesicht und funkelnden blauen Augen, die vom Alter kaum getrübt waren. Großtante Maude saß auf der anderen Seite des Kamins in einem Lehnsessel, aus dem sie sich mühsam hochstemmte. Ihr Gesicht war hagerer als das ihrer Schwester, ihre Ge-

stalt jedoch untersetzter. Beide trugen knöchellange Tweedröcke im typischen gewagten Ruthven-Tartan: Blutrot und Schwarz, durchsetzt mit schmalen Streifen Violett. Die beiden Schwestern hätten ohne weiteres Zwillinge sein können, obwohl Maude zwei Jahre jünger war als Octavie, wie Victoria sich erinnerte.

»Liebes Kind, wie schön, dich zu sehen!« Octavie umarmte sie. »Und so blendend siehst du aus. Maude, was sagst du zu diesem Mädchen? Sieht sie nicht aus wie ein Engel?«

Maude war unterdessen auf die Beine gekommen. Hinkend wie ihre Schwester trat sie zu ihnen und musterte Victoria eingehend. »Du lieber Himmel, ja, wirklich entzückend!«

Auch Maude küßte sie. Errötend strich Victoria ihr Haar zurück. Auf dem Weg vom Wagen zum Haus hatte der Regen sie durchnäßt, und sie fühlte sich müde, feucht und ungepflegt.

»Das stimmt doch nicht«, sagte sie, »ich sehe furchtbar aus.«

»Unsinn!« gab Octavie zurück. »Aber hast du gegessen?«

Victoria nickte.

»Bist du wirklich sicher?« beharrte die Tante. »Ihr jungen Leute mußt essen. Wir wollen Agnes bitten, dir etwas herzurichten.«

Victoria schüttelte heftig den Kopf. »Ich habe in Heathrow gegessen, dann im Flugzeug und schließlich noch ein riesiges Sandwich, während ich auf den Wagen gewartet habe...«

Sie warf einen Blick auf den Servierwagen in der Ecke, auf dessen funkelnder Mahagonifläche die Flaschen sich drängten. Gin, fiel ihr auf einmal ein – so vieles kehrte in plötzlichen Wellen der Erinnerung zurück –, war das Lieblingsgetränk ihrer Großtanten, doch sie entdeckte auch etliche Flaschen Single Malt.

»Aber ein Whisky täte mir gut.«

»Selbstverständlich, Liebes, was immer du möchtest.«

Wenige Augenblicke später kauerte sie auf dem samtgepolsterten Schemel vor dem Kaminfeuer, zwischen den Lehnsesseln ihrer Tanten, und hielt das Glas in beiden Händen. Sie atmete das starke Aroma des Malzwhiskys ein, nahm einen Schluck und spürte, wie die Wärme des *usquebaugh*, des »Lebenswassers«, durch ihre Glieder strömte.

Sie betrachtete die beiden alten Damen, die einzigen Schwestern von Jack Ruthven, zwanzig Jahre jünger als ihr Großvater. Wie kam es, daß Ruthvens Mutter so lange gewartet hatte, um zwanzig

Jahre nach seiner Geburt noch zweimal in rascher Folge zu empfangen? Mit vierzig ein Kind auf die Welt zu bringen war damals sicherlich noch riskanter als heute. War das lediglich Zufall oder mit Vorbedacht so geplant?
Während Victoria schlückchenweise ihren Whisky trank, begann Großtante Octavie zu sprechen.
»Führst du Tagebuch, Victoria? Wir tun es. Und nach deinem Anruf haben wir in unseren Notizen nachgesehen. Weißt du, wie lang es her ist, seit du zum letzten Mal hier warst? Mehr als zwanzig Jahre! Du warst knapp zehn, und wir konnten ohne unsere verflixten Stöcke laufen!« Sie lachte, Maude fiel in ihr Gelächter ein.
»Es ist Januar, Kind«, fuhr Octavie fort. »Nicht die beste Zeit des Jahres, um deine hinfälligen schottischen Verwandten zu besuchen, obwohl wir natürlich darüber entzückt sind. Aber wir haben nicht mehr allzu viele Jahre vor uns, Maude und ich, und wir sind schwatzhafte, neugierige alte Hühner geworden, nicht wahr, Maude?«
Sie wandte sich zu ihrer Schwester. Maude verzog ihr Gesicht und nickte zustimmend.
»Warum kommst du ausgerechnet jetzt zu uns, Victoria?« fragte Octavie.
Victoria zögerte. Aus dem Augenwinkel sah sie, daß beide Damen sich vorgebeugt hatten, gespannt auf ihre Antwort. Meine Güte, dachte sie, wie die Leute sich irren können. Ihre Mutter hatte ihr die Großtanten als zwei alte Jungfern von schlichtem Gemüt beschrieben, arglos und ungekünstelt, aber das waren sie ganz gewiß nicht. Sie humpelten, lebten in einer abgelegenen Schlucht, suchten Trost bei ihrer täglichen Flasche Gin, aber sie waren schlau und gewitzt und ihre Auffassungsgabe messerscharf.
Victoria hob den Kopf und starrte in die Flammen. Sie konnte ihnen eine Lüge erzählen oder die Wahrheit sagen. Lügen kamen nicht in Frage, sie waren zu leicht zu durchschauen. Die Wahrheit, der geheime Grund ihres Besuchs, war indes nicht minder problematisch. Sie hatte keine Ahnung, in welcher Beziehung die beiden Schwestern zu ihrem älteren Bruder gestanden hatten. Es war wohl, nahm sie an, ein gleichermaßen fürsorgliches wie prekäres Verhältnis gewesen. Aber es war zu früh, um das Thema zur Sprache zu bringen.

Während sie nachdachte, fiel ihr der Ausspruch eines ihrer Professoren ein, der während einer Vorlesung das Leben als einen Scherz Gottes bezeichnet hatte: ein Kompromiß, um die Zeit zwischen Geburt und Tod auszufüllen. Sie würde einen Kompromiß schließen und die Wahrheit sagen, wenn auch nicht die ganze Wahrheit.
»Es wird euch vielleicht nicht gefallen«, sagte sie, »aber ich habe sieben Jahre mit einem Mann zusammengelebt, meinem Freund Charlie. Er hat mich wegen einer anderen verlassen, einer Frau, mit der ich ihn bekanntgemacht hatte, und das war kurz vor Weihnachten.«
Ihre Großtanten waren zwar alt, weit über achtzig, nie verheiratet gewesen und in ihren moralischen Ansichten über das Leben sicher altmodisch. Victoria, die zumindest eine mißbilligend gerunzelte Braue erwartet hatte, war überrascht, als lediglich Maude leise bemerkte: »Du armes Mädchen.«
Victoria lächelte ihr zu, dankbar für das Mitgefühl der alten Dame. »Jedenfalls habe ich seither das Bedürfnis, über vieles nachzudenken, mir mein ganzes Leben noch einmal anzusehen«, fuhr Victoria fort. »Großvater war eine so wichtige Gestalt in meiner Kindheit, und deshalb hielt ich es für richtig, bei ihm anzufangen. Erscheint euch das vernünftig?«
»Natürlich, meine Liebe.« Octavie nickte. »Nun, er war für uns alle sehr wichtig, nicht wahr? Du warst ja noch recht jung, als er starb, aber es ist schön, daß dir selbst damals nicht entgangen ist, was für ein großartiger Mann er war, und daß du jetzt wieder nach Glenmoray kommst...« Sie verstummte und schwieg eine Weile. Dann fuhr sie in unverändertem Tonfall fort: »Nach dir hat auch deine Mutter angerufen. Sie sagte, du hättest vor, über Jack zu schreiben.«
Victoria erstarrte, und in ihrem Magen bildete sich ein Knoten der Verlegenheit.
Von dem Anruf hatte sie nichts gewußt – und insgeheim verwünschte sie ihre Mutter. Jetzt erschien die Geschichte von ihrer Rückkehr nach Glenmoray als Teil ihrer Kindheits- und Vergangenheitsbewältigung auf einmal wie ein schäbiger Vorwand. Sie fühlte sich wie ein Kind, das bei einer Lüge ertappt worden ist. Sie spürte, wie sie errötete, und kämpfte gegen die verräterischen Zei-

chen an, doch die Hitze in ihren Wangen ließ sich nicht unterdrücken.
Sie nahm einen großen Schluck Whisky. »Mama hat da wohl ein bißchen was durcheinandergebracht«, sagte sie. »Es stimmt, daß ich immer schreiben wollte, und Schreiben schien mir ein guter Ausgangspunkt, eine Möglichkeit, mich mit meinem Leben auseinanderzusetzen, einen Sinn darin zu finden. Großvater hat viel damit zu tun, und deshalb – falls überhaupt je etwas daraus wird – muß ich mich natürlich auch mit ihm befassen. Das ist alles.«
Sie nahm noch einen Schluck, aufrecht, mit erhobenem Kopf, den Blick fest auf die beiden alten Damen geheftet.
Sie hatten sie beobachtet. Jetzt wandten sie ihren Blick ab und sahen einander an, so rasch, so flüchtig, daß es nicht mehr als ein Lichtreflex der tanzenden Flammen zu sein schien. Aber Victoria spürte, daß dem nicht so war: dieser Blick bedeutete mehr. Großvater Jack war ein zu heikles Thema, als daß irgend jemand über ihn schreiben dürfte, nicht einmal eine bewundernde Enkelin.
»Was für eine hervorragende Idee!« sagte Octavie. »Jack hätte sich sehr darüber gefreut. Wahrscheinlich willst du dich an die Zeiten erinnern, als er dich zum Angeln in den Seen oben bei Ben Buie und Ben More mitgenommen hat?«
Victoria nickte heftig und erleichtert.
»Maude, wir haben doch gewiß ein paar Fotografien von Victorias Besuchen?«
Die alten Damen standen mühsam auf und humpelten zu einem der vielen Tische im Raum, auf dem sich mehrere Stapel ledergebundener Alben türmten.

6

Victoria räkelte sich und schlug die Augen auf. Sie sah auf die Uhr. Es war kurz vor acht. Sie kroch aus dem Bett und stand einen Augenblick fröstelnd mitten in dem großen, eisigen Zimmer im ersten Stock des Hauses. Die Schlafzimmer ihrer Großtanten lagen am anderen Ende des Flurs, neben der Haupttreppe. Sie ging zum Fenster hinüber und zog die Vorhänge beiseite. Ein trübes, regnerisches Morgenlicht drang herein, schwarze Wolken wälzten sich durch die Schlucht, und in der Luft lag ein scharfer, metallischer Geruch.

Victoria stürzte ins Bett zurück, zog schaudernd die Decke bis zum Kinn und verbarg die Arme darunter, um sich wieder aufzuwärmen.

Es war ihr dritter Tag in Glenmoray. Die beiden alten Damen waren ein Musterbeispiel an Höflichkeit und freundlicher Gesellschaft. Sie freuten sich wirklich, sie hierzuhaben. Sie kümmerten sich um sie, schlugen ihr Ausflüge mit dem Wagen vor, hatten Agnes, die Haushälterin, angewiesen, ihr sämtliche Wünsche zu erfüllen. Sie gingen mit ihr um, als wäre sie ihre eigene Enkelin, eine verlorene Tochter, die in den Schoß der Familie zurückkehrt, wo ihr ein rührender Empfang zuteil wird. Dennoch fühlte Victoria sich zunehmend verloren und verwirrt.

Großvater Jack.

Sie scheute sich, Fragen zu stellen, aber wenn sie es einmal tat, standen ihre Großtanten bereitwillig Rede und Antwort. Oberflächlich betrachtet, erfuhr sie etliches über ihren Großvater, über sein Leben, seine Ausbildung und Karriere, seine Tätigkeit im Staatsdienst – aber bei genauerer Betrachtung wurde ihr klar, daß

die Fakten kaum mehr waren, als der glücklose Jackson in seiner Biographie preisgegeben hatte.
Nie bekam sie auch nur den geringsten Anhaltspunkt, der erklärt hätte, weshalb Ruthven – sofern der Museumsmitarbeiter recht hatte – ein Betrüger und Lügner sein sollte. Was er offensichtlich getan hatte, war derart außergewöhnlich, mit derart vorbedachter Bösartigkeit ins Werk gesetzt – er mußte die Energien zweier Generationen von Wissenschaftlern vergeudet haben, die ihm blind und fraglos vertrauten –, daß eine Erklärung unmöglich zu sein schien.
Vielleicht irrte sich der junge Mann. Victoria hatte diese Möglichkeit immer wieder in Betracht gezogen und gleich wieder verworfen. Es konnte nicht sein. Sie war zwar keine Ornithologin, aber sie hatte mit eigenen Augen die sorgfältig angenähten Flügel gesehen, die kunstvollen, nahezu unsichtbaren Seidenfäden, die Krallen mit Beinen verbanden, die intensiv leuchtenden Farben der Gefieder, die Laien in Erstaunen versetzten und Fachleute jahrzehntelang genarrt hatten.
Diese präparierten Vögel sahen falsch aus. Sie rochen falsch. Sie *waren* falsch.
Der Betrug betraf nicht nur die Wissenschaft, sondern war, subjektiv schlimmer, eine Demütigung und ein Verrat an seiner eigenen Familie – an ihren Großtanten, ihrer Mutter, ihr selbst, an sämtlichen Angehörigen der Ruthven-Sippe, die alle in ihm einen Helden sahen, nicht zuletzt dank seiner eigenen Selbstdarstellung. Und nun sollte sich erweisen, daß Jack Ruthven ein Fälscher war.
Victoria stand wieder auf, diesmal endgültig. Sie wusch sich in dem Lavoir, das Agnes am Abend für sie gefüllt hatte, und die Eiseskälte des Wassers nahm ihr fast den Atem. Eilig zog sie sich an.
Dann stand sie unschlüssig im Raum. Es war noch nicht neun Uhr. Ihre Tanten pflegten spät aufzustehen, meist nicht vor elf. Agnes hatte ihre eigene Wohnung über der Küche, im Rückgebäude des Hauses. Sie würde frühestens in einer Stunde ins Haupthaus herüberkommen, und bis dahin war Victoria völlig ungestört.
»Tagebücher oder Briefe, meine Liebe?« hatte Octavie am Vorabend auf eine der wenigen direkten Fragen geantwortet, die Victoria zu stellen wagte. »Nicht, daß ich wüßte. Jack war ein Mann

der Tat, nicht des Wortes. Das einzige, was er geschrieben hat – und das auch nur unter Zwang –, waren ein paar Artikel für Fachzeitschriften. Stimmt es nicht, Maude?«
Maude nickte pflichtschuldig. »Jack hat sehr ungern geschrieben. Wenn man ihm ein Gewehr und ein Ziel gab, war er glücklich. Aber gab man ihm ein weißes Blatt Papier, war er fast beleidigt.« Sie lachte leise in sich hinein.
»Aber euch beiden hat er doch sicher geschrieben?«
Es war das Höchstmaß an Hartnäckigkeit, das Victoria je an den Tag legte. Sie bereute ihre Worte, kaum waren sie ausgesprochen. Zum zweiten Mal spürte sie, mehr als sie es tatsächlich sah, daß die alten Damen einen Blick wechselten – ein stummes Einverständnis, das keiner großen Gesten bedurfte.
»So gut wie nie, meine Liebe«, gab Octavie zurück. »Hin und wieder eine Postkarte, das war alles.«
»Ach, hätten wir sie nur aufbewahrt«, warf Maude ein. »Aber bei uns gibt es die Sitte, in der Perchtnacht alles wegzuwerfen, was aus dem letzten Jahr stammt – Mistelzweige, Weihnachtskarten, Briefe und alles andere. Damit machen wir reinen Tisch und können das neue Jahr ohne alten Ballast angehen.«
»Den Gin werfen wir natürlich nicht weg.«
Die beiden alten Schwestern brachen in ein fröhliches Gelächter aus, und Victoria lächelte höflich mit. Aber sie glaubte ihnen nicht. Die Männer jener Generation waren im Schreiben geübt, von ihrer Kindheit und Jugend an waren sie systematisch daran gewöhnt worden. Zwar fielen ihnen die Worte wohl nicht immer leicht, doch die Gepflogenheit, alles schriftlich festzuhalten, wie unbeholfen auch immer, behielten sie auch im Erwachsenenleben bei. Es war ein fester Bestandteil ihrer Erziehung, eine für jeden Gentleman unabdingbare Fähigkeit. Mit Sicherheit hatte Jack Ruthven sowohl Briefe geschrieben – an seine Familie, seine Freunde, seine Kollegen – als auch ein Tagebuch geführt. Notierten nicht auch seine Schwestern jedes Detail ihres weitgehend ereignislosen Lebens?
Victoria öffnete geräuschlos ihre Tür und schlich die Treppe hinab. Die Bibliothek von Glenmoray befand sich im Erdgeschoß, zwischen dem von ihren Großtanten so genannten Winterwohnzimmer – dem Raum mit dem großen Kaminfeuer, das allabend-

ich brannte –, und dem viel größeren Salon, der auf den Garten hinausging und den sie nur im Sommer nutzten.
Victoria betrat die Bibliothek. Sie war nur zwei- oder dreimal hier gewesen und immer in Begleitung von Octavie oder Maude. Hier habe Jack gern gesessen und gelesen, hatten sie ihr erzählt. Der stickigen Luft nach zu urteilen, nahm Victoria an, daß der Raum seit seinem Tod kaum je betreten worden war.
Nachdenklich sah sich um und starrte mit gerunzelter Stirn auf die verglasten Bücherschränke. »Du wirst sehen, daß die Lösung praktisch immer die einfachste und nächstliegende ist...«, erklang Charlies Stimme in ihrem Kopf.
Vor einem oder zwei Jahren, an einem kalten Winterabend, hatte er vor dem Gasofen gesessen, die Füße den Flammen entgegengestreckt, Schuhe und Strümpfe in einem kleinen Häufchen neben sich. Er hatte soeben eine Story abgeliefert, an der er wochenlang gearbeitet hatte. Charlie war kein Berichterstatter, sondern Ermittler, Journalismus war für ihn weniger Reportage als vielmehr Recherche. Victoria erinnerte sich nicht mehr, worum es damals ging, sie wußte nur noch, daß er irgendeine obskure Machenschaft aufgedeckt hatte, daß seine Quellen beweiskräftig genug waren, um die Anwälte der Zeitung zufriedenzustellen, und daß er seine Geschichte in druckreife Form gebracht hatte. Für den nächsten Tag hatte er ein neues Projekt zu recherchieren, doch an diesem Abend war er zufrieden und entspannt und beinahe philosophisch gestimmt.
»Such nicht nach raffinierten Verschwörungen«, hatte er doziert, »sondern nach dem Pfusch. Vergiß verwischte Fingerabdrücke, die nicht einmal die Spurensicherung identifizieren kann. Worauf du achten mußt, sind rauchende Kanonen und Korditgestank. Das war's, was Richard Nixon den Kragen gekostet hat, den mächtigsten Mann der Welt, der sich den mächtigsten Abschirmungsapparat aufgebaut hatte. Sein Sekretär hatte zu kurze Beine, um die Stoptaste des Recorders zu erreichen. Machiavelli bringt kein Reich zum Einsturz, die Beinlänge der Leute schon...« Er grinste sie an. »Gib mir einen Kuß und hol uns was zu trinken, mein Goldschatz. Die Story ist gut. Absolut unangreifbar.«
An dem Abend hatte Victoria seine Wünsche erfüllt und ihn mit Kuß und Whisky beglückt. Ihr Magen verkrampfte sich. Nie wie-

der. Aber auch wenn sonst nichts mehr war wie früher, die Wahrheit seiner Worte galt nach wie vor. Der Mann ist zwar ein Idiot, dachte sie bitter, aber sein Handwerk versteht er.
»Such nach dem Einfachsten und Nächstliegenden.«
Falls Ruthven über sein Leben Buch geführt hatte, so gab es nur einen logischen Aufbewahrungsort für seine Aufzeichnungen: die Bibliothek.
Langsam ging Victoria die Bücherschränke entlang und prüfte jedes einzelne Regal. Die Sammlung war überraschend klein, und ihre Inspektion dauerte nicht einmal eine halbe Stunde. Erwartungsgemäß fand sie eine Kollektion ornithologischer Werke aus dem achtzehnten und neunzehnten Jahrhundert vor, die sie links liegenließ, ferner militärgeschichtliche Bücher, Reise- und Forschungsberichte. Am Ende ihrer Suche stieß sie auf zwei Regale, die ausschließlich angelsächsische Dichter enthielten, was sie eher verwunderte. Aber nichts, was auch nur entfernt als private oder persönliche Unterlagen gedeutet werden konnte. Keine gebündelten Briefe, keine Tagebücher, nicht einmal ein Terminkalender.
Enttäuscht wandte Victoria sich ab und kaute auf ihrem Daumen herum. Auf einmal erstarrte sie. Sie sah ihre Hand an. Trotz der gläsernen Türen waren die Bücherschränke, die vermutlich jahre- oder gar jahrzehntelang nicht geöffnet worden waren, voller Staub. Ehe sie sich den beiden letzten Regalen zugewandt hatte, in denen sich die englischen Dichter aneinanderreihten, hatte sie ihre verstaubten Hände abgewischt – mit gelindem Schuldbewußtsein an einem der Vorhänge vor den Fenstern. Ihre Hände waren immer noch sauber, obwohl sie die Gedichtsammlungen sorgfältig geprüft und das eine oder andere Buch sogar aufgeschlagen hatte.
Sie ging zu den beiden Regalen zurück und musterte aufmerksam die nächste Umgebung: überall lag eine dicke Staubschicht, nur nicht auf den Dichtern – dort funkelte das Mahagoniholz blitzblank.
Sie brauchte nicht nachzudenken, weshalb. Die Gedichtsammlungen waren hier erst seit kurzem untergebracht, als Ersatz für andere Bücher. Jemand hatte die beiden Regale ausgeräumt, gewischt und mit unverfänglicher Literatur gefüllt – dem Glanz nach zu urteilen, war dies erst vor sehr kurzer Zeit geschehen.
»Such nach dem Einfachsten und Nächstliegenden.«

Victoria hörte, wie am Ende des Flurs die Küchentür geöffnet wurde. Agnes war heruntergekommen, um das Frühstück für die alten Damen herzurichten. Victoria ging zu ihr hinüber in die Küche.
»Ham Se gut geschlafen, Hühnchen?« fragte Agnes ein paar Minuten später, als Victoria einen Becher kochendheißen Instantkaffee schlürfte.
»Den Schlaf der Gerechten«, antwortete sie.
Agnes lachte. »Das ist was Neues in Glenmoray«, sagte sie fröhlich und wandte sich ihrer Arbeit zu.

»Großtante«, sagte Victoria eine Stunde später, als Octavie heruntergekommen war und es sich im »Winterwohnzimmer« bequem gemacht hatte. »Wär's euch recht, wenn ich heute doch noch bleibe und erst morgen abreise?«
Frustriert in ihrer Suche nach irgendeinem erhellenden Hinweis über Ruthven, hatte Victoria den alten Damen am Abend zuvor verkündet, sie werde im Lauf des Vormittags nach London zurückkehren.
»Liebes Kind«, lachte Octavie, »bleib, solang du willst. Nichts würde uns glücklicher machen.«
»Was gibt es?«
Großtante Maude hatte humpelnd das Zimmer betreten und musterte sie beide neugierig.
»Die kleine Victoria möchte noch einen Tag hierbleiben«, antwortete Octavie. »Ich sagte ihr, sie sei uns willkommen.«
»Natürlich ist sie das. Wie schön!« Auch Maude setzte sich nieder. Sie betrachtete Victoria über ihre Brillengläser hinweg. »Hast du deine Pläne geändert, meine Liebe?«
Es war eine durchaus harmlos formulierte Frage, aber im Licht all der Heimlichkeiten und unerklärlichen Rätsel hatte sie einen anderen Beiklang: forschend und argwöhnisch.
Victoria schluckte. Sie warf einen Blick aus dem Fenster und fand dort die Antwort. Die Wolken hatten sich verzogen, und das eisige, wäßrige Licht des frühen Morgens war strahlendem Sonnenschein gewichen. Es war immer noch winterlich kalt, aber es kündigte sich ein vielversprechender Tag an – der erste trockene Tag seit ihrer Ankunft.
»Ja«, sagte sie. »Es ist so schön draußen, und nachdem ich noch

gar nicht richtig Gelegenheit hatte, mir die Umgebung anzusehen, würde ich heute gern in die Hügel gehen – ich möchte die Gegend noch einmal sehen, wo Mama und ich und Großvater oft spazierengingen...« Sie warf den beiden alten Damen ein strahlendes und unschuldiges Lächeln zu. »Ich bin zu dem Schluß gekommen, daß ich über Großvater sowieso nichts schreiben kann. Es ist eigentlich alles gesagt worden. Von dieser Idee hab ich mich verabschiedet. Aber bevor ich abreise, würde ich doch gern die Orte sehen, die er geliebt hat und die auch die Orte meiner Kindheit waren.«

Sie lächelte noch immer. Octavie nickte. »Ganz wie du meinst, meine Liebe. Natürlich hätten wir dir auf jede mögliche Weise geholfen, aber wie du selbst sagst, es gibt vermutlich nichts Neues hinzuzufügen. Ich werde Agnes bitten, dir für deinen Ausflug auf den Hügel ein Picknick mitzugeben. Maude und ich gehen heute aus.«

Mit gespieltem Erstaunen sah Victoria sie an. »Ach, das hab ich nicht gewußt«, sagte sie.

»Jeden zweiten Dienstag fährt uns Malcolm nach Invercauld zu Jeans Bridge-Nachmittag. Zum Abendessen sind wir wieder zu Hause. Wir werden dir berichten, wieviel wir gewonnen – oder vielmehr verloren – haben, und du kannst uns von deinem Ausflug erzählen.«

Zu Mittag erschien der Wagen, um sie abzuholen, am Steuer ein Mann mit grimmigem grauem Bart, der Malcolm sein mußte. Kaum waren sie fort, ging Victoria in die Küche. Agnes hatte ihr ein paar Sandwiches hergerichtet und in eine abgenutzte lederne Schultertasche mit Messingverschluß gepackt.

»Die hat dem Colonel gehört«, bemerkte Agnes. »Er hat mir immer gesagt, daß die Tasche schon in den wildesten Gegenden der Welt mit ihm war, aber nirgends sei es so wild wie hier in Wester Ross...« Sie ging zur Anrichte hinüber, griff nach einer zerbeulten silbernen Flasche und steckte sie zu dem Sandwichpaket in die Tasche. »Nie ist er ohne einen ordentlichen Schluck Whisky auf den Hügel gegangen. ›Das betäubt die Eingeborenen, bevor sie mich schnappen. Und mich wird's betäuben, falls sie mir zuvorkommen...‹ Das sagte er immer.«

Agnes lächelte Victoria freundlich zu. In ihren blassen grauen Augen lag eine Mischung aus Zärtlichkeit und Nostalgie, eine Art Heimweh nach langjährigen und wichtigen Ritualen.
»Ein großartiger Mann, der Colonel«, sagte sie. »Ein junges Mädchen wie Sie wird kein *usquebaugh* brauchen, es sei denn, Sie geraten in Nebel, aber ich geb's Ihnen seinetwegen mit.«
Agnes war beinahe so alt wie die Großtanten. Victoria umarmte sie, küßte sie auf die Wange und dankte ihr.
»Viel Vergnügen auf den Hügeln des Colonels«, sagte Agnes über die Schulter; sie hatte sich schon abgewandt und begab sich mit steifen Knien zu ihrer Mittagsruhe. »Er hat sie mehr als alles geliebt.«
»Vergnügen werde ich ganz bestimmt haben«, rief Victoria ihr nach.
Sie schwang sich die lederne Tasche über die Schulter und wartete, bis die alte Frau verschwunden war. Als ihre Schritte verklungen waren, ließ Victoria die Tasche auf den Boden sinken und verharrte mit angehaltenem Atem, bis sie in der Ferne eine Tür zufallen hörte.
Victoria atmete aus. Sie schloß kurz die Augen. Dann machte sie sich auf die Suche.
Schwer war es nicht, ganz im Gegenteil.
»Such nach dem Einfachsten und Nächstliegenden.«
Der einfache und nächstliegende Ort, an dem alte Damen Dinge versteckten, die sie niemandem zu zeigen wünschten, war unter dem Bett. Es war der allerprivateste Aufbewahrungsort, die letzte Zuflucht für Einbrecher, Geheimnisse und Alpträume, für alles, was am kostbarsten und am erschreckendsten war.
Victoria versuchte es mit beiden Schlafzimmertüren. Sie waren abgeschlossen – wahrscheinlich zum ersten Mal im Leben der Schwestern. Die Schlüssel waren abgezogen. Die Zimmer waren gegen den Eindringling versperrt.
Der Eindringling, die Gefahr, der Dieb, den sie fernhalten wollten, konnte nur sie selbst sein.

7

Victoria stand vor dem Haus und spähte zu den Schlafzimmerfenstern ihrer Großtanten hinauf.
Das Haus war gegen Ende des siebzehnten Jahrhunderts gebaut worden, doch die Fenster waren vergleichsweise modern. Einer der jüngeren Ruthvens hatte die ursprünglich bleigefaßten Glasscheiben durch Schiebefenster ersetzt – die erwartungsgemäß einen Spalt offenstanden. Wie kalt der Winter auch sein mochte – niemand, der Octavies und Maudes Generation angehörte, wäre auf den Gedanken gekommen, bei geschlossenen Fenstern zu schlafen.
Das Problem war, daß die Fensterbretter an die sieben Meter über dem Boden lagen. Neben dem Zimmer, das vermutlich Octavie gehörte, verlief das Fallrohr der Regenrinne bis zum Boden. Vielleicht, dachte Victoria, konnte sie das Rohr für ihren Rückzug benutzen, niemals aber würde sie es schaffen, daran hinaufzuklettern.
Unschlüssig stand sie da und dachte nach. Dann ging sie hinüber zu den Wirtschaftsgebäuden, den aus Naturstein errichteten Scheunen und Ställen hinter dem Haus – ein Relikt aus einer fernen Vergangenheit, als Glenmoray noch der Mittelpunkt einer blühenden Landwirtschaft gewesen war.
In der größten Scheune fand sie, wonach sie suchte. Hinter einem Berg alter Zeitungen – die Tanten hatten *The Scotsman* abonniert und warfen offenbar nie ein Exemplar weg – lehnte eine große Holzleiter an der Wand. Aber als sie versuchte, die Leiter hinter den gestapelten Zeitungen hervorzuzerren, gab sie ein trockenes Splittern von sich und sank unter Staubwolken in sich zusammen.

Sie war jahrelang nicht benutzt worden. Feuchtigkeit und Moder hatten Holme und Sprossen zersetzt, zurück blieben nur noch morsche Holzstücke.
Victoria fluchte leise. Sie suchte die übrigen Wirtschaftsgebäude ab, doch Leitern fand sie nicht. Also ging sie wieder ins Haus und stand vor den verschlossenen Schlafzimmertüren. Je länger sie darüber nachdachte, desto mehr war sie von der Richtigkeit ihrer Vermutung überzeugt – und desto größer wurde ihre Enttäuschung.
Sie ballte die Hand zur Faust und hämmerte gegen den massiven hölzernen Türstock, doch gleich darauf erstarrte sie und zwang sich, nachzudenken. Und was ihr einfiel, war wiederum Charlie – Charlie, der sich in einer seiner philosophischen Anwandlungen über seinen Berufsstand lustig machte. »Schurken und Banditen sind wir Journalisten – und weniger euphemistisch ausgedrückt, sind wir eigentlich sogar Räuber.« Und wie so oft saß er barfuß vor dem künstlichen, gasbetriebenen Kaminfeuer. »Wir entreißen den Leuten die Wahrheit, die sie verheimlichen wollen. Wir pflegen Umgang mit Dieben und lernen ihre Tricks.«
Er hatte ihr etliche dieser Tricks verraten, und an einen erinnerte sie sich jetzt. Während sie wieder zu den Wirtschaftsgebäuden schlich, wünschte sie Charlie zum Teufel; dennoch waren seine Methoden brauchbar. Sie fand ein Stück Draht, nahm eine alte Zeitung mit und ging wieder die Treppe hinauf.
Sämtliche Türen im Haus hatten alte, doppelte Messingschlösser, die sich von beiden Seiten absperren ließen und folglich je zwei Schlüssel hatten. Im Lauf der Jahrhunderte hatten die Fußböden sich ein wenig gesenkt, so daß jetzt zwischen der Unterkante der Tür und den Dielenbrettern eine Lücke klaffte. Victoria schob die Zeitung unter der Tür zu Octavies Schlafzimmer hindurch, steckte den Draht ins Schlüsselloch und rüttelte behutsam hin und her.
Mit einem dumpfen Aufprall fiel auf der anderen Seite etwas zu Boden. Vorsichtig zog sie die Zeitung zu sich: der Schlüssel lag darauf. Sie hob ihn auf, steckte ihn ins Schloß, drehte ihn um, und die Tür öffnete sich. Sie schloß erleichtert die Augen.
Victoria spürte, wie ihr Herz heftig zu klopfen begann. Charlie war ein Mistkerl, aber was faule Tricks und Niederträchtigkeiten anlangte, war auf ihn Verlaß. In dieser Hinsicht jedenfalls hatte er sie nie im Stich gelassen.

Sie betrat das Zimmer.
Unter Octavies Bett lagen ein Dutzend Aktenkartons, so uralt, daß sie aus den Gewölben eines viktorianischen Pfandleihhauses hätten stammen können, jeder zum Bersten gefüllt mit Unterlagen. Sie zog den ersten Karton hervor und öffnete ihn und fand als erstes eine Postkarte mit der Signatur J – Jack, Großvater Jack Ruthven. Sie hatte recht gehabt.
Weiter suchte sie nicht. Statt dessen versuchte sie, im Geist zu überschlagen, wieviel Platz die Kartons in der Bibliothek wohl eingenommen hatten, und kam auf knapp zwei Meter Regalfläche. Der Inhalt der Kartons entsprach allenfalls der Hälfte.
Victoria wandte sich um und erblickte eine zweite Tür, die, wie sie feststellte, zum Badezimmer führte. Von dort aus gelangte man in ein zweites Bad und durch eine weitere Tür in Maudes Schlafzimmer. Sämtliche Türen waren unversperrt. Victoria kniete nieder, spähte unter Großtante Maudes Bett und fand ein weiteres Dutzend Schachteln. Die beiden alten Damen hatten Jack Ruthvens Archiv zwischen sich aufgeteilt.
Victoria stand auf und sah auf die Uhr. Es war erst kurz vor zwei, und bis zur Rückkehr ihrer Großtanten dauerte es sicher noch mehrere Stunden. Das war freilich viel zuwenig Zeit, um das alles zu lesen – dafür würde sie Tage und Wochen brauchen. Aber am nächsten Tag reiste sie ab. Es kam also nur eine einzige Lösung in Frage, und Victoria zögerte keinen Augenblick, sie in die Tat umzusetzen.
Sie mußte das Archiv mitnehmen. Nun war sie genau das, was die alten Damen geargwöhnt hatten – eine Diebin.
Sie rannte die Treppe hinunter und in die Scheune, raffte so viele alte *Scotsman*-Exemplare an sich, wie sie schleppen konnte, und ging wieder zurück zum Haus. Auf ihrem Weg durch die Diele nahm sie ein Knäuel Bindfaden und eine Schere mit, die vermutlich zu Gartenarbeiten diente. In Octavies Schlafzimmer angelangt, leerte sie den ersten Karton und füllte ihn mit gefalteten Zeitungen.
Sie durchblätterte die Dokumente, die sie herausgenommen hatte, bis sie einen Brief von Ruthvens Bank fand. Sie überflog ihn und stellte fest, daß er uninteressant war – die Eingangsbestätigung einer kleinen Gutschrift zu seinen Gunsten –, aber genau das, was

sie brauchte. Sie legte das gelochte Schreiben auf die Zeitungen, klemmte den ganzen Stapel mit der rostigen Feder fest und schloß den Karton. Falls Octavie oder Maude ihn je öffnen sollte – und nach dem Staub auf den Papieren zu urteilen, bezweifelte sie, daß eine von ihnen in den letzten zwanzig Jahren je einen Blick darauf geworfen hatte, welche Geheimnisse auch immer die Unterlagen enthalten mochten –, würde er völlig unberührt aussehen.
Sorgfältig schob sie die Schachtel wieder unters Bett und verschnürte die Papiere, die sie herausgenommen hatte, mit Bindfaden. Dann machte sie sich daran, die Übung mit sämtlichen übrigen Aktenkartons, die sie in Octavies und Maudes Schlafzimmern gefunden hatte, zu wiederholen.
Etliche Male mußte sie die Scheune aufsuchen und weitere Stapel vergilbter Zeitungen herbeischleppen. Sie brauchte beinahe zwei Stunden, aber endlich war sie fertig. Nacheinander trug sie die sauber verschnürten Bündel mit Akten hinunter vors Haus, wo sie ihr Auto geparkt hatte, verstaute sie im Kofferraum und pries im stillen dessen Geräumigkeit. Dann verschloß sie den Wagen und schlich leise wieder die Treppe hinauf.
Gewissenhaft überprüfte sie beide Schlafzimmer. Die Aktenkartons lagen wieder an Ort und Stelle, harmlos wirkend, scheinbar unangetastet. Die Bettüberwürfe hingen ordentlich bis auf den Boden herab. Sämtliche Türen zwischen den vier Räumen waren geschlossen.
Sie zog die schwere Tür zu, die von Octavies Zimmer auf den Flur hinausging, steckte den Schlüssel ins Schloß und sperrte ab. Dann ging sie zum Fenster hinüber, schob es hoch und kletterte auf das Fensterbrett hinaus.
Einen Augenblick lang war ihr übel. Es war nicht nur die Entfernung zum Boden – obwohl sie das Gefühl hatte, auf der Spitze einer Klippe zu kauern –, auch nicht die Zerbrechlichkeit des Fallrohrs. Es war die Scham über die Ungeheuerlichkeit dessen, was sie getan hatte, die ihr Übelkeit verursachte.
Ihre Großtanten liebten sie. Sie hatten sie in ihr Haus aufgenommen und sie wie ihre eigene Enkelin behandelt. Wenn sie im Zusammenhang mit ihrem Bruder etwas zu verheimlichen hatten, so war das ihre Sache – Victoria ging es nichts an. Sie stand ihrem Großvater nicht nahe, zwei Generationen lagen zwischen ihnen.

Die beiden alten Damen hingegen waren ihm sehr wohl nahe, sie waren seine leiblichen Schwestern, in ihren Adern floß dasselbe Blut. Für sie war er wirklich, ihre Verbindung zu ihrem Ursprung, ihr Wurzelstock. Victoria war ein ferner Schößling, ein Ableger, der an anderer Stelle aus dem verzweigten Wurzelgeflecht emporkam.
Sie wappnete ihren Geist gegen solche Gedanken. Dann richtete sie sich auf, griff nach dem Dachrohr und ließ sich vorsichtig, zentimeterweise hinab.

»Wie war dein Tag, meine Liebe?« fragte Octavie, als Victoria vor dem Abendessen das Wohnzimmer betrat.
»Wunderschön«, antwortete Victoria leichthin. »Ich bin die ganze Strecke zu Fuß gegangen. Ich kam bis zum Hügelgrab, wohin Großvater mich öfter mitgenommen hat. Dann zogen wieder Wolken auf, und ich bin zurückgekommen, um vor dem Feuer zu lesen. Und wie war euer Bridge?« fügte sie lächelnd hinzu.
»Wie üblich.« Octavie winkte ab. »Ermüdend, wenn man verliert, eher vergnüglich, wenn man gewinnt. Heute war es recht nett, nicht wahr, Maude?«
»Für dich gewiß«, antwortete Maude verdrießlich. »Du hattest den schlauen Jamie Stuart als Partner. Ich saß mit dieser idiotischen Murray fest. Ihretwegen haben wir viermal hintereinander verloren.«
Victoria beobachtete beide scharf. Hätten sie die Kartons unter ihren Betten überprüft oder auch nur etwas Ungewöhnliches in ihren Zimmern bemerkt, so hätten sie mit Sicherheit etwas gesagt. Sie waren viel zu freimütig und selbstsicher, um vor gezielten Fragen zurückzuschrecken. Aber sie sagten kein Wort.
Victoria stieß einen stummen Seufzer der Erleichterung aus. Sie ahnten nicht, was sie getan hatte.
»Das nächste Mal tauschen wir unsere Partner«, sagte Octavie versöhnlich. »Jetzt wollen wir essen. Agnes ist bestimmt schon fertig...«
Auf dem Weg zum Eßzimmer stützte sie sich auf Victorias Arm. »Mußt du wirklich morgen früh schon abreisen?«
Victoria nickte. »Ja, leider, mein Urlaub ist bald vorbei.«
»Wie schade, Kind, wie schade. Aber jetzt, wo du den Weg hierher

gefunden hast, wirst du doch ganz bald wiederkommen, nicht?«
Victoria lächelte. »Versprochen.«
Hinter ihnen schlug Maudes Stock rhythmisch hallend auf die Steinfliesen.
Als sie am nächsten Abend wieder in London und in ihrer Wohnung war, setzte Victoria sich sofort hin und nahm sich den Inhalt des ersten Aktenkartons vor.

8

»Liebste Mama: Es war diese Woche ganz kalt hier. Die Hausmutter sagt, daß ich mich gut einlebe. Am Sonntag waren wir in der Kirche. Auf dem Weg zur Kirche war es ziemlich warm. Ich habe einen neuen Freund. Er heißt Ewart...«

Die nächsten fünf oder sechs Zeilen hatte eine andere, offensichtlich erwachsene Hand mit dicken, energischen Strichen unlesbar gemacht: anscheinend waren die Worte des Kindes höheren Orts auf Mißbilligung gestoßen. Victoria hielt den Brief ans Licht und sah, daß trotz der Bemühungen des Zensors noch einiges zu erkennen war: vieles ließ sich erraten, den Rest reimte sie sich zusammen.

»Ich mag Ewart nicht besonders. Er ist dick und fett und tritt mich dauernd in die Kniekehlen. Außerdem macht er mir tausend Nadelstiche, wenn wir nach dem Sport aus der Dusche kommen. Er macht auch Dunlope tausend Nadelstiche. Ich hasse Ewart. Der arme Yeats haßt ihn auch. Ich wäre froh, wenn Yeats mein Freund wäre, aber Dr. Morgan sagt, daß Ewart jetzt mein Freund ist...«

Weiter berichtete der Brief, fortan unzensiert und offenbar nicht mehr als zensurwürdig empfunden, von einem Fußballteam, das in der darauffolgenden Woche zusammengestellt würde; es sei immer noch kalt, hieß es. Der Brief endete mit einer Liebeserklärung an die Mutter und der Hoffnung, sie bald wiederzusehen. Unterdessen, bat Jack, könne sie ihm vielleicht einen der köstlichen Rosinenkuchen von Mrs. Benfield schicken?

Victoria warf einen Blick auf den Umschlag. Das Datum des Poststempels auf dem Bild der gestrengen, rundlichen Königin von Großbritannien und Irland und Kaiserin von Indien, der Mon-

archin, die ihre Namensvetterin war, lautete 1. Oktober 1898. Großvater, Colonel Ruthven, mußte demnach acht gewesen sein und dieser Brief der erste, den er nach seinem Eintritt ins Internat nach Hause geschrieben hatte.
Sie nahm sich den nächsten Brief vor.
Nach einer Stunde hatte sie den Inhalt des ersten Kartons gelesen. Die Korrespondenz reichte bis in sein vierzehntes Lebensjahr. Im letzten Brief, verfaßt am Ende des Sommerhalbjahrs 1903, schrieb Jack Ruthven in überschwenglichem Ton, er habe soeben erfahren, daß er in Eton aufgenommen worden sei. »Großartige Neuigkeiten!« fuhr er fort. »Ich weiß, daß es das ist, was Du wolltest, und natürlich ist es auch das, was ich will. Sicher hat Dr. Morgan Dir schon alles gesagt. Ich hoffe, liebe Mama, das macht meinen Fehler wett, und Du wirst ihn mir jetzt verzeihen und vergessen.«
Dem »Fehler« war Victoria bereits begegnet. Er hatte sich im Jahr zuvor zugetragen, als Ruthven zwölf war, soviel stand fest; aber worin er eigentlich bestand, ließ sich nur anhand von Andeutungen erraten.
Der grenzenlosen Zerknirschtheit in Ruthvens Briefen aus dieser Zeit und einem einzelnen Schreiben des Direktors an die Eltern, dem einzigen in dieser Sammlung, das von Dr. Morgan stammte, war zu entnehmen, daß Ruthven und Yeats – der unterdessen zu seinem besten Freund geworden war – vom Wildhüter eines örtlichen Grundbesitzers erwischt worden waren, als sie des Nachts Fasanen wilderten. Der Wildhüter hatte sie zur Polizeiwache des Dorfes abgeführt, wo sie als Schüler des Internats identifiziert und Dr. Morgan ausgehändigt wurden, der daraufhin einen Brief an Jacks Mutter schrieb.

Sehr geehrte Lady Ruthven,
hinsichtlich der bedauerlichen Angelegenheit, die, wie ich sagen muß, in meiner langen erzieherischen Laufbahn bisher ohnegleichen ist, schrieb ich Ihnen bereits. Ich habe nun weitere Nachforschungen angestellt und kam zu dem Schluß, daß Ihr Sohn von dem eigentlichen Anstifter der Übeltat, dem jungen Yeats, auf beschämende Weise verführt wurde. Im Vertrauen gestanden, hatte ich eine gewisse Zeit erhebliche Vorbehalte gegenüber Yeats, die sich nun tragischerweise als berechtigt erwiesen haben.

Ich werde Yeats unverzüglich der Schule verweisen. Ihr Sohn hat meiner Ansicht nach eine zweite Chance verdient und soll sie bekommen. Ich sehe mich freilich gezwungen, ihn für zwei Wochen vom Schulbesuch zu suspendieren, um ein abschreckendes Exempel für seine Mitschüler zu statuieren. Ich hoffe, Sie stimmen mir zu. Ich bin zuversichtlich, daß er danach zurückkehren und, gebührend bestraft, mit der Zeit auch fähig sein wird, diesen Charakterzug zu überwinden und die Laufbahn, die Sie, ich und Sir Charles für ihn vorsehen, weiter zu verfolgen.

Victoria hatte den Brief des Direktors mehrmals gelesen. Sie glaubte nicht ein Wort davon. Die Wilderei hatte sich nicht der verruchte Yeats ausgedacht, sondern ihr Großvater. Nach der Lektüre sämtlicher früherer Briefe schien ihr eindeutig, daß Jack Ruthven der dominante der beiden Freunde und die treibende Kraft war und Yeats lediglich ein willfähriger Gehilfe. Dieser Yeats war offensichtlich auf dem Altar von Dr. Morgans Dünkelhaftigkeit geopfert worden.

Großvater war der einzige Sohn von Sir Charles und Lady Ruthven of Glenmoray. Der kleine Yeats war vermutlich das Kind eines neureichen, aber immer noch minderen Schuh- oder Textilfabrikanten aus Mittelengland. Er war hinausgeworfen worden, während man Jack Ruthven kriecherisch gestattete, in den Schoß der guten Gesellschaft zurückzukehren, in das System, das ihm den Weg nach Eton oder Winchester und schließlich nach Oxford oder Cambridge ebnen würde.

Während sie darüber nachdachte, verspürte Victoria einen Augenblick lang dumpfen Zorn über die Ungerechtigkeit dieses Vorgehens, doch ihr Ärger verebbte bald, die Neugier gewann die Oberhand: Sie nahm sich das zweite Aktenbündel vor, das Ruthvens Briefe aus Eton enthielt.

Sie umfaßten einen Zeitraum von fünf Jahren, sein Leben zwischen dreizehn und achtzehn. Obwohl er jetzt älter und im schriftlichen Ausdruck gewandter war als in seiner frühen Jugend, enthielt dieser zweite Karton erheblich weniger briefliche Zeugnisse. Den Grund dafür erkannte sie in einem der ersten Briefe an seine Mutter.

Liebste Mama, hier bin ich also! Zehn Tage, seit die Kutsche meine Koffer abgestellt hat und der alte Tom mit Dir und Vater darin (in der Kutsche meine ich, nicht in Tom!) davongetrottet ist, und mein Kopf ist immer noch über Wasser.
Du hast mein Zimmer gesehen. Sehr schön ist es, wirklich. Ach, Mama, du kannst nicht wissen, wie gut es tut, ein Zimmer ganz für sich zu haben. Das ist etwas ganz anderes als die Schlafsäle von Downstill mit all dem Gewälze und Geschnarche, der dauernden Unruhe, dem Gebrüll und den Raufereien. Nur ich ganz allein!
Mein Tutor hat mich zweimal in sein Arbeitszimmer kommen lassen, um sich zu erkundigen, wie ich vorankomme. (Vater hat Dir wahrscheinlich erzählt, daß die Lehrer, die für die Wohngebäude zuständig sind, hier Tutoren heißen. Die anderen Lehrer nennen wir Pauker. Noch ein Unterschied zwischen Eton und anderen Schulen!) Mr. Waring scheint ein außergewöhnlich anständiger Bursche zu sein. Ich weiß, was für ein Glück ich habe, in seinem Haus zu wohnen, und werde sicher viel von ihm lernen.
Und besonders gut ist, daß wir so nahe bei London sind und ich das Glück habe, Dich fast jeden Sonntag zu sehen. Jetzt muß ich nicht mehr so viele Briefe schreiben wie in Downstill. Wahrscheinlich bin ich mit Papier und Feder immer noch ziemlich tolpatschig, wie Dr. Morgan immer behauptete. In Zukunft kann ich Dir meine Neuigkeiten face à face mitteilen, wie Du es nennst – aber ich verspreche Dir, daß ich trotzdem weiterhin Briefe schreiben werde.

Victoria arbeitete sich durch das zweite Bündel und gewann allmählich ein klareres Bild.
Diese Briefe, geschrieben in dem geschraubten Stil, in dem ein Kind sich an einen geliebten Elternteil wendet – es war klar, daß Ruthven seine Mutter verehrte, die offensichtlich eine respekteinflößende Gestalt gewesen war –, bildeten in vieler Hinsicht ein durchaus nicht ungewöhnliches Archiv, das, wie Victoria annahm, vermutlich die typische Hinterlassenschaft vieler Jungen seiner Herkunft und seiner Generation war. Allein und verunsichert, war er mit acht Jahren ins Internat geschickt worden, doch mit der Zeit war sein Selbstvertrauen gewachsen, und mit dreizehn hatte er Aufnahme in Eton gefunden. Dort war er aufgeblüht, hatte sich entfalten können. Er war wach, intelligent und

galt zunehmend als »ein Mitglied der intellektuellen Elite unserer lieben Lehranstalt«, wie er einmal voller Stolz formuliert hatte. Auch bei seinen Mitschülern war er beliebt – als Jüngster seines Jahrgangs war er in den Schulsprecherrat gewählt worden, was ihm unter anderen Privilegien das Recht verlieh, bestickte Westen zu tragen –, und er entwickelte sich zu einem bemerkenswerten Athleten. Er spielte Kricket und Fußball und – seine größte Errungenschaft – boxte für seine Schule. »Knüppelharte Schläge, Mama, und ein schwer erworbener Triumph!« kommentierte er seinen Einzelsieg im Wettkampf mit Winchester, der großen Rivalin von Eton.

Rätselhaft war nur zweierlei.

Zusammen mit den Briefen fanden sich etliche Erinnerungsstücke aus Ruthvens Aufenthalt in Eton – mehrere Ausgaben der Schulzeitung, das Programm eines Theaterstücks, in dem er aufgetreten war, Terminlisten der sportlichen Wettkämpfe, bei denen er sich hervorgetan hatte, der Jahresbericht über sämtliche Schüler des Internats, der nichts anderes war als eine lange Namensliste in alphabetischer Reihenfolge.

Victoria hatte nur einen Blick darauf geworfen und wollte sie schon beiseite legen, als ihr etwas auffiel. In Ruthvens letztem Schuljahr hatte jemand am Rand der letzten Seite mit Tinte ein großes Ausrufezeichen neben einen Namen gesetzt, der unweit seines eigenen stand, und darunter den Kommentar hinzugefügt: »Hat ebenfalls die letzte Hürde genommen!« Die Handschrift, die sie mittlerweile gut kannte, stammte von ihrem Großvater, und der Name, neben dem das Ausrufezeichen stand, lautete E. M. Yeats.

Natürlich konnte sie nicht mit absoluter Gewißheit sagen, daß es derselbe Yeats war, der nach dem gemeinschaftlichen Fasanenraubzug der Schule verwiesen worden war, dennoch war Victoria sicher: ein zweiter Yeats wäre ein unwahrscheinlicher Zufall gewesen. Sie suchte die anderen Jahreslisten heraus. In den ersten beiden Jahren war kein E. M. Yeats verzeichnet, erst im dritten Jahr tauchte er auf. Ruthven und Yeats mußten mehr oder minder gleich alt sein – zu diesem Zeitpunkt also sechzehn.

Nach allem, was Victoria über die altehrwürdigen höheren Knabenschulen wie Eton und Winchester wußte, trat ein Junge ohne Ausnahme mit dreizehn Jahren ein und verließ die Schule mit achtzehn, um sein Studium an der Universität zu beginnen, und es gab keine Regelung, derzufolge jemand mit sechzehn, auf halber Strecke der üblichen schulischen Laufbahn, Schüler in Eton werden konnte. Yeats' Fall stellte also eine höchst ungewöhnliche Ausnahme dar.

Dies allein war schon rätselhaft genug. Gleichermaßen rätselhaft erschien ihr, daß sie in den sechs Jahren, die zwischen der Wilderei und der geheimnisvollen Bemerkung im Schülerregister des letzten Jahres vergangen waren, keinerlei Hinweis auf Yeats gefunden hatte. Vor seiner Verbannung war er in sämtlichen Briefen aufgetaucht, die Ruthven an seine Mutter schrieb, danach verschwand er spurlos und wurde nie mehr erwähnt. Das wäre verständlich gewesen, wenn die beiden Jungen einander nie wiedergetroffen hätten, doch wie sich zeigte, war Yeats mit sechzehn in Eton aufgekreuzt.

Undenkbar, daß die beiden nicht zusammengekommen waren. Vier Jahre lang, während der prägendsten Zeit der Kindheit, waren sie die engsten Freunde gewesen. Dann war Ruthven, wenn auch ohne böse Absicht, die Ursache dafür gewesen, daß der andere Junge in Ungnade fiel und die Schule verlassen mußte. Ruthven war der Anführer und Yeats der Mitläufer. Man hatte Yeats zum Sündenbock für eine Missetat gemacht, die mit Sicherheit auf Jack Ruthvens Konto ging.

Und Jack Ruthven, ihr kühner, edelmütiger und ehrenwerter Großvater, hatte kein Wort mehr darüber verloren.

Noch merkwürdiger war das zweite Rätsel, das ihr die Korrespondenz aus der Zeit in Eton aufgab. Abgesehen von Ruthvens Briefen nach Hause und den Denkwürdigkeiten aus seiner Schulzeit, enthielt das zweite Aktenbündel nur einen einzigen Brief. Mr. Waring, Ruthvens Tutor, hatte ihn am Ende von Ruthvens letztem Sommerhalbjahr an Lady Ruthven geschrieben:

Meine verehrte Lady Ruthven:

Meines Wissens hat Jack Ihnen bereits mitgeteilt, daß er ins Magdalene College zu Cambridge aufgenommen wurde. Sie werden zweifellos entzückt sein. Wie sehr teile ich Ihre Freude! Es ist der angemessene Lohn für einen Schüler, der in den vergangenen fünf Jahren tiefe Wurzeln hier gefaßt, zur Gemeinschaft rings um ihn

Großes beigetragen und durch stetige Beharrlichkeit sich zu einem vorzüglichen jungen Mann entwickelt hat...

Es folgte eine überschwengliche Lobeshymne auf Ruthvens akademische und sportliche Leistungen, seine Führungsqualitäten und den Respekt, den er sich bei den jüngeren Schülern erworben hatte. Dann fuhr er fort:

Angesichts des äußerst betrüblichen Zwischenfalls in seinem dritten Jahr freue ich mich um so mehr für Jack über seinen herausragenden Erfolg. Es war damals für uns alle eine schwierige Zeit; für Sie und Sir Charles als seine Eltern, für mich selbst, für den Direktor, und selbstverständlich auch für Jack. Zu seiner großen Ehre sei gesagt, daß Jack den Vorfall ohne weitere nachteilige Folgen überstand, wenngleich ich gern bei dem Gedanken verweile, daß wir alle unseren Anteil daran hatten, ihm wieder auf die Beine zu helfen. Ich bin sicher, daß er diese seine Disposition nun überwunden hat und der Zukunft entgegensieht, die wir alle ihm wünschen.

Als Victoria den Brief zum ersten Mal las, war sie verwirrt und dachte, Waring beziehe sich ebenfalls auf den Fasanendiebstahl, zumal die Ausdrucksweise – die »Überwindung« einer nicht näher bezeichneten, aber offenbar verwerflichen Wesensart oder Veranlagung – identisch mit Dr. Morgans Worten war.
Dann wurde ihr klar, daß unmöglich von demselben Vorfall die Rede sein konnte. Worin immer das Vergehen bestand – und es gab nicht den geringsten Hinweis darauf, was wirklich geschehen war –, mußte sich Jahre später, an einer anderen Schule, etwas anderes ereignet haben, das die schulische Laufbahn ihres Großvaters noch schwerwiegender gefährdet hatte als die Eskapade mit Yeats.
Mit gerunzelter Stirn starrte Victoria in die Dunkelheit. Es hatte geregnet, aber das Rauschen war nach und nach in ein leises Tröpfeln übergegangen, das allmählich verebbte.
In Ruthvens drittem Jahr in Eton war Yeats wieder aufgetaucht.
Ohne je darüber nachzudenken – was, wie ihr jetzt bewußt wurde, natürlich absurd war –, hatte sie wie selbstverständlich angenommen, das Leben ihres Großvaters sei eine glückliche, nahtlose Aufeinanderfolge hervorragender Leistungen und trefflicher

Erfolge gewesen. So hatte man es ihr erzählt, soweit sie zurückdenken konnte, so hatte es sich ihr eingeprägt. Fehler machten andere. Nur die anderen erlebten Zeiten der Dunkelheit, Einsamkeit und Verwirrung, Großvater nicht. Er war ein Felsen in der Brandung, ein Vorbild, ein Fanal aller männlichen Tugenden – die Meßlatte, an der jeder andere geprüft wurde.

»Falls du je daran denkst, deinen reizenden Freund zu heiraten«, hatte ihre Mutter einmal scherzhaft gesagt, »dann solltest du versuchen, ehe du auf die Knie fällst und ihm einen Antrag machst, dir vorzustellen, wie Großvater ihn bei einem zweiten Glas Brandy gesehen hätte. Weißt du, das ist gar kein schlechter Test.«

Großvater Jack hatte gemeinsam mit einem Jungen namens Yeats Fasanen gewildert und war dabei erwischt worden. Danach erwähnte er seinen Freund nie wieder, obwohl Yeats nach ein paar Jahren zu ihm nach Eton gekommen war. Und dann hatte Ruthven im Brennpunkt eines anderen skandalösen Zwischenfalls gestanden, der ihn beinahe seine Karriere gekostet hatte.

Victoria schnürte das dritte Aktenbündel auf.

9

Das dritte Aktenbündel, vermutete Victoria, würde wohl die gesammelten Erinnerungen und Korrespondenzen aus Cambridge enthalten. Lady Ruthven – nur sie konnte die Sammlerin sein – war offensichtlich eine höchst gewissenhafte, um nicht zu sagen: zwanghafte Bewahrerin sämtlicher Spuren ihres Sohnes gewesen. Die Sorgfalt, mit der sie die Dokumentation seiner Schulzeit in zwei verschiedenen Internaten in chronologischer Reihenfolge säuberlich geordnet hatte, konnte einem professionellen Archivar zur Ehre gereichen.

Doch dann trat eine jähe Veränderung ein. Die ersten Dokumente stammten keineswegs aus Cambridge, wie man hätte vermuten sollen, und es waren keine Briefe, sondern Postkarten. Die Poststempel waren meist verwischt und die Daten unleserlich, doch die schwarzweißen Bilder verschiedener Häfen und die Briefmarken unterschiedlicher Herkunft ließen darauf schließen, daß die Karten während einer Reise durch den Golf von Biscaya entlang der Westküste Afrikas abgeschickt worden waren.

»Sonne, glorreiche Sonne!« lautete die lapidare Mitteilung auf der ersten Karte, gefolgt von der ausgelassenen Zeichnung eines Strichmännchens mit ausgebreiteten Armen unter einer riesigen, gelb ausgemalten Sonne. Sie war in Lissabon abgeschickt worden. Die zweite Karte kam aus Gibraltar: »Noch mehr!« hieß es dort noch knapper, und darunter prangte eine noch größere Sonne.

Die dritte Karte stammte ebenfalls aus Gibraltar: »Und zum Nachtisch Wind!« Sie zeigte dasselbe Strichmännchen, nun auf dem Boden kauernd, die Arme schützend um den Kopf gelegt; etliche dicke Pfeile aus verschiedenen Richtungen markierten den Wind.

Die vierte und die fünfte Karte, gleichermaßen überschwenglich und rätselhaft, waren in Casablanca an der nordafrikanischen Küste und in Teneriffa auf den Kanarischen Inseln aufgegeben worden. »Eine orientalische Schönheit – leider versteckt sie sich!« lautete der Kommentar aus Casablanca auf der Rückseite der Fotografie einer tief verschleierten Araberin. Aus Teneriffa hatte er fliegende Fische und springende Delphine vor dem Bug eines Linienschiffs geschickt, handkoloriert: »Was haltet Ihr von meinem künstlerischen Eifer?« schrieb Ruthven. »Ich hab den Malkasten, Windsor & Newton's Finest Portable, schwarzes Blech, einem heruntergekommenen alten Säufer am Hafen abgekauft, der sagte, er hätte ihn aus Genua von Lear persönlich. Nicht schlecht, was? Ich scherze nur – zumindest ist es ein Anfang.«
Aus Lagos schließlich kam der erste Brief, der zumindest teilweise eine Erklärung lieferte:

Liebste Mama: Vor zwei Tagen sind wir eingelaufen und liegen jetzt an den Seerouten außerhalb des abwrackreifen alten Hafens vor Anker. Ich bin soeben von der Küste zurückgekommen, und es ist beinahe Mitternacht. Sehr eng, sehr feucht – Gott sei Dank halten die Seewinde die lästigen Insekten von uns fern. Ich würde gern schlafen, finde aber, ich sollte Dir erst erzählen, was seit meiner Abreise alles passiert ist...

Ruthven war Ende Juli an Bord des P&O-Linienschiffs *Southern Star* aus London ausgelaufen. Sein Ziel war Kapstadt, Südafrika. Der Dampfer hatte einen einwöchigen Aufenthalt in Gibraltar eingelegt, und ein großer Teil des Briefes befaßte sich mit der Beschreibung eines Ritts von dort zu der Stadt Ronda:

Das Erlebnis war unvergeßlich. Eric und ich verließen den Felsen um drei Uhr morgens in Begleitung zweier spanischer Stallburschen. Fünf Stunden lang ritten wir bei Sternenlicht und hatten nur Eulen zur Gesellschaft. Kurz nach dem Morgengrauen erreichten wir ein kleines Pueblo namens Jimena. Dort frühstückten wir Kaffee und regelrechte Ziegelsteine von Landbrot, in Olivenöl getaucht, das so zähflüssig und durchscheinend grün war, daß es mir vorkam wie eine destillierte Frühlingswiese. Dann begann der Aufstieg.

Ich kann nicht beschreiben, wie es war. Die strenge, diamantene Klarheit der Luft, die warmen Ockerfarben der ausgedörrten Landschaft, das rauhe Stierfell Spaniens unter uns ausgebreitet, die zunehmende Hitze, der Schweiß auf den Pferdeflanken, die stumme Gesellschaft von E – wir brauchten keine Worte – und die finsteren Gesichter unserer Burschen im Schatten ihrer breiten Hutkrempen. Mama, ich war im Paradies!
Am späten Nachmittag kamen wir zu einem anderen Pueblo namens Gaucin, wo wir unsere Pferde in einem kleinen Gasthof unterstellten. Der Gasthof führt ein Gästebuch, in das alle, die zu Pferd von Gibraltar herkommen, ihren Namen nebst Kommentar schreiben. Ich fand einen Eintrag Deines Helden Sir Richard Burton. Daneben eine ganze Seite auf Arabisch von seiner eigenen Hand. Ich hatte natürlich keine Ahnung, was das hieß, schrieb aber meinen Namen hin und fügte ziemlich frech hinzu, ich stimmte Sir Richards Ansicht voll und ganz zu. Ich bin sicher, Du hättest nichts dagegen gehabt!

Es folgte eine Schilderung des nächsten Tages: Ruthvens Eintreffen in Ronda, sein kurzer Aufenthalt in der Stadt und die Rückkehr zum Schiff. Abschließend skizzierte er das Leben an Bord der *Southern Star* bis zur Ankunft in Lagos.

Hier, meine liebste Mama, muß ich mich fürs erste von Dir verabschieden. Was mich am Kap und in Afrika erwartet, liegt hinter einer der offenen Türen, die zu durchschreiten Du mich so oft ermutigt hast. Ich schätze Deine Hilfe und Unterweisung mehr als alles auf der Welt. Ich bin so froh, daß Du meiner Bitte, Erics Angebot annehmen zu dürfen, nachgekommen bist. Ohne Deine Unterstützung hätte ich wohl davon Abstand genommen.
Das tat ich nicht, und jetzt bin ich hier, auf dem Weg zu einem, wie ich hoffe, edlen Abenteuer. Gewiß, im Augenblick habe ich das Glück und einen günstigen Wind im Rücken. Dafür segne ich Erics Angebot und das neugewonnene Vermögen seines Vaters. Aber am meisten segne ich Dich!

Victoria legte den Brief beiseite. Instinktiv ließ sie die übrigen Unterlagen aus und ging direkt zu den Dokumenten am Schluß

über – abermals eine Reihe von Postkarten. Sie durchblätterte sie rasch, ohne auf den Inhalt zu achten: sie suchte nach einem lesbaren Poststempel. Schließlich fand sie einen.
Die Karte war wiederum an Lady Ruthven adressiert und aus Lissabon abgeschickt worden. »Fast wieder zu Hause bei Dir!« hieß es darauf, mit demselben überschwenglichen Ausrufezeichen. Das Datum war der 21. Oktober 1912 – vier Jahre später.
Victoria staunte. Sie hatte Jacksons Biographie ihres Großvaters nicht mitgenommen, aber sie brauchte sie ohnehin nicht – ihre Erinnerung war deutlich genug. Laut Jackson war Ruthven von seinem ersten Internat nach Eton gewechselt, von Eton nach Cambridge, und nach dem Abschluß der Universität hatte er im ersten Weltkrieg gedient.
Ursprünglich hatte Victoria vermutet, sie sei auf eine zwar unbekannte, aber unbedeutende Episode in Ruthvens Vergangenheit gestoßen – ein Ferienaufenthalt in Südafrika zwischen Schule und Universität, was verständlich gewesen wäre. Aber vier Jahre waren kein Ferienaufenthalt, geschweige denn eine unbedeutende Episode, sondern – zumal im Alter zwischen achtzehn und zweiundzwanzig – eine wichtige Strecke auf dem Weg zum Erwachsenenleben. In der Zeit waren die Mädchen seiner Generation zu Frauen geworden, hatten geheiratet, Kinder geboren. Ein Junge ließ die Jugend hinter sich und wurde zum Mann.
Anscheinend war Jackson bei seinen Recherchen geradezu sträflich schlampig vorgegangen – es sei denn, jemand hatte ihn absichtlich in die Irre geführt. Jedenfalls war es ihm gelungen, die vier prägendsten Jahre in Ruthvens Leben unter den Tisch fallen zu lassen. Ruthven hatte keineswegs gleich nach dem Schulabschluß sein Studium begonnen, sondern war nach Südafrika gereist. Und falls er tatsächlich vier ganze Jahre dort verbracht hatte – was, den Postkarten nach zu urteilen, wahrscheinlich war –, so erhob sich eine andere Frage.
In seinem Buch behauptete Jackson, Ruthven habe an der Universität Cambridge die Abschlußprüfung in zwei Fächern *summa cum laude* bestanden. Das war unmöglich. Um den Grad eines Magister Artium zu erwerben, war damals ein dreijähriges Studium erforderlich. Ruthven konnte sich jedoch frühestens 1913 in Cambridge immatrikuliert haben, und ein Jahr später stand er bereits

an der Front. In zwei Semestern konnte er nicht einmal sein erstes Fach abgeschlossen haben, geschweige denn das zweite.
Wie es aussah, hatte er überhaupt keinen Universitätsabschluß vorzuweisen.
Und dann war da dieser Eric, dessen »Angebot« offensichtlich den Ausschlag zu der Reise gegeben hatte und der Ruthvens Gefährte gewesen war. Wer war der Mann? In seinen Briefen aus Eton hatte Ruthven viele verschiedene Namen erwähnt, aber niemals einen Eric. Es war nicht einmal klar, ob sein Reisegefährte gleichaltrig war oder aber ein älterer Mann.
Der Wilderer Yeats, der später in Eton aufgetaucht war – sofern es wirklich derselbe Yeats war –, hatte die Initialen E. M. War das Eric? Und wenn ja, welches Angebot hatte er Ruthven unterbreitet? Wie konnte ein achtzehnjähriger Junge einem Klassenkameraden ein derart verlockendes Angebot machen, daß der Begünstigte seine universitäre Laufbahn an den Nagel hängte und vier Jahre seines Lebens dafür hergab?
Aufgeregt begann Victoria die Briefe zu durchforsten, und allmählich fand sie zumindest auf einige ihrer Fragen eine Antwort.
Es war in der Tat derselbe Yeats, den Ruthven in der Grundschule kennengelernt hatte, und sein Vorname lautete Eric. Das bewies der erste Brief, den Ruthven nach seiner Ankunft in Kapstadt an seine Mutter geschrieben hatte:

Meine Güte, liebste Mama, wir haben hier wirklich einen Höllenspaß, wenn das der richtige Ausdruck dafür ist.
Eric, oder sein Vater, oder vielmehr die Verbindungen seines Vaters, kennen anscheinend in ganz Südafrika jeden, der irgendwie interessant ist, reich an Geist und an Geld (durch Handel, Minen oder auf anderen Wegen) und an Einfluß, von vornehmer Herkunft, ehrgeizig und ohne Zweifel mit allen Wassern gewaschen. Wir lernen sie massenweise kennen, erhalten immerfort Einladungen – man hofiert uns, bewirtet uns, führt uns die Töchter des Hauses vor und behandelt uns überhaupt so, als wären wir die prächtigsten Hähne des Nordens, die Europa ihnen je gesandt hat.

Aus dem Folgenden konnte Victoria einigermaßen rekonstruieren, was geschehen war.

Erics Vater war ein Freund des britischen Generalgouverneurs von Südafrika. Yeats senior war überdies ein Freund und Geschäftspartner von Cecil Rhodes und hatte dank dieser Verbindung durch Beteiligung an diversen Minen jüngst ein gewaltiges Vermögen erworben. Seinem Sohn hatte er einen Posten im Stab des Generalgouverneurs verschafft. Woraufhin Eric seinen Vater bewogen hatte, auch Ruthven eine Stelle zu besorgen, und so kam es, daß Ruthven sich für eine Weile in Südafrika niederließ.

Nichts von alldem war in Jacksons Buch erwähnt, aber allmählich fügten sich die Teile zu einem vollständigen Bild. Eric Yeats war vermutlich in der Tat der Sohn irgendeines Fabrikanten oder Kleinunternehmers gewesen. Deshalb hatte Dr. Morgan ihn ohne viel Federlesens des Internats verwiesen, das Eric und Jack gemeinsam besuchten. Dann war Yeats' Vater unermeßlich reich geworden und hatte seinem Sohn in dem durchaus ungewöhnlichen Alter von sechzehn die Aufnahme in Eton erkauft; so kamen die beiden Freunde wieder zusammen. Danach war es Yeats mit seinen mittlerweile enormen finanziellen Möglichkeiten, der den Ton angab.

Er hatte Ruthven nach Kapstadt mitgenommen.

10

Victoria stand auf und zündete eine neue Kerze an. Um Mitternacht war ein heftiges Gewitter ausgebrochen und hatte den Strom unterbrochen. Jetzt war es beinahe vier Uhr morgens, und der Schaden war noch immer nicht repariert worden.
Rastlos ging sie im Zimmer auf und ab. Dann steckte sie sich eine Zigarette an. Sie hatte ihr Leben lang praktisch nie geraucht – bis vor zwei Wochen, als Charlie sie verlassen hatte. Sie hatte sich bei Fiona ausgeweint, ihrer besten Freundin, und Fiona, der das Zittern ihrer Hände nicht entgangen war, hatte ihr eine Zigarette angeboten. Nach anfänglichem Schock und heftigem Husten hatte es ihr geholfen, merkwürdigerweise: Der Rauch in ihren Lungen war ein wenig betäubend und ein wenig besänftigend, und es gelang ihr, sich zu entspannen. Seither rauchte sie mehrere Zigaretten am Tag, dieselben starken schwarzen Gitanes, an die Fiona, eine Malerin, sich in ihrer Studentinnenzeit in Paris gewöhnt hatte.
Victoria nahm einen Zug, und wieder schien ihr, als verschaffte ihr der Tabak einen klaren Kopf. Sie war völlig verwirrt gewesen – jetzt konnte sie zumindest beginnen, sich zu konzentrieren.
Noch sehr viele Aktenbündel warteten auf sie. Bis jetzt hatte sie erst drei davon gelesen, und zumindest die ersten beiden waren in gewisser Hinsicht durchaus mitteilsam und zeigten, daß Jack Ruthvens schulische Laufbahn bis zu dem Tag, an dem er Student in Cambridge hätte werden sollen, einer geraden Linie folgte; das dritte Bündel hatte seinen weiteren Werdegang bis in seine frühen zwanziger Jahre nachgezeichnet.
Sie warf einen Blick auf die übrigen Päckchen, die sich neben ihrem Sessel türmten, griff nach dem nächsten Bündel und begann

es aufzuschnüren. Doch dann gähnte sie und hielt inne; die Augen fielen ihr zu. Sie drückte die Zigarette aus und ging zu Bett.
Kurz bevor sie einschlief, dachte sie über die schemenhafte Gestalt von Eric Yeats nach, Ruthvens Kindheits- und Jugendfreund. Anscheinend war Yeats, wer immer er war, noch ein zweites Mal an einem Wendepunkt in Ruthvens Werdegang maßgeblich in Erscheinung getreten.

Um halb neun läutete das Telefon und riß Victoria aus dem Tiefschlaf. Benommen nahm sie den Hörer ab.
»Liebes!« scholl es ihr fröhlich entgegen. »Du bist zurück, wie schön. Und wie war's in Glenmoray bei den zwei alten Damen?«
Ihre Mutter. Victoria beschrieb ihren Besuch, während sie langsam zur Besinnung kam, dann sagte sie: »Weil's mir gerade einfällt, Mama: Großvater war doch ein berühmter Wissenschaftler?«
»Trägst du dich immer noch mit dem Gedanken ans Schreiben?« fragte ihre Mutter. »Ach, Liebes. Das halte ich wirklich nicht für sehr vernünftig. Es ist doch alles gesagt worden, was zu sagen ist. Aber nachdem du fragst, ja, gewiß war er ein berühmter Wissenschaftler. Er hat an vielen verschiedenen Hochschulen gelehrt, sogar an amerikanischen Universitäten.«
»Ich dachte eher an Cambridge.«
»Dort hat er studiert, ja. Und er muß hervorragend gewesen sein. Natürlich hat er in zwei Fächern den Magister gemacht, später auch noch den Doktor. Aber schon als Student tat er viel mehr als nötig. Er hat in mehreren sportlichen Disziplinen an den Universitätswettkämpfen teilgenommen und die blaue Mütze getragen, und er war Präsident von allen möglichen Verbänden...« Ihre Mutter verstummte. »Liebes, das weißt du doch alles«, fuhr sie in leicht ungeduldigem Ton fort. »So steht's in den Büchern. Sieh nach. Warum fragst du mich das alles, was könnte ausgerechnet *ich* dir Neues erzählen?«
Victoria gab ein kurzes Lachen von sich, das in ihren Ohren falsch klang. »Ach, weil ich furchtbar spät nach Hause gekommen bin, und weil ich müde bin, und weil die Großtanten von ihm gesprochen haben, aber ich manches vergessen hatte...«, stieß sie wirr hervor in der Hoffnung, ihre Mutter möge nicht weiter auf dem Thema bestehen. Ihr Wunsch ging in Erfüllung.

»Gut, dann schlaf noch ein bißchen und komm zum Mittagessen rüber. Rosalind kommt gegen eins vorbei, aber ohne die Langweiler von Sotogrande. Wir gehen alle zu San Lorenzo und werden's uns nett machen, du wirst schon sehen.«

»Ja, Mama.«

Victoria legte den Hörer auf.

Sie dachte eine Weile nach, dann rief sie die Auskunft an. Ein paar Minuten später hatte sie den Quästor des Magdalene College von Cambridge am Apparat.

Zögernd begann sie: »Ich bin nicht sicher, ob ich bei Ihnen richtig bin. Mein Name ist Victoria Ruthven, ich bin die Enkelin von Colonel Jack Ruthven.«

»Du lieber Himmel, Colonel Ruthven!« Die Stimme am anderen Ende klang aufgeweckt, beflissen und freundlich. »Einer unserer berühmtesten Fellows. Womit kann ich Ihnen dienen?«

»Ich stelle eine Monographie über ihn zusammen«, antwortete Victoria. »Könnte ich wohl zu Ihnen kommen und mir die Unterlagen ansehen, die Sie von seiner Zeit am Magdalene aufbewahrt haben?«

»Nun«, sagte der Quästor nachdenklich. »Ich bezweifle, daß wir viel haben, aber ich werde selbstverständlich sehen, was ich auftreiben kann. Das Problem ist, daß ich morgen zu einer Konferenz nach Helsinki fliege. Heute hätte ich Zeit, aber danach bin ich für eine Weile nicht greifbar. Wie eilig ist es Ihnen?«

»Ich würde diesen Abschnitt seines Werdegangs gern so rasch wie möglich überprüfen.«

»Könnten Sie's denn bis, sagen wir, elf Uhr schaffen, nach Cambridge zu kommen?«

Charlie hatte ebenfalls in Cambridge studiert. Einmal waren sie gemeinsam dort gewesen, und Victoria wußte, daß es von London aus nur eineinhalb Stunden Fahrt waren.

»Ja, sicher«, antwortete sie.

»Gehen Sie zur Portiersloge und lassen Sie sich zu meinen Zimmern führen. Bis dann also.«

Der Quästor war jünger, als sie sich den Finanzverwalter eines College von Cambridge vorgestellt hatte, vielleicht Anfang fünfzig. Seine körperliche Erscheinung entsprach seiner Stimme: er war energiegeladen wie ein springender Lachs. Bei ihrem Anblick schnellte er empor, um sie zu begrüßen, führte sie zu einem Stuhl und streckte sie förmlich darauf nieder. Dann sauste er zu seinem Schreibtisch, hob eine schmale Akte auf und fuhr sich mit der Hand mehrmals durch das silbergesprenkelte Haar, während er die Papiere durchblätterte.

»Wie großartig, wieder eine Ruthven hierzuhaben!« sagte er aufblickend. »Wir haben jetzt natürlich auch Studentinnen, wie Sie sicher wissen.«

Victoria schüttelte den Kopf. »Das wußte ich nicht«, sagte sie lahm.

»Aber ja. Damit haben wir uns eine Menge Schwierigkeiten eingehandelt, von gebrochenen Herzen bis zur Forderung nach Tamponautomaten. Aber es ist wahrscheinlich richtig so. Wir gehen nicht eigentlich mit der Zeit, aber zumindest lassen wir uns mitziehen. Was Colonel Ruthven wohl dazu gesagt hätte...« Er brach ab und lächelte. »Ich habe mein Bestes getan, Miss Ruthven«, fuhr er fort, »aber meine Ausbeute war leider nicht sehr ergiebig. Wir haben jetzt ein neues System, alles computerisiert. Wir versuchen, Archive über unsere berühmtesten Studenten und Fellows anzulegen. Der Bibliothekar von Pepys ist dafür zuständig, ein prächtiger Bursche, wirklich ein Wissenschaftler der neuen Generation. Aber sogar er kann aus seinen Disketten nur herausholen, was darauf gespeichert wurde, und das ist nicht gerade viel.«

Victoria öffnete ihre Handtasche, schlug ihr Notizbuch auf und warf einen Blick auf die Daten, die sie sich aus Jacksons Biographie herausgeschrieben hatte.

»Mein Großvater kam 1913 ins Magdalene College.«

Der Quästor nickte.

»Laut unserer Familiengeschichte hat er in zwei Fächern die Magisterprüfung abgelegt.«

»Ah!« Er legte nachdenklich seine Fingerspitzen aneinander. »Das ist nicht ganz richtig. Technisch gesehen, hat er eigentlich überhaupt keinen Abschluß gemacht, Tatsache ist allerdings, daß die Dinge damals ein wenig anders gehandhabt wurden.«

»Das verstehe ich nicht.«

»Colonel Ruthven hat die Universität nach lediglich zwei Semestern verlassen. Anscheinend ging er im Auftrag der Regierung nach Südafrika. Später schrieb er und fragte an, ob seine Arbeit vor seinem Fortgang beurteilt werden könne. Offensichtlich beeindruckte er seinen Professor gewaltig, denn er erhielt daraufhin seinen akademischen Grad als Magister Artium.«

Mit gerunzelter Stirn sah Victoria ihn an. »Er bekam also ein Hochschulzeugnis, ohne es verdient zu haben?«

»Das ist *eine* mögliche Sichtweise. Aber wie ich schon sagte, damals war alles anders als heute. Damals gab es viel mehr Kommen und Gehen, mehr Toleranz und Flexibilität im Lehrplan.« Er lachte. »Das war das goldene Zeitalter vor Erfindung der akademischen Verschleppungstaktik, wie ich immer sage.«

»Was hat es dann mit dem zweiten Titel auf sich?« fragte Victoria, immer noch mit gerunzelter Stirn.

»Ich habe keine Ahnung, woher der kommt, aber schwer zu erraten ist es nicht. Wenn Sie schon einen Titel vorweisen können, sind die Leute eher geneigt, Ihnen auch einen zweiten zuzuerkennen. Der Rest ist Legende. Aber Sie müssen bedenken, daß er sich im nachhinein seiner akademischen Grade durchaus als würdig erwiesen hat: er wurde Fellow an unserem College, war langjähriger Dozent mit Lehrauftrag und hat mit großem Erfolg Hunderte von Studenten ausgebildet. Wer hätte seine wissenschaftlichen Anfänge in Frage stellen sollen?«

Victoria starrte ihn an. Er war nicht nur wendig und energisch, sondern auch schlau und verfolgte in dieser Angelegenheit keine persönlichen Interessen. Sie hatte keinen Grund, ihm nicht zu glauben. Was er sagte, deutete darauf hin, daß Großvater wohl doch nicht der offenkundige Betrüger war, als den sie ihn nach der Lektüre der Briefe und Karten an seine Mutter bereits gesehen hatte. Jack Ruthven hatte seinen akademischen Grad zwar nicht auf orthodoxem Weg erworben, aber man hatte ihn ihm zuerkannt. Und anscheinend war es nicht so schwer nachvollziehbar, wie daraus ohne besondere Manipulationen ein doppelter Titel geworden war. Der Rest – die sportlichen Triumphe und der Vorsitz über verschiedene Clubs und Organisationen – entsprach vermutlich ebenso der Wahrheit, war jedenfalls nicht völlig aus der Luft gegriffen. Sogar in der kurzen Zeit, die er am Magdalene College verbracht hatte, in diesen beiden Semestern, hatte Ruthven nicht nur am College, sondern auch an der gesamten Universität einen Eindruck hinterlassen.

»Das einzige, was ich sonst noch finden konnte, ist das.«
Victoria hatte ihm eine Frage stellen wollen, doch der Quästor kam ihr zuvor. Er schob eine Fotografie über den Schreibtisch.
»Wie ich schon sagte, bauen wir derzeit ein Archiv auf. In jedem College-Mitteilungsblatt bitten wir um nützliche Beiträge aus der Vergangenheit. Jemand hat uns das hier geschickt. Der Bibliothekar ließ es einscannen und auf Diskette speichern.«
Sie betrachtete das Bild. Es zeigte eine Gruppe junger Männer mit Tennisschlägern. Sie trugen gestreifte Jacketts und Strohhüte mit Bändern und starrten in die Kamera mit der steifen, mißtrauischen Miene derer, für die ein Foto eine neue und unbehagliche Erfahrung ist. Einer der Männer war offensichtlich ihr Großvater.
Die anderen Gesichter waren ihr unbekannt, aber ihre Namen standen darunter. Sie entzifferte sie mühsam, und plötzlich zuckte sie zusammen. Die Frage, die sie hatte stellen wollen, war beantwortet.
»Colonel Ruthven hatte einen Freund, schon in seiner ersten Schulzeit«, sagte sie. »Er hieß Eric Yeats. Ich sehe, daß er auch hier ist.«
»Ah, der große Eric Yeats.«
Victoria musterte ihn ungläubig. »Der *große* Eric Yeats?«
»Haben Sie nicht von ihm gehört?« Der Quästor sah sie nicht minder ungläubig an. »Nun, ich nehme an, er war eine ziemlich rätselhafte Gestalt und gehörte einer Zeit an, die sicher vor der meinen, geschweige denn der Ihren lag. Aber ja, er war bemerkenswert. Nicht nur ein authentischer Doktor der Wissenschaften, wenn ich so sagen darf, ohne Ihren Großvater herabzusetzen, sondern auch einer unserer großzügigsten Wohltäter dieses Jahrhunderts.«
»Dann war er wohl sehr reich?« fragte Victoria mit wachsendem Erstaunen.
»Einer der reichsten Männer Großbritanniens.«
Sie schüttelte den Kopf, unfähig, das Gehörte in irgendeinen vernünftigen Zusammenhang zu bringen. In ihrer Vorstellung hatte sie sich Yeats als eine schüchterne kleine Gestalt zurechtgelegt, Sohn irgendeines schwerfälligen Kaufmanns mit gesellschaftlichen Ambitionen, als einen Bewunderer, der sich an Großvaters Rockschöße geheftet hatte und, zu Unrecht, zum Sündenbock gemacht

worden war und für Ruthvens Eskapaden hatte büßen müssen. Gewiß, sein Vater war reich geworden, und sein Vermögen hatte Yeats die Möglichkeit eröffnet, Ruthven nach Südafrika mitzunehmen. Aber sie hatte weder vom wahren Ausmaß seines Vermögens noch von seiner akademischen Brillanz eine Vorstellung gehabt.

»In welchen Fächern hat denn Yeats seinen Doktor gemacht?« fragte sie.

»Ich dachte mir schon, daß Sie solche Fragen stellen würden, und habe deshalb den Bibliothekar gebeten, die vorhandenen Angaben über jede Person auf dem Foto auszudrucken«, sagte der Quästor, sichtlich erfreut über seine Weitsicht. »Yeats hat in Naturwissenschaften promoviert, eine damals recht ungewöhnliche Entscheidung. Sein besonderes Interesse galt den Vögeln. Hier...« Er reichte ihr einige Papiere. »Es ist nicht besonders viel, aber Sie können sie mitnehmen und lesen.«

Victoria faltete die Papiere zusammen und steckte sie in ihre Tasche.

»Und womit hat er sein Geld gemacht?« fragte sie.

Sie wollte nur die Bestätigung dessen, was sie aufgrund der Briefe vermutet hatte, und bekam sie prompt.

»Im wesentlichen durch Erbschaft. Mr. Yeats senior war einer von Cecil Rhodes' Partnern im südafrikanischen Gold- und Diamantengeschäft. Praktisch über Nacht wurden alle Beteiligten, soweit ich weiß, Multimillionäre.«

»Und sicher ist Eric Yeats schon vor langer Zeit gestorben?«

»Gestorben!« Der Quästor sah sie ob ihrer Unkenntnis beinahe vorwurfsvoll an. »Meine Liebe, Yeats und seine Gattin wurden 1939 ermordet. Ihr Tod ist nach wie vor eines der großen ungelösten Rätsel der britischen Kolonialherrschaft in Afrika, noch größer sogar – für diejenigen, die sich mit solchen Dingen beschäftigen – als der Tod von Lord Erroll.«

Victoria stand auf und lächelte ihn strahlend an. »Vielen Dank für Ihre große Hilfe. Ich werde Ihre Ausdrucke lesen, sobald ich zu Hause bin.«

Durch das graue Zwielicht eines trüben, bitterkalten Januartages fuhr sie nach London zurück.

11

»Danny.« Victoria beugte sich vor und griff nach seiner Hand. »Sag mir: Wie wird man schwul?«

»Wie bitte?« Er starrte sie an. »Willst du Unterricht in Sextechniken für Anfänger? Ich könnte dir zwar ein paar Lektionen erteilen, aber ich glaube nicht, daß das viel hilft. Die Natur hat uns mit ziemlich unterschiedlichem Werkzeug ausgestattet...« Er grinste. »Wer ist denn die glückliche Dame?«

Sie schüttelte den Kopf und lachte.

Danny war Äthiopier, winzig, dunkelhäutig und außergewöhnlich gutaussehend. Charlie hatte ihn bei seinen Recherchen im Zusammenhang mit einer afrikanischen Intrige kennengelernt und Victoria vorgestellt. Durch irgendwelche Fäden in dem komplizierten dynastischen Netz der äthiopischen Monarchenfamilie sei er mit dem verstorbenen Kaiser Haile Selassie verwandt, hatte Charlie behauptet. Mit Sicherheit war Danny ungeheuer reich. Offiziell verdiente er sein Geld mit Schauspielerei, doch auch in den langen Zeiträumen, in denen er, seiner eigenen Aussage nach, »ausruhte«, lebte er in höchstem Komfort. Er war in Eton erzogen worden und sprach ein exzellentes Englisch, vorzugsweise jedoch eine Mischung aus Straßenslang und altmodischen Redewendungen, die Victoria in Entzücken versetzte.

Schon bei ihrer ersten Begegnung war sie begeistert gewesen, und mit der Zeit war er ihr ein naher und vertrauter Freund geworden. Er war ausschließlich und leidenschaftlich homosexuell und machte kein Hehl daraus, zugleich aber war er einer der wenigen Menschen, von denen sie wußte, daß sie ohne Schwierigkeiten und offen mit ihm darüber reden konnte.

»Es geht nicht um mich, sondern um meinen Großvater«, sagte sie. »Na, der muß ja ein Mordsding gehabt haben, Schätzchen. *Mir* fällt es schon schwer genug, jemanden rumzukriegen. Wenn er beide Fronten bedient hat, sollte man mindestens einen Film über ihn drehen. Was ist mit diesem Bäumchen-wechsle-dich-Rambo?«

»Danny, bitte, sei nicht ordinär!«

Er hatte jedesmal dieselbe Wirkung auf sie – irgendwann brach sie in hilfloses Gelächter aus.

»Ich möchte wissen, wie das mit ihm war«, fuhr sie fort, nun in sachlichem Ton. »Wie er dazu hat kommen können.«

Danny nahm ihren veränderten Tonfall wahr, und seine quecksilberschnelle Sensibilität reagierte auf der Stelle.

»Wie er wozu hat kommen können?«

»Er hatte von Kindheit an einen speziellen Freund, mit dem er immer wieder zusammenkam. Anscheinend war das Leben der beiden auf irgendeine Weise ständig verknüpft. Ich frage mich einfach, ob sie womöglich eine homosexuelle Beziehung miteinander hatten.«

Es war der Abend nach ihrem Besuch in Cambridge. Victoria hatte die Kopien gelesen, die der Quästor ihr über die sechs Männer auf dem Photo mitgegeben hatte. Über ihren Großvater erfuhr sie nicht wesentlich mehr, als sie ohnehin schon wußte. Die Daten zu den vier anderen umfaßten jeweils nur wenige Zeilen. Sie wußte nicht, ob sie in Ruthvens späterem Leben je wieder in Erscheinung getreten waren – wahrscheinlich nicht.

Höchst interessant waren hingegen die Angaben über Yeats. Über den Mann selbst gaben sie praktisch nichts preis, doch sie lieferten eine getreuliche Auflistung dessen, was er und sein Vater für das College getan hatten. Die Spannweite und die Höhe ihrer Zuwendungen waren erstaunlich. Sie umfaßten einen Zeitraum von dreißig Jahren und reichten von einer ansehnlichen Summe für die Pensionierung eines Portiers bis zur Finanzierung eines völlig neuen Wohngebäudes für fünfzig Studenten. Die Kopie schloß mit dem Kommentar des Bibliothekars: »Eric Yeats war einer der großzügigsten Mäzene des Colleges während seines gesamten fünfhundertjährigen Bestehens. Im Rückblick erscheint es besonders angemessen, daß einer seiner engsten Freunde hier Jack Ruthven war, später Colonel Ruthven, der Kriegsheld, Ornithologe und Forscher, der einer der herausragendsten Fellows des Colleges wurde.«

Auf das Diebesgut aus Glenmoray hatte Victoria keinen Blick mehr geworfen. Sie hatte das Bedürfnis, sich zuerst im Geist ein Bild von ihrem Großvater zu machen – oder ihr Bild zurechtzurücken, zu prüfen, ob ihre Vermutung richtig war. Eine homosexuelle Beziehung mit Yeats schien ihr die einzig mögliche Erklärung, weshalb die beiden so innig miteinander verbunden gewesen waren, in derart prägenden Phasen ihres Lebens. Vielleicht war das der »Fehler«, auf den die Lehrer angespielt hatten?

Liebesbeziehungen zwischen Männern waren damals durchaus nichts Ungewöhnliches, doch die Welt der männlichen Homosexualität war ihr völlig fremd. Aus diesem Grund hatte sie sich mit Danny verabredet. Was sie von ihm wollte oder inwiefern er ihr helfen konnte, wußte sie nicht; sie wollte einfach mehr über ihn erfahren, über sein Anderssein – das ihn vielleicht mit Ruthven und Yeats verband.

»Es ist nicht so, wie du denkst«, sagte Danny. »Es gibt nicht nur eine Art, schwul zu sein, Schwule sind so unterschiedlich wie Heteros. Du kannst es machen wie Tennessee Williams und jeden Abend ein Dutzend Cottages oder Badeanstalten aufsuchen. Oder du kannst fünfzig Jahre lang allabendlich nach Haus kommen und für deinen Partner kochen, ohne je einen anderen anzuschauen...« Danny stützte die Ellenbogen auf den Tisch und legte sein Kinn auf die Hände. »Man sucht sich seinen Weg aus. Oder vielmehr: er drängt sich einem auf.«

»Aber wie fängt es an?« beharrte Victoria.

»Genauso wie für euereins. Du schaust jemanden an und denkst, wow, klasse, den will ich haben!«

»Aber warum?«

»Warum ein Mann und nicht eine Frau?« Danny zuckte die Achseln. »Schätzchen, das weiß ich nicht. Das weiß niemand. Deine Mama hat dich nicht geliebt, oder sie hat dich zu sehr geliebt. Dein Vater hat dich geschlagen, oder er hat dich nicht angerührt. Du hast zu viele Gene oder zu wenige, einen Hormonüberschuß oder einen Hormonmangel. Du hast zu enge Jeans getragen, oder man hat dich in Boxershorts gesteckt, oder sie haben dir als Kleinkind

Kleider angezogen, weil du nicht die Tochter warst, nach der sie sich gesehnt haben. Such dir was aus.«
»Warum«, fragte Victoria nachdenklich, »hatte mein Großvater eine Beziehung mit Eric Yeats – wenn er überhaupt eine hatte?«
»Wahrscheinlich aus dem ältesten Grund der Welt. Er hat sich verliebt. Das passiert jedem von uns, sogar einem Homo wie mir. Vielleicht stehen wir mehr auf Ärsche als auf Mösen, aber das Prinzip ist dasselbe. Wir wollen jemanden haben und ihn behalten.« Danny beugte sich über den Tisch und packte sie an den Oberarmen. »Leidenschaft, Schätzchen, Liebe und Leidenschaft. Es ist der Fluch und das Wunder des Lebens.«
Eine Zeitlang schwiegen sie beide. »Was ist denn aus dem mysteriösen Mr. Yeats geworden, diesem Lover oder was immer er deinem Großvater war?« fragte Danny.
»Er wurde ermordet.«
»Echt? Sonderbar. Unter welchen Umständen? War Großpapa der wahnsinnige Axtmörder?«
»Mit Sicherheit nicht!«
Die Vorstellung, daß ihr freundlicher und geliebter Großvater einen Menschen ermordet hätte, war derart grotesk, daß ihr Tonfall schärfer war als beabsichtigt.
Danny senkte den Kopf. »Verzeih mir, daß ich überhaupt geboren wurde«, murmelte er mit äußerster Zerknirschtheit. »Bin nur ein einfacher Schwarzer und hab einen schlechten Scherz gemacht. Aber«, fügte er in normalem Ton hinzu, »so was kommt vor, wenn Liebende auseinandergehen.«
»Du bist unmöglich, Danny!« lachte Victoria. »Tut mir leid, daß ich dich angefahren habe. Aber es ist nicht sehr wahrscheinlich. Ich dachte eher an eine beiderseitige jungenhafte Schwärmerei, die Sorte Verliebtheit ins eigene Geschlecht, die von selber vergeht, wenn man erwachsen wird. Kann das sein?«
»Natürlich. All diese jugendlichen Pheromone, die durch die Gegend sausen und nirgendwo anders hinkönnen als in die Hohlräume des nächstbesten Kerls, der sich dazu hergibt. Und dann wird man erwachsen und stellt fest, daß es im Leben noch was anderes gibt als Hintereingänge…« Er grinste. »Es sei denn, es geht einem wie mir. Ich bin so an die Hintertüren gewöhnt, daß ich gar nicht auf die Idee käme, einen anderen Eingang zu benutzen.«

Victoria beugte sich über den Tisch und küßte ihn. »Ich wünschte, das wäre nicht so.«
»Nein, tust du nicht. Wir würden schwärzliche Kinder kriegen, mit ingwergelben Haaren und komischen äthiopischen Nasen. Ein ästhetischer Alptraum. Mit Charlie bist du viel besser dran.«
»Charlie ist weg«, sagte sie teilnahmslos.
Danny sah sie entgeistert an. »Du meinst, er hat sich abgeseilt? Endgültig? Meine Güte. Ich dachte, du bist seine permanente Frau.«
»Neue Besen kehren besser«, gab sie zurück. »Der Saukerl!«
»In diesem Fall«, sagte Danny in sachlichem Ton, »brauchen wir wahrscheinlich Champagner. Und nicht eine Flasche, sondern ein verdammtes Faß.«
Er winkte dem Kellner.

Von dem Weinlokal in der Fulham Road, wo sie sich mit Danny getroffen hatte, fuhr Victoria mit dem Taxi nach Hause.
Der Champagner war genau das Richtige für sie gewesen. Er hatte sie erheitert, in Wut versetzt, ihr Selbstvertrauen gestärkt und sie schließlich müde gemacht. Nach den Anstrengungen des Vortags – der langen Fahrt auf winterlichen Straßen von Glenmoray nach Aberdeen und dem Rückflug spät abends, nach dem sie dennoch der Versuchung nicht hatte widerstehen können, bis vier Uhr morgens aufzubleiben und die ersten mitgebrachten Aktenbündel zu lesen, so daß sie nur ein paar Stunden Schlaf bekam – hatte auch der Ausflug nach Cambridge sie erschöpft, und sie war sicher, daß sie jetzt rund um die Uhr schlafen konnte.
Sie bezahlte den Taxifahrer und stand einen Augenblick lang in der eisigen Dunkelheit vor ihrem Haus.
Danny war wunderbar gewesen. Er hatte eigentlich nichts gesagt, hatte ihr nichts bewiesen, aber in gewisser Weise hatte er ihr bestätigt, daß ihre Hypothese nicht abwegig war. Er hatte sie in einen Kontext gestellt, den sie verstehen konnte. Ja, es war möglich, daß Ruthven und Yeats in ihrer Jugend eine homoerotische Beziehung miteinander hatten – Liebe und Leidenschaft hätten, wie Danny meinte, den Ausschlag dazu geben können. Und wenn dem so war, ja, dann war es gleichermaßen möglich, daß sie mit den Jahren darüber hinausgewachsen waren, daß sie sich auseinandergelebt

hatten und verschiedene Wege in die Erwachsenenwelt, in eine hetereosexuelle Welt gegangen waren. Eric Yeats hatte das gewaltige Vermögen seines Vaters geerbt und geheiratet. Für ihren Großvater hatte eine außerordentliche Karriere als Gelehrter und Forscher in allen Ländern der Erde begonnen, und schließlich, spät, hatte auch er geheiratet.

Was sie bis zu ihrem Besuch in Cambridge nicht gewußt hatte, war Yeats' gewaltsames Ende. Sie hatte immer noch keine Ahnung von den Umständen seines Todes: in der Kopie des Bibliothekars war lediglich die Rede von seinem »frühen und betrüblichen Hinscheiden«. Zwar hatten sich die Wege der beiden Freunde wahrscheinlich schon lang vorher getrennt, doch es konnte ja sein, daß sie in den noch ungelesenen Akten den einen oder anderen Hinweis fand.

Die Lektüre würde bis zum Morgen warten müssen.

Victoria spürte, wie die Champagnerblasen in ihrem Blut ihre belebende Wirkung verloren. Eine grenzenlose Müdigkeit überkam sie. Sie dachte an Charlie, den ihr das Treffen mit Danny wieder schmerzhaft in Erinnerung gebracht hatte, und stieß eine wilde und bittere Verwünschung gegen ihn aus. Dann stieg sie hinauf zu ihrer Wohnung und schloß die Tür auf.

Sie ging ins Schlafzimmer. Ohne sich die Mühe des Auskleidens zu machen, warf sie sich aufs Bett und schlief auf der Stelle ein.

12

Victoria schlief nicht ganz vierundzwanzig Stunden, doch es war immerhin Nachmittag, als sie aufwachte.
Der graue, kalte Himmel vor den Fenstern verdüsterte sich bereits, und sie schauderte, als sie aus der Wärme ihres Betts aufstand. Sie nahm ein Bad, kochte sich eine Tasse Kaffee und setzte sich in ihren Sessel, um weiterzulesen.
Die nächsten fünf Aktenbündel bestanden hauptsächlich aus Notizbüchern, die für sich schon ein bemerkenswerter Anblick waren: in verblichenes, einstmals feuerrotes Leder gebunden, mit smaragdgrün und blau gemaserten Vorsatzblättern und dickem, gelblichem Büttenpapier. Sie waren sowohl bei Harrods als auch bei Green & Stone erstanden worden, die schon damals Künstlerbedarf aller Art führten – die Namen der Geschäfte waren auf der Innenseite der Lederbindung eingeprägt.
Victoria dachte daran, wie sie zwei Jahre zuvor bei Green & Stone Charlies Geburtstagsgeschenk erstanden hatte. Denn Charlie war nicht nur Journalist, sondern hatte auch künstlerische Ambitionen und wollte malen. Stundenlang hatte sie gesucht und schließlich eine eiserne Palette aus dem neunzehnten Jahrhundert gefunden; dazu gehörte ein metallener Malkasten mit den originalen Farbtöpfchen. Er hatte sich sehr gefreut, aber seine historischen Malutensilien nicht häufig benutzt; bei der Räumung der gemeinsamen Wohnung hatte er sie allerdings nicht vergessen.
Wieder einmal verfluchte sie ihn und zündete sich eine Zigarette an. Dann schlug sie das erste Notizbuch auf.
Zwischen den Umschlagseiten und gelegentlich auch zwischen den Blättern fand sie weitere Briefe und Postkarten; desgleichen in

den anderen Notizbüchern. Sie nahm sie alle heraus, wobei sie gewissenhaft notierte, woher jeder Brief und jede Karte stammten, heftete sie zu Bündeln und legte sie beiseite. Dann kehrte sie zu den Tagebüchern zurück. Darin würde sie hoffentlich finden, was sie am meisten interessierte.
Sie irrte sich. Es waren Ruthvens ornithologische Aufzeichnungen, Angaben über die Vögel, die er während seiner Reisen beobachtet und identifiziert hatte. Jede dieser Listen war mit dem Datum und dem Ort der Beobachtungen versehen. Glenmoray tauchte zwangsläufig sehr oft auf, wenngleich er auch viele andere Orte in Großbritannien besucht hatte, von Norfolk über Somerset bis nach Wales.
Zu Anfang hatte er gelegentlich Kommentare über die gefundenen Spezies abgegeben. Der Rote Milan, dem er in den Waliser Bergen begegnet war, hatte ihn sogar zu einigen lyrischen Zeilen inspiriert:

Welche Verzückung, diesen seltensten aller Vögel Britanniens zu sehen! Er brachte mir Gerard Manley Hopkins ins Gedächtnis: »Ich sah heute morgen den Günstling des Morgens, den Prinzen im Reich des Lichts...« Er war nur schöner, noch großartiger, ein rotgolden-kastanienbrauner Pfeil, geradewegs von der Sonne abgeschossen. Er schwebte und kreiste über mir und schwang sich in die zerrissenen Wolken empor. Wenn Engel je eine materielle Form annehmen, so wählen sie sicherlich diese.

Die späteren Notizbücher waren geographisch gegliedert und markierten den Beginn seiner Auslandsreisen. So fand sie Überschriften wie »Camargue, Südfrankreich«, »Marschen nordöstlich von Konstantinopel«, »Ebene im Westen von Teheran«. Die Kommentare wurden häufiger und zugleich ausführlicher und professioneller.
»Anscheinend teilen sich Löffelreiher und Rallenreiher dieselben Brutplätze und tolerieren einander ohne Aggression«, schrieb er anläßlich eines Besuchs in Spanien. »Morgen werde ich versuchen, die relative Nestdichte in dem Korkeichengehölz jenseits der Lagune zu berechnen.«
Langsam blätterte Victoria weiter. Sie wußte sehr wenig über Vögel, aber an diesen Notizen schien ihr nichts Außergewöhnliches

zu sein: sie waren nichts weiter als die unmittelbaren Beobachtungen eines Vogelfreunds, der allerdings über einen scharfen und gewissenhaften Blick verfügte. Ihr Großvater, geboren am Ende des viktorianischen Zeitalters, stand in einer langen und ehrenwerten Tradition von Hobby-Naturforschern, die für Männer von gewissem Stand zum guten Ton gehörte. Was ihn von seinen Zeitgenossen unterschied, waren allenfalls die Breite seines Wissens und die Vielfalt seiner Entdeckungen. Ein zweiter Darwin war er nicht, wie sein verzweifelter Biograph gemutmaßt hatte – aber ebensowenig ließ sich andererseits auch nur der geringste Hinweis auf Betrug und Täuschung finden, vor allem nicht in derartigem Umfang, wie der junge Mann vom naturgeschichtlichen Museum argwöhnte.

Victoria zündete sich noch eine Zigarette an. Gedankenverloren, ein wenig schläfrig ließ sie den Blick über die Beschreibungen verschiedener Spezies und die zunehmend komplizierten Bemerkungen gleiten. Auf einmal aber wurde sie wieder hellwach.

Es war das Jahr 1913, und Ruthven war wieder nach Spanien gereist. Irgendwo im Süden von Sevilla hatte er sich niedergelassen – »Palacio de Doña Ana, Guadalquivir, Sevilla« war der Eintrag überschrieben. Er begann mit der üblichen Aufzählung von Artmerkmalen und ornithologischen Kommentaren. Dann unterbrach er sich und fuhr in vollkommen anderem Stil fort:

Es ist heiß, heiß, heiß! Auf jeden Fall viel zu heiß zum Schlafen. Und niemand da, mit dem ich reden kann, und ich habe die letzte Flasche von diesem schweren Rioja geleert, den Juani mir mitgegeben hat, und bin noch am Leben, ja, es geht mir prächtig, und ich bin hellwach.

Habe ich meinen Eintrag über die Brachschwalben gemacht?

Ja, erledigt. Auch über die Flamingos – aber ich darf nicht vergessen, mir irgendeine Möglichkeit einfallen zu lassen, um herauszufinden, ob sie von hier zum Rhône-Delta ziehen –, ich habe sogar einen Luchs skizziert, den ich Mama schicken will.

Es ist wirklich atemberaubend schön hier. Der Vollmond spiegelt sich im See, die Eulen schreien, ein Hirsch röhrt. Und Doña Anas hinreißender Palacio, ein weitläufiges, verschachteltes Jagdschloß mit honigfarbenen Steinmauern, die sich endlos hinziehen.

Hat Goya wirklich hier die nackte Maja gemalt? Und war sie die Herzogin von Alba? Und war sie seine Geliebte?
Vor mir habe ich einen dieser farbigen Drucke, wie sie im Prado verkauft werden. Ich habe ihn von Madrid mitgebracht. Man sieht nicht viel, ziemlich düstere Sache. Aber der Druck zeigt immerhin, wie ihr Körper daliegt, und sämtliche Formen und Falten und die Art, wie der Betrachter unausweichlich zu jenem Ort hingezogen wird, wo sie ihr Geheimnis bewahrt. Wäre es nicht unsere innigste Sehnsucht, dieses Geheimnis zu lüften?
Gott steh mir bei, was hast du mir angetan, Eric? Mich in diesen verfluchten Vogelzirkus einzuspannen. Und schlimmer als alles: daß du mich S hast finden lassen.
Wenn es einen Ort auf Erden gibt, einen Ort im gesamten Sonnensystem, wo ich jetzt mit S sein wollte, dann ist das hier. S so nackt wie Maja. Und gar nichts tun. Sie nur betrachten, wie Goya die Herzogin von Alba betrachtet hat. Das ist genug für uns, die wir nur Sterbliche sind.
Vielleicht hat Goya sich ja mit ihr vereinigt. Können Sterbliche sich mit Göttinnen paaren? Vielleicht Künstler. Sie berühren, sie streicheln mit der Zartheit und Flüchtigkeit einer Eulenschwinge, sie einen Augenblick in ihren menschlichen, männlichen Armen halten – können sie das?
Ach, mein Gott, ich schweife ab, ich bin wahrscheinlich betrunken – zuviel spanischer Rotwein. Gute Nacht, süßer Prinz, und scher dich zur Hölle, wo ich schon bin.

Victoria ließ das Notizbuch sinken. Sie fuhr sich mit beiden Händen durchs Haar, dann griff sie erneut zu einer Zigarette. Sie war sprachlos.
Großvater war seit jeher eine Oase des Friedens gewesen, ein Pfeiler der Ruhe und Gelassenheit, nicht nur für sie, sondern für die gesamte Familie. Niemals war er Opfer jenes Aufruhrs der Gefühle gewesen, der Flutwellen von Liebe und Haß, die jeden anderen quälten und hinwegrissen – er stand aufrecht, ohne zu wanken, unerschüttert, ihr Patriarch und Beschützer für alle Zeiten.
Was sie soeben gelesen hatte, widersprach jeder Vorstellung, die sie sich von ihm gemacht hatte.
Es war fast schlimmer als die Beschuldigung des Betrugs, die der

junge Wissenschaftler im Museum gegen ihn erhoben hatte. Mag sein, daß Ruthven betrunken war, als er diese Sätze schrieb, aber die Leidenschaft, die Erotik, die tiefe Verwirrtheit waren echt. Er konnte immer noch so erhaben sein, wie man ihn Victoria stets präsentiert, wie sie selbst ihn erlebt hatte, doch sie sah ihn nun auch in einem neuen Licht: eine arme, gequälte Seele.

»Eric« konnte ja nur Eric Yeats sein.

Offensichtlich hatte sie in dieser Hinsicht recht gehabt. Welche Beziehung auch immer zwischen ihnen bestanden haben mochte, Yeats war in Ruthvens Leben tief verstrickt. Anscheinend hatte er ihn in das Studium der Vögel eingeführt. Und er hatte ihm die geheimnisvolle S vorgestellt.

Victoria zermarterte sich das Hirn. Weder in der Familiengeschichte noch in der Biographie oder sonst irgendeinem Artikel über Großvater, den sie gelesen hatte, tauchte eine Frau auf, deren Name mit S begann. Und sie war eindeutig eine Frau – Ruthvens erotische Phantasien über das Geheimnis zwischen ihren Beinen ließen daran keinen Zweifel. Die einzige S, an die Victoria sich erinnerte, war jene Sophia, die den Worten ihrer Mutter zufolge Eric Yeats' Gattin gewesen war.

Es war undenkbar, daß sie die Frau sein sollte, die den jungen Ruthven in Bann geschlagen hatte und quälte. Als Victoria nach dem nächsten Bündel Briefe und Papiere griff, läutete das Telefon. Sie nahm den Hörer ab.

»Ja?«

»Hallo, Sonnenschein, Licht meines Lebens und Trost meiner schwindenden Jahre...«

Das Lachen war ein wenig verkrampft, die Stimme jedoch unverkennbar: Charlie.

»Was willst du?« schnauzte sie ihn an, nachdem sie den ersten Schreck überwunden hatte.

»Könnten wir uns vielleicht treffen?«

»Bleib dran, ich muß erst im Lexikon nach dem passenden Ausdruck suchen.« Mit den Fingern trommelte sie auf den Tisch. »Jetzt hab ich ihn: Verpiß dich, Drecksack.«

»Victoria, bitte...«

»Bist du sicher, daß du nicht Angela meinst? Sie ist diejenige, die ein gesticktes A auf ihrem herabgleitenden BH-Träger hat.«

»Liebes, es geht um eine Story.«
»Ach was! Schon wieder ein Märchen. Dafür brauchst du ganz bestimmt nicht meine Hilfe.«
»Victoria, es geht um einen Mann namens Yeats«, flehte er. »Vielleicht hat Jack Ruthven was damit zu tun.«
Sie war schon im Begriff gewesen, aufzulegen, und hatte im allerletzten Augenblick Charlies Worte wahrgenommen. Sie erstarrte. Dann hob sie den Hörer wieder ans Ohr.
»Was willst du über Yeats und meinen Großvater wissen?«
»Ich weiß noch nicht genau«, sagte er. »Es ist ein Auftrag von Features. Ziemlich merkwürdig und ziemlich interessant. Darf ich's dir bei einem Abendessen erklären?«
»Wenn es ein Essen sein soll, dann wird dich das sehr teuer zu stehen kommen. Champagner und Kaviar. Und falls du auf die Idee kommen solltest, Angela mitzubringen, kannst du's vergessen. Ich hab mir kürzlich einen Rottweiler zugelegt. Er ist schon als Welpe dazu abgerichtet worden, Schlampen die Kleider vom Leib zu reißen. Er kommt mit mir, und er wird hungrig sein.«

Sie trafen sich in einem Restaurant in der Kensington Park Road, das Victoria ausgesucht hatte. Absichtlich kam sie eine halbe Stunde zu spät. Als sie endlich erschien, saß Charlie bereits recht nervös am Tisch. Er stand auf und versuchte, sie zu umarmen, doch sie stieß ihn fort.
»Champagner?« fragte sie, während sie sich setzte.
»Steht bereit.«
Sie sah sich um. Die Flasche im Eiskübel war ihr entgangen. Er goß ihr Glas voll.
»Kaviar?«
»Wird in jeder Menge serviert, von einer Portion bis zu einem Kilo. Ich habe mit der Bestellung gewartet, weil ich nicht wußte, was du willst.«
»Wir fangen als Grundlage erst mal mit einem Kilo an. Und Angela?« setzte sie nach einer Pause hinzu.
»Sie arbeitet.«
»Ich weiß ja nicht, was sie für die halbe Stunde nimmt, aber laß dich auf keinen Fall auf weniger als die Hälfte runterhandeln. Professionelle Zuhälter verlangen achtzig Prozent.«

»Victoria...«
»Bitte nenn mich Miss Ruthven und sag, was du willst.«
Charlie verdrehte entnervt die Augen. »Victoria, du bist das, was die Amerikaner eine höchst temperamentvolle Dame nennen. Du bist außerdem ziemlich schwierig.«
»Reiz mich nicht. Ich bin weder besonders temperamentvoll noch schwierig«, antwortete sie. »Ich bin nur ein Mensch, eine Frau, die auf versilbertes Blech reingefallen ist, auf ein parfümiertes Stück Scheiße.«
»Ich werde jetzt den Kaviar bestellen.«
»Ich dachte, das hättest du schon getan. Fangen wir lieber mit zwei Kilo an.«
Der Kaviar wurde serviert. Sie verspeisten ihn mit eisgekühltem Wodka. Nach einigen stummen Minuten begann Charlie zu reden. »Unser Südafrika-Büro hat mich auf die Sache angesetzt«, sagte er. »Nach dem Ende der Apartheid ist alles mögliche passiert. Akten wurden der Öffentlichkeit zugänglich gemacht. Merkwürdige Geschichten kamen ans Licht. Dazu gehört die Gründung der Kimberley Diamanten- und Goldminen...« Mit schräggelegtem Kopf sah er sie nachdenklich an – eine typische Geste, die sie so gut kannte. »Kimberley ist eine eigene Geschichte, aber sie hat etliche Nebenstränge. Die ursprünglichen Kimberley-Investoren steckten ihre eigenen Claims ab. Sie schufen ein ganzes Netz von Beteiligungen an Minen. Heute stützen sie die gesamte südafrikanische Wirtschaft. Ihre Tentakeln reichen bis nach Botswana, Namibia, Sambia, Zimbabwe und Angola. Jedesmal, wenn man eine Spur bis an den Anfang verfolgt, tauchen dieselben Namen auf. Darunter ist auch eine Familie namens Yeats.«
»Und was ist *deine* Story?« fragte Victoria.
»Ich hab noch keine«, antwortete Charlie. »Aber das Szenario ist faszinierend. Es gab zwei Yeats, Vater und Sohn. Der Sohn Eric erbte das Vermögen seines Vaters. Er wurde in Betschuanaland, dem heutigen Botswana, ermordet. Keiner scheint zu wissen, an wen sein Geld übergegangen ist. Es ist alles als anonymes Treuhandvermögen angelegt, registriert auf den Cayman-Inseln. Die Anwälte verraten kein Sterbenswörtchen. Es ist unauffindbar.«
»Dann spielt es keine Rolle. Es ist nur Privatvermögen.«
»Nicht ganz. Es umfaßt auch Ländereien und Flüsse. Der Yeats

Foundation – aus steuerlichen Gründen hat sie sich als gemeinnützige Stiftung eintragen lassen – gehört ein großer Teil des Okawango-Deltas. Tatsächlich kontrolliert sie die Wasserversorgung der Orapa-Diamantenminen. Und deshalb«, fügte Charlie eifrig gestikulierend hinzu, »beherrscht sie die Wirtschaft von Botswana. Und nachdem die Pyramide breiter wird, denn Botswana ist ziemlich reich geworden und ist derzeit ein Kreditgeber für Südafrika, bestimmt sie wesentlich das Schicksal von Südafrika.«
Victoria saß schweigend da. »Was zum Teufel hat das mit mir zu tun?« fragte sie nach einer Weile.
»Unsere Leute in Johannesburg haben die Archive überprüft. Der einzige andere identifizierbare Investor der Yeatsschen Unternehmen war Colonel Ruthven. Ich dachte, du weißt vielleicht etwas darüber, hast vielleicht Zugang zu irgendwelchen Familienunterlagen, wärst vielleicht in der Lage, mir einen Hinweis auf den derzeitigen Eigentümer der Stiftung zu geben.«
Wütend starrte sie ihn an. »Aha«, stieß sie hervor. »Dann bin ich jetzt also eine Quelle, wie?«
»Nein, Liebes, natürlich nicht. Nur eine freundliche, hilfreiche Hand.«
»Ich bin nicht freundlich, ich bin keine hilfreiche Hand, und ich bin keine Informantin!« schrie sie erbost und sprang auf. Sämtliche Köpfe im Restaurant drehten sich zu ihnen.
»Ich bin eine Frau, die dich geliebt hat, aber für dich nur eine bescheuerte Fotze war und eine Zeitlang gut genug, damit du deinen Pimmel reinhängen konntest, solang du nichts Besseres gefunden hattest. Jetzt macht deine geliebte Angela die Beine für dich breit, bis du fröhlich zur nächsten ziehst. Viel Glück euch beiden! Aber mich kannst du am Arsch lecken!«
Die Stimme versagte ihr, sie keuchte. Ringsum herrschte eisiges Schweigen, sogar die Kellner waren erstarrt.
»Das hier kannst du behalten!« schrie sie und goß ihm Wodka und Champagner über den Kopf. »Die Fischeier nehm ich mit!«
Sie packte den restlichen Kaviar und stürmte hinaus.

13

Victoria saß zu Hause und weinte. Wieder und wieder verfluchte sie sich selbst. Nicht wegen ihres Auftritts im Restaurant – der war der einzig befriedigende Teil des Abends gewesen. Ohne zu zögern, würde sie es jederzeit wieder tun, mehr noch: sie bereute, daß sie die Wodkaflasche nicht auf Charlies Kopf zerschmettert hatte. Nein, sie weinte, weil ihr klargeworden war, aus welchem Grund sie sich einverstanden erklärt hatte, ihn überhaupt zu treffen.
Es war nicht die Geschichte von den Yeatsschen Unternehmen und Ruthvens angeblicher Beteiligung daran. Es war allein deshalb, weil sie Charlie hatte wiedersehen wollen. Seine Storys interessierten sie nicht, sie hatte seinen Erklärungen kaum zugehört. Aber er brauchte sie nur anzurufen, und sie ließ alles stehen und liegen und rannte wie eine Närrin, eine komplette Idiotin, ein liebeskranker Teenager zu ihm.
Sie dachte, sie hätte ihre Würde und eine angemessene professionelle Kühle gewahrt, doch in ihrem Inneren sah es ganz anders aus. Bei seinem Anblick hatte ihr Herz zu rasen begonnen: so war es immer gewesen, seit dem Tag, an dem sie ihn kennengelernt hatte. In diesem Restaurant hatte sie ihm gegenübergesessen und ihn angesehen, seine schläfrigen Augen mit den schweren Lidern, sein Lächeln, seine starken, aber unendlich zärtlichen Hände, die so oft durch ihr Haar gefahren oder über ihren Körper geglitten waren, und das war zuviel gewesen.
Immer noch wütend, aber nun ohne Tränen, sprang Victoria auf und schlich durch die Wohnung wie ein Tier im Käfig, durchsuchte Schränke und Schubladen nach irgend etwas, das er vielleicht übersehen hatte, das sie aus dem Fenster werfen konnte.

Sie fand nichts. Für einen schwerfälligen Bären von einem Mann war er erstaunlich ordentlich und gründlich. Er hatte wirklich alles mitgenommen und nicht einmal ein Taschentuch, eine alte Zahnbürste vergessen. Er hatte sämtliche Spuren seiner Anwesenheit getilgt.
Und nun kam der Bastard daher und wollte sie als Informantin benutzen, als Zugang für irgendeine Story. Victoria stieß einen wilden Schrei aus.
Kurz darauf später klopfte es an der Tür. Sie öffnete. Der alte Mr. Foster, der in der Wohnung unter ihr lebte, stand im Schlafrock auf dem Flur und sah sie besorgt an.
»Alles in Ordnung, Miss Ruthven?« fragte er.
»Ja, sicher.«
»Ich hab nämlich ein Schreien gehört, und man kann heutzutage gar nicht vorsichtig genug sein. Diese verfluchten Schwarzen, sie brechen überall ein. Ich dachte, jetzt haben sie's womöglich auf Sie abgesehen. Sind Sie allein? Ist Ihr Freund nicht da?«
Victoria bot ihre gesamte Geduld auf und lächelte ihn charmant an. »Ich war's selbst, die geschrien hat. Wissen Sie, ich versuche es zur Zeit mit der sogenannten Urschreitherapie. Entschuldigen Sie, ich werde es nicht mehr so spät abends tun.«
»Gut, also – wenn Sie etwas brauchen, ich bin für Sie da.«
Mr. Foster schlurfte davon, Victoria schloß die Tür und setzte sich wieder.
Irgendwie hatte das Erscheinen des alten Mannes den Teufelskreis aus Elend und Wut, in dem sie seit dem Treffen mit Charlie gefangen war, durchbrochen. Victoria konnte wieder rational denken: es warteten noch etliche Bündel ungelesener Briefe und Notizbücher auf sie, außerdem gab es ein paar Fragen zu beantworten.
Eric Yeats war in der Tat eine wichtige Gestalt in Ruthvens Leben gewesen. Was sie aus Briefen und Aufzeichnungen wußte, hatte Charlie ihr jetzt aus einer anderen Richtung bestätigt. Sicherlich erklärte dies, weshalb Ruthven in der Lage gewesen war, das Haus in Bowley zu kaufen und ein so großes Vermögen zu hinterlassen – ein Vermögen, das er gewiß nicht durch das zwar große, aber karge Land in Glenmoray und sein Honorar als Wissenschaftler erarbeitet hatte.
Die Beteiligungen der Yeats an Minen und anderen wirtschaft-

lichen Unternehmen – oder vielmehr die Stiftung, zu der sie zusammengeschlossen worden waren – spielten in Südafrika heute eine entscheidende Rolle, und ihr Einfluß reichte, so Charlie, weit über Südafrika hinaus bis nach Namibia, Zimbabwe, Angola und Botswana.

Von Yeats' Tod wußte sie nichts, aber wie es hieß, war er in Botswana ermordet worden.

Diese Aspekte der Vergangenheit ihres Großvaters, das Yeatssche Imperium und der Mord an Eric Yeats, waren an sich schon kompliziert genug, aber das war noch längst nicht alles: dieses Leben war, wie Victoria erst in jüngster Zeit allmählich erkannte, in mehrerlei Hinsicht bemerkenswert verworren gewesen. Abgesehen von den Verflechtungen zwischen Ruthven und Yeats, die für sie noch völlig im Dunkeln lagen, und den Abenteuern und Mißgeschicken, die ihrer beider Werdegang erheblich beeinflußt, vielleicht sogar aus der Bahn geworfen hatten, gab es eine Person namens S. Wer war sie?

Victoria war nicht recht überzeugt, daß S wirklich eine Frau war – obwohl ihre Mutter ihr von einer Sophia erzählt hatte, der Frau, die sie auf jener Fotografie als Yeats' Gattin identifiziert hatte. In seinem Notizbuch hatte Ruthven S zwar als »sie« bezeichnet – daß er sie betrachten wolle, wie Goya die *Nackte Maja* betrachtet habe –, doch Victoria war sich bewußt, daß im Klima der damaligen Zeit sexuelle Übertragungen durchaus nichts Ungewöhnliches waren. Selbst heute sprachen manche eher weiblich orientierte Homosexuelle von einem attraktiven jungen Mann mitunter als »sie«, und Victoria war zunehmend sicher, daß zwischen Yeats und ihrem Großvater eine homosexuelle Beziehung bestanden hatte.

S war ein Objekt der Begierde und leidenschaftlichen Sehnsucht. Er – sofern S männlich war – hätte durchaus in Ruthvens erotischen Phantasien ein als Goyas Herzogin von Alba porträtierter Mann sein können. Doch wer auch immer die Person war: sowohl Ruthven wie auch Yeats hatten sie heftig verehrt.

Victoria nahm sich die Briefe und Postkarten vor, die sie in den Notizbüchern gefunden hatte und begann, sie zu sichten.

S war eine Frau.

Es dauerte eine Weile, bis sie es mit Sicherheit wußte. Der größte

Teil dieser Korrespondenz war an Jack Ruthvens Mutter gerichtet. Offensichtlich hatten die beiden sich eine Privatsprache zurechtgelegt, in der sie miteinander kommunizierten, das war Victoria schon bei früherer Gelegenheit aufgefallen; und die Botschaften wirkten beinahe wie ein Code. Immer wieder tauchten merkwürdige Worte oder Ausdrücke auf wie zum Beispiel: »Sie ist eichkatzeneifrig auf Heim und Herd und Eidam bedacht, aber ihr Sprößling ist aufregend wie ein Marterpfahl. Keine Sorge, liebste M. Briefe werden am Eingang der Schlucht hinterlassen.« Victoria fragte sich, was das wohl bedeuten mochte, und erfuhr schließlich durch einen anderen Brief, der noch einmal darauf Bezug nahm, daß irgendeine ehrgeizige Mutter ihm die Tugenden ihrer Tochter angepriesen hatte und ihn gern als Schwiegersohn gewonnen hätte, während er, für die Reize des Mädchens unempfänglich, seiner Mutter versicherte, er werde sich vor weiteren Annäherungsversuchen in acht nehmen.
Einen ersten Hinweis darauf, wie S in sein Leben getreten war – den freilich nur derjenige wahrnehmen konnte, der wußte, wonach er suchte –, fand Victoria in einem Brief, in dem Ruthven seiner Mutter für das Geschenk zu seinem zweiundzwanzigsten Geburtstag dankte.

Ach, liebste Mama, vollkommen und immer und unfehlbar verläßlich, der einzige Fixpunkt, der Leitstern meines Lebens! Selbstverständlich kam Dein Geschenk zu früh, aber das ist doch viel besser als zu spät. Immer auf Nummer Sicher gehen, auch bei Schiffahrtslinien – ich hätte es gar nie anders von Dir erwartet!
Und welch ein Übermaß! Dein Korb von Fortnum enthält alles, was ich am liebsten mag und am meisten vermisse. Die Bücher, so vorzüglich ausgewählt, sind ein weiteres Fest, dessen Genuß mir noch bevorsteht. Der Hut wird auf meinen Ausflügen in den Busch niemals von meinem Haupt weichen. Und das Beste, mit großem Abstand das Allerbeste, sind Deine Aquarelle von Glenmoray und Dein Gedicht für mich.
Wie sehnt mein Herz sich danach, wieder mit Dir vereint und an diesem zauberhaften Ort zu sein. Du und die edlen Hügel: Ihr bevölkert meine Träume. Nun, es wird nicht mehr lang dauern. Einstweilen muß ich noch meinen Geburtstag hinter mich bringen.

Eric hat schon vor Monaten seine Vorkehrungen getroffen. Ich darf von seinen Plänen nichts wissen, sie sind streng gehütetes Geheimnis – nur soviel weiß ich, daß wir nach Kapstadt fahren und im »Nellie« sein werden (so nennt man das Mount Nelson Hotel). Dort wird vermutlich eine Zecherei stattfinden.
Zufällig fiel mir auf, daß am Tag vor unserer Ankunft ein P&O-Dampfer anlegt, ich rechne also mit Gesellschaft. Was ansonsten passieren wird, kann ich mir nicht vorstellen, fest steht jedoch, daß Eric schon seit Wochen vor Triumph das Wasser im Mund zusammenläuft. Was für eine teuflische Unterhaltung er sich wieder ausgedacht hat, wird die Zeit weisen.
Natürlich wirst Du nach mir die erste sein, die davon erfährt.

Ein zwei Wochen später datierter Brief berichtete, was geschehen war.
Schon in den ersten Zeilen fiel Victoria auf, daß sich etwas verändert hatte. Zum ersten Mal war Ruthvens blumiger und überschwenglicher Stil einer zurückhaltenderen und bedachteren Ausdrucksweise gewichen.

Nun, Eric hat sein Bestes getan, und ich muß ihm dafür danken. Aber es war nicht, was ich erwartet und sicher auch nicht gewollt hatte.
Zwei Tage vor meinem Geburtstag trafen wir im Nellie ein. Wir bezogen unsere Zimmer. Für den Tag selbst hatte Eric ein Galadiner organisiert. Die Gäste waren, wie vermutet, hauptsächlich Passagiere von dem P&O-Schiff, die sich sogar als höchst interessante Gesellschaft erwiesen – als besonders bemerkenswert blieb mir das Gespräch mit einem jungen Mann etwa meines Alters im Gedächtnis haften, der ebenfalls eine Stelle im Dienst des Generalgouverneurs antreten wird.
Erics besondere »Überraschung« war eine junge Dame, eine chanteuse *und Tänzerin aus London, mit Namen Sophia, wenn ich mich recht erinnere, der er eine Passage gebucht hatte. Zu meiner erheblichen Verlegenheit setzte er sie an meinen Tisch. Was für eine fürchterliche Plage er sein kann!*
Sie war zwar von recht angenehmem Äußeren, doch ganz und gar nicht mein Typ, und wir hatten wenig Gesprächsstoff. Sie erwies

sich indes als vorzügliche Unterhaltungskünstlerin. Nach dem Essen amüsierte sie uns mit Balladen und einer Reihe von Varieténummern sowohl aus London wie aus Paris. Sie scheint recht berühmt zu sein.

Das also war mein Geburtstagsfest, und um gegen Eric gerecht zu sein, muß ich sagen: ein sehr schönes und großzügiges Fest, obwohl die Gäste, die er versammelt hatte, es wahrscheinlich viel mehr genossen als ich. Fünf Tage später machten er und ich uns wieder auf in den Norden, während sein »Geschenk«, die junge Frau, das nächste Schiff nach Europa nahm, wie ich annehmen muß, denn wir sahen sie nicht wieder.

Genug davon. Laß mich Dir von meinen Tätigkeiten seit meiner Rückkehr erzählen...

Victoria las den Brief zu Ende, fand ihn aber nicht weiter interessant; dann kehrte sie noch einmal an den Anfang zurück und dachte an die Worte, die ihr Großvater im Jagdschloß von Doña Ana über S geschrieben hatte. S und Sophia mußten ein und dieselbe Person sein.

Sie atmete tief ein. Zum ersten Mal an diesem Abend vergaß sie ihr eigenes Elend und lächelte.

Lügen, alles Lügen. Was Jack Ruthven seiner Mutter so wohlüberlegt aufgetischt hatte, war völliger Quatsch. Er verriet sich selbst – hinter jedem einzelnen seiner gekünstelten und absichtsvoll verächtlichen Worte schienen seine wahren Gefühle durch. Sie fragte sich, ob Lady Ruthven sich hatte einwickeln lassen. Es war durchaus möglich. Mütter, die in ihren Sohn vernarrt sind, zumal wenn er der einzige ist, sind in der Lage, alles zu glauben, was der geliebte Sproß ihnen erzählt.

Ruthven wollte nicht, daß seine Mutter die Wahrheit erführe: nämlich daß er von Sophia völlig in Bann geschlagen, überwältigt, betört war. Diese Sophia war durch ihren Gesang, ihren Tanz wie ein Orkan über das Leben eines leidenschaftlichen, aber naiven und unschuldigen jungen Mannes hereingebrochen.

Und sie war nicht nur nach Kapstadt geholt worden, um zu singen und zu tanzen. Yeats war, wie Victoria allmählich erkannte, mutwillig und manipulativ – einer, der gern das Heft in der Hand hielt. Kein Zweifel, er hatte Sophia eigens deshalb kommen lassen, damit sein Freund Jack seine Unschuld gegenüber Frauen verlöre und um ihm Gelegenheit zu geben, sich zu verlieben.

Vielleicht hatte Ruthven seine Unschuld nicht damals, an seinem zweiundzwanzigsten Geburtstag, verloren, auf jeden Fall aber war das – und nicht die Unterhaltung durch eine Sängerin – die eigentliche Absicht, die der hinterhältige Yeats mit seinem Geburtstagsgeschenk verfolgte.

Victoria zündete sich eine Zigarette an und starrte in die Nacht hinaus.

14

»Ich habe leider nicht viel, womit sich was anfangen ließe«, sagte Victoria entschuldigend.

»*Sie* haben nicht viel!« brach es aus dem Mann heraus. »Was glauben Sie, was *ich* habe! Gar nichts! Nicht mal 'nen lausigen Fünfer für die Telefonrechnung. Im Schlauchboot ohne Paddel irgendeinen Wildbach rauf, während die Krokodile mir Löcher ins Boot fressen, so geht's mir!«

»Nein, ich meine...«

»Schon gut, meine Liebe«, kicherte er. »Ich weiß, was Sie meinen. Wir werden sehen, was wir tun können.«

Er huschte davon. Victoria wartete.

Der Mann hieß Gable. »Wie Clark Gable«, hatte er betont. »Für einen aufstrebenden Speerträger der Ritter des Theaters, der sich anschickt, selbst ins Reich der Legenden einzugehen, schien mir das damals eine blendende Idee zu sein. Besser als Ray Smithers jedenfalls. Aber es hat leider nicht viel genützt, nicht mal in der Kombination mit Peregrine.«

Mr. Peregrine Gable war um die Siebzig. Klein und dick, mit wulstiger Nase, blutunterlaufenen Augen und weißer Mähne, aus der die Schuppen auf den abgewetzten Kragen seines Samtjacketts herabrieselten. Ein mit ihr befreundeter Bühnenbildner hatte Victoria an ihn verwiesen.

Der vormalige Ray Smithers war Schauspieler gewesen und hatte eine geradezu zwanghafte Leidenschaft für das Varietétheater alter Zeiten entwickelt. Als es trotz des klangvollen neuen Namens mit seiner Karriere bergab ging, hatte er beschlossen, sein Leben fortan der Schaffung eines Varieté-Museums nebst Bibliothek zu widmen. Mit den Jahren hatte er durch Bitten, Schmeicheleien, Appelle an die Wohltätigkeit der Theater und Belästigung der entsprechenden Stellen genügend Mittel zusammengetragen, um seine Sammlung aufbauen zu können. Sie trug den hochtrabenden Titel »Das thespische Erbe – Die ganze Welt ist eine Bühne, und hier wird des Schauspielers Herzblut verwahrt«. Die Worte standen auf einem Keramikschild neben der Tür seines Hauses in der Vorstadt von Croydon.

Victoria hatte sich telefonisch mit ihm verabredet und sich gleich danach auf den Weg gemacht.

»Wie wär's mit einer kleinen Stärkung, bevor wir anfangen?«

Er zog den Korken aus einer Flasche Brandy, der, wie Victoria erkannte, eher in die Kategorie Fusel einzureihen war. Es war zehn Uhr vormittags.

Lächelnd schüttelte sie den Kopf. »Mir ist das zu früh.«

»Es ist nie zu früh, Schätzchen. Denn irgendwann, besonders in meinem Alter, wird es zu spät sein.« Er goß sich ein Glas ein und leerte es in einem Zug, dann wischte er sich den Mund ab. »Sophia also. Abgesehen vom Datum haben Sie nichts?«

»Nun, offensichtlich konnte sie auch französisch singen, und sie hatte ein Engagement in Kapstadt.«

»Meine Liebe, damals gab es Hunderte von der Sorte. Man ist jung, hat ein entzückend empfindsames Gesicht... Wissen Sie, Vulgarität liegt meinem Wesen fern...« Er gestikulierte vage. »Wie soll ich es ausdrücken? In der Regel hatten sie mehr als nur eine Begabung.«

»Sie meinen, sie hätte auch eine Kurtisane sein können?«

»Wie unverblümt und modern! Aber was für ein bezauberndes Wort. Unter anderen Umständen hätte ich einen derberen Ausdruck benutzt. Aber ja, durchaus möglich. Die Burschen, die vor den Bühneneingängen herumlungerten, waren hingerissen von ihrer Schönheit, und *sie* waren hingerissen vom Geld der Burschen. So kam man zu einer Einigung, die beide Seiten zufriedenstellte.«

»Davon hab ich gehört, ja«, sagte Victoria freimütig. »Man nennt es Prostitution.«

Mr. Gable sah sie erschüttert an. »Meine Liebe, das ist nun aber wirklich zu gewagt.«

»Hören Sie, wir leben am Ende des zwanzigsten Jahrhunderts«, gab Victoria lächelnd zurück. »Egal, ob sie eine Kurtisane, eine Prostituierte, eine *chanteuse* oder alles zusammen war – könnten wir versuchen, sie zu finden?«

»Das verlangt nach einer weiteren Stärkung.« Er schenkte sein Glas wieder voll. »Dann versuchen wir's.«

Sie stiegen die Treppe in den ersten Stock des Hauses hinauf. Oben angelangt, krempelte Mr. Gable die Ärmel auf und stürzte sich in den Kampf. Victoria wäre ihm gefolgt, aber bei dem Anblick, der sich ihr bot, nahm sie von ihrem Vorhaben Abstand.

Die ursprünglich drei Räume waren zu einem einzigen zusammengelegt worden – »meine Höhle, meine Rumpelkammer, meine alexandrinische Bibliothek«, verkündete Mr. Gable stolz. An den Wänden war jeder Quadratzentimeter von Bücherregalen, Bildern und hängenden Plakathaltern besetzt, und der Boden war praktisch unbegehbar: Stapel von Büchern, vergilbten Programmheften, Notenblättern und Kisten undefinierbaren Inhalts türmten sich übereinander. Sie bildeten ein hüft-, bisweilen sogar schulterhohes Archipel verstaubter Inseln, die voneinander nur durch gefährlich schmale Kanäle getrennt waren. Sich windend und Pirouetten drehend wie ein Ballettänzer, schlängelte Mr. Gable sich mit erstaunlicher Behendigkeit durch sein Reich.

»Bitte keine zu hohen Erwartungen, meine Liebe«, rief er ihr über die Schulter zu. »Die Aufgabe ist erschreckend. In ganz Großbritannien gab es Music-Halls, Tausende von Künstlern traten dort auf. Falls sie nicht berühmt wurden wie Marie Lloyd – und wenn Ihre Sophia berühmt gewesen wäre, hätte ich sie doch gleich erkannt! –, wechselten sie ständig den Namen, denn auf diese Weise ergatterten sie leichter ein neues Engagement.«

Ächzend kauerte er sich nieder und begann zu graben. »Ihre Jagdbeute könnte in Leeds als Louise, die Nachtigall aus der Hauptstadt, aufgetreten sein, in London als Matilda, der Singvogel aus dem Norden, und sich nur in Kapstadt Sophia genannt haben. Sie könnte als Alice zurückgekehrt sein, die Schöne aus den Kolonien mit der goldenen Kehle. Aber probieren wir's halt auf gut Glück mit dem Namen, den Sie haben.«

Victoria setzte sich neben die Tür auf einen schiefen Schemel, aus dessen Lederpolster die Füllung quoll, die einzige vorhandene Sitzgelegenheit, und wappnete sich mit Geduld.

Mr. Gable grub sich vorwärts wie ein Dachs, der seinen Bau errichtet. In Schwaden wirbelte der Staub auf, Papiere flogen in die Luft und flatterten in Spiralen durch den Raum, bisweilen entschwand er gänzlich dem Blick, und sie vernahm nur noch die grunzenden, schnaubenden Laute, die von seinen Anstrengungen zeugten. Hin und wieder tauchte sein Kopf auf, als müsse er nach Luft schnappen.

»Sind Sie sicher, daß Sie keine Stärkung brauchen?«

Victoria weigerte sich bis Mittag, dann gab sie nach. Über Mr. Gables Gesicht rann der Schweiß in Bächen, sie hingegen war durchgefroren bis auf die Knochen.

»So ist's recht, der Schnaps wärmt das Gerippe. Nehmen Sie einen Schluck und schmeißen Sie mir dann die Flasche rüber. Keine Angst, sie ist aus Plastik, wunderbare Erfindung.«

Sie trank und warf ihm die Flasche zu. Mr. Gable entschwand abermals ihrem Blick, während sie reglos dasaß und spürte, wie der Brandy durch ihren Körper strömte.

Kaum fünf Minuten später stieß er ein Triumphgeschrei aus: »Ich hab's, bei Gott, ich glaube wirklich, ich hab sie gefunden!«

Nach weiterem hektischem Rascheln und Scharren tauchte er wieder auf und bahnte sich seinen Weg zu ihr, eine Melodie trällernd, die sie als Professor Higgins aus *My Fair Lady* identifizierte.

»Jetzt sehen Sie sich das an!«

Er schwenkte ein abgegriffenes Programm des Londoner Finsbury Empire Theatre. Es stammte aus dem Jahr 1910, doch trotz des hohen Alters waren die grellen Farben noch nicht verblaßt. An zweiter Stelle war »Die neue Sensation!« angekündigt: »Lang erwartet, tritt sie endlich auch in der Hauptstadt auf! Geradewegs von ihrem Triumph in Paris, singt sie Ihnen die romantischen Balladen von den verruchten Boulevards und selbstverständlich auch alle unsere heimischen Favoriten. Zum ersten Mal in London: Sophia!«

»Und warten Sie, meine Liebe, warten Sie!« Mr. Gables Stimme war schrill vor Aufregung. Er tauchte abermals in die Tiefen seiner Schätze hinab und kehrte mit einer Kiste aus Mahagoniholz zurück. Er öffnete den Deckel, setzte eine Klangwalze ein und begann, den Messinggriff zu drehen, der seitlich aus der Kiste ragte. »Einmal ist Zufall, zweimal ist schieres Glück«, verkündete er.

»Kevin.«
»Verzeihung?« fragte Victoria verständnislos.
»Kevin trägt goldene Ohrringe und einen Pferdeschwanz. Er ist das, was man als Computerfreak bezeichnet. Aber nicht nur das: er ist auch ein Fan der Music-Halls früherer Zeiten. Er katalogisiert alles, was ich zusammengetragen habe, auf sogenannten Disketten.«
Victoria starrte ihn an, immer noch ratlos. »Wovon reden Sie eigentlich?«
»Er fängt mit den wertvollsten Sachen an, den ganz frühen Aufnahmen. Damals wurden schon ziemlich oft welche gemacht. Marie Lloyd natürlich, aber auch viele andere. Ich hab sie jahrelang in Ramschläden zusammengekauft und keine Ahnung, was ich alles besitze. Erst letzte Woche hat mir Kevin seine erste Liste gebracht...« Er verstummte andächtig. »Ich weiß einfach nicht, wieso ich mich nicht erinnert habe«, fügte er betrübt hinzu. »Man ist nicht mehr der Jüngste. Tatsächlich ist es mir erst wieder eingefallen, als ich das Programm fand. Sophia steht auf seiner Liste. Wenn sie diejenige ist, die Sie suchen, dann horen Sie jetzt einmal zu.«
Er legte einen kleinen Hebel um, die Maschine gab ein surrendes, rasselndes Geräusch von sich, und dann begann eine Stimme zu singen.
Victoria lauschte. Zuerst war die Stimme so dünn und brüchig, daß sie ihr lediglich wie eine Kuriosität aus den frühesten Jahren der Tonaufnahmetechnik vorkam; der Klang, der Text, den die Frau sang, sagten ihr nichts. Doch auf einmal wurde der Ton tiefer und klangvoller, und Victoria dachte, die Maschine funktionierte in der Mitte der Walze wahrscheinlich am besten.
Fasziniert beugte sie sich vor. Die Frau sang auf Französisch, ein Pariser Chanson über die Seine und die jungen Liebespaare, die am Fluß entlangspazierten und in Gedanken seinem Lauf bis zum Meer folgten. Die Sängerin war zwar keine Französin, doch sie artikulierte die Worte nahezu akzentfrei: nicht eine falsche Betonung, nicht ein anglisierter Vokal waren zu hören.
Sie sang in perfekter Tonhöhe. Sie sang mit Leidenschaft und Sehnsucht. Sie sang sehr ähnlich wie Victorias Lieblingssängerinnen, Edith Piaf, der Spatz von Paris, und die nicht minder tragi-

sche schwarze Jazzsängerin Billie Holiday: ohne Sentimentalität, aber mit Vitalität und Hoffnung und einer Eindringlichkeit, daß es Victoria kalt über den Rücken lief. Diese Sängerin hatte, so jung sie offensichtlich noch war, das Leben kennengelernt, sie hatte Tiefschläge eingesteckt, aber sie ließ sich nicht bezwingen.
Doch dann war die Mitte der Walze überschritten, und die Stimme verlor alles, was sie eben noch gehabt hatte, wurde blechern und flach und verblaßte wieder zu einer puren Kuriosität, wie am Anfang.
Eine Weile saß Victoria stumm da, wie betäubt.
Mehr als achtzig Jahre danach hatte sie die Stimme gehört – und sie zweifelte nicht, daß es dieselbe war -, die einst Jack Ruthven mit ihrem Sirenengesang betört hatte.
Sie sah sich nach Mr. Gable um, der verschwunden war, aber gleich wieder auftauchte, ehe sie nach ihm rufen konnte.
»Sie halten mich für ein Genie, stimmt's?« Er strahlte. »Recht haben Sie, meine Liebe. Das Problem ist, daß ich weiß, was Sie als nächstes fragen wollen, aber ein Supergenie bin ich nicht und kann nichts darauf antworten. Ich habe Sophia zwar gefunden, aber das ist auch schon alles. Jedesmal, wenn Kevin eine Aufnahme von mir registriert, notiert er auch sämtliche Referenzen, die außerdem vorliegen. Zu Sophia gibt es sonst nichts.«
»Nichts?«
Er schüttelte den Kopf, und ein Schuppenregen ging auf seine Schultern nieder.
»Kev ist ein brillanter Junge, und sein Ordnungssystem enthält selbstverständlich sämtliche verfügbaren Querverweise. Bei Sophia gibt es keine weiteren Eintragungen. Sie steht hier in dem Programm, und es gibt diese Aufnahme von ihr. Dann verschwindet sie im Nebel. Finito.«
Victoria stand auf. »Sie waren wirklich großartig und haben mir sehr geholfen. Sollten Sie noch auf etwas stoßen, rufen Sie mich bitte an.« Sie zögerte. »Gibt es irgend etwas, das ich für Sie tun kann?«
»Absolut, meine Liebe. Zahlen Sie meine verdammte Telefonrechnung.« Er kramte in einem Stapel Papier und zog schließlich die Rechnung hervor. »Ich kann Sie ja nicht anrufen, wenn das Telefon abgesperrt ist, oder?«

Victoria warf einen Blick auf die Rechnung: zweihundert Pfund. Sie schloß resigniert die Augen. Dann nahm sie ihr Scheckbuch aus der Tasche und schrieb einen Scheck über den Betrag aus.
»Gott segne Sie, meine Dame!« Mr. Gable umarmte sie, umwölkt von den Ausdünstungen des Brandys.
Victoria entzog sich seiner Dankbarkeit, ging die Treppe hinunter und fuhr nach Hause.
Sie hatte noch mehrere Bündel ungelesener Akten aus dem Ruthven-Archiv vor sich, doch vorerst, fand sie, waren wichtigere Dinge zu erledigen. Sie mußte ihren eigenen Standort bestimmen: ehe sie beginnen konnte, die Landschaft vor ihr zu erkunden, wollte sie begreifen, was hinter ihr lag.
Doch an nichts dergleichen dachte sie mehr, während sie den Marble Arch umrundete und in die Bayswater Road einbog, sondern hörte im Geist die unvergeßliche Stimme singen – die Ballade von der Seine und den Liebenden, die am Ufer standen und den Fluten auf ihrem Weg zum Meer nachblickten.

15

Victoria hatte die zweihundert Pfund für Mr. Gables Telefonrechnung nicht als Investition angesehen. Sie waren, dachte sie müde, aber dankbar, eine – freilich ziemlich kostspielige – Möglichkeit, sich für die zwei oder mehr Stunden erkenntlich zu zeigen, die er mit der Durchforstung seines Archivs zugebracht hatte. Mr. Gable war ein schrulliger Kauz, aber von durchaus einnehmendem Wesen, und sie konnte es sich leisten, seine Telefonrechnung zu zahlen. Zumal der Beweis von Sophias Existenz, den er zutage gefördert hatte, und viel mehr noch die Aufnahme ihrer wunderbaren Stimme Victoria in helle Aufregung versetzt hatten.

Wider Erwarten rief Mr. Gable schon am nächsten Morgen um halb neun Uhr an. Was er ihr zu sagen hatte, machte ihr klar, daß sie ihr Geld besser angelegt hatte als vermutet.

»Meine Liebe, ich stecke tief in Ihrer Schuld. Das Telefonnetz Ihrer Majestät steht mir wieder offen. Man hat mich nicht in den Tower geschleppt und enthauptet, sondern meiner Erklärung geglaubt, daß ein Scheck unterwegs ist. Und siehe da: ich spreche mit Ihnen.«

»Ja, das höre ich.«

Mr. Gable kicherte. »Gestern abend war Kevin hier. Sie waren äußerst großzügig zu mir, und ich bin stets bemüht, Wohltätigkeit zu vergelten. In meiner Tollheit steckt doch auch Methode, wissen Sie. Mein Archiv ist nach einem System geordnet, und zwar nach Entstehungsjahren. Ich habe also meinen jungen Gladiator – kann man ein Gladiator sein mit Pferdeschwanz und Ohrringen? – auf das Jahr angesetzt, aus dem Sophias Aufnahme stammt, und unser Kev hat etliches hervorgezaubert.«

Spätestens jetzt wurde Victoria klar, daß die Zusammenarbeit dieser beiden einem recht effizienten System folgte. Mr. Gable war ein Sammelwütiger, ja, regelrecht ein Süchtiger, eine Art Staubsauger, der unterschiedslos alles aufnahm, was auch nur im entferntesten mit seiner Leidenschaft zu tun hatte. Kevin hingegen war der Spürhund: man hatte ihn auf eine Fährte angesetzt, den Namen Sophia, er war ihr gefolgt und hatte aus dem Wust von Papieren aus dem Jahr der Aufnahme das Geschäftsbuch eines Impresarios zutage gefördert.

Mr. Gable hatte es als Teil eines Pakets, zu dem Plakate und Werbematerial gehörten, vom Konkursverwalter einer seit langem bankrotten und aufgelösten Theateragentur erstanden. Das Geschäftsbuch enthielt die Namen sämtlicher Künstlerinnen, die der Impresario betreute, ihre Engagements und die Gagen, die ihnen – abzüglich seiner nicht unbeträchtlichen Provision – ausbezahlt worden waren; außerdem diverse Kommentare, von denen einige recht ausführlich waren.

Eine Eintragung lautete: »Christina (jetzt Sophia) seit gestern aus Kapstadt zurück. Gage vollständig ausbezahlt. Kehrt wie vereinbart für den Rest der Herbstsaison nach Paris zurück. Will möglicherweise aus dem Geschäft aussteigen und sich nach Paris nicht mehr verpflichten. Anmerkung: Im November Rechnung an Folies über vereinbarte Vermittlungsprovision.«

»So«, schloß Mr. Gable triumphierend, »das also ist Ihre Sophia, die sich früher Christina nannte – und unter dem Namen konnte nicht einmal Kevin etwas finden. Sie kam aus Südafrika zurück und reiste nach Paris weiter, wo sie in den Folies Bergères auftrat. Aber das ist noch nicht alles. Es gibt noch ein zweites Kontenbuch, und zwar für das Weihnachtsgeschäft...«

Er las ihr den kurzen Eintrag vor: »Mitteilung von Sophia, Paris. Hat sich zurückgezogen. Keine weiteren Engagements. Abschlußprovision von F-B erhalten. Konto geschlossen.«

»Was sagen Sie dazu?« gluckste Mr. Gable. »Haben wir sie doch glatt aufgespürt! Sie kam aus Afrika zurück. Dann fuhr sie nach Paris, um ihren Vertrag zu erfüllen, und stieg anscheinend aus dem Geschäft aus.«

»Auf welchen Tag ist der erste Eintrag datiert?« fragte Victoria.

»Der Tag ihrer Rückkehr, meinen Sie? Das war der dritte September.«

»Danke, Mr. Gable, vielen herzlichen Dank. Falls Sie oder Kevin noch irgend etwas ausgraben sollten, lassen Sie es mich bitte wissen.«
»Selbstverständlich, meine Liebe, allein wegen des Telefons gehöre ich Ihnen mit Leib und Seele. Alles übrige kommt vom Herzen und kostet nichts.«
Victoria lachte und legte auf.
Sie brauchte keine weitere Bestätigung mehr. Großvaters Geburtstag war im März. Sophia – mit dem Namen Christina konnte sie nichts anfangen: wie immer sie ursprünglich geheißen hatte, für Victoria war und blieb sie Sophia – kehrte Anfang September nach London zurück. Die Schiffsreise nach Großbritannien dauerte drei Wochen. Sie war keineswegs ein paar Tage nach Ruthvens Geburtstag abgereist, wie Ruthven seiner Mutter hatte weismachen wollen, sondern noch mindestens vier weitere Monate in Südafrika geblieben. Was war in dieser Zeit geschehen? Und was danach? – denn Ruthvens leidenschaftliche und geheimnisvolle Tagebucheintragung stammte aus einer späteren Zeit.
Victoria warf einen Blick auf die restlichen Aktenbündel: vielleicht war die Antwort darin zu finden. Sie bezweifelte es; sie würde alles lesen müssen, eine mühsame Aufgabe, die ihr im Augenblick widerstrebte und überdies nicht sehr sinnvoll erschien. Ruthven war zurückhaltend und verschwiegen: wie der Brief an seine Mutter zeigte, war er durchaus imstande, die Wahrheit für sich zu behalten, ja, er schreckte auch vor Lügen nicht zurück. Seine Korrespondenz und privaten Notizen, nahm sie an, würden allenfalls ein Bruchstück dessen enthüllen, was wirklich geschehen war.
Lieber den direkten Weg einschlagen, dachte sie, ihren eigenen Weg, auf dem sie versuchen konnte, das Rätsel zu lösen. Es gab mehrere Ausgangspunkte, doch einer erschien ihr als der nächstliegende: die Vögel.
Victoria suchte die Telefonnummer des naturgeschichtlichen Museums heraus und wählte.

»Das ist ja wirklich sehr nett. Ich war noch nie hier.« Er sah sich bewundernd um. »Um ehrlich zu sein, ich war noch nicht in vielen Londoner Restaurants. Meistens verbietet mir meine Gehaltsabrechnung solche Vergnügungen.«

Er lächelte. Sein Name war Watson, Dr. Rory Watson, und er war Ornithologe: derselbe, den sie am Tag vor Weihnachten in der Vogelabteilung getroffen hatte. Nach mehreren Anrufen und vielen frustrierenden Wartezeiten hatte sie ihn endlich aufgespürt. Als sie ihn dann am Apparat hatte, erinnerte sie sich zwar noch an seine Stimme, seinen schottischen Akzent jedoch hatte sie vergessen.
Sie hatte ihn zum Abendessen eingeladen; jetzt saß er ihr gegenüber. Sie hatte dieses Restaurant ausgesucht, weil es nur ein paar hundert Meter vom Museum entfernt lag.
Sie erwiderte sein Lächeln. »Mir geht es nicht viel anders«, antwortete sie. »Aber diesmal zahlt mein Großvater.«
In den Qualen und Verwirrungen jenes Tages, in ihrem Schmerz über Charlies Verrat und in ihrer Bestürzung über Watsons Vorwürfe gegen ihren Großvater, hatte sie auch vergessen, wie er aussah. Er war größer, als sie ihn in Erinnerung hatte. Statt des weißen Laborkittels trug er jetzt einen abgenutzten Tweedanzug mit Lederflicken an den Ellenbogen. Er hatte dunkle Haare, strahlende blaue Augen und wohlgeformte, eher hagere Gesichtszüge unter seinem schwarzen Bart. In der luxuriösen Umgebung wirkte er verletztlich und stark zugleich, und sie fand ihn – zu ihrer eigenen Überraschung – außerordentlich attraktiv.
»Miss Ruthven...«
»Bitte – der Name spricht sich ›Riven‹, das sagte ich Ihnen doch«, fiel sie ihm ins Wort. »Außerdem heiße ich Victoria.«
Er errötete. »Verzeihung. Alte Gewohnheiten sitzen tief. Also, Victoria, wenn ich gewußt hätte, daß Sie seine Enkelin sind, hätte ich nie so geredet, das können Sie mir glauben.«
»Ich bin froh, daß Sie's getan haben. Es hat mir ein Fenster geöffnet. Ich habe daraufhin angefangen, mich auf die Suche zu machen.«
»Was kann ich jetzt tun?«
»Bestellen Sie zuerst. Dann erzählen Sie.«
Der Kellner kam, sie gaben ihre Bestellungen auf, und als das Essen serviert wurde, begannen sie zu reden.
»Wie sind Sie überhaupt auf die Fälschungen gestoßen, sofern davon die Rede sein kann?« fragte Victoria.
Watson antwortete nicht gleich. »Ich will ein bißchen ausholen«, sagte er nach einer Weile. »Wie so vieles hat wahrscheinlich auch

das seine Wurzeln in der Kindheit. Ich bin in Perth aufgewachsen, dann sind wir nach Süden gezogen: mein Vater ist Ingenieur bei Ford und wurde nach Basildon versetzt. Bevor wir nach England gingen, waren wir jedes Jahr im Zoo von Edinburgh, und ich begeisterte mich schon ziemlich früh für die Vögel. Auf den Erklärungstafeln vor den Käfigen stieß ich immer wieder auf den Namen Colonel Ruthven...« Er zuckte kaum merklich die Achseln, fast ratlos. »Später habe ich Zoologie studiert, und als ich am Museum eine Stelle bekam, stellte ich fest, daß Colonel Ruthvens Präparate exotischer Spezies der Grundstein unserer Kollektion sind. Aber sie waren nicht systematisch erfaßt. Eines Tages ging ich zum Direktor und holte mir die Erlaubnis, sie neu zu katalogisieren.« Er sah sie eindringlich an. »Ich hatte ganz bestimmt nicht die Absicht, seinen Ruf zu ruinieren, das schwöre ich Ihnen. Im Gegenteil, er war mein Held, und ich wollte ihm die Anerkennung verschaffen, die ihm zustand. Aber nach und nach mußte ich feststellen...«

Er brach ab. Victoria vervollständigte seinen Satz: »...daß er ein Betrüger und die meisten seiner Präparate raffinierte Fälschungen waren?«

Watson sah sie betreten an. Er gab keine Antwort.

»Aber was wäre sein Motiv? Aus welchem Grund könnte jemand tun, was angeblich er, jedenfalls irgend jemand offensichtlich getan hat?« fuhr Victoria fort.

Er schüttelte den Kopf. »Das haben Sie mich schon einmal gefragt, und ich habe mir das Hirn zermartert. Ein schlechter Scherz auf Kosten der Wissenschaftler im allgemeinen und der Evolutionstheoretiker im besonderen? Das ist das einzige, was mir einfällt, aber ich bezweifle es. Ich kann mir vorstellen, daß irgendein sehr privates und persönliches Motiv dahintersteckt, aber ich weiß es einfach nicht. Vielleicht wird es nie jemand erfahren.«

«Ich habe seine Notizbücher zu Hause«, sagte Victoria. »Und die Aufzeichnungen aus seiner Anfangszeit habe ich gelesen. Hätten Sie Lust, mitzukommen und einen kurzen Blick darauf zu werfen? Vielleicht sagen sie Ihnen etwas.«

»Ja, sicher, wenn es Ihnen nichts ausmacht.« Er bedachte sie erneut mit seinem seltenen, scheuen Lächeln. »Dieses Rätsel macht mir genauso zu schaffen wie Ihnen, Miss Ruthven, wenn auch aus anderen Gründen.«

»Victoria«, korrigierte sie ihn noch einmal, und winkte den Kellner herbei.

»Ich verstehe das nicht...« Watson schüttelte den Kopf.
Es war halb elf Uhr abends, und sie saßen in Victorias Wohnzimmer. Watson hatte ausgiebig Ruthvens ornithologische Aufzeichnungen studiert, während Victoria ihm schweigend gegenübersaß.
»Sie sind vorbildlich«, fuhr er fort. »Für die damalige Zeit natürlich, das muß man berücksichtigen, aber selbst nach heutigem Standard sind seine Beobachtungen beachtlich. Ein moderner Ornithologe hätte sich wahrscheinlich noch mehr mit dem Lebensraum und den Wechselbeziehungen zu anderen Spezies, den verfügbaren Nahrungsquellen und so weiter befaßt, aber auch Colonel Ruthven war sich schon damals bewußt, daß isolierte Beobachtungen nicht übermäßig viel wert sind, und hat sich um eine möglichst umfassende und exakte Sichtweise bemüht.«
»Und Sie haben keinen Hinweis auf irgendwelche Fälschungen gefunden?«
»Absolut nicht. Im Gegenteil. Sehen Sie sich zum Beispiel das an.« Er hielt ihr ein Notizbuch hin und zeigte auf einen Eintrag.
»Wiedehopf«, las sie. »Beobachtet auf einer Farm in Kent. Wunderbares Exemplar: Oberseite lehmfarbig, auf den Flügeln schwarz und gelblichweiß quergestreift, an der Unterseite lehmgelb, an den Bauchseiten schwarz gefleckt; Federhaube dunkel rostgelb, mit schwarzen Spitzen; Schwanz schwarz mit weißem Band; sehr langer, dünner, schwach gebogener, spitzer Schnabel. Gesichtet an außergewöhnlichem Aufenthaltsort...«
»Der Wiedehopf kommt sehr selten so weit in den Norden«, erklärte Watson. »Er bewohnt vorzugsweise den Mittelmeerraum und Asien und überwintert in Nordafrika und Indien. Noch vor ein paar Jahren wäre jeder, der behauptet, er habe hierzulande einen Wiedehopf entdeckt, als Spinner verlacht worden. Aber seitdem immer mehr Aufzeichnungen zum Vorschein kommen und ausgewertet werden, Tagebücher von Vogelbeobachtern und so weiter, haben wir zuverlässige Daten aus den letzten zwei Jahrhunderten zusammengetragen. 1913, als der Eintrag entstand, war ein sehr trockenes Jahr, wissen Sie. In trockenen Sommern ziehen Wiedehopfe gelegentlich nach Norden...« Er blickte auf. »Die Beobach-

tung Ihres Großvaters wurde durch andere bestätigt. Er muß ein bemerkenswerter und unzweifelhaft seriöser Ornithologe gewesen sein.«

Victoria starrte auf das Notizbuch. Unter der Eintragung prangte die rasch hingeworfene farbige Skizze eines lebhaft bunten Vogels, rötlichgrau und schwarz-weiß gestreift, auf dem Kopf ein rötlichgelber Schopf. Die energischen, sicheren Striche eines geübten Zeichners, die den scharfen Blick des engagierten Beobachters verrieten: eines Menschen, der sich auf sein Handwerk versteht und es nicht nötig hat, zu fälschen.

Victoria biß sich auf die Knöchel. »Warum dann?« fragte sie. »Warum hat er es getan?«

»Es tut mir leid«, antwortete er hilflos. »Ich weiß es einfach nicht.«

Sie tranken den Kaffee aus, den Victoria gekocht hatte. Dann warf Watson einen Blick auf die Uhr und stand auf.

»Sie sind bestimmt müde«, sagte er, »und ich sollte jetzt auch nach Haus.«

»Ja, sicher.«

Victoria begleitete ihn in die kleine Diele hinaus. Sie wartete, während er seine Regenjacke anzog, ein schweres Ungetüm aus wattiertem Öltuch. Sie legte die Hand auf die Klinke und wollte die Tür öffnen, doch auf einmal hielt sie in ihrer Bewegung inne und griff nach dem abgenutzten, fadenscheinigen Tuch.

»Tragen Sie das, wenn Sie Feldforschungen betreiben?« fragte sie.

»Hm.« Leicht verlegen blickte er an sich hinab und musterte die Flecken, wo Wind und Regen den schützenden Ölfilm erodiert hatten. »Das müßte wohl mal repariert werden.«

»O ja, bestimmt.«

Sie warf ihm ein strahlendes Lächeln zu, ihr professionelles Lächeln, das ihr so oft gute Dienste geleistet hatte. Dann veränderte sich ihr Ausdruck, ihr Lächeln schwand, ihr Blick verdunkelte sich, sie sah ihn an – und tat etwas, das sie noch nie in ihrem Leben getan hatte.

»Ich möchte nicht, daß Sie gehen, Rory. Bleiben Sie heute nacht hier.«

Er gab keine Antwort. Er stand da wie vom Donner gerührt und starrte sie stumm an.

»Sie können auf dem Boden schlafen oder bei mir«, fuhr sie fort.

»Wenn Sie eine Frau haben, eine Freundin, einen Freund oder was immer, können Sie anrufen und sagen, daß Sie in ein Grubenunglück geraten sind und feststecken...«
Etwas anderes als dieser Ausspruch aus einem Woody-Allen-Film fiel ihr nicht ein. Sie wußte nur, daß sie wild, trotzig, unbeirrbar entschlossen war, ihn nicht gehen zu lassen. Nicht wegen seiner Unwiderstehlichkeit, nicht aus Rache an Charlie, nicht einmal aus Einsamkeit. Sondern weil Rory Watson ihr nicht alles gegeben hatte, was sie haben wollte. Er enthielt ihr irgend etwas vor, ahnte sie, etwas, wovon er nicht einmal wußte, daß er es zurückhielt, gewiß nicht. Aber sie mußte es ihm entlocken.
»Sally«, stammelte er, »meine Freundin, meine Lebensgefährtin. Sie ist für eine Woche nach Edinburgh zu ihrer Familie gefahren. Ich hab ihr versprochen, daß ich sie heute um elf anrufe.«
»Dann hast du noch fünf Minuten, und ich habe ein Telefon«, sagte Victoria. »Danach erwartet dich entweder der Fußboden oder mein Bett...«
Die Angst, die beinahe atemlose Furcht, die sie überkommen hatte, als sie ihn bat zu bleiben, war von ihr abgefallen, wie fortgespült. Die Vergangenheit mußte entschlüsselt werden, aber sie würde auf ihrem eigenen Weg zur Lösung gelangen.
»Außerdem«, fügte sie hinzu, während das Lächeln auf ihr Gesicht zurückkehrte, »bin ich eine Expertin für die Imprägnierung von Öljacken und habe das nötige Material dazu. Ich bin nicht umsonst die Enkelin von Jack Ruthven. Deine Jacke werden wir uns morgen vornehmen.«

16

Victoria schlug die Augen auf und warf einen Blick auf die Leuchtziffern des Radioweckers auf ihrem Nachttisch. Es war drei Uhr morgens.

Durch den offenen Spalt zwischen den Vorhängen sah sie, daß der Himmel inzwischen wolkenlos war und der Vollmond schien. Ein silberner Lichtstrahl fiel schräg über den Parkettfußboden und berührte den Messingknauf an ihrem Bett, der in der Dunkelheit funkelte. Das Zimmer war eiskalt.

Lautlos drehte sich Victoria auf den Rücken und verschränkte die Arme hinter dem Kopf. Dr. Watson – dieser Name schien ihr sehr viel angemessener als Rory – lag neben ihr, zu einer warmen Kugel gerollt.

Sie lächelte.

Trotz seiner Schüchternheit, seiner schottischen Zurückhaltung war es nicht schwierig gewesen, ihn in ihr Bett zu locken: eigentlich hatte sie ihm lediglich zu verstehen gegeben, daß sie ihn bei sich haben wollte. Er hatte seinen Anruf erledigt, sich ohne viel Federlesens ausgezogen und war zu ihr ins Bett geschlüpft.

Danach ging alles von selbst. Er war kein besonders begnadeter Liebhaber, nichts im Vergleich zu Charlie, der den größten Teil seines Lebens dazu genutzt hatte, sich zu perfektionieren und Neues zu lernen, wo immer er sich befand; und seine Reisen hatten ihm stets zahlreiche Gelegenheiten geboten. Aber Dr. Watson hatte einen starken und drahtigen Körper, hatte sie liebkost und geküßt, sich zu wahrer Leidenschaft gesteigert und sie danach, als es vorbei war, in den Armen gehalten und zärtlich gestreichelt.

Er war leicht verstört – und würde am Morgen, bei der Erinnerung

an die vergangene Nacht, noch viel verstörter sein –, doch er war sanft und einfühlsam gewesen, und das tat ihr gut. Verglichen mit den wilden, ungeschickten, gefühllosen Fummeleien ihrer Teenagerzeit war dieses Erlebnis ein Fest gewesen.
Aber es bedeutete ihr noch sehr viel mehr. Bei dem Gedanken daran durchlief sie ein Schaudern. Zum ersten Mal in ihrem Leben fühlte sie sich frei. Ein außergewöhnliches Gefühl. Sie hatte nicht viele Liebhaber gehabt, vielleicht vier oder fünf, aber immer waren sie es gewesen, die Männer, die den Anfang gemacht hatten. Sie war ausgesucht worden, nie hatte sie selbst gewählt. Sie war gewiß kein Opfer gewesen, sondern immer eine willige Komplizin. Aber nie hatte sie die Initiative ergriffen.
Bis jetzt. Zum ersten Mal hatte sie es getan, und die Wirkung war schwindelerregend, berauschend. Sie staunte über ihre eigene Kühnheit. Sie hatte einen Mann angesehen und gesagt: »Du. Jetzt. Hier.« Und er hatte getan, wie sie ihm befohlen hatte.
Im Grunde hatte sie gar nicht die Absicht gehabt, mit Rory Watson ins Bett zu gehen, ihretwegen hätte er auch auf dem Fußboden schlafen konnen. Sie war schon im Begriff gewesen, Luftmatratze und Bettzeug hervorzuholen, als sie ihn plötzlich sah, nachdem er mit seiner Freundin telefoniert hatte: er stand neben dem Telefon, verwirrt und immer noch sehr attraktiv und auf merkwürdige Weise verletzlich.
»Wir sollten lieber beieinander schlafen«, sagte sie bestimmt. Und damit war es entschieden.
Sie sah ihn an. Der Mondstrahl war weitergewandert, und das Licht fiel auf seine nackte Schulter. Victoria zog fürsorglich die Decke über ihn. Dann schlief sie wieder ein.

»Soll ich dir Kaffee machen?«
Sie schlug die Augen auf und gähnte. Wieder warf sie einen Blick auf die Uhr: dreiviertel acht. Er stand vollständig angekleidet am Fuß des Bettes.
»Großartig!« sagte sie. »Es steht alles auf dem Küchentisch. Schwarz mit einem Löffel Honig.«
Ein paar Minuten später kam er mit einem dampfenden Becher zurück.
»Hoffentlich hab ich's richtig gemacht.«

Victoria richtete sich ein wenig auf, zog sich die Decke bis zum Hals, so daß nur noch ein Arm herausragte, und nahm einen Schluck. »Perfekt!«
Er hatte auch für sich einen Becher mitgebracht, setzte sich aufs Bett und trank seinen Kaffee.
»Ich wollte dich nicht aufwecken, aber ich bin schon eine ganze Weile wach«, sagte er. »Ich habe über unser Gespräch über deinen Großvater nachgedacht und versucht, Bruchstücke zusammenzusetzen. Mir ist etwas eingefallen. Die Sammlung von Colonel Ruthven ist bei weitem die größte, die das Museum je erhalten hat. Aber ungefähr zur selben Zeit trafen noch andere Sammlungen ein, ebenfalls Schenkungen...«
Victoria schlürfte ihren Kaffee, während sie ihm zuhörte, und fand seinen schottischen Akzent jetzt viel deutlicher als am Vorabend.
»Bei manchen Präparaten aus einer anderen Sammlung sind zwei Namen als Spender genannt: Colonel Ruthven und ein gewisser Yeats. Sagt dir der Name etwas?«
Victoria spürte ihre Spannung wachsen. Sie stellte den Kaffeebecher ab und setzte sich auf. Die Decke glitt von ihrer Brust, aber sie machte sich nicht die Mühe, sie wieder hochzuziehen. Einen Augenblick lang starrte sie ihn stumm an.
»Ja«, sagte sie langsam. »Er war ein Freund meines Großvaters.«
»In dem Fall werde ich der Sache weiter nachgehen, obwohl ich bezweifle, daß ich noch sehr viel finden werde.« Er sah auf die Uhr. »Ich muß um neun im Museum sein. Ich sollte gehen...«
Er verstummte. Seine Miene war nervös und angespannt. »Sally kommt heute abend zurück. Ich hätte das nicht tun sollen, andererseits möchte ich dich wirklich gern wiedersehen. Es war...« Wieder unterbrach er sich. Was immer ihm auf dem Herzen lag, brachte er nicht über die Lippen.
»Es war sehr schön«, sagte Victoria. »Für uns beide, und ich mag dich gern. Aber jetzt solltest du gehen – die Pflicht ruft.«
Er stand auf. An der Tür drehte er sich noch einmal um. »Mir ist so was noch nie passiert«, sagte er leise. »Ich meine, wirklich nie. Passiert dir das öfter?«
Sie lächelte. »Nur an kalten Donnerstagen im Januar«, sagte sie zärtlich. »Gehen Sie jetzt, Dr. Watson, und lieben Sie Ihre Sally. Ich brauche noch ein bißchen Schlaf.«

Die Tür schloß sich. Sie kuschelte sich unter die Decke, aber sie schlief nicht.
Sie dachte an die Sammlungen, die Eric Yeats in seinem und Großvaters Namen dem Museum für Naturgeschichte vermacht hatte.

17

»Mademoiselle Rutevène...« Zweimal stolperte er über den unmöglichen Namen, dann gab er auf.
»Nennen Sie mich doch bitte Victoria«, sagte sie auf französisch. »Das ist viel einfacher.«
»Oh!« rief er erfreut. »Selbstverständlich, Mademoiselle. Wie ich höre, sprechen Sie gut Französisch – das erleichtert natürlich einiges.«
»Je me défends«, gab Victoria zurück. »Ich komme ganz gut zurecht. Wissen Sie, ich habe zwei Semester an der Sorbonne studiert, als ich jung war.«
Er lachte. »Na, das muß aber im vergangenen Jahr gewesen sein. Kein Wunder, daß Sie sich immer noch so flüssig ausdrücken.«
»Ein bißchen länger ist es schon her, aber ich weiß Ihr Kompliment zu schätzen, vielen Dank.«
»Also«, fuhr er fort, »ich heiße Jean-Luc, wie Godard, aber mit Nachnamen Chagall, wie der Maler.«
Förmlich schüttelten sie einander die Hand.
Sie standen im Vorgarten eines kleinen Hauses in einer schmalen Seitengasse des Boulevard Saint-Michel. An einem eiskalten Januartag, unter Graupelschauern war sie aus London abgeflogen, auf dem Flughafen Heathrow mußten die Maschinen enteist werden. In Paris hingegen war das Wetter freundlich, beinahe mild, obwohl bereits die winterliche Dämmerung hereinbrach.
Victoria sah sich um. Gleich hinter ihr, jenseits des eisernen Gitters, verlief der Boulevard. Die Seine konnte sie nicht sehen, aber sie wußte, daß der Fluß kaum fünfzig Meter entfernt war. Irgendwo in der entgegengesetzten Richtung, ebenfalls am Boulevard und nicht viel weiter, lag das Café Fleur de Lys.

Eine Welle der Nostalgie überschwemmte sie. Viele Stunden hatte sie mit ihren Kommilitonen dort gesessen und schwarzen Kaffee getrunken, in Gespräche und Diskussionen vertieft, aber immer wieder von der heißen Hoffnung erfaßt, der wunderschöne junge Philosophiedozent, der ihr die Grundbegriffe der französischen Kultur nahebrachte, möge auf eine *anisette* hereinkommen.
Für den Fall hatte sie bereits ihre Pläne geschmiedet. Sie würde ihm erzählen, ihr Vater habe ihr zum Geburtstag einen Scheck geschickt mit der Auflage, ihn in einem Nobelrestaurant zu verprassen. Sie wollte ihn fragen, ob er Lust habe, ihr Gesellschaft zu leisten. Dann würde er sie zu dem Haus in der Rue Cochin begleiten, in dem sie ein Untermietzimmer bewohnte, und sie würde ihn bitten, mit heraufzukommen, um ihr ein paar Begriffe bei Sartre zu erklären, die sie nicht verstanden habe. Bei ein paar Gläsern exzellentem Armagnac, der schon bereit stand, würden sie über Philosophie diskutieren, vielleicht Schach spielen, und dann...
Es passierte natürlich nie. Der wunderschöne Dozent mit dem sanft gewellten schwarzen Haar verkehrte nicht im Café, jedenfalls nicht in diesem. Wahrscheinlich, dachte sie voller Groll, hatte er eine Ehefrau in Saint-Cloud und einen Gemüsegarten, den er auf Geheiß seines Drachens umgraben mußte. Victoria verlor ihre Jungfräulichkeit statt dessen an einen charmanten und beflissenen Gesangsstudenten aus München – in einer Nacht, in der sie sich halb um den Verstand getrunken hatte und deren Einzelheiten ihr glücklicherweise nicht alle im Gedächtnis geblieben waren. Am Morgen jedenfalls fand sie Blutflecken auf ihrem Laken, und der Deutsche war fort. Desgleichen ihr Schmuck, das Geld aus ihrer Handtasche und praktisch sämtliche Wertgegenstände in ihrem Besitz.
Wie sich erwies, war der Verführer keineswegs Student, geschweige denn ein aufstrebender Sänger, sondern ein der Polizei schon bekannter Dieb, der, sprachgewandt und auch sonst mit allerlei Fähigkeiten begabt, durch die europäischen Universitätsstädte zog und ausländische Studentinnen aufs Korn nahm. Die Pariser *flics* waren mitfühlend, aber machtlos. Wahrscheinlich sei er schon weitergezogen, meinten sie.
Victoria biß die Zähne zusammen und wusch ihr Laken im Waschbecken ihres Zimmers, dann kehrte sie zur Sorbonne und ihren Vorlesungen zurück.

»Mademoiselle…?«
»Tut mir leid.« Sie schüttelte den Kopf und besann sich auf die Gegenwart. »Ich war in Erinnerungen versunken – an die Zeit vor zehn Jahren, als ich hier gelebt habe, an die *rive gauche*, wie sie damals war… Wollen wir hineingehen?«
»Natürlich.«
Victoria folgte Monsieur Jean-Luc Chagall ins Haus.
Seinen Namen und seine Adresse hatte sie Mr. Gable zu verdanken. Offenbar gab es ein beinahe weltweites Netzwerk verschiedener Museen und Archive über die Geschichte der Varieté- und Revuetheater und Music-Halls. Verglichen mit den französischen, deutschen und amerikanischen Schatzkammern sei seine bescheidene Sammlung geradezu armselig, behauptete Mr. Gable. Er habe alles aus eigener Kraft und mit eigenen Mitteln zusammentragen müssen, andere Archive würden mit öffentlichen Geldern unterstützt.
»Ich kann diese Ausländer sowieso nicht ausstehen«, hatte er gesagt. »Schlechte Manieren überall, wo man hinschaut. Aber die Franzosen haben die Zivilisation erfunden, und dafür müssen wir ihnen dankbar sein. Nach seinen Briefen zu urteilen, ist dieser Chagall wahrscheinlich kein übler Bursche.«
Jean-Luc Chagall war Kurator des Musée de l'Art populaire du chant, de la danse et du théâtre de la Belle Epoque, mit anderen Worten: er fungierte als der Bewahrer der Volkskultur des goldenen Zeitalters in Frankreich, vom späten neunzehnten Jahrhundert bis zum Beginn des Ersten Weltkriegs, aber mit dem wachsenden nostalgischen Interesse am Varieté reichte sein Aufgabengebiet mittlerweile bis in die Gegenwart.
»Es ist aber nicht mehr dasselbe«, erklärte er mit ausdrucksreichen Gesten. »Natürlich hat es auch in meiner Zeit großartige Künstler gegeben, Trenet und Aznavour und Montand, auch Mireille Mathieu. Aber eine La Goulue? Eine Josephine Baker? Eine Edith Piaf? Nein, Mademoiselle, heute haben wir es mit gewöhnlichen Sterblichen zu tun, nicht mehr mit Legenden.« Er zuckte die Achseln. »Natürlich gibt es von allen Künstlern auch Aufnahmen. Ich habe mein Bestes getan, um die Sophia zu finden, die Sie interessiert.«
Sie stiegen die Treppe hinauf und betraten einen Raum, der nicht

viel größer war als Mr. Gables Archiv im ersten Stock des Hauses in Croydon, aber in jeder anderen Hinsicht bestand ein himmelweiter Unterschied. Statt Staub und Spinnweben und furchterregendem Chaos gab es hier prachtvolle Designer-Regale, die jeder Bibliothek zur Ehre gereicht hätten, funkelnde Schränke aus Stahl und Glas, in denen Tonbänder und Compact Discs verwahrt wurden, tadellose Plakatständer für Poster und anderes Werbematerial sowie zwei adrette Sekretärinnen, die am Bildschirm arbeiteten. Die Franzosen, dachte Victoria, nehmen ihre Kultur wirklich sehr ernst – und die populäre Kultur war davon nicht ausgenommen.
»Hier entlang, bitte, Mademoiselle...«
Chagall führte sie zu seinem Schreibtisch und bot ihr einen Thonet-Stuhl an.
»Wir überspielen soviel wie möglich auf CD, sowohl unsere Tonarchive als auch alle sonstigen Unterlagen. Eine Kopie behalten wir hier, eine zweite pflegen wir aus Sicherheitsgründen der Bibliothèque Nationale zu übergeben. Außerdem bringen wir unsere Informationen ständig auf den neuesten Stand. Was Ihre Sophia betrifft, habe ich ein Suchprogramm gestartet, das aber leider nicht viel ergeben hat. Jedenfalls habe ich hier einen Ausdruck für Sie.«
Er reichte ihr zwei zusammengeheftete Blätter, die Victoria rasch überflog. Die Daten waren zwar französisch und mit »Folies Bergères« überschrieben, doch davon abgesehen, fühlte Victoria sich sehr an die Eintragungen in den Geschäftsbüchern des Londoner Agenten erinnert, die Mr. Gable ihr vor ihrem Abflug noch gezeigt hatte. Es waren die Daten ihrer Engagements aufgelistet – dreimal war Sophia in den Folies Bergères aufgetreten – und ferner die Höhe ihrer Gage sowie der Provision, die nach England geschickt worden war. Sie fand auch mehr oder weniger dieselben Kommentare, von denen der letzte besagte: »Bis auf weiteres nicht verfügbar: Christina reist nach Südafrika und wird sich melden, wenn/falls sie zurückkehrt.«
Soweit stimmte alles mit Mr. Gables Auskünften überein. Sophia, oder Christina, wie sie sich anscheinend immer noch nannte, war Monate nach ihrem Auftritt aus Kapstadt zurückgekehrt und hatte ihre Verpflichtungen im Revuetheater Folies Bergères erfüllt. Danach verschwand sie und blieb unauffindbar.
Dafür gab es nur drei wahrscheinliche Erklärungen. Ein be-

rufliches Engagement, von dem kein Agent etwas wußte. Eric Yeats. Oder Großvater.
»Waren Sie je in den Folies Bergères?« fragte Chagall, als Victoria die Papiere aus der Hand legte.
Sie schüttelte den Kopf. »Nein, damals war ich Studentin und konnte es mir nicht leisten.«
»Gestatten Sie, daß ich Sie heute abend dorthin führe? Für uns ist der Eintritt umsonst – das ist einer der wenigen Vorteile, die mit dem Beruf eines sogenannten Folklore-Historikers verbunden sind.« Er lachte. »Und Sie werden die Bühne sehen, auf der Sophia gesungen hat.«

In einem Bistro am Boulevard Montparnasse aßen sie zu Abend. Sie verspeisten eine *pâté de campagne* mit Salat, eine provenzalische *bouillabaisse* und zum Abschluß einen salzigen blauen Roquefort, und Victoria dachte mit Sehnsucht und Zorn an ihre Parisreise mit Charlie zurück.
Charlie war ein ebenso begeisterter wie kenntnisreicher Gourmet. Er hatte ihr beigebracht, »mit Verstand« zu genießen und sich an alles zu erinnern: an jedes Gericht, das sie gegessen, und an jedes Restaurant, das sie kennengelernt hatte – »vor allem in Frankreich«. Es war ihr zur Gewohnheit geworden. Eine Gewohnheit, die sie, zu ihrem Kummer und Ärger, nicht mehr ablegen konnte.
Dann gingen sie in die Folies Bergères. Offenbar hatte Chagall sie telefonisch angekündigt, denn sie wurden von einem lächelnden Portier empfangen und zu zwei Sitzen in der ersten Reihe geleitet. Fasziniert sah Victoria der Show zu. Die Mädchen erschienen ihr wunderschön – die endlos langen Beine, die aufreizend erwartungsvoll hervorgewölbten Brüste, die kräftigen, straffen, geschmeidigen Körper in glitzernden, paillettenbestickten Kostümen, tanzend, wirbelnd, strahlend; und dann streiften sie ihre Oberteile ab und begannen mit dem Cancan. Während ihre Beine emporschnellten und die Röcke flogen, sahen sie aus wie stolz paradierende Strauße, wild und sinnlich und exotisch. Und auf einmal waren sie verschwunden. Die Lichter verloschen, der Applaus verklang, und eine gespannte Stille trat ein. Auf der Bühne erschien eine Frau in schwarzem Kleid.
Mit blassem, weiß geschminktem Gesicht stand sie da und schien

das Publikum gar nicht zur Kenntnis zu nehmen. Sie griff nach dem Mikrofon, gab dem Orchester den Einsatz und begann zu singen.

»Das ist Martine«, flüsterte Chagall. »Der Grund, weshalb ich mit Ihnen hierherkommen wollte. Sie ist vielleicht ein bißchen wie Sophia.«

Martine war eine schlanke, hochgewachsene Frau mit scharfen blauen Augen, einer wilden schwarzen Mähne und einem Gesichtsausdruck, den Victoria zuerst als arrogant und verächtlich empfand – bis sie merkte, daß sie sich irrte: Martine war sich ihrer Zuhörer wohl bewußt, sie war nur nicht wirklich an ihnen interessiert. Sie wollte nichts anderes als singen und ihre Lieder erforschen, erspüren, auskosten bis zum letzten Ton.

Sie begann mit einem deutschen Lied aus dem Berliner Kabarett der dreißiger Jahre. Dann wechselte sie zum Englischen oder vielmehr Amerikanischen und sang mehrere Songs von Cole Porter, Jule Stein und Rodgers und Hart – *Camelot* schien ihr besonders am Herzen zu liegen. Und schließlich ging sie zu ihrer eigenen Sprache über.

Victoria lauschte gebannt.

Martine sang die Texte von Trenet, Aznavour, Ferré und einem Dutzend anderen. Manchmal brach sie ab, gebot dem Orchester zu schweigen, schnippte ungeduldig mit den Fingern und gab dann den Musikern wieder den Einsatz, als suchte sie nach einer neuen Phrasierung, einer neuen Interpretation der Worte, einer bestimmten Ausdrucksweise, in die sie all ihre Leidenschaft legte.

Ihr Ton war versonnen und sehnsüchtig und ihre Stimme zwar klar und durchdringend, doch sie klang meist so fern, als stünde sie an einem Wasserfall in irgendeinem abgelegenen Tal. Dann wieder trat sie nach vorn an den Bühnenrand, lächelnd, und ihr Blick schweifte über das Publikum, das für sie doch nur die undurchdringliche Dunkelheit des Zuschauerraums sein konnte, trotzig und herausfordernd.

Und sie stimmte noch ein Lied an. Und dieses Mal hatte Victoria das Gefühl, als wären sie und Martine nicht nur allein im selben Raum, sondern es war ihr, als stünden sie einander gegenüber, als wären ihrer beider Lippen nur Zentimeter voneinander entfernt, und sie konnte die Wärme von Martines Atem spüren und den Klang ihrer Stimme, der sie überflutete.

Auf einmal, viel zu schnell, war alles vorbei. Martines letztes Lied war ein Tribut an Edith Piaf: sie sang »La Vie en rose«, so herb und traurig, wie der Spatz von Paris selbst gesungen hatte. Dann klatschte sie einmal kurz in die Hände, lächelnd, verbeugte sich tief und warf, sich aufrichtend, mit wehendem Haar den Kopf zurück.
Dann verschwand sie, während die tobenden Zuschauer stehend applaudierten.

»Ich habe noch etwas vergessen«, sagte Chagall. »Ich habe Ihnen nicht erklärt, welche Codes wir in unseren Dateien benutzen.«
Sie saßen im Taxi; er hatte sie von den Folies Bergères zu ihrem Hotel begleitet, und Victoria hatte ihm für den Abend gedankt. Sehr viel mehr sagte sie nicht, und das war auch gar nicht nötig. Sie wußte, daß er den hingerissenen Ausdruck in ihrem Gesicht bemerkt hatte, und hatte selbst aus seiner Miene geschlossen, daß er sich freute, ihr ein Vergnügen bereitet zu haben.
»Haben Sie die Kopie dabei?«
»Ja, hier in meiner Handtasche.«
»Sehen Sie, am Ende steht ein P, und das bedeutet: wir wissen, daß von der jeweiligen Person ein Porträt existiert, ein Foto oder ein Bild. Wir werden demnächst damit anfangen, die Bilder zu scannen und abzuspeichern. Von Sophia existiert ein Gemälde.«
»Ein Gemälde?«
Er nickte. »Ich kann es nicht abrufen, weil wir es noch nicht auf Datenträger haben, aber ich weiß, wo es sich befindet. Es gehört einer gewissen Madame Villedieu. Sie ist die hochbetagte Witwe eines unserer reichsten Luftfahrtindustriellen und lebt in Paris. Falls Sie sie gern sehen würden, könnte ich wahrscheinlich einen Besuch arrangieren.«
»Oh, das wäre großartig, vielen Dank. Wissen Sie, von wem das Bild stammt?«
»Ja. Von einem unserer größten Impressionisten: Auguste Renoir.«

18

»Also, was halten Sie davon, Mademoiselle?« Die alte Dame, tief in ihrem Sessel versunken, sah sie von unten herauf an und klopfte mit ihrem Stock auf den Boden.

Es lag etwas Zorniges und Herausforderndes in ihrem Verhalten. Auch eine Tapferkeit, eine Furchtlosigkeit. Dieser besondere Zug war Victoria schon früher bei sehr alten Menschen aufgefallen. Sie waren dem Tod nahe, sie waren ungeduldig, äußerst ichbezogen und zugleich auf sonderbare Weise großzügig. Sie wollten die wenige Zeit, die ihnen noch blieb, mit anderen teilen.

Madame Villedieu war bereit, ihren Renoir zu teilen.

Chagall hatte sie um halb acht Uhr morgens angerufen – Madame Villedieu, sagte er, sei eine Frühaufsteherin, und er habe bereits mit ihr telefoniert. Sie wolle zwar zu ihrer Enkelin in die Bretagne reisen und müsse zu Mittag aufbrechen, habe sie ihn wissen lassen, doch wenn sie um zehn Uhr in ihrer Wohnung am Boulevard Haussmann sein könnten, sei es ihr ein Vergnügen, sie zu empfangen.

Mit angehaltenem Atem stand Victoria vor dem Gemälde. Es schien ihr eines der schönsten Kunstwerke, die sie je gesehen hatte – Renoir mußte sehr alt gewesen sein, als er es malte. In einen schlichten Goldrahmen gefaßt, zeigte es eine junge Frau, die in einem Garten stand, hinter ihr ein Teich voller Wasserlilien und eine blaugrüne Brücke, über die weiße Rosen hingen. Aus der merkwürdig leuchtenden Farbe der Brücke schloß Victoria, daß das Bild wohl in Giverny entstanden war, im Haus von Renoirs Freund Monet; oder vielleicht hatte er Giverny auch nur als ideellen Hintergrund für sein Porträt benutzt.

Die Frau trug ein schwarzes Samtkleid mit weißer Rüsche, die sich hoch um ihren Hals schloß, auf ihrer Brust hing eine einreihige Perlenkette herab. Ihre Augen waren blau, ihr Haar, in wirren Locken fallend, eine dichte goldene Mähne, ihr Körper stark und üppig: er strahlte all die Sinnlichkeit aus, für die Renoir berühmt war, doch fehlte ihm jener barocke Überschwang, der, nach Victorias Ansicht, zu häufig sein Bild von Frauen charakterisierte, mit denen er geschlafen und die er gemalt hatte.

Mehr als alles andere aber hatte es Victoria das Gesicht des Mädchens angetan – Sophias Gesicht war es, das sie in Bann schlug: schön, kühn und kraftvoll, mit einer feinen, nervösen, emporgereckten Nase. Sie hielt den Kopf leicht zur Seite geneigt und sah den Maler mit einem fragenden, fast verwunderten Blick an. Hier bin ich, schien sie zu sagen, was machst du aus mir? Der Teich und die Wasserlilien sind doch gar nicht wichtig.

Was ist mit mir?

»Und, Mademoiselle?«

Victoria schüttelte den Kopf. Sie hatte versucht, sich die beiden zusammen vorzustellen, Renoir und Sophia im Garten von Giverny. Renoir, der mit schwindenden Kräften, doch auf der Höhe seiner Kunst, eine Frau von berückender Schönheit malte. Und Sophia, die ihn neckte, mit spöttischem Lächeln musterte und ihn herausforderte, etwas aus ihr zu machen. Verführerisch und verlockend war sie gewesen, und Renoir hatte für ihr Porträt sein ganzes Genie aufgeboten. Das Ergebnis war großartig, überwältigend.

Victoria wandte sich der alten Dame zu. »Es ist sehr schön«, sagte sie leise.

»Mein Mann hat es mir geschenkt«, sagte Madame Villedieu. »Er war ein großer Schürzenjäger. Wenn er ein schlechtes Gewissen hatte, behängte er mich mit Schmuck, wenn sein Gewissen ihn zu Boden schmetterte, schenkte er mir Gemälde, und einmal, als er unter die Guillotine gehört hätte, bekam ich dieses hier.« Sie blickte zu dem Porträt hinauf. »Es gehört zu Renoirs besten Bildern. Alter Wein hält sich ewig, wenn er richtig abgefüllt und verkorkt ist. Renoir hat sein Bild sehr gut verpackt. Monsieur Chagall sagte mir, sie sei eine Verwandte von Ihnen gewesen?«

»Soviel ich weiß, war sie die Freundin meines Großvaters.«

»Freundin?« Sie hob eine Braue, warf einen Blick auf Chagall und

winkte ihn mit herrischer Geste aus dem Raum. »Wir Frauen haben miteinander etwas zu besprechen. Würden Sie so freundlich sein, uns einen Moment allein zu lassen?«
Chagall gehorchte; er deutete eine galante Verbeugung an und entschwand.
Madame Villedieu wandte sich wieder Victoria zu. »Mein Mann war von Sex geradezu besessen, mich hingegen hielt er für gleichgültig. Ganz recht hatte er nicht...« Sie warf Victoria ein verschmitztes Lächeln zu. »Das ist freilich lang her, für mich schon lang vorbei und für ihn noch viel länger, den armen Lothario in seinem bretonischen Grab. Aber die Sache an sich, die körperliche Bindung, fasziniert mich nach wie vor. War dieses Mädchen die Geliebte Ihres Großvaters?«
»Ich weiß es nicht.« Victoria starrte wieder das Bild an.
»Ihr Haar hat nicht ganz die richtige Farbe, aber das bedeutet ja noch nichts. Denn abgesehen davon, sind Sie ihr sehr ähnlich. Und diese Ähnlichkeit muß in Ihren Genen liegen. Geheiratet hat er sie wohl nicht?«
Victoria schüttelte den Kopf. »Er hat erst spät im Leben geheiratet, ein schottisches Mädchen namens Margaret Lomax. Sophia war nie seine Frau.«
»Und Sie sind die Enkelin von Margaret Lomax?«
»Ja.«
»Ma fille...«
Wieder klopfte die alte Dame mit dem Stock auf den Boden – einem Spazierstock aus Ebenholz mit elfenbeinernem Knauf in Gestalt eines Papageis, dessen Kopf in Silber gefaßt war.
»Ich bin eine geborene Montmorency. Ich wurde beim englischen Hof eingeführt und Ihrer Königin Mary vorgestellt. Ach, wie war das aufregend, die Wahl der Garderobe, das Ankleiden und Pudern und die Unentschlossenheit meiner Mutter, was das Parfum anging. Und dann der Daimler vor der Tür und der Palast und die Lakaien in Gold und Scharlachrot...«
Sie verstummte. Für einen Augenblick war sie in eine Vergangenheit abgeglitten, die mehr als sechzig Jahre zurücklag. Dann kehrte ihr Blick zu Victoria zurück. »In meiner Jugend mußte ich natürlich Englisch lernen – das war damals nicht allgemein üblich, für uns Töchter aus gutem Hause jedoch Pflicht. Ich habe, muß ich

gestehen, im Lauf der Jahre viel vergessen, aber an meine Lehrerin erinnere ich mich gut. Sie war eine scharfzüngige junge Schottin und ein Spaßvogel, eine richtige *farceuse*, wir verstanden uns blendend. Von ihr habe ich den Ausspruch gelernt: ›Das Kind ist klug, das seinen Vater kennt.‹ Noch klüger, denke ich, ist das Kind, das seine Großmutter kennt.«

Ihre faltigen Lider schlossen sich wie bei einer Eidechse. Doch gleich darauf war sie wieder wach und lebhaft, stemmte sich aus ihrem Sessel und humpelte davon.

Chagall wartete im Vorraum, zusammen mit dem Zimmermädchen und dem Chauffeur, der sie in die Bretagne fahren sollte. Madame Villedieu erteilte ihnen in scharfem Ton ein paar knappe Anweisungen.

»Wenn ich aus der Bretagne zurück bin«, sagte sie, »würde ich Sie gern noch einmal hier bei mir sehen.« Sie wandte sich zu Chagall, während sie sprach, aber Victoria hatte das unbestimmte Gefühl, die Aufforderung sei an sie gerichtet, nicht an den Museumskurator – obwohl sie sich nicht vorstellen konnte, was der alten Dame durch den Sinn ging.

»Auch Sie, Mademoiselle«, fügte Madame Villedieu hinzu und reichte ihr lächelnd die Hand. »Sie sind hier immer willkommen. Als Erinnerung an die romantischen Ausschweifungen meines verstorbenen Gatten, des geliebten Schurken, und wegen Ihrer schönen Ahnin. Denn ich bin sicher, daß Sie mit ihr verwandt sind, es kann gar nicht anders sein – Sie haben dieselben Augen.«

Victoria zögerte. Aus einem jähen Impuls heraus tat sie etwas, das sie noch nie in ihrem Leben getan hatte. Sie wußte nicht, was sie dazu brachte – vielleicht die Erzählungen von ihrer Einführung beim englischen Königshaus, die majestätische Würde der alten Dame oder einfach ihre respekteinflößende Präsenz, die erschreckend und einnehmend zugleich war: auch sie war eine Königin. Jedenfalls beugte Victoria das Knie und vollführte einen raschen, flüchtigen Knicks. Dann richtete sie sich wieder auf und küßte die alte Dame auf beide Wangen.

»Ich danke für Ihren Besuch, Kind. Und Sie, Monsieur Chagall, denken Sie bitte daran, in der nächsten Zeit, wenn ich wieder in Paris bin, noch einmal vorbeizukommen.« Sie reichte ihm huldvoll die Hand.

»Ja, Madame«, antwortete er höflich.
Daraufhin schritt sie von dannen, während der Ebenholzstock in resolutem Takt auf die Steinfliesen stieß.

»*Mon dieu*, ich würde sagen, Sie haben der alten Dame einen gewaltigen Eindruck gemacht, Mademoiselle«, sagte Monsieur Chagall lächelnd, als er sie mit dem Taxi zum Flughafen Charles-de-Gaulle zu ihrer Maschine nach London brachte.
»Nennen Sie mich doch Victoria.«
»Ja.« Chagall wischte sich über die Stirn. Er war immer noch verblüfft über die Begegnung zwischen Victoria und Madame Villedieu. »So hatte ich es mir nicht vorgestellt, aber ich bin froh darüber. Madame Villedieu ist zwar eine große Wohltäterin, kann jedoch außerordentlich schwierig sein. Sie haben mir einen Weg geebnet. Wenn Sie gestatten, werde ich Sie bei künftigen Verhandlungen als Lockartikel einsetzen, wie man in der Welt des Marketings zu sagen pflegt.«
Victoria lachte. »Aber gern. Mir hat es sehr gefallen, ich bin ganz hingerissen von ihr.«
Sie waren am Flughafen angelangt, das Taxi hielt an, und Chagall bestand darauf, sie zu begleiten und ihre Tasche zu tragen. Es zeigte sich, daß der Flug um dreißig Minuten verspätet war, und deshalb ging er mit ihr ins Flughafenrestaurant und bestellte für sie beide Kaffee.
»Darf ich Ihnen...?« Er zögerte kurz – vielleicht fiel es ihm schwer, sie beim Vornamen zu nennen, doch er überwand sich. »Darf ich Ihnen eine Frage stellen, Victoria? Worum geht es Ihnen eigentlich?«
»Was meinen Sie damit?«
»Nun, Sie sind eigens nach Paris geflogen. Sie sagen, Sie suchen nach einer Frau, die vielleicht eine *amitié amoureuse* mit Ihrem Großvater hatte. Ist das alles?«
Victoria nippte an ihrem Kaffee, der stark und schwarz und brühheiß war. Dampf und ein intensives Aroma stiegen aus der Tasse auf. Sie sah sich in der Halle um. Eine geduldige Schar Japaner stand in einer ordentlichen Schlange und wartete auf den Rückflug nach Tokio.
»Ich war auf der Suche nach ihr und nach ihm. Vielleicht suche ich

auch mich selber«, fügte sie nach einer Pause hinzu. Sie wußte nicht, weshalb sie ihm das sagte. Diese Antwort war ungeplant und unbedacht, als hätte jemand eine Handvoll Wörter aus den geheimen Nischen ihres Bewußtseins hervorgeholt und ihr in den Mund gelegt. Aber kaum hatte sie den Satz ausgesprochen, wußte sie, daß er stimmte.

Jack Ruthven, Eric Yeats, Sophia, das unerklärte Geheimnis der ornithologischen Fälschungen, das alles gehörte zu ihr, zu ihrer Vergangenheit und ihrer Gegenwart, von Geburt an. Im Lauf der Jahre hatten sie ihre Familie und sie selbst geformt und geprägt. Sie waren, im übertragenen Sinn oder nicht, das, was die alte Dame ihre Gene genannt hatte.

Chagall berührte flüchtig ihre Hand, die auf dem Tisch lag.

«Ich hoffe, Sie finden alle drei«, sagte er. »Vor allem die jüngste und liebreizendste von ihnen. Nachdem eine von ihnen eine von Renoir porträtierte Schönheit war, werden Sie das hoffentlich als Kompliment auffassen«, fügte er lächelnd hinzu.

In dem Moment wurde ihr Flug aufgerufen. Victoria lachte. Sie stand auf, dankte ihm noch einmal für seine Hilfsbereitschaft und küßte ihn zum Abschied auf die Wange. Dann schwang sie sich die Tasche über die Schulter und wandte sich zum Gehen.

»Mademoiselle...«, hielt Chagall sie zurück. »Ich glaube nicht, daß Madame Villedieu so dringend über das Museum zu sprechen wünscht, ich glaube, sie ist an Ihnen interessiert. Ich werde mich bei Ihnen melden.«

19

Victoria setzte sich an den Tisch in ihrem Wohnzimmer. Sie sah das rote Licht an ihrem Anrufbeantworter blinken und stellte fest, daß während ihrer Abwesenheit neun Nachrichten aufgezeichnet worden waren. Sie drückte auf die Rücklauftaste und hörte das Band ab. Die ersten vier Anrufer waren Freunde, die sich »einfach wieder mal melden« wollten. Die nächsten zwei Anrufe kamen von ihrer Mutter. Danach erklang die Stimme von Großtante Maude, und Victoria hielt den Atem an. Aber Maude sagte nur, Victoria habe ihren Toilettenbeutel in Glenmoray liegenlassen, und fragte, ob sie ihn ihr nachschicken solle, und wenn ja, wohin.

Kein Wort vom Diebstahl des Ruthven-Archivs. Wahrscheinlich, dachte Victoria, hatten die beiden alten Damen keinen Blick in die Aktenkartons unter ihren Betten geworfen, sondern sie ungeöffnet ins Regal zurückgestellt.

Die achte Nachricht stammte von Mr. Gable.

»Guten Abend, meine Liebe. Ich nehme an, Sie sind verreist. Kevin sitzt gerade vor mir. Der brillante Kevin hat einen Freund, behaftet mit dem ungewöhnlichen Namen Jonah, der ein Experte für sogenannte Überspieltechniken aller Art ist. Jonah wird von dem Lied Ihrer Sophia eine – wie zum Teufel nennt man das?« Im Hintergrund erklangen murmelnde Stimmen. »Eine hochauflösende Digitalaufnahme wird er davon machen«, scholl wieder Mr. Gables Stimme ins Telefon. »Was immer das sein mag. Jedenfalls behaupten Kevin und Jonah, es wird phantastisch klingen, genauso, als wär man selber dabei. Ich werde Ihnen das Ergebnis zuschicken. Die Kosten, die ziemlich happig sind, wie ich Ihnen versichern darf, meine Liebe, sind durch Ihren generösen Beitrag zur Bezah-

lung dieses Höllenapparates gerade gedeckt. Aber falls Sie eine Möglichkeit zu einem weiteren kleinen Beitrag sehen, ist Ihnen meine tiefe Wertschätzung gewiß.«
Victoria lächelte. Sie hatte sich, während sie das Band abhörte, Notizen gemacht, und schrieb sich jetzt einen Merkzettel, damit sie nicht vergaß, Mr. Gable einen weiteren Scheck auszustellen. Dann hörte sie die letzte Nachricht ab. Der Anrufer war ein Mann, den sie nicht kannte und von dem sie noch nie gehört hatte.
»Verzeihen Sie die Störung, Miss Ruthven. Mein Name ist David Evans. Ich bin der Sohn des verstorbenen Kriminalhauptkommissars Wynne Evans und zur Zeit damit beschäftigt, aus privatem Interesse eine Dokumentation über die Karriere meines Vaters zusammenzustellen...«
Der Tonfall war äußerst förmlich und gestelzt, ein schwacher walisischer Akzent klang darin an. Offensichtlich las er einen Text ab, den er vor dem Anruf aufgesetzt hatte.
»Ende der dreißiger Jahre«, fuhr er fort, »wurden mein Vater und zwei seiner Kollegen von Scotland Yard mit der Untersuchung des Mordes an einem vermögenden Engländer namens Eric Yeats und seiner Gattin im britischen Protektorat Betschuanaland betraut. Der Fall kam nie zu einem befriedigenden Abschluß, allerdings liegen mir die privaten Unterlagen meines Vaters zu der Angelegenheit vor. Vor kurzem lernte ich einen Freund von Ihnen kennen, Mr. Charles Mortimer, der den Werdegang von Mr. Yeats recherchiert und beiläufig erwähnte, daß Sie derzeit das Leben Ihres Großvaters erforschen, der anscheinend ein enger Freund und Kollege von Mr. Yeats war, und daß Sie womöglich familieninterne Informationen über den traurigen Vorfall besitzen...« Es trat eine Pause ein, ein Rascheln war zu hören, als blätterte er eine Seite um. »Normalerweise lebe ich in Dyfed in Wales, doch in Anbetracht des hervorragenden Rufs, in dem mein Vater stand, stellte mir die Londoner Polizei freundlicherweise die Scotland-Yard-Akten über seine gesamten Fälle zur Verfügung, und ich bin jetzt drei Wochen in London mit ihrer Durchsicht beschäftigt. Sollten Sie der Meinung sein, es wäre uns beiden gedient, wenn wir unsere Erkenntnisse austauschen, so würde ich mich sehr freuen.«
Zum Abschluß nannte er die Telefonnummer des Marineoffiziersclubs, in dem er sich aufhielt.

Victoria dachte einen Augenblick nach. Wenn Charlie den Sohn eines Polizisten aufgespürt hatte, der mit der Ermittlung im Mordfall Eric Yeats befaßt gewesen war, so hieß das, daß der Bastard immer noch hinter seiner Geschichte her war und sie offensichtlich verflucht ernst nahm, wie immer. Mistkerl. Aber diesmal hatte er ihr, ausnahmsweise, vielleicht sogar einen Gefallen erwiesen.
Sie wußte immer noch nichts über den gewaltsamen Tod von Eric Yeats und seiner Frau Sophia, aber nach diesem Anruf, der ihr die ungelösten Mordfälle wieder in Erinnerung brachte, empfand sie mit einemmal eine große Bestürzung – vielleicht deshalb, weil sie sich Sophia so nahe fühlte, nachdem sie die geheimnisvollen Fragmente in Ruthvens Tagebuch gelesen, ihre Stimme auf Mr. Gables uralter Klangwalze gehört und Renoirs Porträt von ihr gesehen hatte.
Wahrscheinlich kannte Evans die ganze Geschichte – zumindest soweit, wie irgend jemand sie kannte.
Sie griff zum Telefon und wählte die Nummer, die er ihr genannt hatte.

»Mr. Evans? Ich bin Victoria Ruthven. Ich freue mich, Sie zu sehen.«
Er war groß und hatte ein kantiges, verhärmtes Gesicht, seine Miene war ernst und sorgenvoll. Er trug eine dicke Hornbrille und einen blauen Blazer mit Messingknöpfen und den eingestickten Insignien der Royal Navy auf der Brusttasche. Er hatte nervös die Tür beobachtet – sie hatten vereinbart, sich in seinem Offiziersclub zu treffen – und stand sofort auf, als sie hereinkam. Dem Aussehen nach war er Mitte sechzig, konnte aber auch um einiges älter sein.
»Es ist sehr freundlich von Ihnen, daß Sie eigens herkommen.« Er bot ihr einen Stuhl an. »Darf ich Sie auf eine Tasse Tee oder Kaffee einladen?«
Victoria blickte auf ihre Uhr. Es war halb sieben Uhr abends, sie saßen in der Bar, und sie war müde.
Sie lächelte ihn an. »Ich habe einen ziemlich anstrengenden Tag hinter mir. Würde es Ihnen etwas ausmachen, wenn ich einen Whisky nehme, einen doppelten?«
»Aber keineswegs.«

Er sah ein wenig bestürzt drein – die jungen Frauen in Dyfed tranken offensichtlich keinen Whisky, wahrscheinlich tranken sie überhaupt nicht –, aber er war ein Gentleman und erfüllte ihren Wunsch. Er winkte dem Barmann, der Whisky kam, und sie begannen zu reden.

»Ich bin sozusagen unter Vorspiegelung falscher Tatsachen hier«, sagte Victoria. »Es stimmt zwar, daß mein Großvater mit Eric Yeats eng befreundet war, und anscheinend waren ihrer beider Leben wirklich sehr eng miteinander verknüpft. Aber ich habe nicht die geringste Ahnung, wie oder wo oder warum Yeats umgekommen ist.« Sie zögerte kurz. »Ich fürchte, Sie können mir sehr viel mehr berichten, als ich Ihnen zu sagen hätte.«

»Sie wissen nichts von den Umständen, unter denen Mr. Yeats ums Leben gekommen ist?«

Victoria schüttelte den Kopf.

»Aha.«

Er zog ein Ringbuch, das auf dem Tisch lag, näher zu sich und schlug es auf.

»Es ist eine merkwürdige Geschichte, die merkwürdigste und rätselhafteste, die meinem Vater, laut eigener Aussage, in seinem ganzen Berufsleben begegnet ist.«

Evans begann zu erzählen. Es war in der Tat eine sonderbare Geschichte. Yeats und seine Frau hatten in Kapstadt gelebt. Den Unterlagen zufolge waren sie nach Mafeking im Norden Südafrikas gereist und von dort aus noch weiter nördlich bis zu der damals winzigen Grenzstadt Maun in Betschuanaland am Rand des Okawango-Deltas.

»Sind Sie mit der Geographie der Gegend vertraut?« fragte Evans.

»Nein.«

»Ich auch nicht. Aber zumindest weiß ich, daß das Okawango-Becken, damals wie heute, ein besonders fruchtbares Sumpfgebiet mit üppiger Flora und Fauna ist. Mr. Yeats ging dorthin, um Vögel zu jagen und zu sammeln.

Anscheinend hatten sie in der Nähe von Maun ihr Lager aufgeschlagen. Colonel Ruthven, ein alter Freund von Yeats und ebenfalls Ornithologe, war zusammen mit seiner Frau eine Woche früher dort eingetroffen und hatte ein eigenes Lager bezogen. Die beiden Männer unternahmen mehrere Ausflüge ins Delta auf der

Suche nach neuen Spezies, die Frauen blieben zurück. Am Ende jeder Safari – wissen Sie, daß dieser Begriff nichts anderes ist als das afrikanische, ursprünglich arabische Wort für ›Reise‹? –, am Ende jeder Safari also kehrten Yeats und Ruthven in ihre jeweiligen Lager zurück. Wie es scheint, wollten beide Paare am selben Tag, an dem die Morde geschahen, nach Südafrika zurückkehren. In den frühen Morgenstunden vor dem geplanten Aufbruch erlagen Yeats und seine Frau ihren Verwundungen infolge von Gewehreinschüssen.

Beide Leichen wurden im Boteti-Fluß gefunden«, fuhr Evans fort. »Der Fluß hat kein besonders starkes Gefälle, aber am Morgen waren die Leichen etwa hundert Meter von ihrem Lager abgetrieben, die männliche Leiche war zu dem Zeitpunkt bereits von Krokodilen angefressen worden.«

Anscheinend hatte das Paar zusammen mit Ruthven und seiner Frau des öfteren in dem kleinen Hotel von Maun zu Abend gegessen. Wie der dort beschäftigte Oberkellner, ein Tswana, gegenüber Evans' Vater aussagte, sei die Beziehung des Ehepaars Yeats sehr gespannt gewesen. Eines Abends sei Yeats nach einem heftigen Streit mit seiner Frau vom Tisch aufgesprungen und davongestürzt, brüllend: »Ich gehe ins Lager zurück. Wenn du mit mir reiten willst, bin ich Manns genug, dich mitzunehmen. Andernfalls kannst du zusehen, wo du bleibst.« Nach seinem Verschwinden seien die drei anderen ihm eilig und in betretenem Schweigen gefolgt.

»Es gibt noch einige andere Aussagen«, fügte Evans hinzu. »Eine Person erinnert sich, in der Mordnacht Schreie gehört zu haben, eine andere spricht von Schüssen. Sämtliche Zeugenberichte sind durchweg sehr vage und unbefriedigend, aber sie sind alles, was mein Vater in der Hand hatte.«

Victoria runzelte die Stirn. »Und zu welcher Schlußfolgerung ist er gelangt?«

»Eigentlich zu gar keiner«, erwiderte Evans. »Es hätte ein afrikanischer Dieb sein können, aber die Tswana – oder Betschuanen, wie man damals sagte – verabscheuen das Töten, zumal von Weißen. Es hätte irgendein europäischer Bandit sein können, der sie im Hotel gesehen hatte. Offensichtlich war Maun damals ein ziemlich wilder Ort. Yeats war bekanntermaßen reich. Er und seine Frau

hätten die Opfer eines mißlungenen Überfalls sein können. Vielleicht hatte auch der Coroner recht, der vom Gericht mit der Untersuchung der Todesursache betraut war und zu dem Schluß kam, es müsse sich um einen Ehestreit gehandelt haben. Seiner Ansicht nach soll Yeats seine Frau erschossen und dann das Gewehr gegen sich selbst gerichtet haben. Für den offiziellen Bericht schloß mein Vater sich seiner Meinung an. Privat war er anderer Ansicht.«
Victoria starrte ihn an. »Warum?«
»Mein Vater war das, was man heute einen Ballistikexperten nennen würde. Ein Experte in dem Sinn war er natürlich nicht, sondern nur ein Mann, der sein Leben lang mit Schußwaffen zu tun gehabt hatte und viel davon verstand. Er las die Protokolle und studierte die Fotos, die der Coroner gemacht hatte. In seinen privaten Aufzeichnungen schreibt er, Mrs. Yeats wurde mit einer Faustfeuerwaffe getötet, die Wunde, die ihren Mann umbrachte, wurde jedoch durch eine Hochgeschwindigkeitsgewehrkugel verursacht. Logischerweise kann Yeats also nicht seine Frau *und* sich selbst umgebracht haben. Wer einen Revolver hat, greift nicht zum Gewehr, um Selbstmord zu begehen.«
»Was ist Ihre Meinung?« fragte Victoria.
»Ich habe keine«, antwortete Evans. »Mein Vater hat später in London mit Colonel Ruthven gesprochen. Den Aufzeichnungen zufolge war Colonel Ruthven äußerst kooperativ und hilfsbereit, konnte aber zur Aufklärung nichts beitragen. Nach eigener Aussage – die von seiner Frau bestätigt wurde – sei er in seinem Lager gewesen und habe nichts gehört. Über den Tod von Mr. und Mrs. Yeats ›gab er lediglich seiner Erschütterung und seinem Entsetzen Ausdruck‹, schreibt mein Vater.«
Victoria schwieg mehrere Minuten lang.
»Könnte ich noch einen Whisky haben, Mr. Evans, einen doppelten?« fragte sie schließlich.
»Natürlich. Ich denke, diesmal werde ich mich Ihnen anschließen.«
Der Barmann bediente sie. Victoria betrachtete das Abzeichen auf Mr. Evans' Brusttasche.
»In welcher Abteilung der Marine waren Sie, Mr. Evans?« fragte sie.
»In der mit Abstand unbeliebtesten, muß ich gestehen.« Zum er-

sten Mal lächelte er, ein mattes und schiefes Lächeln. »Geheimdienst der Marine. Aber ich nahm meinen Abschied, um in die Fußstapfen meines Vaters zu treten, und ging zur Polizei. Natürlich bin ich jetzt schon ein paar Jahre pensioniert.«

»Es war dumm von mir, überhaupt zu fragen«, sagte Victoria. »Ich hätte es wissen können.«

Sie leerte ihren Whisky in einem Zug – und spürte, wie der Alkohol ihr die Röte in die Wangen trieb. »Denken wir beide dasselbe?« fragte sie, als sie ihr Glas absetzte.

»Vielleicht ja, Miss Ruthven.«

Er sah sie nicht mehr an. Er fixierte irgendeinen Punkt hinter der Bar und vermied bewußt ihren Blick.

»Weshalb diese Dokumentation über Ihren Vater?«

»Der amerikanische Schriftsteller William Faulkner schrieb einmal: ›Die Vergangenheit ist alles, was wir haben.‹ Vielleicht hat er recht. Ich würde es gern herausfinden.«

Victoria lächelte versonnen. Sie stand auf. Eine Sekunde zögerte sie. Dann beugte sie sich nieder und küßte ihn auf die Stirn.

»Danke für die Whiskys. Wenn ich irgendwas über die Vergangenheit herausfinde, schicke ich Ihnen eine Postkarte.«

Sie wandte sich ab und verließ mit raschen Schritten den Raum.

Als sie auf der Straße stand und nach einem Taxi Ausschau hielt, fiel ihr auf, daß sie seit neuestem lauter ziemlich merkwürdige Leute küßte. Es war eine durchaus angenehme und interessante Erfahrung, fand sie.

20

Nicht einmal zwei Stunden war sie fortgewesen, doch schon wieder zeigte der Anrufbeantworter neun Nachrichten an. Aber natürlich erledigten die meisten Leute ihre Anrufe zwischen sechs und acht Uhr abends. Sie hörte das Band ab. Die erste Nachricht war von ihrer Mutter, die sich erkundigte, wie sie mit ihren Großtanten in Glenmoray verblieben sei. Die nächsten vier Anrufer waren Freunde und Kollegen, die sechste Nachricht kam von Charlie.

»Hallo, Engel«, sagte er. »Ich bin's. Hör zu...«

Sie dachte gar nicht daran, zuzuhören. Wenn Charlie ihr etwas zu sagen hatte, konnte er ihr einen Brief schreiben. Sie ließ das Band weiterlaufen.

Die siebte Nachricht war von Jean-Luc Chagall aus Paris.

»Guten Abend, Mademoiselle – Victoria, wenn ich Sie noch so nennen darf. Madame Villedieu hat mich gerade angerufen. Ich werde sie nächste Woche besuchen, sobald sie aus der Bretagne zurück ist. Sie will etwas mit mir besprechen. Unterdessen, meint sie, würden Sie sich vielleicht über ein Foto von Renoirs Sophia freuen, und hat mich gebeten, mich darum zu kümmern, was ich tun werde. Ich habe zwar Ihre Telefonnummer, aber keine Adresse. Würden Sie mich anrufen und mir sagen, wohin ich das Foto schicken soll?«

Der achte Anrufer war Rory Watson.

»Hallo, Victoria, ich bin's, Rory. Ich rufe von einem öffentlichen Telefon im Museum aus an. Ich habe heute den ganzen Tag in unserem Lager zwischen ausgestopften Vögeln verbracht. Ursprünglich war ich der Meinung, daß nur ein paar Präparate eine gemeinsame Schenkung von Ruthven und Yeats seien, aber ich habe mich geirrt. Überschlagsmäßig würde ich schätzen, daß fast die Hälfte ihnen beiden zugeschrieben wird, viel mehr, als ich dachte...«

Anscheinend war ihm das Kleingeld ausgegangen, denn die Verbindung brach jäh ab. Aber er hatte sich Nachschub besorgt, denn der nächste Anruf war wiederum von ihm.

»Ich werde der Sache weiter nachgehen.« Er zögerte kurz, dann fuhr er fort: »Meine Freundin ist aus Edinburgh zurück. Ich glaube, sie weiß, daß was passiert ist, obwohl ich ihr nichts gesagt habe. Ich bin ein bißchen durcheinander. Ich würde dich wirklich sehr gern wiedersehen, aber ich kann's verstehen, wenn du nicht willst. Vielleicht läßt du's mich wissen.«

Victoria schaltete die Maschine ab und seufzte.

Schon vor langer Zeit hatte sie gelernt, daß die beste Möglichkeit, mit Problemen umzugehen, darin besteht, sie so rasch wie möglich und frontal in Angriff zu nehmen. Sie stöberte in der Schublade, in der sie die Postkarten aufbewahrte, die sie bei ihren Besuchen in Kunstgalerien und Museen zu erstehen pflegte, und fand eine, die ihr geeignet erschien: eine Dürer-Zeichnung von zwei Schwänen.

»Lieber Rory«, schrieb sie. »Du bist sehr nett und warst sehr nett zu mir. Bitte laß es mich wissen, wenn Du irgend etwas über meinen Großvater, Eric Yeats oder jemand anderen, der mit ihnen in Verbindung stand, herausfindest. Ansonsten lassen wir es dabei. Alles andere hat keinen Sinn. Grüß Sally von mir, falls sich ein passender Moment ergibt. Hab einen glücklichen Tag und ein glückliches Leben. V.«

Sie las noch einmal durch, was sie geschrieben hatte, und fand die Worte ein wenig brutal. Aber ihrer Erfahrung nach war schonungslose Offenheit der beste Weg, Botschaften wie diese unmißverständlich klarzumachen. Sie steckte die Karte in einen Umschlag, schrieb Rorys Namen und die Adresse des Museums darauf und klebte ihn zu.

Dann lehnte sie sich im Sessel zurück, fuhr sich mit beiden Händen durchs Haar und versuchte, ihre Gedanken zu sammeln, die in einem Gewirr unübersichtlicher und ungelöster Komplikationen feststeckten.

Drei Wochen zuvor hatte sie ruhig und sicher und ahnungslos mit Charlie zusammengelebt wie schon seit Jahren. Am Tag vor Weih-

nachten war Charlie aufgestanden und gegangen, ohne irgendeine Vorwarnung. Es war der schlimmste Verrat, den sie je erlebt hatte, und um so schmerzhafter, als er sie ausgerechnet wegen einer Frau hatte sitzenlassen, die sie für ihre Freundin gehalten hatte.
Um ihr Elend wenigstens für eine Weile zu vergessen, hatte sie den einen Ort aufgesucht, an dem sie sich sicher wußte, das naturgeschichtliche Museum – und dort war der Rest ihrer Welt zusammengebrochen.
Daraufhin war sie zur Diebin geworden: was sie ihren Großtanten angetan hatte, war eindeutig Diebstahl, und von Zeit zu Zeit quälte sie das Schuldbewußtsein. Jack Ruthven war zwar ihr Großvater, für ihre beiden Tanten aber war er der geliebte große Bruder gewesen, der ihnen sehr viel näher gestanden hatte, und seine Briefe und Tagebücher waren ihnen gewiß ein kostbarer Schatz.
Seither war ihr Leben beinahe außer Kontrolle geraten. Sie hatte Rory Watson verführt und in ihr Bett gelockt. Es war nicht so, daß sie jahrelang mit keinem anderen Mann als Charlie geschlafen hatte; aber es war das erste Mal, daß sie selbst die Initiative ergriffen hatte, ihr allererstes selbstgewähltes Abenteuer.
Victoria lächelte. Es war gegen alle ihre Instinkte, gegen ihre Erziehung und die moralischen Begriffe, die sie gelernt hatte. Es war vermutlich unnötig, mit Sicherheit unklug, und ihre Mutter wäre entsetzt gewesen. Aber sie hatte es getan, und es tat ihr nicht leid. Abgesehen von allem anderen, hatte diese einmalige Liebesnacht mit einem Fremden ihr ein beinahe leichtsinniges Selbstvertrauen verschafft. Von Charlie war sie »erwählt« worden, in ihrer Beziehung war sie immer der passive Partner gewesen. Zum ersten Mal war sie diejenige, die entschied.
Sie warf einen Blick auf den Umschlag mit der Postkarte an Rory und dachte, daß sie nicht nur Entscheidungen treffen, sondern sie auch rückgängig machen konnte. Eine berauschende Erkenntnis.
Und außerdem hatte das Zusammentreffen mit Rory noch einen praktischen Nutzen: sie hatte einiges über Eric Yeats erfahren.
Mit ihrem Großvater hatte sie angefangen. Sie hatte erfahren, welche Rolle Yeats in seinem Leben gespielt hatte, eine Rolle, die bis weit in Ruthvens Kindheit zurückreichte, aber bestimmte Aspekte barg, die immer noch ein Rätsel waren – die Vorfälle in der Schu-

le und in Cambridge. Charlie, der verfluchte Charlie, hatte ihr vom Yeatsschen Imperium in Afrika berichtet.
Sie hatte von der Existenz einer Sophia oder Christina, oder wie immer sie geheißen hatte, erfahren und sie als bemerkenswerte Frau kennengelernt. Einen Nachnamen trug sie noch immer nicht, aber Victoria hatte sie auf einer uralten Aufnahme singen hören und Renoirs Porträt von ihr gesehen. Der leidenschaftslose, graugesichtige Mr. Evans hatte ihr vom Mord an Yeats und seiner Frau berichtet und von der Anwesenheit ihres Großvaters in einem Jagdlager, in derselben Nacht und ganz in der Nähe des Tatorts.
Der Gedanke an Mr. Evans erheiterte sie. Seine geschmerzte Miene, als sie um einen Whisky gebeten hatte, war wunderbar gewesen. Aber das war es gar nicht, sondern die Erinnerung daran, mit welchem Vergnügen sie festgestellt hatte – nach dem Kuß auf seine Stirn -, daß sie in der Lage war, praktisch völlig fremde Menschen zu küssen, wie Monsieur Chagall und Madame Villedieu und den gerissenen, nervenzermürbenden Mr. Gable.
Das alles war Teil der Fähigkeit, sich einen Mann auszusuchen und mit ins Bett zu nehmen. Vielleicht war es auch Teil der Vergangenheitsaufarbeitung, des Erwachsenwerdens – ein Teil der Freiheit.
Allerdings hatte es ihr bei ihrer Suche, die sie nicht eigentlich freiwillig begonnen hatte, sondern in die sie unausweichlich verstrickt worden war, bisher nicht viel geholfen. Warum hatte Jack Ruthven in die größte ornithologische Sammlung, die dem naturgeschichtlichen Museum je vermacht worden war, Fälschungen geschmuggelt, die sich nur ein gequälter und pervertierter Geist hatte ausdenken können?
Victoria wappnete sich und nahm sich das nächste Bündel Briefe und Tagebücher vor.

21

Es ist eine viehische Schinderei.
Irgendwo habe ich gelesen, daß der Herzog von Wellington im Zusammenhang mit Waterloo von »Schwerstarbeit« sprach. Wer weiß, welche Bezeichnung er für das gefunden hätte, was wir hier erleben. »Schwerstarbeit« trifft es nicht einmal annähernd. Wenn das Ende der Welt nahe ist, dann muß das, was wir hier erleben, der Anfang davon sein.

Dies war eine sehr andere Tonart im Vergleich zu allem, was Victoria bisher von ihm gelesen hatte.
Der Tagebucheintrag war in den Schützengräben des Ersten Weltkriegs entstanden, irgendwo in der Nähe von Arras im Norden Frankreichs. Es war das Jahr 1915. Alle anderen schriftlichen Zeugnisse bisher hatten sich an jemanden gerichtet, meistens an Lady Ruthven, und selbst wenn es keinen speziellen Empfänger gab, hatte Victoria doch immer das Gefühl gehabt, Ruthven habe seine Texte im Bewußtsein einer potentiellen Leserschaft geschrieben. Diesmal nicht. Diese Eintragung war privat, für ihn allein. Sie war ein Ausdruck des Grauens und der Qualen, die er auf dem Schlachtfeld auszustehen hatte.

In ihrer Weisheit sind meine Vorgesetzten im Nachrichtendienst auf die Idee verfallen, uns auf Heckenschützen anzusetzen. Sie haben mich zum befehlshabenden Offizier in unserem Sektor ernannt. Ich führe ein Leben, das zugleich privilegiert und gefahrenreich ist – sofern bei derlei mörderischen Unterfangen von Gefährlichkeitsgraden überhaupt die Rede sein kann. Das Privileg besteht darin, daß

ich die Schützen, die ich nach Augenmaß und Instinkt aussuche, von der Frontlinie abziehe, um sie zu testen, auszubilden, ihnen Aufgaben zuzuweisen.
Der Deutsche ist ein fürchterlicher, streng disziplinierter Feind. Seine eigenen Heckenschützen sind seine beste Waffe in diesem Grabenkrieg. Wir müssen Entsprechendes entgegenhalten. Von zehn Leuten, die ich aussuche, muß ich sieben wieder aussortieren. Es sind alles großartige Burschen, die Verlierer, nur einfach nicht ganz auf der Höhe der Aufgabe. Es braucht Furchtlosigkeit, Angriffslust, Haß (ich fürchte, das ist wahr) und vor allen Dingen einen Blick für das Land. Sie müssen wie Füchse sein, wie Dachse. Sie müssen überleben und töten wollen. Die übrigen drei, diejenigen, die ich behalte, werden von mir getreten, verflucht, umschmeichelt, ermuntert und bevormundet, bis ich von ihnen bekomme, was ich will. Ich bringe sie zur Front zurück – und dann fängt die Gefahr an.
Schlimm genug für mich, weitaus schlimmer für sie.
Ich postiere sie draußen vor den Schützengräben, in Bäumen, auf Erdhügeln und Anhöhen, manchmal in Bachbetten oder Straßengräben. Ich bringe sie selbst hin. Wahrenddessen bin ich verwundbar, aber sie, Gott helfe ihnen, Gott segne sie – sie sind die ganze Zeit über in Gefahr, bis ich sie wieder abziehe. Sie sehen das Mündungsfeuer eines feindlichen Heckenschützen, aber, bei Gott, er bekommt seine Antwort auf der Stelle. Und er rächt sich.
Ich gehe zum Unterstand zurück. Sie liegen völlig ungeschützt in der Schußlinie des Feindes.
Wie schön ist das Offiziersdasein! Was für eine Ironie – weiß noch irgend jemand, was das Wort »schön« einmal bedeutet hat? Für niemanden gibt es noch Schönheit, nirgendwo. Vielleicht entgehe ich den Kugeln der Heckenschützen, aber rund um den Unterstand schlagen die Granaten ein. Früher oder später wird wohl einmal eine treffen.
Ich habe mehr Glück als die meisten. Ich kann besser auf mich aufpassen, das habe ich in Afrika gelernt. Ich weiß mich trockenzuhalten, weiß, wie man Laufbretter in Felsplatten einsetzt, wenn es aus Eimern schüttet. Trotz des Geschützlärms schlafe ich gut. Ich versuche, den Tommys solche Fertigkeiten beizubringen, aber die englischen Soldaten sind englische Städter und haben Mühe, den Begriff der Anpassungsfähigkeit zu verstehen.

Die Schotten sind anders. Links von uns steht ein schottisches Bataillon. Sie wickeln sich in ihre Decken, blasen ihre Dudelsackpfeifen und verschlingen ihren Haferkuchen. Sie leiden nur halb soviel unter Krankheiten und dem miserablen Essen – und jagen den Jerrys eine Heidenangst ein.
Die Burschen aus der Hölle, nennt sie der Feind, wenn er den Dudelsack hört und sich klar wird, daß sie im Anmarsch sind. Meistens rennt er davon wie ein Karnickel. Ich kann's ihm nicht verdenken. Ach, wäre ich nur wieder in Glenmoray!

Victoria las weiter. Der Krieg schien richtungslos dahinzutreiben, vor und zurück. Im einen Augenblick kam Ruthven voran, im nächsten war er auf dem Rückzug. Von Zeit zu Zeit verließ er die Front, um in irgendeinem Dorf, Kilometer hinter den feindlichen Linien, eine neue Truppe von Heckenschützen auszubilden. Immer wieder kehrte er zu den Gräben zurück.
Er führte eine Chronik der Tage, eintönig und trostlos. Der endlose Gestank, die endlose Feuchtigkeit, die endlosen Felder aus Schlamm und verwüsteten Bäumen auf beiden Seiten. Hin und wieder verzeichnete er einen besonders brutalen Vorfall, der immer tragisch war.

Ich habe das Rauchen aufgegeben. Nichts Besonderes, möchte man meinen, aber es hat einen guten Grund.
Wahrscheinlich bringen alle Kriege seit Troja Mythen und Legenden hervor. Der gegenwärtige mit Sicherheit. Fast jeder hier raucht – John Players, mit diesem prachtvollen bärtigen Seemann auf der Packung, sind am beliebtesten. Dank den wohltätigen Damen zu Hause, die Geld sammeln, Zigaretten kaufen und uns schicken. Für viele sind sie ein echter Trost.
Aber es gibt eine Geschichte, die ich in den Gräben oft gehört habe: daß man mit einem Streichholz höchstens zwei Zigaretten anzünden soll. Bei der dritten hat der Feind Zeit genug, um einen ins Visier zu nehmen. Lächerlich. Aber genau das ist heute nacht passiert.
Sergeant Boscombe, der meine eigene Heckenschützentruppe mit Munition versorgt und der tapferste Mann ist, den ich je getroffen habe, ging heute mit mir raus. Wir stiegen auf den Hügelkamm von

Fontroi und erledigten die übliche Routine, richteten einen roten Lichtblitz auf sämtliche Plätze, an denen wir die Männer postiert hatten. Wir erhielten die Antwortsignale, ein ebenso kurzes Aufblitzen. Vorläufig war alles in Ordnung.
Wir gingen in den Graben zurück. Boscombes Korporal Wickham war bei uns. Es war eine helle Mondnacht, und wir drei standen da und schauten auf das Gelände vor uns. Boscombe zog seine Zigarettenschachtel heraus und bot uns beiden eine an. Er gab erst mir Feuer, dann Wickham und dann sich selbst, mit demselben Streichholz.
Er stand noch vornüber gebeugt, als ein Jerry feuerte. Wir überragten den Wall alle drei mit Kopf und Schultern, dachten, wir wären in Sicherheit, denn der Mond stand hinter uns. Ich warf mich auf den Boden und riß Wickham mit hinunter, für Boscombe war es zu spät. Der Schuß traf ihn mitten durch die Kehle. Er wurde zurückgeschleudert, fiel, und das war's.
Ob der Jerry das Streichholz gesehen oder ob wir den Einfallwinkel des Mondlichts falsch eingeschätzt hatten, oder ob es nur einer dieser seltenen Schüsse ins Blaue war – die beide Seiten immer wieder abgeben, um den anderen daran zu erinnern, daß man noch da ist, ganz nah und gefährlich –, das werde ich nie erfahren.
Der arme Boscombe. So ein anständiger und loyaler Mann, so ein großartiger Soldat. Gott weiß, wo ich einen Ersatz für ihn finden soll. Ich muß seiner Frau schreiben, seiner Witwe. Von den Zigaretten werde ich ihr nichts sagen, aber ich werde nie wieder eine anrühren, das ist so sicher, wie es einen Gott im Himmel gibt.

Ich schon, dachte Victoria trotzig. Die einzigen Schüsse, die einer auf mich abfeuern wird, sind seelische Tiefschläge von der Sorte, wie Charlie sie so meisterhaft beherrscht. Auch sie konnten auf ihre Weise tödlich sein, sie raubten einem die Zuversicht und den Sinn des Lebens, sie betäubten. Irgend etwas starb, auch wenn es vielleicht nur ein kleiner Tod war.
Sie zündete sich eine Zigarette an. Sie hielt das Streichholz so lange, bis es fast heruntergebrannt war und ihre Finger ansengte – eine Herausforderung an irgendeinen eingebildeten Heckenschützen, auf sie zu schießen.
Sie las weiter. Der letzte Tagebucheintrag war im Frühherbst ent-

standen. Aus dem Herbst wurde Winter. Es war ein besonders nasser und kalter Winter, beinahe jeden Tag regnete es. In den Schützengräben stand das Wasser hüfthoch, und die Bedingungen mußten verheerend gewesen sein, selbst für jemanden, der in Überlebenstechniken so erfahren und vielseitig begabt war wie Jack Ruthven. Im Dezember kam der erste Frost. Aber so grausam die Kälte auch war, Ruthven empfand sie als Erleichterung. »Wenigstens gefriert der Schlamm«, schrieb er.

Man kann jetzt darauf gehen, statt hindurchzuwaten. Ich wünschte, ich wäre ein allmächtiger Lehrer und könnte den Männern wirklich etwas beibringen. Die armen Teufel kommen von der Straße. Sie sind tapfer wie Löwen, aber sie wissen einfach nicht, wo sie sind. Sonne, Regen, Kälte, alles ist ihnen neu und unbekannt. In dieser ungezähmten Natur sind sie völlig hilflos. Wie konnten wir, die Gesellschaft, zulassen, daß sie derart den Kontakt mit ihrer lebendigen Umgebung verlieren?

Dann kam Weihnachten. »Ich frage mich, ob in einigen Jahren noch irgend jemand sich vorstellen kann, was vor drei Tagen passiert ist«, schrieb Ruthven am 28. Dezember.

Am Weihnachtstag war ich nicht in der Lage, meine übliche Runde zu den Beobachtungspunkten zu drehen, von wo aus wir mit unseren Heckenschützen Kontakt aufnehmen, denn ich war ausgerutscht und hatte mir den Knöchel verstaucht. Sergeant Jamieson, Boscombes Ersatzmann – der sich gut bewährt, aber eben kein Boscombe ist – ging allein los.
Er kam in den Graben zurück und sagte: »Es ist alles ruhig geworden. Niemand schießt, auf keiner Seite, nicht einmal bei erkennbaren Bewegungen. Ich fragte Agnew, den neuen Burschen, warum nicht, und er sagte, er habe mit seinen Kameraden geredet, und sie hätten beschlossen, es für heute sein zu lassen. Anscheinend machen die Jerrys es genauso.«
Es ist Weihnachten, und es herrscht absolutes Schweigen. Keine Gewehrschüsse, keine Kanonen, nichts.
Ich war früh auf. Eiseskälte im Morgengrauen. Nachts hatten wir Zirruswolken, aber bei Tagesanbruch klarte der Himmel auf. Als

die Sonne aufging, hielt ich Ausschau. Natürlich bot sich dasselbe trostlose Bild wie immer, dieselbe verwüstete Landschaft, dieselbe aufgewühlte Erde voller Einschlagtrichter, die Spuren des Krieges, der seit mehr als achtzehn Monaten andauert.

Aber eigentlich war es schön: auf den Wällen glitzerte der Rauhreif, und zum ersten Mal, soweit ich mich erinnere, sangen ein paar Vögel – Ende Dezember! – Gott weiß, warum.

Und auf einmal sprang dieser Narr namens Balding, ein neunzehnjähriger MG-Schütze, der uns als Melder zugeteilt wurde, – dieser Balding sprang auf. Er griff sich den Fußball, mit dem die Burschen ab und zu spielen – in den Gräben! völlig verrückt, aber diese Nordengländer schaffen sogar das –, und schoß ihn raus aus dem Graben und rannte hinterher. Ich brüllte ihn an und befahl ihm, zurückzukommen. Aber nein, er dachte gar nicht daran, rannte weiter, querfeldein durch den Schlamm, immer dem Ball hinterher. Dann schoß er ihn gegen einen Baumstumpf. Es war ein mächtiger Schuß, und Balding stand da und lachte wie ein kompletter Idiot, als der Ball von dem Baum abprallte und auf die feindlichen Linien zurollte.

Ich brüllte mir die Kehle wund, und er reagierte nicht.

Aber die Jerrys feuerten nicht. Der Ball fiel in einen ihrer Gräben, verschwand und wurde wieder zurückgeworfen. Und dann krochen drei oder vier von ihnen heraus. Sie sahen so verschreckt aus wie wir, schlammverschmiert und grau. Und so jung, um Gottes willen, so jung. Aber sie lachten und fingen an, sich gegenseitig den Ball zuzuschießen, und Balding – diesen Burschen bring ich vors Kriegsgericht, das schwöre ich -, dieser verfluchte Balding spielte mit.

Dann kletterten noch ein paar von unserer Seite aus dem Graben. Ich schrie herum, aber keiner hörte auf mich. Sie bildeten zwei gegnerische Mannschaften und spielten mindestens eine Stunde lang Fußball. Unglaublich! Dann kamen Wolken, es fing an zu regnen, und beide Seiten zogen sich zurück.

Jetzt sitzen wir wieder in den Gräben. Was soll ich mit diesem Balding anfangen? Ich sollte ihn entweder vors Erschießungskommando stellen oder ihn fürs Verdienstkreuz vorschlagen. Die militärische Disziplin verlangt ersteres. Die natürliche Gerechtigkeit – und der Auftrieb, den er uns allen an dem Tag verschaffte, Jerrys und Tommys zugleich – legt letzteres nahe.

Wahrscheinlich gebe ich ihm einen Tritt in den Hintern und schicke ihn nach Hause, Battersea oder Lambeth oder wo immer der Tropf herkommt.
Was für ein großartiger Mann! Wenn ich ein Jerry wäre und hätte ihn kommen sehen, Ball am Fuß oder Lee Enfield in der Hand, ich hätte die ganze Sache hingeschmissen. Mit Leuten wie Balding kann man nicht argumentieren.

Der Tagebucheintrag endete mit einem schwungvoll gezogenen Strich, der sich tief ins Papier eingegraben hatte. Darunter wies ein Pfeil auf die nächste Seite, die letzte des Notizbuchs.
Victoria blätterte um. »Eric, lieber Eric«, stand da.

Der erbärmliche aufsässige Balding war eine Bedrohung für Zucht und Ordnung, auf die unsere Streitkräfte soviel Wert legen. Hätte ich ihn zur Rechenschaft ziehen und ihn vors Kriegsgericht bringen sollen – wegen Fraternisierung mit dem Feind und so weiter? Oder was? Sag's mir, alter Kumpel, frag auch unsere Sophia. Ach Gott, ich brauche einen Rat.

Noch weitere Wörter standen da, verwischt und ausgestrichen. Victoria versuchte sie zu entziffern, aber es gelang ihr nicht. Sie klappte das Buch zu und legte es beiseite.
Noch unter den allerschlimmsten Bedingungen – konnte es Schlimmeres geben als die Schützengräben in Flandern mitten im Ersten Weltkrieg? – wandte Ruthven sich im Geiste an Yeats um Rat; an Yeats und an Sophia.

22

»Victoria! Schön, dich zu sehen«, sagte er lächelnd. »Wie war der Urlaub?«
»Prima«, antwortete sie. »Schottland und Paris, obwohl der Januar für beides vielleicht nicht der beste Monat ist. Trotzdem war es großartig.«
Sein Name war Jacob Stein, er war zur Hälfte Amerikaner und zur Hälfte Engländer und ihr Abteilungsleiter in der Maklerfirma, bei der sie arbeitete, ein fröhlicher, ehrgeiziger Mann, verheiratet und Vater eines mongoloiden Kindes, dem seine ständige Sorge galt. Von ihrem ersten Arbeitstag an hatten er und Victoria ein ausgezeichnetes Verhältnis zueinander, ihre Zusammenarbeit klappte hervorragend. Hin und wieder lud er sie an einem Freitagabend auf ein Glas ein und erzählte von seinem Kind.
»Gut, daß du wieder da bist«, fuhr er fort. »Genau im richtigen Augenblick. Setz dich, wir müssen einen Lageplan machen. Auf dem Eurobond-Markt tut sich jede Menge, und es wartet ein Haufen Arbeit auf dich.«
»Jake.« Sie zögerte. »Jake, ich komme nicht zurück«, sagte sie leise.
»Was?« Verblüfft starrte er sie an. »Du bist doch hier. Was soll das heißen?«
»Ich bin gekommen, um zu kündigen, um mich zu verabschieden.«
Stein schwieg einen Moment. »Bist du, wenn ich das fragen darf – bist du etwa schwanger? Wenn ja, dann ist dir vielleicht bekannt, daß es einen Mutterschaftsurlaub gibt? Du mußt nicht kündigen.«
Sie lachte. »Nein, ich bin nicht schwanger.«
»Was ist denn los?« Er musterte sie jetzt kritischer. »Hat dich jemand abgeworben?«

»Nein. Das hat man früher ein paarmal versucht. Ich hab immer abgelehnt, ich war hier ja sehr zufrieden. Nein, das ist es nicht.«
»Was ist dann der Grund, zum Teufel?«
»Was Privates.« Sie zuckte die Achseln. »Ich muß was rausfinden.«
»Du meinst, du willst auf Reisen gehen? Um die Welt reisen, wie? Für eine Weile aussteigen? Selbstfindung und so?«
»Wenn du so willst, ja, das könnte alles eine Rolle spielen«, antwortete sie. »Aber es ist was anderes, etwas Persönlicheres. Ich meine, ich habe keinen Egotrip vor, sondern ich muß wirklich was erledigen.«
Stein hatte hinter seinem Sessel gelümmelt, die Füße auf dem Schreibtisch. Jetzt stand er auf, kam zu ihr herüber und blickte auf sie hinunter.
»Hör zu, Victoria«, sagte er. »Ich werd dir was sagen. Du bist uns eine wertvolle Mitarbeiterin. Aber du bist auch dir selber etwas schuldig. Die Welt da draußen ist ein brutales Pflaster, das weißt du selbst. Der Markt wird kleiner. Wenn du aussteigst, in ein Rettungsboot kletterst, wie's dir vielleicht vorkommt, wird es dir schwerfallen, wieder an Bord zu kommen, hier oder irgendwo anders. In der alten Physik gab es den Grundsatz ›Natura abhorret vacuum‹, die Natur schreckt das Leere ab. Lücken werden sofort wieder besetzt. Irgend jemand wird deinen Platz einnehmen, sie warten nur drauf und stehen schon in den Startlöchern...« Er hielt inne. Dann holte er tief Atem. »Jetzt ist Schluß mit der Moralpredigt. Trotzdem stimmt es. Weißt du auch genau, was du tust?«
»Ja. Voll und ganz. Absolut. Ende der Geschichte.«
Stein ging zu seinem Schreibtisch zurück und setzte sich. Eine Zeitlang blieb er stumm.
»Du bist gut, Victoria, und ich möchte dich behalten«, sagte er schießlich. »Ich mache dir jetzt ein Angebot, das ich noch nie jemandem gemacht habe. Du hast von heute an einen ganzen Monat unbezahlten Urlaub. Danach kannst du deine Kündigung einreichen oder nicht, wie du willst.«
»Aber ich will wirklich gehen...«
»Himmel noch mal!« schrie er. »Ich bin der Chef. Halt deinen Mund und verschwinde!«
»Ja, Jake.«

Sie stand auf und ging zur Tür. Aus dem Augenwinkel sah sie, wie er wütend an seinen roten Hosenträgern riß.
»Außerdem«, rief er ihr nach, »wenn du's nicht innerhalb eines Monats schaffst, deine Seele zu retten, dann bist du sowieso verratzt!«
Victoria lächelte und ging zum Aufzug.

Jetzt hatte sie sich festgelegt.
Aber vielleicht war die Entscheidung schon viel früher gefallen: in dem Moment, als sie das Museum betreten und mit Rory Watson gesprochen hatte. Sie war Jake Stein dankbar, daß er bereit war, einen Monat lang ihre Stelle freizuhalten. Mehr als dankbar: sie war tief bewegt und auch geschmeichelt. Sie hatte immer gern hier gearbeitet, und ganz besonders zusammen mit ihm. Offensichtlich erging es ihm ebenso.
Stein war freundlich, aber ein Sturkopf. Er hätte ihr dieses Angebot nicht gemacht, wenn es ihm nicht ernst damit gewesen wäre und er sie nicht wirklich schätzte. Victoria wußte nicht, ob ein Monat ihr reichen, ja, nicht einmal, ob sie je zurückkommen würde. Aber seine Geste war wunderbar und großzügig, und sie tat ihr gut.
Sie setzte sich an ihren Schreibtisch, schlug einen Aktenordner auf und prüfte ihre letzten Kontoauszüge.
Sie führte zwei Konten. Das eine war ihr Gehaltskonto, von dem sie abhob, was sie zum Leben brauchte. Das andere war ein Sparkonto. Ihr Großvater – wie ironisch oder wie passend, daß ausgerechnet er es gewesen war – hatte bei ihrer Geburt ein Treuhandvermögen für sie angelegt. Alle drei Monate wurde ihr eine Dividende ausbezahlt. Mit den Jahren war das Kapital gewachsen, und die Zinsen, die es abwarf, waren zu einer ansehnlichen Summe aufgelaufen. Sie hatte sie auf die hohe Kante gelegt und nannte den Betrag ihr »Fluchtgeld«, ihre eiserne Reserve für Krisenzeiten. Steckte sie jetzt in einer Krise? In gewisser Weise vielleicht, ja. Auf jeden Fall hatte sie mehr auf dem Konto, als sie brauchte. Es würde bestimmt einen Monat reichen, oder auch länger – so lange wie nötig.
Wie merkwürdig, dachte Victoria, daß Jack Ruthven persönlich ihre Suche nach ihm finanzierte. Sie dachte an ihre Mutter, die eben-

falls Nutznießerin eines der von Ruthven eingerichteten Treuhandvermögen war. Das Kapital ihrer Mutter war noch viel größer: sie hatte ihr Leben lang in äußerstem Komfort gelebt, ohne je arbeiten zu müssen. Auch die Großtanten, Jack Ruthvens Schwestern, waren durchaus wohlhabend. Sicherlich hatte er auch für sie gesorgt, denn von dem, was das Landgut abwarf, konnten sie nicht leben. Glenmoray war nur eines von vielen abgelegenen und aufwendigen schottischen Landgütern, die mehr Geld verschlangen, als je mit ihnen zu verdienen war.

Woher stammte dieses gewaltige Vermögen? Dies war eines der ungelösten Rätsel in Ruthvens Vergangenheit. Die Spur würde höchstwahrscheinlich nach Südafrika und zu Yeats zurückführen, nahm sie an. Vorerst aber warteten Indien, dann Nepal.

Wie sie aus seinen Kriegstagebüchern wußte, war Ruthven von der französischen Front abgezogen und zur Ausbildung eines Gurkha-Schützenkorps nach Nepal geschickt worden. Nach Nepal konnte er damals nur auf dem Weg über Indien gelangen, mit Delhi als wichtigster Zwischenstation. Entweder in Delhi oder bei seinem Eintreffen im nepalesischen Teil des Himalaya mußte etwas geschehen sein, was sein Leben grundlegend verändert hatte.

Hinten im Einband des ledernen Notizbuchs steckte eine Postkarte, adressiert an Eric Yeats, aber aus irgendeinem Grund niemals abgeschickt. Die sepiafarbene Fotografie auf der Karte zeigte das Raj Hotel, ein beeindruckendes viktorianisches Gebäude. Auf der Rückseite der Karte standen, neben Yeats' Adresse, wenige hingekritzelte Sätze:

Morgen geht es nach Katmandu. Bin in ein paar Monaten wieder hier, vielleicht Oktober. S ist hier aufgetreten. Ach, Eric, die Welt ist aus den Fugen, nichts wird mehr sein wie früher. Mein Leben hat sich unwiederbringlich gewandelt, und ich muß reden, hier, hier, wo es geschehen ist, wo ich mein rasendes Herz zurücklasse. Kannst du nicht kommen, wenn ich wieder hier bin, denn soweit ich weiß, kehrt auch S nach Delhi zurück? Sei bei mir in deinem Herzen und schick mir deine Kraft. Ich brauche dich, ich brauche dich. Das Hotel nimmt Briefe und Telegramme für mich entgegen. Alles Gute, J.R.

Victoria nahm den Telefonhörer ab und rief die Reiseagentur an, die Charlie, der ständig unterwegs war, ihr schon vor Jahren wärmstens empfohlen hatte und an die sie sich seither stets wandte, wenn sie verreisen wollte.

»Mary? Hier ist Victoria Ruthven. Ich würde gern nach Delhi fliegen, zwei oder drei Tage dort bleiben und dann weiter nach Katmandu reisen. So bald wie möglich. In Delhi möchte ich, wenn es geht, im Hotel Raj wohnen. Wie sieht es aus, gibt es einen Flug, heute oder morgen, der mich mitnimmt?«

Es erwies sich, daß am nächsten Tag in der Maschine nach Delhi ein Platz frei war. Victoria ging zum Reisebüro, um ihr Ticket zu bezahlen und in Empfang zu nehmen. Dann kehrte sie in ihre Wohnung zurück, räumte auf, packte für ihre Reise und verabredete sich mit Fiona, ihrer ältesten und besten Freundin, die ganz in der Nähe wohnte, zum Abendessen.

Ehe sie sich auf den Weg machte, sah sie sich noch einmal um. Neben dem Tisch stapelten sich die gebündelten Papiere aus dem Archiv ihres Großvaters. Sie starrte sie an: sie sahen verletzlich und irgendwie verlockend aus, als enthielten sie brisante und wertvolle Geheimnisse. Victoria hatte sie – aus persönlichen Beweggründen – selbst gestohlen. Sollte während ihrer Abwesenheit in ihre Wohnung eingebrochen werden, fiel ihr plötzlich ein, könnte der Dieb auf den Gedanken kommen, sie ebenfalls zu stehlen – oder zumindest zu durchsuchen und die sorgfältig geordneten Papiere wild durcheinanderwerfen.

Aus einem jähen Impuls heraus beschloß sie, die Unterlagen mitzunehmen. Fiona, das wußte sie, würde sie bis zu ihrer Rückkehr gern für sie aufbewahren. Victoria schleppte die schweren Bündel nach unten, lud sie in ihren Wagen und machte sich auf den Weg. Sie kam sich ein wenig verrückt vor, aber aus irgendeinem unerklärlichen Grund fühlte sie sich so sehr viel sicherer.

23

Während der Taxifahrt vom Flughafen in die Innenstadt von Delhi saß Victoria wie versteinert im Wagen und starrte gebannt aus dem Fenster.

Sie war in Tanger und Marrakesch gewesen, in Rom, Paris und Athen, und das im Hochsommer, zu einer Zeit, in der diese Städte noch voller waren als sonst, von Menschen wimmelnd, pulsierend von Leben. Aber was sie hier erlebte, überstieg sämtliche Erwartungen.

Allein die Hitze traf sie wie eine Keule und erschlug sie fast: eine schwüle, drückende, klebrige Hitze, die schon nach zehn Minuten Schweißflecken auf ihrer Bluse und ihrer Baumwollhose hinterließ. Das Licht war ein silbriges, grelles, staubflirrendes Gleißen, und die Gerüche schließlich nahmen ihr den Atem – der betäubende Gestank offener Abflußrinnen, durchsetzt von Dieselabgasen, Zimt und Muskat und Dutzenden gerösteter, verbrannter Kräuter, die in Qualmwolken von den Garküchen der Straßenhändler aufstiegen, dazwischen der eindringliche Duft roter Erde und gelegentlich die scharfen Schwaden von Bleichlauge, mit der Steine geschrubbt wurden.

Schwindelerregend, überwältigend aber waren vor allem die Menschenmassen, der Lärm, den sie erzeugten, die prächtigen Farben, die sie zur Schau trugen.

Über jede Straße, durch jede Gasse flossen Ströme von Menschen wie Fischschwärme auf der Flucht vor Delphinen: rufend, schreiend, kreischend, fluchend wogten sie durcheinander, stießen sich, drängelten, rannten. Sie waren in alle Farben des Regenbogens gekleidet, von den prachtvollen Saris der Frauen über die fröhlichen

Kleider der Kinder bis zu den weißen *dhoti*, den Lendentüchern der Männer, und den schmutzigen, braunen und ockerfarbenen Lumpen der Bettler.
Durch die Menschenströme bahnten sich exotisch geschmückte, heillos überfüllte Busse ihren Weg: aus den offenen Türen quollen die Passagiere, und jene, die im Inneren keinen Platz mehr gefunden hatten, hingen in Trauben von den Dächern herab oder hockten auf den Stoßstangen. Dazwischen drängten sich uralte Taxis durch das Gewühl, wie das Gefährt, in dem sie selbst saß, fortwährend hupend, Rikschas und rostige Fahrräder, Karren und Wagen, von Ochsen gezogen, und hin und wieder auch ein Rolls-Royce, der majestätisch die Straße entlangglitt, herablassend und anmaßend wie ein Hai.
Victoria kam sich vor, als wäre sie in ein gewaltiges Gemälde von Brueghel versetzt worden, in ein Panorama aus seiner turbulentesten, überschwenglichsten Zeit, jäh zum Leben erweckt und von Holland hierher verpflanzt, um die brandenden Rhythmen einer asiatischen Stadt einzufangen.
Dann bog das Taxi durch ein hohes eisernes Gittertor in die Auffahrt des Imperial Raj Hotel ein, und sie fand sich in einer Oase wieder; die Lärm- und Geruchswolken blieben hinter ihr zurück. Unter dem breiten überdachten Säulengang vor dem Eingang stieg Victoria aus.
»Miss Ruthven?«
Zu dritt eilten sie dem neuen Gast entgegen, allen voran ein lächelnder junger Mann im dunklen Anzug, der anscheinend zum Nachwuchs des Hotelmanagements gehörte, gefolgt von zwei turbangekrönten Lakaien.
»Sie müssen uns verzeihen«, sprudelte der junge Mann hervor. »Normalerweise hätten wir eine Limousine geschickt, um Sie abzuholen. Es gab jedoch ein Mißverständnis bezüglich Ihrer Flugnummer und Ankunftszeit. Wollen Sie bitte unsere tiefste und aufrichtigste Entschuldigung entgegennehmen...?« Er breitete weit die Arme aus und fuhr in verzücktem Ton fort: »Das Wichtigste ist jedoch, daß Sie da sind. Seien Sie uns herzlich willkommen!«
Victoria dankte ihm, leicht verwirrt über den stürmischen Empfang, und sah sich um. Zu beiden Seiten der Auffahrt erstreckten

sich grüne Rasenflächen und breite Blumenbeete. Hohe Bäume spendeten einladenden Schatten, und irgendwo in der Ferne plätscherten Springbrunnen. Pfauen stolzierten durchs Gras, und ein Dutzend weiterer Dienstboten war mit der Pflege der üppigen Flora beschäftigt.
Nach dem Gestank und dem ohrenbetäubenden Lärm erschien ihr das Hotel wie aus einer anderen Welt, die sich seit der Zeit, als Jack Ruthven hier gewohnt hatte, kaum verändert hatte.
Sie trat ein.
Ihr Zimmer lag im ersten Stock: ein hoher und vergleichsweise kühler Raum mit einem riesigen antiken Ventilator an der Decke und einer Veranda, die auf einen kleinen See hinausging. Als sie in ihr Zimmer geführt wurde, war ein junges Mädchen im Sari – das Hotel hatte seine eigenen, besonderen Saris – damit beschäftigt, ihren Koffer auszupacken.
»Würden Memsahib gern eine Dusche oder ein Bad nehmen?« fragte das Mädchen.
»Ein Bad, ja, sehr gern.«
Das Mädchen ließ die Wanne einlaufen. Dann verneigte sie sich anmutig und ging.
Victoria weichte sich im Wasser ein, bis alle Müdigkeit und Verkrampftheit nach dem langen Flug aus ihren Knochen gewichen war. Sie stieg aus der Wanne, zog sich an, und in dem Moment läutete das Telefon auf dem Nachttisch.
»Miss Ruthven?« fragte eine andere flötende indische Stimme, eindeutig älter als der Empfangschef; Victoria begann sich an den singenden Tonfall zu gewöhnen.
»Hier spricht Mr. Swami, der Generaldirektor des Hotels. Finden Sie alles zu Ihrer Zufriedenheit?«
»Vollkommen, Mr. Swami.«
»Wir erhielten gestern ein Fax von Ihrer Reiseveranstalterin in London. Wie sie uns mitteilt, sind Sie mit den Nachforschungen im Hinblick auf eine literarische Arbeit über Ihren Großvater, Colonel Ruthven, beschäftigt. In unserem Hotel wurden die Gästelisten seit jeher in, wenn ich so sagen darf, vorbildlicher Weise geführt. Auf meine Veranlassung hin haben nun meine Mitarbeiter das Archiv konsultiert. Darf ich Sie einladen, sich bei einem Glas unseres – wie ich Ihnen versprechen kann, sofern Sie ihn nicht oh-

nehin schon gekostet haben – wahrlich hervorragenden indischen Champagners die Ergebnisse ihrer Suche anzusehen?«
»O ja, vielen Dank. Ich bin entzückt.«
Er holte Victoria an der Rezeption ab und führte sie in sein Büro. Dreißig Jahre älter, mit bereits ergrauendem Haar, hätte Mr. Swami der Vater des Empfangschefs sein können – vielleicht war er es sogar: er hatte dieselbe Größe, dasselbe strahlende, olivhäutige Gesicht, und er trug denselben dunklen Anzug mit blütenweißem Seidenhemd.
»Welche Freude!« jubelte er und hielt für einen Augenblick mit beiden Händen ihre Hand fest. »Es ist uns ein großes Vergnügen und eine Ehre, die Enkelin des großen Colonel Ruthven begrüßen zu dürfen. Natürlich habe ich den Colonel nie persönlich gekannt, aber in vielen Kreisen, in wichtigen Kreisen, wird sein Name noch heute mit dem größten Respekt genannt. Zuerst aber den Champagner.«
Aus einer dunkelgrünen, eisgekühlten Flasche schenkte er ihr ein Glas voll. Victoria kostete. Mr. Swami hatte recht: der Champagner war vorzüglich, leicht und trocken und prickelnd.
»Wunderbar«, sagte sie, »auf Ihr Wohl.«
»Aha!« Er lachte vor Vergnügen. »Das ist mein kleiner Scherz für europäische Gäste. Kein Brite, kein Europäer glaubt, daß wir Inder Champagner herstellen können, aber wie Sie sehen, ist dies sehr wohl der Fall. In aller Bescheidenheit wage ich zu sagen, daß er nicht schlecht ist. Aber nicht deshalb sind wir hier. Wenden wir uns also Colonel Ruthven zu...«
Er drehte sich um und nahm ein bedrucktes Blatt Papier von seinem Schreibtisch.
»Natürlich können Sie sich unsere Gästebücher auch gern persönlich ansehen«, sagte er, »doch ich dachte, es erleichtert Ihre Nachforschungen, wenn meine Angestellten Ihnen diese Arbeit abnehmen. Alle unsere Gäste tragen sich in die Bücher ein, und da wir ein altes, traditionsreiches Hotel sind, gibt es Abertausende von Namen. Colonel Ruthven hat uns etliche Male besucht; dies sind die Daten...« Er reichte ihr das Blatt.
Victoria überflog es und stellte fest, daß ihr Großvater im Zeitraum zwischen 1917 und 1919 ein halbes Dutzend Mal hier gewesen war. Dann folgte eine Lücke, und 1921 war er noch dreimal Gast im Hotel gewesen. Dann nie wieder.

Die früheren Besuche interessierten sie natürlich am meisten. Mr. Swami beantwortete ihre Frage, ehe sie Zeit hatte, sie zu stellen.
»Ihre Reiseveranstalterin erwähnte auch, daß Sie an einer Kabarettkünstlerin mit Namen Sophia interessiert sind«, sagte er. »Wie Sie vielleicht wissen, war das Raj Hotel auch für sein Unterhaltungsprogramm berühmt. Wir engagierten viele Künstler aus dem Ausland, um die Wünsche unserer Gäste zu befriedigen. Zwar besitzen wir darüber leider keine derart detaillierten Aufzeichnungen, doch ich erinnerte mich, daß aus der damaligen Zeit noch eine Reihe alter Programme übriggeblieben ist. Dies hier haben wir gefunden.«
Er reichte ihr zwei vergilbte Programmhefte, deren Farben bereits verblaßten.
Das erste verkündete, daß »Sophia« – einen anderen Namen hatte sie nicht – zwei Wochen lang allabendlich nach dem Diner im Ballraum singen werde. Sophia, hieß es, sei »eine international berühmte Sängerin, die nach ihren Triumphen in Paris, London und Kapstadt anläßlich ihres ersten Besuchs auf dem Subkontinent selbstverständlich im Raj Hotel auftreten wird«.
Das zweite Programm verhieß ein neuerliches Gastspiel fünf Monate später. »Aufgrund des großen Erfolgs und der stürmischen Nachfrage tritt die Nachtigall Sophia, die einer Vorstellung nun nicht mehr bedarf, abermals bei uns auf!« Diesmal dauerte das Engagement vier Wochen, doppelt so lang wie beim ersten Mal.
Victoria warf erneut einen Blick auf die Liste von Ruthvens Besuchen im Hotel. Zweimal, im April und im September 1919, war er gleichzeitig mit Sophia hier gewesen, und die Abreisedaten stimmten einmal fast, beim zweiten Mal auf den Tag genau überein.
»Da ist noch etwas«, setzte Mr. Swami hinzu. »Die Mitarbeiter des Raj sind sehr, sehr loyal. Und wir sind loyal zu ihnen. In Colonel Ruthvens Tagen hatten wir ein Polofeld. Der oberste Stallknecht war Jankarit Singh. Er ist mittlerweile neunzig, aber wir zahlen ihm immer noch einen bescheidenen Lohn für die paar Stunden am Tag, in denen er die Pferde bewacht. Sie dienen jetzt ausschließlich für Ausritte unserer Gäste. Jedenfalls habe ich mit Jankarit gesprochen«, fuhr er fort. »Er erinnert sich noch gut an Colonel Ruthven. Würden Sie gern mit ihm reden?«

»Ja, sehr gern, das ist ja wunderbar, mehr als ich zu hoffen gewagt habe«, rief Victoria erfreut, die sich allmählich an die Überschwenglichkeit der Inder anpaßte.
»Dann kann ich morgen ein Treffen arrangieren. Jetzt aber«, fügte er mit seinem silberhellen Lachen hinzu, »trinken Sie noch ein Glas von unserem indischen Champagner, denn darüber müssen Sie doch sicherlich auch schreiben!«

Für einen Neunzigjährigen war Jankarit Singh außerordentlich wach und agil. Er kauerte im Schatten des Stalldachs, als Victoria am nächsten Morgen erschien, und als sie auf ihn zutrat, sprang er mit verblüffender Behendigkeit auf die Beine, verbeugte sich und legte zum Gruß die Handflächen aneinander.
»Memsahib.«
Barfuß und nur mit einem Lendentuch bekleidet, sank er wieder in seine kauernde Stellung zurück. Nach einem fast hundertjährigen Lakaiendasein war ihm der Umgang mit der Herrschaft in Fleisch und Blut übergegangen: Herren stehen aufrecht, Diener hocken im Staub. Seine Begrüßung war so würdevoll gewesen, daß Victoria sich einen Augenblick lang unbehaglich fühlte.
Um ihm näher zu sein, setzte sie sich auf eine Bank, die zur Hälfte mit liebevoll polierten Sätteln und Zügeln bedeckt war. In den Ställen wieherten und schnaubten die Ponys in ihren Boxen.
»Mr. Swami sagte mir, daß Sie meinen Großvater kannten.«
»Gut, Memsahib, gut. Er großer Sahib.«
Seine Stimme war klar, sein Englisch flüssig, wenn auch mit starkem Akzent.
»Und nach all der Zeit erinnern Sie sich noch an ihn?«
»Ich erinnere alle, die in Raj Hotel kommen.« Er lächelte und tippte sich an den Kopf. »Ich gehe bald, das auch. Aber bis dahin erinnere ich, der Colonel Sahib unter den Besten. Er großer Sahib«, wiederholte er.
»Wie haben Sie ihn kennengelernt?«
»Kommt her zum Reiten«, antwortete Jankarit. »Nicht wegen Polo. Später spielt auch Polo, sehr gut. Meine Güte, sehr gut, sechs Handicaps. Nein, erstes Mal nur reiten mit seiner Memsahib. Viele Male ich sattle auf und führe sie hinaus...« Er wedelte mit der Hand und zeigte auf die menschenwimmelnde Stadt jenseits der

Parkmauern. »Lang vorbei, Memsahib. Damals alles anders. Wir reiten alle, wohin wollen.«
»Und seine Memsahib?« fragte Victoria zögernd. »Waren sie gute Freunde?«
»Oh, ja!« Jankarit lachte. »Manchmal sagt Colonel Sahib: ›Laß uns allein, Jankarit, geh weg.‹ Sie steigen ab, ich nehme Pferde bei Zügeln, dann ich gehe. Aber ich sehe sie, natürlich, ganz nah zusammen, oh, ganz nah...«
Einen Augenblick lang sah er verstört drein. »Das ist aber jetzt nicht wichtig, Memsahib, ja?«
»Aber nein, das spielt keine Rolle, Jankarit. Was geschah dann?«
»Sie beide gehen weg. Dann beide kommen zurück, und ist wieder dasselbe. Dann, Jahre später, kommen Colonel Sahib und anderer Sahib, ein Freund, und reiten miteinander. Dann sie reisen gleichzeitig ab. Dann kommt Colonel allein, und immer wegen Polo.«
Victoria überlegte kurz. Dann fragte sie: »Als der Colonel Sahib zum ersten Mal abreiste, wissen Sie, wohin er ging?«
»Natürlich!« Jankarit blickte zu ihr hinauf, verwundert, daß sie es nicht selbst wußte. »Er geht nach Katmandu. Er will klettern, hoch im Schnee. Ich gebe ihm Namen von Vetter als möglicher Sirdar.«
Er verstummte. Nachdenklich zeichnete er ein Muster in den Staub zu seinen Füßen. Als er wieder zu sprechen begann, schwang ein beinahe wehmütiger Ton in seiner Stimme.
»Ich bin nicht von Delhi, Memsahib. Ich komme hierher mit fünfzehn Jahren. Ich lerne hier Arbeit mit Pferden, ich liebe Pferde, ich heirate Frau aus Delhi. Aber ich komme von Gebirge Tschomolungma, Engländer sagen Berg Everest. Deswegen ich kann Colonel Sahib Namen von Vetter geben. Er aus demselben Dorf am Tschomolungma.«
»Ist Ihr Vetter noch am Leben?«
Jankarit lehnte sich zurück und kicherte.
»Nein, Memsahib. Wenig Männer sind so alt wie Jankarit. Mein Vetter, er berühmter Sirdar. Dann er fällt von Felswand auf K2. Aber sein Enkel, er besucht College in Bombay und Universität in Amerika. Jetzt er wieder in Katmandu als Führer in Bergsteigermuseum.«
Sie unterhielten sich noch eine Weile. Dann dankte ihm Victoria für seine Auskünfte und erwiderte seine elegante Verbeugung mit

geneigtem Kopf und gefalteten Händen. Sie ließ den alten Mann bei seinen Ponys zurück, die in der Hitze unruhig mit den Hufen scharrten, und ging zum Hotel.

Sie mußte Mr. Swami um einen weiteren Gefallen bitten.

Wenige Sekunden, nachdem sie ihn von der Rezeption aus in seinem Büro angerufen hatte, erschien er schon in der hohen, dämmrigen Halle.

»Ja, Miss Ruthven?«

»Ich habe noch eine große Bitte an Sie«, begann Victoria mit ihrem gewinnendsten Lächeln. »Könnten Ihre bewundernswerten Mitarbeiter noch einmal einen Blick ins Gästebuch werfen? Ich würde so gern wissen, ob irgendwann während der Besuche meines Großvaters auch ein Mann namens Eric Yeats hier im Hotel gewohnt hat.«

Mr. Swami strahlte. »Aber das ist überhaupt kein Problem, meine Dame, überhaupt kein Problem.«

»Vielen herzlichen Dank«, sagte Victoria, ging hinauf in ihr Zimmer und wartete.

24

Es war Mittag, und trotz des Deckenventilators herrschte in ihrem Zimmer eine drückende Hitze.
Victoria stellte sich unter die Dusche, ließ das Wasser über ihren Körper rinnen und bedauerte, daß es nicht wirklich kalt wurde, sondern lauwarm blieb wie das Bad am Abend zuvor. Dann stand sie auf dem Marmorfußboden des riesigen Badezimmers und dachte kurz daran, sich einen Mittagsschlaf zu genehmigen. Sie war immer noch müde von dem langen Flug und dem chaotischen, sinnverwirrenden Angriff der Stadt, die über sie hereingebrochen war wie eine Naturgewalt.
Sie ließ den Gedanken fallen. Sie würde ohnehin keinen Schlaf finden. Statt dessen zog sie sich frische Kleider an – die binnen einer Stunde schon wieder staubig und schweißfeucht sein würden – und setzte sich ans Fenster. Sie schaute auf den kleinen See hinaus, dessen reglose Fläche in der Sonne wie polierter Stahl schimmerte, und stellte sich vor, was geschehen war.
Mehr als sechzig Jahre früher war Jack Ruthven hier gewesen, zufällig zur selben Zeit wie Sophia. Aber ein außergewöhnlicher Zufall war es wohl nicht: das Raj war damals eines der großen Hotels der Welt und ein Etablissement von der Art, die eine Unterhaltungskünstlerin und Sängerin wie Sophia – eine *chanteuse*, wie Mr. Gable sie genannt hatte, und Victoria gefiel das Wort sehr – zu engagieren pflegte. Auch für Jack Ruthven war es naheliegend, auf seinem Weg nach Nepal hier Aufenthalt zu nehmen. Sie hatten einander wiedergetroffen. Und –
– Und hatten miteinander geschlafen.
»Bitte, bitte, bitte!« hatte Charlie sie einmal angefleht. »Vergiß die-

sen entsetzlichen Mittelklasse-Euphemismus! Nenn die Sache beim Namen – ficken.«
Sie war irritiert gewesen. »Warum drückt sich dann deine ach so forsche, moderne, dynamische, schonungslose Zeitung nicht so aus?«
»Weil wir das gesamte Marktspektrum bedienen müssen«, hatte er mit unbestimmter Geste geantwortet. »Wir müssen die Empfindlichkeiten beider Extreme berücksichtigen. Die Werbe- und Marketingleute verlangen es von uns. Aber das kommt schon noch, wart's ab. Wenn es nach mir ginge, wären wir schon längst soweit.«
Tja, Charlie, du Schwein, du Arschloch, dachte sie, um die Sache beim Namen zu nennen – schließlich ist es ja nach dir gegangen. Du bist soweit. Mit Angela.
Victoria zitterte vor Wut. Mit äußerster Willensanstrengung verdrängte sie die Erinnerung an ihn, die ihr – neben allem anderen – nur noch mehr Schweiß auf die Stirn trieb. Statt dessen konzentrierte sie sich wieder auf ihren Großvater.
Im Raj Hotel, vielleicht auf diesem Stockwerk, vielleicht sogar im selben Zimmer, hatten Jack Ruthven und Sophia sich geliebt. Und wahrscheinlich, nahm Victoria an, war es für ihn das erste Mal gewesen. Seine erste sexuelle Erfahrung mit einer Frau.
Sie hatte natürlich keine Möglichkeit, sich dessen zu vergewissern. Sie bezweifelte, daß sie es je herausfinden würde. Es war nur Spekulation, eine Ahnung, gestützt durch den Eintrag in seinem Tagebuch, die übereinstimmenden Daten seines und Sophias Aufenthalts im Hotel und die lächelnde Erinnerung des alten Jankarit. Ganz nah zusammen, oh, ganz nah, Memsahib.
Victoria dachte daran, wie sie selbst ihre Unschuld verloren hatte. Von der angeblich so bedeutsamen, lebensverändernden Erfahrung waren ihr nur ein Kater und ein paar Blutflecken auf dem Laken geblieben. Und der Verlust von Bargeld und Schmuck. Für ihren Großvater war das Erlebnis mit Sicherheit etwas völlig anderes gewesen. Er hatte in einer anderen Welt gelebt. Einer Welt vor der sexuellen Befreiung, vor Pille und Geburtenkontrolle, in einer Welt völlig anderer Werte. Alles Geschlechtliche war damals geheimnisumwittert und anrüchig und außerhalb der Ehe ohnehin verboten. Manche Männer besuchten Prostituierte, um ihre ersten

Erfahrungen zu machen. Leidenschaftliche und idealistische junge Männer wie Jack Ruthven waren dazu sicher nicht bereit.

Wenn sie sich nicht irrte, hatte er wohl eine homosexuelle Beziehung mit Eric Yeats gehabt. Das war relativ normal, wie auch immer sie sich geäußert hatte, körperlich oder nicht. Dann hatte er, vielleicht ziemlich unvermittelt, die Spur gewechselt und einen anderen sexuellen Weg eingeschlagen. Er hatte sich von den Männern abgewandt und hier, im Raj, seine erste körperliche Begegnung, seinen ersten Höhepunkt mit einer Frau erlebt.

Für ihn – immer vorausgesetzt, daß die Sache sich so zugetragen hatte – war die Erfahrung in der Tat einschneidend gewesen, mehr als nur ein Übergangsritual. Im Verein mit der Leidenschaft, die Sophia anscheinend in ihm entfesselt hatte, mußte das Erlebnis überwältigend gewesen sein und hatte wahrhaftig sein Leben verändert.

Und noch ein zweites Mal war er gleichzeitig mit Sophia hier gewesen, jedoch nur ein paar Tage, dann reisten sie beide ab. Aber zwei Jahre später kam er wieder her, diesmal ohne Sophia, doch gleichwohl nicht allein. Denn es war ein Freund bei ihm, ein Gefährte, der ihn auf seinen Reitausflügen begleitete. Was für eine merkwürdige Beziehung verband diese drei Menschen?

Das Telefon läutete, Victoria hob ab.

»Miss Ruthven?«

Es war nicht Mr. Swami, sondern die Stimme einer sehr jungen Frau.

»Ja?« antwortete Victoria.

»Der Generaldirektor hat uns gebeten, Ihnen ein paar Informationen zukommen zu lassen«, sagte das junge Mädchen. »Wir haben einen Ausdruck anfertigen lassen. Ein Hotelangestellter wird ihn zu Ihnen ins Zimmer bringen, wenn es Ihnen recht ist.«

»Ja, vielen Dank.«

Zwei Minuten später klopfte es an der Tür. Draußen stand ein turbangeschmückter Page mit einem Silbertablett in der Hand, auf dem ein bedrucktes Papier lag.

Victoria nahm es entgegen und trat in ihr Zimmer zurück. Sie konnte sich denken, was darauf stand, sie hatte es ohnehin gewußt: Als Ruthven zwei Jahre später erneut im Raj abgestiegen war, hatte Eric Yeats sich ihm beigesellt.

25

Victoria saß im Flugzeug und starrte durch das kleine Fenster hinaus. In Delhi hatte ein zuvorkommender Flughafenangestellter ihr geraten, einen Sitz auf der linken Seite zu nehmen.

»Die Sitze links sind viel besser«, sagte er. »Es sind noch welche frei. Sie werden die gesamte Gebirgskette des Himalaya sehen, Everest, Annapurna und alle anderen Gipfel. Eine großartige Aussicht, die Sie sich auf keinen Fall entgehen lassen sollten.«

Vorläufig war ihr die Aussicht durch dichte Wolken verwehrt. Doch auf einmal tauchten aus den wirbelnden grauen Nebelschwaden, die das darunterliegende Land verdeckten, die Berge empor, und Victoria stockte der Atem.

Vor ihren Augen erstreckten sich gewaltige Bollwerke aus Eis und schneebedecktem Felsen, so hoch aufragend, daß das Flugzeug eine enorme Höhe erreicht haben mußte, um sich darüber hinwegzuheben. Es fegte die Wolken beiseite und raste über die Berge hin, die sich ihm entgegenreckten. Gleißendes Licht strahlte von ihren grellweißen Flanken und rann wie Wasser an ihnen herab, wie Kaskaden sich ständig wandelnder Farben, Violett und Türkis, Smaragdgrün und Gold, bis hinab in die tiefen Taleinschnitte weit unterhalb. Diese Berge, das wußte sie, gehörten zu den ältesten Formationen auf der Oberfläche der Erde. Sie sahen wild und unendlich gefährlich aus – sie stellte sich die himalayischen Stürme und Unwetter vor, die Söhne und Töchter der Berge, die sie umtobten wie trotzige Kinder ihre ungerührten, unerschütterlichen Eltern. Doch in all ihrer unbedingten Gewalt strahlten diese Berge auch eine erhabene Heiterkeit aus.

Dorthin war ihr Großvater aufgebrochen, nachdem er das Raj in

Delhi verlassen hatte. An der Richtung, die er gewählt hatte, war an sich nichts Merkwürdiges. Er hatte die Aufgabe erhalten, Heckenschützen aus der Gurkha-Infanteriebrigade zu rekrutieren und auszubilden, und das Volk der Gurkha war in Nepal beheimatet. Aber ihre Trainingslager waren tief unten in den Tälern, er jedoch strebte die Höhe an. Warum?

Ruthven liebte die Berge und war von Kindheit an daran gewöhnt; Glenmoray war von Bergen umgeben. Aber im Vergleich zu diesen wuchtigen, furchterregenden Gipfeln waren die schottischen Hügel gemächliche Bodenwellen. So rauh sie im Winter auch sein konnten, waren sie winzig und sanft, geradezu gutmütig angesichts der gewaltigen Macht des Himalaya. Was hatte ihn in diese feindliche schneebedeckte Gegend hinaufgetrieben?

Der jähe Abstieg des Flugzeugs ins Tal von Katmandu unterbrach ihre Überlegungen. Sie schloß den Sicherheitsgurt und wappnete sich für die Landung auf einem Flughafen, der, wie man ihr gesagt hatte, einer der gefährlichsten der Welt war.

Doch der Pilot machte seine Sache gut und landete weich und sicher. Eine halbe Stunde später war sie auf dem Weg in die Stadt.

Katmandu war eine Stadt der Vögel, erkannte Victoria, noch ehe das Taxi sie in die Innenstadt gebracht hatte.

Es war früher Abend, und die Vögel waren überall. In lärmenden Schwärmen verdunkelten sie den Himmel, stürzten sich pfeilschnell in die Tiefe und tauchten wieder empor, zogen kreischend ihre Kreise über den Dächern und umflatterten den Wagen. In geballten Scharen hockten sie auf Dachrinnen und Stromleitungen, so daß die Kabel tief herabhingen, fast bis zum Zerreißen gespannt. Manche Arten erkannte sie: die Turmfalken und Krähen, Stare und Schwalben; die meisten aber waren ihr unbekannte exotische Rassen. Sie bildeten ein ineinander verschlungenes fliegendes Getümmel, das rauschenden Flügelschlag und einen vielstimmigen Chor aus zwitscherndem Gesang, Gekrächze und gellenden Rufen wie eine Kuppel über Katmandu stülpte.

Binnen Minuten versank die Sonne hinter den Bergen, und der Mond ging auf. Und immer noch schrien die Vögel und zogen in rhythmischen Wellen ihre Kreise. Aber als sie vor ihrem Hotel eintraf, waren sie auf einmal alle verschwunden.

Sie betrat das Gebäude und ging zur Rezeption. Dort wartete schon eine Nachricht auf sie. Auf ihre Bitte hin hatte Mr. Swami mit Jankarit gesprochen und nach dem Namen seines Verwandten gefragt, hatte mit der in Katmandu ansässigen Bergsteigervereinigung telefoniert und einen Termin für Miss Victoria Ruthven vereinbart: die Nachricht lautete, Rhoshan Shivar werde sich freuen, sie am nächsten Tag um zehn Uhr zu empfangen.

Am nächsten Morgen ging Victoria zur Rezeption. »Wie komme ich zur Bergsteigervereinigung?« fragte sie.
Sie schob das Blatt mit der Nachricht und der Adresse über die Theke. Der Angestellte las es, grübelnd, dann ging er zu einem Kollegen und beriet sich mit ihm.
»Das ist nicht die Adresse der Vereinigung«, sagte er, als er zurückkam. »Es ist das Kloster von Ghatma Buddha.«
Victoria nahm das Blatt an sich und las noch einmal die Nachricht. Er hatte recht: dort stand nichts von einer Bergsteigervereinigung, sondern als Treffpunkt war das Ghatma-Buddha-Kloster genannt. In ihrer Müdigkeit am Abend zuvor – sie hatte sich immer noch nicht von der Anstrengung des interkontinentalen Flugs erholt – hatte sie darüber hinweggelesen.
»Wie komme ich dorthin?« fragte sie.
»Ganz leicht, Miss. Mit einem Taxi, wenn Sie wollen, aber das Kloster ist nur ein paar Minuten entfernt. Warten Sie, ich zeige es Ihnen.«
Er zog einen Stadtplan hervor und markierte mit Rotstift die Lage des Klosters. Victoria dankte ihm und machte sich zu Fuß auf den Weg.
Wieder war die Stadt voller Vögel, aber sie flogen nicht mehr in den gewaltigen schwirrenden Schwärmen wie am Abend zuvor. Statt dessen fiel ihr unter dem schwülen Himmel des Katmandutals eine andere Besonderheit auf, die sie als eine zwangsläufige Eigenschaft des Subkontinents wahrnahm und an die sie sich allmählich gewöhnte: offene Abwasserkanäle und der Kloakengestank dessen, was sie beförderten oder was sich in verrottenden Klumpen an den Lehmwänden verfangen hatte; fliegenumschwärmte Bettler, die um Almosen flehten; ein Gewimmel von Menschen, darunter beinlose Krüppel auf fahrbaren Unterlagen,

die sich mit den Händen anschoben und sich durch lautes Rufen den Weg bahnten; Männer, die erbittert stritten oder stumm Hand in Hand ihres Weges gingen; wunderschöne Frauen und Mädchen in kühlen, sich bauschenden Saris, die sich zwar von der Menge mittreiben ließen, aber auf merkwürdige Weise von ihr getrennt schienen.

Und am Himmel zogen fortwährend die Geier ihre Kreise und hielten Ausschau.

In der Stadt aufgewachsen, hatte Victoria in ihrer Jugend gelernt, Geier seien die Vögel des Todes. Doch dann hatte sie einmal ein Buch über Expeditionen durch die Kalahari-Wüste gelesen, in dem es hieß, Geier seien in Wahrheit Indikatoren des Lebens: sie gediehen nur dort, wo Leben herrschte.

Victoria lächelte bei der Erinnerung und stellte fest, daß sie vor dem Tor des Ghatma-Buddha-Klosters stand. Sie trat ein.

Gleich hinter dem Tor erwartete sie Rhoshan Shivar.

Victoria hatte ihn sich als jungen Mann vorgestellt und sah mit Verblüffung, daß er um die Fünfzig war. Doch es konnte ja nicht anders sein, erkannte sie gleich ihren Irrtum: schließlich war Jankarit der Vetter seines Großvaters, durch zwei Generationen von ihm getrennt und ein Greis von neunzig Jahren.

Rhoshan trug Ledersandalen und ein schlichtes safranfarbenes Gewand. Sein Kopf war rasiert, und er hatte ein freundliches, faltiges Gesicht mit lächelnden dunklen Augen. Er führte sie in einen kleinen Innenhof, in dem weitere Mönche in denselben safrangelben Gewändern schweigend hin und her gingen. In der Mitte des Hofes sprudelte ein Springbrunnen, dessen Gischt im grellen Sonnenlicht als winzige Regenbögen zu Boden wehte. Auf einer Steinbank im Schatten eines Feigenbaums setzten sie sich nieder.

»Wie Sie wissen, hat Mr. Swami aus Delhi mich angerufen«, sagte Rhoshan in tadellosem Englisch, das er mit amerikanischem Akzent sprach. »Er sagte mir, daß Sie Nachforschungen über das Leben Ihres Großvaters anstellen. Wie kann ich Ihnen dabei behilflich sein?«

Victoria wußte nicht recht, was sie antworten sollte. Mit allem hatte sie gerechnet, nur nicht mit einem Bergführer, der Mönch war. Sie öffnete den Mund und schloß ihn wieder, ohne zu sprechen. Rhoshan bemerkte ihre Verwirrung und lachte freundlich.

»Lassen Sie mich erklären. Ich bin tatsächlich administrativer Leiter der Bergsteigervereinigung für den Himalaya, aber nur in meiner freien Zeit. Das ist eine Verpflichtung, die ich meinem Vater und meinem Großvater schuldig bin. Dank ihrer Arbeit als Sirdare konnte ich studieren, zuerst hier in Katmandu, dann an der Columbia University in New York. Aber in erster Linie bin ich das, was Sie sehen: ein Mönch im Dienst des Buddha.«

Er saß mit gekreuzten Beinen da, und sein Gewand floß wie eine Kaskade aus Seerosen von seinen ausgebreiteten Knien herab.

»Mein Großvater kam von Delhi hierher«, sagte Victoria. »Man hatte ihn zur Ausbildung einer Gurkha-Truppe hergeschickt, aber laut seinen Tagebüchern wollte er auf die Berge klettern.«

Rhoshan nickte. »Ich habe im Archiv nachgesehen. Die Unterlagen über die letzten Jahrzehnte sind sehr ausführlich und detailliert, aber aus der Zeit Ihres Großvaters ist kaum etwas erhalten. Ein paar Daten und Ziele konnte ich allerdings finden.«

Er öffnete eine kleine Ledertasche, die er am Gürtel trug, und reichte ihr ein Blatt Papier – auch dies ein Computerausdruck.

Victoria überflog es und runzelte die Stirn. »Er hat zweimal versucht, den Everest zu besteigen, und einmal wollte er auf den Annapurna?«

»So steht es in den Unterlagen.«

»Und er ist gescheitert?«

Rhoshan antwortete nicht sofort. »Er kam nicht bis auf den Gipfel«, sagte er dann. »Das heißt freilich nicht, daß er gescheitert ist.«

»Aber ist es nicht merkwürdig, daß er es überhaupt versucht hat?« beharrte Victoria. »Ich meine, für die damalige Zeit?«

Ihre bergsteigerischen Kenntnisse beschränkten sich auf das Wissen um die Tatsache, daß der Mount Everest der höchste Berg der Welt ist und der Annapurna nicht viel kleiner. Abgesehen davon wußte sie, daß Nepal zu Ruthvens Zeit ein streng abgeriegeltes Königreich war, das nur wenigen Europäern Zugang gewährte, und diese wenigen waren nahezu ausschließlich bewährte britische Offiziere, die Gurkha-Soldaten rekrutierten und ausbildeten. Daß es ihrem Großvater erlaubt gewesen sei, das Land zu durchstreifen, schien ihr außerordentlich; noch viel verblüffender war, daß er ohne irgendeine bergsteigerische Erfahrung den Versuch unternommen hatte, die beiden höchsten Berge der Welt zu bezwingen.

»Mit Verlaub, Miss Ruthven, an Bergen und Menschen ist nichts merkwürdig. Sie sind dafür da, einander herauszufordern und zu ergänzen. Ich bin in dem Dorf Tengatsu geboren, das in dreitausend Meter Höhe am Fuß des Everest liegt, und habe schon als Kind gelernt, daß nichts einen Mann abzuhalten vermag, wenn er sich in den Kopf gesetzt hat, einen Berg zu ersteigen.«

»Verzeihen Sie meine Ignoranz«, antwortete Victoria. »Aber ich verstehe eigentlich nicht, warum man überhaupt auf Berge steigt.«

»Ah...« Rhoshan verstummte lächelnd. »Ich glaube, ich begreife jetzt«, sagte er dann. »Ich merke, daß Sie nicht auf der Suche nach Fakten und Zahlen und Daten sind. Sie suchen nach Erklärungen und Gründen. Sie brauchen nicht zu antworten, wenn Sie nicht wollen, aber vielleicht habe ich recht?«

Victoria schwieg. Natürlich hatte Rhoshan recht. Seine dunklen, lächelnden Augen hatten mit einem Blick gesehen, worum es ihr ging. Diese Erkenntnis war zwar nicht beängstigend, doch die Verrücktheit ihres Abenteuers, die Spontaneität und zugleich die Dringlichkeit, mit der sie sich auf ihre Suche eingelassen hatte und sie fortführte, verursachten ihr ein Gefühl der Anfälligkeit und des Ausgeliefertseins, so daß sie beinahe widerwillig nickte.

»Ich habe zwar keinen wirklichen Beweis dafür«, sagte sie. »Aber ich denke, daß mein Großvater in Delhi ein leidenschaftliches Erlebnis hatte, das sein Leben veränderte und vor dem er aus irgendeinem Grund fliehen mußte. Er kam hierher, um auf Berge zu klettern, und ich frage mich, was er wollte.«

Während sie sprach, merkte sie, daß sie aus unerklärlichem Grund errötete. Falls Rhoshan es bemerkte, ließ er sich jedenfalls nichts davon anmerken.

»Die Leute steigen auf die Berge, weil sie auf der Suche nach etwas oder auf der Flucht vor etwas sind, oder beides«, sagte er. »Die meisten suchen etwas. Dort oben in Schnee und Eis können Wahrheiten gefunden, Ängste überwunden, Liebe und Ziele definiert werden. Vielleicht war es das, worum es Colonel Ruthven ging.«

»Aber er kam mehrmals hierher.«

»Vielleicht war seine Suche nicht abgeschlossen. Keine Suche ist leicht und eine Flucht unmöglich.«

Victoria saß reglos da.

Rhoshans Stimme war ruhig und gelassen. Obwohl er in fast

gleichförmigem Tonfall sprach, fühlte sie sich an die Stimme ihres Kindermädchens erinnert, an die weichen schottischen Töne, die sie so oft des Nachts, wenn sie Alpträume hatte und nicht schlafen konnte, besänftigt hatten.

»Er verließ Nepal«, sagte sie. »Er verließ Indien und kehrte nach Afrika zurück. War er denn immer noch auf der Suche?«

»Sicher«, antwortete Rhoshan. »Es ist eine Reise ohne Ende. Und selbst wenn man nie ans Ziel gelangt, kann man auf den Pfaden des Dschungels und in der Wüste die Wahrheit ebensogut suchen wie im ewigen Eis.«

Victoria stand auf. Immer noch brach sich das Sonnenlicht in den Wasserschleiern des Springbrunnens, und immer noch wandelten die safrangelb gekleideten Mönche schweigend durch den schattigen Kreuzgang, der rings um den Hof verlief.

Was hatte sie sich von ihrer Reise nach Katmandu versprochen? Erwartete sie greifbare Ergebnisse und nachprüfbare Fakten, die nichts anderes waren als geographische Anhaltspunkte, nichtssagend für den, der den Kern der Dinge nicht erfaßte, nämlich den wahren Beweggrund hinter allen Irrfahrten? Hatte Rhoshan ihr bestätigt, was sie hätte wissen müssen, zumindest ahnen können?

Rhoshan begleitete sie zum Tor. Er nahm ihre Hand in beide Hände und drückte sie. Er sah sie an und schenkte ihr dasselbe herzliche Lächeln, mit dem er sie begrüßt hatte.

»Miss Ruthven, darf ich Ihnen etwas sagen? Sie meinen, Sie suchen nach Colonel Ruthven. Ich denke, Sie suchen in Wahrheit sich selbst. Sie suchen nach einer Heimat. Ich glaube aber, die Reise selbst ist Heimat und Ziel.«

Er verbeugte sich, drehte sich um und verschwand im Schatten des Klosters.

Benommen trat Victoria auf die Straße hinaus. Eine Flut von Bildern drängte sich in ihrem Kopf, ausgelöst durch die Worte des Mönchs. Trotz seiner Kürze war das Gespräch eine der sonderbarsten und denkwürdigsten Begegnungen ihres Lebens gewesen.

Vor allem Rhoshans letzte Worte gingen ihr nicht aus dem Sinn.

Urwälder und Wüsten sind ebenso hilfreiche Pfade auf der Suche nach Wahrheit wie der ewige Schnee im Himalaya, dachte sie.

Ihr Großvater war von Indien in die Dschungel und Wüsten Afrikas zurückgekehrt.

26

»Miss Ruthven?« fragte eine junge Polizistin in eleganter Uniform. Sie stand auf der Treppe vor dem Eingang zu Victorias Mietshaus in der offenen Tür.

Victoria sah sie überrascht an. »Ja?« antwortete sie.

Es war acht Uhr morgens; Victoria war soeben aus Delhi zurückgekehrt und kam vom Londoner Flughafen. Das Taxi, das sie aus Heathrow hergebracht hatte, fuhr davon, und sie stand vor dem Haus, den Koffer in der einen, den Schlüssel in der anderen Hand.

»Es tut mir sehr leid«, sagte die Polizistin, »aber ich muß Ihnen mitteilen, daß in Ihre Wohnung eingebrochen wurde. Vor einer Stunde erhielten wir die Meldung durch einen Ihrer Nachbarn, einen gewissen Mr. Foster. Zwei unserer Beamten sind oben in Ihrer Wohnung. Kommen Sie bitte mit.«

Victoria folgte ihr ins Haus. Als sie über die Schwelle trat, sah sie, daß die Tür aufgestemmt worden war und nur noch an einer Angel hing. Dieselbe Behandlung hatte ihre Wohnungstür erlitten. Offenbar hatte Mr. Foster, ein Frühaufsteher, die Beschädigung der Haustür bemerkt, als er nach unten ging, um seine Zeitung zu holen.

»Guten Morgen!« rief der noch sehr junge, aber schon ein wenig kahle Polizeibeamte in Uniform ihr lächelnd entgegen. »Tut mir wirklich leid für Sie. Ein Glück, daß Sie weg waren, als es passiert ist – im Urlaub wahrscheinlich? Wir haben hier im Revier ein paar echte Blödmänner, denen man besser aus dem Weg geht, wenn sie sich ansaufen und auf die Idee kommen, einen Bruch zu machen.«

Wortlos ging Victoria an ihm vorüber in ihr Schlafzimmer.

Dort stand der zweite Polizist, ebenfalls kahl, aber älter als der erste und eindeutig dessen Vorgesetzter, neben ihrem Nachttisch und drehte sich um, als sie hereinkam.

»Guten Morgen«, sagte er. »Sie sind wahrscheinlich die Mieterin. Victoria Ruthven? Detective Conway von der Spurensicherung«, stellte er sich vor.

Er trug einen weißen Laborkittel, in den Händen hielt er einen feinhaarigen Pinsel und eine Puderdose und war offensichtlich damit beschäftigt, Fingerabdrücke zu registrieren.

»Würden Sie bitte nachsehen, was Ihnen fehlt?« fuhr er fort. »Überprüfen Sie Ihren Schmuck, Ihre Scheckbücher und Kreditkarten, Silberwaren und was Sie sonst an Wertsachen besitzen.«

Er war höflich und hilfsbereit. Victoria streifte durch ihre Wohnung und tat, worum er sie gebeten hatte.

Noch nie war bei ihr eingebrochen worden. Aber jetzt hatte jemand ihre Wohnung offensichtlich systematisch durchsucht. Es herrschte eine gewisse Unordnung, Schubladen waren herausgezogen worden, Schranktüren standen offen, aber eine böswillige Verwüstung, wie man sie aus Gangsterfilmen kannte und mitunter in der Zeitung las – zerschmetterte Möbel und Exkremente auf dem Boden –, hatte nicht stattgefunden. An Schmuck und Silber besaß sie nur wenig, und soweit sie feststellen konnte, war alles unangetastet.

Verwirrt kehrte sie ins Schlafzimmer zurück. »Vielleicht muß ich noch mal alles gründlich durchsuchen«, sagte sie. »Im Moment sieht es nicht so aus, als fehlte irgend etwas.«

Der Polizeibeamte verstaute die Kamera, mit der er Aufnahmen gemacht hatte.

»Ich habe ein paar Fingerabdrücke festgehalten«, sagte er. »Wenn Sie bitte aufs Revier kommen würden, sagen wir morgen irgendwann im Lauf des Tages – machen Sie mit der Beamtin einen Termin aus, der Ihnen paßt –, und Ihre Fingerabdrücke abnehmen lassen, können wir die Ihren aussortieren und sehen, ob irgend etwas übrig bleibt, das uns nützlich ist.«

Er streifte seine Plastikhandschuhe ab, ging mit ihr ins Wohnzimmer und untersuchte noch einmal die Tür.

»Man redet immer von professionellen Verbrechern», sagte er. »Das ist Quatsch. Professionell sind praktisch alle Verbrecher. Nach den ersten paar Jobs ist schon ein Fünfzehnjähriger ein

Professioneller. Er muß immer einen Schritt voraus sein. Aber jetzt sehen Sie sich das an...» Er beugte sich nieder und deutete auf den zerborstenen Türpfosten. »Sie haben hier eine Sicherheitstür, mit doppelter Zapfenzuhaltung und Verstärkung durch Stahlträger, – genau das, was zur Verbrechensvorbeugung immer empfohlen wird. Um so eine Tür aufzukriegen, braucht der Bursche Bolzenschneider und Stemmeisen. Absolut professionell! Und dann geht er rein und nimmt überhaupt nichts mit...?»

Er stand auf. »Was tun Sie beruflich?« fragte er.

Victoria sah ihn ratlos an. »Ich handle mit Eurobonds – nichts, was irgendwie von Interesse sein könnte.«

»Nehmen Sie je Unterlagen mit nach Hause?« Er lächelte. »Ich versteh ja nicht viel von Finanzgeschäften, aber ich lese die Zeitungen. Diese ganzen Betrügereien und Insidergeschäfte. Ich meine, wer die Nase vorn hat, kann doch ohne weiteres Millionen machen, nicht? Könnte das irgendwie auch hier eine Rolle spielen?«

Victoria schüttelte den Kopf. »Ich habe nie etwas mit nach Hause genommen. Wozu auch, es würde mir hier nichts nützen. Außerdem habe ich vor einiger Zeit meinen Job aufgegeben.«

»War nur so eine Idee.« Nachdenklich rieb er sich das Kinn. »Sehr merkwürdig, diese Geschichte. Wir werden die Fingerabdrücke prüfen, aber ich bin sicher, daß sie alle von Ihnen stammen. Einbrecher, die so zu Werke gehen wie dieser hier, tragen selbstverständlich Handschuhe.«

Sie begleitete ihn die Treppe hinunter bis zur Haustür.

Die Polizeibeamtin und ihr junger Kollege standen ein paar Meter entfernt neben ihrem Wagen und diskutierten. Auf der Treppe drehte der ältere Polizist sich zu ihr um, kopfschüttelnd.

»Ich geb Ihnen einen Tip, Fräulein«, sagte er. »Das sollte ich nicht, aber ich tu's trotzdem. Heutzutage sind die meisten Einbrecher Drogenabhängige, die einfach irgendwas stehlen, was sich zu Geld machen läßt. Ein guter Schuß kostet vierzig Pfund. Legen Sie die Summe bar auf den Tisch. Dann nehmen sie das Geld, hauen ab und lassen Sie ansonsten in Frieden.«

»Danke«, sagte Victoria lächelnd. »Ich werde Ihren Rat befolgen.«

»Das einzige, was ich tun kann. Das erklärt natürlich nicht diesen Einbruch. Was immer der Bursche wollte, ein Fixer war er jedenfalls nicht.«

Ratlos runzelte er die Stirn. Dann hob er die Hand zum Gruß und ging zu seinen Kollegen.

Victoria räumte auf. Es nahm weniger Zeit in Anspruch, als sie befürchtet hatte, und ihre erste rasche Einschätzung bestätigte sich: abgesehen von der Tür, hatte der Einbrecher keinen wirklichen Schaden angerichtet. Seine Spuren wirkten eher so, als hätte ein schlaues und mutwilliges Kind, fest entschlossen, etwas Bestimmtes zu finden, ihre sämtlichen Besitztümer quer über den Boden geschleudert. Victoria sammelte alles auf und verstaute es an seinem Ort, und innerhalb von zwei Stunden sah die Wohnung wieder so aus wie vor ihrer Abreise nach Delhi.
Sie schenkte sich einen großen Whisky ein. Dann setzte sie sich und nahm sich ihr Adreßbuch vor. Sie rief ihre Versicherung an, ihren Vermieter, einen Schreiner, einen Schlosser. Eine halbe Stunde später waren die nötigen Schritte eingeleitet: ihre Versicherung war bereit, den Schaden zu übernehmen, und noch vor dem Abend wurden eine neue Tür und ein neues Schloß angebracht sein; alle hatten Verständnis für ihre Lage und waren sehr hilfsbereit.
Sie genehmigte sich noch einen Whisky, dann warf sie einen Blick auf ihren Anrufbeantworter, der mehrmals in rascher Folge blinkte. Sie hörte die Nachrichten ab.
»Hallo, Sonnenschein, ich bin's. Wo zum Teufel steckst du? Ich hab dich wirklich überall gesucht. Mary meint, du bist vielleicht verreist. Ruf mich bitte an, sobald du zurückkommst. *Bitte!* Hör zu. Ich denke, ich habe vielleicht einen kleinen Fehler gemacht...«
Charlies Stimme. Victoria schaltete ab und ließ das Band weiterlaufen. Ein kleiner Fehler! Charlie hatte den allergrößten Fehler seines Lebens gemacht, und jetzt konnte er sehen, wie er damit zurechtkam – und mit seinem Miststück Angela.
»Liebes...« Das war jetzt ihre Mutter. »Ich mache mir ein bißchen Sorgen. Du scheinst dich in Luft aufgelöst zu haben, wie man so schön sagt. Bitte, ruf so bald wie möglich an. Anscheinend sind verschiedene – nun – *Schwierigkeiten* aufgetreten. Octavie und Maude haben sich nach deinem Besuch an mich gewandt. Schatz, wir müssen dringend miteinander reden. Es scheint eine ziemliche ernste Angelegenheit für uns alle zu sein. Ruf mich *bitte* an.«

Die dritte Nachricht war von Rory Watson, der ihr eine stockende, gequälte Rede auf Band gesprochen hatte.
»Hallo, Victoria. Ich rufe wieder von dieser Telefonzelle hier im Museum an... Victoria, es fällt mir schwer, wirklich, aber ich muß es einfach loswerden... Sally weiß, daß was passiert ist. Sie hat mich direkt gefragt, und ich hab's ihr sagen müssen, was soll ich machen. Vielleicht hätte ich das nicht tun sollen, aber jetzt ist es jedenfalls zu spät. Sie ist ausgezogen und wohnt bei einer Freundin. Sie sagt, sie würde dich gern sehen und kennenlernen. Sie ist sehr wütend. Würdest du das tun – sie treffen, meine ich?... Außerdem finde ich allmählich mehr über deinen Großvater und seinen Freund, diesen Mr. Yeats, heraus. Anscheinend steckten sie bei ihren ornithologischen Expeditionen immer unter einer Decke. Bitte, ruf mich im Büro an, ich werde dich dann von dieser abscheulichen Zelle aus zurückrufen.«
Victoria hielt das Band an und dachte eine Zeitlang nach. Dann drückte sie erneut auf die Wiedergabetaste. Zwischen etlichen belanglosen Nachrichten waren zwei Anrufe von Carter & Kenright eingestreut – der Anwaltskanzlei, die sich seit Jahren um die rechtlichen Belange der Familie kümmerte. Victoria hatte kaum je mit ihnen zu tun gehabt, dazu bestand keine Notwendigkeit; der Name aber war ihr durchaus geläufig.
Den ersten Anruf hatte die Sekretärin übernommen, die sie bat, sich so bald wie möglich mit Mr. Carter in Verbindung zu setzen. Der zweite Anruf kam von Mr. Carter persönlich, der, wie sie wußte, der Seniorpartner des Unternehmens war.
»Hier spricht James Carter«, sagte die Stimme. »Wie mir Ihre Mutter sagte, sind Sie vermutlich im Ausland. Sollten Sie diese Nachricht in Ihrer Abwesenheit abhören, bitte ich Sie dringend, mich augenblicklich anzurufen, andernfalls sofort nach Ihrer Rückkehr. Es gibt gewisse Angelegenheiten, die wir umgehend erörtern sollten. Ich hoffe, sehr bald von Ihnen zu hören.«
Unter einem »honigsüßen Ton« hatte Victoria sich bisher nicht recht viel vorstellen können; jetzt wußte sie, wie er klang: höflich, einnehmend, volltönend und – in diesem Fall – voller unausgesprochener Drohungen.
Es waren noch zwei weitere Nachrichten auf dem Band, aber sie hatte keine Lust mehr, sie zu hören. Sie schaltete die Maschine ab

und schenkte sich einen dritten Whisky ein. Dann kreuzte sie die Arme auf dem Tisch, legte den Kopf darauf und begann zu weinen. Sie fühlte sich von allen Seiten angegriffen. Sie wußte nicht in jedem Fall, wer die Eindringlinge waren, aber sie wußte, wer das trojanische Pferd gezimmert hatte, mit dem die Feinde in ihr Leben einbrachen: sie selbst war es.

Victoria hatte nicht die geringste Vorstellung, wer einen Grund haben mochte, in ihre Wohnung einzubrechen, aber sie wußte genau, was er suchte. Die Unterlagen, Korrespondenzen und Tagebücher, die sie ihren Großtanten in Glenmoray gestohlen hatte. Sie hatte nicht erst den freundlichen Polizisten gebraucht, um auf die Idee zu kommen – es war ihr ziemlich bald klargeworden: kurz nachdem sie die Wohnung betreten hatte, spätestens nachdem sie festgestellt hatte, daß nichts fehlte.

»Sehr professionell«, hatte der Polizeibeamte verblüfft kommentiert.

Jemand, der nicht nur professionell, sondern potentiell gewalttätig war – und man mußte zumindest bereit zur Gewaltanwendung sein, um mit Bolzenschneidern und Stemmeisen zu Werke zu gehen –, hatte sich zu Victorias Wohnung, die für sie immer ein unantastbarer Zufluchtsort gewesen war, Zutritt verschafft.

Dann war da Charlie. Zwar flehentlich – nicht im Traum hätte sie sich vorgestellt, daß er zu solchen Tönen imstande war –, aber immer noch herausfordernd und ungeheuer selbstbewußt: zweifellos auf dem Heimweg, zurück in Angelas Bett, das Schwein.

Und ihre Mutter mit ihren merkwürdigen, vorsichtig formulierten Andeutungen. Und Rory Watson, der ebenfalls quengelte und ihr irgendwelche neuen Informationen, was auch immer sie sein mochten, über Großvaters Kollektion verhieß, um ihr im Gegenzug seine Probleme mit seiner Freundin aufhalsen zu können. Und schließlich der einschmeichelnde, unheilverkündende James Carter.

Und weil Victoria volljährig und ein freier Mensch war, weil sie sich auf eine Sache eingelassen hatte und weil sie jedes Vorhaben, das sie begann, unweigerlich zu Ende führte, mußte sie mit all diesen Störfaktoren zurechtkommen.

Sie stand am Rande der Hysterie, das war ihr bewußt. Erschöpft von der Nacht im Flugzeug und halb betrunken von ihren drei Whiskys, warf sie sich aufs Bett.

Sie schlief beinahe sofort ein. Sie hörte nicht einmal das Hämmern der Handwerker, die eine neue Wohnungstür montierten.

»Sally?« Victoria lächelte die junge Frau gewinnend an. »Ich bin Victoria Ruthven.« Sie setzte sich ihr gegenüber.
Sie hatten sich in einem Weinlokal in Chelsea verabredet. Victoria hatte im Geist eine Liste der zu erledigenden Angelegenheiten aufgestellt und – ohne besonderen Grund – Rory Watsons Freundin an die Spitze gesetzt. Rory hatte ihr die Telefonnummer besagter Freundin genannt, bei der Sally Zuflucht gesucht hatte, und Victoria hatte sie angerufen und auf ein Glas Wein eingeladen.
»Wo ist Rory?« fragte Victoria.
»Noch im Museum, nehme ich an.« Sally zuckte die Achseln. »Wir sind heute abend zum Essen verabredet.«
Victoria betrachtete die junge Frau. Sie war nicht schön im eigentlichen Sinn, aber auf merkwürdige, fast präraffaelitische Weise anziehend: mit langen, schwarzen, üppigen Locken, blassem Teint und dunklen Augen. Ihre Miene war finster und nachtragend, aber es lag auch eine gewisse Neugier in ihrem Gesicht, und sie beäugte Victoria aufmerksam.
»Was tust du?« fragte Victoria.
»Hat er's dir nicht erzählt?«
Victoria schüttelte den Kopf.
»Ungefähr dasselbe wie er, allerdings bin ich im Spielzeugmuseum beschäftigt. Ich bin Assistentin des Kurators...«
Sie erzählte ein wenig von ihrer Arbeit, und währenddessen veränderte sich ihr Ausdruck. Der kalte, feindselige Blick verschwand, und ihre Miene wurde lebendig, fast eifrig und fröhlich. Aber als sie zu sprechen aufhörte, kehrte die düstere, argwöhnische Zurückhaltung wieder.
»Gut also, das bin ich«, sagte sie. »Und du?«
»Ich bin bloß eine Bankerin, oder vielmehr: ich war eine.« Victoria zuckte die Achseln. »Zur Zeit bin ich überhaupt nichts.«
»Warum ausgerechnet er?«
»Zufall. Ich wollte was über meinen Großvater herausfinden. Wir waren zusammen essen, und dann ist es passiert. Kein Plan, keine besondere Absicht, überhaupt nichts. Nur so, eine einmalige Sache. Es ist vorbei. Er ist dein Mann, ich will nichts von ihm.«

Sally starrte sie an.
Victoria war sich bewußt, daß sie – so flüchtig ihre Begegnung, so kurz die Zeit, die sie miteinander verbrachten, auch waren – an einem Wendepunkt standen. Sally konnte ihre Aussage entweder akzeptieren oder zurückweisen.
Sally nahm an. Sie nickte. Ein kurzes Lächeln huschte über ihr Gesicht, und ihr Ausdruck wurde freundlicher, beinahe versöhnlich.
»Die Männer sind alle Mistkerle.«
Victoria lehnte sich zurück und lachte. »Das brauchst du mir nicht zu erzählen! Seit neuestem bin ich Expertin in solchen Sachen – und ich spreche nicht von Rory!«
Sally sah sie erwartungsvoll an, Victoria berichtete von ihren Erfahrungen mit Charlie, was Sally offenbar als ausreichende Rechtfertigung für die Eskapade mit Rory akzeptierte. Die Stimmung hatte sich vollkommen gewandelt. Als Rivalinnen hatten sie einander getroffen, jetzt waren sie beinahe Komplizinnen.
»Rory hat's wirklich auf deinen Großvater abgesehen«, sagte Sally. »Ich weiß nicht genau, warum, Tatsache ist aber, daß Rory ein echter Radikaler ist. Er haßt Geld und Privilegien und die Oberschicht und alles, was damit verbunden ist. Er kann sich stundenlang darüber verbreiten und sich echt in Rage reden. Die Politik der Besitzlosen, wenn du mich fragst.«
Victoria dachte an den Zorn, den sie in seinem Blick gesehen hatte, als sie ihm damals im Museum zum ersten Mal begegnet war, und nickte nachdenklich.
»Er will Colonel Ruthven vom Sockel holen«, fuhr Sally fort, »und das wird er auch tun. Wenn seine Wissenschaft und seine persönliche Überzeugung zusammenpassen, dann hält ihn nichts mehr auf, dann wird er zum Kreuzritter. Am liebsten sähe er ihn auf dem Scheiterhaufen und sich selber mit der Fackel in der Hand – symbolisch gesprochen.«
»Das hab ich mir fast gedacht«, sagte Victoria. »Jedenfalls danke für die Warnung.«
Sie bestellte für sie beide ein zweites Glas Wein.

27

Victoria sah sich verblüfft im Zimmer um. Im ersten Augenblick fühlte sie sich derart überrumpelt, daß sie aus der Fassung geriet. Ihr stockte der Atem, und sie hatte Mühe, ihre Gesichtszüge unter Kontrolle zu halten. Aber sie hatte sich bald wieder in der Hand und setzte sich auf den ihr zugewiesenen Stuhl. Ihre Hände zitterten ein wenig, und sie steckte sie zwischen die Knie, den Blicken der anderen verborgen.

»Wir sind alle sehr froh, daß Sie herkommen konnten, Miss Ruthven«, begann die honigsüße Stimme von Mr. James Carter. »Oder gestatten Sie mir als altem Mann, die Förmlichkeiten beiseite zu lassen und Sie Victoria zu nennen?«

Über den Goldrand seiner Brille hinweg musterte er sie scharf. Sie lächelte ihn starr an und nickte.

Mr. Carter, Seniorpartner der Anwaltskanzlei der Familie, hatte sie, nachdem sie sich endlich aufgerafft hatte, auf seine Anrufe zu reagieren, in die Geschäftsräume der Firma zitiert. Am Telefon hatte er keine Andeutung über den Gegenstand der angeblich so dringenden Unterredung fallenlassen, aber eine dunkle Ahnung sagte ihr, daß ihr Großvater irgendwie damit zu tun haben mußte. Auf alles war sie gefaßt gewesen, nur nicht auf diesen Anblick: Rund um den Tisch saßen nicht nur Mr. Carter, seine Sekretärin und ein junger Mann, der vermutlich sein Assistent war, sondern auch – und das war es, was sie in Schrecken versetzte – ihre Mutter und die beiden Großtanten Octavie und Maude.

Ihre Mutter, tadellos gekleidet in eines ihrer elegantesten Seidenkostüme, vermied sorgfältig jeden Blickkontakt mit ihr. Octavie und Maude hingegen beäugten sie mit starrer, düsterer Miene, in der ein Anflug von Haß lag. In Schottland hatte sie ihre Tanten als freundliche, sanfte alte Damen erlebt – nicht anders als Victoria sich von frühester Kindheit an, von allen ihren Besuchen in Glenmoray her an sie erinnerte.

Aber auf einmal war alles anders. Mit zornfunkelndem Blick thronten sie zu beiden Seiten des Anwalts. Uralt und gleichwohl immer noch mächtig, wirkten sie auf Victoria wie zwei Falken, die erbarmungslos ihre nächste Beute begutachten.

Dieser plötzliche Wandel war so merkwürdig, so bestürzend und furchteinflößend, daß er ihr körperliche Übelkeit bereitete. Sie mußte sich zusammennehmen, um zu hören, was Mr. Carter ihr zu sagen hatte.

»Ein guter Anwalt – und ich möchte mich zumindest als kompetent in meinem Fach bezeichnen – erfüllt allerlei Funktionen durchaus verschiedener Natur«, begann er umschweifig. »Wir vertreten unsere Mandanten in Streitfällen, kümmern uns um Nachlässe, setzen Testamente auf. Manchmal, und das ist vielleicht unsere wichtigste Rolle, agieren wir als Schiedsrichter. Wir können höchst unnötige Zwistigkeiten innerhalb einer Familie schlichten. Wir können, wenn Sie so wollen, Frieden stiften.«

Victoria starrte ihn an. »Was wollen Sie damit sagen?«

»Sie haben kürzlich Ihren Großtanten einen Besuch abgestattet.« Mit einer kleinen, eleganten Bewegung beider Hände wies er seitwärts auf Octavie und Maude, die ihn umrahmten. »In der Folge entdeckten die Damen, daß ein ganzes Archiv von Unterlagen, eine Hinterlassenschaft ihres verstorbenen Bruders, verschwunden ist. Wenn Sie freundlicherweise für die Rückkehr dieser Papiere sorgen würden, bin ich sicher, daß wir die Angelegenheit damit als erledigt betrachten können.«

Einen Moment lang herrschte Stille. Victoria saß wie erstarrt, allein ihre Hände zitterten krampfhaft in ihrem Schoß. Sie dachte an Charlies Verhaltensmaximen, die er ihr für Situationen wie diese als unfehlbar angepriesen hatte: Niemals beschweren, niemals erklären. Wenn du erwischt wirst, tritt entweder die Flucht nach vorn an oder entschuldige dich mit Rosen.

Für Rosen war jetzt nicht der rechte Zeitpunkt. Also auf zum Angriff. »Beschuldigen Sie mich, die Papiere gestohlen zu haben?« fragte sie.

»Gewiß nicht, meine Liebe«, antwortete Mr. Carter sogleich mit einer verbindlichen, beschönigenden Geste. Victorias Mutter starrte immer noch aus dem Fenster, die beiden Großtanten musterten sie immer noch wild und wütend. »Wir bitten Sie nur um Ihre Unterstützung, damit die Papiere an den Ort zurückkehren, an den sie von Rechts wegen gehören.«

»Warum? Enthalten sie irgendwelche kompromittierenden oder beschämenden Enthüllungen über meinen Großvater?«

»Natürlich nicht!« Er lächelte sie gönnerhaft an. »Colonel Ruthven war ein hochangesehener Mann und seit Bestehen unserer Kanzlei einer unserer ehrenwertesten Mandanten. Nein, es ist einerseits eine Frage des gefühlsmäßigen Wertes und andererseits natürlich des Eigentumsrechts. Die Papiere gehören Ihren Großtanten, sie sind ihr rechtmäßiges Eigentum.«

»Sie gehören viel eher mir!« fuhr Victoria auf. »Meine Großtanten waren seine Schwestern. Ich bin seine Enkelin, sein einziger leiblicher Nachkomme.«

Sie vergaß jegliche Rücksicht. Mr. Carter und die mordlustigen alten Damen kümmerten sie nicht mehr, sogar an ihre Mutter verschwendete sie keinen Gedanken. Sie war im Unrecht, dessen war sie sich sehr wohl bewußt. Aber sie fühlte sich auch manipuliert und bevormundet, und das brachte sie in Rage. Sie hatten etwas zu verbergen und versuchten, sie in die Knie zu zwingen. Offensichtlich enthielten die Papiere Geheimnisse, die nicht ans Licht kommen durften – was Victoria nach wie vor rätselhaft war, denn nach allem, was sie bisher gelesen hatte, enthielt Großvaters Archiv nichts Ehrenrühriges, allenfalls die Andeutung auf eine homosexuelle Beziehung. War das so anstößig und peinlich? Sie sah keinen plausiblen Grund, weshalb um diese Papiere soviel Aufhebens gemacht wurde – auf einmal waren sie zwei verfeindete Parteien, die nur noch in Anwesenheit eines Anwalts miteinander sprachen.

Ihre Uneinsichtigkeit rief offensichtlich nach dem Einsatz schärferer Waffen. Mr. Carter fuhr sich nachdenklich mit der Hand über das Gesicht und wechselte seine Strategie.

»Victoria, Sie sind Begünstigte eines Treuhandvermögens, welches in das Ermessen der Treuhänder gestellt ist. Treuhänder sind, wie Sie wissen, Ihre Mutter, Ihre beiden Großtanten und ich.«

»Das weiß ich allerdings«, sagte Victoria. »Worauf wollen Sie hinaus?«
»Die Treuhänder sind befugt, die Gewinnausschüttung zu verweigern, falls ihrem Ermessen nach der oder die Begünstigte die betreffenden Gelder unklug einsetzt.«
Es dauerte eine Sekunde, bis Victoria die pedantische Ausdrucksweise des Anwalts in vollem Umfang erfaßte und begriff, was er ihr damit andeutete: Sie hatten vor, ihr die regelmäßigen Zinserträge fortan vorzuenthalten.
Sie war wie vor den Kopf geschlagen. Ungläubig wandte sie sich an ihre Mutter: »Mama, hast du davon gewußt?«
»Liebes.« Zum ersten Mal drehte ihre Mutter ihr das Gesicht zu. »Das alles ist so – so unnötig. Ich denke, Mr. Carter hat recht. Ich denke, du solltest Octavie und Maude um Verzeihung bitten. Diese Papiere sind wirklich privat, sie enthalten nichts, was auch nur halbwegs interessant wäre, und sollten nach Glenmoray zurückgebracht werden. Bitte, sei doch vernünftig.«
Victoria sträubten sich die Haare. »Und wenn nicht? Wenn ich nicht ›vernünftig‹ bin?«
Die Miene ihrer Mutter drückte heftigen Kummer aus. »Liebes, es wird dir nichts nützen. Ich kann nicht anders handeln, ich bin gezwungen, mich an familiäre Rücksichtnahmen und Erwägungen zu halten.«
Einen Augenblick lang war Victoria sprachlos. Alle Gesichter waren ihr zugewandt. Ihre Mutter sah nervös und beklommen drein, Mr. Carters Miene war von undurchschaubarem Ernst, die beiden Großtanten musterten sie nicht mehr wütend, sondern auf einmal verängstigt, beinahe flehentlich. Victoria sah von einem Gesicht zum anderen. Dann stand sie auf.
Die familiären Rücksichtnahmen und Überlegungen, gleich ob persönlicher oder beruflicher Natur, waren ihr herzlich egal. Die Familie hatte sich, mit Unterstützung eines Anwalts, gegen sie verschworen. Wäre es nicht so bitter und erniedrigend, so hätte sie darüber lachen können – die beiden alten schottischen Damen, ihre eigene Mutter und ein angesehener Rechtsanwalt taten sich zusammen, um sie zu erpressen und ihr praktisch zu drohen.
Sie waren sehr wohl in der Lage, ihr den Gewinn aus ihrem Treuhandvermögen vorzuenthalten, und würden es zweifellos tun.

Aber sie konnten ihr so viele Steine in den Weg legen, wie sie wollten – aufhalten ließ sie sich dennoch nicht. Sie hatten etwas zu verheimlichen und waren der Ansicht, das sei allein ihre Sache. Dem war nicht so. Dunkle Punkte in der Vergangenheit ihres Großvaters gingen Victoria ebensoviel an.
»Gestern wurde in meine Wohnung eingebrochen«, sagte sie. »Ich denke, ich kann herausfinden, wer der Einbrecher war, was er wollte und wer ihn geschickt hat. Ich werde es euch wissen lassen. Ich bin sicher, das wird euch alle sehr interessieren.«
Damit drehte sie sich um und verließ den Raum. Hinter ihr herrschte betretenes Schweigen.

Die Kanzlei von Carter & Kenright lag in Aldwych, unweit der Strand. Knapp fünfzig Meter weiter, auf der Strand selbst, gab es einen Pub, eine von Charlies Lieblingskneipen, in der sie ihn häufig abends, nach ihrer beider Arbeitstag, getroffen hatte. Die sentimentale Beziehung zwischen dem Pub und früheren, glücklicheren Zeiten kümmerte sie nicht. Im Grunde kümmerte sie jetzt gar nichts mehr.
Ihre Gefühle waren ein Aufruhr aus Zorn, Verwirrung und Furcht, und sie zitterte vor Erregung. Ehe sie einen klaren Gedanken fassen konnte, brauchte sie eine »Stärkung«, wie Mr. Gable es auszudrücken pflegte: einen großen und sehr starken Drink. Sie betrat den Pub, bestellte einen doppelten Wodka mit Tonic und setzte sich an einen Tisch direkt vor dem bogenförmigen Fenster, das auf die Straße hinausging.
Sie hatte kaum den ersten Schluck genommen, als die Buntglastür aufging und wieder ins Schloß fiel. Der Pub war nahezu leer – es war noch zu früh für das abendliche Geschäft. Gleichgültig blickte sie auf und erschrak im selben Augenblick: der neue Gast war Charlie.
Er sah sich in der Bar um und erspähte sie sofort. Auch er war sichtlich verdutzt. Doch er hatte sich sofort wieder in der Hand und kam an ihren Tisch.
»Victoria...«
»Darin zumindest muß ich dir recht geben«, antwortete sie. »So heiße ich.«
»Darf ich mich setzen?«

»Wenn ich du wäre, würde ich mir zuerst etwas zu trinken holen. Du kannst Gift drauf nehmen, daß *ich* dich nicht einlade. Und laß dir ja nicht einfallen«, fügte sie hinzu, »mich etwa einladen zu wollen. Die Zeiten sind vorbei.«
Er ging zur Theke und kehrte mit einem Humpen Bier zurück. Er wirkte unbeholfen und verlegen.
»Victoria«, begann er mit betonter Munterkeit, »das nenne ich wirklich einen Glücksfall. Hast du meine Nachricht bekommen? Ich möchte unbedingt mit dir sprechen.«
Glücksfälle waren seit jeher Charlies Spezialität. Er wußte Chancen zu erkennen und sie zu ergreifen.
»Zufall«, gab sie zurück. »Von Glück kann überhaupt keine Rede sein. Ich wollte in Ruhe was trinken und nicht ausgerechnet von dir belästigt werden. Wie geht's der geliebten Angela?«
»Die arme Angela hat Probleme...« Seine Stirn furchte sich, und er hob bekümmert die Schultern, als betrachtete er eine der schlimmsten Tragödien der Welt. »Sie ist zu Magnus zurückgegangen und versucht, sie zu lösen.«
Magnus, ein jähzorniger Requisiteur am Theater, war Angelas Ehemann.
»Das heißt was? Daß sein Schwanz länger und härter als deiner ist?«
Charlie starrte sie mit einem Ausdruck des Abscheus an. »Du bist vulgär und ausfallend. Ich hab dir auf Band gesprochen, daß es mir leid tut, daß ich einen Fehler gemacht habe. Aber Angela hat ihre Empfindlichkeiten, genau wie ich und wahrscheinlich auch Magnus.«
»Aber ich nicht, wie? Ich bin die Teflon-Lady, feuerfest, unzerstörbar, ja?«
»Wenn du dich weiter so benimmst, will ich lieber nicht mit dir reden.«
Charlie stand auf. Victoria schüttelte den Kopf.
»Setz dich wieder hin«, sagte sie. »Du wolltest mir was sagen. Ich will dir auch was sagen.«
Langsam setzte er sich wieder. Victoria hatte nicht daran gezweifelt. Nicht weil er sie liebte – sofern er sie überhaupt je geliebt hatte. Auch nicht wegen irgendeines Überrests an Zuneigung, den er sich aus ihrer über siebenjährigen Beziehung etwa bewahrt hat-

te. Und nicht aus Schuldgefühl, weil er sie wegen Angela hatte sitzenlassen. Nein. Sondern aus Neugier. Charlie war Journalist. Er war hinter einer Story her. Deshalb hatte er sie angerufen und zum Abendessen eingeladen. Deshalb hatte er wieder angerufen und Nachrichten hinterlassen, die sie nicht einmal angehört hatte. Deshalb war er an ihren Tisch gekommen. Und deshalb würde er jetzt nicht gehen.
»Wer fängt an?« fragte er.
»Du.«
»Sagt dir der Name Silverback etwas?»
Sie überlegte kurz. »Nein, überhaupt nichts.«
»Mir auch erst seit kurzem«, sagte Charlie. »›Silberrücken‹ nennen die Zoologen den Patriarchen einer Gorillasippe. Der Häuptling ist fast immer ein altes Tier, und sein Rückenfell ist grau bis weiß. Daher die Bezeichnung.«
»Na und? Was ist dann Silverback?«
»Ich hab dir von der Stiftung erzählt, der Yeats Foundation«, sprach Charlie weiter. »Normalerweise sind solche Konstrukte absolut unanfechtbar. Sie werden gegründet und existieren von allein weiter. Diese nicht. Sie ist anscheinend eine Abspaltung eines privaten südafrikanischen Unternehmens, das sich Silverback nennt.«
Victoria begriff immer noch nicht, worauf er hinauswollte. »Und was hat das mit mir zu tun?«
»Silverback führt achtzig Prozent seines Gewinns an die Stiftung ab. Unversteuert. Nur die restlichen zwanzig Prozent sind steuerpflichtiges Einkommen. Das heißt, die Nettoerträge müssen ungeheuer sein. Laut Handelsregister von Johannesburg hatte Silverback ursprünglich nur zwei Aktionäre, nämlich die Unternehmensgründer. Das waren Eric Yeats und Colonel Ruthven...« Charlie legte eine dramatische Pause ein. »Jemand oder mehrere Leute beziehungsweise ihre Erben und Rechtsnachfolger«, fuhr er fort, »sind nicht nur immens reich, sondern werden mit jedem Tag immer reicher.«
Victoria vermochte nicht auf Anhieb zu erfassen, was das alles bedeutete. Sie wußte, daß es mit ihr zu tun hatte, daß sie sich irgendwann damit beschäftigen mußte, aber im Augenblick war sie von wichtigeren, konkreteren Dingen in Anspruch genommen. Sie sah Charlie an. Sie schluckte ihren Stolz, ihre Schmach, ihren Ab-

scheu, den sie ihm gegenüber entwickelt hatte – und verabscheute sich selbst für die Welle des Zorns über seinen Verrat, die sie immer noch überflutete. Ihr Zorn war fruchtlos und destruktiv, aber sosehr sie auch gegen ihn ankämpfte, er ließ sie nicht los.

Dennoch brauchte sie diesen Mann. Im Moment war er der einzige erkennbare Ausweg. Sie leerte ihr Glas und leckte sich die Lippen.

»Ich bin demnächst pleite, Charlie, und ich brauche einen Job«, sagte sie.

»Was bist du?« Charlie starrte sie verblüfft an. »Du hast doch einen Job, einen ziemlich sicheren, der noch dazu viel besser bezahlt wird als meiner. Und du hast dein Treuhandvermögen. Was soll das – hast du alles verspielt, oder was?«

»Die Situation hat sich geändert.«

Victoria berichtete von den jüngsten Ereignissen.

Es kostete sie eine gewaltige Willensanstrengung. Zumindest am Anfang: denn mit der Zeit spürte sie, wie sie freier wurde, kühner, beinahe leichtsinnig. Und die Mauern der Zurückhaltung und Gediegenheit, die sie ihr Leben lang gestützt hatten, begannen einzustürzen. Sie stellte fest, daß sie sich keinen Deut mehr um Würde und Selbstachtung scherte.

»Ich habe alles mögliche für dich getan«, schloß sie. »Was kannst du für mich tun?«

Charlie brauchte ein paar Sekunden, um die Neuigkeiten zu verdauen. Mit gerunzelter Stirn saß er da.

»Ich könnte zu Features gehen«, sagte er schließlich. »Je nachdem, was bei der Sache herauskommt, könnte die Yeats-Silverback-Story was ziemlich Brisantes sein. Vielleicht bekommt sie zwei Seiten. Ich denke schon, daß sie mir erlauben, für die Recherchen ein paar Wochen lang eine Mitarbeiterin zu beschäftigen. Ich könnte mich einmal erkundigen.«

»Tu das«, sagte Victoria. »Die Mitarbeiterin hast du.«

»Ist das ein Schritt zum Frieden?«

Heftig schüttelte sie den Kopf. »Auf persönlicher Ebene ganz bestimmt nicht. Mach deinen Frieden mit Angela, wenn sie zu dir zurückkriecht. Meine Kooperation ist ausschließlich beruflich, den Job bist du mir schuldig.«

Victoria stand auf und ging, ehe er etwas erwidern konnte.

28

»Victoria...?«
Sie drehte sich um. Soeben von ihrer Begegnung mit Charlie zurückgekehrt, stand sie im Hausflur und war im Begriff, ihre nagelneue Wohnungstür aufzusperren. Mr. Foster, ihr besorgter Nachbar aus der Wohnung unter ihr, kam mit teilnahmsvoller Miene auf sie zu.
»Der Einbruch in Ihrer Wohnung tut mir wirklich sehr leid«, fuhr er fort. »Hoffentlich haben Sie nicht allzuviel verloren. Wissen Sie, das war ich, der die Polizei gerufen hat. Das mußte ich doch, oder, nachdem ich die aufgebrochene Haustür gesehen hatte? Ich hoffe, das war Ihnen recht – ich wußte zuerst gar nicht, daß der Kerl es auf Ihre Wohnung abgesehen hatte.«
»Sie haben vollkommen richtig gehandelt, Mr. Foster, vielen Dank. Die Polizei hat mir schon gesagt, daß Sie angerufen haben. Glücklicherweise ist überhaupt nichts gestohlen worden – vielleicht weil ich nichts habe, was ein Einbrecher mit einem Minimum an Selbstachtung für erstrebenswert halten würde.«
Sie lächelte ihm zu.
Mr. Foster kratzte sich am Kopf. Er war ein stiller kleiner Mann, der immer ein wenig nervös schien, aber jetzt sah er noch besorgter drein als sonst.
»Es ist noch etwas anderes passiert, während Sie weg waren«, sagte er verlegen. »Ich habe der Polizei nichts davon gesagt, weil ich dachte, es ist nicht wichtig. Vor allem wollte ich mich nicht in Ihre Angelegenheiten einmischen. Jedenfalls war am Vormittag nach Ihrer Abreise ein Mann hier, der Sie gesucht und aus Versehen an meiner Tür geläutet hat.«

»Ein Mann?« fragte Victoria gespannt. »Was für ein Mann?«

Es hätte natürlich irgendein Freund sein können, aber das war nicht sehr wahrscheinlich. Sie hatte, außer Fiona, keinem ihrer Freunde erzählt, daß sie gekündigt hatte – beziehungsweise auf ihr eigenes Drängen hin beurlaubt worden war –, folglich würde jeder sie, wie immer, tagsüber im Büro vermuten. In Frage kamen allenfalls Charlie und Rory Watson. Aber nach Mr. Fosters Beschreibung war es keiner von ihnen gewesen.

»Groß und dünn war er«, sagte Mr. Foster, »und mit ziemlich schütteren Haaren. Äußerst höflich und gut gekleidet. Er wirkte wie – was soll ich sagen – ungefähr wie ein pensionierter Bankdirektor, wenn Sie sich vorstellen können... Das einzige, was mir an ihm auffiel, war sein singender Tonfall, der irgendwie walisisch klang.«

»Hat er seinen Namen genannt?«

»Nein. Er sagte, er käme wieder, sobald Sie zurück sind.«

»Danke, Mr. Foster. Sie sind Auge und Ohr unserer Straße, unser hauseigener Schutzmann.« Victoria lachte. »Wahrscheinlich war es irgendein Versicherungsvertreter, aber versuchen Sie doch bitte, ihn nach seinem Namen zu fragen, falls Sie ihn wieder sehen sollten.«

»Das werde ich tun. Man kann heutzutage ja gar nicht vorsichtig genug sein.«

Er blinzelte zu ihr hinauf, sichtlich stolz auf sich selbst. Dann schlurfte er davon.

Victoria betrat ihre Wohnung, schloß die Tür hinter sich und ging sofort zum Telefon. Sie blätterte in ihrem Adreßbuch, nahm den Hörer ab und wählte.

»Mr. Evans?« fragte sie, als sich am anderen Ende jemand meldete.

»Ja.«

»Hier ist Victoria Ruthven«, sagte sie. »Ich war verreist, wie Sie wohl wissen. Während meiner Abwesenheit wurde in meine Wohnung eingebrochen. Nach Ansicht der Polizei muß der Einbrecher ein Profi gewesen sein, entweder ein routinierter Verbrecher oder jemand, der aus langjähriger Erfahrung mit kriminellen Methoden vertraut ist...«

Sie legte eine Pause ein. Am anderen Ende der Leitung herrschte Schweigen.

»Ich habe einen Nachbar mit scharfen Augen und Ohren«, fuhr Victoria fort. »Er pflegt am Fenster zu sitzen, hinter der Gardine, und die Straße zu beobachten. Er hat mir eine sehr aufschlußreiche Beschreibung des möglichen Diebs geliefert. Ich habe der Polizei nichts davon gesagt, denn allem Anschein nach wurde ja nichts gestohlen...«

Victoria verstummte erneut. Ihr Gesprächspartner gab immer noch keinen Laut von sich.

»Aber ich werde es tun, falls es nötig sein sollte, glauben Sie mir«, fing sie wieder an. »Falls Sie immer noch Kontakte zur Unterwelt haben, wie man es häufig auch von pensionierten Polizisten hört, können Sie einstweilen Ihren Leuten sagen, daß sie hier nichts von dem finden werden, wonach sie suchen. Überhaupt nichts!«

Ohne ihm Gelegenheit zu geben, ein Wort zu sagen, warf sie den Hörer auf die Gabel. Sie kochte vor Zorn.

Ihre Ankündigung im Konferenzraum von Carter & Kenright, sie werde herausfinden, wer bei ihr eingebrochen hatte, war eine völlig leere Drohung gewesen, nichts anderes als eine Trotzreaktion auf die Versuche ihrer Familie, sie unter Druck zu setzen. Sie hatte nicht die geringste Vorstellung gehabt, wer der Einbrecher sein konnte.

Nun wußte sie es. Es war der pensionierte Polizeibeamte Evans. Es konnte nur er gewesen sein – persönlich oder durch irgendeinen Helfer. Und hinsichtlich seines Beweggrundes hegte Victoria kaum noch Zweifel. Vermutlich hatte er sich, nachdem er von ihr nicht bekommen hatte, was er wollte, mit einem Mitglied der Familie in Verbindung gesetzt, ihren Großtanten oder ihrer Mutter, vielleicht hatte auch Mr. Carter seine Hand im Spiel. Man hatte ihn auf die richtige Fährte gesetzt und wahrscheinlich auch diskret bezahlt.

Es kam ihnen allen sehr zustatten, auch Mr. Evans. Wäre er bei seiner Tat überrascht oder angegriffen worden, hätte er glaubhaft geltend machen könnten, er versuche nur, gestohlenes Eigentum zurückzuholen. Er war langjähriges Mitglied der Polizei gewesen, er konnte an die Loyalität seiner früheren Kollegen appellieren, seine Position verteidigen und damit durchkommen.

Unverschämtheit. Aber es war ihm nicht gelungen.

Sie fragte sich nur, weshalb ihre Tanten so naiv gewesen waren, ausgerechnet ihn mit der Wiederbeschaffung der Unterlagen zu beauftragen. Denn um ihr Vertrauen zu gewinnen, hatte er ihnen den Grund seiner Neugier auf Colonel Ruthvens Vergangenheit, die ungelösten Mordfälle in Afrika, zumindest in geschönter Form offenbaren müssen. Wie konnten sie annehmen, daß er sich – falls es ihm gelungen wäre, das Archiv an sich zu bringen – die Chance hätte entgehen lassen, Jack Ruthvens Hinterlassenschaft nach entsprechenden Hinweisen zu durchforsten? Waren sie tatsächlich bereit, dieselben Papiere, die sie vor ihr um jeden Preis geheimhalten wollten, in die Hand eines Fremden zu geben, der als erfahrener Kriminalist noch viel eher als Victoria in der Lage war, etwaige Leichen im Familienkeller aufzuspüren? Oder steckten sie vielmehr unter einer Decke: vielleicht wußte er ohnehin Bescheid über gewisse Ereignisse, die ihr nach wie vor rätselhaft waren, und suchte lediglich nach einer Bestätigung – und hatte ihren Großtanten glaubhaft versichern können, daß sein Interesse ausschließlich privater Natur sei?

Victoria zerbrach sich den Kopf. Dieses Komplott schien ihr absurd; und doch konnte es nicht anders sein. Wie verzweifelt mußten ihre Großtanten sein, um sich zu solchen Handlungen hinreißen zu lassen!

Sie nahm ein rasches Bad, dann rief sie Fiona an. Sie zog sich an und ging hinunter auf die Straße, doch ehe sie sich auf den Weg machte, sah sie sich aufmerksam um und prüfte, ob jemand in einem geparkten Wagen saß oder einem Hauseingang herumlungerte. So weit sind wir schon, dachte sie bestürzt, das Verhalten eines Paranoikers.

Soweit sie erkennen konnte, war jedoch niemand in der Nähe, der sich für sie interessierte. Sie machte sich auf – zu Fuß, denn Fionas Wohnung lag nur ein paar Straßen entfernt – und stellte fest, daß sie sich im Gehen ständig umsah. Sie beschleunigte ihren Schritt und war erleichtert, als sie endlich vor Fionas Tür stand.

»Victoria!« rief Fiona, als sie die Tür öffnete, und starrte sie ungläubig an. »Du siehst ja völlig fertig aus. Was ist dir denn passiert?«

»Zu viel«, antwortete Victoria müde. »Und nichts davon ist besonders witzig.«

»Ich wollte eigentlich mit Tom ausgehen, wie ich dir gesagt habe, aber ich kann ihm absagen.«

Victoria schüttelte den Kopf. »Es geht gleich wieder. Ich würde bloß gern hier sitzen und lesen. Den Papieren ist nichts passiert, während ich weg war, oder?«
Sie sah zu dem Bücherregal hinüber, neben dem sie die Aktenbündel abgelegt hatte. Sie wirkten unberührt.
»Natürlich nicht«, sagte Fiona. »Wieso auch? Was ist denn überhaupt los?«
»Ein Familienkrach, ein ziemlich vertracktes Durcheinander, in das anscheinend noch jede Menge anderer Leute verwickelt sind, außerdem jede Menge Geld und jede Menge zusätzliche Probleme.«
»Hat Charlie was damit zu tun?«
Fiona kannte Charlie, seit die Beziehung zwischen ihm und Victoria begonnen hatte. Als er sich aus dem Staub machte, war Fiona die erste, die es erfuhr.
»In gewisser Weise, aber nicht direkt.«
Fiona sah sie stirnrunzelnd an. »Hör zu, ich sag meine Verabredung ab, und du erzählst mir alles, okay?«
Victoria umarmte sie und gab ihr einen Kuß auf die Wange.
»Geh nur«, sagte sie. »Es ist wahrscheinlich am besten, wenn ich allein bin und dieses ganze verdammte Zeug endlich zu Ende lese. Vielleicht findest du mich schlafend auf dem Boden, wenn du zurückkommst.«
Fiona zögerte. »In Ordnung«, sagte sie schließlich. »Aber du schläfst im Gästebett, und du kannst hier so lang schlafen, wie du willst. Ich meine nicht nur heute nacht, sondern die nächsten Wochen, wenn du's für notwendig hältst.«
Sie wandte sich ab und entfaltete das Sofa zu einem breiten Bett. Aus dem darunterliegenden Bettkasten zerrte sie Decke und Kissen hervor, die bereits frisch bezogen waren, und schüttelte sie auf.
»Bist du sicher, daß ich nicht dableiben soll?«
Wieder schüttelte Victoria den Kopf. Sie lächelte. »Mit einer Tasse Kaffee morgen früh wäre ich schon ganz zufrieden.«
Fiona erwiderte ihr Lächeln. Fünf Minuten später war sie fort, und Victoria nahm sich wieder ihre Aktenbündel vor.

Sie hatte die Briefe aus der Kindheit und Schulzeit gelesen, die Postkarten und Briefe aus Südafrika, die Tagebücher aus dem

Ersten Weltkrieg, die sonderbaren Notizen aus Indien und Nepal. Zwischen den Tagebucheintragungen klafften immer wieder Lücken, und die Lücken wurden größer.

Ruthven war vermutlich im Schreiben recht geübt, wie es von ihm erwartet wurde, doch fehlte ihm die Geläufigkeit des geschriebenen Wortes, vielleicht waren auch viele schriftliche Zeugnisse verlorengegangen. Die verbleibenden Notizbücher waren Victoria in gewisser Weise ein Rätsel, und sie quälte sich durch die Lektüre.

Es waren nicht eigentlich Tagebücher, sondern vielmehr Geschäftsnotizen, eine Auflistung von Investitionen und Konten, Gewinnen und, sehr selten, Verlusten, ein Puzzle aus Kommentaren und Zahlen, das sie mühsam zusammensetzte.

Ruthven dokumentierte ausführlich Wachstum und Gedeih des Unternehmens Silverback, das er und Eric Yeats gegründet hatten und das heute, laut Charlies Aussage, hinter der Yeats Foundation steckte. Sie hatten Farmen und Vieh erworben, hatten in Minen, Hotels, Eisenbahnlinien und Winzereien investiert, und sie gehörten zu den Gründungsmitgliedern des Konsortiums, das die südafrikanische Stromversorgungsindustrie ins Leben gerufen hatte, sowie eines weiteren Unternehmens, das den Ausbau des Telefonnetzes besorgte.

Anscheinend hatte Silverback überall in der gesamten Südhälfte des Kontinents Beteiligungen. Es fand sich zwar kein Hinweis darauf, woher die Unternehmensgründer das Kapital für derart umfangreiche Investitionen hatten, aber schwer zu erraten war es nicht. Das karge Hochland von Glenmoray warf keine Erträge ab, und Ruthven hätte auf diesen Besitz niemals ein Darlehen aufnehmen können. Das Geld mußte also von Eric Yeats stammen, oder vielmehr aus dem Vermögen, das sein Vater sich durch seine Geschäftsverbindungen mit Cecil Rhodes erworben hatte. Und wenn Victoria recht verstanden hatte, waren die beiden, Großvater und Yeats, sonderbarerweise gleichwertige Partner. Aber Yeats hatte das gesamte Kapital beigesteuert und Ruthven die Hälfte der Gewinne eingestrichen.

Sofern es sich nicht um eine extrem großzügige und eigentlich weltfremde, idealistische Geste von Yeats handelte, war das nicht einzusehen. Nicht einmal angesichts ihrer langen und innigen –

vielleicht sogar homosexuellen – Freundschaft, nicht einmal nach Sophias Erscheinen in ihrem Leben.

Etwas fehlte.

Victoria nahm sich noch einmal die Geschäftsbücher vor und durchblätterte sie ohne viel Hoffnung. Außer den Zahlenreihen, die sie schon zuvor geprüft hatte, fand sie keinerlei aufschlußreichen Hinweis darin. Doch ganz zum Schluß, im letzten der ledergebundenen Bände, stieß sie auf etwas, das ihr bisher entgangen war: am hinteren Buchdeckel befand sich eine kleine Einstecktasche, die vermutlich für Rechnungen und Quittungen und dergleichen gedacht war, und darin befand sich ein winziger Terminkalender für fünf Jahre, in dünnes, aber feines Saffianleder gebunden, wie sie damals recht beliebt gewesen waren. Dieser Fünfjahreskalender war mit allerlei Einträgen gefüllt, unverkennbar in Ruthvens Schrift: eckig, schräg abfallend und gelegentlich mit orthographischen Fehlern.

Die Aufzeichnungen unterschieden sich grundlegend von den früheren Tagebucheintragungen: es waren eher Notizen und beiläufige Kritzeleien – vielleicht bedingt durch den knappen Raum, der ihm zur Verfügung stand, vielleicht auch hatte sich sein Stil geändert. Unverändert war jedoch die Leidenschaftlichkeit, die immer wieder durchschimmerte.

Victoria mußte sämtliche Seiten überfliegen, um solche Anwandlungen zu finden – den größten Teil nahmen Bemerkungen über das Wetter, soziale Verpflichtungen und die jüngsten Entwicklungen im Unternehmen ein –, aber hin und wieder stieß sie auf einen anderen, gänzlich verschiedenen Ton. Es war, als hätte Ruthven spät nachts, nachdem er die Ereignisse des Tages notiert hatte, den Drang verspürt, privatere und ihm persönlich wichtige Gedanken festzuhalten.

Am 4. Oktober 1924 schrieb er:

Die Scharnlust-Farm ist mit Sicherheit ein guter Kauf. Den ganzen Tag brauchten wir, um das Geschäft mit diesen sturen Pionierssöhnen unter Dach und Fach zu bringen, aber schließlich haben wir gesiegt. Warum hat Eric danach alles verdorben? Wir wollten gemeinsam feiern, statt dessen war er so schlimm wie nie, höhnisch, spöttisch, verächtlich. Natürlich brauchen wir das Yeatssche Vermö-

gen. Aber ohne mich, ohne das, was ich beisteuern kann, wäre das Geld zum Fenster hinausgeworfen. Um Gottes willen, ich kenne doch diese Leute, Eric nicht, er versteht sie einfach nicht. Was für ein Spiel spielt er?

Zwei Wochen später fand sich folgender Eintrag: »Kaufvertrag für Scharnlust heute unterzeichnet. Eric zerknirscht, es herrscht wieder Frieden. Es wurde gebührend gefeiert.«
Einen Monat später las Victoria eine andere und sehr viel aufregendere Notiz:

Sophia ist auf dem Weg hierher. Sie hat einen Entschluß gefaßt. Das kündigt sie in einem Brief an, ohne zu verraten, worum es geht, den sie an E, nicht an mich schreibt. Ist E strahlender, brillanter, interessanter als ich? Ich glaub's einfach nicht. Oh, Eitelkeit! Ich muß wachsamer sein und mehr auf meine Erscheinung achten.

Wieder einen Monat später schrieb er, offensichtlich in düsterer, tief bedrückter Stimmung und mit einer Ausführlichkeit, wie er sie in seinen früheren Tagebüchern an den Tag gelegt hatte, mehrere Seiten voll:

Wir haben sie wieder. Im Nellie aßen wir zu Abend. Diesmal lud sie uns ein, es war ihre Überraschung, obwohl ich wette, daß die Rechnung am Ende des Abends in E's Tasche landete. Ich habe ihn heute morgen danach gefragt, aber er sagte nichts, sondern lachte bloß. Jedenfalls war es der beste Tisch, und sie hatte die Blumen und den Wein ausgesucht (Meerlust) und die Speisenfolge bestimmt. Sehr schlicht. Sie schwärmt für Fisch aus dem hiesigen Hafen. Es war ein Barsch, silberhäutig, das Fleisch zartrosa. Sie kaufte ihn selbst einem Angler am Kai ab. Was der Küchenchef sagte, als sie in die Küche marschierte und ihm den Fisch auf den Tisch warf, weiß man nicht: dergleichen ist wahrscheinlich noch nie passiert.
Wir aßen, und sie sagte: «Was habt ihr jetzt vor?» E lachte. »Das ist eine Kabinettsfrage«, sagte er. »Vernünftige Kabinettsentscheidungen werden erst nach langen und reiflichen Überlegungen gefällt.« Er streckte den Arm aus und ergriff nicht ihre Hand, sondern meine.

Jesus, manchmal denke ich, E ist verrückt!

Victoria blätterte weiter. Während der nächsten drei Monate beschränkten sich die Eintragungen auf beiläufige Kommentare über die Fortschritte des jungen Unternehmens. Dann war unversehens wieder eine sehr persönliche Bemerkung dazwischengeschoben:

Gut, wir haben es immer so gemacht. Bei jedem Scherz damals in der Schule. E's Idee, wie meistens. Man wirft die Münze, und die Entscheidung ist gefallen. So auch diesmal. Warum S sie so gleichmütig und lächelnd hingenommen hat – mit maurischem (oder sphinxhaftem?) Lächeln –, weiß ich nicht.
Frauen sind die reine Hölle. Wunderschön und begehrenswert und trotzdem höllisch. Und ich habe den kürzeren gezogen, wegen dieser verfluchten Münze, die mich zum Verlierer macht, und muß nehmen, was übrigbleibt.
Warum kann es nicht einfacher sein? So wie früher. Warum können wir nicht wieder in den Busch ziehen, unter den Sternen schlafen, nackt in kalten Flüssen schwimmen, nach unseren Vögeln suchen, am Lagerfeuer miteinander reden? Warum, zum Teufel, mußte S mit ihrem Gepäck und ihrem Ballast, ihren Überseekoffern und allen ihren verdammten Hinderungsgründen wieder in unser Leben eindringen?
Was soll aus mir werden, o Gott, wegen einer Münze, die falsch gefallen ist – wie werde ich dich vermissen, meine Geliebte, bis an mein Ende.

Reglos saß Victoria da, den Kalender aufgeschlagen in der Hand. Nach einer Weile blätterte sie weiter. Der nächste private Eintrag nach weiteren Zahlenkolonnen war eine eilig hingekritzelte Notiz:

Die Mädchen schreiben, sie würden mir eine gewisse Margaret Lomax schicken. Sie sei hübsch, sagen sie, und im selben Alter wie sie. Tochter des Pirschjägers aus dem Sandwood-Revier von Kilearn, nördlich von Glenmoray. Angeblich habe ich sie als Kind mehrmals gesehen. Ich erinnere mich nicht, vertraue aber auf das Urteil meiner Schwestern.
Ich werde sie nehmen. Was hier geboten ist, scheint mir völlig unge-

eignet: diese mißmutigen Treckertöchter mit ihrem festen Glauben an die Peitsche, die sie in ihrer eigenen Kindheit gespürt haben. Harry braucht ein freundlicheres Wesen. Eine gewisse Strenge zwar, aber gepaart mit Umsicht und Klugheit und netten Worten. Auch eine Stimme, die ihm eine gepflegtere Sprache beibringt als den rauhen Afrikaans-Akzent. Ein schottisches Kindermädchen könnte durchaus das Richtige für ihn sein. Ich hoffe, meine Schwestern haben mit dieser kleinen Maggie Lomax eine gute Wahl getroffen.

29

Harry. Es war das erste Mal, daß sein Name fiel.
Nie sprach irgend jemand von Harry. Er war ein Taugenichts gewesen – ein Spieler, Prasser und Trunkenbold. Und ein notorischer Schürzenjäger: er hielt sich einen Stall voller Mätressen – oder ließ sich von ihnen ausnehmen. Er kaufte wunderbare Rennpferde, die niemals gewannen, und elegante Luxuswagen, Mercedes, Jaguar und Ferrari, die er innerhalb weniger Wochen zu Schrott fuhr. Mit Charme und betörenden Worten erschlich er sich seinen Weg durchs Leben. Er war ein Hurenbock, wie es allgemein hieß, zur Ehe gezwungen durch eine unliebsame Schwangerschaft. Fortan hatte er Frau und Kind zu Hause, aber wie alles übrige in seinem Leben interessierte seine Familie ihn nicht sonderlich. Im Alter von fünfzig starb er. Der Gerichtsbeamte, der den Fall untersuchte, kam zu dem Ergebnis, es sei ein Unfall gewesen: Harry war auf der Entenjagd über sein eigenes Gewehr gestolpert. Der Beamte war ein freundlicher und taktvoller Mann, sehr darum bemüht, die Gefühle der Familie zu berücksichtigen und im Zweifelsfall zu deren Gunsten zu entscheiden.
Harry war gewiß nicht infolge eines Jagdunfalls gestorben, dafür war er viel zu erfahren im Umgang mit Waffen, selbst im betrunkenen Zustand. Sondern er war am Ende angelangt: keine Hoffnungen mehr, keine Möglichkeiten und wahrscheinlich auch keine Frauen, die ihm nachliefen. Er war verzweifelt und hatte sich mit dem letzten Rest an Würde, den er noch aufbieten konnte, umgebracht.
Eine tragische Gestalt. Das alles hätte freilich keine große Rolle gespielt, hätte Victoria nicht in besonderer Beziehung zu Harry ge-

standen. Denn Harry, verschämt totgeschwiegen, versteckt und begraben – dieser Harry war ihr Vater. Und er hatte bereits existiert, ehe Jack Ruthven seine spätere Frau und Harrys angebliche Mutter überhaupt kennengelernt hatte.

Victoria verbrachte die Nacht bei Fiona. Am nächsten Morgen, nach dem gemeinsamen Frühstück, kehrte sie in ihre Wohnung zurück. Wie üblich, fand sie eine Reihe von Nachrichten auf dem Anrufbeantworter. Sie hörte rasch das Band ab. Nur ein Anrufer interessierte sie: Charlie. Aber sie näherte sich dem Ende und fing schon an zu glauben, er habe nicht angerufen. Doch sein Anruf war der letzte, offenbar vom selben Morgen:

»Victoria, ich gehe heute nicht ins Büro, ich arbeite zu Hause. Aber ich habe den Features-Redakteur telefonisch noch erwischt, bevor er aus dem Haus ging. Gute Nachrichten, aber wir müssen unbedingt miteinander reden. Ruf mich an, sobald du zurück bist. Ich komme sofort in die Stadt, und wir treffen uns irgendwo.«

Während des vergangenen Monats hatte Charlie in drei verschiedenen Wohnungen gelebt. Zuerst bei ihr, dann bei dem Miststück Angela und jetzt bei einem Freund, ebenfalls einem Journalisten, der in Ealing wohnte und dessen Nummer er ihr auf Band gesprochen hatte. Der Mistkerl zieht von einem Ort zum nächsten wie ein Landstreicher, der auf Güterzüge aufspringt, dachte Victoria wütend.

Sie rief ihn an, und sie verabredeten sich in einer Bar an der King's Road. Victoria war zuerst da und saß auf glühenden Kohlen, denn wie immer erschien Charlie mit fast einer Stunde Verspätung.

»Tut mir leid, daß ich ein bißchen zu spät komme«, stieß er hervor, während er sich auf den Stuhl ihr gegenüber fallen ließ. »Ich mußte Verschiedenes erledigen.«

Er trug ein zerknittertes Samtjackett, ein offenes weißes Seidenhemd mit durchgewetzten Stellen an Kragen und Manschetten und Wildlederschuhe, die so abgetragen waren, daß sie fast glänzten. Sein Haar war zerzaust, er hatte sich zweimal beim Rasieren geschnitten, und unter den Augen zeigten sich deutliche Schatten.

Victoria konnte sich denken, wie er in diesen Zustand geraten war. Er hatte bis in die frühen Morgenstunden mit der von ihm so genannten »Schule« zusammengesessen, Unmengen getrunken und Poker gespielt. Sie glaubte nicht, daß es ihm wenigstens Spaß machte: diese Pokersitzungen waren Teil des Bildes, das er seiner Mitwelt gern präsentierte. Charlie hatte all die prestigeträchtigen Kriege seiner zu Kultfiguren stilisierten Vorbilder verpaßt, selbst für Vietnam war er zu jung gewesen, aber er verbreitete den überzeugenden Eindruck eines Kriegskorrespondenten, der überall dabeigewesen war. Die Trinkgelage und Pokerrunden bis spät in die Nacht waren Teil seines Images als abgebrühter, zynischer Reporter. Fast von Anfang an hatte sie ihn durchschaut, aber bisher hatte es sie nie gestört. Jetzt fand sie ihn lächerlich und abstoßend und fühlte sich erniedrigt, um so mehr, als sie selbst sich Mühe gegeben hatte, sich hübsch und sorgfältig zu kleiden. Die Sache war so wichtig für sie, daß es ihr gar nicht anders in den Sinn gekommen wäre. Aber Charlie war hereingeschlurft, wie immer viel zu spät, spielte seine übliche Rolle und erwartete von ihr, beeindruckt zu sein. Es war ein beleidigendes, erbärmliches Schauspiel. Victoria biß sich auf die Lippen, um kein Wort zu sagen. Sie schluckte ihren Ärger hinab und beschränkte sich darauf, ihm einen Blick äußersten Widerwillens zuzuwerfen.

»Ich habe eine Stunde vergeudet«, sagte sie in eisigem Ton. »Was ist die angeblich so gute Nachricht?«

»Drei Wochen als meine Assistentin bei den Recherchen, und zwar zum sogenannten ›großzügigen‹ Tarif der Zeitung, der wirklich gar nicht so schlecht ist. Außerdem vernünftige Spesen.« Ein gönnerhafter Blick: »Darunter fällt dein Flugticket nach Kapstadt morgen abend mit mir.«

»Wie bitte?« rief Victoria entgeistert.

»Unser Mann dort unten hat in der Yeats-Ruthven-Geschichte herumgebohrt«, antwortete Charlie. »Und herausgefunden, daß beide in Kapstadt geheiratet haben. Kapstadt führt zwar ein Register aller Zivilehen, aber Geburten wurden damals nicht registriert. Es wird ja wohl außer deinem Vater irgendwelche Kinder gegeben haben – irgendwer muß den Silverback-Konzern geerbt haben, denn er ist nach wie vor ein privates Unternehmen. Und du scheinst die Erbin nicht zu sein, denn du sitzt hier und brauchst einen Job. Von mir.«

Victoria unterdrückte die gehässigen Bemerkungen, die sie ihm gern an den Kopf geworfen hätte, und fragte statt dessen: »Und du erwartest von mir, daß ich mit dir dorthin fliege und dir bei der Suche nach irgendwelchen Yeats-Kindern helfe?«

»Schätzchen, ich hab dir nicht einfach nur einen Job besorgt«, gab Charlie zurück, »sondern noch viel mehr. Dank mir kommst du kostenlos nach Kapstadt und notfalls noch weiter. Ist es nicht das, was du wolltest?«
Victoria starrte aus dem Fenster. Ihre Gedanken jagten durcheinander wie die bunten Scherben eines Kaleidoskops in ständiger Bewegung und weigerten sich, ein zusammenhängendes Muster zu bilden. Ja, sie wollte einen Job. Ja, sie hatte Charlie gebeten, ihr Arbeit zu verschaffen – ein, wenn auch kurzfristiges, Einkommen war das Mindeste, was er ihr schuldete: schließlich hatte er sieben Jahre mietfrei in ihrer Wohnung gelebt und zahlte nur einen Bruchteil dessen zurück, was er sich in all der Zeit hatte sparen können. Keine Sekunde hatte sie daran gedacht, mit ihm zusammenzuarbeiten. Und sie empfand kein großes Bedürfnis, nach Afrika zu fliegen. Andererseits: nach allem, was sie herausgefunden, und allem, was er ihr erzählt hatte, blieb ihr wohl nichts anderes übrig. Es war der einzige Weg.
Sie suchte nach einer Antwort auf die Frage. Warum hatte Jack Ruthven anscheinend so viele Exemplare der weltberühmten Kollektion ausgestopfter Vögel, die er dem naturgeschichtlichen Museum vermacht hatte, gefälscht? Das war ihr Ausgangspunkt gewesen, eine Antwort gab es noch immer nicht. Seither hatten sich eine Menge weiterer Fragen gestellt, und sämtliche Antworten schienen miteinander in Verbindung zu stehen, eingewoben in ein Netz, dessen Fäden sich von den trostlosen englischen Internaten, in denen man Jungen wie Großvater und Yeats die Ideale christlicher Tugend beibrachte und damit praktisch ermunterte, homosexuelle Beziehungen einzugehen, über die Welt ausbreiteten und bis nach Indien, Nepal und Afrika reichten. Und auch Sophia mit einschlossen, Silverback und die Strafmaßnahme ihrer Familie gegen sie, die Konfiszierung ihrer Zinseinkünfte, den Mord an Eric Yeats und die Tatsache, daß sowohl Yeats wie auch ihr Großvater in Kapstadt geheiratet hatten. Schon vor diesem Treffen mit Charlie hatte Victoria zu ahnen begonnen, daß die Erklärung wahrscheinlich in Afrika lag und daß sie früher oder später dorthin reisen mußte. Charlie bot ihr eine Möglichkeit dazu.
»Natürlich, wenn ich Recherche sage, dann meine ich das auch so«, fügte Charlie hinzu.

Victoria runzelte die Stirn. »Was soll das heißen?«
»Es war nicht so einfach, Features zu überreden, mir einen Assistenten zu genehmigen. Und zwar nicht irgendeinen. Ich mußte mir den Mund fusselig reden, bis ich sie soweit hatte, und zwar habe ich dein Loblied gesungen. Ich sagte, du seist die Enkelin von Colonel Ruthven und hättest Zugang zu familieninternen Informationen, die das Bild abrunden und für die Story sehr wichtig sein könnten.«
»Heißt das, du hast mich nicht als deine Assistentin verkauft, sondern aufgrund meines Namens und dessen, was ich weiß?«
Charlie zuckte die Achseln. »Ich hab dir den Job verschafft.«
»Du Mistkerl!«
Er grinste. »Kommst du mit?«
Victoria gab keine Antwort. Sie musterte ihn aus schmalen Augen, und anstelle des Abscheus stand in ihrem Gesicht blanker Haß. Ihr Ausdruck war ihm anscheinend nicht eindeutig, denn für einen Moment spürte sie seine Unsicherheit. Darüber freute sie sich. Aber es half ihr nichts. Sie war auf ihn angewiesen.

Die Maschine von Heathrow nach Kapstadt landete in der südafrikanischen Morgendämmerung.
Glücklicherweise war das Flugzeug halb leer, so daß Victoria nicht neben ihm sitzen mußte. Charlie schlief jenseits des Gangs, über drei Sitze hingelümmelt, während sie den größten Teil der Nacht schlaflos in den sternenklaren Nachthimmel hinausstarrte.
Der in Kapstadt ansässige Korrespondent der Zeitung holte sie vom Flughafen ab. Franjie Viljoen war ein kleiner, kahler Mann mit sonnengebräuntem Gesicht und einem gewaltigen Schnurrbart. Er brachte sie zu seinem Wagen und fuhr sie in die Stadt.
»Ich hab euch im Belvedere untergebracht«, sagte er. »Ein nettes kleines Hotel unten am Hafen, ganz in der Nähe des Nellie. Nachdem ich nicht wußte, wie ihr's haltet, hab ich euch zwei getrennte Zimmer bestellt. Das könnt ihr ja ändern, falls ich mich geirrt habe.« Er stieß einen Laut hervor, der irgendwo zwischen Bellen und anzüglichem Gelächter lag.
»Zwei getrennte Hotels wären besser gewesen«, fuhr Victoria ihn an.
Charlie lachte. »Es war ein langer Flug, Franjie. Das klingt wunderbar.«

»Wie du meinst, Mann. Ich hab mir jedenfalls den ganzen Tag freigenommen. Wie ist der Plan?«

»Wir werfen zuerst unsere Sachen ins Hotel, duschen, frühstücken«, sagte Charlie. »Dann zuerst zum Standesamt.«

»Also los geht's.«

Im Hotel wartete Viljoen im Frühstücksraum, bis sie aus dem Bad und zu ihm herunterkamen. Dann stiegen sie wieder in seinen Wagen und fuhren zum Standesamt. Es war in einem eleganten Ziegelgebäude im Kolonialstil untergebracht, das neben den überall aufragenden Stahl- und Betontürmen des modernen Gewerbeviertels von Kapstadt jetzt zwergenhaft klein wirkte.

»Das ist nicht eigentlich ein Standesamt, sondern das sogenannte Landregister«, sagte Viljoen, während sie die Treppe zum zweiten Stock hinaufstiegen, »weil hier vor allem Grundstückskäufe und -verkäufe registriert werden. Aber in Kolonialzeiten befanden sich hier auch andere Archive.«

Sie betraten eine Galerie, Victoria sah sich um. An den Wänden zogen sich bis zur Decke Regale empor, gefüllt mit dicken ledergebundenen Büchern. Am anderen Ende der Galerie reihten sich mehrere alte, dunkle Holztische aneinander; auf den Tischen standen Lesepulte, auf denen riesige Folianten aufgeschlagen waren.

Viljoen führte sie zu einem Tisch, blätterte in einem Buch und zeigte ihnen einen Eintrag in gestochen scharfer, wenn auch leicht verblaßter Schrift.

»Da ist es«, sagte er. »Der Archivar hat es mir schon herausgelegt.«

Einträchtig beugten Victoria und Charlie sich darüber.

Der Eintrag verzeichnete die Eheschließung zwischen Eric Mortimer Yeats und Sophia Smith am 20. November 1925. Die kirchliche Feier hatte in der anglikanischen Kirche stattgefunden: drei Tage später und entsprechend dem Kolonialgesetz war die Zeremonie ebenfalls festgehalten.

»Und dann haben wir noch dieses Datum.« Viljoen schleppte einen zweiten Registerband aus dem Jahr 1930 herbei und verwies sie auf einen Eintrag, demzufolge John Charles James Ruthven fünf Jahre später in derselben Kirche eine Frau namens Margaret Lomax geheiratet hatte.

Charlie hob den Kopf. Er musterte die endlosen Bücherreihen auf den Regalen und verzog das Gesicht.

»Wie zum Teufel hast du das gefunden, Franjie?«
Viljoen stieß wieder sein bellendes Gelächter aus, diesmal mit einem Unterton der Befriedigung.
»Ich bin ein Genie, Mann! Nein, um ehrlich zu sein, wir haben mittlerweile alles auf Datenträgern. Die Stadt bewahrt ihr Register wegen möglicher Erbschaftsangelegenheiten auf. Ich mußte bloß die entsprechenden Suchbefehle eingeben. Hier hat nur ein einziger Ruthven geheiratet, und unter den Yeats – die auch nicht besonders viele sind – gab es nur einen einzigen Eric. Ich dachte nur, ihr würdet vielleicht gern das Original sehen.« Viljoen öffnete seine Aktentasche und nahm zwei Blätter heraus. »Ich hab jedem von euch einen Ausdruck machen lassen, zur Erinnerung.«
Während Charlie und Victoria ihre Kopien überflogen, fügte Viljoen hinzu: »Und wohin jetzt?«
Charlie sah auf, nachdenklich, dann sagte er: »Ich möchte gern die Stadt sehen, Franjie. Ich möchte mich in sie einfühlen. So, wie sie heute ist, aber vor allem, wie sie damals war.«
Nicht einmal fünfzehn Minuten hatte der Besuch in der Galerie gedauert. Victoria fühlte sich wie betäubt.
Eric Yeats hatte Sophia geheiratet – Sophia Smith, wie sie sich nannte, aber das brauchte nicht ihr wirklicher Name zu sein – sie hatte im Lauf ihrer Karriere viele Namen benutzt. Und ihr Großvater hatte das schottische Kindermädchen geheiratet: Margaret Lomax, die ihm, wie sie inzwischen wußte, von seinen Schwestern, Victorias Großtanten, als Betreuerin für Harry geschickt worden war.
Seit jeher war sie in dem Glauben gewesen, ihr Vater Harry sei der Sohn ihres Großvaters und dessen Frau, die allgemein Großmutter Lomax genannt wurde. Es war eine der selbstverständlichen Wahrheiten gewesen, die niemand eigens zu erwähnen brauchte, die so sehr zum Leben gehörten wie der tägliche Sonnenaufgang.
Aber es stimmte nicht. Harry war der Sohn von Großvater und Sophia. Ihre Großmutter hieß nicht Maggie Lomax, sondern Sophia.

30

Die Tour dauerte den ganzen Tag. Charlie, vorn neben Viljoen sitzend, und Victoria auf dem Rücksitz ließen sich kreuz und quer durch Kapstadt kutschieren.

Sie fuhren am Industriehafen entlang, im Schrittempo über den lärmenden, hektischen Kai bis ins Hafenviertel, eine früher heruntergekommene und baufällige Gegend, die mittlerweile in eine prunkvolle Fußgängerzone voller belebter Cafés und Geschäfte umgewandelt worden war, zwischen denen man auf Holzplanken und Stegen mit blaugestrichenem Geländer über dem Wasser umherspazierte. Mit der Seilbahn fuhren sie auf den Tafelberg und schauten hinüber zur Gefängnisinsel Robben Island, wo Nelson Mandela zusammen mit so vielen anderen politischen Häftlingen interniert gewesen war.

Sie besuchten eine Barackensiedlung am Stadtrand, rochen den Gestank und sahen aus der Nähe das Elend, in dem die stetig wachsende Flut schwarzer Zuwanderer lebt. Sie fuhren nach Sandown und beobachteten die Walherden, die kaum hundert Meter entfernt unter Ausstoßung riesiger Fontänen majestätisch durch das dunkelblaue Wasser des Indischen Ozeans glitten, umringt von ausgelassenen Delphinen und lauernden Haien.

In einem Villenvorort aßen sie in einem Gartenlokal zu Mittag.

Dann fuhren sie nach Kirstenbosch und besichtigten die botanischen Gärten, ein Geschenk von Cecil Rhodes an die Stadt, und Victoria war überwältigt von den sinnlichen Eindrücken dieser üppigen, fremdartigen, leuchtend bunt blühenden und intensiv duftenden Pflanzenwelt. Sie besuchten das Mount Nelson Hotel und fühlten sich um viele Jahrzehnte zurückversetzt, während sie

gemächlich durch die hohen Hallen und Flure schlenderten und sich schließlich in einer Laube auf dem Rasen niederließen, um Gurkensandwiches zu essen und Tee »nach dem Rezept des Earl Grey« zu trinken, nicht anders, als es einst die Kolonialbeamten aus Großbritannien viele Generationen hindurch getan hatten.
In der Abenddämmerung kehrten sie in ihr eigenes Hotel zurück.
»Vielen Dank, Franjie«, sagte Charlie, als sie aus dem Wagen stiegen. »Das war ein großartiger Tag.«
»Gern geschehen«, antwortete Viljoen. »Ich hab mir auch morgen für euch freigehalten. Wollt ihr irgendwas Spezielles?«
Charlie überlegte einen Moment.
»Allmählich bekomme ich einen Eindruck«, sagte er. »Ich hab viele Einzelbilder, aber ich hätte sehr gern eine Totale. In Farbe. Wie sieht's aus – besteht irgendeine Chance, mit jemand zu reden, der die Zeit noch erlebt hat und aus erster Hand berichten könnte?«
»Mann, weißt du, was du da verlangst? Das ist siebzig Jahre her!« Viljoen rieb sich nachdenklich das Kinn. »Ich will sehen, was ich tun kann. Versprechen kann ich dir nichts, aber ich bin nicht umsonst ein Genie.«
Er lachte und fuhr davon.
Zehn Minuten später stieg Victoria zum zweiten Mal an diesem Tag in die Badewanne. Sie goß fast eine halbe Flasche Badeessenz ins Wasser, dann lag sie mit geschlossenen Augen da und spürte voller Behagen, wie das duftende Wasser sie besänftigend umschmeichelte. Nach dem langen Tag und der nahezu schlaflosen Nacht im Flugzeug war ihr Körper ausgelaugt und schlaff, doch ihr Geist war merkwürdig wach und rege.
In ihrem Groll und ihrer verzweifelten Wut über Charlies Verrat hatte sie eine gute Seite an ihm völlig vergessen: in seinem Beruf war er großartig.
Niemand, dachte sie, verliebt sich ohne Grund. Einer der Gründe, vielleicht der Hauptgrund, weshalb sie sich zu ihm hingezogen fühlte, waren seine geistigen Fähigkeiten. Trotz allen Dandytums und dünkelhafter Posen war er ein hervorragender Journalist. Das war ihr heute wieder zu Bewußtsein gekommen, als sie ihn beobachtet und wieder sein berufliches Engagement miterlebt hatte, die bedingungslose Hingabe, mit dem er jedes neue Projekt anging.

Das Notizbuch im Schoß, hatte er Seite um Seite mit seinen Eindrücken und Viljoens Auskünften auf seine Fragen gefüllt. Um sich in eine Atmosphäre hineinzuversetzen, war ihm alles von Bedeutung: die politischen Entwicklungen, die geographische Lage der Hafenstadt und die historischen Gegebenheiten einer ehemaligen Kolonie, aber nicht minder zählten der Geschmack der Kapweine, die Gerüche der Slums, der ferne Widerhall des Gefängnisses auf Robben Island, die Architektur der Stadt, das Bild eines schwarzen Kindes, das im Straßenstaub spielte, oder der Anblick eines weißen Geschäftsmanns im Fond seines Mercedes, der sich von seinem schwarzen Chauffeur befördern ließ, das Gewirr verschiedener Sprachen und die gastronomischen Gepflogenheiten.
Er sog alles in sich auf. Er nahm auf und begann dann, seine Eindrücke zu destillieren, goß die Rückstände ab und kondensierte die gewonnene Essenz zu Texten, die sich nicht nur durch Knappheit des Stils und Prägnanz des Ausdrucks, sondern auch durch eine beschwörende, beinahe magisch lebendige Bildsprache auszeichneten. Charlie besaß die Fähigkeit, Geschichten zum Leben zu erwecken.
Victoria lächelte. Charlies beste Eigenschaft war zugleich sein größtes persönliches Problem. Er wollte schreiben. Wie praktisch jeder der Journalisten, die sie im Verlauf ihrer sieben gemeinsamen Jahre kennengelernt hatte, wollte Charlie ein Schriftsteller sein. Nicht ein Reporter, der seine Artikel ablieferte, so gut und scharfsichtig und klug sie auch sein mochten, sondern ein echter Autor, Verfasser von Büchern.
Für Charlie und seine Freunde waren Bücher etwas ganz anderes als Journalismus: Bücher hatten Bestand. Sie verliehen Unsterblichkeit.
Aber wie fast allen anderen war es auch ihm bisher nicht gelungen, ein Buch zu schreiben. Mit Sicherheit hatte er Angela weisgemacht, er sei in Wahrheit Schriftsteller und seine journalistische Arbeit nur ein Broterwerb – um die Zeit bis zu seinem endgültigen Durchbruch zu überbrücken und die Miete zahlen zu können. Einen Augenblick lang empfand Victoria beinahe einen Anflug von Mitgefühl, doch gleich darauf fiel ihr ein, wer all die Jahre hindurch die Miete bezahlt hatte, und wieder wallte heißer Zorn in ihr auf.

In dem Moment klopfte es draußen.
»Wer ist da?« rief sie vom Bad aus.
»Ich bin's, Charlie.«
Sie stieg aus der Wanne, wickelte sich in ein Handtuch und ging zur Tür. Vor ihr stand Charlie, in der Hand eine Flasche, die Champagner vermuten ließ.
»Südafrikanischer Sekt«, sagte er, »trocken und vorzüglich. Darf ich reinkommen?«
»Wenn ich angezogen bin.«
Sie schloß die Tür vor seiner Nase. Mit betonter Langsamkeit trocknete sie sich ab und zog sich an. Als sie die Tür wieder öffnete, stand Charlie immer noch da, lässig an die Wand im Flur gelehnt. Sie winkte ihn herein. Er entkorkte die Flasche und schenkte zwei Gläser voll.
»Was willst du?« fragte sie, als er ihr ein Glas reichte.
»Victoria, ich verstehe, daß du keinen Grund hast, mir zu trauen, im Gegenteil. Aber mach einen letzten Versuch. Trink zuerst, dann sag ich's dir.«
Sie wollte ihn lossein und ihr Zimmer für sich allein haben: ihr Körper war steif und schmerzte, und sie sehnte sich nach ihrem Bett. In wenigen Zügen leerte sie ihr Glas.
»Das wäre erledigt«, sagte sie. »Also?«
»Erzähl mir von deinem Großvater.«
Später wußte Victoria nicht mehr, wie sie sich hatte hinreißen lassen, ihm den Gefallen zu tun, aber es tat ihr wohl, über ein Thema zu reden, das nicht mit ihnen beiden zu tun hatte.
Was den Sekt betraf, so hatte Charlie recht. Er war strohfarben, kühl und fruchtig und schmeckte nach Trauben, Wärme und Sonnenlicht. Vielleicht wegen ihrer Erschöpfung empfand sie ihn als außerordentlich belebend – schon mit dem ersten Schluck hatte sie gespürt, wie die prickelnde Frische durch ihren Körper strömte und der Alkohol ihren Kopf leicht werden ließ.
Aber es war nicht nur der Champagner. Einsamkeit, Hoffnungslosigkeit, die Entfremdung von ihrer Familie. Spontane Handlungen, untypisch für sie, wie ihre Kündigung, wie die Liebesnacht mit Rory Watson – eine Befreiungsgeste, die ihr gleichermaßen kühn wie berauschend erschienen war, aber sich als zwecklos erwiesen hatte. Die wachsende Bedrohung von Leuten wie Evans und der

Einbruch in ihrer Wohnung. Das alles war zusammengekommen und mit Wucht über sie hereingebrochen; es war zuviel für sie.
Am schlimmsten empfand sie ihre Isoliertheit. Sieben Jahre hatte sie ihr Leben mit einem Menschen geteilt, dem sie alles anvertraut, mit dem sie alles besprochen hatte. Seit Charlie diese tröstliche, stärkende, beschützende Kontinuität abgebrochen hatte, war sie ganz auf sich gestellt, und darunter litt sie am meisten: daß sie mit niemandem reden konnte. Aber jetzt saß er wieder vor ihr, ein mieser Charakter zwar, hinterhältig und manipulativ und nur auf seinen eigenen Nutzen bedacht, aber er war da und bereit, zuzuhören.
Und so begann sie zu erzählen. Auf einer Ebene war sie benommen und verwirrt, doch in einer anderen, tieferen Schicht ihres Bewußtseins war sie immer noch in der Lage, klar und logisch und objektiv zu denken. Sie erzählte ihm alles, von Anfang an: von ihrem Besuch im Museum und Watsons Beschuldigungen, von ihrem Aufenthalt in Glenmoray bei ihren Großtanten und dem Diebstahl der Tagebücher und Briefe, von allem anderen, was seither geschehen war, und von den Ergebnissen ihrer archäologischen Grabungen in der Jugend ihres Großvaters.
Sie sprach lange, trank hin und wieder einen Schluck Sekt, und Charlie hörte aufmerksam zu. Als sie verstummte, schwieg auch er eine ganze Weile.
»Möchtest du was essen?« fragte er schließlich.
Victoria schüttelte den Kopf. Sie war viel zu müde, um zu essen.
»Gut, kann ich verstehen. Aber ich habe eine Idee. Ich laß dich jetzt allein und mach mich an die Arbeit. Wenn ich es so hinkriege, wie ich's mir vorstelle, bring ich dir mein Werk morgen früh zu lesen.«
Daraufhin tat er etwas, das er noch nie getan hatte – nahm ihre Hand, beugte sich darüber und küßte sie. Dann schloß er die Tür hinter sich.
Victoria ließ sich aufs Bett fallen und weinte, ohne genau zu wissen, weshalb. Nach einer Weile aber schlief sie ein, vollständig angekleidet.

Sie schlief immer noch, als Charlie am nächsten Morgen an die Tür klopfte. In der Hand hielt er einen Stapel Papier, den er ihr reichte.

»Das habe ich heute nacht geschrieben«, sagte er.
Schlaftrunken starrte Victoria auf die erste Seite. Darauf standen das Datum und darunter die Überschrift: »Manuskript von Charlie/Satzvorlage. Arbeitstitel: Die Silverback-Story.«
»Was bedeutet das denn?« fragte sie verwirrt. »Und was soll dieser komische Titel?«
»Das ist bei der Zeitung so üblich«, gab Charlie zurück. »Weißt du nicht mehr? All die Jahre mit einem Journalisten, und du hast schon alles vergessen.«
»Aber was ist das für eine Story?«
»Es ist das, was meiner Ansicht nach passiert ist«, sagte Charlie. »Zum größten Teil natürlich stützt es sich auf Vermutungen und Spekulationen, aber zumindest ist es wahrscheinlich. Und aufrichtig: ich denke, es kommt der Wahrheit so nah, wie es uns aus heutiger Sicht überhaupt möglich ist...«
Er wandte sich zum Gehen. In der offenen Tür drehte er sich noch einmal um und grinste. »Lies es unter dieser Kopfzeile«, sagte er. »Vergiß mich dabei. Sieh es als das Ergebnis der Bemühungen eines zwar nicht gerade begnadeten, aber immerhin ehrlichen Schreiberlings, der versucht, die Vergangenheit wiederaufleben zu lassen.«
Mit diesen Worten verschwand er. Victoria legte sich wieder ins Bett und begann zu lesen.

31

Manuskript von Charlie / Satzvorlage

Arbeitstitel: Die Silverback-Story

Sophia beugte sich über die Reling und hielt Ausschau. Sie stand auf der offenen Plattform neben dem Panoramasalon auf dem Oberdeck der *Southern Star*. Sie schauderte leicht und zog ihren Umhang enger um die Schultern. Es würde wieder ein heißer Tag werden – mit jedem Tag, seit der Dampfer drei Wochen zuvor aus Southampton ausgelaufen war, wurde das Klima auf See heißer und feuchter –, aber so früh am Morgen, noch vor Tagesanbruch, war es kühl, beinahe kalt.

Kurz nach Sonnenaufgang sollten sie Kapstadt erreichen, hatte der Kapitän angekündigt. Den Passagieren, die einen ersten Blick auf den Tafelberg im Morgenlicht zu werfen wünschten, hatte er wärmstens empfohlen, sich möglichst früh an Deck zu begeben. Überraschend wenige waren seinem Rat gefolgt. Sophia war beinahe allein, bis auf zwei oder drei verhüllte Gestalten auf der anderen Seite der Plattform. Die übrigen erholten sich anscheinend noch von den Auswirkungen der Feier zum Abschluß der langen Seereise, die am Abend zuvor stattgefunden hatte.

Nebelschwaden umwaberten sie, vom Festland war nichts zu sehen. Nur manchmal, wenn die Dunstschleier sich teilten, erblickte sie die silbrig schäumenden Blitze fliegender Fische und die eleganten Bögen springender Delphine im Meer tief unter ihr.

Endlich hob sich der Nebel, die Sonne stieg über den Horizont, und auf einmal sah sie den Berg – eine hoch aufragende dunkle Felsmasse, die in einem flachen, tafelartigen Plateau endete, und an seinem Fuß den Hafen mit einer Ansammlung weißer Gebäude.

Eine Stunde später manövrierte die *Southern Star* vorsichtig ins Hafenbecken und legte am Kai an. Sophia stieg hinab zu ihrer Kabine, um sich zu vergewissern, daß ihre Gepäckstücke bereitlagen, um an Land gebracht zu werden. Ein schwarzer Träger in schmucker Uniform erschien, um ihre Koffer abzuholen, und sie folgte ihm auf das Deck. Während sie über die Landungsbrücke hinabschritt, hielt sie einen kurzen Augenblick inne. Vielleicht zum hundertsten Mal, seit sie England verlassen hatte, fragte sie sich, worauf sie sich mit dieser Reise eingelassen hatte.

»Der Herr an Tisch siebzehn würde sich freuen, wenn Sie so freundlich wären, sich auf ein Glas Champagner zu ihm zu setzen«, sagte Klaus.

Sophia sah ihn scharf an. »Was für ein Herr?«

Klaus breitete die Arme aus. »Ein Herr. Jung und fraglos von vornehmer Herkunft. Überdies nüchtern. Ich halte ihn für anständig, Miss Sophia.«

Klaus war Deutschschweizer und gehörte zur Brigade der Oberkellner in der Victoria Music Hall. Die Show war zu Ende, Sophia, die als zweiter und letzter Programmpunkt aufgetreten war, hatte soeben die Bühne verlassen. Das Publikum von den billigen Plätzen im Parkett und auf den höheren Rängen drängte bereits aus dem Saal und in die Kneipen, während die besser situierten Gäste an den teureren Tischen auf dem Balkon trinkend und plaudernd noch ein wenig verweilten.

Sopia zögerte. Klaus war offensichtlich bezahlt worden, um die Einladung zu überbringen. Doch in den zwei Wochen ihres Engagements im Victoria hatte sie Vertrauen zu ihm gefaßt. Sie konnte sich darauf verlassen, daß er die üblichen Avancen begüterter Zecher und aristokratischer Lüstlinge, die den Balkon als ihren Tummelplatz benutzen und die Sängerinnen und Tänzerinnen als leichte Beute ansahen, mit Feingefühl prüfte und ihnen zweifelhafte Angebote ersparte.

Sie empfand Neugier. »Ich nehme an, Sie haben recht, Klaus«, sagte sie. »Ich brauche zwar ein paar Minuten, um mich umzuziehen, Sie können dem Herrn jedoch ausrichten, daß ich seine Einladung annehme – aber ich kann freilich nicht lang bleiben.«

Sie entfernte das grelle Bühnen-Make-up und schminkte ihr Gesicht

dezent in den viel weicheren und helleren Farben, die sie außerhalb des Theaters trug. Zuletzt bürstete sie noch ihr Haar, das sich in langen, beinahe kupferfarbenen Locken um ihren Hals wand und bis über die Schultern herabfiel. Nach einem letzten Blick in den Spiegel verließ sie ihre Garderobe und stieg die Treppe zum Balkon hinauf.
»Miss Sophia! Welche Freude! Mein Name ist Eric Yeats. Bitte nehmen Sie Platz.«
Klaus hatte ihn als »jungen Herrn« beschrieben, aber sie fand ihn weitaus jünger, als sie erwartet hatte – allenfalls ein paar Jahre älter als sie selbst; und sie war achtzehn. Auf den ersten Blick empfand sie ihn als wenig beeindruckend, ja, er war eigentlich recht unansehnlich: klein und untersetzt, mit pomadisiertem, straff zurückgekämmtem schwarzem Haar und einem teigigen, fahlen Gesicht; unter den Augen bildeten sich bereits Tränensäcke.
Dies alles nahm Sophia auf den ersten Blick zur Kenntnis, doch was sie vordringlich gewahrte – und was alle nachteiligen Eindrücke seiner Erscheinung wettmachte –, waren seine Augen, die von unwiderstehlicher Anziehungskraft waren. Groß, dunkel, funkelnd vor Witz und Schalk und außergewöhnlich intelligent. Es waren die Augen eines viel älteren, viel reiferen Mannes, achtunggebietend und beherrschend und zugleich scharf und durchdringend, schienen sie tief in ihr Inneres blicken zu können und sie aufzufordern, die Wonnen, die er durch sie kennengelernt hatte, mit ihm zu teilen.
Leicht aus der Fassung geraten, aber durchaus interessiert, ließ Sophia sich an seinem Tisch nieder.
Er nahm die Champagnerflasche aus dem Eiskübel und füllte ihr Glas; dann begannen sie zu reden. Yeats sprach mit einer leichten und eleganten Geläufigkeit, mit einem Selbstbewußtsein, die ebenfalls das Ergebnis einer weitaus größeren Reife waren, als ihm seinen Jahren nach zustand, und seine Stimme, die warm, kräftig und volltönend war, stand in ebenso merkwürdigem Gegensatz zu seinem ungefälligen Körper wie seine Augen.
»Ich habe Sie heute nicht zum ersten Mal gehört, gewiß nicht«, sagte er. »Wissen Sie, dies ist mein sechster Besuch hier. Ihre Stimme ist mir das reinste Entzücken, nicht minder als Ihre Erscheinung auf der Bühne, wenn ich so sagen darf. Ich bin überaus beeindruckt von Ihnen und Ihrer Kunst und kam immer wieder, um Sie zu hören, ehe ich mir das Herz fassen konnte, Sie an meinen Tisch zu bitten.«

»Danke«, antwortete Sophia.
»Darf ich Sie fragen, woher Sie kommen?«
»Sie dürfen mich fragen, und ich nehme mir die Freiheit, nicht zu antworten«, gab Sophia lächelnd zurück. »Sagen wir, von nirgendwo und überallher.«
Yeats lachte. »Eine geistreiche und gewandte Erwiderung! Aber zweifellos darf ich Sie fragen, wo Ihr nächstes Engagement sein wird?«
»In einigen Wochen trete ich in Paris auf.«
»Singen Sie auch französisch?«
»Ja.«
»Sie haben mir einen Wink gegeben, aber ich will ihm nicht weiter nachgehen.« Wieder lachte er. »Und was kommt nach Paris?«
Sophia neigte den Kopf zur Seite. »Das weiß ich noch nicht. Es hängt davon ab, was man mir anbietet.«
»Ich würde Ihnen gern ein Engagement anbieten...«, begann Yeats in vertraulichem Ton und beugte sich über den Tisch.
Es war ein außerordentliches Angebot. Sein bester Freund, sagte Yeats, habe in drei Monaten Geburtstag. Yeats sei derart begeistert von ihrer Stimme und ihrem Gesang, daß er sie bitte, nach dem festlichen Diner, das zu diesem Anlaß stattfinden werde, auf der Bühne zu singen. Und zwar in Kapstadt, fügte er hinzu, wo sie beide lebten – in wenigen Tagen werde er nach Südafrika zurückkehren.
Für sie bedeute dies eine dreiwöchige Seereise auf einem P&O-Linienschiff, eine Woche Aufenthalt in Kapstadt und anschließend die Rückreise – aber wenn sie wolle, könne sie freilich länger bleiben, dem europäischen Winter entrinnen und die Sonne genießen und möglicherweise ein weiteres Engagement in der Kapkolonie annehmen. Yeats bot ihr für ihren Auftritt eine sehr ansehnliche Gage zuzüglich eines Ausfallhonorars für die ihr aufgrund der langen Reise entgehenden anderweitigen Verpflichtungen sowie selbstverständlich die Erstattung sämtlicher übriger Kosten.
»Sollte mein Angebot Sie befremden und Ihnen vielleicht extravagant erscheinen«, fügte er hinzu, »so kann ich nur sagen, daß dieser Freund mir sehr teuer ist. Und glücklicherweise bin ich in der Lage, meinen Launen nachzugeben. Deshalb denken Sie darüber nach. Sofern Sie hier nicht unabkömmlich sind, wird Sie nach einem öden Londoner Winter dort ein warmer, sonniger Spätsommer erwarten.

Sagen Sie selbst: Haben Sie eine andere Wahl?« schloß er und ließ von neuem sein verführerisches Lachen hören.
Sophia hatte ihn fast ungläubig angehört. Während seiner Rede war sie geschmeichelt, betört und gleichermaßen verwirrt, doch nach anfänglicher Verblüffung fand sie ihre Fassung rasch wieder. Mit einemmal wurde sie argwöhnisch.
»Ich bin nichts weiter als eine Varietésängerin«, sagte sie. »Wie kommen Sie dazu, ausgerechnet mir ein derartiges Angebot zu machen?«
»Meine Liebe, Sie sind sehr viel mehr als das«, antwortete Yeats. »Sie sind eine große Künstlerin, und darüber hinaus sind Sie eine Dame und sollen so behandelt werden, wie Sie es verdienen. Ich kann Ihr Mißtrauen verstehen, seien Sie versichert, daß hinter meinem Angebot keine zweifelhaften Absichten stehen. Lehnen Sie nicht ab.«
Damit lenkte er das Gespräch in andere Bahnen. Sie unterhielten sich noch eine Weile. Eric Yeats erzählte etliche Anekdoten aus seinem Leben in der Kolonie, bis Sophia sich zum Aufbruch anschickte. Ehe sie sich trennten, schrieb er ihr die Adresse auf, unter der er in London zu erreichen war, und bat sie, ihm am nächsten Morgen ihre Antwort mitzuteilen. Falls sie annehme, sagte er, bleibe ihm gerade noch Zeit, vor seiner Abreise nach Kapstadt die nötigen Vorkehrungen zu treffen. Er hoffe, sie werde ihn nicht enttäuschen, fügte er hinzu.
In dieser Nacht lag Sophia lange wach, bis sie ihren Entschluß gefaßt hatte. Am Morgen schickte sie ihm eine Nachricht, mit der sie ihn wissen ließ, sie nehme sein Angebot an. Am selben Nachmittag, vor ihrem abendlichen Auftritt, stattete Yeats ihr einen Besuch ab, und sie besprachen alle nötigen Einzelheiten.
Als er sich zum Gehen wandte, fragte Sophia: »Wie heißt denn Ihr Freund?«
»Jack Ruthven«, antwortete Yeats. »Er wird Ihnen sicherlich gefallen. Falls Sie mir meine Kühnheit verzeihen, würde ich sogar zu sagen wagen: Sie werden ihn lieben.«
Nun, drei Monate später, ging sie in Kapstadt an Land.

Von der Sekunde an, in der Eric sie in den Saal geführt hatte, war Ruthven in Bann geschlagen und kaum noch imstande, den Blick von ihr zu wenden.

Natürlich hatte Eric ihr Entree mit der gewohnten Theatralik in Szene gesetzt. Er wartete ab, bis die hundert geladenen Gäste ihre Plätze eingenommen hatten und nur noch zwei Stühle unbesetzt waren – zu beiden Seiten von Jack, dem der Ehrenplatz am Haupttisch zugewiesen war. Dann betrat er den Raum, Sophia am Arm führend.
Bis zu dem Zeitpunkt hatten lautes Stimmengewirr und Gelächter den Speisesaal erfüllt, Gläser klangen, Stühle rückten, und die Kellner huschten zwischen den Tischreihen hin und her. Als das Paar erschien, verstummte der Lärm, und manch ein Gast hielt erstaunt in seiner Bewegung inne. Eric durchquerte den Raum mit majestätischem Schritt und war sich der ungeteilten Aufmerksamkeit ringsum gewiß; vor Ruthven blieb er stehen.
»Jack, darf ich dir dein Geburtstagsgeschenk überreichen?« fragte er. Er ließ Sophias Arm los, und sie trat auf ihn zu und streckte ihre Hand aus.
»Ich heiße Sophia«, sagte sie lächelnd. »Herzlichen Glückwunsch zum Geburtstag, Mr. Ruthven.«
Während er ihre Hand ergriff, bemerkte Ruthven aus dem Augenwinkel den Ausdruck in Yeats' Gesicht: er lachte, lachte mit überschwenglicher Begeisterung über die gelungene Überraschung, aber in seinen Augen funkelte derselbe boshafte Übermut, eine kaum wahrnehmbare sarkastische Häme, die Ruthven so gut an ihm kannte und manchmal fürchtete.
Alle drei setzten sich nieder, und Ruthven versank in Sophias Anblick und vergaß die Welt rings um sich.
Sie trug ein bodenlanges, tief dekolletiertes Satinkleid, austernfarben, schillernd, von so hellem Grau, daß es im Kerzenlicht von beinahe bräutlichem Weiß wirkte. Im Unterschied zu den übrigen Frauen im Saal trug sie keinerlei Schmuck, abgesehen von einer winzigen silbernen Schlange auf ihrer Schulter. Ihre Arme waren nackt, ihre Haut seidenweich und zartgolden schimmernd. Ihr Gesicht, umrahmt von üppigen, offen herabfallenden Locken, war blaß und fein geschnitten, mit schmaler, nervöser Nase und vollen Lippen, die ihm gelegentlich betörend zulächelten. Am meisten aber hatten es ihm ihre Augen angetan: sie waren graugrün mit goldbraunen Einsprengseln, wie die Wassermassen schottischer Wildbäche nach einem herbstlichen Regenguß. Der nachdenkliche und ferne Blick gab keinerlei innere Regung preis: er registrierte und prüfte und war da-

bei völlig undurchdringlich. Was immer diese Augen wahrnahmen, welche Geheimnisse sie auch enthüllten, sie behielten alles für sich. Nie zuvor war Ruthven einer Frau wie ihr begegnet. Es war nicht nur ihre Schönheit, die sie so faszinierend und begehrenswert machte, es war mehr: sie hatte Macht. Sie schien geradewegs aus einem Traum zu ihm herabgestiegen. Sie besaß magische Kraft.

Sie unterhielten sich, aber später vermochte Ruthven sich kaum zu erinnern, worüber sie gesprochen hatten. Auf seiner Seite verlief das Gespräch stockend und unbeholfen; sie sprach ruhig und besonnen, mit eleganter, weltgewandter Beredsamkeit. Sie sagte nicht viel und verriet wenig über sich selbst, doch als Ruthven später über die eine oder andere Bemerkung nachdachte, die ihm im Gedächtnis geblieben war, staunte er über die Selbstsicherheit und Reife dieser Frau, die doch um einige Jahre jünger war als er selbst.

Nach dem mehrgängigen Menü stand sie auf und betrat die kleine Bühne, die man für sie eingerichtet hatte. Augenblicklich trat Schweigen ein, die Kellner zogen sich diskret in den Hintergrund zurück, die Kapelle stimmte die ersten Takte an, und sie begann zu singen.

Ihr Programm dauerte fast eine Stunde und umfaßte ein breites Spektrum, das von altenglischen Balladen über Marschlieder aus den Burenkriegen bis zu den ergreifenden Liebesliedern aus Paris reichte. Die Zuhörer lauschten mit angehaltenem Atem, niemand wagte sich zu rühren.

Mit einemmal, viel zu rasch, war alles vorbei. Sie verbeugte sich und kehrte an ihren Tisch zurück, während ringsum der Applaus aufbrandete.

»Alles Gute zum Geburtstag, Jack«, sagte sie lächelnd und hauchte einen Kuß auf seine Wange. Einen Augenblick später war sie verschwunden und Yeats mit ihr.

Ruthven saß da wie betäubt.

Nach und nach begannen die Gäste sich zu verabschieden, dankten für den wunderbaren Abend und wünschten ihm alles Gute. Er dankte seinerseits für die guten Wünsche und lächelte mechanisch, ohne zu wissen, was er eigentlich tat. Endlich, als der Saal sich beinahe geleert hatte, kehrte Eric zurück.

»Also«, sagte er, »gefällt dir das Geschenk? Oder sollen wir es zurückschicken? Es stammt aus einem erstklassigen Warenhaus, und die Ware kann jederzeit umgetauscht werden.«

Ruthven achtete nicht auf ihn. Er hatte Erics Worte kaum gehört.

»Wie lang wird sie hier sein?« fragte er. »Sie sagte etwas von einer Woche, scheint mir.«

»So war es vereinbart. Sie reist mit demselben Dampfer zurück, mit dem sie gekommen ist.«

»Um Himmels willen«, sagte Ruthven und packte seinen Arm. »Wir dürfen sie nicht gehen lassen. Sie muß hierbleiben.«

»Na dann...«

Wieder stand in seinem Gesicht das wohlbekannte teuflische Lächeln, diesmal gemischt mit einem Anflug von Triumph.

»Und wie willst du das bewerkstelligen?« fragte Yeats bedächtig.

»Hilf mir, alter Freund, hilf mir.«

32

»Was hältst du davon?« fragte Charlie.

Zum erstenmal, seit Victoria ihn kannte, nahm sie in seinem Tonfall eine Spur von Bangigkeit wahr. Sie antwortete nicht direkt.

»Wann hast du das geschrieben?« fragte sie ihn statt dessen.

»Heute nacht, nachdem ich von dir weggegangen bin.«

»Aber wie denn? Ich meine, woher weißt du, wie Yeats und Sophia ausgesehen haben?«

»Unser Bildarchiv reicht bis in die zwanziger Jahre zurück«, antwortete Charlie. »Wir haben von beiden etliche Fotos, die bei verschiedenen Eröffnungsfeiern von Silverback-Minen gemacht wurden. Ich habe sie mir angesehen, als ich mit der Geschichte betraut wurde. Natürlich sind es Schwarzweißfotografien, und ich mußte manchmal raten. Bei Yeats war das nicht allzu schwer, er sieht irgendwie schwarzweiß aus. Bei Sophia habe ich meine Phantasie spielen lassen.«

»Und alles andere, das Geburtstagsfest und ihr Auftritt und so weiter?«

»Auch das stützt sich weitgehend auf Vorstellung, allerdings hast du mir vieles davon selber erzählt.« Charlie grinste. Aber er war immer noch unsicher. »Wie kommt es dir vor?«

»Ich finde es erstaunlich«, sagte Victoria. »Ich meine, es könnte der Wahrheit ziemlich nahe kommen.«

Sie überflog die Seiten noch einmal und fand sie überraschend lebendig, die Fülle an Details gefiel ihr: sie verliehen seiner Schilderung Wirklichkeitsnähe und Lokalkolorit. Niemand würde je wissen, ob es sich tatsächlich so zugetragen hatte, doch die Umstände stimmten mit Ruthvens Tagebucheintragungen überein,

und die Art, wie Charlie das nackte Gerüst der Fakten umkleidet und geschmückt hatte, überzeugte sie durchaus.
Victoria sah ihn nachdenklich an.
Charlie hatte ein bemerkenswertes Gedächtnis. Während der Besichtigungstour durch Kapstadt hatte er ein Notizbuch benutzt, aber das brauchte er im Grunde nicht. Als sie ihm erzählt hatte, was sie aus Ruthvens Tagebüchern und Briefen wußte, hatte er sich nicht eine einzige Notiz gemacht. Er hatte jedes Wort ihres Berichts behalten. Außerdem – und die Erkenntnis war beinahe erschütternd – war er besser, als sie ihm zugetraut hatte. Sein journalistischer Stil war gut, das wußte sie seit Jahren, seine Reportagen waren stets hervorragend gewesen – aber sehr verschieden von dem Text, den er ihr hier vorgelegt hatte; sie mußte zugeben, daß er nicht nur ein guter Journalist, sondern auch erfindungsreich war und durchaus das Zeug zum Schriftsteller hatte, was er sich insgeheim immer gewünscht, aber nie in die Tat umgesetzt hatte.
Das wollte sie ihm sagen, doch das Läuten des Telefons kam ihr zuvor. Es war Franjie Viljoen, der in der Lobby wartete. Sie gingen zu ihm hinunter.
»Sechzig Jahre sind überhaupt kein Problem«, grinste der sonnengebräunte Südafrikaner. »Siebzig Jahre sind ein bißchen schwieriger. Achtzig Jahre – tja, da geraten wir schon in dichteren Busch. Aber schließlich bin ich da aufgewachsen, Mann, und weiß, wie ich meine Schäfchen aufspüre... Sie heißt Mama Angelina N'duma«, fuhr er nach einer dramaturgischen Pause fort. »Dreiundneunzig ist sie, Jesusmaria, was für ein biblisches Alter. Ihre Mutter war Küchenmädchen im Nellie. Mama Angelina half ihr jahrelang beim Tellerwaschen, sobald sie laufen konnte. Und sie hat eure Miss Sophia singen gehört. Na, was sagt ihr?«
Viljoen strahlte sie triumphierend an.
»Ja«, sagte Charlie, »toll. Aber dann steh nicht hier rum, du boshafter kleiner Voortrekker. Schauen wir uns die Lady an, bevor sie ins Gras beißt.«
Sie stiegen in Viljoens Wagen und fuhren in den Vorort Helensburg hinaus.
Unterwegs fragte Charlie: »Wie hast du die Alte bloß aufgetrieben?«
»Genie, könnte ich sagen, was die Wahrheit wäre, oder ich könnte

sagen: gesunder Menschenverstand, ebenfalls wahr«, antwortete Viljoen. »Hier in Südafrika haben wir ein Stammessystem, Mann, lauter verschiedene Stämme oder auch Sippen, wenn du so willst. Xhosa-Stämme, Zulu-Stämme, Tswana-Stämme, farbige Sippen und weiße Sippen. Land und Arbeit bleiben innerhalb der Sippe und werden an die eigenen Angehörigen weitergegeben...«
Er bog in eine breite Allee ein und hielt nach der Hausnummer Ausschau.
»Ich war im Nellie«, fuhr er fort, »und hab mich beim Personal umgehört. Ist hier jemand aus einer Familie, die schon seit ewigen Zeiten im Hotel arbeitet, frage ich. Einer sagt ja. Er ist der Urenkel von Mama Angelina. Wie seine gesamte Familie arbeitet auch er hier, mit dem einzigen Unterschied, daß er was Besseres ist, er trägt einen Anzug und betreut die Gäste, während sie ein kleines Negerkind war, das seiner Mama in der Küche geholfen hat.« Viljoen stieß sein kehliges Lachen aus. »Wir hocken alle eng aufeinander, Mann. Innerhalb der Sippe halten wir zusammen, die Buren genauso wie die Zulus. Kein Problem, wenn man das System kennt. Andernfalls steckst du im Schlamm fest, und nicht mal der dümmste Esel zieht dich raus.«
Er fand die richtige Hausnummer und parkte den Wagen vor einem kleinen modernen Apartmenthaus. Sie stiegen die Treppe hinauf bis in den zweiten Stock und läuteten an einer Tür. Mama Angelina öffnete persönlich.
Noch nie hatte Victoria einen so uralten Menschen kennengelernt und starrte die Frau voller Bewunderung an. Die schwarze Greisin war verhutzelt wie eine Dörrpflaume, ein wenig bucklig, ein wenig lahm, aber ihre Augen waren klar und aufmerksam und ihr Verstand hellwach. Victoria versuchte, sich ihr Leben vorzustellen. Kurz nach der Jahrhundertwende geboren, war sie, wie Viljoen gesagt hat, praktisch als Sklavin aufgewachsen, in einer kleinen runden Lehmhütte auf einer der Wiesen, die damals den Kern der Stadt umgaben. Sie hatte Kriege miterlebt und die langen Jahrzehnte, in denen Südafrika eine abgeschottete Festung war, regiert von den weißen Apartheidspolitikern; aber jetzt war sie in ihrem hohen Alter doch noch Bürgerin einer unabhängigen Nation geworden und besaß dieselben Rechte wie alle ihre Mitbürger, schwarz oder weiß.

Und sie war stolz darauf. »Nie hätte ich gedacht, daß das je passieren würde, aber es ist passiert. Und ich habe gewählt, du meine Güte, Mama Angelina hat gewählt!« Sie lachte mit zuckenden Schultern.

Sie saßen in ihrem Wohnzimmer. Das winzige Apartment, erzählte sie, gleichermaßen stolz, hatte ihr Enkel ihr gekauft, der Vater des jungen Mannes, der immer noch im Mount Nelson arbeitete.

»Nicht Nelson Mandela und seine verdammten Xhosas, o nein, Sir, niemals. Mama Angelina hat Mr. Verwoerd gewählt. Er ist ein guter Mann. Nichts gegen die Weißen. Sie erhalten den Frieden und geben Arbeit. War schon immer so.«

»Mama Angelina...«, begann Viljoen und beugte sich vor. Sie hatten vereinbart, daß er die Fragen stellen würde. »Können Sie uns sagen, wie es im Nellie war, als Sie ein Kind waren und Ihre Mutter dort in der Küche gearbeitet hat?«

Sie dachte nach. Dann begann sie zu erzählen.

Wie bei vielen sehr alten Menschen war ihr Gedächtnis wie ein Trichter, der immer breiter wurde und immer mehr Licht einließ, je weiter er in die Zeit zurückreichte. Die jüngere Vergangenheit, was in ihrem Fall die letzten fünfzig, sechzig Jahre bedeutete, war verschwommen, vieles geriet ihr durcheinander. Bei den Wahlen hatte sie vermutlich für de Klerk gestimmt – Verwoerd gab es zu dem Zeitpunkt schon nicht mehr, er war eine Generation früher umgebracht worden. Aber wenn sie von ihrer Kindheit sprach, war ihr Gedächtnis tadellos. Sie schien sich an alles zu erinnern, und während ihrer Erzählung zögerte sie nie auch nur einen Augenblick.

»Wir sind elf Monate im Nellie«, sagte sie, »dann gehen wir für einen Monat in den Kraal zurück. Ach, es war schön im Nellie. Zwei Schlafsäle hatten sie, einen für Frauen, einen für Männer. Mama und ich schlafen natürlich bei den Frauen. Aber manchmal, am Samstag, versuchen die Männer reinzukommen. Ach du meine Güte!« Sie legte die Hände an die Wangen und kicherte. »Nie hat man so was gesehen! Aber sonst war nur Arbeit, Arbeit, Arbeit, von Sonnenaufgang bis in die Nacht. Mama und die anderen Frauen in der Küche spülen Teller und Pfannen und schrubben den Boden, wir Kinder schleppen Wassereimer und tun alles mögliche, und manchmal sitzen wir auch draußen und spielen. Aber nicht, wenn ein Schiff kommt, o nein, dann nicht. Das Nellie füllt sich

mit Leuten, und wir alle, Frauen und Kinder, sind von früh bis spät auf den Beinen, fast ohne schlafen, immer, immer.«
»Mama Angelina«, sagte Viljoen, »Ihr Urenkel hat gesagt, Sie haben Miss Sophia singen hören. Wie war das?«
Wenn Viljoen mit ihr sprach, verlor er seinen harten und kehligen, monotonen Afrikaans-Akzent und verfiel in die schwungvolleren Sprachmelodien der Schwarzafrikaner.
»Das vergesse ich nie«, sagte Mama Angelina begeistert. »Nie, nie hab ich's vergessen. Das Schiff legt an. Mama sagt, es gibt ein riesiges Fest, und ich muß ganz fix sein. Ich bin ganz fix, den ganzen Abend. Die Küche war damals auf der anderen Seite des Speisesaals. Wir machen das Abendessen, wir hören zu, während sie essen und lachen und Lärm machen, dann wird alles still. Die Lady fängt an zu singen...«
Sie verstummte. Sie dachte zurück – nicht, um sich zu besinnen, sondern weil die Erinnerung immer noch so lebendig und unmittelbar war, daß sie eine Weile brauchte, um den Eindruck, den das Ereignis bei ihr hervorgerufen hatte, in Worte zu fassen.
»Mama nimmt mich bei der Hand«, fuhr sie fort. »›Komm mit, Kind‹, sagt sie, ›wir haben unsere Arbeit getan. Jetzt hören wir der Lady zu.‹ Wir schlüpfen durch die Tür für die Kellner in den Saal, eine Schwingtür war das, die nach beiden Seiten aufgeht. Drinnen steht der Geschäftsführer, Mr. Meegeren. Ein starker Mann, aber ein guter Mann. Meine Mama ist auch stark. Sie mögen sich. Er lächelt, aber sagt nichts. Also hören wir zu...«
Mama Angelina trommelte mit den Fingern auf die Armlehne ihres Sessels. Sie ist weit weg, sie nimmt uns gar nicht mehr wahr, dachte Victoria. Ihr Geist war auf eine sehr ferne Vergangenheit konzentriert, die realer war als die Gegenwart dreier weißer Besucher in ihrer Wohnung.
»Miss Sophia!« Sie lächelte. »Was für eine Dame, was für eine große Dame! Und singen konnte sie! Meine Güte, sie singt wie alle Buschnachtigallen zusammen. Keiner rührt sich, kein einziger von allen diesen berühmten weißen Leuten. Ich halte meine Mama an der Hand, und meine Mama ist ganz still, so still wie die weißen Leute. Ich auch. Wir hören die Nachtigallen. Und dann hört sie auf, und, du lieber Gott, was für ein Beifall, sie schreien und klatschen so laut, wie man's noch nie gehört hat.«

Sie verstummte. Eine Weile sprach niemand ein Wort.
»Und was ist dann passiert?« fragte Viljoen leise.
»Dann?« Sie hatte die Frage gehört, aber ihr Geist weilte anderswo. »Mama sagt: ›Wenn wir hierbleiben, kommt die Lady vielleicht vorbei, und wir danken ihr.‹ Die Lady kommt nicht vorbei. Die Leute gehen, und wir bleiben immer noch, Mama hofft immer noch, daß sie vorbeikommt. Dann, als der Saal fast leer ist, taucht Mr. Meegeren auf. Er sagt zu meiner Mama: ›Du bist Xhosa, Mama, du kommst aus dem Kraal. Du kennst den Busch. Die Lady und die beiden Gentlemen gehen auf Safari in den Busch, sie wollen schießen und Vögel jagen. Weit, weit weg, viele Tage im Busch. Sie brauchen jemand, der für sie kocht und bäckt, Mama. Sie brauchen dich.‹«
Ihre Augen funkelten, und sie richtete sich auf, den Kopf hoch erhoben. »Die weißen Leute brauchen mein Volk im Busch«, sagte sie. »Sie können Tiere töten, aber sie können nicht essen.«
Sie lachte. »Ja, so ist es, das ist die Wahrheit.«
»Was hat Ihre Mama darauf gesagt?«
»Meine Mama hat keine Angst vor dem Busch. Das weiß ich, und das ist nicht der Grund, warum sie nicht sofort ja sagt. Ich habe Angst, aber nicht vor dem Busch, nur davor, daß sie mich allein läßt. Ich halte ihre Hand ganz fest. Sie schaut Mr. Meegeren an, dann sagt sie: ›Ja, Sir, ich gehe mit den weißen Leuten. Aber meine Angelina muß auch mitkommen!‹«
Wieder brach sie in ein heiseres Gelächter aus. »Meine Güte, ich bin so glücklich, so erleichtert. So kommt es, daß meine Mama und ich mit Miss Sophia und den beiden weißen Herren in den Busch gehen. Viele Ochsen und drei große Wagen und soviel Pferde und Vieh, wie ein Mann brauchen kann. So viele Vorbereitungen, soviel Proviant, und meine Mama und ich mit einem großen Kochwagen für uns ganz allein, und das alles holpert und rattert durch den Busch...« Nachdenklich schüttelte sie den Kopf. »Weit, weit in den Norden gehen wir«, fuhr sie fort. »Viele Tage über gelbes Land und braunes Land und grünes Land, wo die rosaroten Vögel fliegen. Allmächtiger Gott, wie diese Herren schießen, und wie Miss Sophia lacht in der Nacht. Dann kommen wir zu den Hügeln, und dort, meine Güte, dort finden wir Sachen, von denen keiner nie träumen kann.«

Unvermittelt senkte sie den Kopf und verstummte. Viljoen versuchte, noch mehr aus ihr herauszuholen, aber seine Bemühungen waren zwecklos. Die Aufregung des Besuchs, die lebhaften Erinnerungen, die sie aus einer so fernen Vergangenheit zurückgeholt hatte, die langen Reden hatten sie erschöpft. Sie lächelte sie freundlich an, aber sprach kein Wort mehr.
Sie standen auf. Victoria beugte sich nieder und umarmte die alte Dame. Dann gingen sie und fuhren zurück nach Kapstadt.
Unterwegs sagte Charlie: »Danke, Franjie. Das hast du großartig gemacht. Gut, alles haben wir nicht erfahren. Jesus, dreiundneunzig! – was für ein Glück wir haben, daß sie uns überhaupt was erzählt hat! Aber immerhin wissen wir jetzt soviel, daß wir weiterkommen. Miss Sophia ist offensichtlich nicht mit dem nächsten Dampfer nach England zurückgefahren. Sie blieb und ging mit Yeats und Ruthven auf Safari...«
Er schwieg eine Weile, dann drehte er sich zu Victoria um. »Ich muß meine Rekonstruktionsarbeiten weiterführen, ist dir das klar? Miss Sophia und die Silverback Story.«
Viljoen sah ihn erstaunt an. »Was hast du eigentlich vor? Ich dachte, du interessierst dich für den Konzern – warum auf einmal diese plötzliche Neugier auf Privatsachen?«
»Ich bin der Verehrungswürdige Bede«, gab Charlie zurück. »Ich schreibe die Geschichte, die nie geschrieben wurde.«
Viljoen runzelte die Stirn. »Ich kapier dich nicht, Mann. Wie wär's mit weniger orakelhaften Reden?«
Charlie grinste. »Warte einfach ab und mach dir deswegen keine schlaflosen Nächte. Ich bin derjenige, der sich die Nacht um die Ohren schlägt. Im Unterschied zu dir hab' ich Arbeit vor mir...«

33

Manuskript von Charlie -
Die Silverback-Story (2)

»Haben Sie es warm genug, Sophia?« Wie üblich war es Eric, der sich um ihr Wohl sorgte, während Jack den Lohn ihres Lächelns erntete. In den Bergen war es kalt, und Sophia war dankbar für die dicke Decke, die Eric vor dem Aufstieg auf ihre Satteltasche geschnallt hatte. Gentleman Jack und der Eifrige Eric, so nannte sie ihre Reisegefährten insgeheim. So hoch im Gebirge konnten sie nicht mehr weit von ihrem Ziel sein, vermutete Sophia – denn wo genau sie sich befanden, durfte sie nicht wissen; das war Teil ihrer Abmachung.
Die Durchquerung der Kalahari war die außergewöhnlichste und aufregendste Erfahrung ihres Lebens gewesen. Abgesehen von den Aufmerksamkeiten der beiden jungen Männer, die sie hofierten und ihr schmeichelten, was ihr sehr wohl tat, war sie begeistert vom Licht und der Klarheit der Luft, den vielfältigen, intensiven Gerüchen des Velds und der Schönheit dieses Buschlands, und die ständige Anwesenheit der Tiere und Vögel ringsum entzückte sie.
Als Eric ihr diesen Ausflug anbot und die Landkarte ausbreitete, deren leere Flecken unerforschten Geländes winzige Zeichnungen von Zebras und Weißschwanzgnus, Löwen und Leoparden ausfüllten, hatte ihr Herz schneller geschlagen. »Es wird insgesamt an die drei Monate dauern«, sagte er. »Um Weihnachten beginnt die Regenzeit, aber bis dahin sind Sie schon längst wieder in Europa.«
»Wo gehen wir hin?«
»Nach Norden«, antwortete Jack Ruthven mit funkelnden Augen. »Eric hat die Karten und Vermessungsdaten der Ingenieure seines Vaters. Er hat einen Plan geschmiedet und beabsichtigt, die Schich-

ten zu erforschen, denen die Techniker noch nicht gefolgt sind. Mit Gottes Hilfe werden sie uns Krüge voller Gold bescheren!«
»Mir auch?« Sophia lachte. »Warum wollen Sie mich denn dabei haben?«
»Weil es drei Musketiere sein müssen, und ohne Sie sind wir nur zu zweit«, antwortete Eric. Er nahm ihren Arm, und seine dunklen Augen bannten ihren Blick. »Vertrauen Sie uns. Sie sind ein vollwertiger Partner bei dem Unternehmen, vorausgesetzt, Sie stellen keine Fragen, bis wir im Eldorado angelangt sind. Dann teilen Sie den Gewinn mit uns.«
»Partner? In jeder Hinsicht?«
»In jeder Hinsicht.«
»Auch, was Sie beide betrifft?«
Ihre Augen lachten, während sie vom einen zum anderen blickte. Sie war noch jung genug, Mädchen genug, um ihre Position im Brennpunkt männlicher Rivalitäten zu genießen – und jung genug, um die Aussicht auf ein spannendes Abenteuer unwiderstehlich zu finden.
»Ja, auch was uns beide betrifft.«
»In diesem Fall bin ich einverstanden. Aber das will ich schriftlich haben.«
»Mit Blut unterzeichnet! Jack, hol Feder und Papier!«
Sie setzten einen Vertrag auf. Dann stachen sie sich in die Finger, tauchten die Feder in Blut und unterschrieben.
Sophia lachte.
Es war absurd. Ein verrückter Schuljungenstreich, ein romantisches Abenteuer, und diese beiden, ihrem Alter nach Männer, kamen ihr wirklich oft vor wie Schuljungen, und obwohl sie selbst vier Jahre jünger war, gab es Zeiten, in denen sie sich um tausend Jahre älter fühlte.
Aber gleichzeitig waren sie durchaus erwachsen. Eric war trotz seines jugendlichen Alters verschlagen, skrupellos und ehrgeizig. Er hatte das Vermögen seines Vaters im Rücken, doch war er begierig darauf, der Welt seinen eigenen Stempel aufzudrücken und selbst etwas Bedeutendes zu schaffen. Und Jack war trotz seines freundlichen Wesens, seiner blauen Augen und seiner eindrucksvollen Präsenz nicht einfach nur ein ansehnlicher und tapferer Bursche, sondern besaß ein inneres Gerüst aus Stahl. Menschliche Beziehungen, menschliche Angelegenheiten, die Menschen an sich, dachte So-

phia, sind viel komplizierter und viel subtiler, als man gemeinhin annimmt.
Leichtfertig und jungenhaft hatten Jack und Eric ihren Kontrakt mit Blut unterzeichnet. Dahinter stand kein jungenhafter oder leichtfertiger Scherz – es war ein furchterregender und folgenschwerer Schwur. Sie würden ihn einhalten. Keiner von ihnen würde je sein Versprechen brechen – das lag in ihrem Charakter. Und sie würden auch ihre Verpflichtung ihr gegenüber einhalten.

Sophia weigerte sich, im Wagen zu reisen; sie wählte sich einen hübschen braunen Wallach als Reittier. Gewiß, sie hatte schon früher auf einem Pferd gesessen, auf der Londoner Rotten Row, auch im Pariser Bois de Boulogne hatte sie gemächliche Ausritte im Damensattel unternommen; was sie hier erwartete, war etwas völlig anderes.
Sie war froh, daß sie Eric gestattet hatte, ihr in Kapstadt eine vollständige Safarigarderobe anmessen zu lassen. Nun besaß sie zwei Hosenröcke, einen aus dickem, einen aus dünnem Tuch, eine dazu passende Jacke, tailliert und bestückt mit Hirschhornknöpfen, einen Reitmantel aus wachsbeschichteter Baumwolle sowie ein Dutzend weiche Baumwollhemden in verschiedenen Beigetönen, die ihrem rotbraunen Haar schmeichelten.
Und sie war froh, daß sie sich entschieden hatte zu reiten. Im Herrensitz. Den warmen Pferdeleib zwischen ihren Schenkeln zu spüren genoß sie fast ebenso sehr wie das Funkeln der Sterne, die nachts, wenn sie ihr Lager aufschlugen, in glitzernden Kaskaden das samtene Himmelsgewölbe überzogen. Die beiden jungen Männer versorgten die Gesellschaft mit frischem Fleisch. Mit den Treibern und Viehjungen, der Köchin und deren kleiner Tochter, den drei starken Jägern, die Beutetiere aufspürten und zerlegten, bestand ihre Gruppe aus zwanzig Personen.
Und abends begann Sophia zu singen – nicht für die goldenen Sovereigns, die ihre Bewunderer auf die Bühne warfen, oder die Geldscheine, die sie ihr ins Mieder steckten in der Hoffnung auf weiterreichende Gunstbeweise, sondern aus reiner Freude darüber, jung, kräftig und gesund an diesem schönsten Ort auf Erden zu sein.
»Eric?«
»Miss Sophia, Nachtigall der Wüste, womit kann ich Ihnen dienen?«
»Ich wollte Ihnen nur danken, Eric.«

»Nicht mir. Danken Sie Jack.»
»Warum nicht Ihnen?«
Seine dunklen Augen waren unergründlich. »Auch mir, wenn Sie wollen. Aber ich habe Sie nur hierhergebracht. Jack war es, der Sie behalten hat.«

Sie brauchten einen Monat, um die Wüste zu durchqueren und den Rand jenes großen Binnendeltas zu erreichen, das die Tswana das jenseitige Königreich nennen, das in der Landkarte jedoch als Sumpfland des Okawango-Beckens verzeichnet war.
Sumpf war kaum je zu erblicken, immerhin aber breite Wasserläufe, die zwischen grün bewachsenen Inseln dahinflossen. Antilopenherden stoben leichtfüßig darüber hin wie Vögel im Schilf.
»David Livingstone hat dieses irdische Paradies den Garten Eden genannt«, sagte Jack und trat zu Sophia, die am Ufer stand und die Bachstelzen beobachtete, die auf hohen Beinen über Kiesel stolzierten.
»Vorsicht vor den Schlangen«, sagte Eric, der sich von hinten näherte.
Sophia lachte und heftete ihre außergewöhnlichen Augen auf ihre beiden Bewunderer.
»Wenn ich Eva spielen soll, wer von Ihnen wird mein Adam sein?«
Erics dunkle Augen liebkosten sie und ließen sie ein wenig erschauern, während sein Blick ihre Lippen streifte, über die zarte Kehle hinabglitt und tiefer wanderte, über ihre Brüste unter der dünnen Baumwolle, die Linie der Taille und die Auswölbung ihrer Hüften, bis zu den Beinen in all ihrer Länge.
Wunderschön war sie gewesen in ihrem austerngrau schillernden Satinkleid auf der Bühne in Kapstadt, noch tausendmal schöner war sie jetzt mit ihrer gebräunten Haut und den rosigen Wangen, dem von der Wüstensonne heller gewordenen Haar und ihrer prachtvollen Gestalt, stark und muskulös von wochenlangem Reiten.
Jack Ruthvens Schmeicheleien waren weniger subtil. Er nutzte jede Gelegenheit, um einen Arm unter den ihren zu schieben, ihr von ihrem unermüdlichen Wallach herab- oder in den Sattel zu helfen, ihre Hand zu streifen, wenn er ihr einen Becher Wein reichte. Auch bei seinen Berührungen erschauerte sie und spürte die Elektrizität, die zwischen ihnen prickelte.

Nichtsdestoweniger hatten Eric und Jack während der vergangenen Wochen sie stets so behandelt, wie sie versprochen hatten: mit tadellosem Anstand. Sie waren galant und aufmerksam, gewiß, aber sie behielten einander aufmerksam im Auge, und in keinem Moment war der eine außer Hörweite des anderen. Machte Eric ihr ein Kompliment, so folgte Jack auf dem Fuße. Sie waren wie zwei Antilopenböcke, die eine Ziege umkreisen und sich gegenseitig stets argwöhnisch beäugen. Brachte Eric ihr einen Genettepelz, den er durch zähes Feilschen einem kleinen gelbhäutigen Buschmann abgehandelt hatte, erschien Jack kurz darauf mit einer Elfenbeinstatue, einer Honigwabe, einer Halskette aus den Borsten des Stachelschweins – alles war ihm recht, um ihre Aufmerksamkeit von dem Geschenk seines Nebenbuhlers abzulenken.
»Jack, Eric – für welchen von Ihnen soll ich mich entscheiden?« fragte Sophia lachend. »Wer mir eine Rose im Winter bringt, dem will ich gehören.«

Nach dem Sumpfland des Deltas folgten sie dem trägen Lauf eines breiten Flusses in unwegsameres Gelände. Entlang den Ufern zogen sich Dornengesträuch und Papyrusdickicht, und die Ochsen quälten sich arg mit den überladenen Wagen. Dies war das Revier der Tsetsefliege, und mehrere Tiere infizierten sich und erlagen dem Sumpffieber. Während der nächsten Woche wandten sie sich landeinwärts in nördlicher Richtung, hieben sich ihren Weg durch Gestrüpp und Busch und hielten auf eine Bergkette zu, die in der Ferne vor ihnen aufragte, seitdem sie das Flußufer verlassen hatten.
Drückend schwül war es jetzt, und allmorgendlich lag dichter Nebel über dem Boden. Am Himmel patrouillierten gewaltige Adler, die sich immer wieder kopfüber in die Tiefe auf eine unsichtbare Beute stürzten, um unmittelbar darauf wieder emporzusteigen, in den Fängen eine hilflos zappelnde Schlange oder Eidechse. Zwischen den Bäumen, silbrig wie Schiefer, schritten mit gemächlicher Grazie die riesigen grauen Gestalten von Elefanten einher. Manchmal, wenn sich unversehens vor ihnen eine Lichtung auftat, begegneten sie Familien eleganter Giraffen und träger Weißschwanzgnus, Gazellen und Hirschantilopen mit hohem Gehörn und halbmondförmigem weißem Spiegel.
Als sie die großen Wälder erreichten, die sich über die unteren Berg-

flanken zogen, erkannte Sophia an der wachsenden Erregung ihrer Gefährten, daß sie sich dem Ziel näherten.

An diesem Tag stießen sie auf ein Dorf, eine Ansammlung kleiner, behelfsmäßiger Hütten auf einer Lichtung. Die Eingeborenen waren freundlich und neugierig und sichtlich fasziniert von ihren sonderbaren, bleichgesichtigen Besuchern. Die Frauen, entzückt von Sophias kastanienrotem Haar und der Weiche ihrer Pfirsichhaut, berührten und streichelten sie, wann immer sich ihnen Gelegenheit bot. Die Männer handelten, versorgten die Reisenden mit Wurzeln und Gemüse im Austausch gegen Wildbret, das die Jäger mit ihren Gewehren erlegt hatten.

Nach längerer Diskussion mit dem Häuptling durch Vermittlung eines der Jungen, der ihre Sprache halbwegs beherrschte, nahm Eric zwei eingeborene Führer in Dienst, Mtubmi und Ngali, kleinwüchsige und dunkelhäutige Bergbewohner. Auf ihren Rat hin beschlossen Eric und Jack, Wagen und Troß bis zu ihrer Rückkehr aus den Bergen in der Obhut der Treiber zurückzulassen.

»Wir reisen mit leichtem Gepäck – Sie werden mit dem auskommen müssen, was wir in unseren Satteltaschen mitführen, Miss Sophia.«

Mit ihren zwei Führern und ein paar Trägern machte die kleine Gruppe sich an den Aufstieg über die dichtbewaldeten Bergflanken hinauf zu den fernen Gipfeln.

Je höher sie stiegen, desto kälter wurde es, und der morgendliche Nebel hielt sich lange. Selbst als die Sonne schon ihren höchsten Punkt erreicht hatte, trieben noch graue Streifen durchs Gehölz. Schräg fielen glitzernde Lichtstrahlen durch das Laubdach über ihnen und sprenkelten das Gras mit Flecken von Gold. Hin und wieder huschte eine weißgefleckte Antilope durchs Dickicht, und manchmal zeigten sich merkwürdige Affen, schwarz und weiß gescheckt, und leuchtend bunte Papageien. Die Bäume hatten bleiche, seidige Stämme, um die sich Ranken wanden und Büschel von Moos, wie Boas aus Straußenfedern.

Nachts schliefen sie auf dem Boden an der Glut des Lagerfeuers, eng aneinandergeschmiegt, um sich zu wärmen: Sophia in der Mitte, die jungen Männer zu ihrer Rechten und Linken, die Gewehre schußbereit. Abwechselnd wurde Wache gehalten. Und Sophia sang jeden Abend und ließ ihre schöne Stimme zum samtenen Himmel emporsteigen, klar und lieblich wie ein nächtlicher Vogel.

Sophias Gesang war es, der die Gorillas anlockte.
Die kleine Gruppe hatte ihr Lager unter einem Felsüberhang im Eingang einer flachen Höhle aufgeschlagen. Sie entfachten ein Feuer und ließen es bis auf die Glut niederbrennen. Der Mond stand voll und rund am Himmel und übergoß die Berggipfel mit silbrigem Licht. Selbst die sonst so unruhigen Afrikaner sahen keine Notwendigkeit, weitere Scheite nachzulegen und ein hellloderndes, schützendes Feuer zu unterhalten.
Die jungen Männer, satt und zufrieden, lehnten mit dem Rücken an der Felswand, rauchten ihre allabendliche Pfeife mit türkischem Tabak und sprachen einer Flasche Brandy zu, der letzten von ihren Vorräten aus Kapstadt. Andächtig lauschten sie Sophias Stimme. Dann erschienen die Affen.
Ohne einen Laut tauchten sie auf und bildeten einen Kreis in gebührendem Abstand vom Feuer, um Sophias Gesang zu hören. Sie waren wie Geister – dort, wo eben noch alles leer gewesen war, saßen im nächsten Moment Dutzende von ihnen, ein ganzer Stamm von Müttern mit Kindern, Onkeln und Tanten und Großmüttern, beherrscht von ihrem Patriarchen. Mit silbernem Rücken und funkelnden Augen überragte er sie alle, bleich wie Schnee schimmerte sein weißer Pelz im Mondschein.
Sophia stockte nicht. Unverdrossen sang sie weiter, und ihre Stimme war hell und rein, unschuldig wie die Evas im Paradies. Rings um sie in dem weichen, silbrigen Licht tanzten die großen grauen Gestalten geräuschlos hin und her.
Jack war es, der den Zauber brach – vielleicht weil der Patriarch zu nahe kam und er um Sophias Sicherheit fürchtete. Eric war der erste, der nach dem Gewehr griff, doch zu dem Zeitpunkt hatte Jack bereits seine Pistole gezückt. Danach wußte keiner mehr, wer den ersten Schuß abgefeuert hatte. Die Explosionen erfolgten so rasch wie Trommelschläge, ihr Widerhall jaulte durch die Schluchten, die Kugeln prallten von Felswänden ab, Steinsplitter stoben durch die Luft. Dann trat wieder Schweigen ein. Am Boden lagen blutüberströmte Leichen.
Eric hob einen blutigen Felssplitter auf und betrachtete ihn.
»Jack«, rief er, leise, aber aufgeregt. »Komm her und sieh dir das an.«
Jack starrte auf die glitzernde Scherbe in Erics ausgestreckter Hand.
»Allmächtiger...«, flüsterte er.

Eric bebte vor Erregung. »Was hab ich dir gesagt! Ich wußte, daß es hier ist!«
Ein warnendes Knurren, rauhkehlig und bedrohlich, ließ die beiden Männer herumfahren. Der Patriarch war zurückgekehrt, um seine Toten mitzunehmen.
Eric trat auf Sophia zu, die reglos im Eingang der Höhle stand, und drängte sie in den Hintergrund. »Rühr dich nicht von der Stelle«, flüsterte er, »was immer passiert.« Er hob sein Gewehr.
Sanft und mit unendlicher Vorsicht legte der alte Gorilla seine gewaltige Pranke zuerst auf einen, dann auf einen anderen Körper und stieß dabei kleine Laute des Kummers aus, immer wieder unterbrochen durch bedrohliches Gebrüll in die Richtung seines menschlichen Feindes. Hätte Sophia nicht gewußt, daß er nur ein tumbes Geschöpf war, hätte sie gedacht, er verstehe, was hier vor sich ging, und sei entsetzt über die Roheit dieser Wesen, die ihm selbst so ähnlich sahen.
Einen Augenblick lang meinte sie Tränen in seinen Augen zu sehen. Dann ertönte der Schuß. Der riesige Gorilla strauchelte, fing sich noch einmal kurz und stürzte schwer auf den Boden. In qualvoller Langsamkeit hob er den großen Kopf, silbern schimmerte sein Fell, und die dunklen Augen waren wie glitzernde Tümpel. Plötzlich, mit einem gewaltigen Satz, war er wieder auf den Beinen und bewegte sich auf sie zu, den Blick auf Sophia geheftet, als flehte er sie an.
»Nein!« gellte ihr Schrei durch die Nacht.
Sie stürzte aus der Höhle. Im selben Moment legte Eric abermals sein Gewehr an, um einen zweiten Schuß abzufeuern. Sie drehte sich um und riß ihm mit einer einzigen Armbewegung das Gewehr nach oben, doch jetzt ertönte von irgendwo links ein Schuß.
Jack war der Schütze, aus kürzester Entfernung hatte er gefeuert. Der große Gorilla stand einen Augenblick lang stocksteif und aufrecht, ein Grollen drang aus seiner Brust, und er wandte sich ab. Die silberne Mähne, die ihn wie ein Mantel einhüllte, war jetzt blutbefleckt.
Es war nicht schwer, seiner Fährte zu folgen – der Patriarch war der König des Waldes, und selbst verwundet hatte er keinen Grund, seine Spuren zu verbergen.
Sophia wußte später nicht mehr, wie lang sie dem verletzten Gorilla gefolgt waren, sie wußte nur, daß die beiden Männer wie besessen

waren, unmenschlich und völlig außer sich. Sie haßte sie in diesem Moment, beide gleichermaßen, haßte sie wegen der Mordlust, die sie ergriffen hatte. Blut und Gier. Denn die Zuflucht des Gorillas barg den Schatz, den sie suchten.
Das enge Tal, in das der verwundete Patriarch sie führte, war tatsächlich einer der Orte, die das Geologenteam im Dienst von Yeats' Vater als mögliche Diamantenlagerstätte identifiziert hatte.
Yeats bestätigte die Entdeckung, als sie am anderen Morgen den Ort genauer erforschten. Er fand einen winzigen verkrusteten, scharfkantigen Kieselstein, schabte die Oberfläche mit seinem Messer ab und sah es darunter bläulich-weiß funkeln. Es war ein Diamant. Er suchte weiter und fand mehr davon.
Sie waren alle nicht größer als der erste. Sie hatten alle nicht die Reinheit und Qualität eines Schmucksteins, sondern dienten nur zur industriellen Verwendung, zum Schneiden von Glas, für Gravuren und Bohrungen. Nichtsdestoweniger waren es Diamanten, und ihr Wert war enorm. Und zweifellos fanden sich irgendwo darunter auch echte Juwelen, wie sie auf den Märkten der Antike gehandelt worden waren und in die Kollektionen sämtlicher Königinnen Eingang gefunden hatten, von Kleopatra bis hin zur Queen Empress Victoria.
Als die drei jungen Leute aus den Bergen zurückkehrten, waren ihre Taschen gefüllt mit Edelsteinen.
Aus diesem Schatz, dem glitzernden Lebensnerv im schwarzen Herzen vulkanischer Felsbrocken, die jetzt im Blut edler und erhabener Geschöpfe schwammen, ging später der mächtige Konzern hervor, der unter dem Namen Silverback Reichtümer scheffelte.
Solche Aussichten langen freilich weit in der Zukunft. Vorerst war für irdische Schätze ein Preis zu bezahlen – ein Preis, dem keiner der drei entrinnen konnte. In der letzten Nacht ihrer Rückreise nach Kapstadt unterbreitete Eric den anderen seinen Vorschlag.
»Es werden Vermessungen und Geländeerforschungen notwendig sein, Maschinen müssen beschafft und Arbeitskräfte eingestellt werden. Das ist natürlich ein Risiko, aber das Unternehmen meines Vaters ist im Geschäft. Es wäre wahrscheinlich das beste, wenn ich mich um die praktische Seite kümmere – das heißt, wenn wir alle damit einverstanden sind. Jack?«
Jack nickte sofort.

»Sophia?«
Sophia sah zuerst Eric an, dann Jack. Schön war sie in diesem Moment, schöner denn je; die begehrenswerteste Frau der Welt. Geheimnisvoll waren ihre Augen – aber in der Tiefe ihres Blicks stand Haß.
Sie richtete sich auf. »Ich will nichts davon, ganz gewiß nicht«, sagte sie eisig.
Jack wich zurück, als wäre er geschlagen worden. Es war ihm unbegreiflich, wie sie künftigen Reichtum ablehnen, unbegreiflich, wie sie einem solchen Angebot den Rücken kehren konnte.
Eric hingegen, der wußte, was in ihr vorging, streckte die Hand aus und strich ihr über die Wange.
»Du kannst deinem Schicksal nicht entrinnen, meine kleine Nachtigall. Nicht anders als diese großartigen Geschöpfe im Wald ihrem Schicksal entgangen sind. Wir gehören zusammen, und das weißt du.«
Sophia hielt seinem Blick stand. Unerschütterlich in ihrem Zorn und ihrer Verzweiflung über die Schlächterei der beiden Männer.
»Sie und Jack vielleicht. Ich nicht.«
»Du irrst dich, Sophia. Wir werden für immer zu dritt sein, in alle Ewigkeit.«
Erics Augen funkelten scharf und hell – wie bei einem Reptil, dachte Sophia und spürte mit einemmal die Gefahr, die darin lag, die immer darin gelegen hatte, seit sie mit den beiden zusammen war.
Er trat auf sie zu und küßte sie.
Der Kuß traf sie wie ein Blitzschlag. Er küßte sie auf die Lippen, dann drehte er sich um und küßte auch Jack. Es war der Kuß einer Schlange, verstohlen, flüchtig, ohne Erbarmen oder Anteilnahme. Eine Warnung oder ein Andenken oder ein Zeichen der Liebe? Sie brauchte viele Jahre, um zu erkennen, was er für jeden von ihnen bedeutet hatte.
Denn während der nächsten Zeit verloren sie einander aus den Augen. Sophia kehrte nach England zurück, kurz darauf folgten Yeats und Ruthven. Und zwei Jahre später brach der Krieg aus, dieser schreckliche Grabenkrieg, und nichts war mehr wie zuvor.

34

»Kann es wirklich so gewesen sein? Ich meine, daß Yeats sie beide geküßt hat?« fragte Victoria.
Charlie warf den Kopf in den Nacken und lachte.
»Das ist wohl das schönste Kompliment, das du mir je gemacht hast«, sagte er. »Immerhin räumst du ein, daß es möglich sein könnte.«
Sie wußte nicht, wie lange er in der vergangenen Nacht aufgeblieben war – gewiß bis in die frühen Morgenstunden. Wie am Vortag hatte er sie morgens geweckt und ihr sein nächtliches Werk zu lesen gegeben.
»Nein, ich meine, woher *weißt* du das? Wie kannst du dir so sicher sein?«
»Bin ich ja gar nicht, aber ich bin Journalist, Schätzchen«, antwortete Charlie. »Mit der Zeit kriegt man ein Gefühl für Geschichten, für das, was wahrscheinlich ist und was nicht, selbst wenn man überhaupt nichts Genaues weiß. In den Berichten von Augenzeugen steckt immer ein Körnchen Wahrheit – selbst wenn sie von jemandem stammen, der so uralt ist wie Mama Angelina. Sie hat eine lange Ahnenreihe von Geschichtenerzählern. Das ist eine afrikanische Tradition, und mündliche Überlieferung ist bemerkenswert verläßlich, wenn es eine andere nicht gibt.«
»Und du glaubst, sie haben tatsächlich Diamanten gefunden?«
»Irgend jemand hat Diamanten gefunden«, sagte er. »Das ist sicher: Diamanten waren der erste Handelsposten, der in den Geschäftsbüchern von Silverback aufgeführt ist.«
»Und du meinst, die Gorillas waren der Grund dafür, daß Yeats und Ruthven ihr neues Unternehmen Silverback nannten?«

»Man hat immer einen Grund, wenn man sich einen bestimmten Namen aussucht. Und wenn es dort, an der Diamantenfundstätte, Gorillas gab, dann wäre das zumindest eine plausible Erklärung.«
»Ich finde, das ist ein Schuß ins Blaue.«
»Mag sein, aber manchmal trifft man auch dann, wenn man aufs Geratewohl schießt. Nach Mama Angelinas geographischen Angaben zu schließen, waren sie mit Sicherheit in einer Gegend, in der es Gorillas gibt.«
»Und warum, glaubst du, hatten sie alle gleiche Anteile?«
»Vermutungen«, sagte Charlie. »Es sind fast alles nur Vermutungen. Ich denke, sie verwendeten das Vermögen von Yeats' Vater für den Kauf von Saatgut genauso wie als Entwicklungskapital. Aber Yeats wollte was Eigenes auf die Beine stellen. Sobald er einen Grundstock hatte, konnte er aus Daddys Fußstapfen heraustreten. Und weil er ein Drahtzieher war, ein Marionettenspieler, tat er alles, um deinen Großvater fest ins Geschäft einzubinden. Nichts ist so effizient wie Geld, um sich die Kontrolle über das Leben eines anderen zu sichern.«
»Und gleichzeitig hätte er ihre freundschaftliche Beziehung aufrechterhalten?«
»Das wäre ein Schlüsselelement. Aber wahrscheinlich ist es komplizierter. Irgendwas kommt mir da nicht ganz koscher vor.«
»Sophia? Warum hat sie ihren Anteil abgelehnt?«
»Ich weiß nicht, ob es wirklich so war.« Charlie zuckte die Achseln. »Das ist auch bloß eine Vermutung. Tatsache ist jedenfalls, daß sie in keiner Aktionärsliste aufgeführt ist. Ich denke, daß Yeats und Ruthven miteinander vereinbart haben, sich um sie zu kümmern. Ein solcher Pakt entspräche der damaligen Mentalität. Oder vielleicht fühlte sie sich wirklich schuldig wegen des Massakers an den Gorillas.«
»Um Gottes willen, Charlie, du weißt nicht mal, ob es dort überhaupt Gorillas gab, geschweige denn, ob sie massakriert wurden. Das ist pure Phantasie.«
»Die schöne Helena und Paris und Agamemnon waren dreitausend Jahre lang pure Phantasie«, gab Charlie zurück. »Dann kam ein kleiner dicker Deutscher namens Schliemann, grub ein paar Löcher in die türkische Erde und fand Troja. Seither sieht es so aus, als wären sie keineswegs Phantasie.«

»Das ist nicht dasselbe.«
»Es ist genau dasselbe, nur mit dem einen Unterschied, daß Troja sehr viel wahrscheinlicher ist«, sagte Charlie. »Liebe und Haß sind die zwei Seiten derselben Medaille.«
»Ich dachte, gute Journalisten benutzen nie Klischees.«
»Gute Journalisten benutzen gute Klischees!« antwortete er grinsend. »Aber abgesehen davon, ist das ungefähr alles, was wir von Mama Angelina erfahren können. Gott segne ihr altes Gerippe.«
Victoria griff wieder zu den Blättern mit seiner Geschichte. »Und jetzt?«
»Ich hab mir was einfallen lassen, hör zu. Sein ursprüngliches Vermögen hatte Eric Yeats von seinem Vater. Yeats senior – und das weiß ich wiederum von der Spürnase Franjie – war der Sohn eines Bauern aus Cheshire. Er trat dem zweiten Bataillon des vierundzwanzigsten Regiments bei, wurde nach Südafrika geschickt, wo er Rhodes kennenlernte, und damit begann der finanzielle Aufschwung. Der Grund, weshalb er mit Rhodes zusammentraf, ist einfach: er und sein Regiment waren die Helden von Rorke's Drift.«
Victoria starrte ihn an. »Ich kenn mich ja in Geschichte nicht besonders gut aus, aber wir hatten eine Lehrerin, die eine Kolonialistin war und unsere von ihr so genannten farbigen Cousins mißbilligte. Sie sprach dauernd von ›weiteren Zulu-Greueltaten‹.«
»Ausgezeichnet, Miss Ruthven. Was noch?«
»Sieben Viktoriakreuze vor dem Frühstück?«
Charlie nickte. »Und noch mehr nach dem Abendessen. Eins davon war Yeats' Vater.«
Victoria runzelte die Stirn. »Was hat das mit Sophia zu tun – oder mit Großvater Jack oder auch dem jungen Eric?«
»Wenn ich recht haben sollte, dann stießen Yeats und Ruthven und Sophia auf eine diamantführende Schicht – es waren zwar keine Steine vom ersten Wasser, wie man sagt, also fehlerlose Schmuckdiamanten, aber zu industriellen Zwecken absolut brauchbar. Soviel ist bekannt. Zum Abbau der Mine gründeten sie die Firma Silverback. Dann begann der erste Weltkrieg. Man hätte annehmen können, daß die Kriegswirren sie auseinandergerissen und ihre wie auch immer komplizierte Beziehung abgebrochen hätten. Anscheinend war das nicht der Fall. Eine mögliche Verbindung zwi-

schen ihnen, zumindest zwischen Yeats und Ruthven, könnte ihr Dienst bei der Armee sein... Die Originalunterlagen über das, was das zweite Bataillon, vierundzwanzigstes Regiment, in Rorke's Drift vollbracht hat, werden in London aufbewahrt. Kopien gibt es in Rorke's Drift selbst, zusammen mit den Unterlagen über den weiteren Werdegang des Regiments. Eric Yeats hat im ersten Weltkrieg gedient. Ich bin mir verdammt sicher, daß er im selben Regiment war wie vorher sein Vater. In dem Fall könnten wir herausfinden, was er getan hat und wo er im Einsatz war.«

»Du bist ein Bastard, Charlie, ein falscher noch dazu«, sagte Victoria.

»Als Beschreibung eines Journalisten ist das eine Tautologie, Liebling.« Wieder grinste Charlie sie fröhlich an.

»Das Vierundzwanzigste ist es, daß Sie interessiert, wenn ich mich nicht irre?«

Der kleine alte Mann beäugte sie aus den dämmrigen Tiefen einer staubigen Rumpelkammer auf der Rückseite des Museums in Rorke's Drift.

Das Museum war eine komplette Rekonstruktion des ursprünglichen Missionshauses, samt Wachspuppen und Son-et-lumière-Effekt. Trotz der grellen Inszenierung war Victoria ergriffen von der optischen und akustischen Darstellung der historischen Ereignisse, der Verteidigung der Unbesiegbaren, der Tapferkeit und des Heldenmutes der Männer, die entschlossen waren, entgegen aller Wahrscheinlichkeit zu überleben, eine Dokumentation auch ihrer Selbstlosigkeit, denn die Soldaten zogen sich immer tiefer ins Innere des Gebäudes zurück und nahmen ihre Verwundeten mit.

Sergeant Scott, wie der Mann hieß, war trotz seines Namens und des leichten schottischen Akzents ein Farbiger, Angehöriger jener südafrikanischen Mischrasse, die aus den Abkömmlingen der zwei Jahrhunderte früher eingeführten malaiischen Sklavenarbeiter und Hausangestellten der holländischen Herren hervorgegangen war.

Seine Urgroßmutter, erklärte Sergeant Scott stolz, sei eine freigelassene Frau gewesen. Sie habe sich ihre Freiheit selbst erkauft und sei bei einer schottischen Missionarsfamilie als Küchenmäd-

chen in Dienst getreten. Wie damals üblich, hatte sie den Nachnamen ihrer Dienstherren angenommen, denn einen eigenen besaß sie nicht. Ihre Nachkommen übernahmen den schottischen Akzent und führten die Familientradition fort: die Töchter verdingten sich als Hausangestellte, die Söhne traten dem Verpflegungstrain der britischen Armee bei.
Sergeant Scott, der letzte seiner Linie, hatte als junger Mann in Burma gedient, dann in Indien, als der Subkontinent das koloniale Joch abwarf.
Nachdem er Seiner Majestät treu gedient hatte, wurde der Regimentskoch auf dem Rückweg in seine Heimat Opfer eines höchst mißlichen Unfalls. Ein zum Küchendienst abgestellter junger Rekrut schaffte es, einen Kessel kochende Suppe über ihm auszugießen. Sechs Monate später, nach endlosen Hauttransplantationen und mühseligem Heilungsprozeß, wurde er als Invalide aus der Armee entlassen und erhielt den Posten des Regimentsarchivars in Rorke's Drift.
»Wie Sie selber sehen, bin ich für den Einsatz in der Öffentlichkeit nicht ansehnlich genug«, sagte der alte Mann bedauernd und strich sich über das violette Flickwerk, das eine ganze Gesichtshälfte überzog. »Dieser Job hier ist also genau das Richtige für mich. Leuten wie Ihnen ist es sowieso egal, wer ihnen die Auskünfte gibt, Hauptsache, sie sind korrekt. Also, schauen wir mal. Was für Angaben haben Sie sonst noch über Ihren Großvater?«
»Nicht meinen – den meiner Frau.« Charlie warf einen Seitenblick auf Victoria. »Die Sache ist ihr ein bißchen peinlich, wissen Sie«, fuhr er in verschwörerischem Ton fort und beugte sich über die Theke. »Ihre Großeltern waren nämlich nie verheiratet. Aber nun ist da das Erbe von Großtante Millicent, und Sie wissen ja, wie es ist – wir würden gern dafür sorgen, daß es in die richtigen Hände kommt.«
»Das geht mich nicht das geringste an, Sir«, brummte Sergeant Scott. »Ich muß allerdings im Hauptquartier die Genehmigung einholen – das sind dort schrecklich pedantische Bürohengste. Aber es wird bestimmt nicht lang dauern, ich schicke ein Fax. Und es ist völlig überflüssig, irgendwelche Details dabei zu erwähnen. Inzwischen brauche ich noch eine Weile, um die richtige Kiste zu finden. Wie war noch mal der Name?«

Sie gingen hinaus ins Freie, um dort zu warten. Charlie sah sich um.
»Mein Gott«, sagte er glücklich. »Das wollte ich schon mein Leben lang einmal sehen.«
Abgesehen von Museum und Archiv, unterschied sich Rorke's Drift in keiner Hinsicht von jedem anderen Dorf in den ehemals britischen Kolonien in Afrika: eine Ansammlung weißer Häuser mit roten Ziegeldächern und pastellfarben lackierten Holzveranden, sorgfältig gepflegten Rasenflächen und Regimentern von Rosen, die in makellos gejäteten Beeten strammstanden. Hinge nicht von jedem Vordach ein Schwall Bougainvillea herab, dachte Victoria, könnte man sich in einem Vorort von Cheltenham oder Guildford wähnen.
»Sieht nicht so aus, als könnte einer hier je ein Wässerchen trüben«, sagte sie.
»Genau das ist der Punkt«, antwortete Charlie. »Was du hier siehst, ist der häusliche Ausdruck dessen, was uns so erfolgreich gemacht hat. Disziplin und eine anständige Gesinnung. Das und das Gatling-MG. Allerdings gibt es hier nicht nur Rosen...« Er drehte sich um und blickte auf den Hügel hinter ihnen. »Hier war der Schauplatz einer der größten Heldentaten der Geschichte, hier war die Zeit unserer Blüte und wahrscheinlich auch unseres Niedergangs.«
Charlie verschwand ins Haus. Als er wieder auftauchte, sagte er: »Sergeant Scott versucht immer noch so eifrig wie erfolglos, sein Fax nach Johannesburg abzuschicken. Wir haben mit Sicherheit eine Stunde, wahrscheinlich mehr. Fahren wir nach Isandhlwana, das ist nur ein paar Meilen hinter der Anhöhe. Das ist der Ort, wo wir endgültig begraben wurden.«
»Wen meinst du mit ›wir‹?« fragte Victoria auf dem Weg zum Wagen.
»Dich und mich, Ruthven, Yeats und Sophia, jeden einzelnen von uns«, sagte Charlie. »Das griechische Reich fand sein Ende in der Schlacht bei den Thermopylen, Rom vor den eigenen Stadttoren, Frankreich in einem Tal namens Dien Bien Phu. Unser Reich ging hier zu Ende...«
»Wann war das überhaupt?« fragte Victoria.
Er stieg in den Wagen und ließ den Motor an. »1879. Wir haben

die Zulus zwar zurückgeschlagen und gewonnen, aber das war ein Pyrrhussieg. Der Zusammenbruch der Liverpooler Werften, die Aushöhlung von Manchester als der Stadt mit der weltweit größten verarbeitenden Industrie, der Niedergang von London, Edinburgh und Cardiff, das fängt alles hier an...«

Er sah Victoria an, die neben ihm auf dem Beifahrersitz saß. »Neunundachtzig Männer hielten zehntausend Zulukriegern stand. Die Krieger zogen sich zurück. Am Tag zuvor waren die Zulus siegreich. Die mißlungene Einnahme der Farm von Rorke danach, das war bloß ein kleiner Fehler. Sie hatten dem Empire bereits den Garaus gemacht, hatten ihm die Drosselvene durchtrennt und es in Isandhlwana begraben. Schauen wir uns also das imperiale Grab an, wo Yeats' Vater sich sein Viktoriakreuz verdient hat.«

35

Trotz ihrer Überzeugung, Kriege seien nichts als tödliche Männerspiele, war Victoria durchaus empfänglich für die Romantik der Geschichte.

Isandhlwana, zwölf Meilen von Rorke's Drift entfernt und zu erreichen über einen nicht weiter markierten Schlammpfad quer durch das Veld, war nicht eigentlich eine Dorfgemeinde, sondern wirkte wie ein provisorisches Lager, errichtet auf zertrampelter Erde. Unterhalb des Felsens, der das Schlachtfeld kennzeichnete, ballten sich in Trauben behelfsmäßige Behausungen, weithin verstreut über die Ebene, errichtet aus alten Autoreifen, Pappe und Plastik, hier und dort unterbrochen durch eine Ansammlung der typischen strohgedeckten Lehmhütten des ländlichen Afrika. Einen echten Ortskern schien es nicht zu geben, auffällig war lediglich ein Wohnhaus mit quadratischem Grundriß, halb verfallen und dringend reparaturbedürftig; eine kleine Notiz an der Tür verkündete, hier seien Andenken an die Schlacht zu besichtigen.

Charlie parkte den Wagen hinter dem Museum. Eine rundliche junge Zulufrau, in einen hellbunten Baumwollkanga gehüllt, erschien, um das Eintrittsgeld entgegenzunehmen und feierlich zwei winzige Papierfetzen zu stempeln. Der Ort hatte das Flair längst verblaßter Vornehmheit – als gemahnte er nicht nur an eine blutige Schlacht, sondern auch an die Hundertjahrfeier irgendeines noblen kleinen Badeortes, der einst bessere Tage gesehen hatte.

In der hohen, luftigen Halle war eine ganze Wand mit Fahnen behängt, den in der Schlacht verlorenen Regimentsfarben. An Schaufensterpuppen mit unangemessen unschuldigen Gesichtern waren erbeutete Uniformen und Waffen der britischen Armee zur

Schau gestellt. Auf der gegenüberliegenden Seite standen Glasvitrinen mit den prachtvollen Gerätschaften der Zulus: komplizierte Perlstickerei zum Schmuck für Schilde und Speere, Armbänder und Fußringe mit Federbesatz, Holzspeere mit eisernen Spitzen und bemalte Kriegstrommeln.
Charlie wanderte durch den Raum.
»Die Zulus sind eine Schöpfung des Häuptlings Chaka«, sagte er. »Ein mordlustiger Bursche, aber auch ein Genie. Er schloß die Stämme der Natal-Nguni in einem kriegerisch bestimmten System zusammen, aus dem die Zulus als neue ethnische Einheit hervorgingen. Dann organisierte er seine Krieger in Impi-Regimentern, an die vierzigtausend Mann stark, und drillte sie bis zum Umfallen. Europäische Truppen beglückwünschten sich, wenn sie fünfzehn Meilen am Tag schafften; die Zulus brachten es leicht auf fünfzig.«
Das zentrale Exponat war ein Diorama mit einer Nachstellung des Schlachtfelds. Charlie beugte sich über den riesigen Tisch.
»Fünfzig Jahre nach Chaka wurde sein Neffe Cetshwayo der Boß und machte nicht nur den Buren Ärger, sondern zunehmend auch uns Briten, so daß wir beschlossen, ihm eine Lektion zu erteilen – wir ließen die Macht des Empires aufmarschieren, um ihm eine blutige Nase zu verpassen und ihn in die Wüste zu schicken. Es kam allerdings ein bißchen anders als geplant.«
Das Diorama war mit Reihen verschiedenfarbiger Lämpchen versehen, die den Verlauf der Kampflinien zeigten. Charlie schaltete sie nacheinander ein.
»Cetshwayo war nicht eigentlich ein General, er hatte nicht einmal einen Schlachtplan. Nur ein Heer von blutrünstigen Kriegern, die gierig darauf waren, ihre Speere einzusetzen, und das taten sie auch, meisterhaft. Wir hatten tausendvierhundert Soldaten mit sechzig Offizieren. Am Ende des Tages waren davon nur noch insgesamt fünfundfünfzig Männer am Leben.«
»Und was war in Rorke's Drift?« fragte Victoria.
»Das ist das Merkwürdigste daran. ›Drift‹ bedeutet eine Furt an einem Fluß. An dieser Furt gab es eine kleine Mission, ein Bauernhaus und ein kleines Lazarett. Dorthin flohen die wenigen Überlebenden von Isandhlwana und schlossen sich der hier stationierten kleinen Garnison an. Die Zulus folgten ihnen und griffen erneut an. Sie kämpften stundenlang, den ganzen Nachmittag bis in die

Nacht. Eine Handvoll Europäer gegen Tausende brüllender, speerschwingender schwarzer Krieger. Und diesmal siegten wir, oder vielmehr: wir hielten aus. Wir kämpften um jeden Zoll, zogen uns auf ein paar brennende Räume zurück, aber die Zulus schafften es nicht, eine Bresche zu schlagen. Im Morgengrauen gaben sie auf und zogen ab.«

»Und was ist mit Yeats senior?«

»Er erhielt das Viktoriakreuz, aber das ist eine zwielichtige Geschichte«, sagte Charlie nachdenklich. »Er überlebte Isandhlwana, brachte die Nachricht von dem Massaker nach Rorke's Drift und beteiligte sich an der Verteidigung. Das behauptete er jedenfalls; fest steht allerdings, daß sein Name in den Garnisonslisten nicht aufscheint. Vier Wochen später kreuzt er im Regimentshauptquartier auf und rühmt sich, er hätte etliche Frauen und Kinder gerettet. Seine Geschichte klingt überzeugend, und er kriegt seinen Orden. Aber das ist nicht alles...«

Charlie schaltete die Lämpchen aus, nahm Victorias Arm und führte sie aus dem Haus. Er schaute zum Hügel von Isandhlwana hinauf.

»Dann beginnt die Geschichte auseinanderzubröckeln«, fuhr er fort. »In der Offiziersmesse kursieren Gerüchte von Bestechungen und bezahlten Schmiergeldern. Es stellt sich heraus, daß der junge Lieutenant Yeats überhaupt kein Offizier ist, ja, nicht einmal zur Mannschaft gehört, sondern ursprünglich ein Pulverjunge bei der Marine war, der in Durban vom Schiff verschwand und als Deserteur gemeldet wurde. In aller Eile wird ein Kriegsgerichtsverfahren anberaumt und genauso schnell wieder fallengelassen. Der Mann ist ein Held. Ein Skandal ist das letzte, was irgendwer braucht. Yeats behält seine Medaille und wird rückwirkend zum Offizier ernannt unter der Bedingung, daß er diskret seinen Abschied nimmt. Genau das tut er, lernt Cecil Rhodes kennen, der nur weiß, daß Yeats ein Verdienstordensträger ist, und bekanntlich war Rhodes einer, der vor jedem Vaterlandshelden vor Ehrfurcht auf den Rücken fiel. Der Rest ist Geschichte – oder vielmehr Geld.« Charlie verzog das Gesicht. »Der Apfel fällt nicht weit vom Stamm«, sagte er höhnisch. »Wenn sein Sohn Eric wirklich ein Betrüger und Hochstapler war, dann hat er ein exzellentes Vorbild – es lag ihm sozusagen im Blut.«

Er sah auf die Uhr. »Vier Uhr ist es schon. Fahren wir zurück und schauen, was Sergeant Scott ausgegraben hat.«

Sergeant Scott wartete vor der Tür des Museums auf sie. Er hatte das Schild »Geschlossen« aufgehängt und sah ihnen mit bekümmerter Miene entgegen.
»Ich weiß gar nicht, wie ich's Ihnen sagen soll, aber das Hauptquartier hat die Genehmigung verweigert. Ich habe kein Wort verlauten lassen, wer die Auskunft haben will, aber Jock, der das Amt leitet und ein Vetter von mir ist, sagt, die Anweisung käme von höchster Stelle. Anscheinend hat irgendein Journalist herumgeschnüffelt und Ihnen damit einen Strich durch die Rechnung gemacht. Die obersten Dienststellen sind fürchterlich argwöhnisch gegenüber Journalisten. Ich sagte, Sie seien keine Journalisten, sondern ein nettes Mädchen mit ihrem Mann auf der Suche nach einem erbberechtigten Cousin, aber es war nichts zu machen. Sie sind eisern. Tut mir schrecklich leid.«
Seine Bestürzung schien echt. Victoria wollte protestieren, doch Charlie drückte warnend ihren Arm.
»Macht nichts, Sergeant, nehmen Sie sich's nicht so zu Herzen. Ich bin sicher, daß wir die Auskunft auch anderswo bekommen. Vielen Dank für Ihre Mühe.« Charlie lächelte ihn beruhigend an, dann wandte er sich an Victoria: »Jetzt müssen wir uns irgendeine Übernachtungsmöglichkeit suchen.«
Der Sergeant strahlte. »Aber da kann ich Ihnen helfen! Dort drüben, im zweiten Bungalow auf der linken Seite, und sagen Sie Mrs. MacIntyre, daß Tommy Sie geschickt hat. Sie vermietet Gästezimmer, und Sie werden sehen, daß es dort sauber und billig ist.«

Ein paar Stunden später, nach einem herzhaften Abendessen bei Mrs. MacIntyre, stand Victoria im besten Zimmer des Hauses neben einem romantisch drapierten Doppelbett und starrte Charlie herausfordernd an.
»Mir paßt das ausgezeichnet. Und wo wirst *du* schlafen?»
»Ich schlafe nicht. Auf mich wartet Arbeit.«
»Was hast du vor?«
»Der gute Sergeant hat auf seinem Tisch eine Schachtel stehen lassen, und ich habe nicht den geringsten Zweifel, daß es genau die

ist, hinter der wir her sind. Das Vorhängeschloß an der Tür ist ein Witz – ein Kinderspiel für jeden Dietrich.«
»Ich komme mit.«
»Auf keinen Fall. Du bleibst hier.«
»Wieso? Du brauchst jemand, der Schmiere steht. Diebe machen das immer so.«
»Ich bin kein Dieb. Ich bin ein recherchierender Journalist und gehe meiner legitimen Tätigkeit nach.« Er grinste. »Aber du könntest mich aus dem Knast holen, falls sie mich erwischen.«
Victoria starrte ihn an. »Du bist nicht nur ein Mistkerl, Charlie«, sagte sie, »sondern ein echter Schurke.«
»In aller Bescheidenheit darf ich sagen, ich bin berühmt dafür, daß ich meine Aufträge stets pünktlich erledige.«
Er ging. Doch bevor er die Tür hinter sich schloß, streckte er noch einmal den Kopf herein und sagte: »Außerdem brauchst *du* gar nichts zu sagen. Hast du etwa nicht das hochgeschätzte Archiv deiner Großtanten geklaut?«
Victoria packte ein Kissen und schleuderte es ihm nach, aber sie traf nur die geschlossene Tür.

Als Charlie zurückkam, wurde es draußen schon hell. Schlaftrunken setzte Victoria sich auf und sah auf die Uhr: fast fünf. Ihr wurde klar, daß er nicht die ganze Zeit damit zugebracht haben konnte, ins Museum einzubrechen und Unterlagen zu entwenden: offensichtlich hatte er noch etwas anderes getan.
Sie hatte sich nicht geirrt. »Ich hab wieder was zu lesen für dich«, sagte er frohlockend. »Ich denke, das haut hin. Jetzt rutsch rüber und laß mich schlafen.«
Er warf sich die Kleider vom Leib. Er pflegte immer nackt zu schlafen, und sein muskulöser Körper war ihr schmerzlich vertraut.
In der warmen Höhle, die sie für ihn geräumt hatte, rollte er sich zu einer Kugel und schlief auf der Stelle ein. Das war eine seiner speziellen Fähigkeiten, die Victoria fast vergessen hatte – daß er einfach abschalten und ins Nichts davongleiten konnte wie eine Katze –, und eine der Eigenschaften, die sie an ihm am meisten störten, abgesehen von seiner Untreue. Er war ein guter Liebhaber, kein Zweifel. Wenn einer derart viele Frauen geliebt hat,

dachte sie bitter, dann ist er zwangsläufig ein Experte. Aber wenn es vorbei war und sie glücklich und zufrieden in seinem Arm lag, bereit für ein wenig Zärtlichkeit, dann wandte er sich von ihr ab, zog sich in seine eigene Welt zurück und war unberührbar.

Victoria schüttelte den Kopf. Der Mistkerl, dieser selbstsüchtige Schwerenöter. Sie gäbe viel darum, wenn... Wenn was? Charlies Liebesleben ging sie nichts mehr an. Dazu hatte sie sich entschieden und hatte nicht die Absicht, ihren Entschluß zu revidieren, nur weil sie zufällig miteinander ein Zimmer teilten.

Auf dem Nachttisch lag wieder ein Stapel Papiere, und ihre Neugier siegte über ihren Ärger. Sie fing an zu lesen.

36

Manuskript von Charlie -
Die Silverback-Story (3)

Major Eric Yeats hob den Kopf über das Brückengeländer und spähte in die Dunkelheit. Die Nacht war mondlos und der Himmel schwarz, aber vor dem letzten Streif Abendlicht am Horizont ragten die vertrauten Umrisse der Kathedrale von Reims auf. Er war nervös, und seine linke Hand ruhte auf dem geschwungenen Griff der Pistole in seinem Gürtel. Mit der anderen befahl er seinem Gefährten, einem Jungen von schlanker Gestalt in schlecht sitzender deutscher Uniform, außer Sicht zu bleiben.
Einen Augenblick später nickte er und winkte.
Die beiden Gestalten rannten los. Weitere sechs Schemen folgten ihnen. Von einer Deckung zur nächsten huschend, durchquerten sie den aufgewühlten Weinberg, der erst kurz zuvor als Niemandsland aufgegeben worden war. Rasch und lautlos bewegten sie sich auf ihr Ziel zu, eine Eichentür im Uferdamm unter der Brücke. Die Tür war der Eingang zu einem Tunnel, einem der vielen in den kalkhaltigen Untergrund gegrabenen Stollen, die ein Netzwerk von Kellerräumen bildeten: in Friedenszeiten wurde hier der wertvolle Champagner gelagert; jetzt, im Krieg, dienten die unterirdischen Gänge als Arsenal für Tonnen von Munition und Tausende Gewehre.
Reims, Stadt des Champagners: schon seit vier langen Jahren ruhte die Produktion. Seit vier Jahren waren die Weinberge ein Schlachtfeld, die wertvollen Reben zermalmt und ausgerissen. Die rote Erde brachte nichts anderes mehr hervor als Stacheldraht und zersplitterte Holzbalken, Geschoßhülsen und aus dem Boden ragende Metall-

teile: die Verwüstungen wiesen die Weinberge rund um die Krönungsstadt der französischen Könige als das aus, was sie geworden waren – ein Schlachtfeld.
In Reims hatte die Jungfrau von Orléans ihren widerstrebenden König gekrönt, und in Reims hatte der alte Mönch und Winzer Dom Pérignon das alchemistische Geheimnis entdeckt, sauren Weißwein in Nektar für die Götter zu verwandeln. Stadt der Geschichte, Stadt der Kunst und der feinen Lebensart, eine Stadt der Träume.
Hier hatte Sophia sich aufgehalten, als der Krieg ausbrach. Reims war ihre letzte Station auf einer Tournee durch Belgien und Nordfrankreich. Für eine Engländerin war der 3. August 1914 ein denkbar schlechter Zeitpunkt, sich hinter den deutschen Linien erwischen zu lassen, aber Sophia sprach gut genug französisch, um in den Nachtclubs, die nun von den Offizieren Kaiser Wilhelms frequentiert wurden, als Französin durchzugehen; und wenn jemand sie eingehender befragte, behauptete sie, irischer Nationalität zu sein und gut bekannt mit Sir Roger Casement, der damals in Deutschland um Unterstützung für Sinn Fein warb. Ihre Schönheit nicht minder als ihre Lieder trugen ihr bei den liebeshungrigen jungen Soldaten hohe Bewunderung ein.
Aber Sophia ging mit ihrer Gunst sparsam um. Die Offiziere, die nach einem Mädchen für ein paar Stunden suchten, waren ihr zuwenig; sie war auf fettere Beute aus. Und als es eines Tages Graf Otto von Meiten in den Keller verschlug, in dem Sophia als Attraktion des Abends auftrat, wußte sie, daß sie ihren Beschützer gefunden hatte.
Graf Otto war ein Mann, der das Herz jeder Frau höher schlagen ließ, auf den ersten Blick jedenfalls. Blond und groß, mit hellblauen Augen, kantigen Gesichtszügen und scharf geschwungener Nase über vollen, fast mädchenhaften Lippen, strahlte er ein Selbstbewußtsein aus, das ihm eine mühelose, natürliche Autorität verlieh. Der Graf war der zweitgeborene Sohn aus uralter Familie, einer kriegerischen Sippe, die seit den Tagen der Kreuzzüge, als die Männer zum erstenmal Waffen trugen, immense Reichtümer und weite Ländereien angehäuft und stetig vermehrt hatte. Er folgte der Familientradition und trat der kaiserlichen Leibgarde bei, einem Elitekorps von Offizieren aus gutem Hause wie er selbst. Als Berufssoldat, charmant und von adeliger Abstammung, war er rasch zum jüngsten General im

kaiserlichen Heer aufgestiegen. Mit dem Vorrücken der Deutschen in Frankreich und der Einnahme von Reims erhielt er das Oberkommando über die besetzten Gebiete in der Region Champagne.
Kaum hatte er Sophia erblickt, wollte er sie besitzen.
Seit jeher sammelte er schöne Gegenstände – und Sophia gehörte zweifellos zum Schönsten, was er je gesehen hatte. Er nahm sie zu sich in sein prunkvolles Haus und ernannte sie zu seiner Hausfrau und Gastgeberin – mehr wollte er nicht. Zu Sophias Überraschung verlangte der Graf nichts weiter von ihr, als daß sie bei seinen Einladungen anwesend war, zu denen ausschließlich männliche Gäste erschienen, daß sie, falls gewünscht, einige Lieder vortrug und – aber das geschah nur höchst selten – zu einem der Herren »freundlich« war.
»Oui, mon général«, pflegte Sophia zu sagen.
Anscheinend bevorzugte der gräfliche General sein eigenes Geschlecht, und das offizielle Zusammenleben mit einer Frau diente ihm zur Wahrung der Schicklichkeit. Das Arrangement kam Sophia sehr entgegen, und sie richtete sich in allem Komfort ein, um das Ende des Krieges abzuwarten. Der Graf erwies sich als höchst spendabel, was Kleider und Schmuck anlangte, und überdies stand ihr eine Zofe zu Diensten. Noch nie in ihrem Leben war Sophia so sehr verwöhnt worden, und so überstand sie den Krieg abgeschottet von den Greueln, die nur wenige Kilometer südlich ihren Lauf nahmen.
Im Juli 1918 aber änderte die Lage sich schlagartig. Die Straßen von Reims füllten sich mit Verwundeten, und die Nachrichten von der Front wurden immer bedrückender. Unter Marschall Foch rückten die Franzosen vor, unterstützt von amerikanischen Truppen. Die Abendeinladungen hörten auf, und Graf Otto kam meistens betrunken nach Hause – sofern er sich überhaupt blicken ließ.
Eines Abends Ende August, als Sophia dem nun nicht mehr fernen Geschützlärm lauschte, erschien der General mit sieben jungen Offizieren und forderte Sophia auf, zu jedem einzelnen »freundlich« zu sein.
Drei waren zu betrunken, um sich an ihr gütlich tun zu können, ein vierter, ein schüchterner Junge, versuchte sie zu beschützen. Aber gegen die übrigen drei, die durchaus noch Herren ihrer selbst waren, richtete er nichts aus, und Sophia blieb nichts anderes übrig, als sich zu fügen.

An Leib und Seele geschunden, schwor sie sich, daß derlei nie wieder geschehen würde.
In der Nacht tat sie kein Auge zu. Sie wartete, bis die Vergewaltiger im Schlaf der Erschöpfung besinnungslos dalagen, kleidete sich in eine abgelegte Uniform und schlich durch das schweigende Haus zu der unauffälligen Tür, die zu den Kellern hinabführte. In den vergangenen Wochen war die Front merklich näher gerückt. Tagsüber war der Gefechtslärm ohrenbetäubend, und die fortgesetzten Detonationen ließen die prächtigen Häuser erbeben, die Fensterscheiben klirren, Gläser zerspringen, und veranlaßten die räudigen Straßenköter zu immerwährendem Geheul. Nachts jedoch verebbte der Lärm, und in den Kellergewölben, die als wabenartiges Geflecht die Stadt unterhöhlten, war alles ruhig.
Lautlos glitt sie durch die düsteren Gänge, vorbei an Reihen verstaubter, kopfunter gelagerter Flaschen. Die Offiziere des Kaisers liebten guten Wein und hatten ihren Truppen den Zutritt zu den Weinkellern verboten, die Flaschen blieben unberührt in ihren Gestellen, mit Ausnahme der Weinflaschen in den Abfüllräumen nahe den Eingängen, wo hinter Eisengittern die Waffen gelagert wurden, bewacht von wehrhaften Posten.
Otto hatte sie häufig in die Keller geschickt, wenn er für bedeutende Gäste einen bestimmten Jahrgang wünschte, und Sophia kannte die weitläufigen Fluchten beinahe auswendig, selbst in der Dunkelheit. Sie wußte, daß einer der Gänge aus der Stadt hinaus bis in die Weinberge führte.
Sie erreichte die Eichentür am Ende des Ganges. Ein heller Strahl Mondlicht fiel schräg durch eine Ritze im Holz. Vorsichtig, mit heftig klopfendem Herzen, schob sie den Riegel zurück und öffnete die Tür. Niemand war zu sehen, kein Laut zu hören. Sie stolperte vorwärts, bis sie ein kleines Gehölz erreichte. Dort, in der halbwegs sicheren Zuflucht, brach sie zusammen.

»Hierher, Bert, sieh dir den hier mal an.«
Die Stimme sprach unmißverständlich im Dialekt der Südlondoner Slums. Eine grobe Hand zerrte an ihrer Uniformjacke und riß dabei einen Knopf ab, der Stoff klaffte auf, und der Umriß einer Brust trat zutage.
»Jesus, das ist ja eine Frau.«

Neben dem ersten Paar Stiefel erschien ein zweites. Auch die zweite Stimme verriet eine Südlondoner Herkunft, doch sie klang tiefer, bedrohlicher.
»Das wird wohl eine von diesen deutschen Spioninnen sein, vor denen der Sergeant uns gewarnt hat.«
»Was fangen wir mit ihr an?«
»Wir knallen sie ab, Mann. So hat man's uns aufgetragen, und Befehl ist Befehl. Und die Schlampe hat's verdient, mit Sicherheit hat sie eine Menge Burschen auf dem Gewissen.«
Sophia hörte, wie eine Handfeuerwaffe durchgeladen wurde. Mühsam kam sie auf die Beine und richtete sich zu voller Höhe auf. Ihre Wangen waren flammendrot, ihre Augen funkelten wild.
»Ich bin Engländerin!« schrie sie. »Genau wie ihr Idioten! Wenn ihr mich umbringt, stellen sie euch vors Erschießungskommando, alle beide!«
Der erste Mann, der seine Waffe gezogen hatte, wich verblüfft zurück und starrte sie an. »Wieso zum Teufel verkleidest du dich dann als Kraut?« fragte er mißtrauisch.
»Militärischer Geheimdienst«, improvisierte sie aufs Geratewohl. »Hinter den feindlichen Linien. Führt mich eurem befehlshabenden Offizier vor. Falls er nicht überzeugt ist, kann er mich erschießen. Aber das wird er natürlich nicht tun, denn er weiß, wer ich bin. Um Himmels willen, klinge ich etwa wie ein Jerry?«
Die beiden steckten zweifelnd die Köpfe zusammen und flüsterten eine Weile. Dann sagte der zweite Soldat, der größere und respekteinflößendere: »Sind Sie bewaffnet?«
»Nein.«
»Jack, durchsuch sie sicherheitshalber.«
Hände beklopften ihren Körper und tasteten dort, wo sie gelegen hatte, den Boden ab.
»In Ordnung, wir nehmen Sie mit«, knurrte der Soldat widerwillig. »Aber ich warne Sie, unsere Pistolen sind schußbereit. Ein Fluchtversuch, und Sie sind erledigt.«
Sie nahmen Sophia in die Mitte und führten sie ab.

»Sophia! Was für eine Überraschung!«
Trotz des militärischen Haarschnitts und der Uniform war ihr der junge Offizier, dem sie schließlich vorgeführt worden war, merkwürdig vertraut. Einen Augenblick lang wußte sie ihn nirgends einzuordnen

– sein Gesicht lag im Schatten, und ein dicker Schnurrbart verdeckte viel von seinen Zügen.

Aber mit einemmal wußte sie, wer er war. Und doch konnte sie es nicht glauben.

»Eric?« fragte sie zögernd. »Sind Sie's wirklich?«

Dann brach sie in Tränen aus. Mit ein paar raschen Schritten trat Yeats in den Lichtschein der Lampe, umrundete den Tisch in der Mitte des Zelts und war bei ihr.

»Ja, ich bin's«, sagte er und nahm ihre Hände. »Beruhigen Sie sich, liebes Mädchen. Sie sind jetzt in Sicherheit.«

Minutenlang schluchzte Sophia haltlos. Dann wischte sie ihre Tränen ab und musterte ihn aufmerksam.

»Ach, Eric, Sie können sich nicht vorstellen, was ich ausgestanden habe.«

»Setzen Sie sich und erzählen Sie.«

Sophia war sprachlos vor Verwunderung, ihn hier zu treffen. Er hingegen hatte die ganze Zeit über gewußt, daß sie sich in Reims aufhielt – aber woher und weshalb, das sagte er ihr erst Jahre später. An diesem Tag hielt sie seinen Anblick für ein Wunder. Was sie nicht wußte, war, daß er während des gesamten Krieges ihre Spur niemals aus den Augen verloren hatte.

Zu Beginn des Krieges war er in dasselbe Regiment eingetreten, in dem seinerzeit sein Vater gedient hatte. Das britische Oberkommando war zwar unfähig, aber so unfähig wieder nicht, daß man den Wert eines jungen Offiziers verkannt hätte, der unter südafrikanischen Buren gelebt hatte und neben Afrikaans mehrere Sprachen, darunter auch Deutsch, hervorragend beherrschte.

»Wir haben eine interessante und wichtige Arbeit für Sie, Yeats«, sagte ihm ein Generalstabsoberst, als er sich in London meldete. »Sie werden dem militärischen Nachrichtendienst zugeteilt und erhalten eine Sonderaufgabe.«

Durch die neutrale Schweiz wurde Yeats nach Deutschland eingeschleust und trat unter dem Deckmantel des britenhassenden Buren ins kaiserliche Heer ein. Seine flüssige Beherrschung des Englischen trug ihm seine nächste Versetzung ein, diesmal zum deutschen Geheimdienst. Während des dreijährigen Grabenkriegs wechselte er ungestraft zwischen den Linien hin und her, und beiden Seiten galt er als wertvoller Agent.

Dank seiner Tätigkeit war Eric stets informiert, wie es Sophia erging und wie sie sich arrangiert hatte, um zu überleben. Einmal ließ ihm Graf Otto sogar eine Einladung zu einer seiner berühmten Soirées zukommen, und Yeats mußte eine vorübergehende Unpäßlichkeit vorschützen, um der Begegnung mit Sophia aus dem Weg zu gehen.
Jetzt hörte er sich die Geschichte an, die sie ihm erzählte, und dachte währenddessen, daß Sophia trotz ihrer Erschöpfung, ihrer Blässe, ihrer Tränen noch immer die schönste Frau sei, der er je begegnet war. Außerdem war sie, wie er mit amüsierter Bewunderung feststellte, schlau genug, um sich schon beizeiten eine Geschichte zurechtzulegen, und überdies eine vorzügliche Schauspielerin, die ihren Text mit Bravour vortrug. Natürlich glaubte er kein Wort davon.
Sophia erzählte, sie habe den Krieg als Gefangene in einem Arbeitslager verbracht und Uniformen für deutsche Soldaten genäht. »Es war wirklich furchtbar, Sie können sich nicht vorstellen, wie sehr wir alle gelitten haben. Wir hatten ständig Hunger, es war bitterkalt, und die Aufseher prügelten uns, wenn der Lagerkommandant der Ansicht war, wir arbeiteten nicht schnell genug.«
»Aber am Ende, als die Alliierten vorrückten und die deutsche Kriegsmaschinerie zusammenbrach, haben Sie eine Uniform gestohlen und sind geflohen?« fragte Yeats in sanftem Ton.
Sie sah ihn unbewegt an. »Genau so war es.«
»Und war dieses Gefängnis etwa jenes unselige Arbeitslager im Zentrum von Reims, das ein adeliger Boche in den Weinkellern eingerichtet hat?«
Einen winzigen Augenblick lang zögerte sie. »Woher wissen Sie das?« fragte sie schließlich.
Yeats lächelte. »Sie singen wunderschön, Sophia, und Sie erzählen wunderbar einfallsreiche Geschichten. Jetzt werden Sie mir eine andere Geschichte erzählen, und zwar eine wahre, und für Ihr Abendessen werden Sie singen – das haben Sie schließlich immer getan, nicht?«

Die Alliierten hatten nicht den Wunsch, Reims zu zerstören. Die Stadt sollte eingenommen, der Schaden jedoch auf ein Mindestmaß beschränkt werden.
Besonders empfindlich waren die Franzosen hinsichtlich der prachtvollen Kathedrale von Reims. Die leidenschaftlichen Gefühle, die sich

um das geschichtsträchtige Bauwerk rankten, waren dem deutschen Oberkommando natürlich bekannt, und so beschloß man, die Dicke Bertha, eine gigantische Haubitze, so benannt nach der Tochter von Friedrich Alfred Krupp und Inhaberin der Firma, im Zentrum von Reims aufzustellen.

Während des ganzen Sommers 1918 hatte das gewaltige Geschütz, das zwar nicht sehr treffsicher war, aber tödlich dank der enormen Sprengladungen, die damit abgefeuert werden konnten, die Vororte von Paris beschossen. Die Reichweite der Haubitze betrug knapp über hundert Kilometer – nicht ganz ausreichend, um die Hauptstadt selbst zu bombardieren, aber mehr als genug, um ringsum Verwüstungen anzurichten und Panik auszulösen. Nachts wurde das Geschütz auf Eisenbahnschienen weiterbewegt, für die Alliierten unauffindbar, und war damit nahezu unverwundbar.

Nicht so sehr die Toten, die auf das Konto der Dicken Bertha gingen – in der Nacht, in der Sophia vor Yeats geführt wurde, belief sich deren Zahl auf etwa achthundert –, sondern vielmehr der psychologische Schaden, den sie unter der Zivilbevölkerung anrichtete, ließ es den Alliierten dringend geboten scheinen, das Geschütz zu finden: die Dicke Bertha verwüstete das Herz Frankreichs, sie mußte vernichtet werden. Das war nur zu bewerkstelligen, wenn man den Bunker fand, in dem sie tagsüber untergebracht war.

Mit dieser Aufgabe wurde Yeats betraut. Es war ein praktisch unmöglicher Auftrag – bis ihm Sophia in die Hände geriet. Sie veränderte die Situation von Grund auf. Nicht nur kannte sie die unterirdischen Höhlen wie ihre Westentasche, sondern hätte zudem eine durchaus plausible Ausrede parat, falls jemand sie entdeckte. Sie kannte jedermann, und ihr Freund und Beschützer Graf Otto von Meiten führte das Kommando über die deutschen Streitkräfte, die nach wie vor die Stadt beherrschten.

»Ich fürchte, Sie müssen zurück nach Reims«, sagte Yeats.

Sophia sah ihn entgeistert an.

»Das kann ich nicht«, flehte sie. »Was sie mir angetan haben, können Sie sich nicht vorstellen, nie. Aber ich weiß es, ich weiß es!«

Sie fing an zu schreien und schrie immer weiter, schrill, hysterisch und verzweifelt. Yeats hörte ungerührt zu, bis sie schließlich verstummte. Zitternd und keuchend stand sie vor ihm.

»Eine Stunde«, sagte er. »Ein Teller Eintopf, ein Glas Wein, und Sie

sind wieder in Ordnung. Sie werden die beste Führerin sein, wage ich zu vermuten, die ich und mein Team von Pionieren je hatten.« Er lächelte. »Das ist der Preis, Sophia, den Sie dafür zahlen müssen, daß Sie im Bett des Feindes waren. Mit ein bißchen Glück ist der Preis gering, und die Sache ist vom Tisch. Ich weiß, was Jack von Ihnen erwarten würde. Erinnern Sie sich an die drei Musketiere?«
Sophia sah ihn haßerfüllt an. Aber es war nicht nur Haß, was sie empfand, sondern vor allem eine wachsende Furcht, die ihr Übelkeit verursachte.
Eine Stunde später machten sie sich auf den Weg. Die Deutschen kontrollierten immer noch die Stadt, aber Sophia führte Yeats und ein halbes Dutzend Sprengstoffexperten in den Tiefen der Champagnerkeller durch Gänge und Gewölbe bis zu einem kleinen Innenhof. Dort befand sich ein Rangiergleis, auf dem, wie sie wußte, die Dicke Bertha versteckt wurde. Dann zog sie sich zurück.
Sie wartete. Eine Stunde später ertönte eine Explosion, ohrenbetäubend, lauter als jeder Geschützlärm während der vergangenen Kriegsjahre, eine grelle Stichflamme zuckte auf, und die unterirdischen Gänge füllten sich mit schwarzem Qualm.
Sophia hustete, würgte und wartete.
Eine weitere Stunde später kehrte Yeats zurück. Sein Gesicht war rußgeschwärzt, und von den sechs Männern, die ihn begleitet hatten, waren nur noch zwei bei ihm. Er sah verbittert und verstört aus, und alle drei bluteten.
»Gehen wir«, sagte Yeats. »Es ist vorbei, alles erledigt.«
Es war vorbei, der Krieg war vorbei. Durch das Labyrinth unter der Stadt fanden sie ihren Weg ins Freie. Im Morgengrauen kehrten sie ins Lager zurück. Yeats wies ihr ein kleines Einpersonenzelt zu. Er zündete eine Kerze an, aber Sophia blies sie sofort wieder aus. Schluchzend warf sie sich auf das Feldbett.
Ja, der Krieg war zu Ende.
Das Leben hätte ebenfalls zu Ende gehen können. Leider ging es weiter. Das Leben war zu verworren, zu schrecklich; auch zu hartnäckig. Es war wie Wasser: es füllte alle Tümpel, floß über und floß immer weiter.
Das Leben, dachte sie bitter, fängt morgen von vorn an.

37

Um zehn Uhr vormittags gab Mrs. MacIntyre auf. Sie konnte sich nicht denken, was ihre Gäste so lang im Bett hielt – sofern sie nicht ein hochzeitsreisendes Paar waren und unfähig, sich voneinander loszureißen. Aber aus dem Zimmer drang kein Laut. Sie legte ihnen eine Nachricht vor die Tür, um ihnen mitzuteilen, wo sie ihr Frühstück fänden, dann verließ sie das Haus und begab sich zu ihrer Nachbarin und alten Freundin Mrs. van der Moeve, der Witwe eines Polizisten, die als Haushälterin immer noch im Polizeiquartier wohnte und ebenfalls Übernachtungsgäste gehabt hatte, hochstehende zumal: immerhin zwei Offiziere aus Pretoria. Wie sich erwies, hatte einer von ihnen zusammen mit ihrem Ted gedient, und es war ein schöner, nostalgischer, froher Abend geworden, ganz wie in alten Zeiten.

Als Mrs. MacIntyre nach ausgiebiger Erörterung der jüngsten Ereignisse gegen Mittag nach Hause zurückkehrte, gaben ihre Gäste immer noch kein Lebenszeichen von sich. Mrs. MacIntyre begann sich Sorgen zu machen. Dann faßte sie sich ein Herz und klopfte an die Tür.

»Wollen Sie nicht frühstücken, bevor Sie abreisen?« rief sie.

»Du lieber Himmel, Mrs. MacIntyre, wir sind in einer Minute unten«, antwortete Victoria.

Victoria hatte Charlies neuestes Werk gelesen und war nach einer Weile wieder eingeschlafen. Jetzt zog sie sich eilig an. Dann trat sie ans Bett und betrachtete die zusammengerollte schlafende Gestalt unter der Decke. Sie streckte eine Hand aus und wollte Charlies Wange streicheln, instinktiv, so wie sie ihn jahrelang allmorgendlich geweckt hatte, doch mitten in der Bewegung hielt sie inne und verwandelte ihre begonnene Geste in eine unpersönliche Berührung an der Schulter.

»Wach auf, Charlie.«

Charlies zerzauster Kopf hob sich vom Kissen; als er sie erkannte, breitete sich ein Lächeln über sein schlaftrunkenes Gesicht. »Victoria...«

Im Emportauchen aus dem Schlaf sprach er ihren Namen mit soviel Zärtlichkeit aus, daß sich ihr das Herz im Leib herumdrehte. Einen Augenblick lang vergaß sie alles. Einen Augenblick lang dachte sie, er werde die Arme ausstrecken und sie an sich ziehen, und sie werde, wie so oft in der Vergangenheit, glücklich zu ihm hinabsinken.

Sie rief sich zur Ordnung. Sie wich zurück. Mit absichtlicher Barschheit sagte sie: »Es ist spät. Wir sollten schon längst auf sein.«

Er fuhr sich über die stoppeligen Wangen. »Ist es schon Zeit?«

In früheren Tagen wäre die Antwort ihr leichtgefallen, unausgesprochen: *Ja, Zeit für die Liebe.* Damit war es vorbei, für immer.

»Zeit, uns auf den Weg zu machen«, sagte sie.

Um ihren inneren Aufruhr zu beschwichtigen, verließ sie das Zimmer und ging die Treppe hinunter, und während sie kaffeetrinkend in Mrs. MacIntyres Küche saß, dachte sie noch einmal über die Geschichte nach, die Charlie sich ausgedacht hatte.

Eric Yeats war zweifellos ein höchst sonderbarer Charakter, in dieser Hinsicht hatte Charlie sicher recht. Recht hatte er wohl auch mit seiner Vermutung, daß Yeats gefährlich war.

Was ihren Großvater anlangte, so zeichneten die Briefe an seine Mutter und seine Tagebuchnotizen aus dem Schützengraben ein vertrauteres und zugleich anschaulicheres Bild von dem furchtbaren Krieg, in dem so viele junge Männer gelitten hatten und gestorben waren. Ruthven hatte überlebt, aber um welchen Preis? Bedeutete der Verlust so vieler Freunde, daß er keine andere Wahl hatte als sich in Yeats' Hände zu begeben? War das der Grund, weshalb er sein Leben so unauflöslich an Eric Yeats gebunden hatte?

Und was war mit Sophia? Hatte Eric sie wirklich in seiner Macht? Charlies Erklärung war plausibel; aber war sie frei erfunden, oder

hatte er konkrete Anhaltspunkte für seine Spekulation – und war ihr damit an Wissen um einiges voraus? Verspürte auch sie dieses Sehnen – oder war sie zu verletzt und fühlte den Verrat zu unverzeihlich, um je wieder einem Mann vertrauen zu können?
Bisher hatte Victoria die Neuigkeiten, die sie in Indien erfahren hatte, verschwiegen – sie schienen ihr zu gefährlich, zu kompromittierend. Schließlich war Ruthven ihr Großvater, ein Mann, den sie sehr geliebt und bewundert hatte. Was sie nicht verstehen und sich nicht erklären konnte, war die Wesensverwandtschaft, die sie mit Sophia fühlte, ihre Bewunderung für Sophias Eigensinn und Tapferkeit, der Schmerz, den sie empfand beim Gedanken an die Demütigungen, die Sophia erlitten hatte – was auch immer in Wahrheit geschehen war, in einem hatte Charlie recht: daß sie keine behütete Frau gewesen war, stand außer Zweifel.
Aber stimmte das denn? War es nicht genausogut möglich, daß Charlie sich das alles nur ausgedacht hatte – manipulierte er die Gefühle, die sie für ihren Großvater und Sophia hegte?
Charlie war ein scharfsichtiger und feinfühliger Beobachter. Soviel war ihr immer klargewesen, aber nun entdeckte sie eine neue Begabung an ihm: er war imstande, Menschen aus einer fernen Vergangenheit neu zu erschaffen und als lebensechte und vielschichtige Charaktere darzustellen. Vielleicht war das nur ein Spiel, eine List – der sie nun selbst zum Opfer fiel, weil sie so dringend danach verlangte, zu wissen und zu verstehen, was geschehen war?
Natürlich konnten auch Charlies Persönlichkeit, seine eigenen Sehnsüchte eine Rolle spielen. Er hatte immer ein Schriftsteller sein wollen, nicht nur einer, der auf Bestellung arbeitet, ein Zeitungsschreiberling, wie er sich in seinen trübsinnigen und selbstkritischen Momenten bezeichnete – den seltenen Augenblicken, in denen er auf die Pose eines modernen Hemingway verzichtete. Vielleicht empfand er die Silverback-Story als seine Chance zum Durchbruch?
Aber vielleicht war das alles ganz unwichtig. Victoria schüttelte den Kopf. Letztendlich war es ihre eigene Suche. Sie hatte sich darauf eingelassen und kam nicht mehr los. Ihr brennender Wunsch, eine Lösung zu finden, führte sein eigenes Dasein. Mochte Charlie sie in sein Netz einweben, es war ihr gleichgültig.

Manchmal, oft, wie auch vorhin, als sie ihn geweckt und seine verschlafenen, lächelnden Augen gesehen hatte, so vertraut, so zärtlich und so empörend treulos, verspürte sie gar kein Bedürfnis, sich zu befreien.

Sophia und Eric, Jack und Eric, Sophia und Jack.

War dies das Geheimnis – eine *ménage à trois*? Ein kalter Schauder lief ihr über den Rücken. Lief die Geschichte darauf hinaus? Vielleicht kam auch Charlie, der nicht alles wußte, was sie in Erfahrung gebracht hatte, während er in nächtlichen Sitzungen bei ungezählten Gläsern Whisky über seinen Spekulationen brütete, zu diesem Ergebnis? Plausibel war es; es könnte sogar die Wahrheit sein.

Die Wahrheit! Es gibt niemals nur eine Wahrheit, dachte sie, sondern so viele verschiedene wie die Personen, die an dem Spiel beteiligt sind.

Victoria faßte einen Entschluß: sie würde Charlie auch noch den Rest anvertrauen – ihre schriftlichen Auszüge aus dem gestohlenen Archiv und ihre Notizen über das, was sie in Indien in Erfahrung gebracht hatte. Sie wollte wissen, was er daraus machen würde.

Sie verspeisten ihr spätes Frühstück, bezahlten die geringe Rechnung, dann begleitete Mrs. MacIntyre sie zu ihrem Wagen und verabschiedete sie mit überschwenglicher Herzlichkeit.

Die Straße verlief in einer Kurve rund um das kleine Museum; eine Schar Touristen, soeben dem Bus entquollen, strebte dem Eingang zu. Die Tür stand weit offen, und im Vorbeifahren erhaschten sie einen Blick auf Sergeant Scott, der geschäftig hin und her eilte.

»Sieht aus, als wäre alles wie immer«, sagte Charlie. »Ich bezweifle, daß irgend jemand was gemerkt hat.«

An der Weggabelung außerhalb von Rorke's Drift fuhr er an den Straßenrand.

»Wohin jetzt?«

Victoria hatte in einem Stapel Broschüren aus dem Museum geblättert. Nun holte sie die Landkarte hervor und orientierte sich.

»An der Kreuzung hier mußt du links und zurück zur Hauptstraße. Dann fahren wir auf der Autobahn nach Durban – links davon ist dann das Wildreservat Umfolozi.«

»Großvaters Revier?«

Victoria nickte. »Er hat bei der Einrichtung mitgearbeitet, aber jetzt würde er es wahrscheinlich nicht wiedererkennen. Oben in den Hügeln gibt es jetzt ein neues Luxuscamp, und ich habe uns dort einen Bungalow reserviert. Mit zwei Schlafzimmern.«
»Genau das, was ich mir gewünscht habe«, sagte Charlie. »Nett und friedlich.«
Victoria warf ihm einen Blick zu. Sie war nicht sicher, welche Reaktion sie erwartet hatte, aber seine Miene war ihr sofort wohlbekannt. Ein kleines Lächeln, bedauernd, charmant, jungenhaft. Diesen Ausdruck kannte sie nur zu gut: es war das Äquivalent eines entschuldigenden Achselzuckens, sein Versuch, ihr zu verstehen zu geben, daß er den Schaden, den er in ihrer Beziehung angerichtet hatte, einfach für Pech hielt – nichts, was sich nicht wiedergutmachen und vergessen ließe.
Es bedeutete ihm nicht viel. Er war ein Junge, immer noch – vielleicht würde er nie erwachsen werden.
Die aufwallende Wut schnürte ihr die Kehle zu.
Sieben Jahre. Sieben lange Jahre, in denen sie ihm geglaubt, verziehen, sich immer wieder hatte überreden lassen, über seine Frauengeschichten hinwegzusehen, die, wie er ihr versicherte, ohnehin nichts anderes seien als unschuldige Flirts. Bis Angela kam. Victoria hatte verblüfft festgestellt, wie schwer es ihr fiel, diesen letzten Verrat zu verzeihen. Daß sie Rory Watson verführt und in ihr Bett geholt hatte, war nichts als eine erbärmliche Rache, die nichts bedeutete und nichts bewirkte. Im Rückblick wußte sie, daß es eine Verrücktheit, eine Trotzreaktion gewesen war, eine Maßnahme, um einen Kater auszukurieren wie der frühmorgendliche Schluck Alkohol nach einem Exzeß. Oder wie eine Impfung – eine kleine Dosis des Virus, die immunisiert und den Ausbruch der eigentlichen Krankheit verhindert. Die Liebe ist eine Krankheit. Äußerst ansteckend und schwer zu heilen. Und die Zeit der Genesung ist höllisch.
Ihr Abenteuer mit Rory hatte ihr schmerzhaft in Erinnerung gebracht, was sie verloren hatte – wie sehr sie Charlie vermißte. Schlimmer noch, sie hatte sich gegenüber dem armen Rory, der völlig unschuldig war, und seiner bezaubernden Freundin Sally genauso abscheulich verhalten, wie sie selbst von Charlie behandelt worden war.

Rache ist eine Speise, die kalt am besten schmeckt, sagt ein spanisches Sprichwort. Das stimmte nicht. Auch darin irren sich die Spanier, dachte Victoria, wie so oft – wie die Franzosen, wie viele Südländer. Rache ist eine Speise, die es nicht wert ist, überhaupt gegessen zu werden.
Aber der Groll, die Bitterkeit blieben ihr. Victoria hatte zeitweise vergessen, wie sehr sie Charlie haßte – wie viele Gründe er ihr gegeben hatte, ihn zu hassen. Auf einmal brach es aus ihr heraus, unkontrollierbar. »Du Arschloch«, schrie sie. »Du feiges, beschissenes, hinterhältiges Arschloch! Was hab ich mit dir hier zu schaffen!«
Ihr Gebrüll ließ Charlie zusammenzucken, und als die geballte Wucht ihrer Wut ihn traf, schwenkte der Wagen kurz zur Seite, aber er hatte das Steuer sofort wieder in der Gewalt.
»Es tut mir leid«, sagte er lahm. »Glaub mir, es tut mir wirklich aufrichtig leid.«
»Und das muß ich mir anhören? Daß es dir leid tut? Leid? Großartig!«
Charlie gab keine Antwort. Stumm fuhr er vor sich hin, beschleunigte, überholte einen Lastwagen, bog in die Autobahn ein und reihte sich in den Verkehrsstrom nach Durban. Victoria starrte ihn an, blind vor Haß, und wollte ihn umbringen. Gleichzeitig aber stellte sie mit einer gewissen Befriedigung fest, daß sein Gesicht bleich und angespannt war – so hatte sie ihn noch nie gesehen.
Sie widmete sich wieder ihrer Landkarte. Eine Stunde später sagte sie: »Nächste Ausfahrt. Dann die erste Abzweigung links.«
Als er die Autobahn verließ, auf einer Nebenstraße dahinfuhr und schließlich in den Lehmpfad zum Reservat einbog, starrte sie ihn wieder an und fand ihn unerträglich. Unerträglich arrogant. Er hatte eine Lektion verdient.
Als sie den Hügel hinauf- und auf die schneeweißen kleinen Bungalows zufuhren, vermochten selbst die atemberaubende Schönheit der Gegend, die Fahrt durch den Busch mit seinen Herden erschrockener Zebras und linkischen Gnus, die äsende Giraffenfamilie und das majestätische Rhinozeros, das ihnen kurzfristig den Weg versperrte, sie nicht mehr zu besänftigen. Ganz Afrika konnte ihr gestohlen bleiben.

So hatte sie es sich nicht vorgestellt. Ihre Entscheidung war ein Fehler gewesen. Sie hatte gehofft, wenn sie die Wahrheit herausfände, würde sie wissen, wer und was sie selbst sei, wie ihr künftiges Leben aussehen könnte. Aus einem unbesonnenen Impuls heraus hatte sie geglaubt, Charlie könnte an ihrer Stelle der Wahrheit auf die Spur kommen und einer Handvoll alter Knochen Leben einhauchen. Nie hätte sie vermutet, daß die Knochen tatsächlich zum Leben erwachen, Fleisch und Blut ansetzen würden. Ihr eigenes Fleisch und Blut. Noch weniger hatte sie gedacht, daß dieses Fleisch schmerzempfindlich sei und das Blut fließen werde. Charlies Beruf war das Schreiben, sein Arsenal waren Worte. Er war ein Geschichtenerzähler, ein Traumerfinder, ein Fabeldichter.
Ein Lügner.
Auf dieselbe Weise hatte er sie eingefangen, sieben Jahre zuvor – mit Dichtung und Falschheit. Sieben Jahre lang hatte er sie festgehalten. Aber damals war sie ein junges Mädchen gewesen, harmlos und arglos und selbstsicher in ihrer Unschuld. Und sie war ihrer eigenen Arroganz in die Falle geraten, jener besonderen Arroganz der Jugend, die sich für unbesiegbar hält.
Sieben Jahre.
Ein paar Jahre älter als Sophia damals, als sie Yeats' Einladung nach Kapstadt angenommen hatte. Sie hatte nicht soviel gelitten wie Sophia, aber sie wußte, daß auch sie sich verändert hatte. Die Unschuld war dahin – und mit ihr die Sicherheit.
Und dennoch – dennoch schien es, als hätte Charlie immer noch die Macht, sie mit seinen Geschichten zu umgarnen, mit seinen Lügen bei der Stange zu halten. Sofern es Lügen waren. Victoria war sich bewußt, daß sie gar nicht anders konnte, als ihm ihre Erkenntnisse aus Indien mitzuteilen und dann mit Spannung auf die Geschichte zu warten, die er aus jenen Erinnerungsbruchstücken erschaffen würde.
Was tat er mit ihr, worin bestand seine Macht über sie?
Wie hatte er es bewerkstelligt, daß sie begann, in Sophia ein Stück von sich selbst zu sehen? Und mit welchem der beiden Männer identifizierte er sich? Mit dem heroischen Jack oder dem verschlagenen Eric? Mit beiden? Oder keinem?

Die Bungalows im Umfolozi-Wildreservat waren entzückend, fand

Victoria, – schlicht, aber komfortabel eingerichtet, und jedes mit seinem eigenen kleinen Gärtchen, die jetzt, im Hochsommer, in den leuchtendsten Farben erstrahlten. An den strohgedeckten Häuschen rankten sich Blütenfluten violetter und weißer Bougainvillea empor, von den Dachgesimsen hingen blaublühender Bleiwurz und winzige Büschel weißer Jasmin herab, und die Pfade waren gesäumt von Zuckerahornbäumen, um deren stachelige Blüten Horden honigsaugender Kolibris schwirrten, hellbunt wie Schmetterlinge.

Ein wunderschöner, aber auch fremdartiger Ort. Und doch erschien er ihr merkwürdig bekannt, und sie dachte daran, wie fasziniert sie als kleines Mädchen die botanischen Aquarelle aus dem südafrikanischen Busch betrachtet hatte, die in der Bibliothek ihres Großvaters hingen. Für das Kind lag der besondere Reiz nicht so sehr in den Bildern selbst, so exquisit sie auch waren, als vielmehr in der Anschaulichkeit ihrer Bezeichnungen: sie trugen Namen wie Entenfuß, Immerschön, Besenstrauch und Sanduhrkraut und waren allesamt Stoff für Märchen. Und von Großvaters Märchen bekam sie nie genug.

Sie war froh über das weißgetünchte Badezimmer und das heiße Wasser und sank dankbar in die Wanne. Zum Abendessen kleidete sie sich mit besonderer Sorgfalt, denn die Lodge war für die Qualität und Vornehmheit des Restaurants bekannt – sie wählte das einzige elegante Kleid, das sie mitgebracht hatte: dunkelviolette, tief dekolletierte Seide. Bevor sie das Zimmer verließ, warf sie einen kritischen Blick in den Spiegel, ohne eigentlich zu wissen, weshalb sie soviel Aufwand trieb – sicher wußte sie nur eines: daß Miss Sophia unter ähnlichen Umständen dasselbe getan hätte.

Verflossene Liebhaber waren immer eine Herausforderung, und Sophia hatte gewiß zahlreiche gehabt. Mit ihrer Aufmachung hatte Victoria keine Rückeroberung im Sinn, sie wollte nur, daß es Charlie leid tat, sie verloren zu haben. Sie wollte ihn gerade lang genug bannen, um sicherzugehen, daß sie immer noch die Macht hatte, ihn zu verletzen.

Es war ein jämmerlicher Beweggrund, ärgerlich und unangenehm. Und leider, mußte sie zugeben, genauso wahr wie all die anderen verworrenen Gefühle, die sie für Charlie empfand.

Über den gepflasterten Weg ging sie zum Restaurant. Die offene

Bar am Eingang war voller aufgeregter Touristen, die zum ersten Mal in Afrika waren. An diesem Abend hatten sich eifrige Hobbyornithologen hier versammelt, die sich gegenseitig ihre Beobachtungen mitteilten und auf ihren Listen die Namen gesichteter Arten und Rassen ankreuzten. Charlie saß bei ihnen, sah sich ihre Aufzeichnungen an, kommentierte und machte ihnen Vorschläge für den nächsten Tag.

»Zu den tausend hochinteressanten Fakten, die du von mir vermutlich nicht weißt«, sagte Charlie, während er auf Victoria zutrat, »gehört der Umstand, daß ich mich eine Zeitlang selbst mit Vögeln beschäftigt habe. Ein paar dieser guten Leute hier hatten heute das Glück, einen Lämmergeier zu beobachten. Außergewöhnlich. Lämmergeier sind beinahe ausgestorben.«

Victoria starrte ihn verblüfft an. Nein, sie hatte wahrhaftig keine Ahnung gehabt, daß Charlie sich mit Vögeln auskannte. Es war eine merkwürdige und beunruhigende Erkenntnis. Ihre ganze Reise, vom Londoner naturgeschichtlichen Museum über Indien und Nepal bis hierher, tief in den südafrikanischen Busch, hatte mit Vögeln begonnen.

»Essen wir was«, sagte sie kurz angebunden. »Ich habe Hunger.«

Charlie ergriff ihren Arm und führte sie in den Speisesaal. Als er sie berührte, war Victoria drauf und dran, ihn von sich zu stoßen. Sie wollte keinen körperlichen Kontakt mit ihm. Aber sie besann sich eines besseren. Charlies Berührung war jedenfalls eine Geste der Höflichkeit, auf die sie nicht mit Hysterie zu reagieren brauchte. Bei allem, was man ihm vorwerfen konnte, war Charlie zumindest stets höflich gewesen – auf seine spezielle Weise, die sie mitunter zum Wahnsinn trieb.

Sie aßen zu Abend. Unmittelbar danach stand Victoria auf.

»Ich bin müde«, sagte sie. »Ich gehe schlafen. Wenn du Gesellschaft wünschst, kannst du dich ja deinen Vogelfreunden anschließen. Was tun wir morgen?«

»Ich werd mich mal umhören und mir dann was einfallen lassen. Du erfährst es morgen früh.«

Victoria wünschte ihm eine angenehme Nacht und ging zum Bungalow zurück. Sie suchte ihre Notizen aus Indien zusammen und trug sie hinüber in Charlies Zimmer. Seine Tür war unverschlossen. Sie legte die Papiere auf den Nachttisch und kehrte in ihr eigenes Zimmer zurück. Nach kurzem Zögern drehte sie den Schlüssel um: sie kannte sich zu gut, um sich selbst zu trauen, falls er probeweise den Knauf drehte und feststellte, daß die Tür offen war.

So würde es nie wieder sein. Dieser Abschnitt ihres Lebens war vorbei, endgültig. Nie mehr würde sie sich auf derlei einlassen, von der Vorstellung hatte sie sich verabschiedet, und wenn der Prozeß der Entwöhnung abgeschlossen war, würden ihre Sehnsüchte nur noch Erinnerung sein, zu einem Päckchen verschnürt und mit Wachs versiegelt. Charlie war Geschichte. Unaufrichtig und verachtenswert. Fortan würde sie ihn benutzen, nicht umgekehrt.

Victoria zog sich aus und ging zu Bett.

Während sie wachlag, überlegte sie, was er mit ihren Notizen wohl anfangen, wie er darauf reagieren und sie mit seiner Phantasie zum Leben erwecken würde. Versuchen würde er es auf jeden Fall, dessen war sie sicher. Er hatte unerschöpfliche Energien, und die Geschichte war ihm inzwischen selbst zur Besessenheit geworden – weit mehr als jede andere Story in all den Jahren, seit sie ihn kannte, war sie ein Zwang, der ihn nicht losließ: zum erstenmal hatte er ein Thema gefunden, an dem er sich schriftstellerisch versuchen konnte.

Für sie war es etwas ganz anderes. Ihre Beziehung mit Charlie war tot und begraben, sagte sie sich. Was ihr blieb, war eine Sehnsucht – das dringende Bedürfnis, die Wahrheit über ihren Großvater und die gefälschten Vögel herauszufinden, über Eric Yeats und Sophia und Großmutter Lomax.

Der amerikanische Romancier William Faulkner, dessen merkwürdige, verschlungene Bücher Victoria geliebt hatte und deren Kenntnis sie, ironischerweise, Charlie verdankte, hatte einmal geschrieben, wie ihr jetzt einfiel: »Die Vergangenheit ist alles, was wir haben.« Jetzt wußte sie auch, weshalb sie sich auf einmal an diesen Satz erinnerte: sie hatte ihn dem ausgemergelten Evans gegenüber erwähnt, dem pensionierten Kriminalisten und mutmaßlichen Einbrecher in ihre Wohnung.

Auf geheimnisvolle Weise breitete ihre Vergangenheit sich rings um sie aus. Sie wollte wissen, worin die Geheimnisse bestanden und wollte ihnen auf den Grund gehen – und dabei vielleicht auch

herausfinden, wer sie selbst war. Sie wollte ihren Standort bestimmen, um ihr weiteres Leben in Angriff nehmen zu können.
Daß ausgerechnet Charlie als ihr Führer auf diesem Weg hatte auftauchen müssen, war freilich höchst ärgerlich.
Nach langem Grübeln schlief sie endlich ein. Irgendwann in den frühen Morgenstunden wachte sie auf und stellte fest, daß der Türknauf sich bewegte. Das konnte nur Charlie sein. Sie lächelte, drehte sich um und schlief weiter.
Am Morgen fand sie ein Häufchen Blätter, die unter der Tür hindurchgeschoben worden waren.

38

Manuskript von Charlie -
Die Silverback-Story (4)

Ruthven wandte sich im Sattel um. Sophia ritt ein paar Meter hinter ihm auf einer friedlichen grauen Stute namens Buttercup, der beturbante Stallbursche folgte in gebührender Entfernung.

»Jankarit, warte hier auf uns«, sagte Ruthven. »Ich will Lancer eine Weile galoppieren lassen und ihn ein bißchen zur Vernunft bringen. Dieses Pferd sticht der Hafer – es hat viel zuviel Energie. Die Memsahib kann mich in ihrem eigenen Tempo einholen. Buttercup wird ihm doch nicht folgen, oder?«

Lancer war ein stattlicher, aber nervöser und reizbarer junger Hengst mit glänzendem braunem Fell. Seitdem sie den Stall verlassen hatten, war er immer wieder in ungeduldiges Tänzeln verfallen, hatte mit dem Kopf geschlagen und sich an Bäume und Mauern gedrängt.

»Nein, Sahib«, sagte Jankarit. »Buttercup ist fest wie Felsen.«

Ruthven blickte Sophia an.

»Sie haben den Fachmann gehört«, sagte er. »Ich galoppiere eine halbe Meile voraus und werde dann auf Sie warten. Lassen Sie sich Zeit. Ich brauche diese Spritztour – wahrscheinlich habe ich noch mehr überschüssige Energie als Lancer.«

Ruthven zügelte den Hengst und zwang ihn, sich in engen, disziplinierten Kreisen dreimal um sich selbst zu drehen; Lancer wieherte und schnaubte und rollte mit den Augen. Dann lockerte Ruthven die Zügel und drückte dem Pferd sanft die Sporen in die Flanken, und das Tier stürmte los. Innerhalb von Sekunden sprengten sie in vollem Galopp dahin.

Es war früher Morgen, und das weite, sanft auf- und abwellende

Gelände des Hotelparks war ein Mosaik staubiger Pfade zwischen sorgfältig gepflegten Rasenflächen und kleinen Gehölzen dicht belaubter Bäume, zwischen denen tiefe Dämmerung herrschte. So rasten sie dahin, über freie Flächen und durch Dickicht, vom Schatten ins Sonnenlicht, um gleich wieder in die Dunkelheit einzutauchen. Lancer war sicher auf den Beinen und überdies von Jakarit als Polopferd trainiert. Er galoppierte schneller und immer schneller, vom Boden wirbelten Staubwolken auf, und die einzigen Laute waren das jagende Stampfen der Hufe und das wilde Keuchen der Pferdelunge. Der Wind und der ständige Wechsel zwischen grellem Licht und Dunkelheit trieben Ruthven die Tränen in die Augen.

Sie gelangten zu einem Bewässerungsgraben. Mühelos hob der Hengst sich in die Luft und übersprang ihn mit einem weiten Satz. Ohne aus seinem Rhythmus zu geraten, kam er auf der anderen Seite auf und galoppierte davon, noch schneller als zuvor.

Ruthven spürte in sich einen Überschwang, einen Jubel von nie gekannter Intensität. Zum Teil war er verursacht durch den kühlen, frischen Morgen, zum Teil durch den prachtvollen Hengst, der ihn trug, zum Teil durch seine sichere Beherrschung des Tiers. Aber es gab noch etwas, das viel wichtiger war: irgendwo hinter ihm, nicht weit entfernt, war Sophia.

Er spürte, wie Lancers Kräfte erlahmten, sein Tempo abnahm; der Hengst war noch jung und noch lange nicht auf dem Höhepunkt seiner Stärke angelangt. Er hielt ihn an und sprang aus dem Sattel. Den Zügel in der Hand, tätschelte er den Pferdehals. Das Tier keuchte. Beiden strömte der Schweiß.

Wenige Minuten später erschien Sophia in leichtem, kurzem Galopp. Sie ritt im Damensitz. Sie zügelte ihre Stute und sprang behende zu Boden. Jahrelang war sie nicht geritten, aber Jankarit war ein fähiger Lehrer, und sie, furchtlos, hatte sich rasch wieder daran gewöhnt.

»So, wie Sie davongestoben sind«, sagte sie lächelnd, »dachte ich, Sie würden bis zum Himalaya weiterreiten.«

Ruthven erwiderte ihr Lächeln. »Wir üben noch, aber irgendwann schaffen wir's.«

Er sah sie an. Sie trug einen langen blaßblauen Baumwollrock, eine Jacke aus demselben Stoff und glänzend polierte Reitstiefel, um die Schultern einen Umhang in leuchtendem Madras-Muster zum Schutz vor der morgendlichen Kühle. Wind und Geschwindigkeit

hatten ihr Haar zerzaust, und ihre Augen strahlten. Bei Gott, dachte Ruthven, sie ist wahrhaftig die schönste Frau der Welt.
»Guten Morgen, Königin Helena«, sagte er.
»Wer ist das?« fragte Sophia.
»Sie verursachte einen gewissen Aufruhr an einem Ort namens Troja.«
»Oh, diese Helena!« Sophia lachte. »Versuchen Sie nicht, mir zu schmeicheln. Das führt Sie...« Sie zögerte. »Überallhin«, schloß sie leise.

Von ihrer bevorstehenden Ankunft im Raj Hotel von Delhi hatte Ruthven Tage zuvor durch einen Zufall erfahren, der ihm glücklich schien, aber die Nachricht erschütterte ihn tief.
Mittlerweile zum Colonel befördert, hatte er beschlossen, zum Jahresende seinen Abschied aus der Armee zu nehmen. Unterdessen tat er, was er seit seiner Abkommandierung von der Front im Jahr 1917 immer getan hatte: offiziell mit der Ausbildung von Gurkha-Soldaten befaßt, widmete er in Wahrheit immer mehr Zeit der Sammlung geheimer Informationen. Seine Tätigkeit brachte häufige Reisen zwischen Nepal und Indien mit sich, genauer gesagt, zwischen Katmandu und Delhi. Sechs Monate hatte er sich in Katmandu aufgehalten und beschlossen, den einmonatigen Urlaub, der ihm zustand, im Raj zu verbringen. Als er am zweiten Abend nach seiner Ankunft ins Hotel zurückkehrte, nachdem er nachmittags mit Jankarit die Polo-Ponys trainiert hatte, und zur Rezeption ging, um sich seinen Zimmerschlüssel zu holen, las der Empfangschef hinter der Theke ein Telegramm, das soeben aus London eingetroffen war.
»Gute Nachrichten, Colonel, hervorragende Nachrichten.« Er strahlte Ruthven an. »Demnächst wird eine erstklassige Künstlerin bei uns auftreten, die aus Ihrer Heimat stammt. Wie das Hauptbüro uns mitteilt, schickt man uns zur Unterhaltung unserer Gäste eine großartige junge Sängerin, die sich Miss Sophia nennt.« Er lächelte versonnen und fuhr fort: »Ich bin sicher, daß auch Sie dieses Vergnügen goutieren werden.«
Die Neuigkeit traf Ruthven wie ein Blitzschlag. Halb betäubt ging er zu seinem Zimmer. Fünf Tage später traf Sophia ein.
Während dieser fünf Tage war er kaum fähig gewesen, an irgend etwas anderes zu denken. Fast sieben Jahre war es her, seit er sie zu-

letzt gesehen hatte, aber in all den Jahren war kein Tag vergangen, an dem er nicht an sie gedacht hatte. Er war wie besessen von ihr, und die Stärke seiner Gefühle für sie ließ niemals nach. Wie es ihr in der Zeit ergangen war, wußte er nicht – Eric hatte ihm lediglich erzählt, daß er sie gegen Kriegsende in Frankreich getroffen und daß sie danach ihre Karriere wiederaufgenommen habe. Mehr schien auch Eric nicht zu wissen.

Bis zum Tag ihrer Ankunft hatte Ruthven den Entschluß gefaßt, von ihrem Erscheinen kein Aufheben zu machen. Er würde nicht einmal anwesend sein, sondern irgendwo mit Jankarit Ponys trainieren. Und wenn sie einander dann am Abend oder an einem der nächsten Tage im Hotel begegneten, würde er sie auf ein Glas einladen und ein wenig mit ihr plaudern.

Das war sein Plan, wohlbedacht und besonnen. Aber an dem Abend, an dem sie eintreffen sollte, fielen alle guten Vorsätze in sich zusammen. Ruthven war tatsächlich den größten Teil des Tages bei den Pferden gewesen. Bis vier Uhr nachmittags hielt er aus, dann sagte er Jankarit, er habe genug für heute. Er kehrte ins Hotel zurück, suchte sein Zimmer auf, badete und zog sich um.

Dann ging er hinunter in die Lobby und wartete. Er fühlte sich lächerlich, wie ein liebeskranker Schuljunge, ein Opfer seiner Sehnsüchte und seiner Hormone, seiner Wünsche und Traumbilder, gegen die er wehrlos war. Er verwünschte sich selbst. Zweimal stand er auf und ging, und zweimal kam er wieder zurück, um weiter Wache zu halten.

Um sechs Uhr abends erschien sie. Er erblickte ihre Gestalt durch die verglaste Eingangstür. Sie stieg die Treppen herauf und betrat die Lobby, umringt von Hoteldienern, die ihr Gepäck trugen – und ihre strahlende Schönheit ließ ihm das Herz bis zum Hals klopfen.

Er stand auf, und sie sah ihn im selben Moment. Eine Sekunde lang zögerte sie. Dann rief sie: »Jack!«, trat auf ihn zu und küßte ihn leicht auf beide Wangen.

»Was für eine Überraschung«, sagte sie lächelnd. »Und was für eine Freude! Was tun Sie hier?«

»Einerseits mache ich Urlaub von meinen Pflichten als Soldat«, gab er zurück. »Und andererseits, mir viel wichtiger, warte ich, um Sie willkommen zu heißen.«

Sophias Engagement sollte erst am folgenden Abend beginnen. So konnten sie miteinander speisen, ohne Eile, da sie nicht auf der Bühne erwartet wurde, und ohne die Müdigkeit, die sie stets nach ihrem Auftritt ergriff.

Sie sprachen miteinander. Anfangs war es nicht immer leicht. Die siebenjährige Trennung klaffte als tiefer Abgrund in ihrem Leben. Aus Yeats' Briefen wußte Ruthven immerhin mehr über sie als sie über ihn.

Aber allmählich kamen sie sich näher und begannen, einander wirklich etwas zu sagen. Sie lachten. Sie hörten auf, bloße Fakten auszutauschen, sie teilten sich ihre Gedanken, Beobachtungen und Erfahrungen mit, die ihnen seit ihrer gemeinsamen Zeit in Afrika widerfahren waren. Über den Krieg sprachen sie kaum, denn jeder spürte, daß die Erlebnisse für beide immer noch zu schmerzhaft waren.

»Und Eric?« fragte Ruthven irgendwann. »Wann haben Sie ihn zuletzt gesehen?«

»Vor kurzem erst, in London, vor meiner Abreise. Er ist großartig, er kümmert sich sehr um mich. Um die Wahrheit zu sagen: meinem letzten Agenten gab er den Laufpaß, suchte mir einen neuen und sorgte dafür, daß ich dieses Engagement hier bekam.«

»Soso«, meinte Ruthven nachdenklich. »Sagte er auch, daß Sie mich hier vielleicht antreffen würden?«

»Er sagte, es sei möglich.« Sie lächelte. »Sie wissen ja, wie er ist. Ständig organisiert er, bereitet Überraschungen vor. Er ist ein Zauberer – immer wieder zieht er ein weißes Kaninchen aus dem Hut.«

Ja, Eric war in der Tat ein Zauberer, ein Marionettenspieler, dem Intrigen und Ränke das größte Vergnügen bereiteten. Das war immer so gewesen. Undenkbar, daß er sich eine Gelegenheit wie diese entgehen ließ. Er hatte zwar nicht mit Sicherheit wissen können, daß Ruthven sich im Raj aufhielt, doch abwegig war die Vermutung nicht. Und Sophia? Was immer sonst geschah, würde ein Engagement in Delhi ihrer Karriere jedenfalls nicht schaden.

»Ich reite jeden Morgen aus«, sagte Ruthven. »Wollen Sie mir dabei Gesellschaft leisten? Am besten ist es frühmorgens, kurz nach Sonnenaufgang, dann ist der Park am schönsten. Aber das ist für Sie vielleicht zu früh?«

»Nein, das macht mir gar nichts aus, im Gegenteil. Ich liebe den frühen Morgen und möchte sehr gern mitkommen.«

Am nächsten Tag saß Sophia bereits um sieben Uhr in der Lobby und wartete auf ihn. Ruthven verschlug es den Atem, als er sie erblickte. Sieben Jahre sind eine lange Zeit, aber sie war immer noch sehr jung, erst fünfundzwanzig. Und ihre Schönheit war von der Art, die mit zunehmender Reife immer mehr gewinnt, immer selbstbewußter und strahlender wird. Ihr Gesicht hatte sich seine Jugendfrische bewahrt, doch die Knochenstruktur war kräftiger geworden, die Züge markanter, die sonderbaren graugrünen, goldgesprenkelten Augen so geheimnisvoll wie je, aber schärfer und durchdringender, und ihr Körper war schlank und anmutig wie früher, doch zugleich schien er gerundeter und noch geschmeidiger.

Seite an Seite gingen sie zu den Ställen, Jankarit erwartete sie und hatte Lancer und Buttercup aufgezäumt und gesattelt. Er half ihr in den Sattel, und sie ritten los. Sophia fand rasch zu ihrer früheren Geschicklichkeit zurück und saß auf dem Pferderücken, als wäre Reiten ihre selbstverständlichste Fortbewegungsart.

»In all den Jahren habe ich völlig vergessen, wie schön das ist!« rief sie lachend und übermütig, während sie nebeneinanderher galoppierten.

An diesem ersten Morgen beschränkten sie sich auf einen kurzen Ausritt, doch mit jedem Tag drangen sie weiter vor, erforschten das ausgedehnte Gelände, das zum Hotel gehörte, und gelangten bis in die Ebene, die sich jenseits des Parks erstreckte. Immer öfter bat Ruthven Jankarit, sie allein zu lassen. Dann ritten sie im Schritt nebeneinander oder stiegen ab und banden die Tiere fest, spazierten eine Weile umher oder, wenn es besonders heiß war, setzten sich in den Schatten einer Baumgruppe. Manchmal lagen sie im Gras, einander nahe, mit allen Sinnen die Gegenwart des anderen wahrnehmend, und dennoch getrennt durch eine Kluft, die Ruthven unüberbrückbar erschien.

Sie war ihm fern. Nicht, weil sie zu Eric gehörte – sie gehörte niemandem. Eine Frau wie sie konnte niemandem gehören. Aber das spielte gar keine Rolle. In jenen Tagen war er glücklicher als je zuvor in seinem Leben. Die afrikanische Safari mit ihr und Eric war ihm ein so einschneidendes wie unvergeßliches Erlebnis gewesen, jedoch geprägt von tiefen Spannungen und ständiger Rivalität. Nun hatte er sie für sich allein. Nun herrschte Frieden.

Er sah Sophias verträumte Miene. Er hörte das Summen der Bienen rings umher, spürte das Flattern der Schmetterlinge, ihre purpurn, rostrot und golden gemusterten Flügel, die kühn ihre Gesichter streiften, während sie unter den Bäumen lagen, und lauschte dem Gezwitscher der Vögel. Innen und Außen verschmolzen miteinander, er fühlte sich im Einklang mit sich und der Welt. Selbst die Pferde wurden sanft: Lancers bebende Flanken beruhigten sich, sein schweißnasses Fell war getrocknet, und Buttercup graste friedlich an seiner Seite.

Jeden Abend speisten sie gemeinsam, und danach hörte Ruthven sie singen. Ihre Stimme war so, wie er sie in Erinnerung hatte, aber auch ihr Gesang war, wie ihr Körper, voller und reifer geworden, volltönender und flexibler, ohne seine Frische einzubüßen. Eine Erfahrenheit und Lebensklugheit schwang in ihrer Stimme mit, die sie zuvor nicht besessen hatte, ein Beiklang von heiterer Resignation, Wehmut und Kraft.

Auf der Bühne feierte sie Triumphe. »Nie habe ich derartiges erlebt«, bemerkte der Empfangschef voller Ehrfurcht, zu Ruthven gewandt. »Ich meine, mit Verlaub, Sir, sehen Sie sich das Publikum doch an. Die Leute sind völlig verzaubert. Miss Sophia ist ein hellstrahlender Stern.«

Der Inder hatte recht. Die Zuhörer saßen wie gebannt, gaben keinen Laut von sich und rührten keinen Muskel, bis sie geendet hatte, und manch einer hatte Tränen in den Augen. Und jedesmal, wenn ein Lied zu Ende war, fiel der Zauber von ihnen ab, und sie sprangen auf, klatschend und rufend und lachend, und am Schluß wollten sie Sophia nicht von der Bühne lassen.

Es war Frühling, und das Raj war ausgebucht, doch nicht nur die Hotelgäste füllten allabendlich den riesigen Speisesaal, sondern auch von außerhalb strömten die Zuhörer herbei, wohlhabende Inder und Europäer, die aus Delhi und aus den großen Villen und Palästen am Rand der Stadt kamen, oft viele Meilen entfernt. In Kutschen oder prunkvollen Automobilen trafen sie ein, lauschten ergriffen dem Konzert und zogen sich dann an die Bar zurück. Sie zerfielen in zwei Gruppen, getrennt nach dem Geschlecht. Die Männer, europäische Diplomaten, britische Kolonialbeamte und indische Fürsten, fanden über ihrer gemeinsamen Vorliebe für Whisky zueinander, während die Frauen, meist Inderinnen in prachtvollen, juwelengeschmückten Saris, in Grüppchen abseits saßen und sich teetrinkend unterhielten.

»Mr. Mahatri, der Geschäftsführer, ist höchst erfreut, Colonel«, fuhr der Empfangschef fort. »Fürs Geschäft ist Miss Sophia Gold wert. Wir werden sie wiedersehen, daran zweifle ich keine Sekunde, bittesehr.«
Auf dem Weg zu ihrem Zimmer kam Sophia an ihnen vorüber. Immer ging sie unmittelbar nach ihrem Auftritt zu Bett. Ruthven konnte sehen, wieviel Kraft ihr das Singen abverlangte: ihr Blick war glasig, die Wangen wirkten eingefallen, und ihre Hände zitterten. Mehrmals hatte er sie gebeten, auf den morgendlichen Ausritt zu verzichten und sich statt dessen auszuschlafen, aber Sophia weigerte sich eisern.
»Die Sonne, die Luft, das Gras und die Bäume, und diese wunderschönen Pferde«, antwortete sie. »Jack, das alles ist soviel erfrischender und stärkender als eine oder zwei vergeudete Stunden im Bett. Nein, ich werde weiter mit Ihnen reiten.«
An diesem Abend lächelte sie ihnen zu, während sie auf die Treppe zuging.
»Miss Sophia, darf ich Ihnen meine allergrößte Bewunderung für Ihr göttliches Talent ausdrücken?« fragte der Empfangschef. »Ihr Gesang ist eine großartige Bereicherung unseres armseligen Lebens, und niemand, der Sie gehört hat, wird Sie je vergessen können. Ich wünsche Ihnen eine geruhsame Nacht und einen köstlichen Schlaf, verehrte Memsahib.«
»Danke«, antwortete Sophia lächelnd und entschwand über die Treppe.

Und auf einmal, viel zu rasch, war alles vorbei.
Sophias Engagement hatte nur zwei Wochen gedauert. Die ersten Tage waren träge, ganz ohne Eile vorübergegangen, die morgendlichen Ausritte, die Hitze des Nachmittags, der Auftritt am Abend schufen ein Muster, das in alle Ewigkeit so weitergehen konnte. Es gab immer wieder ein Morgen, und jeder neue Tag verlief wie der vorhergehende – begeisternd, in reizender Gesellschaft, voller Entdeckungen und vielfältiger Wonnen; und immer mit der Aussicht auf zahlreiche weitere Tage dieser Art.
Aber ehe man sich versah, verkürzte sich diese scheinbar endlose Reihe, und die letzten Tage vor Sophias Abreise präsentierten sich als knapp bemessene, beängstigend flüchtige Stunden. Je näher der

Abschied rückte, desto schneller raste die Zeit, bis sie am Ende die atemberaubende Geschwindigkeit eines Wasserfalls erreicht hatte.
An ihrem letztem Abend sang Sophia mit einer beinahe unerträglichen, bitteren Leidenschaft, in ihrer Stimme lagen eine Intensität und ein Schmerz, die er früher so nie gespürt hatte.
Als sie geendet hatte, ging er zu seinem Zimmer, ohne ein Wort mit ihr zu wechseln – nach ihren Auftritten sprachen sie kaum je miteinander, abgesehen von einem kurzen, leisen und, wie ihm schien, zärtlichen Gutenachtgruß. Er wollte sich am Morgen von ihr verabschieden. Zu schwer lasteten jetzt die Erinnerungen an die vergangenen Tage, der Nachklang ihrer Stimme und das Bewußtsein, daß es vorbei war.
Ruthven entkleidete sich und legte sich zu Bett, die Arme hinter dem Kopf verschränkt, er versuchte zu schlafen, doch es gelang ihm nicht. Er starrte zu den offenen Fenstern hinüber. Draußen standen die Sterne am Himmel, wie meistens. Hell waren sie immer, doch in dieser Nacht schienen sie noch intensiver zu strahlen als sonst, gleißend und funkelnd stürzten sie herab in wirbelnden Spiralen und silbernen Feuerrädern vor der schwarzsamtenen Nacht.
Ein schwarzes Samtkleid hatte Sophia an diesem Abend getragen. Der Empfangschef hatte sie, in der poetischen Sprache aller Inder, als hellstrahlenden Stern bezeichnet.
»Jack?« fragte leise eine Stimme, und Ruthven fuhr auf.
Er wußte nicht, wie spät es war, er wußte nicht, ob er eingenickt war, jedenfalls brauchte er keine Sekunde, um hellwach zu sein. In der offenen Tür stand sie – Sophia.
Hinter ihr, auf der anderen Seite des Flurs, gab es ein Fenster, durch das der Mond hereinschien, und er sah, daß Sophia einen Sari trug, mit goldenen Fäden durchwirkt, und das leichte, weiche Tuch hüllte ihren Körper ein wie eine schmückende Wolke.
Sie schloß die Tür und sperrte das Mondlicht aus. Ruthven erkannte ihre Gestalt an den schimmernden Goldfäden, während sie den dunklen Raum durchquerte und lautlos ans Fenster trat.
»Dort unten sind wir geritten. Dort drüben meine ich die hübsche Gruppe von Magnolienbäumen zu erkennen, unter denen wir nebeneinander lagen und miteinander sprachen... Ich gehe fort, Jack. Ich will nicht, aber Eric hat darauf bestanden. Zwei Wochen hier, sagte er, dann weiter nach Rangoon. Sicher komme ich irgendwann

wieder hierher, aber wie lang wird das dauern?« Sie schüttelte den Kopf. »Er ist so stark, Jack, er hat mein Leben in die Hand genommen und läßt mich nicht mehr los. Und ich komme nicht von ihm los. Manchmal ist er so feinfühlig und liebevoll, dann wieder so grausam und ablehnend und mir völlig fremd. Vielleicht wäre ich ohne ihn zugrunde gegangen, aber wer weiß, ob ich nicht auch mit ihm, an ihm zugrunde gehen werde? Jack, ich bin zu dir gekommen, weil es mein eigener freier Wille ist. Mag sein, daß er mein Leben in der Hand hält, aber in meinem Herzen bin ich frei.«

Sie wandte sich vom Fenster ab und kam zum Bett. Lächelnd berührte sie Ruthvens Stirn. Dann drehte sie sich langsam um sich selbst, und der Sari fiel von ihr ab, in einer kleinen goldenen Wolke sank er auf dem Boden zusammen.

Sophia war nackt. Für eine kurze Weile floß das Sternenlicht über ihren Körper, umschmeichelte die Rundung ihrer Schultern und ihrer Brüste, den flachen Bauch, das dunkle Dreieck ihres Schoßes, die langen, geschmeidigen Beine.

»Ich möchte mit dir zusammensein, Jack. Erlaubst du es mir?«

Sie wartete seine Antwort nicht ab, die er ohnehin nicht über die Lippen gebracht hätte. Sie hob das Laken und legte sich zu ihm, schmiegte sich an ihn, und Ruthven erschauerte bei der Berührung ihrer glatten Haut.

Dann schlang er die Arme um sie und versank in ihr und verlor alles Gefühl für Zeit und Raum. Er verbarg sein Gesicht in ihrem duftenden Haar, fühlte ihre Wimpern zart wie Schmetterlingsflügel über sein Gesicht streifen, spürte ihr Herz klopfen und ihre Brustwarzen hart an seiner Haut und ihre Beine, die sich spreizten und den dazwischenliegenden Raum freigaben, spürte sie offen und bereit und ihm entgegendrängend. Sie fanden zueinander, und miteinander schwangen sie sich empor und flogen dahin, gleitend, sich wiegend, und ihr Rhythmus wurde schneller und die ungestüme Vereinigung ihrer Körper dringlicher, bis es unerträglich war und er sich nicht länger zurückhalten konnte. Sein Rücken krümmte sich, und eine fürchterliche Explosion traf ihn wie ein Peitschenhieb und zerriß seinen Leib, und er gab einen Laut von sich, ein Schreien, ohne zu wissen, was er schrie, und gleich darauf sank er, halb betäubt, in ihre Arme.

Er lag über ihr, hielt sie fest umfangen mit beiden Armen, beschützte sie. Das Bett roch nach Seetang, und Sophia war weich und sanft

unter ihm. Er fuhr mit der Zunge über ihre Haut und schmeckte Salz.
»Mein Gott«, sagte er Minuten später mit belegter Stimme. »Was habe ich getan.«
»Du hast mich geliebt, Jack.« Er spürte ihre Lippen an seiner Haut und wußte, daß sie lächelte. »Das war es, was ich wollte.«
»Aber...« Er verstummte. Sie gab ihm Antwort auf seine ungestellten Fragen.
»Nein, wir sind nicht verheiratet. Und ja, ich könnte schwanger werden und ein Kind zur Welt bringen. Aber das spielt keine Rolle. Wir drei werden mit allem fertig. Ich bin die Frau. Letztendlich fallen alle Entscheidungen mir zu.«
»Wir drei? Du beziehst Eric mit ein?«
»Ich bin hier, weil er mich hergeschickt hat. War es das nicht wert?«
»Ach, Sophia!«
»Schlaf jetzt, Jack, schlaf gut. Laß mich dich noch eine Weile in den Armen halten. Wir werden uns morgen früh voneinander verabschieden.«
Ruthven sah sie nicht mehr.
Normalerweise pflegte er bei Tagesanbruch zu erwachen, an diesem Tag aber schlief er bis neun Uhr. Als er entsetzt aus dem Schlaf fuhr und sich eilends ankleidete, war Sophia schon abgereist.
Die nächsten zwei Tage verbrachte er nahezu ausschließlich auf dem Rücken seines Pferds. Dann war es Zeit, nach Katmandu und in die Gurkha-Trainingslager zurückzukehren. Als er seine Hotelrechnung bezahlte, sagte der Empfangschef erfreut: »Ich darf Ihnen eine frohe Nachricht anvertrauen. Zu unserem Entzücken ist es uns gelungen, Miss Sophia ein zweites Mal zu engagieren, diesmal für vier Wochen. Im September wird sie wieder hier bei uns sein. Welch ein Freudenfest dies für ihre zahlreichen Bewunderer sein wird!«

39

»Wie geschmacklos!« Victoria legte die maschinengeschriebenen Seiten aus der Hand und starrte Charlie wütend an. »Dazu hast du kein Recht«, fügte sie heftig hinzu. »Das ist pure Phantasie und eine billige Effekthascherei obendrein.«
»Was denn?«
»Das Zeug über Sophia, die Jack angeblich verführt hat, diese Liebesszene...«
Charlie verzog das Gesicht. »Das ist mit Sicherheit keine Phantasie. Mag sein, daß ich zwischen den Zeilen gelesen und mir vielleicht ein paar künstlerische Freiheiten genommen habe, aber du mußt zugeben, daß diese Lesart nicht von der Hand zu weisen ist. Übrigens deuten deine eigenen Notizen sehr darauf hin, daß es sich mehr oder weniger so abgespielt hat.« Er musterte sie mit einem Anflug von Spott. »Deine Sophia war für damalige Verhältnisse äußerst emanzipiert und eine außergewöhnliche Frau. Ihr modernen Mädchen wißt nicht einmal die Hälfte dessen, was Frauen wie sie damals wußten. Ihr glaubt, ihr hättet den Sex erfunden, aber was, glaubst du, haben sie früher getan, tausend Generationen vor eurer Geburt? Die Frauen damals beherrschten noch die Kunst der Verführung, heutzutage hingegen...« Er brach ab und schlug einen versöhnlichen Ton an. »Ich weiß, daß es ein heikler Punkt ist, und habe ja versucht, mit dir darüber zu reden, aber du hast dich eingesperrt.«
»Du hast also versucht, in mein Zimmer zu kommen?«
»Jawohl. Aus beruflicher Notwendigkeit. Auch weil ich mich einsam fühlte – nächtliches Schreiben macht eben ein bißchen einsam.«
Victoria errötete. Natürlich wußte sie, daß er versucht hatte, in ihr

Zimmer zu kommen, und war zornig über seine Dreistigkeit, doch gleichzeitig fühlte sie sich merkwürdig geschmeichelt.
»Was hätte Angela wohl dazu gesagt?« fragte sie.
Charlie schloß entnervt die Augen. »Angela ist zu Magnus zurückgekehrt. Die Geschichte war ein Fehler, und das hab' ich dir auch gesagt. Das weißt du verdammt genau.«
»Wer hat wen sitzenlassen?«
»Bitte, Victoria, das ist sinnlos und erniedrigend für uns beide...«
»Ich hab' dir eine Frage gestellt«, fuhr sie ihn an. »Hättest du vielleicht die Güte, sie zu beantworten – das ist zumindest eine Sache der Höflichkeit und des Anstands.«
»Also gut«, sagte er nach einer Weile, »nachdem du es unbedingt wissen willst: Sie ist gegangen. Natürlich war es ein bißchen komplizierter...«
»Das bezweifle ich«, unterbrach ihn Victoria mit verächtlichem Lächeln. »Das ist das einzig Überzeugende, was du von dir gegeben hast. Und Angela besitzt offenbar doch noch einen Funken gesunden Menschenverstand.«
»Victoria«, sagte er, »was willst du denn von mir? Willst du hören, daß ich Mist gebaut habe? Das weiß ich. Soll ich vor dir auf die Knie fallen? Soll ich dir sagen, daß ich in Wirklichkeit – und das ist wahr – dich liebe?«
»In Wirklichkeit – und das ist wahr – bist du ein Arschloch. Und in Wirklichkeit – ebenfalls wahr – würdest du damit nur beweisen, daß du ein noch größerer Lügner bist, als ich dachte. Tu das ja nicht, das wäre noch erbärmlicher als alles andere! Du hast nicht mehr viel Würde übrig, bewahr dir wenigstens das, was dir geblieben ist, und steh zu deinen Fehlern.«
Sie brach ab, keuchend und zitternd vor Erregung. In ihrer Wut war sie anscheinend auf ihn zugetreten, denn sie merkte plötzlich, daß er vor ihr zurückwich. Stumm und feindselig starrte sie ihn an.
»Was ist mit meinem Großvater, war er auch ein so außergewöhnlicher Mann, ja?«
»Vielleicht, wenn auch nicht gegenüber seiner Mutter oder seiner Frau. Das schafft kein Mann. Wir haben alle unsere Fehler. Eigentlich tut er mir leid. Gelegentlich tu ich mir fast selber leid.«
Victoria stieß ein Hohngelächter aus. »Ach! Mir bricht das Herz!«
»Schau, Victoria.« Sein Ton klang reumütig, beinahe zerknirscht.

»So schlimm es ist, was passiert ist und was ich getan habe, so katastrophal die Situation ist, könnten wir nicht versuchen, einen Waffenstillstand zu schließen, wenigstens solange wir hier sind? Ich hätte dir auch einen Olivenzweig anzubieten – ich hab noch was anderes geschrieben.«

»Was?« fragte sie argwöhnisch.

»Nepal, oder vielmehr Katmandu. Es ist die Fortsetzung, aber«, sagte er und hob seine Hand, »lies es erst später. Wie viele Leute, meinst du, haben die Chance, das Umfolozi-Reservat zu erkunden? Wir sollten sie nicht verpassen.«

Mürrisch und widerstrebend akzeptierte Victoria den provisorischen Frieden.

Ein geruhsamer Tag im afrikanischen Busch, dachte sie, könnte uns beiden guttun. Vielleicht wäre er sogar ein kleiner Balsam für die Wunden, die sie beide – sie selbst auf jeden Fall – in den vergangenen Monaten erlitten hatten.

Sie ließen sich zwei Lunchpakete herrichten und machten sich auf den Weg.

Wie sie gehofft hatte, verlief der Tag ruhig und friedlich. Sie wanderten durch die Savanne, durch hüfthohes Wintergras, das goldgelb und verdorrt war und nach dem afrikanischen Staub roch. In der größten Hitze setzten sie sich auf einer Aussichtsplattform oberhalb einer Lagune unter ein Strohdach und verzehrten ihr Mittagessen. Zahlreiche Tiere sammelten sich um das Wasserloch, und im Verlauf des Nachmittags beobachteten sie eine Buschschweinfamilie mit ihren munter umhertollenden Frischlingen, etliche Warzenschweine, die sich im Schlamm suhlten, einen majestätischen Nyala-Antilopenbock mit seiner Kuh, ein nervöses Gnupaar, eine rauflustige Pavianhorde, eine Gruppe boshaft keckernder Meerkatzen. Der König des Schlammtümpels war unbestritten das Nashorn, ein Geschöpf aus urgeschichtlicher Zeit, zweifach gehörnt und schmaläugig, das behäbig durch sein Revier wanderte und von sämtlichen übrigen Wesen erwartete, daß sie sich seinen Bedürfnissen beugten.

Zum ersten Mal seit dem Weihnachtstag, seit ihre Suche begonnen hatte, war Victoria mit sich und der Welt im Frieden. Doch der Tag verging rasch, die Sonne neigte sich dem Horizont zu, die Tiere rund um das Wasserloch bereiteten sich auf die Gefahren der

Nacht vor, und kurz vor dem Einbruch der Dunkelheit fand der Frieden ein jähes Ende.
»Miss Ruthven? Miss Victoria Ruthven?« drang eine Stimme von hinten an ihr Ohr.
Erschrocken drehte Victoria sich um. »Ja?« fragte sie.
Sie waren zu zweit. Lautlos waren sie an den Unterstand herangetreten, in dem sie und Charlie saßen, und standen im offenen Eingang. Die beiden Männer trugen Uniform – nicht die Khakishorts und Buschhemden der Wildhüter, sondern die grauen Maßanzüge der staatlichen Polizei.
»Wir würden uns gern kurz mit Ihnen unterhalten. Aber machen Sie sich keine Sorgen – wir haben nur ein paar Fragen, um ein kleines Mißverständnis aufzuklären.«
Charlie war bereits auf den Beinen und hatte sich zwischen Victoria und die beiden Polizisten gestellt.
»Nicht ohne mich«, sagte er forsch. Er grub in seinen Taschen nach seinem Presseausweis, fand ihn endlich und hielt ihn hoch. Der erste Beamte, ein stiernackiger, massiger Bure, warf einen flüchtigen Blick darauf.
»Das wird nicht nötig sein, Sir«, sagte er. »Es ist eine private Sache. Eine Familienangelegenheit. Miss Ruthven ist in einer Minute wieder da.« Er sprach im abgehackten, leidenschaftslosen Tonfall des Südafrikaners.
»Laß gut sein, Charlie«, sagte Victoria. »Ich rede schon mit ihnen.«
Charlie musterte die Polizisten mit düsterer Miene. »Halt dich von offenen Fenstern fern.«
»Höchst geistreich«, bemerkte der jüngere Polizist, eine kleine, dürre, zappelige Gestalt, und grinste. »Sie können Ihrer Zeitung mitteilen, daß wir mittlerweile Doppelscheiben haben.« Zu Victoria gewandt, sagte er: »Wir können im Wagen reden.« Und mit einem Blick auf Charlie fügte er hinzu: »Wir haben dort ein Mikrofon. Jedes Wort wird auf Band aufgezeichnet. Sie können sogar das Geräusch von splitterndem Glas hören.« Wieder grinste er.
Charlie sah aus, als wollte er sich auf ihn stürzen, aber Victoria legte ihm beschwichtigend die Hand auf den Arm. Sie folgte den Polizisten zum Wagen. Wie ein Nashorn und eine Meerkatze, dachte sie erbost, der große Fette ist das Rhinozeros und sein schwatzhafter kleiner Kollege ein Affe.

Der Polizeijeep stand etwa zweihundert Meter entfernt auf der Zufahrt, die zum Unterstand führte. Das Funkgerät gab knackende Töne von sich, und der Senior langte in den Wagen und schaltete es aus. Der Junior zog einen Klappschemel hervor und stellte ihn auf den Boden.

»Nehmen Sie Platz, Miss Ruthven«, sagte er. »Es wird bestimmt nicht länger als ein paar Minuten dauern.«

Victoria setzte sich, was sie gleich darauf bereute: damit war sie in einer psychologisch ungünstigen Position und mußte zu den Polizisten, die sich vor ihr aufgebaut hatten, aufschauen. Doch zu ihrer Überraschung setzten die beiden sich auf das Trittbrett des Wagens und waren wieder auf gleicher Höhe mit ihr. Sie empfand Erleichterung: sie hatte zwar keine Ahnung, was sie von ihr wollten, aber offensichtlich waren sie nicht feindlich gesinnt.

»Nun, Miss Ruthven«, begann das Rhinozeros, »wir wissen, daß Sie der Geschichte Ihrer Familie nachforschen. In Ordnung. Kein Einwand, überhaupt kein Einwand. Das Problem ist, daß es mit Familiengeschichten manchmal aufwärts und manchmal abwärts geht. Und wenn es aufwärts geht, dann folgt gleich darauf der Abstieg – einfach zu verstehen für schlichte Leute wie uns. Richtig, Jan?«

Die Meerkatze nickte. »Richtig, Mann.«

»Wir erhalten Anweisungen, wissen Sie«, fuhr der andere fort. »Nun, Vorschläge nennen wir das heute im neuen Südafrika. Sie wissen schon, was ich meine.«

Victoria wußte nicht, was er meinte. Sie begriff lediglich, daß sie auf merkwürdigen Umwegen eine Warnung erhielt, und fragte ihn unverblümt, ob dem so sei.

Der Senior nahm die Mütze ab und kratzte sich nachdenklich den Kopf. Anscheinend tappte er ebenso im dunklen wie sie, und das stimmte ihn sichtlich verlegen.

»Drücken wir's so aus«, sagte er. »Warum schauen Sie sich nicht einfach unser Land an und genießen Ihren Urlaub? Besichtigen Sie die Naturparks, trinken Sie unseren guten Wein, machen Sie sich eine schöne Zeit mit Ihrem Freund und nehmen Sie schöne Erinnerungen mit nach Hause.«

»Warum?« fragte sie. »Hab' ich irgend etwas Falsches getan?«

»Das hoffe ich nicht«, antwortete er grinsend. »Ich bin sicher, Ihr

Freund würde Sie daran hindern, falls Sie es versuchen. Er scheint gewisse Gepflogenheiten zu kennen, offene Fenster und so...« Er brach ab, sein Ausdruck verdüsterte sich. »Jemand hat dem Museum von Rorke's Drift einen, nun, sagen wir: ungenehmigten nächtlichen Besuch abgestattet. Wieso die dämlichen Kerle an der Spitze ihm nicht einfach gegeben haben, was er wollte, weiß ich nicht. Das geht uns nichts an. Tatsache ist, daß eingebrochen wurde, wir wissen, wer's war, und könnten sowohl diesen Jemand als auch seine Begleiterin verhaften und außer Landes verweisen...«

Er stand auf. Die Meerkatze sprang sofort auf die Beine.

»Bloß ein väterlicher Rat, den ich Ihnen da gebe, aber sicher bedenkenswert.« Er setzte seine Mütze auf. »Wir wünschen Ihnen noch einen angenehmen weiteren Aufenthalt in unserem Land«, schloß er.

Auch Victoria stand auf und ging langsam in Charlies Richtung zurück, doch auf einmal fiel ihr etwas ein, und sie drehte um.

»Woher wissen Sie überhaupt, wer ich bin, was ich tue?«

Er zuckte die Acheln. »Südafrika besteht aus Sippen und Familien«, sagte er. »Sie kennen einander, und jeder weiß, was der andere tut.«

Er drückte sich beinahe genauso aus wie Franjie Viljoen. Victoria lief es kalt über den Rücken. Sie ging weiter.

Charlie erwartete sie vor dem Eingang des Unterstands. »Was war los?« fragte er.

Victoria berichtete. »Es war eine Warnung«, schloß sie. »Aber ich weiß nicht, warum, und ich habe den Eindruck, sie wissen es auch nicht. Sie haben nur die Anweisung, uns einzuschüchtern, möglichst so, daß wir überhaupt verschwinden. Sie sind keine Häuptlinge, nur Speerträger.«

Charlie runzelte die Stirn. »Speerträger nehmen ihre Befehle von den Häuptlingen entgegen. Jemand sitzt im Hintergrund und zieht Fäden.«

»Wieso verhaften sie uns dann nicht einfach?«

»Ich nehme an, das sollen sie nicht«, antwortete Charlie. »Sie wurden nicht ausgeschickt, um uns Ärger zu machen, sondern um uns aus irgendwelchen Ärgernissen rauszuhalten.«

»Aber wer kann sie geschickt haben?« fragte Victoria entnervt.

»Die Leute meinen immer, ein Land ist groß«, sagte Charlie. »Das stimmt überhaupt nicht. An der Spitze nicht, die Spitze ist ganz schmal, sogar in China. Sie besteht bloß aus ein paar Figuren mit bestimmten Interessen, und die drücken auf Knöpfe und legen Hebel um.«

»Und dazu gehört auch Silverback?«

»Kann durchaus sein...«

Charlie starrte auf den Busch hinaus, golden gefärbt vom rasch schwindenden Abendlicht. Von den Wasserläufen, die sich von den Hügeln herabschlängelten, stiegen Nebelschwaden auf, und von allen Seiten ertönten die Rufe der Vögel, die zur Nacht in ihre Nester zurückkehrten.

»Daß das Militär uns die Einsichtnahme in Yeats' Kriegsakte verweigert, kauf ich ihnen nicht ab. Es war ja nichts Besonderes, was ich bei meinem Besuch im Archiv gefunden habe – Spionagetätigkeit im Krieg ist an sich nichts Ehrenrühriges, und die Unterlagen heben durchaus seine vaterländischen Verdienste hervor. Nein, da steckt irgendwas anderes dahinter.«

»Aber was?«

Victoria starrte ihn an. Sie kannte ihn gut genug, um zu erkennen, daß er tatsächlich ratlos war.

»Vielleicht paßt es ihnen einfach nicht in den Kram, daß wir hier herumschnüffeln. Und das moderne Südafrika ist ein verantwortliches Mitglied des Commonwealth, heute geht es nicht mehr so zu wie in den guten alten Zeiten, als einer wie ich sich in der örtlichen Polizeistation auf dem Weg zum Klo verirrte und zufällig aus dem Fenster im sechsten Stock fiel. Heute läuft es anders, heute werden die Leute ins Flugzeug gesetzt und außer Landes geschafft. Aber alte Gewohnheiten sind zäh, und die Denkweise ist dieselbe geblieben.«

»Und das ist die Botschaft an uns?«

Charlie hob die Schultern. »Ich kann mir nichts anderes vorstellen. Ich meine, man teilt uns laut und deutlich mit: Hände weg, Leute, haltet euch da raus. Das ist meine Vermutung. Aber warum?...«

Sein Tonfall war selbstsicher wie immer, doch seine Wortwahl zumindest verriet Ratlosigkeit und Unsicherheit. Er stolperte durch fremdes und potentiell gefährliches Gelände, ohne Landkarte oder Kompaß, und darin erging es ihm nicht wesentlich anders als den beiden Polizisten, die zwar als Repräsentanten der Staatsgewalt auftraten, bewehrt mit einem Schutzschild aus Uniformen und Schußwaffen, und dennoch nicht würdig waren, die Hintergründe ihres Auftrags zu erfahren.

Die Polizisten waren fort. Victoria machte sich keine Gedanken mehr um sie. Um Charlie hingegen immer noch, merkwürdigerweise: während sie sein Gesicht betrachtete und seine Ratlosigkeit sah, spürte sie eine plötzliche, unerklärliche Woge der Zärtlichkeit, und entgegen aller Vernunft ergriff sie seinen Arm.

»Gehen wir zurück«, sagte sie. »Ich möchte die Geschichte von Katmandu lesen.«

»Sie ist sehr kurz und vielleicht ein bißchen schlapp«, antwortete Charlie.

Victoria lachte anzüglich. »So was ist mir keineswegs fremd.«

Zu seiner Ehre besaß Charlie den Anstand, erst zu erröten, dann zu lachen.

40

Manuskript von Charlie -
Die Silverback-Story (5)

»Das kann nicht sein – ich meine, vielleicht hast du dich geirrt, oder vielleicht...« Ruthven verstummte. Bleich und entgeistert starrte er Sophia an.

»Ach, Jack, du bist ein Lieber.« Sophia lachte und berührte sanft seine Wange. »So süß, so unschuldig, so naiv. Du bist anscheinend der einzige Mensch im Hotel, der es nicht gemerkt hat.« Sie strich über ihren rundlichen Bauch. »Woher hab' ich das wohl? Meinst du, ich hab in Schanghai zu viele gebratene Nudeln gegessen?... Du hast gewußt, daß es passieren kann, wir haben darüber gesprochen«, setzte sie nach einer Pause hinzu.

Ruthven, vom Donner gerührt, sagte eine ganze Weile nichts mehr.

Sophia hatte soeben ihr zweites Engagement im Raj Hotel hinter sich gebracht. Ihre Auftritte hatten noch größere Begeisterung hervorgerufen als beim letzten Mal – soweit das überhaupt möglich war, fand Ruthven; für ihn freilich war ihr gemeinsamer Aufenthalt im Hotel anders verlaufen, als er geplant hatte.

Inständig hatte er gehofft, den ganzen Monat mit ihr dort verbringen zu können, aber er war in Nepal aufgehalten worden. Als er sich endlich auf den Weg machte, wurde er nach zweitägigem Ritt wegen eines unvermutet eingetretenen Notstands im Trainingslager wieder nach Katmandu zurückbeordert. Nach einer Ewigkeit, wie ihm schien, die er auf glühenden Kohlen verbrachte, konnte er endlich aufbrechen; wie vom Teufel besessen ritt er nach Süden, wechselte immer wieder das Pferd und gönnte sich kaum ein paar Stunden Schlaf, bis er in den Zug nach Delhi steigen konnte. Als er schließlich im Hotel eintraf, blieben ihnen gerade noch fünf gemeinsame Tage.

Es war eine wunderbare Zeit, die sie nach bewährtem Muster gestalteten: morgens ritten sie aus, gingen spazieren und sprachen miteinander, lagen im Schatten unter den Bäumen, und abends lauschte Ruthven verzückt Sophias Gesang.

In sein Zimmer aber war sie nicht gekommen, und obwohl Ruthven sich schmerzlich danach sehnte, sie wieder in den Armen zu halten, war er's zufrieden, einfach nur in ihrer Nähe zu sein, sie lächeln zu sehen, sie lachen zu hören. Er hatte wohl bemerkt, daß sie auf etwas zu warten schien und ihn bisweilen fragend ansah – aber er, nicht ahnend, was es war, und zu scheu, um danach zu fragen, ging nicht darauf ein, und ehe er sich versah, war ihre Zeit um.

Er hatte ihren Zustand nicht wahrgenommen. Gewiß, ihr gerundeter Leib war auch ihm aufgefallen, doch eine Schwangerschaft war das letzte, woran er dachte. Schamrot und zerknirscht sah er sie an und fühlte sich wie ein Narr, ein blinder, selbstsüchtiger Idiot.

»Was wirst du tun?« fragte er schließlich.

»Mein Kind bekommen, dein Kind.« Sophia lächelte. »Das ist es, was Frauen normalerweise tun.«

»Aber wie, ich meine, wo, ich meine...« Ruthven war sich klar, daß sein Gefasel wenig hilfreich war, aber zu vernünftigem Denken war er nicht imstande. »Du solltest nicht allein sein, ich sollte bei dir bleiben. Aber für dich ist heute dein letzter Tag, und ich muß morgen nach Nepal zurück.«

»Das heißt ja nicht, daß wir uns trennen müssen«, sagte Sophia ruhig.

»Wie meinst du das?«

»Ich kann mitkommen.«

»Sophia«, sagte er erschrocken, »das ist unmöglich. Nepal liegt im Hochgebirge, dort gibt es keinen Komfort, keine Versorgungseinrichtungen, und Europäerinnen sind dort nicht zugelassen. Es ist ein abgeriegeltes Land, die Grenzen sind praktisch verschlossen.«

»Mir ist kein Land auf der Erde verschlossen, Jack«, antwortete sie. »Und es gibt keine Versorgungseinrichtungen? Erst gestern hast du mir von eurem hervorragenden Feldlazarett außerhalb von Katmandu erzählt. Und die Einreise – offen gestanden, ich glaube nicht, daß sie sehr schwierig werden wird. Ein Sari, ein Schal um den Kopf, ein bißchen Walnußsud fürs Gesicht... Ich gehe einfach als Dienerin in deinem Gefolge...« Sie brach ab und sah ihn mit einer Eindringlichkeit an, die er noch nie an ihr bemerkt hatte. »Ich trage dein Kind unter dem Herzen, Jack. Willst du nicht dabei sein, wenn dein Sohn oder deine Tochter geboren wird?«

Ruthven wollte protestieren, doch er besann sich eines besseren. Er schwieg und wandte sich ab. Ihr Vorhaben schien ihm kompletter Wahnsinn, doch unmöglich war es nicht. Das Klima im Tal von Katmandu war angenehm, frisch und gesund. Das kleine Lazarett unter Leitung von Freddie Wilberforce war zwar primitiv – nicht mehr als ein paar Zelte mit der nötigsten medizinischen Ausrüstung –, aber der Stabsarzt war ein erfahrener und kompetenter Chirurg, der mit Sicherheit schon sehr viele Geburten betreut hatte. Und Sophia hatte insofern recht, als Grenzkontrollen so gut wie nie stattfanden – das Land war zu wild und unwegsam. In Verkleidung mochte sie tatsächlich als einheimische Dienerin im Troß eines britischen Offiziers durchgehen.

Je länger er darüber nachdachte, desto verlockender schien ihm der Plan. Die Vorstellung, sie in den nächsten Monaten an seiner Seite zu haben und die Geburt des Kindes mitzuerleben, entzückte ihn. Aber was noch schwerer wog, war ihre Entschlossenheit: selbst wenn er aus Sorge um ihre Sicherheit auf ihre Rückkehr nach Europa bestand, käme er gegen sie nicht an. Wenn Sophia eine Entscheidung getroffen hatte, konnten weder Gott noch der Teufel sie davon abhalten, und erst recht nicht er.

Er drehte sich zu ihr um und nahm sie in die Arme. »Ich freue mich sehr über unser Kind«, sagte er leise. »Einen Sari hast du ja schon. Jetzt sollten wir jemanden schicken, der uns Walnußsud besorgt.«

Die folgenden Monate waren die wohl glücklichste Zeit in Ruthvens Leben. Die Einreise nach Nepal erwies sich als so leicht, wie Sophia prophezeit hatte: als akkreditierter Offizier hatte Ruthven das Recht, sich mit seinen Dienstboten im Land vergleichsweise frei zu bewegen. Niemand hatte gegen Sophias Anwesenheit etwas einzuwenden, man schien sie nicht einmal zu bemerken.

Im Lager eingetroffen, führte er Sophia zu Wilberforce und bat ihn, sie zu untersuchen.

Ruthven marschierte vor dem Untersuchungszelt auf und ab und wartete. Endlich tauchte Wilberforce auf und verkündete lächelnd: »Kommen Sie mit. Die Dame meint, Sie sollen das Urteil hören.«
Ruthven folgte ihm ins Zelt. Sophia saß auf einer erhöhten Liege und lächelte ihn strahlend an.
»Sie ist die gesündeste werdende Mutter, die ich während meiner gesamten Laufbahn als Militärarzt zu Gesicht bekam«, sagte Wilberforce. »Ich werde sie natürlich weiter in regelmäßigen Abständen untersuchen, aber ich bin sicher, daß keinerlei Probleme auftreten werden. Also gehen Sie und genießen Sie beide die Gebirgsluft.«
Sophia ließ sich von der Liege herab und gab Ruthven einen flüchtigen Kuß. Hand in Hand verließen sie das Zelt.
In den folgenden Monaten geschah wenig, das Leben in dem kleinen Tal verlief weitgehend ereignislos. Ruthven und Sophia bewohnten getrennte Zelte, jedoch nahe beieinander. Er verbrachte viel Zeit mit seinen Gurkha-Rekruten, manchmal blieb er dem Lager tagelang fern, und Sophie las viel – Ruthven, Wilberforce und die übrigen drei dort stationierten Offiziere besaßen jeder eine ansehnliche Büchersammlung –, und wenn sie nicht las, ging sie spazieren, hinaus auf die Wiesen des Talgrunds, lernte die Bauern und ihre Frauen kennen, sah ihnen bei der Arbeit zu und durfte ihnen hin und wieder einen Handgriff abnehmen. Oft saß sie einfach nur am Ufer eines Bachs, ließ sich von Libellen und Vögeln umschwirren, träumte und dachte nach. Wenn Ruthven ins Lager zurückkehrte und sie nicht antraf, machte er sich auf die Suche nach ihr, und sie verbrachten den Rest des Tages in glücklicher Eintracht.
Die Tage unterschieden sich kaum voneinander, es geschah so wenig, und doch war es so viel. Sie führten ein Leben, wie sie es nie gekannt hatten: diese Leichtigkeit und Seelenruhe, diese Vertrautheit mit einem anderen Menschen, mit der Landschaft ringsum und ihren Bewohnern, das hatten sie beide nie erfahren. Ein Leben in Liebe. Nachts funkelten die Sterne, Wasserbüffel brüllten, und in der Ferne riefen Käuzchen. Rhododendron, Azaleen, Primeln und Orchideen blühten auf und welkten, über ihnen ragten die majestätischen Berge des Himalaya empor, und Sophia wurde fülliger.
Dick wurde sie nicht, ihr Gesicht, ihre Arme und Beine blieben so schlank und anmutig wie je, und ihre Haut schimmerte noch strahlender als sonst. Aber ihr Bauch wölbte sich mit jeder Woche deutli-

cher hervor. Als es schließlich soweit war, ging alles außerordentlich schnell: binnen weniger Stunden war die Geburt vorüber.
Ruthven erwachte in den frühen Morgenstunden, als sie nach ihm rief. Er rannte zu ihrem Zelt und fand sie auf dem Bett, schweißüberströmt und keuchend. Auf dem Absatz machte er kehrt und lief quer durch das Lager, um Wilberforce aufzuwecken. Der Arzt taumelte aus seinem Bett und begleitete ihn zu Sophia.
»Hinaus mit Ihnen, alter Bursche«, sagte Wilberforce nach einem Blick auf Sophia. »Das hier fällt in meine Zuständigkeit.«
Ruthven wartete draußen vor dem Zelt, angespannt und nervös. Etliche Male schnürte die Angst ihm die Kehle zu, wenn er Sophia schreien und stöhnen hörte, aber er vertraute auf Sophias Kraft und Gesundheit und auf Wilberforces Fähigkeiten – zu Recht, wie sich erwies: die Geburt ging so problemlos und leicht vonstatten, wie es bei einem derart umwälzenden Ereignis nur möglich ist.
Draußen stand Ruthven und hörte den ersten zaghaften Schrei des Neugeborenen, und eine Woge des Glücks erfaßte ihn. Er wollte das Zelt betreten, doch er wagte es nicht. Kurze Zeit später streckte Wilberforce den Kopf heraus. »Jetzt können Sie kommen«, sagte er.
Ruthven bemerkte, daß die Hände des Arztes blutig waren, doch sein Gesicht lächelte. Ruthven trat ein und fiel neben Sophias Bett auf die Knie. Sie lag bleich und ermattet da, aber auch sie lächelte, und in den Armen hielt sie ein in Laken gehülltes Bündel. Ruthven küßte sie sanft.
»Du hast einen Sohn, Jack«, flüsterte sie. »Er ist wunderschön, und er soll Harry heißen, für England und den heiligen Georg.«
Sie schloß erschöpft die Augen. Ruthven streckte einen Finger aus und streichelte das schwarz beflaumte Köpfchen.
»Stark wie ein junger Otter«, sagte Wilberforce. »Kommen Sie wieder her, falls Sie weitere Kinder zeugen, Ruthven. Für uns Wundärzte ist es ein wahres Vergnügen, wenn wir uns endlich einmal mit der angenehmen Seite unseres Berufs befassen dürfen, statt immer nur mit dem Skalpell zu hantieren und Wundbrand zu kurieren und viel zu oft doch nichts mehr ausrichten zu können.«
Mit diesen Worten versetzte er Ruthven einen munteren Hieb auf die Schulter, raffte seine Utensilien zusammen und verließ das Zelt.
Das Baby schlief. Sophia schlug die Augen auf und lächelte, und Ruthven betrachtete glücklich seine Familie.

Drei Wochen später verließen sie Katmandu und reisten nach Delhi: Ruthven, Sophia und ihr gemeinsamer Sohn.
Seine Dienstzeit in Nepal war zu Ende, er hatte seinen Abschied von der Armee eingereicht. Er mußte noch einmal nach London, um verschiedene Formalitäten zu erledigen und seine offizielle Entlassung hinter sich zu bringen; danach wollte er nach Südafrika zurückkehren, wohin Sophia mit Harry ihm vorausreisen sollte.
Ihre letzte Nacht in Indien verbrachten sie gemeinsam im Raj.
Beim Abendessen sagte Ruthven plötzlich: »Eric. Wir werden bald alle wieder vereint sein. Was weiß er von uns?«
»Ich schrieb ihm von meiner Schwangerschaft«, antwortete Sophia. »Ich sagte nicht, wer der Vater ist, aber das hielt ich auch nicht für nötig. Er kann es sich denken.«
»Wird es ihm etwas ausmachen?«
»Jack, du kennst ihn weit besser als ich. Sag du's mir.«
Ruthven zuckte die Achseln. »Er ist mein Freund. Ich liebe ihn, aber ich kenne ihn nicht. Ihr beide...«, sagte er lächelnd, »ihr seid beide gleich kompliziert und rätselhaft. Wir werden sehen.« Er hob sein Glas. »Jetzt trinken wir auf Harry. Wir gehören zusammen, und Harry gehört zu uns allen.«
Sophia warf den Kopf zurück und lachte und trank auf das Wohl ihres Sohnes.

41

Victoria legte das Manuskript aus der Hand. In ihren Augen standen Tränen.
Es war die Wahrheit: instinktiv wußte sie es, so sicher, als wäre sie selbst dabeigewesen.
Wie recht hatte die scharfsichtige Madame Villedieu in Paris, die sie auf die auffallende Ähnlichkeit zwischen Victoria und der jungen Frau auf Renoirs Gemälde hingewiesen hatte. Aber die Ähnlichkeit war nicht nur äußerlich. Wie sie allmählich erkannte – und nicht nur durch Charlies Nachdichtung –, hatte sie auch einige Charakterzüge ihrer Großmutter geerbt: die Entschlossenheit, die Energie, die Verachtung für alle Konventionen, aber auch eine Rücksichtlosigkeit und egoistische Unbekümmertheit und die Bereitschaft, andere zu manipulieren.
Ihre leibliche Großmutter. War sie ein tragisches Opfer oder eine intrigante Hexe?
Sophia hatte ein Kind geboren, aber eine Mutter war sie nie. Sie hatte Eric geheiratet, aber ihrem Mann war sie keine Ehefrau; sie lebte mit zwei Männern. Anmaßend, selbstherrlich, eigensinnig, verlangte sie alles und bekam es. Denn sie war auch eine außergewöhnliche Frau und offenbar unwiderstehlich.
Und was war mit jener anderen Frau, die stets Großmutter Lomax genannt wurde? Ihr Leben lang hatte Victoria geglaubt, die energische Schottin, die lang vor ihrer Geburt gestorben war und die sie nur als Fotografie im Badezimmer ihrer Mutter kannte, sei ihre Großmutter – wie denn auch nicht: sie war die Ehefrau von Jack Ruthven. Victoria hatte kaum je über sie nachgedacht, allenfalls fragte sie sich, weshalb ihr ehrfurchtgebietender, brillanter Groß-

vater sich entschieden hatte, sein Leben mit einer so schlichten Gefährtin zu teilen.
Zwei Frauen, zwei Männer, ein Kind. Und sie, Victoria, die Letzte der Linie, fand keine Ruhe, ehe sie die Knoten, die diese Menschen miteinander verknüpften, gelöst hatte.
Sie sah auf die Uhr und stellte fest, daß es spät war. Charlie saß vermutlich in der Bar, hungrig, trinkend, Geschichten erzählend, und wartete auf sie. Sie badete, kleidete sich, wiederum sehr sorgfältig, in weite Leinenhosen und ein dazu passendes, eng gegürtetes Hemd und ging hinüber zum Restaurant.

»Victoria, hier sind wir! Da ist jemand, der dich kennenlernen will«, rief Charlie, und in seiner Stimme schwang ein triumphierender Ton mit.
Durch das Gedränge in der Bar sah Victoria, daß eine Frau bei ihm saß – der tadellos sitzenden grauen Frisur nach zu schließen, war es keine junge Frau. Aus der Ferne war ihr Alter schwer zu schätzen, doch ihre Figur war schlank und elegant gekleidet in eine taillierte Jacke und einen langen, weiten Rock, unter dem kleine geknöpfte Stiefel hervorsahen.
Victoria bahnte sich durch Tische und Menschen einen Weg zu ihnen.
»Victoria Ruthven – Miss Henrietta Lomax«, stellte Charlie vor. »Das ist deine Kusine, Victoria.«
»Ich wette, du hast nicht gewußt, daß du überhaupt eine Kusine hast, wie?« Die Frau streckte ihre Hand aus, und Victoria ergriff sie: eine knochige, aber warme und trockene Hand. Aus der Nähe betrachtet, war sie viel älter, als Victoria zuerst vermutet hatte: weit über siebzig, wahrscheinlich ging sie auf die Achtzig zu. Ihre Verwandtschaft mit Großmutter Lomax war unverkennbar: die Ähnlichkeit des kräftigen, kantigen Gesichts und der scharfen grauen Augen war so auffällig, daß sie auf Victoria beinahe unheimlich wirkte.
»Nein, ich meine, doch«, stammelte Victoria. »Ich meine, ich wußte schon, daß es irgendwo Verwandte aus der Familie Lomax gab, aber wer sie sind und wo sie leben... Sie sehen wirklich ganz genauso aus wie Großmutter auf den Fotos, nur...«
Die alte Dame lächelte. »Nur um einiges älter, wolltest du sagen.

Aber ich weiß schon, was du meinst. Verwandtschaftliche Ähnlichkeiten sind immer ein bißchen entnervend, aber manchmal sind sie alles, was wir haben. Übrigens haben wir morgen noch Zeit genug für Familienklatsch aller Art. Ich nehme euch zwei mit in meine Höhle.«

Victorias blickte verwirrt zwischen den beiden Gesichtern hin und her.

»Es ist alles schon besprochen, nicht wahr, junger Mann?« wandte Miss Lomax sich an Charlie.

Der nickte. »Deine Kusine ist eine äußerst überzeugende Dame, Victoria.«

»Aber wie, warum, ich meine, wie haben Sie uns gefunden...?« stotterte Victoria.

»Das hab ich schon deinem Freund erzählt und muß nicht mehr alles wiederholen. Er wird es dir bei eurem Abendessen erklären, denn ich muß jetzt ins Bett. Ich sehe euch beide dann morgen früh...«

Sie stand auf, setzte eine goldgerahmte Brille auf die Nase und beäugte Victoria mit scharfem, taxierendem Blick.

»Bitte halte mich nicht für unhöflich, meine Liebe. Aber ich nähere mich dem Greisenalter und bin blind wie eine Fledermaus.« Nach einer Weile nickte sie, anscheinend befriedigt. »Wie ich gedacht habe«, sagte sie. »Das Aussehen ist außerordentlich wichtig. Du bist ein hübsches Mädchen, Victoria, und wahrscheinlich auch recht schlau, wie ich mir vorstelle. Ich denke, wir werden gut miteinander auskommen. Gute Nacht.«

Sie griff nach ihrem Stock, der über der Rückenlehne ihres Stuhls hing, und ging davon.

Victoria starrte ihr verblüfft nach, bis sie verschwunden war. Dann fiel sie über Charlie her. »Was soll das alles bedeuten?« fragte sie schrill.

»Machen wir's so, wie sie vorgeschlagen hat. Gehen wir essen.«

Als sie im Restaurant saßen, berichtete Charlie: »Ich wollte in der Bar was trinken. Als ich an der Rezeption vorbeikam, hielt mich einer der Angestellten auf und fragte, ob ich derjenige sei, der mit Victoria Ruthven zusammen ist. Ich sagte ja. Ich dachte, jetzt sitzt uns schon wieder die Polizei im Genick. Aber nein. Er sagte, in der Bar warte eine Miss Lomax. Ich ging also rüber, und da saß sie.«

»Aber wer ist sie, was will sie?« fragte Victoria.
»Die Einzelheiten wird sie dir morgen erzählen, aber soviel ich begriffen habe, ist sie die Nichte deiner Großmutter Lomax. Und was sie will – nun, das wird sich weisen.«
»Und woher weiß sie, daß wir hier sind?«
»Hat sie mir nicht verraten. Dir wird sie's wohl noch erzählen, mir gegenüber war sie eher ausweichend. Jedenfalls sollen wir morgen zu ihr... Warte«, unterbrach er Victorias Einwände, ehe sie Zeit hatte, ein Wort zu sagen, »ich sag dir schon, warum. Deine Großmutter Lomax hat ihr einen größeren Aktienanteil an Silverback vererbt. Miss Henrietta muß eine der reichsten Privatpersonen von Südafrika sein, und das, Schätzchen, bedeutet *reich.*«

»Wohin fahren wir eigentlich?« fragte Victoria.
»Durban«, antwortete Miss Lomax. »Oder, genauer gesagt, noch ein bißchen weiter in die Hügel nördlich von Durban. Es dauert eine Weile.«
Sie saßen nebeneinander im Fond von Miss Lomax' klimatisiertem Mercedes und ließen sich von einem breit lächelnden Tswana namens Moffat chauffieren, während Charlie, der eine präzise Wegbeschreibung erhalten hatte, irgendwo hinter ihnen mit dem Mietwagen folgte.
»Darf ich Sie was fragen? Ich hoffe, es macht Ihnen nichts aus«, begann Victoria zögernd. »Aber wie kommt es, daß ich noch nie von Ihnen gehört habe?«
Miss Lomax lachte. »Sicher deshalb, weil deine Familie es so beschlossen hat. Mein lieber Papa ist nach Amerika ausgewandert, während der Rest der Familie in Schottland blieb. Margaret, die deinen Großvater geheiratet hat, war meine Tante, die Schwester meines Vaters.«
»Ich habe sie nie gekannt«, sagte Victoria. »Und ich weiß auch fast nichts über sie, sie war irgendwie schemenhaft. Großvater hat selten von ihr gesprochen, seine Schwestern überhaupt nie.«
Wieder lachte die alte Dame. »Das wundert mich nicht. Maggie war zur Dienstmagd bestimmt, sie war nicht dafür erzogen, die Ehefrau eines reichen und berühmten Mannes zu sein, aber dann wurde sie doch eine, und die Schwestern Ruthven waren mit dieser Heirat nie einverstanden – und wahrscheinlich fühlten sie sich

auch schuldig: sie hatten Maggie schließlich ausgesucht, als Kindermädchen. Trotzdem hoffe ich, daß es Jacks Schwestern gutgeht, den furchterregenden alten Schachteln, die sie mittlerweile bestimmt geworden sind, genauso schlimm wie ich.«
»Ach, Sie kennen meine Großtanten?«
»Selbstverständlich. Mein Vater hat in den Staaten ziemlich viel Geld verdient. Ich wurde nach London geschickt, um in die Gesellschaft eingeführt zu werden, und galt als ziemlich gute Partie.« Ihre Augen funkelten bei der Erinnerung, und einen Moment lang wirkte sie beinahe mädchenhaft. »Ich war auch recht hübsch und zudem, wie man damals zu sagen pflegte und ich heute noch zu sagen wage, geistreich.«
Victoria lächelte sie an. »Das glaube ich sofort, Miss Lomax.«
»Danke, aber möchtest du mich nicht duzen – ich tu's doch auch. Nenn mich Henrietta.«
»Gern«, sagte Victoria und gehorchte, obwohl ihr die Anrede noch nicht leichtfiel, als sie fragte: »Aber geheiratet hast du dann doch nicht?«
Ein helles Gelächter und heftiges Kopfschütteln ließen keinen Zweifel an Miss Henriettas Einstellung gegenüber der Ehe.
»Ich hatte natürlich Liebhaber«, sagte sie. »Das ist weitaus lohnender als Ehemänner. Welchen Sinn hätte eine Ehe mit einem Mann, der es als sein gottgegebenes Recht betrachtet, mir ein kleines Taschengeld zuzugestehen – von *meinem* Geld – und mir ansonsten kein Mitspracherecht hinsichtlich der übrigen Verwendung des Vermögens einzuräumen? Nein. Das war absolut nichts für mich.«
»Und was passierte dann?«
»Meine liebe Tante Maggie, deine Großmutter Lomax, lud mich für einen Winter zu sich ein, in die Kapkolonie. Und ich verliebte mich.«
»Ja?«
»Ja. Ich meine, es war wirkliche Liebe – nicht diese sentimentale Jungmädchen-Verliebtheit. Sondern echte Leidenschaft. Liebe: nicht zu einem Mann, sondern zu einem Ort. Diese Gegend hier – der schönste Ort auf Erden. Das Land, die Leute, alles. Ich habe es nie bedauert, nicht eine Sekunde lang.«
Victoria nickte. Auch sie empfand eine große Zuneigung zu Afrika,

fühlte sich zu Hause unter diesem hohen und weiten Himmel, und der flüchtige Schimmer violetter Hügel in der Ferne, die Grenzenlosigkeit der klaren ockerfarbenen Landschaft aus Busch und Sand, die sehnsüchtig nach ihr griff, ließen ihr Herz höherschlagen.

»Meine Güte, sind wir etwa schon da?« Miss Lomax richtete sich auf und beugte sich vor. »Ja, wir sind da. Nun, Kind, mach dich bereit, die einzig wahre Liebe meines Lebens kennenzulernen.«

Im Schrittempo glitt der Mercedes zwischen zwei weißen Pfeilern hindurch, dem Eingang zu einer breiten Lindenallee, die zwischen langen Reihen dichter, sauber beschnittener Reben verlief. Am anderen Ende der Allee erblickte Victoria die schneeweiße Fassade einer vornehmen Villa, hoch und elegant, mit strahlenden Fenstern und einer Veranda, von der ein Schwall Glyzinien herabquoll. Eine gepflegte Rasenfläche erstreckte sich zwischen Blumenrabatten, in denen Storchschnabel und violetter Rittersporn prangten.

»Na, was sagst du, meine Liebe?«

Mit glänzenden Augen wandte Victoria sich zu ihr um. »Das ist wunderschön!«

Die alte Dame nickte. »Jaja, in der Liebe bin ich wählerisch. Willkommen in Stellenfeldt. Wir haben noch viel miteinander zu bereden, aber zuerst müssen wir essen, sonst wird Mama Mathilda kein Wort mehr mit mir sprechen.«

Charlie traf nur zehn Minuten später ein. Im Rosengarten aßen sie zu Mittag – gebratenes Perlhuhn mit einer Füllung aus Wildbeeren –, und der Rosenduft fügte sich harmonisch in das delikate Aroma des hellen Weißweins, der zum Mahl gereicht wurde. Nach dem Dessert, einer Schale winziger Walderdbeeren mit dicker Sahne aus eigener Erzeugung, faltete Miss Lomax ihre Serviette zusammen und lehnte sich zurück.

»Jetzt, nachdem wir miteinander das Brot gebrochen haben, meine Lieben, muß ich mich bei euch entschuldigen.«

»Entschuldigen?« fragte Victoria. »Weshalb?«

»Ich habe euch beschatten lassen.« Sie hielt einen Moment inne, ihre Miene war unbewegt. »Nun, es war nicht direkt eine Beschattung. Sagen wir, ich habe darum gebeten, über eure Schritte auf dem laufenden gehalten zu werden. Deshalb wußte ich, wo ich euch finde.«

»Warum war das notwendig?« fragte Victoria.
»Meine Liebe, du hast offensichtlich keinen Begriff davon, was der Name Ruthven hierzulande bedeutet. Der gesamte Aktienbesitz der Familie macht einen erheblichen Prozentsatz des Vermögens in diesem Land aus. Ein Ruthven in Südafrika ist vergleichbar mit einem Rothschild in Israel. Wir waren besorgt, du könntest dich durch irgendeine vorschnelle Handlung in Schwierigkeiten bringen. Die Behörden auf deine Anwesenheit aufmerksam zu machen, schien die einfachste Lösung.«
»Aha, deshalb also kreuzten diese beiden tolpatschigen Polizisten auf und wollten Victoria zur ›Vernunft‹ bringen?« Charlie schüttelte den Kopf. Es war praktisch das erste Mal, daß er den Mund aufmachte.
»Ja...« Miss Lomax ließ sich nicht beirren. »Es tut mir leid, wenn ihr das als kränkend empfunden habt. Es sollte nur hilfreich sein. Leider reagiert unsere Polizei auf Journalisten in gewisser Weise allergisch, selbst in unserem trefflichen neuen Südafrika. Alte Gewohnheiten sind eben zäh.«
»Miss Lomax«, sagte Charlie, »hat dies – wie anscheinend auch alles andere – mit Silverback zu tun?«
Miss Lomax nippte an ihrem Glas und lehnte sich zurück. »Ich sollte wohl von Anfang an erzählen. Es ist natürlich nicht wirklich der Anfang, aber immerhin der Zeitraum, den ich miterlebt habe, von dem ich also aus erster Hand berichten kann. Meine Tante Maggie, deine Großmutter Lomax, Victoria, wenn du sie so nennen willst, obwohl ich denke, daß du die Wahrheit inzwischen kennst... Nun, sie war eine bemerkenswerte Frau, meine Tante. Sie lebte unter äußerst schwierigen Umständen und machte das Beste daraus. Kapstadt war damals ein sehr reger und entsprechend aufregender Ort. Eine Zwischenstation auf dem Weg nach Indien, wo die reichsten und verrücktesten Europäer zu überwintern pflegten, deutsche Grafen, englische Earls, russische Fürsten. Arrogante Schnösel, aber auch Freibeuter. Neue Grenzen, neues Geld, Rohdiamanten. *Mir* war das sehr recht – zumal immer die mütterliche Tante Maggie zur Stelle war, um mir aus der Klemme zu helfen, wenn etwas wirklich schiefging. Und Sophia natürlich...« Sie schüttelte den Kopf und lächelte nachdenklich. »Ich mochte Sophia, freilich war sie nicht das, was man heutzutage ein

›Rollenvorbild‹ für ein junges Mädchen nennt. Sie war älter als ich, verheiratet, immer noch schön und ziemlich verrückt, und sie sang wie ein Engel. Aber sie war auch schwierig – ein Quell der Zwietracht, würde ich sagen; das war mir von Anfang an klar, so jung und unerfahren ich damals noch war. Es war ein merkwürdiges Leben in Meerlust – dort lebten sie alle vier.«
»Alle vier?« fragte Victoria.
»Fünf, wenn du den kleinen Harry mitzählt. Für das Kind muß dieses Leben fürchterlich gewesen sein, schrecklich verwirrend – kein Wunder, daß er sein Leben lang so desorientiert war. Wenn Maggie nicht gewesen wäre... Sie war ihm die einzige Sicherheit, aber auch sie hat er bald verloren.
Auf der anderen Seite muß man bedenken, daß solche verworrenen Zustände damals nicht gerade ungewöhnlich waren – es gab nicht viele, die ein sogenanntes normales Leben führten. Überall ließ man sich scheiden und heiratete neu, Ehepaare veränderten ständig ihre Konstellationen, zumal innerhalb eines Freundeskreises. Man war also recht abgebrüht. Aber die Yeats-Ruthven-Verhältnisse gingen zu weit. Sie wurden als ziemlich skandalös empfunden, das war sogar mir klar.«
»Ja«, warf Charlie ein, »selbst wenn sie noch so chaotisch sind, enden nicht viele solche Drei- oder Vierecksverhältnisse mit einem Doppelmord.«
Miss Lomax sah ihn scharf an, sagte aber nichts.
»Meerlust«, gab Victoria das Stichwort. »Was war merkwürdig daran?«
»Wie soll ich es erklären? Meerlust ist ein außergewöhnlicher Ort. Nicht so schön wie Stellenfeldt, aber auf seine Weise nicht minder beeindruckend. Ein Landsitz von überladener und sinnloser Pracht, wie so viele Häuser, die sich die Aristokraten des letzten Jahrhunderts hinstellen ließen, um dort dem angeblich schlichten Landleben und allerlei Schäferspielen zu frönen. Aber Meerlust war kein Spiel mehr, es war blutiger Ernst.«
Die alte Dame verstummte und starrte gedankenverloren in den Garten hinaus. Auch Victoria und Charlie schwiegen, um sie in ihren Erinnerungen nicht zu stören.
»Aus heutiger Sicht«, fing Miss Lomax wieder an, »würde ich sagen, daß der ganze Ärger damals begann: mit den zwei gleichen

Häusern und dem widernatürlichen Leben, das sie dort führten. Für einen Außenstehenden, selbst ein wirklich noch junges Mädchen wie mich, war von vornherein klar, daß das nicht gutgehen konnte. Aber entweder waren sie blind und bildeten sich ein, ihre große und umfassende Liebe füreinander könnte alle Hindernisse beseitigen, oder sie wollten es nicht anders und brauchten die Spannungen, die manchmal unerträglich gewesen sein müssen, um die Langeweile zu besiegen. Sophia ritt jeden Tag aus, stundenlang – eine Flucht vor ihrem Alltag. Dabei lebte sie gern hier – nein, viel mehr: sie liebte Afrika genauso wie ich, was der Grund ist, weshalb wir uns miteinander anfreundeten. Aber für dich muß das recht verwirrend sein, Victoria, nicht anders als für Harry. Sophia hat ihnen allen das Leben grauenhaft schwer gemacht, daran besteht kein Zweifel.«
Wieder verstummte sie. Victoria beugte sich vor, griff nach ihrer Hand und sagte: »Bitte, Henrietta, erzähl weiter. Mir zuliebe, erzähl mir alles, was passiert ist, vorher und nachher.«
Miss Lomax räusperte sich, nahm einen Schluck Wein und fing wieder an zu sprechen.
Charlie saß mit schläfrigem Blick daneben und gab sich den Anschein, als hörte er nur mit halbem Ohr zu. In Wahrheit aber lauschte er so begierig wie Victoria und registrierte jedes Wort.

42

Manuskript von Charlie - *Die Silverback-Story (6)*

»Miss Lomax?«

»Ja«, sagte die junge Frau, und Jack Ruthven nahm den Hut ab und trat mit ausgestreckter Hand auf sie zu.

»Ich freue mich sehr, Sie kennenzulernen und in Südafrika begrüßen zu dürfen.«

Er musterte sie einen Augenblick. Er hatte gedacht, es werde schwierig sein, sie im Gedränge ausfindig zu machen, dem Strom von Passagieren, der sich aus dem Liniendampfer von Southampton nach Kapstadt auf den Hafenkai ergoß. In Wahrheit war es ein Kinderspiel: die Mädchen aus dem schottischen Hochland sahen genauso aus, wie man ihnen nachsagte, und stachen aus jeder Menge hervor – unverwechselbar für jeden, der einmal mit ihnen zu tun gehabt hatte. Miss Margaret Lomax war das klassische Beispiel eines Typus, den Ruthven seit seiner frühesten Kindheit kannte. Sie war neunzehn, groß und schlank, mit kecken Brüsten und schmaler Taille, dunkel gelocktem Haar und ruhigen schiefergrauen Augen. Schön war sie nicht, dazu waren ihr Gesicht zu kantig und ihre Hände zu breit und grobknochig, aber sie hatte eine gewinnende Ausstrahlung: eine Kombination aus jugendlicher Verletzlichkeit und jenem keltischen Selbstbewußtsein, das sich überall auf der Welt zu Hause fühlt.

Ruthven war augenblicklich von ihr eingenommen. Sie kam aus Schottland, sie bedeutete Vertrautheit, Sicherheit, Heimat.

»Sie kennen meine Schwestern, nehme ich an«, sagte Ruthven, als sie ihr Gepäck im Wagen verstauten.

»Aye«, antwortete sie. »Octavie und Maude, nun, Miss Octavie und Miss Maude, wie ich sie jetzt nennen sollte – wir sind zusammen aufgewachsen. Eine verschworene Gemeinschaft waren wir, bis sie in den Süden gingen, ins Internat.«
Eine verschworene Gemeinschaft. Was für eine ungewöhnliche Ausdrucksweise für eine Hochländerin, dachte Ruthven. Ohnehin war ihre Sprache nicht ganz das, was er erwartet hatte. Gewiß, der schottische Akzent war hörbar, doch wenig ausgeprägt, viel schwächer, als er ihn von den Dienstboten in Glenmoray her in Erinnerung hatte.
»Und Sie sind im Norden geblieben?«
»Nein, Sir, ich ging nach Edinburgh«, antwortete sie. »Mein Vater war Jagdaufseher und Pirschjäger bei Lord Craigallen. Eine gut bezahlte Stelle war das, und er war, was mich betraf, sehr ehrgeizig. Vier Jahre steckte er mich ins Merchistoun-Mädcheninternat. Dann traf ihn ein Unfall, er brach sich die Hüfte und konnte nicht mehr arbeiten. Der Lord entließ ihn, und ich mußte zurück nach Hause.«
Das erklärt einiges, dachte Ruthven. Das schottische Erziehungssystem war das beste der Welt, und am besten waren die höheren Schulen von Edinburgh. Seit jeher pflegten die Hochländer ihre aufgewecktesten Kinder zum Unterricht in die Hauptstadt zu schicken. Maggie Lomax hatte dort eine immerhin vierjährige Bildung genossen: daher ihre gepflegte Sprache und Ausdrucksweise.
»Miss Lomax«, begann er, aber sie fiel ihm ins Wort: »Maggie, wenn es Ihnen nichts ausmacht, Colonel. Ich wurde noch nie anders genannt.«
Ruthven lächelte. »Selbstverständlich. Maggie, meine Schwestern haben Ihnen ja gewiß von Ihrer eigentlichen Aufgabe erzählt: Sie sollen Harry betreuen. Ich betrachte ihn als meinen Sohn, und meinem Adoptionsantrag wurde kürzlich stattgegeben. Ich möchte, daß er gut versorgt, gut erzogen, geliebt wird. Wollen Sie das tun?«
»Ich bin mit Kindern aufgewachsen, Colonel, ich war immer für meine kleinen Brüder und Schwestern verantwortlich. Wir werden schon miteinander auskommen.«
Über die holprigen, kopfsteingepflasterten Straßen von Kapstadt fuhren sie zu dem Hotel, in dem Ruthven zwei Zimmer für die Nacht reserviert hatte. Am nächsten Morgen machten sie sich auf nach Meerlust.

Maggie und das Kind verstanden sich beinahe auf Anhieb. Nachdem die erste Hemmung überwunden war, entwickelte sich ihr Verhältnis so unmittelbar und unkompliziert, daß Ruthven es kaum fassen konnte.

Am späten Nachmittag trafen sie ein. Die Reise war mühselig gewesen; den ersten Teil der Fahrt legten sie mit dem Auto zurück, danach, als die notdürftig beschotterte Straße einem Feldweg wich, ging es weiter mit Pferd und Wagen. Harry wartete schon ungeduldig auf der Treppe vor dem Haus, neben ihm sein Kindermädchen, eine uralte Malaiin namens Hope. Als das Gespann auftauchte, rannte er die Stufen hinab, um seinen Vater zu begrüßen.

Mit sechs Jahren war Harry ein hübscher, schelmischer Junge, quirlig und lebendig wie ein springender Delphin und stets zur Fröhlichkeit aufgelegt. Er hatte Sophias kastanienfarbene Locken geerbt, die er sehr kurz geschnitten trug, und Ruthvens graue Augen. Aber wer ihn näher kannte, spürte bereits etwas Launisches und Unberechenbares in ihm, eine gewisse Schwäche und Beeinflußbarkeit.

Er stürzte auf Ruthven zu und klammerte sich an seine Beine. Dann rannte er davon und versteckte sich hinter einer Säule, von der aus er Maggie mißtrauisch beäugte. Nach einer Weile kam er zurück, um sie näher zu begutachten.

»Wer ist sie?« fragte er.

»Maggie«, antwortete Ruthven. »Sie ist zu uns gekommen, um dir Gesellschaft zu leisten.«

»Ich mag sie aber nicht«, murrte Harry mit finsterer Miene.

Maggie ließ sich nicht aus der Ruhe bringen. »Das brauchst du auch nicht, mein Hühnchen. Aber ich denke, wir werden schon einen Weg finden, wie wir's miteinander aushalten.«

»Ich bin kein Hühnchen«, schrie Harry. »Ich bin ich!«

»Natürlich bist du das, Hühnchen. Und ich bin auch ich.«

Ruthven lachte. »Harry, Maggie kommt von zu Hause, aus Schottland. Dort sagen wir Hühnchen zu jemandem, den wir gern mögen.«

Harry stampfte mit dem Fuß. »Hope nennt mich kleiner Strauß, das gefällt mir. Sie mag ich. Euch kann ich nicht ausstehen, ihr seid alle beide Geier.«

Wütend starrte er sie an. Maggie hob ihre Tasche auf und ging auf das Haus zu. »Hühner, Strauße und Geier«, sagte sie, »das sind alles Vögel. Wir können miteinander leben.«

Das waren die letzten harschen Worte, die zwischen den beiden fielen.
Innerhalb weniger Tage hatte Maggie nicht nur Harrys volles Vertrauen gewonnen, sondern war seine engste Freundin geworden. Die arme Hope, die Lehrmeisterin seiner ersten Jahre, die ihre Schuldigkeit getan hatte, wurde in die Küche abgeschoben: sie spielte in seinem Leben keine Rolle mehr. Fortan war Maggie sowohl seine Bibel als auch sein Prüfstein. Unentwegt hieß es »Maggie sagt dies« und »Maggie sagt jenes« oder: »Maggie hat mir heute erzählt...«
Ruthven war hingerissen. Maggie entsprach so voll und ganz seinen Erwartungen und Hoffnungen, daß er seinen Schwestern einen begeisterten Dankesbrief schrieb.
Harry lernte lesen und schreiben, er entwickelte ein Interesse an Büchern, und sein Wortschatz erweiterte sich rasant. Auch seine Aussprache veränderte sich, er legte seinen Akzent ab, der eine Mischung aus Afrikaans-Kauderwelsch und dem Singsang der schwarzen Hausangestellten gewesen war, und paßte sich Maggies Rhythmen an.
Zwei Jahre vergingen, und Maggie wurde immer wichtiger und unentbehrlicher, nicht nur für Harry: auch in Ruthvens Leben begann sie eine immer größere Rolle zu spielen. Er war viel unterwegs, und während seiner oft wochenlangen Abwesenheiten kümmerte sie sich um das Haus und den Haushalt. War er zu Hause und hatte Gäste zu bewirten, wie es immer häufiger geschah, wechselte sie wie selbstverständlich von der Haushälterin zur Gastgeberin, und sie machte ihre Sache sehr gut, trotz ihres jugendlichen Alters.
Ruthven erinnerte sich an das erste Mal, als sie mit ihm und seinen Freunden zu Tisch saß. Er hatte sie einigermaßen bedrängen müssen, unter anderem mit dem Argument der ungeraden Gästezahl, doch schließlich gelang es ihm doch, sie zu überreden. Danach bedankte er sich bei ihr.
»Ich bin Ihnen sehr dankbar«, sagte er. »Ich bin sicher, es war Ihnen eine Last, aber Sie waren eine höchst charmante Gastgeberin.«
Sie lachte. »Für einen Schotten ist essen nie eine Last«, sagte sie, »vor allem nicht für einen Hochländer. Wie Sie wohl wissen, Colonel, plaziert man unsereinen niemals unterhalb des Salzfasses; das Salz steht dort, wo wir sitzen.«
Für eine einundzwanzigjährige Frau, die, obwohl immerhin die Toch-

ter eines Jagdaufsehers, aus recht einfachen Verhältnissen stammte, war das eine außerordentlich selbstbewußte Bemerkung, dachte Ruthven.

Aber wie er mit der Zeit feststellte, war Maggie nicht nur selbstbewußt, sondern auch unerschrocken und ihrer selbst sicher. Es vergingen zwei weitere Jahre, und Ruthven wurde zunehmend von ihr abhängig. Sie führte den Haushalt, sie wachte über Harrys Leben, der inzwischen schon zehnjährige Junge betete sie an; und mit den Jahren lag auch sein eigenes Leben immer mehr in ihrer Hand.

Ruthven beschloß, für einige Wochen zu verreisen und das Haus Maggies Obhut anzuvertrauen – was er unbesorgt tun konnte. Nicht aus geschäftlichen Gründen mußte er fort, sondern um allein zu sein und über sein Leben nachzudenken.

Er stieg in die Drakenberge in Natal. Er ging ganz allein, nicht einmal einen Träger nahm er mit. Er kletterte und marschierte und schlief unter freiem Himmel, wie er es als Kind in Schottland und später als Soldat in Nepal getan hatte. Tagsüber beobachtete er die Tiere, nachts zündete er ein kleines Lagerfeuer an und saß dicht vor den Flammen. Er ließ sich von der Stille und Weite des Raums erfüllen, und hier, in der Einsamkeit, konnte er seine Gedanken ordnen. Hier fand er Frieden, zum ersten Mal seit der Geburt seines Sohnes.

Als sein Entschluß gereift war, kehrte er nach Meerlust zurück. Zwei Tage später, nachdem sie gegessen hatten und Harry zu Bett gegangen war, bat er Maggie – die seit einiger Zeit immer gemeinsam mit ihm aß –, ihn in die Bibliothek zu begleiten.

»Maggie«, sagte Ruthven, als sie nebeneinander vor dem Kamin saßen, »was ich Ihnen zu sagen habe, könnte ich auf viele verschiedene Arten formulieren, aber ich bin ein Soldat, und deshalb wähle ich die einfachste: Wollen Sie mich heiraten?«

Endlos hätte er sich über die Gründe verbreiten können, die hinter seiner Frage standen, aber bei Maggie war das nicht nötig. Sie wußte alles von ihm, zumindest das Wesentliche, und er brauchte ihr nichts vorzumachen.

Maggie starrte ins Feuer. Nachdenklich strich sie sich über den Hals. Dann hob sie den Kopf, und ihr Blick war wie immer ruhig.

»Ja, Colonel, ich will Sie heiraten.«

Lächelnd beugte Ruthven sich zu ihr hinüber und ergriff ihre Hand. »Sie machen mich, wie man so sagt, zu einem sehr glücklichen Mann.«

Maggie hielt seine Hand fest, jedoch ohne sie liebevoll zu drücken, wie er halb erwartet hatte.
»Sie und ich, wir kennen einander gut«, sagte sie. »Nach all der Zeit sollten wir ein gutes Gespann werden. Harry, nun, vielleicht wird es auch dem lieben Jungen guttun. Es mag besser sein, wenn ich als Ihre Frau angesehen werde denn als...« Sie verstummte. Etwas lag ihr auf dem Herzen. Doch wie es ihre Art war, zögerte sie nicht lang, noch redete sie um den heißen Brei herum. »Mr. und Mrs. Yeats«, sagte sie, »Mr. Eric und Miss Sophia. Ich habe Ihnen nie eine Frage gestellt, aber ich denke, jetzt habe ich das Recht dazu. Sie, Colonel, sind ständig mit ihnen zusammen. Harry hat keine Mutter. Ist es Miss Sophia?«
»Ja«, sagte Ruthven ruhig.
»Und Sie sind sein wirklicher Vater?«
Ruthven nickte.
»Sehr gut«, sagte sie. »Gründe und Umstände gehen mich nichts an. Ich muß nur wissen, wo der Junge und ich stehen. Ich werde mich um Sie und ihn kümmern, so gut ich kann...«
Wieder zögerte sie, was ungewöhnlich für sie war. Sie war eine sehr taktvolle Frau, die nie ein Sterbenswort über seine Freundschaften und Gepflogenheiten hatte fallen lassen, doch wenn etwas sie persönlich anging, war sie stets sehr direkt und kompromißlos. Als sie jetzt weitersprach, lag in ihrem Tonfall der Anflug eines Unbehagens, einer bösen Vorahnung. »Colonel«, sagte sie langsam, »dieses Arrangement wird hoffentlich keine Zwietracht säen?«
»Selbstverständlich nicht«, antwortete Ruthven und tat ihre Befürchtungen mit einer wegwerfenden Geste ab. »Sie werden meine Ehefrau sein. Aber angesichts dessen könnten Sie mich vielleicht etwas weniger formell anreden?«
Maggie lachte. »Zu gegebener Zeit und im richtigen Augenblick. Aber überlassen Sie das bitte mir, Colonel.«

Sie heirateten in der Kirche St. Xavier in Kapstadt. Eric Yeats war der Brautführer, als Zeugen im Kirchenbuch unterschrieben Eric und Sophia. Eric hatte eine kleine Feier im Mount Nelson Hotel ausgerichtet. Man trank Champagner, die wenigen Gäste plauderten miteinander, dann verabschiedeten sie sich nach und nach unter herzlichsten Glückwünschen. Auf Erics Betreiben hin verbrachten Jack und

Maggie Ruthven ihre Hochzeitsnacht in getrennten Hotelzimmern. »Für alles andere wirst du viel zu müde sein«, sagte er. »Spar dir den ganzen Liebeskram für später auf.«

Der intrigante, manipulierende Eric hatte, wie so häufig, nicht unrecht. Die Hochzeitsnacht erschien Ruthven wahrhaftig nicht als der richtige Zeitpunkt, um mit seiner frisch angetrauten Gattin zu schlafen. Der rechte Augenblick kam später, als alle Spannungen, Unsicherheiten und Ängste hinter ihm lagen, genauer gesagt, drei Tage später.

Denn sie hatten als Erics Gäste zwei Tage im Mount Nelson verbracht und kehrten erst am dritten Tag nach Meerlust zurück. In dieser Nacht teilten sie sich zum ersten Mal ein Zimmer, ein Bett.

Ruthven nahm Maggie in die Arme und hielt sie eine Zeitlang nur fest, ehe er sich ein Herz faßte und sie zu streicheln begann und schließlich liebte. Er ging die Sache an als eine Pflicht und eine ehrenwerte Form, die Eheschließung zu besiegeln. Zu seiner Überraschung – zumal er auf diesem Gebiet keine Erfahrung hatte, außer mit Sophia, seiner langjährigen Geliebten – fand er zunehmend Gefallen daran, denn Maggie erwies sich als begeisterte, geschmeidige und tatkräftige Liebhaberin.

Als es vorbei war, ließ er von ihr ab und lag neben ihr, erschöpft zwar, aber befriedigt und glücklich. »Maggie, das war wunderschön«, sagte er. »Ich hätte nie gedacht, daß du...«

Er verstummte, verlegen, aber sie befreite ihn aus seiner heiklen Lage mit einem kleinen Lachen. »Daß ich von diesen Sachen etwas verstehe? Ach, Jack, wie wenig weißt du über uns Schottinnen, dabei bist du selber ein Schotte. Du solltest dich schämen.«

Sie schmiegte sich in seine Arme und schlief ein. Am nächsten Morgen begannen sie ihr gemeinsames Eheleben.

43

»Guten Morgen! Ich habe eine Überraschung für euch, meine Lieben«, rief Miss Lomax fröhlich.
Die Sonne stand hoch am Himmel, der Vormittag war fast vorbei, doch ihre Gastgeberin hatte sich bisher noch nicht blicken lassen. Am Abend zuvor waren alle drei spät zu Bett gegangen; während Charlie sich zum Schreiben zurückzog, saßen Miss Lomax und Victoria noch lange zusammen und holten nach, wozu sie bisher nicht Gelegenheit gehabt hatten: sie lernten einander kennen. Sie hatten sich viel zu erzählen, und aus ihren stundenlangen Gesprächen entwickelte sich eine Freundschaft, die Victoria wohl tat. Als sie morgens aus dem Gästeflügel des Hauses trat, fand sie auf der rückwärtigen Veranda ein reichhaltiges Frühstück vor, mit starkem schwarzem Kaffee, dazu frischgepreßtem Orangensaft und pflaumengroßen Weintrauben. Während Victoria durch das Landgut spazierte, legte Charlie letzte Hand an sein Manuskript, das Werk der vergangenen Nacht.
Sie saßen wieder auf der Veranda, als Miss Lomax auftauchte. Victoria stand auf, um sie zu begrüßen. »Eine Überraschung?« fragte sie.
»Ihr bekommt Besuch. Ihr werdet ihn sicher interessant finden.«
»Wieder ein Polizist?« fragte Victoria lachend, aber ihre Frage war nur halb scherzhaft gemeint. Nach dem gestrigen Geständnis hätten weitere Überraschungen dieser Sorte sie nicht verwundert.
»Schlimmer. Ich hab euch einen Anwalt besorgt.« Henriettas graue Augen funkelten vergnügt.
»Um Gottes willen! Wozu brauchen wir einen Anwalt?«
»Keine Sorge. Sam Wade ist nicht nur Anwalt, sondern auch ein

Experte für Wirtschaftsrecht. Er versteht mit Sicherheit mehr von den Angelegenheiten deiner Familie als die Betroffenen selbst. Außerdem ist er so etwas wie ein Hobbyhistoriker. Du wirst ihn faszinierend finden.« Sie musterte Victoria streng. Dann nickte sie, wie zur stillschweigenden Bestätigung ihre eigenen Entscheidung.
»Ich habe beschlossen, dir zu helfen, Kind«, fuhr sie fort. »Und ich mache nie halbe Sachen. Ich habe die Absicht, mich – um mit deiner Familie zu sprechen – ins Bett des Feindes zu legen. Es tut mir leid, sagen zu müssen, daß es zum Teil aus Trotz geschieht – diese beiden alten Hexen, Jacks Schwestern, konnte ich noch nie leiden, sie waren immer gegen seine Heirat mit Maggie und ließen es sie spüren. Aber ich tue es auch deshalb, weil Sophia es so gewünscht hätte. Ich sehe in dir eine große Ähnlichkeit mit ihr, was mich sehr berührt, denn ich habe sie wirklich sehr geliebt – ich weiß keinen Grund, weshalb du auf dein angestammtes Recht verzichten solltest, und es ist mir gleichgültig, ob ich damit die Schicklichkeitsbegriffe deiner Familie verletze.«
»Meinst du, das ist der Grund, weshalb sie mir meine Nachforschungen so ... schwer machen?«
»Teilweise, aber nicht allein. Weißt du, es liegen alle möglichen Skelette in allen möglichen Kellern herum. Und deshalb brauchen wir Sam Wade.«
»Und warum sollte er bereit sein, mir zu helfen?«
»Weil ich ihn darum gebeten habe.«
Charlie wollte etwas sagen, doch Miss Lomax hielt abwehrend die Hand hoch, um ihn zum Schweigen zu bringen.
»Nein, junger Mann. Ich werde *nicht* erklären, weshalb Sam sich meinen Wünschen fügt. Ihr werdet einfach akzeptieren müssen, daß er gute Gründe hat, daß meine Bitte sittlich korrekt ist und daß er keine Rechnung stellen wird.« Sie lächelte Victoria an. »Zufällig weiß ich, meine Liebe, daß deine Familie die finanzielle Trumpfkarte bereits ausgespielt hat. Und du wirst dir vermutlich denken können, daß ich damit nicht einverstanden bin.«
»Aber ich kann unmöglich akzeptieren...« Victoria errötete vor Verlegenheit.
»Natürlich kannst du. Sophia hätte gewiß nicht gezögert, dasselbe zu tun. Ich helfe dir deshalb, weil mir völlig klar ist, daß es sonst keiner tun wird. Von wem auch immer du deinen Charakter geerbt

hast, es waren sicherlich nicht deine Eltern, und dein Großvater ist nicht da, um dich zu schützen. Es wird mir ein Vergnügen sein, den beiden alten Harpyien einen Strich durch die Rechnung zu machen. Ich weiß nicht, was für ein Spiel sie spielen, aber Verständnis kann ich dafür nicht aufbringen. Junge Frauen haben genauso wie junge Männer das Recht, ihr Schicksal selbst in die Hand zu nehmen.«

Sie neigte lauschend den Kopf. In der Ferne waren stampfende Pferdhufe zu hören. »Das wird Sam sein«, sagte sie. »Ich lasse euch jetzt allein. Ihr habt viel zu bereden, ohne daß ich euch das Stichwort dazu geben muß.«

Das Hufgetrappel kam näher, und schließlich bog ein kleines, gedrungenes Pferd um die Hausecke. Darauf saß ein noch junger Mann, der behende aus dem Sattel sprang und keineswegs aussah wie ein Anwalt auf dem Weg zu einem Mandanten. Nach den Schweißflecken auf seinem Khakihemd zu urteilen, war er in scharfem Galopp geritten – auch stand dem Pferd der Schaum vor dem Maul.

Victoria musterte ihn zweifelnd. Er wirkte viel zu jung, um so erfolgreich zu sein, wie Henrietta ihn dargestellt hatte – er war allenfalls Anfang vierzig.

»Sie sind gewiß Miss Ruthven. Freut mich, Sie kennenzulernen. Sam Wade.« Er streckte ihr die Hand entgegen, nachdem er sie sorgfältig an einem sauberen Seidentuch abgewischt hatte. »Bitte verzeihen Sie meine Formlosigkeit«, sagte er, lächelnd, und wies auf seine Reitkleider. Anscheinend gehörte Sam Wade noch zur alten, kolonialen Schule – ein förmlicher, höflicher Anwalt. Auch seine Sprache verriet kaum eine Spur des südafrikanischen Akzents. Winchester und Cambridge, vermutete Victoria und erwiderte das Lächeln.

»Aber von Meerlust nach Stellenfeldt geht es über den Hügel sehr viel schneller als auf der Straße, und mein Pferd kann ein kleines Training gut gebrauchen«, fuhr er fort. »Außerdem hat Miss Lomax mich mit einer Dringlichkeit herbeizitiert, der ich nichts entgegenzusetzen hatte. Sie ist äußerst durchsetzungsfähig, wie Sie sicher schon festgestellt haben, und Sie haben Glück, daß sie auf Ihrer Seite steht.«

»Das stimmt«, sagte Victoria.

Sam Wade wandte sich an Charlie. »Und Sie müssen Charles Mortimer sein.« Wieder streckte er die Hand aus. »Wissen Sie, ich habe eine Vorliebe für die britische Presse und manchmal auch Gelegenheit, Ihre Artikel zu lesen, und ich muß sagen, daß ich mich zu Ihren Bewunderern zähle.«
Charlie setzte eine entsprechend geschmeichelte Miene auf. Sam Wade weiß genau, welche Knöpfe und Hebel er bedienen muß, dachte Victoria, als er sich mit unverhohlener Bewunderung wieder ihr zuwandte.
»Nehmen Sie's mir nicht übel, Miss Ruthven, aber die Ähnlichkeit ist wirklich frappant. In Meerlust hängt ein Porträt von Sophia...« Er unterbrach sich, leicht verlegen. »Tut mir leid, das hätte ich nicht sagen sollen. Das war taktlos. Aber ich kenne Ihre Familie zeit meines Lebens...«
Victoria lachte. »Entschuldigen Sie sich nicht, ich weiß Bescheid. Außerdem sind Sie nicht der erste, der mich darauf aufmerksam macht, und Sie werden sicher nicht der letzte sein. Aber erzählen Sie mir doch, in welcher Verbindung Sie zu meiner Familie stehen?«
»Hat Ihnen Miss Lomax das nicht erklärt? Mein Vater war der Anwalt Ihres Großvaters. Ich habe manche seiner Mandanten übernommen und viele seiner Verantwortlichkeiten einfach geerbt, jedenfalls im Hinblick auf Meerlust. Zum Beispiel besitze ich eine Vollmacht für alle damit verbundenen Verwaltungsangelegenheiten und kümmere mich um allfällige Probleme. Alle paar Monate komme ich her, um nach dem Rechten zu sehen, so eben auch jetzt. Wie Sie sicher wissen, hat man alles so belassen, wie es war.«
»Ich weiß überhaupt nichts«, sagte Victoria. »Das kommt Ihnen vielleicht merkwürdig vor, aber andererseits sollte Sie das nicht allzusehr überraschen, nachdem Sie öfter mit meiner Familie zu tun haben.«
Wade runzelte die Stirn. »Als Nachvermächtnisnehmerin, und zwar des einzig existierenden Nachvermächtnisses, wenn ich mich recht entsinne, müßten Sie eigentlich darüber Bescheid wissen. Ist dem nicht so?«
»Leider nein. Ich weiß nicht einmal, was ein Nachvermächtnis ist.«
»Nun, das ist rasch erklärt. Praktisch bedeutet es, daß Sie die

Letzte der Linie sind und damit die letzte Erbin. Ich kann Ihnen das alles im Detail erklären, wenn Sie wollen. Miss Lomax sagte mir, Sie sollen Zugang zu sämtlichen Unterlagen bekommen, für die Sie sich im Zuge Ihrer privaten Nachforschungen interessieren.«

»Miss Lomax?« sagte Charlie. »Das ist aber sonderbar. Warum muß sie Victoria erst die Erlaubnis erteilen, in die Unterlagen ihrer *eigenen* Familie Einsicht zu nehmen?«

»Das kann ich Ihnen leider nicht sagen, das ist vertraulich«, antwortete der Anwalt. »Aber ich versichere Ihnen, daß so die Vorschriften lauten. Auf jeden Fall liegt die Genehmigung vor, und das ist die Hauptsache.«

»Ich nehme an, wir reden über Silverback«, sagte Charlie.

»Sie wissen sicherlich beide, daß die Silverback Foundation eine private Holdinggesellschaft ist. Haftbar ist sie ausschließlich gegenüber ihren Aktionären, und zwar über den Vorstand. Ich denke, Sie können daraus Ihre eigenen Schlüsse ziehen.«

»Das beantwortet nicht eigentlich meine Frage.«

»Dann lassen Sie es mich so ausdrücken«, sagte Wade. »Ende der fünfziger Jahre, als man absehen konnte, daß der Kapitaltransfer in Zukunft mit Sanktionen bestraft würde, wurde beschlossen, die Gesellschaft ins Ausland zu verlegen, was mein Vater bewerkstelligte – gerade noch rechtzeitig, wenn ich so sagen darf. Sharpeville folgte kurz darauf. Der im Inland deklarierte Aktienbesitz von Silverback ist registriert und der Öffentlichkeit zur Einsichtnahme zugänglich. Die Unternehmenskonten, die Investitionspläne für die Zukunft, die natürlich durch Begünstigte umgesetzt werden können, und so weiter unterstehen ausschließlich der Entscheidungsbefugnis des Vorstands, der Direktoren im Ausland.«

»Das heißt im Klartext, daß niemand auch nur die leiseste Ahnung hat, was das Unternehmen eigentlich treibt?«

Charlie war Journalist, er wollte Fakten und exakte Antworten und gab sich nicht mit Ausflüchten und Tarnmanövern zufrieden. In seinem Ton schwang aufkeimender Ärger mit.

»Mr. Mortimer, ich bin Anwalt«, sagte Wade, »ich erlasse keine Finanzgesetze. Entscheidungen und Handlungen sind Sache der Politiker. Meine Aufgabe besteht lediglich darin, die Interessen meiner Mandanten zu vertreten und zu wahren.«

Victoria spürte, daß Charlie im Begriff stand, zu explodieren, und legte beschwichtigend eine Hand auf seinen Arm.

»Was sind denn das für Unterlagen«, fragte sie. »Ich meine die Dokumente, in die ich Einsicht nehmen darf?«

»Archivmaterial. Ziemlich faszinierend, muß ich sagen...« Wades Miene hellte sich auf; sein Ausdruck war eine Mischung aus Erleichterung und echtem Interesse. »Die Anfangszeit der Kapkolonie ist ein regelrechtes Hobby von mir. Es war eine außergewöhnliche Zeit, die heute, seitdem wir unsere gesamte Geschichte ›afrikanisieren‹, kaum erforscht wird. Sie war nicht immer anständig, muß ich sagen. Die Geschäftsmethoden waren mitunter, gelinde ausgedrückt, recht unorthodox, in manchen Fällen schlicht betrügerisch. Mit Eingeborenenhäuptlingen, die nie im Leben einen Stift in der Hand hatten, wurden Verträge unterzeichnet, gegen eine Handvoll Perlen und ein paar Flaschen Whisky wurden Ländereien verschachert. Von politischer Korrektheit konnte damals keine Rede sein. Das Archiv in Meerlust ist nur deshalb unangetastet erhalten geblieben, weil Ihre Familie so sehr auf ihre Privatsphäre bedacht ist. Um die Wahrheit zu sagen: noch nie hatte ein Außenstehender Einblick in die Geschäftsunterlagen aus der Anfangszeit von Silverback.«

»Ein Archiv?«

»Eine ganze Bibliothek voll. Die Geschäfte Ihres Großvaters und seines wichtigsten Partners, Mr. Eric Yeats, sowie verschiedener weiterer Handelspartner.«

»Und das ist es, wozu ich Zugang erhalten soll?« fragte Victoria und spürte, wie Charlie, der Journalist, innerlich frohlockte.

Wade nickte.

»Wann?«

»Jetzt gleich, würde ich vorschlagen, falls es Ihnen paßt. Wenn ich zurückreite – allerdings müssen Sie mir einen kleinen Vorsprung einräumen – und Sie mit dem Wagen fahren, sollten wir mehr oder weniger gleichzeitig dort sein. Dann können Sie sich in Ruhe das Archiv ansehen, und ich stehe Ihnen für Auskünfte zur Verfügung, so gut ich kann.«

»Jesus weinte!«

Richtig, dachte Victoria, als sie vor dem düsteren Bollwerk Meerlust stand und hinaufblickte. Charlies Worte trafen den Nagel auf den Kopf. Jesus hätte bestimmt geweint, aber nicht so lang und so laut wie seine Mutter: an einem Ort wie diesem konnte eine Frau niemals glücklich werden. Während Stellenfeldt mit seinen geschwungenen Giebeln und lichten, wohlproportionierten Räumen, den weiten Fenstern und dem blühenden Garten weibliche Anmut besaß, strahlte Meerlust eine derbe Männlichkeit, ja, fast Brutalität aus.

Die Zufahrt war eine Eichenallee, ein schmaler, tief beschatteter Weg, denn die Bäume, die ihn säumten, waren dicht belaubt und so ausladend, daß ihre Kronen sich in der Höhe vereinigten. Am Ende der Allee ragte drohend die blutrote Masse zweier identischer Gebäude auf: dräuende Zwillinge, schiefergedeckt und gekrönt von einem Wald hoher Kamine im Schatten riesiger Koniferen. Glatte, abweisende Fassaden, die nur durch rote Granitpfeiler und kleine, schmale Buntglasfenster unterbrochen wurden: diese zwei mächtigen Gebäude ragten zu beiden Seiten eines weiten, gepflasterten Innenhofs auf, den auf der einen Seite eine hohe Mauer begrenzte, auf der anderen ein schweres Eisentor, das sich heben und senken ließ wie eine mittelalterliche Zugbrücke. Der Hof lag in tiefem Schatten, teils wegen der Höhe der Häuser mit ihren Kaminen, teils wegen der Vielzahl dunkelgrüner Bäume.

Victoria verspürte eine leise Beklemmung. Hier hatten ihre Großeltern gelebt, hier war ihr Vater aufgewachsen?

Wade stand auf der Treppe vor einem der Häuser und winkte sie zu sich herauf. »Kommen Sie rein«, rief er, »drinnen ist es angenehm kühl.«

Die Inneneinrichtung war um nichts weniger furchteinflößend als das Äußere. Victoria stand in einer hohen Eingangshalle mit Stuckdecke und rauchgeschwärzter Eichenholztäfelung, schwere Vorhänge dämpften den ohnehin geringen Lichteinfall, und in dieser Dämmerung meinte sie zu erkennen, daß nahezu jede freie Fläche mit antiken Kriegswaffen – Musketen, afrikanischen Holzspeeren, Schwertern – und Jagdtrophäen behängt war. Sie erschauderte.

Wade lächelte ihr zu. »Ich weiß, es ist überwältigend. Aber mit der Zeit gewöhnt man sich – mir macht es schon nicht mehr viel aus. Und wir müssen ja nicht hier leben.«

Er ging ihnen voraus zu einer schweren Tür auf der anderen Seite der Halle. »Ursprünglich gab es zwei Archive, in jedem Haus eins. Nach dem Unfall…« Wade warf einen flüchtigen Blick auf Victoria, um sich ihrer Reaktion zu versichern, doch da ihre Miene unbewegt blieb, fuhr er fort: »…brachte Ihr Großvater die Yeatsschen Unterlagen zunächst hierher, vermutlich um auszusortieren und die geschäftlichen Angelegenheiten zu regeln. Aber er gab bald auf: kurz darauf beschlossen er und seine Frau, von hier fortzuziehen. Sie hatten ja noch ein Haus in Kapstadt, dann eins in London und natürlich Bowley. Sie legten die gesamte Verantwortung in die Hand meines Vaters, ihres Anwalts, und kamen nie mehr zurück. Hier ist alles so geblieben, wie es am Tag ihrer Abreise war. Es gibt einen Wächter – er macht es so ähnlich wie ich und hat die Aufgaben seines Vaters übernommen; er wohnt im Gärtnerhaus dort hinten, und seine Frau beseitigt hin und wieder den Staub. Er weiß, daß wir hier sind. Wenn wir gehen, wird er wieder alles absperren.«
Wade öffnete die Tür und ließ Victoria und Charlie vorausgehen. »Bedienen Sie sich, es gehört alles Ihnen. Nehmen Sie sich soviel Zeit, wie Sie brauchen.«
Die Bibliothek war mit dem gleichen dunklen Eichenholz eingerichtet wie die Eingangshalle, aber immerhin fiel ein wenig Licht durch die Buntglasfenster und warf ein aquamarinblaues und smaragdgrünes Muster über die Steinfliesen und Perserteppiche. In den Ecken des Raums standen Glasvitrinen mit ausgestopften Vögeln und aufgespießten Schmetterlingen, und an den Wänden zogen sich bis zur Decke hinauf Regale voller dicker Folianten – viele Hunderte waren es, sauber beschriftet, datiert und chronologisch geordnet. Eine ganze Wand war dem Minenbetrieb gewidmet – Erträge und Investitionen in Maschinen und Neuerschließungen, Personalakten und Arbeitsstunden für die Eisen-, Zink- und Diamantenminen Potsmasburg, Umgababa, Oranjemund und so weiter: lauter Namen, die Victoria von ihrer beruflichen Tätigkeit her kannte.
Charlies Nüstern bebten, und seine Augen glänzten wie bei einem Kind zu Weihnachten. Er strich an den Regalen entlang, zog einzelne Folianten heraus und stapelte sie auf dem Mahagonitisch, der fast die gesamte Raumlänge einnahm.

Victoria überließ ihm die Archivdurchforstung und beschloß, auf eigene Faust das andere Gebäude zu erkunden.
Sie durchquerte den Hof, stieg über eine identische Treppe zu dem Zwillingshaus hinauf, trat ein und stand in derselben düsteren Halle, unter demselben mit schwerem Stuck verzierten Plafond, vor denselben bunten Fenstern, durch die purpurfarbenes Licht hereinfiel. In der Mitte der Halle führte dieselbe Doppeltreppe zu den oberen Stockwerken.
Victoria zögerte kurz, dann ging sie hinauf. Falls Sophias Präsenz hier spürbar war, dann wohl in einem Schlafzimmer – gewiß hatte sie sich in diesem maskulinen Haus eine Zuflucht für sich selbst geschaffen.
Sie fand das Zimmer auf Anhieb, im ersten Stock rechts. Der Raum war mit Chintz tapeziert, und weich wie die Wände war auch die Einrichtung: voller Stoffe und Kissen, die eine Atmosphäre von Wärme und Glück hervorriefen, wie geschaffen für Lust und Verführung – gerüschte Vorhänge und Girlanden, Tischchen und Sessel und Polster, dazu Spiegel und Lampen, Nippesfiguren auf den Kommoden, und in der Mitte des Raums thronte ein spitzenbesetztes Himmelbett, hübsch und frivol. In dieser grimmigen Festung hatte Sophia sich hier ihr zerbrechliches, fedriges Nest bereitet.
Victoria zog sich zurück und ging hinunter in die Bibliothek. Auch hier war der Raum eichengetäfelt, doch statt der Regale mit Folianten säumten die Wände zahlreiche Kabinettschränke mit flachen Schubladen, die sich mit erstaunlicher Leichtigkeit herausziehen ließen. Darin fand sie Schichten um Schichten präparierter Gefieder, gerade noch sichtbar durch das dünne Seidenpapier, das sie schützte. Ein schwacher Geruch nach Kampfer und dem Staub von altem Pergament stieg ihr in die Nase. Hier und dort hob Victoria ein Seidenpapier an und sah, daß die Vogelfedern darunter immer noch glänzten, die Schnäbel und Klauen, schiefergrün, rot oder ebenholzschwarz, immer noch hart und makellos waren, und ein Grauen fiel sie an.
Dennoch nahm sie einen präparierten Balg mit. Dann verließ sie den Raum und lief zurück zu dem Zwilling auf der anderen Seite des Hofs. In der Bibliothek fand sie Charlie vor, wie sie ihn verlassen hatte, jetzt zwar ein wenig verstaubt, doch dafür jubelnd.

»Nichts ist später als 1939«, rief er ihr entgegen. »Mit den Morden hört das Archiv auf. Aber aus den Jahren davor ist wirklich alles vorhanden – die gesamte Anfangszeit, als Yeats seine Geschäfte gemacht und sein Imperium aufgebaut hat. Was wir hier haben, ist das Wurzelgeflecht, aus dem Silverback emporgewachsen ist...« Er hob den Kopf aus den Folianten, zwischen denen er sich vergraben hatte, und strahlte sie an. »Victoria, das ist Material für eine gigantische Reportage! Hör zu. Yeats war wirklich ein Genie in manchen Dingen – er war die Finanzkanone, der Hasardeur, der ein narrensicheres System entdeckt hatte. Wenn die Grenzen eines Minengebiets nicht ganz paßten, verlegte er sie. Wenn ein Fluß, den er zum Rohstoffabbau brauchte, ungünstig verlief, ließ er ihn umleiten. Wenn ein Geschäft sich als Flop erwies, dann schrieb er es einfach um. Der Himmel weiß, mit welchen Tricks er seine Partner herumgekriegt hat, aber daß er es getan hat, geht aus diesen Unterlagen hervor. Er war ein Pirat – er ging unmögliche Risiken ein und schaffte es irgendwie, aus allem Profit herauszuholen.«

Victoria trat neben ihn und blickte über seine Schulter.

»Wirklich merkwürdig an Silverback«, fuhr Charlie nachdenklich fort, »ist allerdings, daß dieser Riesenkonzern, soweit ich begriffen habe, am Anfang nur eine Muschelschale war und eigentlich ein Schwindel. Denn sie fanden überhaupt keine Diamanten auf ihrer Safari in den Norden – die offiziellen Berichte sind alle falsch, kannst du dir das vorstellen? –, sondern was sie fanden, war bestenfalls Zirkon, schlimmstenfalls Quarz. Aber das spielte überhaupt keine Rolle, denn Yeats konnte alle von seiner Diamantenader überzeugen, vor allem die Investoren. Und am Ende haben doch alle Beteiligten gewonnen. Er trieb das Geld auf, investierte es in irgendwelche intelligenten Geschäfte, und jeder wurde reich... Aber was ich nicht verstehe, ist folgendes. Er brauchte nämlich überhaupt nichts zu tun. Sein Vater war sowieso immens reich. Er brauchte nicht zu arbeiten. Er hatte es gar nicht nötig, seine Energie und seine unternehmerischen Begabungen und das Vermögen, das er damit erwirtschaftete, mit deinem Großvater und Sophia zu teilen. Warum also...?« Er schüttelte ratlos den Kopf. »Jeden Penny, den er verdiente, steckte er wieder in die gemeinsame Kasse. Wenn Ehrlichkeit das rechte Wort ist – das ist es wahrscheinlich nicht –, dann war das die einzige ehrliche Sache, die er in seinem Leben je getan hat. Denn Silverback ist in Wirklichkeit aus einem Betrug hervorgegangen, es war eine gefälschte Banknote, mit der sich nur etwas anfangen läßt, wenn man sie gegen einen realen Wert tauscht. Er warf sozusagen lauter Blüten auf den Markt, die Banken und Investoren merkten nichts, und dann, mit der Zeit, wurden daraus echte Scheine.«

»Wenn du meinst, Silverback hat als Betrug angefangen, dann schau dir das mal an«, sagte Victoria und breitete die präparierte Vogelhülle aus, die sie aus der Zwillingsbibliothek mitgenommen hatte, und wies ihn auf dieselben kritischen Stellen hin, die Rory Watson ihr im naturgeschichtlichen Museum gezeigt hatte. »Siehst du das hier? Und da? Und da?« Mit dem Finger fuhr sie über die winzigen Nähte.

»Wo hast du das her?« fragte Charlie verblüfft.

»Aus Erics Haus. Davon gibt es noch Hunderte, vielleicht Tausende. Alle sind wunderschön und die meisten, nehme ich an, auf dieselbe Weise entstanden wie das hier.«

»Das soll wohl ein Webervogel sein, nicht? Ein Büffelweber, wie sie hier recht häufig sind. Aber soviel ich weiß, sollten Büffelweber schwarze Flügel mit weißen Rändern auf den Deckfedern und auf den Schwingen haben, ganz bestimmt nicht diese sonderbaren gelben Federbüschel hier. Und der Schwanz – ich weiß nicht: meines Wissens sind diese Büffelweber praktisch ganz schwarz...«

»Siehst du«, sagte Victoria. »Das ist auch eine der Yeatsschen Fälschungen.«

44

»Guten Tag, Sie sind sicher Miss Ruthven. Ich bin Josh Meyer. Womit kann ich Ihnen dienen?« Der Mann war stämmig und breitschultrig, seine Beine waren so kurz wie seine Arme lang und seine Hände breit wie Schaufeln; er trug eine Hornbrille, und von seinem Haupt wallte eine prachtvolle dunkle Mähne herab.
Ihn zu finden war nicht schwer gewesen: Victoria hatte einfach den Portier des Mount Nelson Hotels nach dem besten Tierpräparator in Kapstadt gefragt. Schließlich waren Generationen von Trophäenjägern nach ihren Expeditionen ins Landesinnere hier abgestiegen und wollten ihre Beute noch vor der Rückreise nach Europa ausstopfen lassen. Inzwischen waren die meisten Expeditionen zwar Fotosafaris, doch es gab immer noch genügend Jäger, um eine Reihe von Taxidermisten zu ernähren. Und das älteste und angesehenste Unternehmen, erfuhr Victoria, sei Meyer & Söhne, gegründet im Jahr 1878.
Der gegenwärtige Eigentümer, Josh Meyer, leitete die Firma nun in der vierten Generation. Victoria hatte ihn angerufen und einen Termin mit ihm vereinbart.
In einem Raum voller Glaskästen, in dem es intensiv nach Formaldehyd und Kampfer roch, stand er in seinem weißen Arbeitskittel vor ihr, äußerst freundlich und entgegenkommend, aber in seiner Statur ähnelte er ein wenig einem Gorilla, zumal ihm auf den Handrücken dasselbe üppige Haar sproß wie auf dem Kopf.
»Ich habe eine Bitte: Würden Sie sich das einmal ansehen?« fragte Victoria, öffnete die Tasche und zog das präparierte Gefieder hervor, das sie aus Meerlust mitgenommen hatte.
»Gern. Darf ich fragen, weshalb?«

»Mir wäre es lieber, wenn Sie zuerst einen Blick darauf werfen. Sagen Sie mir einfach, was Sie davon halten.«
Meyer begann, den Balg zu untersuchen. »Also«, sagte er, »das ist ein Webervogel, aber das werden Sie sicher wissen. Alt, würde ich sagen, hier ist das Gefieder ein bißchen zerschlissen, aber eine wirklich gute, professionelle Arbeit...«
Er stockte. Er streifte die Schwanzfedern auseinander und runzelte die Stirn. Dann sah er Victoria an. »Was soll das bedeuten?«
»Ich verstehe nichts von Vögeln«, sagte Victoria. »Ich hatte gehofft, Sie würden es mir sagen.«
Meyer warf ihr einen forschenden Blick zu. Dann nahm er sich erneut das Gefieder vor. Er wendete den Balg, breitete die Flügel auseinander, runzelte wieder die Stirn, griff nach einem Vergrößerungsglas und musterte eingehend die Unterseite und den Ansatz der Beine, und seine massigen Finger glitten mit äußerster Behutsamkeit durch die weichen Federn. Dann besah er sich den Schnabel, drückte ihn auf und hielt das Vergrößerungsglas über die Zunge. Schließlich legte er den Balg aus der Hand.
»Sie wollen mich nicht auf den Arm nehmen, wie?« fragte er. »Wissen Sie wirklich nichts darüber?«
»Nichts, das versichere ich Ihnen. Aber ich würde es gern wissen. Deshalb bin ich zu Ihnen gekommen.«
Meyer sah sie scharf an. Er schien ihr zu glauben und nickte. »Na dann...« Er schob die Brille auf die Stirn und fuhr sich über das Gesicht. »Ich würde sagen, das ist ein Witz, ein ausgeklügelter, komplizierter und teurer Witz – eine Arbeit wie diese kostet einiges. Ursprünglich stammt das Gefieder von einem Webervogel, und zwar von einem Büffelweber. Ich bin Taxidermist, kein Ornithologe, ich präpariere nur Tiere, stopfe sie aus und richte sie naturgetreu wieder auf, aber mit Webervögeln kenne ich mich zufällig recht gut aus. Ein Büffelweber ist normalerweise schwarz, farbig sind an ihm nur der rote Schnabel und die weißen Säume an den Schwingen. Sehen Sie her...« Er breitete noch einmal den Balg aus und zeigte ihr die kleinen gelben Federbüschel an der Unterseite der Flügel. »Diese Federn, würde ich sagen, stammen wahrscheinlich von einem Maskenweber, der gelbe Flügelunterseiten hat. Sie wurden eingesetzt. Sehr gekonnt, wirklich. Und sehen Sie sich den Schwanz an: dieses Streifenmuster ist nicht normal, die

braunen Federn wurden nachträglich eingenäht. Und die Krallen, fühlen Sie...«
Er nahm Victorias Hand und führte sie vorsichtig die Vogelbeine entlang. Unter dem daunenweichen Gefieder spürte sie einen dünnen, harten Wulst wie von einer Naht.
»Nun, wie gesagt, ich bin ja kein Ornithologe, aber meiner Ansicht nach gehören die Krallen genausowenig hierher. Verstehen Sie, bei der Präparierung ist es nicht nötig, die Krallen eigens festzunähen, sie trocknen einfach aus. Ich meine, diese Krallen stammen von einem anderen Vogel.«
Victoria zog ihre Hand zurück. »Können Sie noch etwas feststellen?« fragte sie.
»Ich kann den Balg natürlich auseinandernehmen«, antwortete Meyer, »sozusagen eine gerichtsmedizinische Untersuchung durchführen. Prüfen, was für Fäden und Drähte verwendet wurden, was für Techniken. Aber das geht natürlich nicht ohne Beschädigung – ein Gefieder, das so alt ist wie dieses, ist sehr verletzlich. Der Schaden wäre höchstwahrscheinlich irreparabel.«
»Das macht überhaupt nichts«, sagte Victoria und schüttelte den Kopf. »Das Ding gehört mir, und ich möchte wissen, was es damit auf sich hat. Es ist mir wichtig.«
»In Ordnung.« Meyer setzte die Brille wieder auf und lächelte. »Sie stellen mich vor eine echte Herausforderung. So was wie das hier ist mir noch nie begegnet. Kommen Sie morgen wieder, sagen wir, um dieselbe Zeit; bis dahin werde ich mehr wissen.«
Auf dem Rückweg zum Hotel dachte Victoria, es sei nicht eigentlich ihr Eigentum, was sie dem Tierpräparator zur Zerstörung überantwortet hatte. Im rechtlichen Sinn hatte sie das Gefieder gestohlen. Genauso, wie sie ihren Großtanten das private Archiv von Jack Ruthven gestohlen hatte. Aber Begriffe wie Diebstahl spielten hier keine Rolle mehr, es ging um ihren Großvater, den einen Mann in ihrem Leben, den sie wirklich und selbstlos geliebt und bewundert hatte, um ihre Beziehung zu ihm und um seine Rehabilitation. Falls er tatsächlich ein Betrüger und Fälscher war, mußte sie sich davon überzeugen und sich damit abfinden. Andernfalls mußte sie den gegenteiligen Beweis liefern. Auf jeden Fall konnte sie nicht tatenlos zusehen, wie er öffentlich und privat demontiert wurde.

Und auf jeden Fall, erkannte Victoria erstaunt, spielte es für sie persönlich gar keine Rolle, wie die Sache ausging: an ihrer Liebe zu ihm würde sich nichts ändern.

»Also, Sie haben mich bis spät in die Nacht wachgehalten, wissen Sie das?« begrüßte sie Meyer, als sie ihn am nächsten Tag wieder aufsuchte.
Victoria setzte zu einer Entschuldigung an, doch er winkte lachend ab.
»Es war tatsächlich hochinteressant«, sagte er. »Normalerweise setze ich tote Tiere wieder zusammen. Noch nie bin ich umgekehrt vorgegangen und habe einen präparierten Balg zerlegt. Leider ist es so, wie ich Ihnen gesagt habe: es ist nicht mehr viel übrig. Setzen Sie sich bitte.«
In der Tat lagen auf dem Tisch vor ihm nur noch ein Häufchen loser Federn, Teile des gefiederten Balgs und etliche Drähte.
»Ich könnte natürlich eine Rekonstruktion versuchen, aber offen gestanden, es besteht wenig Hoffnung.«
Victoria schüttelte den Kopf. »Ich sagte Ihnen doch, es spielt keine Rolle.«
»Richtig«, sagte er. »Also. Das Ausgangsmaterial ist der Balg eines Büffelwebers, wie gesagt. An der Unterseite seiner Flügel wurden die hochgelben Federn eines Maskenwebers eingesetzt, während die braunen Schwanzfedern meines Erachtens wiederum von einem anderen Weber stammen, nämlich von einem Viehweber. Bis hierher bleiben wir wenigstens innerhalb einer Familie. Aber die Klauen, die unterhalb des Kniegelenks angenäht wurden, gehören zu einem Rotfußfalken. Einwandfrei bestätigen kann Ihnen das zwar nur ein Vogelkundler, aber ich kenne Rotfußfalken, es sind europäische Zugvögel, die bei uns überwintern, ich habe selbst schon welche präpariert und bin deswegen ziemlich sicher. Und schließlich...« Meyer nahm den Vogelkopf mit dem geöffneten Schnabel in die Hand. »Die Zunge. Webervögel fressen Körner und kleine Kerbtiere, Falken sind Raubvögel. Sehen Sie, die Oberfläche der Zunge ist anders, weich in der ersten Hälfte, rauh und knotig in der zweiten. Das hier ist die Zunge eines Raubvogels. Der Balg wurde an der Kehle aufgeschnitten, und man hat ihm eine andere Zunge eingesetzt. Auch das eine außerordentlich sorg-

fältige Arbeit...« Er schwieg eine Weile. Dann fuhr er fort: »Jemand hat sich eine neue Rasse einfallen lassen, ein Tier, das in Wirklichkeit gar nicht existiert. Die Technik ist tatsächlich brillant. Heutzutage würde er nicht mehr damit durchkommen, aber vor sechzig oder siebzig Jahren hätte die Welt nur gestaunt und keine Fragen gestellt.«
»Wer könnte das gemacht haben?«
»Wollen Sie's wirklich wissen?« fragte er in spöttischem Ton. »Höchstwahrscheinlich wir, Meyer und Söhne.« Er lachte. »Ich bin Jude, Miss Ruthven. Sie wissen ja, was man uns nachsagt – jede Menge Chuzpe, keine Skrupel und immer auf dem neuesten Stand der Wissenschaft oder der Technik. Ich nehme an, das ist das Werk meines Großvaters, und ich kann Ihnen sagen, warum – abgesehen vom fachmännischen Können. Schauen Sie...«
Er nahm ein Stück gelblichen Seidenfaden vom Tisch, so fein, als stammte er aus dem Netz einer Spinne. In der Wärme seiner Hand rollte das hauchdünne Gewebe sich spiralig ein.
»Das habe ich aus den eingesetzten Federn geholt; damit waren sie an der Haut festgenäht. Jetzt sehen Sie sich das an.« Er reichte ihr eine hölzerne Garnrolle, um die derselbe feine Faden gewickelt war. »Für extrem diffizile Arbeiten benutze ich ihn immer noch«, sagte er. »Kalahari-Rotkehlchen und Khama-Lerchen – Exemplare, wie die Naturkundler sie herbringen. Der Faden stammt aus einem uralten Vorrat und wird schon seit Jahrzehnten nicht mehr hergestellt, aber er ist immer noch der beste. Mein Großvater hat ihn eingelagert, und wenn unser Vorrat aufgebraucht ist, gibt's nichts mehr. Aber deshalb glaube ich, daß es seine Arbeit und sein Faden war.«
Meyer sprach im begeisterten und wehmütigen Ton, in dem ein Künstler etwa ein Farbpigment beschriebe, das ihm bald für immer verloren sein würde.
Victoria musterte nachdenklich das kleine Häufchen der Überreste eines einst prächtigen, wenn auch falschen Gefieders. »Aber warum«, fragte sie, »kommt jemand auf die Idee, etwas derart Abstruses zu fabrizieren?«
Meyer breitete die Arme aus und lachte. »Bin ich ein Prophet? Wer immer es war, mein Großvater oder einer seiner Mitarbeiter: er hat einen Auftrag ausgeführt, der ihm wahrscheinlich ziemlich gut bezahlt wurde.«

»Aber warum?«
Mit derselben Geste der Ratlosigkeit wie am Vortag schob sich Meyer die Brille auf die Stirn und fuhr sich übers Gesicht.
»Ein Witz, wie ich schon sagte, das wäre die naheliegende Antwort. Wenn nicht, dann steckt etwas anderes dahinter. Dann ist es Betrug, ein Hohn, eine Grausamkeit, wie Rache eine Grausamkeit ist. Aber wer bin ich, das zu entscheiden?«
Victoria stand auf. Sie fragte, was sie ihm für die viele Arbeit schulde, die ihm die Zerlegung des Balgs verursacht habe, aber er winkte ab. Auf ihr Beharren reagierte er fast ärgerlich und weigerte sich eisern, Geld von ihr anzunehmen.
»Nur eins hätte ich gern«, setzte er hinzu, während er sie zur Tür begleitete. »Falls Sie je rausfinden, was es mit dieser Sache auf sich hat, dann schreiben Sie's mir. Ich würde wirklich gern wissen, wieso mein eigener Großvater – falls er's denn war – verschiedene Webervögel miteinander vermischt und dem Ganzen Falkenklauen und eine Falkenzunge verpaßt hat...« Er lächelte und schüttelte ihr die Hand. »Wissen Sie, wir Juden, wir hängen immer sehr an unserer Familie, und außerdem sind wir unheilbar neugierig.«
Victoria ging zurück zum Hotel. Natürlich würde sie Charlie berichten, was Meyer ihr erzählt hatte. Mittlerweile fühlte sie sich verpflichtet, Charlie alles weiterzugeben, was sie erfuhr. Und sie wußte, daß Charlie die neuesten Erkenntnisse sofort verarbeiten würde, so wie er von Anfang an die kargen und oft bruchstückhaften Fakten, die sie ihm mitteilte oder die er selbst in Erfahrung brachte, zu einer ganz eigenen Erzählung ausgebaut hatte. Diese geheimnisvolle und spannende Geschichte hielt ihn fast ebenso gefangen wie sie selbst.
Neugierig fragte sich Victoria, was er wohl aus der Tatsache machen würde, daß die besten Taxidermisten von Kapstadt vor sechzig oder siebzig Jahren dazu benutzt worden waren, nichtexistierende Vogelarten zu fabrizieren.

45

Manuskript von Charlie -
Die Silverback-Story (7)

»Was haben wir gefangen? Irgendwas Interessantes dabei?« rief Yeats aus dem Lager und ging zu Ruthven hinüber.
Sie befanden sich am Südrand der Kalahariwüste, innerhalb des Protektorats, aber nahe der Grenze zur Kronkolonie Britisch-Betschuanaland im Süden. Es war sehr früh am Morgen, die Sonne war gerade erst über den Horizont gestiegen, und am Himmel leuchteten noch die Farben der schwindenden Nacht in türkisen, purpurnen und zitronengelben Lichtstreifen, die in Minutenschnelle verblassen würden. Bald würde die brutale Sommerhitze wieder um sich greifen, eine tödlich trockene Weiße, die gewalttätig und grell den größten Teil des Tages beherrschte, und alle Kreatur niederdrücken mit dem Gewicht von Felsblöcken, Stunde um Stunde, bis in der sengenden Luft alles verdorrte. Erst mit dem Einbruch der Dämmerung würden die Farben am Himmel für kurze Zeit wiederkehren, ehe die Dunkelheit und die Kälte der Nacht einsetzten.
Ruthven liebte die Abende und Nächte der Kalahari wegen ihrer belebenden Kühle, wegen der Schreie zurückkehrender Flughühner und der Rufe gefleckter Eulen, die im Zeltlager die vom Licht der Laternen und des Feuers angezogenen Insekten jagten, wegen der scharlachroten Sonnenuntergänge, die den Horizont in Brand setzten, und wegen der Sternenkaskaden, die hinter dem Kreuz des Südens in die Unendlichkeit davontrieben. Noch mehr aber liebte er den frühen Morgen. Die kühle Brise, die hauchzarte Reifschicht auf dem Sand, die Spuren nächtlicher Tiere, die rund um oder mitten durch das Lager gewandert waren. Ihre Fährten zu lesen ist für jeden, der diese Kunst beherrscht – und Ruthven war darin sehr gut –,

als blätterte er in einer alten Gedichtsammlung: alles ist ihm vertraut, und doch entdeckt er immer wieder Neues.
Es gab in der Umgebung eine besondere Löwin, deren Spuren er zu erkennen gelernt hatte. In der vergangenen Nacht war sie wieder vorbeigekommen, diesmal anscheinend mit zwei halbwüchsigen Jungen. Ein unerschrockener Honigdachs hatte sich nahe an die Feuerstelle gewagt und am Kochtopf geschnuppert, ihn umgeworfen und den Überrest des Abendessens aufgeschleckt. Zwei Schakale hatten forschend und vorsichtig das Lager umkreist.
Ruthven war fasziniert von den Tieren der Wüste, am meisten aber faszinierten ihn die Vögel.
»Dasselbe wie immer«, sagte Ruthven, als Yeats bei ihm war. »Ziegenmelker, Lerchen und Rotkehlchen, ein Nashornvogel, der sich offenbar verirrt hat, ein paar Weber. Ich hab sie alle freigelassen außer diesem kleinen Burschen hier.«
In seiner Handfläche kauerte ein winziges, zitterndes Federbüschel mit zornigen schwarzen Augen auf beiden Seiten des klappernden Schnabels. Ruthven reichte ihn Yeats, der das Vögelchen sorgfältig untersuchte.
Sie fingen sämtliche Vögel in einem durchhängenden Netz, das über einem Wasserloch an mehreren Pfosten befestigt war. Die Idee stammte – wie übrigens die meisten Ideen – von Yeats, der beobachtet hatte, daß die Vögel zur morgendlichen Tränke unbekümmert und nahe am Boden heranflogen. Natürlich hätte man sie schießen können, aber zumal die kleineren Vögel würden davon zu sehr beschädigt, und daher fiel ihm ein, sie mit Netzen zu fangen.
Die ersten Versuche waren ein Fehlschlag. Von den Buschmännern, die im Kalaharifluß fischten, hatten sie aus Schilf geknüpfte Netze erstanden und als straff gespannte Flächen aufgerichtet, aber die Vögel prallten nur dagegen, fielen zu Boden und flogen davon, so daß sie ihre Technik ändern mußten. Sie beauftragten die Buschmänner, ein Netz aus feinerem, beinahe seidenartigem Material zu knüpfen, weitmaschiger als die Netze, die sie zum Fischen verwendeten. Dieses befestigten sie an denselben Pfosten über dem Wasserloch, jedoch so locker, daß es schlaff herabhing und sich unten bauschte. Immer noch prallten die Vögel gegen das Geflecht, doch konnten sie nicht mehr davonfliegen, sondern taumelten abwärts und verfingen sich in den Maschen, bis sie befreit wurden.

»Es ist eine Lerche«, sagte Ruthven. »Wüstenfärbung, gespreizte Füße, Insektenfresserschnabel.«
»Wir sollten sie behalten – so eine ist uns noch nie begegnet.«
Der Vogel kämpfte und wand sich in Yeats' Hand.
»Laß den kleinen Kerl frei«, sagte Ruthven. »Wir finden ihn wieder.«
Yeats sah ihn mit einem merkwürdigen, rätselhaften Lächeln an. Er hob die Hand und warf den Vogel in die Luft. Einen Augenblick später erscholl ein jubelnder Gesang, als das verschreckte Geschöpf emporstieg und sich durch Laute zu orientieren versuchte.
»Weißt du was, Jack?« Yeats starrte in den Himmel, bis die Lerche verschwunden war. »Du bist viel netter als ich. Anständig und tapfer und gerecht. Ich nicht. Ich bin ein Schurke, und wir Schurken beherrschen die Welt. Und machen Vermögen, das wir den wenigen Auserwählten wie dir zugute kommen lassen.«
»Jesus, Eric, werde doch endlich erwachsen!« rief Ruthven unwirsch und ging davon.
Er kehrte zu seinem Zelt zurück. Er verabscheute die ständigen Streitereien mit Eric. Er war ihm so zugetan wie je, aber in letzter Zeit war es schier unmöglich, sich nicht mit ihm zu überwerfen, selbst Banalitäten wie die Frage, ob ein Vogel umgebracht oder freigelassen werden sollte, gab Anlaß zu Streit, mindestens zu Sticheleien. Eric war schon immer verhalten aggressiv und spöttisch gewesen, aber in letzter Zeit brachen die negativen Seiten an ihm immer häufiger hervor, und sein Wesen wurde zunehmend feindselig und rachsüchtig. Er konnte zwar noch lachen und besaß immer noch seinen spitzbübischen Humor, doch er hatte begonnen, geradezu zwanghaft zu provozieren und zu kränken. Gewiß, wenn er spürte, daß er zu weit gegangen war, nahm er sich zusammen, ging mit einem Scherz über die Beleidigung hinweg und schloß wieder Frieden. Aber es war deutlich zu spüren, daß nicht weit unter der Oberfläche ein Groll lauerte, eine verschlagene und grausame Wut, die jederzeit hervorbrechen konnte.
Und Ruthven wußte, weshalb. Er versuchte, dieses Wissen zu verdrängen, davor zu fliehen, aber es gelang ihm genausowenig, wie sie beide vor ihr fliehen konnten: Sophia.
Ein Wahnsinn, daß er sich darauf eingelassen hatte. Zwei völlig gleiche Häuser, nur durch einen Hof voneinander getrennt: er und Maggie im einen Haus, Eric und Sophia im anderen. Das Arrangement diente angeblich zum Besten des Kindes.

Der kleine Harry huschte wie ein Geist zwischen ihnen hin und her. Er liebte Maggie, daran bestand kein Zweifel. Sie war der Felsen in seinem Leben, beständig, unwandelbar; der Kompaß, mit dem er zwischen zwei Fronten navigierte, zwischen Tränen und Lachen, Recht und Unrecht. Maggie, seine eigentliche Mutter, bedeutete Sicherheit. Sophia – seine Patin, wie man ihm weisgemacht hatte, obwohl Harry anscheinend schon früh von dunklen Ahnungen erfaßt worden war: unverständliche Gesprächsfetzen, sonderbare Verhaltensweisen, Begegnungen, bei denen er nicht erwünscht war, sagten ihm einiges, ohne es zu erklären – Sophia war das genaue Gegenteil.

Sie war fremdartig und verträumt und abwesend, wenn nicht leiblich, so jedenfalls in Gedanken. Sie erzählte ihm Geschichten von London, Paris, Indien, von Maharadschas und chinesischen Kriegsherren in Schanghai, von Kaufleuten, die ihre Schiffe rund um die Welt schickten, von Dampfern und Meeresabenteuern erzählte sie ihm und vom Leben der Delphine. Manchmal sang sie ihm vor. Und Harry war hingerissen: Meerlust lag in einem engen kleinen Binnental, umgeben von Äckern und Weinbergen; Sophia aber zeigte dem heranwachsenden Jungen das Universum und die Sterne, die jenseits lagen, außer Sichtweite. Es war berauschend – und gefährlich.

Die beiden Frauen, schien Ruthven, hatten offenbar keine Schwierigkeiten miteinander. So verschieden sie ihrem Wesen und ihrer Herkunft nach waren, gingen sie warm und freundlich miteinander um: sie hatten sich ein Kind zu teilen. Jede gab ihm, was sie zu geben hatte, und Harry wurde überschüttet von Zärtlichkeiten verschiedener Art.

Das Problem war, daß Harry wie eine silberne Makrele durch die Maschen des Netzes aus Wärme und Unterstützung schlüpfte, das sie für ihn auslegten. Sophia war faszinierend und blieb gleichzeitig unerreichbar, die dunklen Sehnsüchte, die sie in ihm weckte, erfüllten sich nie; seine Unruhe jedoch bewirkte, daß er sich mit Maggie, der liebevollen Mutter, die in ihrer Zuneigung unbeirrbar war, nicht mehr begnügen wollte, er strebte nach mehr und wußte nicht einmal genau, wonach; und so schwamm er traurig und verwirrt in einem Meer von Einsamkeit, ohne sich mitteilen zu können.

Damals merkte Ruthven nichts von den Nöten seines Sohns. Was ihm hingegen auffiel, waren Erics zunehmende Reizbarkeit, seine

Zornausbrüche, die immer häufiger wurden, meist aus trivialem Anlaß: wenn Ruthven den falschen Lagerplatz oder die falsche Route ausgesucht hatte, die Träger nicht spurten, wie es von ihnen erwartet wurde, das Essen schlecht war, die Beute ungenügend. In der ersten Zeit äußerten sich seine Beschwerden nur in Form sarkastischer Bemerkungen, oft begleitet von einem Lachen, einem Scherz; später zerfiel ihm seine mühsame Beherrschtheit immer häufiger, und beim geringsten mißlichen Zwischenfall fing er an zu toben.
Ruthven dachte viel über ihn nach und versuchte den Grund seiner tiefen Unzufriedenheit zu entdecken. Maggie war es nicht: Yeats behandelte sie immer mit gutgelaunter Jovialität wie eine Dienstbotin; manchmal gab er vor, ihren Namen vergessen zu haben, und sprach von ihr als »Agatha – oder wie immer deine entzückende Gattin heißt«. Ruthven geriet dabei regelmäßig in Wut und wies ihn zurecht, woraufhin Yeats sich lächelnd entschuldigte und das Thema wechselte. Auch Silverback konnte nicht die Ursache sein, denn das Unternehmen wuchs und gedieh unter seiner dynamischen Leitung. Er selbst, dachte Ruthven, diente ihm lediglich als schmückendes Beiwerk: der emigrierte schottische Landadlige, der sich bei Verhandlungen mit Banken und Partnern nutzbringend einsetzen ließ, aber in geschäftlichen Angelegenheiten durchaus verzichtbar war, denn seine eigentliche Liebe galt der Naturkunde und der Erforschung unbekannter Gegenden – mit Silverback wäre Yeats auch allein zurechtgekommen.
Nein, der Grund seiner Zwiespältigkeit und Übellaunigkeit waren Sophia und der Junge. Und das empörte wiederum Ruthven: Eric hatte alles bekommen, was er wollte, und er besaß die Frau, die sie beide gewollt hatten – weshalb war er nicht fähig, sein Glück zu genießen?
Weil Sophia sich nicht besitzen ließ. Weil sie tat, wonach ihr der Sinn stand, und sich um die Erwartungen der anderen nicht scherte. Weil sie Ruthven einen Sohn geboren hatte und sich weigerte, ein weiteres Kind zu gebären – Erics Kind. Den Stammhalter.
»Ich habe gezählt«, sagte Yeats viele Stunden später, als die Hitze des Tages sich gelegt hatte und sie, wieder einträchtig, am Feuer saßen und aßen. »Weißt du, wie viele Bälge die Burschen ausgelegt und getrocknet haben?« Seine Augen funkelten, und seine schlechte Stimmung war verschwunden, er strahlte Begeisterung und Ener-

gie aus. »Beinahe zweihundert«, fuhr er lachend fort. »Morgen früh schicken wir sie an Meyer. Damit wird er viele Wochen beschäftigt sein, und ich werde ihm bei seiner Arbeit sehr streng auf die Finger schauen...«

Sein zunehmend fülliger Leib schüttelte sich vor Lachen. Schon vor Stunden hatte er zu trinken begonnen und schien sein nötiges Quantum noch immer nicht erreicht zu haben. »Wir werden berühmt werden, mein Freund. Oder vielmehr du: du sollst den Ruhm ernten, ich will keinen Anteil daran. Wir werden die Kollektion auf deinen Namen registrieren. Die Briten halten nichts von Emporkömmlingen, und ich bin viel zu gering, um mit einem Ruthven wetteifern zu können... Geschweige denn mit einer Sophia. Aber sie ist natürlich ohnehin einmalig, eine Helena unter allen Frauen. Trinken wir auf den Engel und ihren Nachwuchs.«

Er leerte sein Glas auf einen Zug, und Ruthven tat es ihm gleich.

46

Von Kapstadt flogen sie nach Johannesburg, nahmen sich dort einen Mietwagen und fuhren in westlicher Richtung nach Mafeking.

»Die Stadt ist einzigartig«, sagte Charlie, der am Steuer saß, auf dem Weg ins Zentrum. »Oder genauer gesagt: einzigartig ist das Land, das früher von hier aus regiert wurde. Ein Land ohne Hauptstadt. Das Protektorat Betschuanaland, das heutige Botswana, beginnt ein paar Kilometer weiter im Norden. Botswana ist so groß wie Frankreich. Es ist das einzige Land auf der Welt, das während der längsten Zeit seines Bestehens von einer Stadt in einem anderen Land aus verwaltet wurde.«

»Wieso denn?« fragte Victoria.

»Damals war das Land geteilt, aber beide Teile unterstanden dem britischen Empire – im Süden die Kronkolonie, im Norden das Protektorat. Man hielt es für einfacher, das Schutzgebiet von Mafeking aus zu verwalten. Jedenfalls, in den sechziger Jahren wehte dann ein anderer Wind. 1966 erhielt Botswana seine Unabhängigkeit, und wir Briten mußten ihm eine eigene Hauptstadt geben – als Abschiedsgeschenk sozusagen. Das taten wir und errichteten eine Stadt rund um die Lehmhütten des Häuptlings Gaborone, die nach ihm benannte Hauptstadt. Aber das Archiv der Kolonialverwaltung befindet sich zum größten Teil noch hier.«

Victoria spähte neugierig aus dem Fenster. Mafeking sah aus wie so viele südafrikanische Städte, die sie in den vergangenen zehn Tagen gesehen hatte. Die Baracken der Townships am Stadtrand, europäische Villen in den Vororten, weiß und adrett, ein Ring moderner Gebäude, und im Zentrum das alte koloniale Herz der ursprünglichen Ansiedlung.

Sie fanden ihr Hotel und hinterlegten ihr Gepäck, und gleich darauf machten sie sich wieder auf den Weg zum Archiv des Polizeipräsidiums, wo Charlie einen Besuchstermin vereinbart hatte.
»Guten Tag, Sir. Guten Tag, Miss. Ich bin Inspektor Hendrik de Groot. Dann wollen wir mal sehen, ob wir Ihnen helfen können.«
De Groot war groß und von schwerer, massiger Statur, und aus seinem Gesicht, einer breiten granitfarbenen Fläche, deren Haut, wie bei so vielen Afrikaanern, anscheinend nie die Sonne zu sehen bekam, blitzten zwei schmale, schlaue Äuglein.
Noch vor ein paar Jahren, hatte Charlie gesagt, hätte ein Polizeiinspektor nicht im Traum daran gedacht, sie überhaupt zu empfangen. Ausländische Journalisten galten als bösartiger, zersetzender Abschaum, zumal in den Augen der Polizei. Doch seit dem Ende der Apartheid bestand die neue Regierung auf einer Politik der offenen Türen in allen staatlichen Bereichen, denn Südafrika war nun in die internationale Gemeinde der zivilisierten Völker aufgenommen worden, und das bedeutete, daß sogar die staatliche Polizei gehalten war, ihre Archive – zumindest die harmlosen und die älteren Datums – der Öffentlichkeit zugänglich zu machen.
Was de Groot von den neuen Herren und ihren radikal anderen Methoden hielt, war unmöglich zu sagen. Seine Miene war undurchschaubar, doch sein Benehmen zumindest höflich, auch wenn er seinen Besuchern sichtlich keine Sympathie entgegenbrachte.
»Sie recherchieren also unseren berühmten ungelösten Mordfall aus dem Jahr '39, das Ehepaar Yeats«, sagte er. »Ich habe Ihnen die Unterlagen herausgesucht.« Er klopfte auf einen Stapel aus mehreren dicken Aktenbündeln, verschnürt zwischen Deckeln aus verschlissenem grauem Karton, die vor ihm auf dem Schreibtisch lagen. »Darin finden Sie die Zeugenaussagen, die Ergebnisse der gerichtsmedizinischen Untersuchung, den Polizeibericht, alles, was wir besitzen. Am anderen Ende des Flurs gibt es einen kleinen Leseraum. Dorthin können Sie sich zurückziehen und die Akten so lang studieren, wie Sie wollen.«
Ein gewisser Beiklang in seinem Ton gab zu verstehen, daß er die Übung für gänzlich sinnlos hielt.
»Haben Sie die Akten selbst gelesen, Herr Inspektor?« fragte Charlie.

De Groot stieß ein verächtliches Schnauben aus. »Mann, jeder, der diesen Job macht, beschäftigt sich mit dem Fall Yeats«, antwortete er. »Wie gesagt, es ist der berühmteste Doppelmord in Südafrika, noch berühmter als der Mord an Lord Erroll in Kenia, der ein oder zwei Jahre später passierte. Jeder gäbe viel darum, den Fall zu lösen, aber dafür ist es natürlich zu spät, viel zu spät. Sämtliche Beteiligten sind längst tot, höchstwahrscheinlich auch der Mörder.«
»Aber was halten Sie persönlich davon? Sie haben sich doch sicher eine Meinung gebildet?« fragte Charlie beharrlich.
»Sie bringen mich in Verlegenheit, Mann«, sagte de Groot unter neuerlichem Schnauben. »Ich werde nicht dafür bezahlt, Meinungen zu haben. Aber ja, sicher, für mich persönlich hab ich mir wohl ein, zwei Gedanken gemacht.«
»Wäre es zuviel verlangt, Sie danach zu fragen?«
Der Inspektor antwortete nicht gleich. Dann zuckte er die Achseln. »Was wissen Sie über die Morde?«
»Kaum mehr als die groben Umrisse«, antwortete Charlie. »Daß Yeats in Maun, am Rand des Okawangodeltas, sein Lager aufgeschlagen hatte. Eines Nachts gab es einen Aufruhr, man hörte Schreie und Schüsse. Am nächsten Morgen wurden Yeats und seine Frau tot aufgefunden, beide erschossen. In einem Zeitungsbericht aus unserem Archiv, der, zugegeben, ziemlich alt und wahrscheinlich nicht sehr verläßlich ist, heißt es, ihre Leichen seien flußabwärts getrieben und etwa hundert Meter weiter, von Krokodilen verstümmelt, ans Ufer gespült worden.«
De Groot nickte. »Ja, aber damit wissen Sie schon ungefähr alles, viel mehr haben auch wir nicht. Yeats war mit seinem Freund, dem Naturforscher Colonel Ruthven, nach Maun gereist. Sie waren Geschäftspartner und außerdem beide wild auf Vögel; sie sammelten Exemplare aller möglichen Arten, die sie dann ausstopfen ließen. Beide waren in Begleitung ihrer Frauen. Ruthven war als erster in Maun, und als Yeats eine Woche später nachkam, schlug er sein eigenes Lager auf.« Er deutete auf die Akten. »Es steht alles da drin. Zwei verschiedene Lager unter Freunden, das mag einem Außenstehenden komisch vorkommen, aber wenn man den Busch kennt, ist nichts daran merkwürdig. Sie hatten beide eine Menge schwarzer Boys dabei, Spurenleser, Köche und so weiter. Da kriegt man Schwierigkeiten mit der Hygiene, mit dem Wasser und allem

anderen. Das war damals so und ist heute immer noch so... Beide Lager befanden sich knapp außerhalb von Maun«, fuhr der Polizeiinspektor fort. »Damals sah Maun ganz anders aus als heute, Jesus, völlig anders. Ein Grenzposten war es, in dem die wirklich harten Burschen verkehrten, Jäger und Händler und Schürfer. Ich bezweifle, daß ihnen je so reiche Leute wie Yeats und Ruthven begegnet waren, mit ihren hübschen Gattinnen, ihren phantastischen Zelten und ihren Horden von Dienstboten, die sich um alles kümmerten. Und saufen konnten sie, was das Zeug hielt, weiß Gott! Riley's Bar an einem Samstagabend war wie Chicago, das sagten jedenfalls die, die's erlebt hatten.«

»Und Sie meinen, einer von ihnen beging die Morde?« fragte Charlie.

»Hören Sie, ich bin Polizist und war jahrelang auf Streife. Ich kann Ihnen versichern, daß die meisten Verbrechen für Geld und im Rausch begangen werden, darauf können Sie sich verlassen.«

»Was ist von dem Aufruhr und den Schreien zu halten?«

»Das ist nicht schwer zu erklären«, sagte de Groot. »Yeats und Ruthven waren an dem Abend in Riley's Bar auf ein Bier – oder auch mehrere: Yeats war als Säufer bekannt. Dann ging jeder zu seinem Lager zurück. Irgendeiner, den sie dort kennengelernt haben, folgt Yeats, und vielleicht haut er ihn um Geld an. Einer, der sich mit Bier abgefüllt hat und sturzbesoffen ist, oder vielleicht auch nur ein Dieb. Du lieber Himmel, in Yeats' Lager gab es eine Menge, was sich zu stehlen lohnte, aberwitzige Gewehre, Geld, die Juwelen seiner Frau. Jedenfalls, Yeats kommt ihm auf die Schliche, sie brüllen sich an, Yeats verjagt ihn. Dann kommt der Mann mit einem Gewehr zurück, und das war's.«

»Aber es wurde doch gar nichts gestohlen«, wandte Charlie ein.

»Wenn du zwei Leute abgemurkst hast, bist du nüchterner als nach einem Hektoliter schwarzem Kaffee«, gab de Groot grinsend zurück. »Auf Streife hab ich das selber erlebt, an Freitagabenden, bei den besoffenen Kaffern genauso wie bei den Weißen, das ist völlig egal. Sobald der Bursche sieht, was er angerichtet hat, kommt er sofort wieder auf den Boden zurück. So muß es auch damals gewesen sein. Er weiß, wenn er das Zelt durchwühlt, wird man ihn mit Sicherheit erwischen. Also rennt er davon.«

Aber Charlie gab sich noch nicht zufrieden. »Wenn das Ehepaar

Yeats im Lager umgebracht wurde«, fuhr er fort, »wieso wurden dann die Leichen flußabwärts am Ufer gefunden?«
»Der Mann ist wieder nüchtern und fängt an zu denken«, antwortete de Groot. »Schlagartig wird ihm seine Lage klar, er weiß, daß er ein Problem am Hals hat und abhauen muß, und je besser er seine Spuren verwischt, desto mehr Zeit bleibt ihm zur Flucht. Also schleppt er die Leichen zum Fluß und schmeißt sie den Krokodilen zum Fraß vor. Ihr Gebiß vergrößert den Abstand zwischen ihm und den Leichen. Und dann macht er sich aus dem Staub.«
»Aber was ist mit den Boys in Yeats' Lager? Sie müssen doch alles gehört haben.«
De Groot bedachte ihn mit einem gönnerhaften Lächeln. »Was die Weißen treiben, geht sie nichts an«, sagte er. »Sie ziehen sich die Decke über den Kopf und schlafen weiter. Um die Angelegenheiten der Weißen kümmern sie sich nicht, niemals. Ist auch besser so, das wissen sie aus Erfahrung. Sie wollen nichts anderes als schlafen und am andern Morgen ihre Mehlpampe fressen.«
»Vielen Dank, Inspektor«, sagte Charlie. »Was Sie sagen, klingt plausibel, trotzdem würde ich gern selber die Akten ansehen.«
»Bitte sehr, fühlen Sie sich wie zu Hause«, sagte de Groot mit einladender Handbewegung und sichtlich geschmeichelt, daß man ihn um seine Meinung gefragt und er seine eigene Version des Vorfalls zum Besten hatte geben können.
Die Akten unter dem Arm, gingen Charlie und Victoria den Flur entlang zum Lesezimmer. Den Rest des Tages verbrachten sie damit, Unterlagen zu studieren und von Zeit zu Zeit auszutauschen, und verließen den Raum nur, um sich aus der Polizeikantine Kaffee zu holen. Um halb sechs steckte de Groot den Kopf durch die Tür, um ihnen mitzuteilen, daß seine Schicht beendet sei; sie sollten die Akten einfach liegenlassen, wenn sie fertig seien. Eine Stunde später verließen auch sie das Gebäude.
Zurück im Hotel, setzten sie sich in die Bar und tranken Bier.
»Du warst heute ziemlich wortkarg, Sonnenschein«, sagte Charlie. »Hat dich dein Schweigen zu irgendwelchen Erkenntnissen geführt?«
»Wir sind keine Detektive«, begann Victoria zögernd. »Aber du bist es zumindest gewohnt, zu recherchieren. Ich nicht. Eines ist mir allerdings aufgefallen. In vier von fünf Zeugenaussagen heißt

es, daß die Schreie eindeutig von einer Frau kamen. Wer war sie? Sophia? Großmutter Lomax? Oder jemand ganz anderes – eine Afrikanerin, die Frau eines schwarzen Dieners?«
Charlie beugte sich vor und legte seine Hand auf die ihre. »Du irrst dich, mein Engel. Wir sind beide Detektive und um einiges besser als Mijnheer de Groot. Was er sagt, entspricht zwar wahrscheinlich den Verhältnissen hier in Afrika, aber in dem Fall liegt er mit Sicherheit falsch. Es stimmt, die Leute haben eine Frau schreien gehört, und es war keine Afrikanerin. Die Boys hatten ihre Frauen nicht dabei, das war nicht üblich. Es kann nur Sophia oder Margret Lomax gewesen sein.«
Er leerte sein Glas. »Wir werden jetzt was essen. Dann kannst du schlafen gehen, und währenddessen will ich versuchen, mich von der Muse küssen zu lassen.«
Sie aßen zu Abend, dann gingen sie hinauf in ihr gemeinsames Zimmer. Widerstrebend hatte Victoria akzeptiert, aus Kostengründen ein Zimmer mit ihm zu teilen. Nach siebenjährigem Zusammenleben war das nichts Besonderes; dennoch hatte sie auf getrennten Betten bestanden. Im Bad zog sie sich aus, und als sie im Schlafanzug zurückkam, hatte Charlie seinen Laptop eingeschaltet.
»Ich bezweifle, daß mir die Antwort heute nacht in den Schoß fallen wird«, sagte er, über die Tastatur gebeugt. »Die südafrikanische Polizei hat sie in mehr als einem halben Jahrhundert nicht gefunden. Ich denke, die Lösung liegt in Maun. Was ich versuchen kann, ist, den Kontext zu skizzieren. Ein paar Ideen hab ich immerhin. Ich werd's versuchen.«
»Du kannst doch bloß raten, Charlie«, sagte Victoria, während sie ins Bett stieg.
»Das Leben ist ein einziges Rätselraten, Schätzchen«, gab er zurück und fing an zu tippen.
Sie drehte sich vom Licht weg und zog das Laken bis zum Kinn. Sie fühlte sich beinahe noch ratloser und verlassener als nach ihrer ersten Begegnung mit Rory Watson im naturgeschichtlichen Museum. Charlie hatte sie verraten, und sie hatte sich vorgenommen, die Unschuld ihres Großvaters und die Haltlosigkeit der Beschuldigungen zu beweisen, die Watson gegen ihn erhoben hatte. Aber wie sich zeigte, war die Wahrheit weitaus komplizierter und

schwerer faßbar, als sie sich je vorgestellt hätte. Jetzt, Wochen später, lag sie in einem Hotelbett in Afrika und teilte sich wieder ein Zimmer mit Charlie – welch ein Hohn, dachte sie erbost. Sie war hier nicht als seine Geliebte und Gefährtin, sondern als Untergebene und Gehilfin bei den Recherchen zu einer Story, an der sie beide aus unterschiedlichen und durchaus gegensätzlichen Gründen interessiert waren. Sie sehnte sich nach Versöhnung. Sie wollte begreifen, was geschehen war, und eine Antwort auf die vielen ungelösten Rätsel finden; sie wollte mit der Vergangenheit ins reine kommen – und mit sich selbst. Charlie hingegen hatte seinen Beruf und seine Karriere im Sinn und war auf Drama, Skandale und Enthüllungen aus.

Sie seufzte tief und starrte ins Leere. Sie hörte dem leisen Klappern der Tasten zu und stellte fest, daß das Geräusch trotz des Kummers und des Ärgers, die für sie damit verbunden waren, vertraut und tröstlich klang. Kurz darauf schlief sie ein.

47

Manuskript von Charlie -
Die Silverback-Story (8)

»Jack, hältst du das wirklich für eine gute Idee? Bist du sicher, daß wir das tun sollten?« fragte Sophia.
»Nein, sicher bin ich nicht«, gab Ruthven grimmig zurück. »Absolut nicht. Aber es ist das einzige, das zumindest einen Versuch wert ist.«
Sie saßen im sonnengesprenkelten Schatten einer Baumgruppe auf dem kleinen Plateau, das über dem flachen Tal von Meerlust aufragte. Ein paar Meter hinter ihnen waren die Pferde angebunden und grasten.
Schon seit Jahren, seitdem sie hier lebten, ritten sie zwei- oder dreimal in der Woche miteinander aus. Am Anfang, wenn jemand sie reiten sah, hatten sie noch behauptet, sie seien einander zufällig begegnet, und wußten doch beide, daß weder Maggie noch Eric ihnen glaubten. Inzwischen gaben sie sich nicht einmal mehr die Mühe, Ausreden zu erfinden – sie wahrten lediglich soviel Anstand, sich stillschweigend zu entfernen und kein Wort darüber zu verlieren.
Jack Ruthven und Sophia Yeats ritten aus, um beieinander zu sein, und ihre Ehepartner wußten Bescheid.
Wie sie darüber dachten, behielten sie für sich. Was Maggie betraf, so war Ruthven weitgehend sicher: Maggie war eine besonnene, pragmatische Frau, die keine Fragen stellte, wenn sie sich die Antwort selbst geben konnte. Im beengten, feuchten Haus eines schottischen Pirschjägers war sie aufgewachsen, um Gattin eines reichen Mannes und Herrin eines stattlichen Landhauses unter der afrikanischen Sonne zu werden, und war mit ihrem Schicksal nicht unzufrie-

den. Auf ihre eigene vernünftige Weise liebte sie Ruthven, dara zweifelte er nicht, und sicher hing sie sehr an Harry. Von Anfang a hatte sie geahnt und später gewußt, wer Harrys Mutter war, und si wußte auch, daß zwischen Ruthven und Sophia eine tiefe und kom plizierte Bindung bestand, die wahrscheinlich niemals enden würde Aber Maggie war nicht geschaffen für Eifersucht, Groll und Konflik te; sie hatte schon früh im Leben begriffen, daß ein satter Bauch un ein warmes Feuer gegen die Kälte mehr wert sind als die Unsicher heit unaussprechlicher Gefühle. Wenn ihr Ehemann, Colonel Ruth ven, sich in den Kopf gesetzt hatte, mit seiner Lady auszureiten, fie ihr nicht ein, ihn daran zu hindern. Sie fühlte sich davon nicht be droht. Ohnehin kehrten die Männer doch wieder nach Hause zurück das war immer so.

Nein, dachte Ruthven, das Problem war nicht seine Frau. Es war Eric

»Wie geht es euch denn zur Zeit miteinander?« fragte er Sophia.

»Er trinkt immer mehr«, antwortete sie. »Ich weiß ja nicht, wie er ist wenn er unterwegs ist – und natürlich ist er ständig unterwegs – aber wenn er einen Abend im Haus verbringt, leert er eine Flasche Brandy in ein paar Stunden. Dabei trinkt er sicherlich auch tagsüber. Es scheint ihm nichts auszumachen. Oft ist er sehr abweisend, trotzdem kann er immer noch freundlich zu mir sein, sogar witzig. Aber er beboachtet mich ständig. Über Dinge, die ihm wichtig sind, spricht er mit mir schon lange nicht mehr – aber das müßtest du am besten wissen, er ist ja ständig bei dir.«

Ruthven nickte. Yeats hatte sich angewöhnt, zu jeder beliebigen Tages- oder Nachtzeit bei ihm aufzukreuzen, manchmal riß er ihn aus dem Schlaf. Ruthven war empfindlich geworden und brauchte nicht den kehligen Ruf des Nachtwächters, um zu erwachen: es genügte schon, wenn er draußen vor dem Haus den Kies unter Erics Schritten knirschen hörte. Dann stand er auf, zog seinen Morgenrock an und ging die Treppe hinunter, und in der Halle taumelte ihm Eric entgegen und umarmte ihn: »Jack, Jack, ich weiß, daß es fürchterlich spät ist, alter Junge, aber ich konnte nicht schlafen, und ich weiß doch, daß du mir nicht böse bist.« Woraufhin Ruthven zu lächeln pflegte und sagte: »Natürlich nicht. Trinken wir einen Brandy.«

Dann gingen sie hinüber in das riesige, eichengetäfelte Wohnzimmer, Ruthven schenkte zwei Gläser voll, und sie fingen an zu reden. Sie sprachen über alles – über ihre Vergangenheit, ihre Vögel, über

Silverback und die Zukunft Südafrikas. Am Ende kam das Gespräch unweigerlich auf Sophia.
»Wie geht es der geliebten Agatha?«
Diese Frage, immer dieselbe, war die Einleitung. »Agatha« war Yeats' Codename für Maggie, mit dem er Ruthven immer wieder in Wut brachte, und in ihrer gemeinsamen Sprache die letzte Anspielung auf seine Homosexualität, die er sich noch erlaubte – allerdings nur, wenn er betrunken war; aber wie Sophia bestätigte, ließ sich oft nicht eindeutig bestimmen, ob Yeats betrunken war oder nicht. Seine Absicht jedenfalls war klar: es ging ihm darum, Maggie – und damit auch Ruthven – herabzusetzen und zu kränken.
»Nenn sie bitte bei ihrem Namen«, antwortete Ruthven beherrscht. »Maggie geht es gut.«
»Ach du meine Güte, darf man keinen Scherz mehr machen, wie?« fuhr Yeats angriffslustig auf, um sofort in fälschlich zerknirschtem Ton hinzuzufügen: »Gott sei Dank hast du mich daran erinnert – wieder einmal: wenn ich bedenke, wie oft ich mich in der Öffentlichkeit danebenbenommen habe... Ich muß mich in Zukunft wirklich zusammenreißen...« Dann lehnte er sich zurück, und sein Ausdruck veränderte sich: er wurde kalt, hart, voller Wut und Groll. »Wie geht es denn meiner lieblichen Sophia?« fuhr er fort. »Du siehst sie doch alle Tage, du mußt es ja wissen.«
Ruthven zuckte die Achseln. »Ich sehe sie manchmal beim Reiten. Sie scheint wohlauf zu sein.«
»Wohlauf ist sie, ja? Wohlauf? Daß sie gesund ist, weiß ich selber!«
Er wollte noch mehr sagen, stemmte sich aus dem Sessel hoch und versuchte, auf schwankenden Beinen Halt zu finden, doch er fiel zurück und starrte Ruthven haßerfüllt an. Dann verlor er das Bewußtsein, und Ruthven hob ihn auf und schleppte ihn auf ein Sofa. Er stopfte ihm ein Kissen unter den Kopf, breitete eine Decke über ihn und kehrte zu Maggie ins Schlafzimmer zurück. Lange lag er wach, ehe er endlich Schlaf fand. Wenn er am Morgen erwachte, war Yeats fort.
»Ach, Jack, was sollen wir nur tun...«
Ruthven schüttelte den Kopf. Seine Gedanken waren abgeschweift zu den vielen Tagen und Nächten, in denen Yeats ihnen allen seine zunehmend zerstörerische Persönlichkeit aufdrängte. Doch trotz seines Alkoholkonsums war er immer noch brillant und ein hervorra-

gender Geschäftsmann. Die Diamantenmine, mit der Silverback seinen Reichtum begründet hatte, war längst erschöpft: es war nur eine winzige Mine gewesen, der letzte Ausläufer des Schiefertonriffs, das von Kimberley bis ins zentralafrikanische Hochland reichte. Aber ihr Ertrag war immerhin groß genug gewesen, um neue Investitionen in andere Geschäftsbereiche zu erlauben.
Und darin war Yeats unübertroffen. Er war weder Ökonom noch Geologe, er folgte einfach seiner Nase, und sein Urteil war stets unfehlbar. Den Ertrag aus den Diamanten hatte er in den Ausbau des Eisenbahnnetzes gesteckt, in andere Bergbauunternehmen, in Viehzucht und Weinbau sowie in vielfältige Immobiliengeschäfte in den stetig expandierenden Städten. Je größer das Unternehmen war, desto zahlreicher wurden die Investoren, und deren Kapital brachte weiteres Wachstum. Doch auf der Höhe des Erfolgs nahm Yeats einen radikalen Einschnitt vor und verfolgte eine neue Strategie: er veränderte die Struktur des Unternehmens, verkaufte seinen persönlichen Anteil, gründete die Yeats Foundation und steckte sein Geld in die Stiftung. Er wurde ihr Präsident auf Lebenszeit. Fortan kontrollierte die Stiftung den Konzern – und er kontrollierte die Stiftung.
»Was ist Liebe, Jack?« fragte Sophia.
Ruthven sah sie an und lächelte. »Im Ernst?«
»Ich bin immer ernst.«
»Wenn du jemandem, nach dem du dich mehr sehnst als nach allem anderen auf der Welt, Glück wünschst, ohne mit ihr zusammenzusein. Und trotzdem wünschst, daß sie mit einem anderen glücklich wird – und sogar alles dafür tust.«
»Sie?«
»Ja«, sagte er ausdruckslos.
»Warum tust du uns allen das an, Jack?«
Ruthven gab keine Antwort.
Die Würfel waren schon vor langer Zeit gefallen. Was in der weiteren Folge geschehen war, alle Ereignisse und Entwicklungen, erschien ihm schicksalhaft und unabwendbar. Es hatte sich so ergeben, ohne daß einer von ihnen sich darum bemüht oder aber sich dagegen gewehrt hätte, ja, im Grunde hatten sie alle nicht einmal darüber nachgedacht. Recht hatte sie, was Harry und Maggie betraf: das hätte er verhindern können, auf diesem Gebiet hatte er die Fäden gezogen.

Doch das Verhältnis zwischen Eric, Sophia und ihm selbst, diese unauflösliche Verstrickung ihres Lebens: das war nicht allein sein Werk; in diesem Spiel waren die beiden anderen gleichwertige Partner. Durch seine Heirat hatte er gehofft, den Knoten ein wenig zu entwirren. Der Versuch war mißlungen.
»Ich bin nicht glücklich«, sagte sie nach einer Weile. »Das weißt du. Ich will mit dir zusammensein. Ich will mit dir fortgehen.«
Ruthven schloß verzweifelt die Augen. »Du hast Eric, und ich habe Maggie. Wir beide haben unsere Liebe, und wir haben Harry. Das ist nicht ideal, aber so haben wir uns vor Jahren entschieden. Sophia«, fuhr er nach kurzem Zögern fort und sagte nun doch, was er nicht hatte sagen wollen, »auch du hast entschieden. Niemand hat dich zum Opfer gemacht. Du wolltest es so. Du wolltest uns beide, von Anfang an, und wir haben uns darauf eingelassen.«
»Ja, ja«, sagte sie. »Aber die Jahre vergehen, Jack. Die Dinge ändern sich – wir verändern uns. Warum trinkt Eric soviel? Warum ist Harry so verstört – du weißt, daß er verstört ist.«
»Weil wir uns überschätzt haben«, antwortete Ruthven.
»Ja, wir haben einen Fehler gemacht. Einen Fehler kann man wiedergutmachen. Aber man muß rasch handeln. Wir haben alle nicht mehr viel Zeit.«
Ruthven stand auf und reichte Sophia die Hand. Er sah sie an, als sie vor ihm stand, und die Liebe zu ihr riß ihn mit wie eine Sturzflut.
Er hatte sie in verschiedenen Phasen ihres Lebens gesehen, als schlankes, fast mageres junges Mädchen an seinem Geburtstag in Kapstadt, vor dem Krieg, als reifere, aber immer noch junge Frau in Indien drei Jahre nach dem Krieg, und jetzt als wirklich reife Frau von fünfundvierzig Jahren. Und all die Jahre hindurch hatte sie sich ihre betörende Schönheit bewahrt – mehr noch, ihre Schönheit war heute lebendiger und atemberaubender als in ihrer Jugend. Manche Eigenschaften der Vergangenheit hatte sie abgelegt, Wesenszüge, die nicht recht zu ihr paßten – eine gelegentliche Trägheit, eine Gereiztheit, eine jugendliche Arroganz. Jetzt stand sie vor ihm in ihrem dunkelgrünen Reitkostüm und er sah sie, als wäre sie nackt. Ihre Augen, diese außergewöhnlichen graugrünen Augen mit goldenen Einsprengseln, die ihn fest und nachdenklich anblickten, ihr üppiges kastanienbraunes Haar, so schimmernd wie je, doch das Gesicht, das es umrahmte, war feiner, seine Züge klarer. Und ihr Körper, ein wenig

fülliger geworden, war noch geschmeidiger und anmutiger und begehrenswerter denn je.
Ruthven wandte sich ab. Wenn er sie noch länger ansah, war er verloren – wie so oft in der Vergangenheit. Er ging hinüber zu den Pferden.
«Wir tun es. Wir reiten zum Delta. Maggie und ich voraus, ihr beide kommt nach, wenn Eric von seiner Reise zurück ist. Wir wohnen in zwei getrennten Lagern, aber wir werden alle vier zusammensein. Wir werden zwei Ehepaare sein, die miteinander befreundet sind. Eric und ich gehen auf die Suche nach Vögeln, und abends setzen wir uns alle zusammen und reden miteinander.» Die Zügel in der Hand, drehte er sich zu ihr um und lächelte sie an, aber er wußte, daß sein Lächeln matt und wenig überzeugend war. »Wir können es schaffen. Um Gottes willen, Sophia, wir müssen es schaffen!«
Sophia erwiderte sein Lächeln nicht.
»Ich komme mit, Jack«, sagte sie. »Ich werde mein Bestes tun. Aber ich glaube nicht, daß es gut ist. Ich glaube, du füllst Pulver in ein Faß und steckst eine Lunte hinein. Sag Maggie, sie soll keine Streichhölzer mitnehmen.«
»Reiten wir zurück«, sagte Ruthven schroff.
Sie ritten den Hügel hinab, Ruthven voraus. Als er vor seinem Haus eintraf und sich umsah, war Sophia verschwunden.

48

Von Mafeking fuhren Victoria und Charlie nach Gaborone. Dort kauften sie zwei Flugtickets und bestiegen die Maschine, die einmal täglich nach Maun ging, die kleine Ansiedlung in der Kalahariwüste, achthundert Kilometer nordwestlich der Hauptstadt am Rand des Okawangobeckens.
Nun saß Victoria im Flugzeug und sah mit großen Augen aus dem Fenster, nicht anders als während ihres Flugs nach Katmandu, und dachte, ein größerer Kontrast sei kaum vorstellbar als der Unterschied zwischen den zerklüfteten Gipfeln des Himalaya, den glitzernden Eishängen und schneebedeckten Felsen, die in allen Farben des Regenbogens funkelten, und der Landschaft, die jetzt unter ihr lag. Zu beiden Seiten erstreckte sich das gewaltige Steinplateau der Kalahari im morgendlichen Dunst, graubraun und vollkommen flach, überzogen nur von Streifen dürren Gestrüpps, Rinnen aus Sand und Felsen und wenigen Pfannen – salzweißen Senken, die an die pockennarbige Oberfläche des Mondes erinnerten. Es war der trostloseste und unwirtlichste Ort, den sie je gesehen hatte. Er wirkte grausam, erbarmungslos, unfähig, irgendeine Form von Leben zu beherbergen mit Ausnahme der Geier, die gelegentlich in den Aufwinden weit unter ihnen ihre Kreise zogen.
»Kaum zu glauben, daß das hier eine der Gegenden mit der größten Artenvielfalt ist, nicht wahr?« sagte Charlie, als er sich über sie beugte, um aus dem Fenster zu schauen. »Aber es stimmt. Wo es Geier gibt, herrscht auch Leben. Schau dir das dort an...« Er zeigte auf ein spinnenartiges Geflecht weißer Linien, die sich durch das Gestrüpp schlängelten. »Wildpfade. Wenn ein Regenjahr kommt, blüht die Wüste auf wie eine Alpenwiese. Früher gab es

hier einen der größten Wildbestände von ganz Afrika. Heute ist nur noch ein Bruchteil davon übriggeblieben, aber sie sind immer noch da – irgendwie schaffen sie es, die Dürrejahre zu überstehen. Wenn es wieder regnet, kommen sie rasch wieder auf die Beine. Jedenfalls war das früher so.«

»Warum jetzt nicht mehr?« fragte Victoria.

»Rinder«, antwortete Charlie. »Die Rinderkultur der Schwarzafrikaner. Wir glauben an Pfund, Dollar, Mark, sie glauben an Rinder. Die Herden werden jedes Jahr größer, und die Bauern zapfen das Grundwasser an, das Vieh breitet sich aus und verwüstet den Mutterboden. Dann ziehen die Herden weiter, und das Wild muß weichen.«

Der Pilot begann den Landeanflug auf Maun.

»Übrigens auch die Vögel«, fügte Charlie hinzu. »In der Wüste und dem Okawangobecken gab es mehr Vogelarten als in der gesamten Paläarktik, das heißt von Island bis zum Ural. Deshalb kamen dein Großvater und Eric Yeats hierher. Aber jetzt sterben auch die Vögel aus... Schau dir alles ganz genau an, was du fliegen siehst«, schloß er grimmig. »Du siehst es noch, deine Kinder schon nicht mehr.«

Das Flugzeug setzte weich auf der Landebahn auf, bremste, rollte langsam aus. Sie stiegen aus, warteten auf ihr Gepäck und durchquerten dann das kleine Flughafengebäude. Es herrschte eine trockene, sengende Hitze, und die Sonne brannte weißer und stechender, als Victoria sie je erlebt hatte.

Vor dem Gebäude stand ein Taxi, ein offener Geländewagen mit Allradantrieb.

»Riley's«, sagte Charlie, und der Fahrer, ein Tswana, nickte. Sie stiegen ein, und während der Fahrt starrte Victoria mit zusammengekniffenen Augen, und dennoch geblendet von dem gnadenlosen Licht, auf die kleine Ansiedlung.

Sie war eigentlich häßlich – eine Ansammlung behelfsmäßiger Hütten und Schuppen, die sich aufs Geratewohl ausbreiteten, ewig eingehüllt in treibende Vorhänge aus körnigem Staub, die das Atmen erschwerten. Aber der Ort hatte auch etwas Kräftiges und Gesundes an sich, eine spürbare Lebensfreude. Lachende Kinder rannten durcheinander, und zwischen den Bruchbuden schritten schwarzhäutige Herero-Frauen in knöchellangen Kleidern aus grellbunten Baumwollstoffen mit anmutigem Stolz einher. Die we-

nigen Läden, die es gab, quollen über vor Menschen, und über die tiefen Schlaglöcher in den Straßen sausten robuste Landrover geschäftig hin und her und bogen ohne Vorwarnung zwischen den Torpfosten eines drei Meter hohen Drahtzauns in die Einfahrt zu einer Bungalow-Siedlung, die weißen Jägern gehörte. Von allen Seiten erschollen fröhliche Rufe und Gelächter, und überall bildeten sich Gruppen von Menschen, Schwarze und Weiße, die, kaum hatten sie zusammengefunden, alsbald in heftige Diskussion gerieten.
Und immer war von allen Seiten die beständige stumme Präsenz des großen Okawangodeltas und der noch viel größeren Wüste zu spüren: darin war Maun eine winzige Oase und trotz all seiner Lebenskraft nicht mehr als eine Sandburg, die ein Kind auf dem endlosen Felsplateau errichtet hatte.
Hierher waren vier der wichtigsten Menschen ihrer Vergangenheit gekommen, um zusammenzusein – und zwei von ihnen, um zu sterben.
Vor Riley's hielt das Taxi an, sie stiegen aus, und Charlie bezahlte den Fahrer. Das Hotel war ein niedriges, verschachteltes Gebäude mit hölzernen Wänden, grüngestrichen; eine Holzveranda lief rings um das Haus.
Charlie läutete die Empfangsglocke. Während sie warteten, sagte er: »Riley war ein Händler, der in den frühen zwanziger Jahren hierherkam. Er baute ein Hotel, dann eine Autowerkstatt mit Tankstelle, Riley's Garage, und schließlich eröffnete er Riley's Kaufhaus. Inzwischen gibt es alle möglichen Gästehäuser und Läden und sogar eine Bank, aber in Wirklichkeit gehört Maun immer noch Riley.«
Sie nahmen ein Doppelzimmer. Victoria riß sich die schweiß- und staubverkrusteten Kleider vom Leib und stellte sich unter die Dusche. Dann legte sie sich aufs Bett und fiel in einen Schlaf der Erschöpfung, aus dem sie erst erwachte, als die Nachmittagshitze allmählich nachließ. In der erfrischenden Kühle des frühen Abends trat sie zu Charlie auf die offene Veranda hinaus.
»Was jetzt?« fragte sie.
»Ein eiskaltes Bier für dich«, antwortete er, »und noch eins für mich, zusätzlich zu den vierhundertzwölf, die ich gebraucht habe, um mich halbwegs abzukühlen. Dann warten wir. Ich habe flußauf-

und flußabwärts die Angelruten aufgestellt – wir werden sehen, was anbeißt.«
Eine Stunde später erschien ein Mann. Lässig schlenderte er über die Veranda und setzte sich auf das Geländer neben ihrem Tisch.
»Dannie Leroy«, stellte er sich vor.
Er war ein Weißer und ehemaliger Jäger, ein kleiner und drahtiger Mann mit kurzen grauen Stoppeln auf dem Kopf, Ende siebzig, wie er betonte, aber er wirkte wesentlich jünger. Er hätte einer der heruntergekommenen alten Säufer von Maun sein können, aber wie sich zeigte, war er gewieft und munter, und er trank ausschließlich Sodawasser.
»Also, Leute«, begann er, »wie man mir sagt, seid ihr interessiert an unserem hochberühmten Skandal. Dürfte ich wissen, warum?«
»Ja...«
Charlie hatte schon zu einer Antwort angesetzt, wie immer, aber diesmal kam Victoria ihm zuvor. Unter dem Tisch versetzte sie ihm einen Tritt gegen das Schienbein, um ihn zum Schweigen zu bringen. Leroy ließ sich nicht anmerken, ob ihm das Manöver aufgefallen war, sein Blick jedoch war aufmerksam und argwöhnisch.
»Ich bin Victoria Ruthven, die Enkelin von Colonel Ruthven. Und falls Sie mir nicht glauben, kann ich es Ihnen beweisen.« Sie zog ihren Paß aus der Tasche und schob ihn über den Tisch.
Leroy warf einen Blick auf den Namen und das Foto. »Gut, ich glaube Ihnen«, sagte er mit vorsichtigem Lächeln. »Wissen Sie, hier schnüffeln immer wieder diese verfluchten Zeitungsschreiberlinge herum, sogar heute noch. Sie kommen von überallher und haben nichts anderes im Sinn, als Scheiße auszugraben – verzeihen Sie meine Ausdrucksweise – und über Maun auszugießen. Aber Sie kommen mir echt vor.«
»Das hoffe ich«, antwortete Victoria und schenkte ihm ihr gewinnendstes Lächeln.
»Was kann ich für Sie tun?«
»Was ist damals geschehen?«
»Sie werden's nicht glauben, aber komischerweise war ich hier auf der Veranda, genau da, wo wir jetzt sind. Es war zwar ein bißchen später, aber hören Sie mal...«
Er hob die Hand. Victoria lauschte, doch sie hörte nichts, abgesehen von der unendlichen Stille des Deltas und den wenigen

Lauten, Froschquaken und leisem Vogelgezwitscher, die aufgrund der außerordentlichen Resonanz aus kilometerweiter Entfernung zu ihnen herüberwehten.
Leroy lachte. »Sie hören nichts, wie?« fragte er. »Aber gleichzeitig hören Sie alles, was irgendwo im Busch und im Wasser passiert. Ich habe alles gehört, damals. Ich saß hier draußen und hörte alles. Zwei Lager hatten sie aufgeschlagen, auf beiden Seiten des Boteti. Das wußte jeder. Sie kamen hierher zum Essen, um Sachen im Laden zu kaufen, Jungs anzuheuern, die mit ihnen ins Delta gingen... In der Nacht, ziemlich spät war es, gab es ein Geschrei, und eine Frau kreischte schrill, dann erfolgten Schüsse. Zwei oder drei Schüsse, zuerst aus einer Handfeuerwaffe. Dann noch ein Schuß. Ich lauschte. In der Nacht hatten wir beinahe Vollmond, und es war ziemlich hell. Trotzdem konnte man nichts sehen, es war viel zu weit weg – obwohl die Geräusche deutlich zu hören waren, wie Sie selber feststellen können.« Leroy trank einen Schluck Wasser. »Am anderen Morgen – nun, das wissen Sie ja. Mrs. Yeats war tot, ich habe geholfen, sie an Land zu ziehen, die Leiche lag ein paar hundert Meter weiter flußabwärts am Ufer. Mr. Yeats ebenfalls. An derselben Stelle. Die Krokodile hatten sich über ihn hergemacht und ihn ziemlich verstümmelt, Schußwunden waren nicht mehr zu erkennen; aber die Frau hatten die Viecher nicht angerührt, Gott weiß, warum. Es gab natürlich eine Untersuchung – es war das erste Mal, daß in Maun so was passierte. Aus Mafeking erschien der Coroner. Er kam zu dem Schluß, daß Yeats, anscheinend im Suff und in Rage, seine Frau erschossen und dann die Waffe gegen sich selbst gerichtet hatte. Das war's.«
Victoria saß eine Weile stumm da. »War's das wirklich?« fragte sie schließlich.
»Hören Sie, ich bin bloß ein Jäger, ich kenne mich nur mit Gewehren und Wild aus, nicht mit Menschen, und mit Rätseln kann ich schon gar nichts anfangen...« Er brach ab.
Trotz seines Alters war er ein starker und selbstsicherer Mann. Doch jetzt hatte ihn ein gewisses Unbehagen erfaßt. Er musterte sie beide nachdenklich, stand vom Geländer auf und starrte in die Dunkelheit hinaus, dann drehte er sich wieder um und sagte: »Also gut. Wenn ihr wollt, zeige ich euch morgen, wo das Ganze passiert ist.«

Um acht Uhr morgens holte Leroy sie ab und lud sie in seinen zerbeulten Toyota. Auf einem sandigen Pfad verließ er Maun und fuhr dann in östlicher Richtung weiter zum Ufer des Boteti. Nach einer Weile parkte er den Landcruiser und stieg aus.

»Hier war das Lager von Colonel Ruthven«, sagte er und wies auf eine Felsplatte, die sich nicht weit entfernt oberhalb des Flusses hinzog. »Mr. Yeats und seine Frau kampierten dort drüben«, fügte er hinzu und zeigte auf eine sehr ähnliche Platte jenseits des breiten, flachen, träge fließenden Flusses.

»Dort sind sie gestorben?« fragte Victoria.

»Wie gesagt, die Leichen fanden wir flußabwärts am Ufer«, antwortete Leroy. »Aber ja, hier ist es passiert.«

Victoria starrte auf den Fluß. Es war noch früh am Morgen, und das Wasser lag heiter und schön in seinem breiten Bett. Sie hörte den klagenden Ruf eines Fischadlers und erhaschte einen flüchtigen Blick auf ein Impalapaar, das durch den Busch galoppierte und in Windeseile wieder verschwunden war. Ein Eisvogel schoß herab und tauchte ins Wasser, und hoch über ihr ließ ein Adler mit weit ausgebreiteten Schwingen sich vom Aufwind emportragen.

Es war einer der schönsten, friedlichsten Orte, die sie je gesehen hatte – aber der Tod hatte ihn heimgesucht, ein abscheulicher, gewaltsamer Tod: der Mord an ihrer Großmutter und Eric Yeats.

Sie wandte sich dem hageren alten Jäger zu. »Sie wissen, was passiert ist, nicht wahr?« fragte sie. »Was war es?«

Leroy rieb sich das Kinn. Seine Miene wirkte bekümmert, verwirrt und eigensinnig zugleich.

»Ich kenne mich mit Waffen ziemlich gut aus«, sagte er. »Die Schüsse in der Mordnacht habe ich gehört. Die ersten wurden aus einer Pistole abgefeuert, der letzte Schuß aber kam nicht von einer Handfeuerwaffe, sondern von einem Gewehr, einem großwildtauglichen Jagdgewehr. Mr. Yeats hat nicht Selbstmord begangen. Das war unmöglich. Jemand hat ihn umgebracht, es kann nicht anders sein.«

Victoria sah ihn eine Zeitlang stumm an. Leroy hatte beinahe dieselben Worte benutzt wie Evans an jenem Abend in London, als er ihr von den Aufzeichnungen seines Vaters erzählte. Yeats hatte vermutlich Sophia erschossen, aber sich selbst hatte er nicht umgebracht: sein Mörder war ein anderer gewesen.

Sie nahm Leroys Arm und ging mit ihm zum Wagen zurück. »Danke, Mr. Leroy«, sagte sie. »Sie haben mir sehr geholfen. Es wird nicht leicht sein, aber mit Ihrer Hilfe werde ich es schaffen, die Geister auszutreiben.«

Charlie trottete hinter ihnen her, und Victoria sah aus dem Augenwinkel, daß er wild in sein Notizbuch kritzelte. In dieser Nacht würde er wieder an seinem Computer sitzen und schreiben – würde improvisieren, raten, seine Phantasie einsetzen, um die Lücken zwischen den bekannten Fakten zu füllen und eine weitere Pyramide aus Worten konstruieren.

Niemand würde je erfahren, wie nah er der Wahrheit kam. Diejenigen, die wußten, was geschehen war, Sophia und Yeats, Ruthven und Maggie, waren alle tot, und Charlie konnte lediglich versuchen, sich in diese finstere und ferne Vergangenheit einzufühlen. Gewiß war es denkbar, daß seine Ahnungen ihn trogen, doch sein Versuch war immerhin ein Beitrag zu Verständnis und Versöhnung.

49

Manuskript von Charlie -
Die Silverback-Story (9)

Beim ersten Blick auf Yeats ahnte Ruthven, daß die Expedition kein Erfolg werden konnte.
Eine Woche zuvor waren Jack Ruthven und seine Frau in Maun eingetroffen. Ein paar Kilometer außerhalb des kleinen Grenzpostens am Botetifluß schlugen sie ihr Lager auf. Es war ein wunderbarer Standort. Natürlich gab es Moskitos und Tsetsefliegen, aber das Wasser war sauber, der Boden, auf dem sie die Zelte aufgerichtet hatten, eben und trocken, und es wuchs genügend Gras für die Pferde.
In der Abenddämmerung war das kleine Propellerflugzeug mit Yeats und Sophia in Maun gelandet, und bis die Träger das Gepäck ausgeladen hatten, war es vollends dunkel. Sie beschlossen, die Zelte erst am anderen Morgen aufzustellen und die Nacht in Riley's Hotel zu verbringen.
Am nächsten Morgen ritt Yeats dem Ochsenkarren voraus, mit dem das Material befördert wurde. Es war kurz vor neun, als Yeats sich aus dem Sattel schwang, doch er war bereits betrunken. Mit vorsichtigen Stelzschritten ging er auf das Lager zu, und Ruthven sah mit Entsetzen die tiefen Ringe unter seinen Augen, die teigigen und aufgequollenen Wangen, die zitternden Hände, die tiefe Verzweiflung in seinem Blick.
»Einen schönen Ort hast du dir ausgesucht, Jack!« rief Yeats betont fröhlich, trat auf ihn zu und umarmte ihn, und Ruthven roch den Brandydunst in seinem Atem. »Ganz wie in alten Zeiten, nicht wahr? Wir beide mitten in der Wildnis... Aber lassen wir die Sentimentalitä-

ten.« Er trat zurück und sah sich um. »Wo sollen die Jungs unsere Zitadelle aufstellen? Eine Verbindung muß sein, aber eine angemessene Privatsphäre ist ebenso notwendig. Haben wir's nicht immer so gehalten? Wie wär's denn dort drüben?« Er zeigte auf das jenseitige Flußufer, wo eine ähnliche Felsplatte über dem Wasser aufragte.
»Warum nicht hier, Eric, gleich neben uns?« fragte Ruthven. »Du wirst doch nicht ständig hin und her pendeln wollen.«
»O doch, das will ich sehr wohl. Die Vorstellung von zwei Inseln mitten im Strom des Lebens gefällt mir ausnehmend gut. Dann können wir uns gegenseitig beobachten und Lieder übers Wasser singen. Aber der Fluß ist ja sowieso flach, und die Ochsen können den Karren leicht hinüberziehen.«
Ruthven versuchte ihm die Idee auszureden, aber Yeats ließ sich nicht davon abbringen.
Unterdessen traf das Gespann ein, und Yeats' Lager wurde eingerichtet. Einige Stunden später erschien auch Sophia; sie ritt allein. Zu dem Zeitpunkt war Yeats bereits auf dem Feldbett zusammengebrochen, das seine schwarzen Diener ihm aufgestellt hatten, und schlief.
Sophia sprang aus dem Sattel. »Wie geht es ihm?« fragte sie rauh.
»Nicht gut«, antwortete Ruthven. »Eigentlich schlechter, als ich ihn je erlebt habe. Im Augenblick schläft er. Was ist passiert?«
Sophia schüttelte verzweifelt den Kopf. »Wo ist Maggie?« fragte sie, statt seine Frage zu beantworten.
»Sie ruht sich ebenfalls aus, aber aus anderen Gründen – sie leidet unter der Hitze.«
»Können wir reden?«
Ruthven nickte.
Er führte sie zum Flußufer. Auf einem Stein im Schilf setzten sie sich nieder. Bachstelzen, kleine, anmutige Vögel, liefen auf den Kieseln hin und her, und gelegentlich hob ein Krokodil seine bedrohliche Schnauze aus dem Wasser.
»Er geht durch die Hölle, Jack. Er richtet sich systematisch zugrunde. Er haßt mich, und er haßt sich selbst. Mir kommt er vor wie einer, der sich in einen Wasserfall gestürzt hat und mitgerissen wird, und niemand kann ihm mehr helfen, er ist unrettbar verloren.«
»Warum tut er das?«
»Ich weiß es einfach nicht. Wenn du es nicht weißt...«
»Mit Silverback gibt es doch keine Probleme?«

»Aber nein. Wenn er hin und wieder mit mir spricht, dann sagt er, es sei noch nie so gut gegangen.«
»Dann leidet er an dir?«
Sie wandte ihm ihr Gesicht zu und starrte ihn an. »Eric hat noch nie an mir gelitten. Man leidet nur dann, wenn ein Mensch einem wichtig ist. Ich bin ihm nicht wichtig. Du schon. Wenn Eric Probleme hat – und die hat er, bei Gott –, dann mit dir.«
Ruthven starrte ins Wasser.
»Ist es in Ordnung, wenn ich dich mit Maggie hier zurücklasse?«
Sophia lachte. »Natürlich. Ich mag sie gern, sie ist nett, resolut und vernünftig und obendrein gescheit. Du hast dir eine gute Frau ausgesucht, Jack.«
Ruthven warf ihr einen flüchtigen Blick zu. Er hätte ihr eine lange Antwort geben können, aber er ließ es bleiben.
»Ich will mit ihm ins Delta gehen«, sagte er. »Dort werden wir Vögel beobachten und endlich einmal richtig miteinander reden.«

»Warum, Jack, ist alles so fürchterlich, so erbärmlich schiefgegangen?«
Yeats saß auf dem Boden, die Arme um die angewinkelten Beine geschlungen, den Kopf auf den Knien. Sie beide, er und Ruthven, waren allein miteinander im Sumpfland irgendwo südlich von Chief's Island im Okawangodelta; nur ein paar Tswanas begleiteten sie, kümmerten sich um das Lager und ruderten die beiden Einbäume. Seit zehn Tagen waren sie unterwegs auf den Wasserläufen, schliefen jede Nacht an einem anderen Ort und lebten hauptsächlich von dem, was sie schossen oder fischten. Und natürlich beobachteten sie Vögel. Sie hatten etliche neue, jedenfalls ihnen unbekannte Spezies entdeckt – einen malachitfarbenen Eisvogel, einen nie zuvor gesehenen Geier, eine Eule, die anscheinend auf dem Wasser nach Fischen jagte. Sie hatten mehrere Exemplare geschossen, gehäutet, die Bälge mit Salz behandelt, getrocknet und verstaut und waren jetzt auf dem Rückweg nach Maun.
Und abends hatten sie endlose Gespräche geführt.
»Eric«, protestierte Ruthven. »Wir hatten eine wunderbare Zeit miteinander. Das können wir auch in Zukunft haben.«
»Nein, es ist vorbei, es geht nicht mehr«, antwortete Yeats. »Ja, hier ist es schön, hier sollten wir immer sein. Aber zu Hause...«

Er langte nach der Flasche, die neben ihm auf dem Boden stand. Ruthven hatte gehofft, daß Yeats zumindest während ihrer Expedition nicht trinken würde, doch seine Hoffnung war vergebens. Yeats hatte darauf bestanden, zwei Kisten Brandy mitzunehmen. Die erste hatte er schon längst geleert, und von der zweiten war noch knapp die Hälfte übrig.
»Wieso können wir nicht zusammenbleiben, nur wir beide?« fuhr Eric fort. »Wir könnten es so gut haben, so viele Dinge miteinander tun.«
»Hör auf«, sagte Ruthven, am Rand seiner Geduld. »Seit Tagen sprechen wir von nichts anderem. Wir haben Sophia, Maggie und Harry, und wir können sie nicht einfach im Stich lassen. Außerdem sind sie alle wunderbare Gefährten, sie behindern uns nicht. Sie bereichern unser Leben und lassen uns dennoch unsere Freiheit. Um Gottes willen, Mann, schau dir doch an, wo wir sind!«
»Maggie ist eine schottische Schlampe, Sophia hat sich in einen Drachen verwandelt, Harry ist ein Taugenichts, ein Leichtgewicht, ein Herumtreiber, der alles in den Sand setzt, was er anfängt, und seinen Reichtum versaufen wird – und glaub mir, Jack, ich weiß, wovon ich rede, ich tauge selber nichts.«
»Jesusmaria, Eric, geh schlafen!«
Wütend sprang Ruthven auf und marschierte davon. Er folgte den Pfaden, die eine Flußpferdfamilie rings um das Lager ins Schilf getreten hatte, und brauchte mehrere Umrundungen, ehe sein Zorn sich gelegt hatte. Dann kehrte er zum Feuer zurück. Yeats saß immer noch da, die Arme auf den Knien. Er wirkte verloren und verletzlich und zutiefst verzweifelt.
Ruthven kauerte sich neben ihm nieder. In einem jähen Anfall von Zuneigung legte er ihm den Arm um die Schultern und hielt ihn fest, und er spürte, wie Yeats zitterte, aber in der Umarmung ließ das Beben allmählich nach.
»Mein lieber Junge, du treibst mich in den Wahnsinn«, sagte Ruthven.
»Das ist immer so bei Liebespaaren«, antwortete Yeats. »Ich wünschte, wir wären das einzige Paar auf der Welt.«
»Vielleicht wäre es so besser gewesen, aber dafür ist es zu spät. Jetzt haben wir Frauen und müssen für sie sorgen.«
»Die Biologie und die Frauen.« Yeats schüttelte den Kopf. »Die

Schlange und der Apfel. Gott hätte sich das besser überlegen sollen. Ich dachte, ich könnte sie an deiner Stelle lieben. Ich dachte, ich könnte mich um diese zauberhafte Stimme kümmern und daraus – aus ihr – ein Band schmieden, das uns beide zusammenhält. Aber ich kann es nicht. Sie hat angefangen, mich zu hassen, und ich hasse sie. Und du haßt mich, weil ich sie gewonnen habe, und du hast verloren. Dabei will ich sie gar nicht mehr... Aber es ist zu spät...«

»Hör auf, Eric, hör doch auf«, bat Ruthven und drückte ihn fester.

»Ich geh zu Bett, Colonel, mein Colonel, meine einzige Liebe.«

Yeats versuchte aufzustehen, aber es gelang ihm nicht. Ruthven mußte ihm auf die Beine helfen und ihn zu seinem Zelt schleppen. Dort angelangt, setzte er ihn auf das Bett.

»Schenk mir noch ein Glas ein, alter Junge, würdest du das tun?« fragte Yeats. »Damit ich schlafen kann.«

Ruthven sah ihn stumm an. Noch ein Glas Brandy war das letzte, was Yeats brauchte, aber er wußte wohl, daß jede Diskussion zwecklos war. Wenn er ihm keinen Brandy gab, würde Yeats so lange im Dunklen umhertappen, bis er ihn gefunden hätte, und vielleicht fiele er dabei ins Feuer. Ruthven seufzte, holte die Flasche und füllte ein Glas.

»Vielen Dank«, sagte Yeats.

»Ich gehe jetzt schlafen. Du wirst allmählich zur Landplage, weißt du das, trotzdem liebe ich dich immer noch, mein alter Kumpel.«

Er lächelte und strich ihm sacht über den Kopf. Was hätte er angesichts des chaotischen, betrunkenen Zustands, in dem der Mann war, sonst sagen oder tun können? Jede weitere Geste hätte ihn vollends aus dem Gleichgewicht geworfen. Ruthven wandte sich zum Gehen.

»Jack, ich muß dir noch was sagen, bevor du gehst...«

Ruthven drehte sich wieder um. Yeats sah ihn nicht an. Seine glasigen Augen starrten auf die tanzenden Schatten an der Zeltwand, über die eine nächtliche Brise strich.

»Weißt du noch den Spaß, den wir uns damals in Eton erlaubt haben, den Gorillaschädel, der uns soviel Ärger eingebracht hat und uns beinah von der Schule befördert hätte?«

Ruthven lächelte. »Ja, sicher.«

Es war die zweite Eskapade, die sie sich in ihrer Schulzeit geleistet hatten und die sie in üble Schwierigkeiten brachte. Beim ersten Mal hatten sie Fasanen gewildert, und Yeats war daraufhin der Schule verwiesen worden. In Eton waren sie auf die Idee verfallen, eine paläontologische Sensation zu fabrizieren. Sie hatten sich einen Gorillaschädel besorgt, in die Kiefer Schafszähne eingesetzt und festgeleimt und den Schädel vergraben. Etliche Wochen später gruben sie ihn wieder aus und behaupteten, eine in der Gegend von Windsor heimische vorgeschichtliche Affenart entdeckt zu haben. Zunächst lösten sie erheblichen Aufruhr aus, die Neuigkeit ging sogar durch die Zeitungen, doch der Schwindel kam rasch ans Licht, denn der Leim taugte nichts – ohnehin hätte das Machwerk einer Prüfung durch einen Fachmann nicht standgehalten. Für eine Weile war ihr weiterer Verbleib in Eton in größter Gefahr, doch nach langwierigen Diskussionen sämtlicher Lehrer und gründlicher Erwägung der Lage beschloß der Direktor, den Vorfall als jugendlichen Streich zu betrachten, und erlaubte ihnen, ihre schulische Laufbahn fortzusetzen.

»Wir haben uns immer wieder in die Nesseln gesetzt, was? Schon damals in Downstill, in der Grundschule, als sie uns miteinander in einer peinlichen Situation erwischt haben und mich beinah mit einem Fußtritt aus der Schule geschmissen hätten.«

Yeats leerte sein Glas zur Hälfte, dann musterte er es dumpf, trank es aus und füllte es erneut.

»Jack, weißt du, ich bin der geborene Hofnarr und absolut unverbesserlich«, fuhr er fort. Seine Aussprache war klar, aber von bleierner Langsamkeit. »In den letzten Jahren habe ich auf meine alten Tricks zurückgegriffen. Nicht gegen dich. Gegen Sophia vielleicht, aber eigentlich gegen das Leben als solches. Aus Rache. Wenn es rauskommt...« Er hob seinen Kopf, und mit einemmal war seine Stimme belegt, er hatte Mühe, die Worte zu artikulieren. »Nicht gegen dich. Sondern ich hab's getan, weil ihr beide mich besiegt habt und ich euch schrecklich, schrecklich böse bin, und weil ich ein Unruhestifter bin, deswegen hab ich's getan.«

Er fiel auf das Bett zurück, und die Tränen rannen ihm über das Gesicht. Nach einer Weile schlief er ein.

Ruthven legte ihn ordentlich hin, knöpfte den Schlafsack auf und breitete ihn über den bewußtlosen Körper. Dann ging er in sein eigenes Zelt und lag dort lange Zeit wach. Traurige, verzweifelte Gedanken gingen ihm durch den Kopf, immer wieder aber kehrte die

eine Frage zurück: Was war es, was Yeats getan hatte? Er konnte sich keine Antwort zusammenreimen. Vielleicht waren es nur die Hirngespinste eines Betrunkenen?
Er schlief ein. Am anderen Morgen machten sie sich auf den Rückweg nach Maun.
Drei Nächte später geschah das Unglück.

Niemand konnte sagen, weshalb es ausgerechnet an dem Tag passierte, denn einen besonderen Anlaß gab es nicht.
Natürlich trank Yeats Unmengen Alkohol, vielleicht noch mehr als zuvor, aber ein Unterschied war kaum festzustellen. Seit der Rückkehr aus dem Delta saß er tagsüber vor seinem Zelt, in dumpfes Grübeln versunken, und leerte eine bis zwei Flaschen Brandy. Mit seiner Frau sprach er kein Wort. Abends ritt er durch den Fluß zu Ruthvens Lager und bestand darauf, mit ihm nach Maun zu reiten – er wollte »Licht, Musik und Tanzmädchen.«
Der Ritt dauerte kaum eine halbe Stunde. Sie banden die Pferde an das Verandageländer und betraten Riley's Bar. Yeats bestellte eine ganze Flasche – denn es sei zu mühsam, sagte er, immerfort neue Gläser zu ordern –, und sie blieben bis Mitternacht, dann ritten sie zurück. Für jedes Glas, das Ruthven trank, hatte Yeats sieben oder acht geleert, aber er schaffte es immer noch, sich aufrecht im Sattel zu halten.
»Schlaf gut, Jack«, rief er, sobald sie den Fluß erreichten, und schwang seinen Hut. »Grüß deinen Drachen und bete für meine Hexe.»
Dann versetzte er dem Pferd einen groben Tritt und trieb es ins flache Wasser. Wild galoppierte er hinüber auf die andere Seite, und die aufspritzende Gischt funkelte im Sternenlicht.
Wenn Ruthven sich neben Maggie niederlegte, schauderte er vor Entsetzen über den fürchterlichen Zorn und den Groll, die den Mann innerlich auffraßen – seinen Freund, für den er immer noch mehr empfand als für irgendeinen anderen Menschen auf der Welt. Yeats war der beste Gefährte, den er je gehabt hatte, selbst in seinem gegenwärtigen Zustand, und den Gästen in Riley's Bar erging es ähnlich: auf die Jäger, Händler, Schürfer übte er eine magnetische Anziehungskraft aus, und alle strömten in die Bar, einfach um ihn zu erleben. Es war nicht nur die Tatsache, daß er äußerst spendabel war,

sondern sie kamen wegen der Geschichten, die er zum Besten gab, und weil er sie zum Lachen brachte mit seinen Witzen und geistreichen Spötteleien und den Possen, die er trieb. Allein durch seine Gegenwart vermochte er ganz Maun in Begeisterung zu versetzen: das wußte und genoß er; es war ihm Trost und Ablenkung.
»Haben wir's nicht lustig, Freund meines Herzens?« fragte er, wenn sie endlich aufbrachen.
O ja, sie hatten sehr viel Spaß, stürmisch und lärmend, und Maun würde sie so bald nicht vergessen. Dennoch lief es Ruthven kalt über den Rücken, wenn er in sein Zelt zurückkehrte. Maggie hielt seine Hand, bis er sich beruhigte. Dann schlief er ein.
Am Dienstag abend, dem dritten Abend nach ihrer Rückkehr aus dem Delta, gab es ein plötzliches, schweres Gewitter. Im strömenden Regen überquerte Yeats den Fluß und schlug vor, früher als sonst nach Maun zu reiten, schließlich habe man nichts anderes zu tun.
Als sie zurückkehrten, früher als üblich, hatten die Wolken sich verzogen, und am Himmel funkelten die Sterne. Über dem Boteti ging der Mond auf, und die Schreie der Eulen tönten aus allen Richtungen. Yeats war weniger betrunken als sonst, doch in seiner Stimmung lag eine erschreckende Grausamkeit.
An früheren Abenden war er recht munter gewesen, während sie zum Lager zurückritten, und hatte das Feuerwerk seiner Bargeschichten fortgesetzt, grölend und lachend; in dieser Nacht aber kauerte er stumm auf seinem Pferd, in dumpfes Brüten versunken.
Als sie den Fluß erreicht hatten, sprang Ruthven vom Pferd und wollte Yeats die Hand reichen, wie immer zum Abschied, aber der ließ sich diesmal nicht berühren, sondern riß sein Pferd herum und sprengte davon zum Flußufer. Dort angelangt, blieb er kurz stehen und sah sich noch einmal um.
»Bei Gott, du wirst allen Grund haben, mich niemals zu vergessen, Jack«, rief er. Dann ritt er in den Fluß.
Ruthven führte sein Pferd auf die Weide, nahm ihm Sattel und Zaumzeug ab und pflockte es an. Den Sattel unter dem Arm, ging er zum Zelt. Er verspürte das dringende Bedürfnis, mit Maggie zu reden. Er wußte nicht genau, weshalb, er empfand nur eine heftige Beklommenheit, eine Ahnung kommenden Unheils, die sie mit ihrer ruhigen Vernünftigkeit vielleicht lindern konnte. Er hatte Yeats in allen möglichen Stimmungen erlebt, von überschwenglicher, glücklicher Ausge-

lassenheit bis hin zu schwärzester Verzweiflung; sein Verhalten an diesem Abend aber war neu und äußerst beunruhigend. Der Mann wurde vom Teufel geritten.

Ruthven schlug die Zeltplane beiseite, als er den ersten Schrei hörte. Er erstarrte. Er mußte nicht lang nachdenken, wer da geschrien hatte. Es war eine Frau, und ihre Stimme kannte er so gut wie keine andere. Sophia.

Ruthven ließ den Sattel fallen. Im selben Augenblick ertönte ein Schuß, und es folgten weitere Schreie. Ruthven riß die Plane auf und sah Maggies entgeistertes Gesicht. Er achtete nicht auf sie, sondern stürzte zum Bett, zog das Jagdgewehr darunter hervor, das er während einer Safari immer schußbereit dort aufbewahrte, und lief hinaus.

Er rannte zum Flußufer. Der Mond stand hoch am Himmel, Milliarden von Sternen erleuchteten den Wüstenhimmel, und die Nacht war hell. Eine Gestalt im weißen Hemd kämpfte sich durch den Fluß auf ihn zu. Es war Sophia, keuchend und taumelnd und vor Todesangst und Entsetzen laut schreiend.

Eine zweite Gestalt setzte ihr nach, dunkel und zielstrebig, und hielt einen schweren Revolver in der Hand. Yeats.

Ruthven legte das Gewehr an.

Auf einmal stolperte Yeats und fiel, aber er fing sich augenblicklich, hob die Waffe und feuerte erneut.

Im selben Augenblick drückte Ruthven ab.

Yeats wurde zurückgeschleudert, als hätte ihn jemand gegen die Brust getreten. Sophia stürzte vornüber ins Wasser. Ruthven warf das Gewehr von sich und watete zu ihr. Sie lag mit dem Gesicht nach unten im Wasser wie eine fremdartige Seerose und trieb langsam stromabwärts. Er nahm ihren Körper in beide Arme und spürte ihn nackt unter dem nassen Hemd, nackt und warm und wunderschön, wie in jener ersten Nacht, als sie im Raj zu ihm gekommen war. Und hinter ihr trieb Yeats' Leiche im seichten Wasser. Beide, die zwei Menschen, die er in seinem Leben am meisten liebte, waren tot. Seinetwegen waren sie tot.

Ruthven ließ sie, wo sie waren.

Er watete zurück ans Ufer und fiel auf die Knie. Undeutlich wurde er sich bewußt, daß Maggie zu ihm trat und die Arme um ihn legte, aber er nahm kaum etwas wahr. Er sah zu, wie die Leichen davontrieben, und weinte.

50

»Mama, ich bin's«, sagte Victoria müde. Es war zwölf Uhr mittags, die Maschine von Johannesburg nach London war mit vierstündiger Verspätung gelandet, und sie hatte die ganze Nacht kein Auge zugetan. Ihre Augen brannten, und sie fühlte sich ausgedörrt und erschöpft.
»Liebes, um Gottes willen, wo warst du die ganze Zeit?« In der Stimme ihrer Mutter schwang echte Sorge mit. »Ich habe so viele Nachrichten hinterlassen. Was hast du denn getan?«
Victoria warf einen Blick auf den Anrufbeantworter. Das rote Lämpchen, das die Zahl der Anrufer anzeigte, blinkte ununterbrochen: es mußten an die zwanzig Nachrichten sein. Sie hatte sich nicht die Mühe gemacht, das Band abzuhören.
Charlie hatte sie vor ihrem Haus abgesetzt. Sie war die Treppe hinaufgestiegen, hatte die Wohnungstür aufgesperrt und ihre Mutter angerufen.
»Ich war fort. Ich bin gerade erst nach Hause gekommen«, antwortete Victoria. »Ich würde dich gern sehen.«
»Liebes, auf jeden Fall, unbedingt! Ich habe mir solche Sorgen gemacht. Komm sofort vorbei.«
»Nein, Mama, ich möchte dich und den Anwalt, Mr. Carter, zusammen sehen. Ich hätte auch gern die Großtanten dabei, wenn das möglich ist.«
Ihre Mutter zögerte. »Da hast du Glück«, sagte sie. »Zufällig sind Octavie und Maude zur Zeit wieder in London. Sie sind gestern aus Glenmoray gekommen. Ich könnte versuchen, sie morgen zu einem Treffen zu überreden, am besten in Mr. Carters Büro. Aber, Liebes, ich möchte wirklich vorher mit dir sprechen.«

»Ich würde es gern hinter mich bringen«, sagte Victoria. »Wie wär's mit heute abend um sechs? Ich bin sicher, Mr. Carter hält Silverback für wichtig genug, um eine Lücke in seinem Terminkalender zu finden. Ich möchte ihn lieber nicht in seinem Büro sehen. Wieso nicht in deiner Wohnung?«
Am anderen Ende der Leitung trat eine neuerliche Pause ein.
»Liebes, mach's mir doch nicht so schwer.«
»Du hast keine Ahnung, wie schwer ich's dir wirklich machen könnte.«
»Du lieber Himmel. Also gut, ich will es versuchen. Ich melde mich bei dir – bist du zu Hause?«
»Ich werde hier sein. Vielleicht schlafe ich, aber auf jeden Fall ist der Anrufbeantworter eingeschaltet. Mach's gut.«
Victoria legte auf, ehe ihre Mutter noch etwas sagen konnte. Dann rief sie im naturgeschichtlichen Museum an.
»Ich würde gern mit Dr. Rory Watson sprechen«, sagte sie.
Fast unmittelbar darauf war er am Apparat.
»Hallo, Rory«, sagte Victoria. »Ich war eine Zeitlang fort und bin gerade erst zurückgekommen. Ich würde gern mit dir über die Ruthven-Kollektion sprechen. Wir wär's mit heute abend?«
»Ja, gut.« Er klang sowohl eifrig als auch nervös. »Essen wir zusammen? Ich muß heute sowieso länger arbeiten. Ich kann Sally sagen, ich bin aufgehalten worden.«
»Nein, Rory«, sagte sie fest. »Nicht zum Essen. Nur auf ein Glas und ein paar Worte. Ich bin in einem Pub in der Cromwell Road, *The Phoene* heißt er, glaube ich. Um sieben. Bis dann.«
Genauso rasch wie bei ihrem letzten Gespräch legte sie auf. Dann nahm sie die Kassette aus dem Anrufbeantworter, legte eine neue ein und stellte das Telefon leise. Die Nachrichten, die das Gerät während ihrer Abwesenheit aufgenommen hatte, würde sie irgendwann später abhören.
Dann zog sie sich aus, nahm ein kurzes Bad und kroch ins Bett. Binnen Sekunden war sie eingeschlafen.

»Liebes!« Mit ausgebreiteten Armen stand ihre Mutter an ihrer Wohnungstür. Sie küßte Victoria auf beide Wangen, dann trat sie einen Schritt zurück und betrachtete ihre Tochter.
»Du siehst großartig aus, so braungebrannt und schön. Du mußt

einen herrlichen Urlaub gehabt haben. Aber du bist erschöpft, das sehe ich doch. Wo warst du denn, um Himmels willen?«
Victoria ging auf ihre Frage nicht ein. »Ich bin ein bißchen müde, Mama, aber das ist sicher bald vorbei. Noch eine Nacht Schlaf, dann geht's mir wieder gut.«
Als sie nach ein paar Stunden erwacht war, hatte sie die Nachricht ihrer Mutter auf dem Anrufbeantworter vorgefunden: sowohl ihre Großtanten als auch Mr. Carter würden um sechs Uhr zur Stelle sein.
Sie folgte ihrer Mutter ins Wohnzimmer. Octavie und Maude thronten zu beiden Seiten des Kamins, nicht anders als in Glenmoray. Mr. Carter saß neben Octavie, mit völlig ausdrucksloser Miene, während die beiden alten Damen furchtsam und angriffslustig zugleich wirkten; ihre Gesichtszüge waren gespannt, grimmig, aber auch beklommen.
Victoria sah sich um. Überall, auf jeder freien Fläche standen Fotos ihres Großvaters. Das war ihr nicht neu, aber ihr war nicht bewußt gewesen, wie viele es waren, wie sehr er nicht nur diesen Raum, sondern ihrer aller Leben beherrschte. Von seiner viktorianischen Kindheit bis ins hohe Alter, als gutmütiger weißhaariger Patriarch, Quell von Weisheit, Reichtum und Sicherheit, hatte er ihr Leben lang über sie alle gewacht und war ihr Beschützer und Führer gewesen. Er war schon vor ihnen da und würde auch nach ihrem Tod noch da sein.
Ihre Mutter setzte sich neben Maude. Victoria nahm sich einen Stuhl und plazierte sich den vier Personen gegenüber. Sie hatte befürchtet, nervös zu sein – in gewisser Weise kam sie sich vor wie bei einem Verhör, vor ihr die Ankläger. Dann stellte sie fest, daß sie in Wahrheit nicht die geringste Nervosität verspürte. Sie fühlte sich stark, gelassen, fast heiter.
»Ich war in der letzten Zeit viel unterwegs«, begann sie. »Ich war in Indien, Nepal und Afrika und habe eine Menge über Großvater herausgefunden. Ich denke, ich hatte das Recht dazu. Schließlich ist – oder vielmehr war er mein Großvater, der einzige, den ich kennengelernt habe, ja, eigentlich der einzige Mann in meiner Familie, den ich je kannte – meinen Vater habe ich ja kaum je zu Gesicht bekommen.«
Niemand rührte sich, während sie sprach, vier Augenpaare waren auf ihr Gesicht geheftet.

»Ich habe herausgefunden, woher das viele Geld stammt. Inzwischen weiß ich Bescheid über Silverback, über die Lügen und Betrügereien, die Großvater und sein Freund Eric Yeats bei der Unternehmensgründung anwandten, über die falschen Landkarten und über die Bestechnungsgelder. Allerdings habe ich auch die guten Seiten kennengelernt und weiß, daß damals niemand wirklich zu Schaden kam und das Unternehmen heute vielleicht sogar der Allgemeinheit nützt. Und«, fuhr sie nach einer kurzen Pause fort, »ich habe herausgefunden, wer meine Großmutter war.«
Bei diesen Worten erstarrten die Großtanten. Octavie gab einen merkwürdig pfeifenden, heiseren Laut von sich, Maude ruckte mit dem Kopf, als versuchte sie, ein lästiges Insekt zu verscheuchen. Victorias Mutter hingegen saß völlig reglos da.
»Es war nicht Großmutter Lomax, wie ihr sie genannt habt«, sagte Victoria. »Meine Großmutter war Sophia Yeats. Sie war die Mutter meines Vaters, und ich bin ihre Enkelin.«
Eine Zeitlang sprach niemand ein Wort. Dann räusperte sich Mr. Carter und sagte: »Miss Ruthven, Victoria, darf ich fragen, worauf Sie hinauswollen?«
»Ich will nirgendwo hinaus«, antwortete Victoria scharf. »Mein Leben lang hat man mir Lügen erzählt. Jetzt habe ich die Wahrheit herausgefunden. Sie befürchten anscheinend einen Skandal, irgendwelche Komplikationen und Enthüllungen, aber ich kann Ihnen versichern, daß ich weder wütend noch auf Rache aus bin und nicht die Absicht habe, Ihre Pläne zu durchkreuzen. Keineswegs. Es geht mir nur um die Menschen. Menschen, die zwar schon lang tot sind, die ich aber inzwischen kennengelernt habe, das ist alles. Damit kann ich leben.«
Carter musterte seine Hände. »Sie sind, wenn ich das so sagen darf, ohne herablassend zu wirken, eine sehr reife junge Frau.«
Victoria zuckte die Achseln und sagte nichts.
»Liebes«, fing ihre Mutter an. »Selbst wenn das alles die Wahrheit ist, werden sehr viele Menschen äußerst verletzt sein, falls es herauskommt.«
»Ich nicht, Mama. Aber du, und Großvaters Schwestern noch viel mehr, ja, das kann ich verstehen. Und weil ich euch alle merkwürdigerweise sehr lieb habe, wird es nicht herauskommen.«
»Gibt es noch etwas?« fragte Carter.

»Jede Menge«, antwortete Victoria. »Aber das werde ich für mich behalten, genauso, wie man mir immer einiges verheimlicht hat. Ohnehin glaube ich nicht, daß einer der hier Anwesenden besonders daran interessiert wäre.«
»Lassen Sie es mich anders formulieren: Gibt es noch irgend etwas, das wir für Sie tun können?«
Victoria lächelte. »Ja. Nehmen Sie die Sperre von dem Treuhandfonds, den Großvater für mich eingerichtet hat. Ich muß meine Miete zahlen.«
Carter erwiderte ihr Lächeln. »Das wird sicher kein Problem sein.«
Victoria sah auf die Uhr. In zehn Minuten war sie mit Rory Watson verabredet. Sie stand auf und küßte beide Großtanten auf die Wange. »Ich habe ein paar Bücher von euch«, sagte sie. »Inzwischen habe ich sie gelesen und brauche sie nicht mehr. Ihr bekommt sie so bald wie möglich zurück.«
Ihre Mutter begleitete sie zur Tür. »Dieses Treffen war viel zu kurz und viel zu gedrängt, aber du warst sehr vernünftig, Liebes«, sagte sie. »Ich bin froh, daß all die Mißhelligkeiten jetzt überwunden sind. Laß uns morgen miteinander zu Abend essen. Du mußt mir doch erzählen, was du alles erlebt hast auf deiner Reise.«
»Ich weiß noch nicht, ich ruf dich an, Mama«, sagte Victoria ausweichend.

Rory Watson saß an einem Ecktisch. Victoria trat auf ihn zu, hauchte ihm einen Kuß auf die Wange und setzte sich.
»Wie geht's dir, Rory?« fragte sie munter.
»Gut. Schön, dich zu sehen. Bist du sicher, daß du nicht zum Essen bleiben kannst?«
Watson war so nervös, wie er am Telefon geklungen hatte, und er wirkte abgespannt. Victoria machte sich auf eine schwierige Unterredung gefaßt.
Sie schüttelte den Kopf. »Ich kann wirklich nicht, Rory«, sagte sie mit einem Blick auf die Uhr. »Ich hab eigentlich nur ein paar Minuten Zeit.«
Watson sah enttäuscht aus. »Wir hätten soviel miteinander zu bereden.«
»Worüber wir reden müssen«, sagte sie, »sind die sogenannten Ruthven-Fälschungen.«

Er runzelte die Stirn. »Was soll das heißen? Wir sollten lieber über uns reden.«
»Nein. Hat das Museum immer noch die Absicht, den Enthüllungsartikel zu publizieren?«
»Selbstverständlich. Wir haben seither noch viel mehr von diesen Machwerken gefunden. *Nature* liegt bereits der Entwurf vor, die endgültige Fassung müssen wir noch mit dem Herausgeber besprechen.«
Victoria kannte *Nature* als eine der angesehensten naturwissenschaftlichen Zeitschriften der Welt, deren Artikel häufig von Presse und Fernsehen aufgegriffen und popularisiert wurden. Eine Weile schwieg sie nachdenklich.
»Rory«, sagte sie schließlich. »Ich weiß, daß viele ausgestopften Exemplare Fälschungen sind, schlaue und böswillige Fälschungen, von denen die Leute sich jahrzehntelang hinters Licht führen ließen. Das Problem ist nur, daß der Urheber nicht Colonel Ruthven ist.«
Watson starrte sie an. »Unmöglich«, sagte er. »Sie stammen alle aus der Ruthven-Kollektion. Er hat sie gesammelt und dem Museum geschenkt.«
»Wie du weißt, hatte mein Großvater einen engen Freund und wissenschaftlichen Mitarbeiter, einen Mann namens Eric Yeats, der auch sein Geschäftspartner war. Mein Großvater sammelte die meisten Bälge, Yeats ließ sie präparieren. Aber irgendwann verkrachten sie sich und trennten sich. Wenn du dir die Daten der Fälschungen ansiehst, wirst du feststellen, daß sie aus den späten dreißiger Jahren stammen. Das war die Zeit, in der sie zu streiten begannen.«
Victoria legte ihm eine sorgfältig bereinigte Form all dessen vor, was sie erfahren hatte, ohne auf die langjährige Beziehung zwischen Ruthven und Yeats, auf Sophia, Silverback oder die Morde einzugehen.
»1939 beging Yeats Selbstmord«, fuhr sie fort. »Schau dir die Daten an – mit Sicherheit wirst du keine Fälschungen finden, die aus der Zeit danach stammen.«
»Willst du damit andeuten, daß Yeats Colonel Ruthven absichtlich in Mißkredit bringen wollte?«
»Wahrscheinlich ja. Sicher bin ich nicht, was seine Beweggründe

betrifft, aber ich denke, die Unterlagen des Tierpräparators in Kapstadt müßten zumindest beweisen, daß der Auftraggeber nicht Colonel Ruthven war.« Und sie erzählte ihm alles, was sie von Meyer erfahren hatte.
Watson stützte die Ellenbogen auf den Tisch. »Selbst wenn du recht hast, verstehe ich nicht, was das für eine Rolle spielen soll. Es sind trotz allem Fälschungen.« Sein Ton klang nicht recht überzeugt, und Victoria spürte, wie verwirrt er war.
»Es spielt eine gewaltige Rolle«, sagte sie scharf. »Du bist ein Naturwissenschaftler. Ist es nicht Aufgabe der Wissenschaft, die Wahrheit aufzuspüren? Wenn du behauptest, Ruthven hätte Fälschungen fabriziert, um die Öffentlichkeit zum Narren zu halten, dann lügst du. Du und das Museum und letztendlich auch *Nature*.«
»Na gut, ich werde deine Informationen weitergeben und unseren hohen Tieren vorschlagen, daß wir uns noch einmal mit der Sache befassen. Versprechen kann ich dir allerdings nichts, und ich tu's auch nur dir zuliebe. Eine verdammt merkwürdige Sache ist das schon.«
»Wir sind alle merkwürdig, du und ich, Ruthven und Yeats, und deine hohen Tiere ebenso.«
Er sah sie an. »Ich wünschte, du würdest bleiben.«
Victoria stand auf und fuhr ihm über das Haar. »Ich werde immer noch ins Museum kommen. Wir sehen uns sicher wieder, aber dieser Teil der Geschichte, unser Teil, ist vorbei. Danke, daß du zugehört hast, danke, daß du ein Wissenschaftler und ein Wahrheitssucher bist...« Sie beugte sich zu ihm herab und küßte ihn noch einmal. »Schöne Grüße an Sally.«
Damit drehte sie sich um und ging.
Sie kehrte in ihre Wohnung zurück, griff zum Telefon und rief Charlie an. Er war entweder ausgegangen oder in seine Arbeit vertieft, denn sie hörte nur den Anrufbeantworter seines Kollegen und derzeitigen Gastgebers.
»Hi, Charlie, ich bin's. Wir treffen uns morgen im naturgeschichtlichen Museum, Abteilung Vögel. Wir haben was zu erledigen.«
Sie legte auf und lachte. Charlie würde die kleine Ironie dieses Zitats verstehen: mit diesem Satz pflegte er sich zu entschuldigen, wenn er wieder einmal zu spät kam – immer hatte er noch etwas zu erledigen.

Sie fühlte sich ausgelaugt und sehnte sich nach ihrem Bett; dennoch hörte sie zuvor die Nachrichten auf dem Band ab.
Die meisten Anrufe waren, wie üblich, mehr oder weniger ferne Bekanntschaften, die sich nach ihr erkundigten; interessant waren lediglich zwei. Der erste stammte von dem eifrigen Varietéhistoriker Mr. Gable.
»Guten Abend, meine Liebe«; sagte er. »Sie werden es nicht glauben, ich glaube es selbst fast nicht, aber mein Gehilfe, der unschätzbare Kevin, hat weitere Walzenaufnahmen von Miss Sophia ausgegraben. Er überspielt sie jetzt mit seiner hochmodernen Aufnahmetechnik, so daß Sie sich eine schöne CD anhören können. Wenn es soweit ist, schicke ich Ihnen das Ergebnis. Leider stimmen Kevin und ich immer noch nicht mit vollem Herzen mit den Ansichten des britischen Telefonwesens bezüglich der Gebühren überein. Wenn Sie also einen weiteren kleinen Zuschuß schicken könnten, um Öl auf die tobenden Wogen zwischen uns und den Mandarinen der Telekommunikation zu gießen, werden Kunst und Kultur es Ihnen danken. Genauso wie ich.«
Victoria lächelte und machte sich eine Notiz: *Scheck an Mr. Gable.*
Die zweite interessante Nachricht kam von Jean-Luc Chagall aus Paris: »Guten Abend, Mademoiselle Victoria, ich war heute zu Besuch bei Madame Villedieu, wie sie es wünschte. Was sie vorhat, wird Sie sicher sehr überraschen, aber ich hoffe, es ist eine angenehme Überraschung. Madame Villedieu ist kinderlos und trifft derzeit verschiedene Vorkehrungen zur Verteilung ihres nicht unerheblichen Vermögens. Sie hat beschlossen, das Renoir-Bild von Sophia Ihnen zu vermachen; sie hält das für angemessen. Deshalb hat sie mich gebeten, mich um die Sache zu kümmern. Vielleicht rufen Sie mich in der nächsten Zeit einmal an, damit wir darüber reden können.«
Victoria war einen Augenblick lang wie erstarrt. Dann schaltete sie das Gerät ab, zog sich aus und legte sich ins Bett.
Großmutter Lomax, die freundliche, liebevolle und kluge Frau, hatte ihr einen goldenen Ring und ihre Sammlung von Nachschlagewerken hinterlassen, die ihr liebster Besitz waren. Sophia, ihre wirkliche Großmutter, hatte ihr nichts hinterlassen – außer einem großen Vermögen, wie Victoria mittlerweile wußte. Das und ein paar Lieder und ihr Porträt, gemalt von Renoir.

Aber was viel mehr zählte: Sophia hatte ihrer Enkelin ihren Charakter vermacht, ihre Spontaneität und ihre Verrücktheiten, ihre Sehnsüchte und Wünsche. Sie hatte viele Männer getroffen und geprüft und sich schließlich zwei Schurken als Gefährten ihres Herzens und ihres Lebens auserkoren.
Victoria lächelte: sie hatte dasselbe getan. Sie wußte jetzt, woher ihre Entscheidung kam, und kannte den Grund dafür. Sie fühlte sich eins mit Sophia. Schurken, das wußten sie beide, waren die interessanteren Männer.
Sie drehte sich auf die Seite und schlief zufrieden ein.

51

Es war halb fünf, ein unfreundlicher Nachmittag im Februar. Draußen war es dunkel und kalt, und es regnete, genau wie damals am Tag vor Weihnachten, als Victoria zum letzten Mal im Museum gewesen war. An der Kasse saß sogar derselbe grauhaarige Angestellte.

»Wir schließen in zwanzig Minuten«, sagte er.

Er sagte beinahe dieselben Worte wie damals. Sie lächelte ihn an.

»Ich weiß«, sagte sie. »Ich will mich auch nur kurz umschauen.«

Der Mann sah sie forschend an, während er ihr die Eintrittskarte reichte. Es war fast, als erkenne auch er sie wieder, doch er war sich nicht sicher genug, um etwas zu sagen.

»Jedenfalls hören Sie um zehn vor fünf die Glocke.«

Sie war sich bewußt, daß er ihr nachsah, während sie davonging.

Sie betrat die Vogelabteilung. Charlie war noch nicht da, und sie war die einzige Besucherin. Langsam ging sie an den beleuchteten Vitrinen vorbei und betrachtete die Exponate. Es bestand immerhin die Möglichkeit, daß Rory Watson unerwartet auftauchte, wie damals vor Weihnachten. Es würde ihr nichts ausmachen, dachte sie. Jetzt käme sie damit zurecht.

Sie kam jetzt mit fast allem zurecht.

Am Ende eines Korridors bog Victoria um die Ecke und schlenderte weiter. Mehrere der ausgestellten Exemplare, die sie früher nicht erkannt hätte – Bienenfresser, Tümmlertauben, Fischadler –, waren ihr jetzt vertraut: sie hatte sie lebendig gesehen, in ihrem natürlichen Lebensraum. Dort sahen sie völlig anders aus, strahlend und munter im hellen Sonnenlicht. Seit sie in Afrika gewesen war, begriff sie, weshalb man sich für die Ornithologie begeistern konnte.

Vielleicht würde sie sich selbst eines Tages damit beschäftigen. Sie lächelte. Zwei Monate. Es kam ihr unendlich viel länger vor. Wie ein ganzes Leben – dieses eine Mal schien ihr die absurde Redewendung, über die sie immer den Kopf geschüttelt hatte, wenn sie ihr begegnet war, gar nicht mehr so abwegig. Sie betrachtete ihr Spiegelbild in der Glasscheibe und fand, daß sogar ihr Gesicht älter wirkte. Es mochte Einbildung sein, aber die Vorstellung mißfiel ihr nicht.

Auf jeden Fall war alles anders geworden.

In der Hoffnung auf eine Zuflucht war sie damals ins Museum gekommen, verstört und elend. Aber auch wenn ihr Privatleben in Scherben lag, gab es doch noch ein sicheres Fundament in ihrem Leben: ihren Beruf, ihr Einkommen, ihre Familie – vor allem ihre Familie mit ihrem Großvater als Verankerung. Sogar in ihrem tiefsten Kummer hatte sie sich darauf verlassen: ihre Wunden konnten heilen, denn es blieben ihr immer noch diese Sicherheiten. Die sie für selbstverständlich gehalten hatte.

Sehr zu Unrecht. Denn der Reihe nach stürzten die Grundpfeiler ihres Lebens ein. Auf Charlie folgte ihr Großvater. Dann ihr Beruf. Dann ihre Familie, was ihr damals völlig unverständlich gewesen war. Und im Zuge dieser Verwüstung waren auch ihre Zuversicht, ihr Selbstbewußtsein, ihr Vertrauen zu anderen Menschen hinweggefegt worden.

Victoria hatte sich auf die Suche gemacht. Sie hatte geglaubt, es sei die Suche nach der Wahrheit über Ruthven und seine ausgestopften Vögel. In gewisser Weise stimmte das ja, aber viel mehr noch war sie, wie ihr unterwegs klar wurde, auf der Suche nach sich selbst, nach ihrer Vergangenheit und ihrer Zukunft. Unerschrocken und rücksichtslos war sie vorgegangen und hatte anfangs einige Fehler gemacht – vielleicht waren sie unvermeidlich gewesen; dennoch war manches falsch: und zu den Fehlern zählte auch Rory Watson.

Sie bereute nichts. Aber sie war ins Stocken geraten, ihre Forschheit hatte sie verlassen, und sie war wieder einsam, verwirrt und sehr unsicher. Irgendwann jedoch war ihr Selbstvertrauen zurückgekehrt, ein neues und sehr anderes Selbstvertrauen, und sie konnte ihren Weg bis ans Ende gehen.

Ironischerweise war das Ende genau der Punkt, an dem alles angefangen hatte. Charlie. Victoria lächelte vor sich hin. Auch das war jetzt anders geworden, obwohl er es wahrscheinlich immer noch nicht gemerkt hatte.

»Victoria!«

Das war Charlies Stimme. Sie drehte sich um und sah, wie er durch den Korridor auf sie zueilte.

»Tut mir leid, daß ich zu spät komme. Ich hatte noch was zu erledigen.«

»Du kommst immer zu spät, Charlie. Du hast immer noch irgendwas zu erledigen.«

»Nein, Schätzchen, das war etwas Besonderes. Ich bin dabei, das ganze Ding zu überarbeiten und mußte noch Diverses nachprüfen...« Er brach ab und küßte sie auf die Wange. »Ein Könner hat keine falsche Bescheidenheit notwendig«, fuhr er fort. »Aber in aller Bescheidenheit: ich bin gut. Es ist das Beste, was ich geschrieben habe. Es ist alles drin, von der Aufklärung eines legendären ungelösten Mordfalls bis zu den Wurzeln der Silverback Foundation und der Rolle, die der Konzern im neuen Südafrika nach Abschaffung der Apartheid spielen könnte. Und es ist mehr als bloß eine Story, dazu gibt es viel zuviel Material. Wenn man alles ausarbeitet, kann ein echtes Buch daraus werden...«

Charlie unterbrach sich. »Entschuldige, ich hab ganz vergessen, nach der Familienkonferenz zu fragen. Wie ist es gelaufen?«

»Friede«, antwortete Victoria. »An der Ruthven-Front herrscht Waffenstillstand.«

»Das hatte ich gehofft. Freut mich sehr. In dem Fall laß mich dir weitererzählen – ich hab wirklich Feuer gefangen...«

Victoria sah ihn an, während er begeistert sprach, doch sie hörte kaum, was er sagte.

Charlie. Groß und stark, männlich und charmant, raffiniert, intelligent und auf seine Weise brillant, hatte er sieben Jahre lang ihr Leben beherrscht. Er war ihr nicht nur Mentor und Liebhaber gewesen, sondern mehr noch: ein Idol. Natürlich kannte sie seine Fehler, seine Prahlereien, seine Trägheit und Unberechenbarkeit und vor allem seine rücksichtslose und beinahe zwanghafte Treulosigkeit. Und doch ließ er jeden anderen Mann, den sie gekannt hatte, zur Bedeutungslosigkeit verblassen. Er war ein Freibeuter, ein Romantiker, zuzeiten fast ein Visionär. Sie war dankbar für die sieben Jahre mit ihm, die voller Leben gewesen waren, voller Lachen, Ausgelassenheit und Überschwang: das war der Grund, weshalb Victoria alle seine Schwächen hingenommen hatte, wie ein ehrfürchtiges Schulmädchen.

Das war sie in der Tat gewesen: ein kleines Mädchen. Damit war es jetzt vorbei. Sie würde nicht länger die Nachsicht in Person sein. Aber er war immer noch derselbe, von seinen guten Seiten hatte er nichts verloren, und, schlimmer: sie liebte ihn immer noch. »Charlie...«, brach sie in die Flut seiner Gedanken und schriftstellerischen Pläne ein. »Hör mir zu.« Sie holte tief Atem. »Es gibt keine Story, und es gibt kein Buch.«

Verdutzt starrte er sie an. »Was soll das heißen?« fragte er mit gerunzelter Stirn. »Natürlich werde ich das Buch schreiben. Weißt du, du hast mir sogar dabei geholfen. Es ist die Chance meines Lebens. Ein Thema wie dieses bekommt kein Schriftsteller zweimal. Wovon redest du überhaupt?«

»Von dem, was du selber sagst, von Chancen, von Entscheidungen...«

Sie wandte sich ab und starrte in eine Vitrine, in der verschiedene Rotschwänze aus allen Teilen der Welt ausgestellt waren, auch etliche europäische Rotkehlchen mit der typischen roten Brust waren darunter. Ihr Blick fiel auf ein Exemplar, das ein darunterhängendes Schild als Kalahari-Rotkehlchen auswies: Es sei in der Lage, hieß es im Text, den Gesang zwanzig anderer Wüstenvögel perfekt zu imitieren.

Victoria lächelte. Das war, fand sie, auch eine sehr treffende Beschreibung ehrgeiziger Journalisten, die mit Worten jonglierten, Lügen erzählen, stehlen, manipulieren und erfinden und vor nichts zurückschrecken, um ihre Storys zu bekommen. Bisweilen sind sie verachtenswert, wie Charlie. Doch ohne sie wäre die Welt ärmer: langweiliger und auch gefährlicher.

Die Spannung fiel von ihr ab, sie war jetzt ganz ruhig.

»Die Chance, Charlie, besteht darin, bei mir zu bleiben«, sagte sie. »Du hast die Wahl zwischen deiner Story und mir. Das ist deine Entscheidung. Schreib die Geschichte, und ich bin weg. Vergiß sie, dann hast du mich.«

Charlie schüttelte den Kopf, und sie sah, daß sein dunkles Haar an den Schläfen grau wurde. »Warum?« fragte er ratlos.

»Weil sie Menschen verletzt und ihnen schadet, verletzlichen alten Menschen. Und das ist das einzige, was sie bewirkt. Silverback besteht weiter. Die Stiftung ist für keinen Menschen und keine Institution in Afrika eine Gefahr. Vor allem meinetwegen...« Auf einmal wallte die Empörung in ihr auf, und sie fiel über ihn her: »Mein Großvater war kein Betrüger und Fälscher, aber er war wahrscheinlich ein Mörder, ein Mörder aus Leidenschaft und vielleicht aus Notwehr. Ich bin sicher, Yeats hätte ihn auch umgebracht. Gut! Wir beide wissen das. Aber ich will nicht, daß es noch jemand anders erfährt. Er hatte seine Geheimnisse, und ich habe die meinen und will sie bewahren. In Ordnung?«

Ihre Lautstärke hatte immer mehr zugenommen, bis sie fast schrie. Wütend funkelte sie ihn an, und Charlie wich zurück. Dann ertönte die Museumsglocke, so laut, daß sie ohnehin nicht hätte weitersprechen können.

Charlie wartete, bis das Läuten verstummt war. Victoria bebte und sah, daß auch er sehr erregt war. Er starrte in die Vitrinen und versuchte sich zu beruhigen. Nach einer Weile drehte er sich zu ihr um, hob langsam eine Hand mit ausgestrecktem Zeigefinger und mimte mit zwei Fingern der anderen Hand eine Schere, die den Zeigefinger abschnitt.

Victoria kannte dieses Zeichen: er hatte es ihr des öfteren vorgeführt, wenn in der Redaktionssitzung eine seiner Storys abgeschmettert worden war. Jedesmal war seine Geste von Frustration und Wut begleitet.

Diesmal nicht: Charlie lächelte. Er verzichtete auf seine Geschichte, das Buch, den Ruhm. Er war bereit zu tun, was sie verlangte – und war's zufrieden.

»Soll ich dich zum Essen ausführen?« fragte er.

»Du sollst mich die nächsten fünfzig Jahre zum Essen ausführen«, antwortete Victoria. »Aber dafür müssen wir ein paar wirklich gute Storys finden, denn ich bin äußerst scharf auf Kaviar.«

Als sie das Museum verließen und in die eisige Dunkelheit der Cromwell Road hinaustraten, blickte der grauhaarige Kassenwart ihnen lächelnd nach.

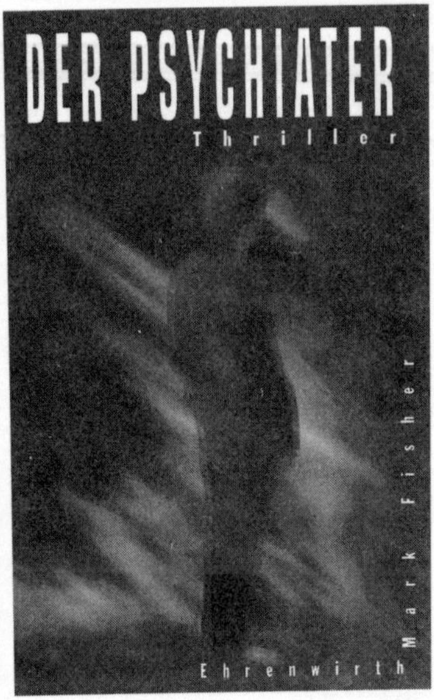

Mark Fisher

Der Psychiater

Thriller
Aus dem Französischen von
Bettina Bach
384 Seiten, geb.
ISBN 3-431-03515-9

Catherine Shields, eine junge Schauspielerin, wird nach ihrem beinahe geglückten Selbstmordversuch bewußtlos in ein New Yorker Krankenhaus eingeliefert. Dort übernimmt Dr. Thomas Gibson, der Psychiater des Krankenhauses, die Betreuung der Patientin. Kurze Zeit später wird die Frau im Auto des Psychiaters aufgefunden. Sie wurde geschlagen und vergewaltigt und ist noch nicht wieder bei Bewußtsein. Dr. Gibson hat für die Tatzeit ein Alibi, doch alle Indizien sprechen gegen ihn. Hinzu kommt, daß die Polizei ihn bereits seit einiger Zeit verdächtigt, durch einen inszenierten Autounfall seine Ehefrau ermordet zu haben.
Unterstützt von einer Kollegin und mit Hilfe von Catherines wiederkehrendem Erinnerungsvermögen, versucht Dr. Gibson, Tatverdächtige und Zeugen ausfindig zu machen. Die Spur führt zu vier hochrangigen Persönlichkeiten New Yorks, deren Anwälte auch vor Einschüchterung und Mord nicht zurückschrecken. Als die vier Verdächtigen vor Gericht gestellt werden, beginnt ein spektakulärer Prozeß, dessen Ausgang bis zum Schluß ungewiß bleibt.

Ehrenwirth Verlag München

Jean-Christophe Grangé

Der Flug der Störche

Thriller
Aus dem Französischen von
Barbara Schaden
368 Seiten, geb.
ISBN 3-431-03432-2

Jahr für Jahr ziehen Tausende von Störchen aus Europa nach Afrika, um im nächsten Frühjahr wieder zurückzukehren. Doch diesmal bleiben die Zugvögel aus. Von einem Schweizer Ornithologen beauftragt, verfolgt der Student Louis Antioche den Weg der Störche von Europa nach Zentralafrika. Seine Nachforschungen werden zu einer Reise in das Grauen …
Ein knallharter Thriller, der Sie packt und bis zur letzten Zeile nicht mehr losläßt!

„Ein Roman mit Hochspannung – eine Reise am Rande der Angst."
Le Figaro Magazin

„Ein packender, origineller Thriller, der seine Stärken immer wieder aus dem oft bewußt grell gezeichneten Lokalkolorit gewinnt."
Rheinischer Merkur

„Der ‚Flug der Störche' vertreibt schlagartig jede Form von Langeweile."
Nürnberger Zeitung

„So gescheit, spannend und blutig geschrieben, daß das französische Fernsehen gar nicht genug davon kriegen kann."
Penthouse

Ehrenwirth Verlag München